KB026438

채운국이야기

채운국 이야기

차례

채운국 이야기

彩雲國物語

이야기

자암의 옥좌 · 하 | 22 |

글 · SAI YUKINO 일러스트 · KAIRI YURA 번역 · 이나경

쏴아아, 깊은 파도와도 닮은 나뭇잎 스치는 소리가 어디에선가 들려온다.

누군가에게 손을 이끌린 채 수려는 그 숲을 걷고 있었다. 빽빽한 암흑 빛 숲을.

이젠 언제부터 이렇게 걷고 있었는지, 왜 걷고 있는지 알 수 없었다.

별들을 모래처럼 뿌려 놓은 듯한 밤하늘이 펼쳐져 있었다. 지금까지 본 적도 없는 밤하늘이었다. 하늘 가득 빛나는 별 조각들은 지금 막 만들어진 것처럼, 백옥처럼 찬란하게 빛나고 있었다. 하늘 끝에 걸린 보름달은 이제까지 봐온 달보다 훨씬 더 컸고, 마치 빨려 들어갈 것만 같은 신비로운 힘으로 가득 차 있었다. 짙은 밤과, 혼백까지도 뒤흔들 것만 같은 생기에 넘치는 고대의 바람. 깊고 깊은 태고의 나뭇잎 스치는 소리.

고대의 밤하늘이다. 왜 그런지 수려는 그런 생각이 들었다. 이제는 없는 세계.

수려는 붙잡은 손을 보았다. 그 사람은 한 번도 뒤를 돌아보지 않았다. 하지만 그 손은 수려의 지친 몸과 마음에 깊은 위로와 충족감을 가져다주었다. 길 잃은 아이가 이제 어머니의 손에 이끌려 집으로 향하는 듯한. 언제까지라도 그 손에 이끌려 걸어가고 싶었다. 어디까지라도.

그때. 암흑빛 숲속에 강한 바람이 불었다. 하얀 눈보라가 수려 주위에서 일제히 일어났다.

——눈? 아니다. 수려는 눈을 뜨고 그 광경을 올려다보았다. 벚꽃잎이 흩날리고 있었다.

거대한 벚나무 한 그루가 눈앞에 서 있었다. 우아하면서 엄하고 압도적인 위용. 수려가 알고 있는 어떤 벚꽃과도 달랐다. 밤하늘과 마찬가지로 이제는 어디에도 없는 고대의 벚꽃.

벚나무 옆에, 양쪽으로 열리는 문이 화톳불에 비친 채 덩그러니 서 있었다. 문의 수호자처럼, 칠흑의, 무서울 정도로 성스러운 어떤 존재가 웅크리고 앉아 있다. …까망이?

'…말도 안 돼… 전혀 닮지도 않았는걸… 왜 그런 생각을 한 걸까?'

잡고 있던 손이 멀어졌다. 수려는 핫, 하고 놀라 따라가려고 했다. 그 손을, 그 사람을. 하지만.

"——."

그 사람은 뭐라고 중얼거리고는 문을 끼익, 하고 우아한 손놀림으로 밀어 열었다. 칠흑의 머리카락이 찰랑인다. 열린 문 저편은 오직 고독한 어둠뿐. 그곳으로, 그 사람은 혼자서 돌아간다. 아무도 없는 그 어둠 속으로. 수려도, 정란도—— 아버지도, 아무도 없다. 고독한 세계로. 혼자서.

——싫어. 수려는 눈물이 맺힌 채 그 사람을 쫓아 문 안으로 들어가려고 했다. 싫어. 하지만 까만 존재가 당황한 것처럼 문 앞을 가

로 막았고, 뒤에서도 다른 누군가가 막으려는 듯이 손을 잡아끌었다.

그 사람은 살짝 뒤를 돌아본 것 같았다. 그 순간, 진홍색 장미와도 같은 입술만이 언뜻 보였다.

문이 닫힌다. 또다시. 가슴이 메어서 울부짖고 싶다. 붙잡힌 팔을 뿌리치려고 했다.

"안 됩니다."

누군가가 뒤에서 수려를 끌어안았다. 가느다란 여자의 팔. 모르는 여성의 목소리였다.

"가서는 안 됩니다. 아직은 아니에요. 일어날 거잖아요? 돌아갈 거죠? 다시 한 번."

상자의 열쇠를 연 것처럼, 어딘가에 놓고 왔던 기억이 서서히 열린다. 목소리가 들려왔다. 자신의 목소리가.

『…조금만, 잘게. 조금만. 그러고 나면 일어날 거야. …류휘를 위해서….』

수려의 얼굴이 마구 일그러졌다. 자신과 한 약속. 류휘와의 약속. 모든 것에 대한 약속.

마지막, 약속. 깨뜨릴 수 없었다.

아직은. 갈 수 없다. 저 문 너머로는. 아무리 따라가고 싶더라도.

문 앞에서 까만 무언가가 안도한 듯이 한 발 물러나는 것이 보였다. 수려는 뒤돌아보았다.

표가의 딸들의 옷차림. 화톳불에 비쳐 희뿌옇게 떠오르는 그 여성을 보고 놀랐다. 이 사람은.

"…이름은, 말씀드릴 수 없습니다. 아직은. 잠깐 시중을 들러 왔습니다. 수려 님."

여성은 미소 지었다. 그 손에는 작은 상자가 두 개 있었다. 잘 닦인

은색 상자에는 같은 색의 우아한 은 열쇠 두 개가 조용히 놓여 있었다. 수려는 보자마자 **그것이 무슨 열쇠인지** 알았다.

또 하나의 검은 상자에서는 거무스름하게 빛나는 뭔가가 툭, 하고 떨어졌다. 수려는 놀라서 뒤로 물러섰다. 모습은 이쪽이 더 까망이와 비슷하다. 보고 있자니, 수려는 그 까만 뭉치를 알고 있는 것처럼 생각되었다.

그러자 문 앞에 있던 까만 존재가—온몸이 떨릴 정도로 신성한 기척을 내뿜으며—걸어오는가 싶더니, 까만 뭉치를 노려보며 수려에게서 떼어놓으려는 것처럼 냅다 후려쳤다. 수려는 깜짝 놀랐다. 무슨 일이야?!

"간신히 손에 넣었는데 때리지 마세요. 사정이 있어서 저것도 당분간 이곳에서 신세를 져야 하니까요. 때가 오면 저것도 나갈 거예요. 당신과 마찬가지로. 돌아가야 할 때에, 돌아가야 할 이유를 위해서."

여성은 작은 검은색 실패를 돌렸다. 검은 뭉치와 이어져 있는지, 돌릴 때마다 구른다. 수려는 기묘한 심경이 되었다. 자신 안으로 뭔가가 흘러들어오는 듯했다. 돌연 잠이 쏟아졌다.

수려는 눈을 감았다. …쏴아아아, 어디에선가 파도소리가 들려왔다.

…어디에선가 거문고 소리가 들려온다. 높고 낮게. 황홀할 정도로 조용하고 아름다운 음색.

더러운 모포 속에 웅크리고 있던 어린 류휘는 번쩍, 눈을 떴다.

그 소리가 들려오기 시작한 건 언제부터였을까. 어린 그에게는 이젠 아득히 먼 옛날처럼 생각되었다. 한 가지 알고 있는 것은, 형이 홀연히 자취를 감춘 후부터 그 음색이 들려오기 시작했다는 것.

어머니가 돌아가시고… 그리고 형도, 사라졌다.

그 후 류휘는 외톨이가 되었다.

몇 날 밤이나 형을 찾아 헤매다가 기진맥진해서 작은 몸을 웅크리고 누웠던 추운 밤. 눈을 감으면 그대로 망가진 인형처럼 움직이지 않게 될 것만 같았던 그때.

지쳐서 멍하니 바래버린 머릿속에 돌연, 그 음색이 흘러들어왔던 것이다.

'——.'

류휘는 감기던 눈을 떴다. 낮이나 밤이나, 빛바랜 흰색과 검은색뿐인 세계. 그곳에 한 줄기 빛이 비치더니, 눈 깜짝할 사이에 온갖 빛깔로 물든 것만 같았다. 놀라서 머리를 들었다.

그 소리는 류휘의 텅 빈 눈 안쪽, 겨울과 함께 닫혀버린 마음속의 심금까지 강렬하게 울리며 뒤흔들었다. 깊게 스며드는 음색에, 숨도 잘 쉬어지지 않을 정도로 가슴이 먹먹했다. 정신없이 듣고 있자니, 어느새 딱딱하게 얼어붙었던 작은 마음이 녹아서 눈물이 되어 뺨을 타고 흘러내렸다. 흐느끼는 자신의 목소리와 뺨의 열기에, 류휘는 비로소 자신이 울고 있다는 것을 깨달았다.

마지막으로 울었던 건 언제였던가, 이젠 떠올릴 수가 없었다. 형을 찾겠다는 이유조차도 어느 새인가 달걀껍질처럼 금이 가서, 이제 알맹이는 아무것도 남아있지 않았다. 유령이라도 된 것처럼 어느 누구 하나 류휘를 보지 않는다. 너 따윈 사라져버리라고 외치던 어머니 쪽이 사라진 거라고 생각했는데, 어쩌면 사라져버린 건 자기 자신인지도 모른다. 걸음을 멈추면 자신까지 눈 속에 녹아 없어질 것만 같아서, 그저 그런 이유 때문에 달걀껍질만이라도 질질 끌면서 넋을 잃고 끊임없이 헤매고 있었다.

거문고 소리가 휘저어 놓은 것처럼, 사라져가던 온갖 감정들이 되살아났다. 감정을 잃어가던 류휘의 눈에 외로움, 슬픔과 같은 감정들이 통렬하게 되살아나서, 회색의 세계를 여러 빛깔로 물들였다.

눈물이 나올 것처럼 너무나도 다정한 거문고 음색이었기에.

그는 훌쩍거리며 작은 몸을 웅크리고, 눈물을 흘리면서 흐느껴 울었다. 형과 모친을 잃었다는 사실을, 고독을, 머리가 아니라 마음이 이제야 이해했다. 가슴에 뚫린 어두운 구멍의 존재를. 멀리서 울리는 겨울바람처럼, 소리를 내며 그 구멍을 스쳐지나가는 차가운 바람을.

…그 날, 되찾은 따스한 감정만을 안고 회랑 구석에서 울다 지쳐 잠들었는데, 어찌된 일인지 다음날 아침 자신의 방에서 눈을 뜬 것

도 알 수 없는 일이기는 했다.

그 후로, 그 거문고 소리가 때때로 들려오게 되었다. 겨울이 끝나고 봄이 오고, 여름이 지나가도 때때로 어디선가 그 음색은 들려왔다. 몇 번인가 음색을 쫓아가본 적도 있었지만 류휘가 다가가면 언제나 뚝, 하고 소리가 그쳐버리고 말곤 하여, 실망하면서도 그냥 근처에만 가서 듣기로 했다.

언제부터인가 류휘는 그 거문고 소리를 자장가로 삼아 잠들게 되었다.

계절은 돌고 돌아, 단풍잎 떨어지는 쓸쓸한 가을이 왔다. 형이 사라진 지 벌써 1년이 지나려고 하고 있었다.

그 날, 거문고 소리에 눈을 뜬 류휘는 더러운 모포와 얼어붙을 듯한 한기에 부르르 몸을 떨었다. 언제나처럼 음색을 쫓아 회랑으로 나가보니, 세상은 아직 밤이었다.

귀도, 손발도 꽁꽁 얼어붙을 것 같았다. 작은 코끝에 하얀 것이 떨어졌다. 올려다보니 암흑빛 밤하늘에서 하얀 눈이 수도 없이 쏟아지고 있었다.

회랑에는 아무도 없었다. 간격을 두고 붉게 불타는 등롱만이 눈에 대항하는 것처럼 불타오르면서 불꽃을 흩뿌리며 흔들리고 있었다. 오른쪽을 보아도, 왼쪽을 보아도 개미새끼 한 마리 없었다. 마치 홀로 이 세상에 남겨진 것만 같아서 류휘는 필사적으로 거문고 소리를 쫓기 시작했다.

어디를 어떻게 달렸는지 알 수 없었다. 캄캄한 어둠 속을 그저 거문고 소리만을 의지 삼아 달렸다. 회랑에서 내려와 정원을 구르듯이 달렸다. 얇은 실내화는 순식간에 눈과 진흙으로 젖어버렸다.

언제나 뚝, 하고 그쳐버리던 소리가, 무슨 일인지 오늘 밤만은 끝없이 울려 퍼지고 있다. 류휘는 기쁘다기보다도 무서웠다. 뭔가 이상한 일이 벌어지고 있다. 아무도 없는 후궁. 검은 그림자만이 무시무시한 마물처럼 등불에 비쳐 늘어났다 줄어들었다 하고 있었다. 그치지 않는 거문고 소리. 마지막 소리.

'기다려줘.'

소리 없는 밤이었다. 그 거문고 소리마저 눈에 빨려 들어가서 지금이라도 사라질 것만 같아, 류휘는 그림자에 쫓기듯이 달렸다. 기다려. 기다려. 곡이 끝나기 전에.

모든 첫이 끝나기 전에.

커다란 덤불 저편에, 붉게 불이 밝혀져 있는 것이 보였다.

류휘는 아무것도 생각하지 않은 채 덤불을 뚫고 돌진하려다가, 밟고 선 눈에 미끄러져 말 그대로 굴러서 덤불 밖으로 나왔다.

…거문고 소리가 멈췄다.

수많은, 모르는 사람들이 있었다. 횃불이 몇 개나 늘어서 있어서 마치 대낮처럼 밝았다.

그러나 류휘의 눈에는 그 중앙에 있는 단 한 사람만이 보였다.

'아.'

작은 거문고 탁자. 그 건너편에 흔들리는 자색 전투 군장. 등나무 꽃 빛깔의, 아름다운 갑주와 칼집에서 빼낸 칼.

"…류휘 왕자님."

그 사람은 똑바로 류휘를 **보았다.** 줄곧 유령처럼 무시되어 왔던 류휘를. **이번에도 또.**

탁자에서 튕겨 오르듯 일어난 그 사람의 얼굴을 보고 류휘는 활짝 웃었다.

가끔 찾아와서 공놀이를 해줬던 사람. 같이 그림도 그리고, 주사위 놀이를 하며 놀아줬던 사람.

'다정한 아저씨'다.'

가끔 형이 그 뒷모습을 쫓곤 했다는 것도 알고 있다. 자신이 형을 보는 것과 똑같은 눈동자로.

그 눈이 칼날처럼 날카로워졌다. 재빨리 주위를 살펴보더니, 분노를 억누른 목소리를 내뱉었다.

"―그만두게, 류휘 왕자는 관계없다고 알고 있다."

귀에 거슬리는 금속음과 함께, 류휘 주위에 차가운 빛이 번뜩거리며 횃불 그늘에서 어지럽게 흩어졌다. 류휘는 저도 모르게 눈을 가늘게 떴다. 류휘 주위를 빈틈없이 하얀 칼날들이 포위하고 있었다. 누군가가 귀에 거슬리는 목소리로 비웃으며 뭐라고 외치는 소리가 들렸지만, 류휘는 도무지 무슨 말인지 의미를 알 수 없었다.

그저, 번뜩거리며 빛나는 칼날 하나가 류휘를 향해 내려쳐지는 것만은 보였다.

그 뒤로 무슨 일이 일어났는지 류휘는 잘 알 수 없었다. 눈앞에서, 남자의 몸에서 창이 솟은 것처럼 보였다. 죽은 남자의 창백한 얼굴을 보고, 류휘의 뇌리에 물에 빠져 죽은 어머니의 시체가 떠올랐다. 그 뒤로는 몸도 마음도 완전히 새하얗게 물들어 아무것도 생각할 수 없었다.

횃불이 하나하나 사라졌다. 어둠이 짙어지는 속에서 눈이 마구잡이로 짓밟히는 소리가, 비명과 절규와 고함소리가 소용돌이치고, 검이 날카롭게 부딪치는 소리가 세상 저편에서 어렴풋이, 멀리서 들려왔다.

…정신을 차려보니, 류휘는 누군가의 품에 안겨 눈발 날리는 어둠 속을 달리고 있었다. 흔들리는 작은 몸을 누군가가 꽉 잡고서 달리고 있었다. 차가운 갑주에 닿아있던 뺨의 그 차가움과, 누군가의 손과, 내뱉는 숨결의 따스함만이 혼란스러운 세계에서 유일하게 확

실한 현실이었다.

"—눈과 귀를 막고 계십시오."

귓가에서 뜨겁고 차가운 목소리가 들렸다. 윤곽이 흐릿한 세상 속에서 류휘는 그 말대로 했다. 막은 귀 저편에서 단말마와 같은 비명과, 커다란 뭔가가 구르는 소리와, 철벅거리는 물소리가 들려왔다.

어느 정도 지났을까, 류휘는 땅에 내려섰다. 세상은 다시 조용해져 있었다.

"…이젠 막지 않아도 괜찮습니다."

류휘는 또다시, 그 말대로 했다.

그 많던 커다란 사람들은 아무도 없었다. 많던 횃불들도 없었다.

있는 것은 홀로 덩그마니 밝혀져 있는 회랑의 등불과 그 사람뿐이었다. 그 사람이 불을 밝혔는지도 모르겠다. 류휘는 뭔가를 생각하는 것을 본능적으로 거부하고, 그저 그 사람을 올려다보고 있었다.

그 사람도 똑바로 류휘를 내려다보고 있었다. 도대체 얼마 만일까. 이런 식으로 누군가와 눈을 맞춘 것은. 류휘의 진지한 눈빛에, 그 사람은 살짝 웃었다.

"…오랜만이군요, 류휘 왕자님."

"오랜만, 입니다. 푸른색의 군주님."

그 사람의 눈이 휘둥그레졌다. 연보랏빛 아름다운 군장이 불빛을 받아 흔들리고 있었다.

"…누가, 그걸?"

"가끔 와서, 절 괴롭히는 무서운 아저씨가, 당신을 '푸른색의 군주'라고—"

"…무서운 아저씨…라."

왕계의 얼굴이 웃음을 참느라 일그러졌다. 이어서 류휘 앞에 무릎을 꿇고 앉아 옷자락에 묻은 눈과 진흙을 꼼꼼하게 털어주었다.

류휘는 오들오들 떨고 있었다. 추워서인지 다른 이유인지, 벌써 잊어버렸다. 무섭다고 생각했던 일, 싫었던 일, 보고 싶지 않았던 것들은 기억에서 지워버리는 기술을 익혀놓았다. 두 사람만 남았다는 것을 알자 후유, 하고 한숨을 쉬었다. 갑주는 차가웠지만 그 사람의 손은 뜨거웠고, 뺨에 묻은 눈을 닦아준 그 손이 멀어지는 것이 아쉬워서 류휘는 그 손을 잡았다. 자신의 뺨에 대자 따스함이 느껴져서, 그 온기에 눈물이 나왔다. 처음으로 거문고를 들었을 때처럼 마음이 크게 흔들렸다. 너무나 오랜만에 느껴보는 살갗의 따스함 때문인지, 1년 만에 누군가가 자신의 이름을 불러주었기 때문인지, 아니면 류휘를 두고 떠나지 않아줬기 때문인지. 아마도 그 모든 것에 대해서.

　조그만 손으로 그 사람의 손을 뺨에 꼭 누른 채, 류휘는 가까이에서 그 사람의 눈을 들여다보았다.

　맑게 갠 칠석날 밤하늘 같은 눈이었다. 맑은 밤하늘에 별들이 반짝이고 있다. 그런 밤하늘 같은 아름다운 눈이, 류휘를 바라보고 있었다. 조금 위험한 빛이 깃들어 있었지만, 류휘는 신경 쓰지 않았다.

　"류휘 왕자님… 어째서, 그곳에 오신 겁니까?"

　"거문고 소리가 들려서."

　"……."

　"왜 그런지, 이 눈에 휩쓸려서 오늘 밤을 끝으로 사라질 것 같아서."

　문득, 왕계가 류휘를 내려다보았다. 기묘한 얼굴이었다. 그런 식으로 진지하게, 어른을 대하는 것처럼 류휘를 바라보다니, 형도 그러지는 않았다. 무서운 아저씨와… 이 사람뿐.

　류휘는 자신도 왜 그런 말을 했는지 알 수 없었다. 그저——그래,

사라져버릴 거라고 생각했던 것이다. 오늘 밤을 끝으로 그 거문고 소리가. 어머니가 돌아가시고, 형이 사라진 것처럼, 이젠 영원히.

"형님도 갑자기 사라졌습니다. 백보다 많은 숫자를 세는 법은 배우지 못했지만 하루에 한 번씩, 백을 세 번이나 반복해서 세었는데도 아직도 돌아오지 않습니다. 그런 식으로 그 거문고도 사라지는 게 아닌가 하고…."

잘 설명을 할 수가 없어서 우물우물 목소리가 점점 잦아들면서 류휘는 새빨개져서 눈을 내리깔았다.

그 사람은 잠자코 있었다. 계속 류휘를 바라보면서 아무 말 하지 않는다. 이윽고 조용히 입을 열었다.

"…제가 사라지길 원치 않으십니까?"

"네."

"언젠가, 제가 당신을 '──' 시키더라도?"

'──' 부분은 류휘가 모르는 단어였다. 류휘는 고개를 갸웃거렸지만, 얼어붙은 뺨으로 애써서 웃었다. 설령 '──' 이 아무리 심한 일이라 하더라도 어머니보다 심한 일은 하지 않겠지.

눈물이 나올 것만 같은 거문고 소리. 따스한 사람의 살갗. 류휘에게서 도망치지 않아주었던 사람. 그러니까 괜찮아.

"네."

찰나의 공백. 그 사람은 류휘의 뺨에서 양손을 빼내고서, 반대로 류휘의 손을 잡았다.

"…류휘 왕자님, 같이 가시겠습니까?"

"네?"

"저와 같이. 이 성을 떠나 모든 것을 버리고, 함께 가실 생각이 있으십니까?"

평평 눈이 쏟아지고 있었다. 화톳불에 떨어진 눈이 소리도 없이 녹아 사라지고 있었다.

마주 잡은 온기가 뜨거웠다. 이는 류휘가 알지 못하는 열기였다. 분명히 이 사람과 함께 간다면 따스한 세상이 펼쳐질 것 같았다. 이 차가운 장소가 아니라. 하지만.

"아니오, 갈 수 없어요."

미소를 지으며 거절했다. 그 다정하고 따스한 제안을.

"갈 수 없습니다. 이곳이 제가 있어야 할 곳이에요. 전 이곳에서 형을, 기다려야만 합니다. 외롭고 슬프고, 싫은 일들이 잔뜩 있지만, 그래도 전 이곳에서 기다려야만 합니다. 기다려주는 사람이 없으면 돌아올 수 없잖아요. 제가 형을 위해서 할 수 있는 일은 그것밖에 없어요."

"……."

"싫은 일은 잔뜩 있어요. 형들도, 무섭고 싫습니다. 가끔은 숨 쉬는 것도 괴로워요. 그래도 중요한 일이 아직 남아있는걸요. 여기에요. 그걸 버리고 어디론가 갈 수는, 없습니다. 버리고는 갈 수 없어요… 지금은, 아직은."

그때 그 사람이 어떤 얼굴을 하고 있었는지는 기억에 없다.

"전 어머니를 줄곧 싫어했지만, 그래도 어머니가 돌아가시고 나니까 가슴에 어두운 구멍이 뚫렸습니다. 소중하지 않더라도 제 일부예요. 버려서는 안 되는 것도 있다고 생각해요… 그걸 버리고, 다른 장소로 갈 수는 없습니다. 전부 같이 가지고 가지 않으면, 분명히 지금의 제가 아니게 될 거예요. 그러니까 저는 여기에서 형을 기다리겠습니다. 전부 저인 채로. 도망갈 수는 없어요."

스스로도 잘 정리가 안 되는 일들을 열심히 설명했다. 그 사람은 뜨거운 손으로 류휘의 뺨을 감쌌다.

"…언제까지, 기다릴 생각이십니까?"

"제가 소중하게 생각하는 사람에게, 제가 필요하지 않다는 것을 알게 되는 날까지."

"그렇게 되면?"

"그렇게 되면…?"

류휘는 고개를 숙였다. 그 뒤의 일은 생각한 적이 없었다. 뺨을 감싸고 있는 따스한 손을 잡았다.

"…그렇게 되면, 같이 가도 괜찮을까요? 기다려 주시겠습니까?"

그 날까지. 그 사람의 얼굴이 일그러졌다. 웃는 것 같기도, 우는 것 같기도 했다.

아름다운 연보랏빛 군장이 펄럭였다. 그 사람의 입술이 열렸다.

"―――――."

거센 밤바람에 커다란 눈송이들이 마구 날렸다. 그 바람 때문에 그 사람이 뭐라고 대답했는지 류휘는 듣지 못했다. 그 선명한 표정만이 또렷이 마음에 남았다. 형이 섬세한 유리세공 작품이라고 한다면, 그 사람은 반짝반짝 갈아놓은 검과 같았다. 그래, 형이 준 검 '막야(莫耶)'처럼 아름답고 단단하고, 강한. '무서운 아저씨'와 조금 닮았지만, 조금 다른 사람.

그는 류휘를 그 팔로 안아 올렸다. 연보랏빛 갑주는 얼어붙을 것처럼 차가웠지만 류휘는 신경 쓰지 않았다. 저 멀리까지 주변 풍경이 보였다. 땅바닥을 기는 것처럼 생활하며 늘 고개를 숙이곤 했던 류휘는 알지 못하는 풍경이었다. 지금까지 이런 식으로 류휘를 안아 올려준 사람은 없었다. 분명 이 사람과 간다면 이런 경치가 보일 것이라고 생각하자 거절한 것을 조금은 후회했다.

"류휘 왕자님."

"네."

"전 오늘 부로 이 성을 떠납니다. 한동안 만나 뵐 수 없을 겁니다."

"한동안? 날짜를 백하고 조금 더 세면 될 정도?"

"아닙니다. 그보다 훨씬, 훨씬 더 많이."

류휘의 너무나도 풀죽은 얼굴을 보고 그 사람은 미소를 지었다. 평상시에는 잘 웃지 않는지 어색하긴 했지만 꾹 잡아준 손과 마찬가지로, 진정한 따스함이 깃든 미소.

"…하지만 왕자님의 어머님이나 형님처럼, 사라지거나 하진 않습니다. 언젠가 다시 이 성에 돌아올 겁니다. 한참 후에. 그것이 좋은 일인지, 나쁜 일인지는 알 수 없습니다. 저 따윈 없는 게 더 나을지도 모른다는 생각이 들 때도 있습니다… 하지만 저도 제 일부분을 버리고서 어딘가로 갈 수는 없습니다. 다른 인간이 될 수는 없습니다…지금은, 아직. 포기할 수가 없기에."

류휘는 열심히 귀를 기울였지만, 그가 말하는 내용의 반도 이해할 수가 없었다. 류휘가 성을 떠나서는 안 되는 이유와, 그가 성을 떠나야만 하는 이유는, 그 뿌리에 있는 문제가 같다는 것 정도만 어렴풋이나마 이해했다. 그를 말릴 수 없다는 것도.

"…바, 바로, 떠나십니까?"

"네. 날이 밝기 전에."

고개를 떨어뜨린 류휘의 얼굴을 보고 그 사람은 달래듯이 또 손을 잡아주었다.

"…하지만 그때까지는 왕자님과 같이 있을까요. 저로 괜찮으시다면."

류휘가 쑥스러워하자 상대방도 주문이 풀린 듯한 미소로 답해주었다. 마치 웃는 법을 잊고 있었던 것처럼.

"뭘 할까요. 또 공놀이나 주사위 놀이를 할까요. 그림을 그리는 건 어떠십니까? 백보다 더 많은 수를 세는 법을 가르쳐드릴까요…?"

"거문고를."

류휘는 바로 대답했다. 고개를 돌려, 아까 본 거문고 탁자와 칠현금을 찾으려 했다. 부자연스러울 정도로 재빨리, 왕계는 류휘의 고개를 원래 위치로 돌려놓았다. 그 직전 류휘의 시야 끝에, 꺾어진 회랑 저편에 사람의 팔과 다리 같은 것들이 물건처럼 뒹굴고 있는 것이 비친 것 같기도 했다. 불빛 그늘에 흔들흔들, 검은 그림자가 흔들린다. 새하얀 눈과, 문과 그 주위에 검은 얼룩이 잔뜩 튀어 있었다.

또다시, 류휘의 마음속에 봉인되어 있던 기억의 상자가 살짝 틀어지며 열렸다.

겨울의 연못. 비명소리. 살아있는 생명체처럼 흐늘거리며 물 위에 떠 있는 검고 긴 여자의 머리카락. 눈에 익은 어머니의 옷. 퍼렇게 부어오른 팔 다리는 인형처럼 널브러진 채 꼼짝도 하지 않는다.

——어머니의——.

잊어야 합니다, 하고 왕계가 류휘를 끌어안고 속삭였다. 조금만 말끝을 바꾸어 되풀이한다. 잊어주십시오, 오늘 밤 일도. 모든 것은 꿈이었다고. 간절한 바람이었기에 류휘는 끄덕, 하고 고개를 끄덕였다.

머릿속이 새하얘진 채 멍하니 초점이 맞지 않는 눈으로 류휘는 그 사람을 보았다. 무엇을 보았는지도, 다시 기억 밑바닥으로 밀어 넣었다. 그래. 잊어야 해. 모든 것을. 싫은 일은 모두 뭉쳐서 전부 잊어야 하는 거야. 지금 자신이, 자신인 채로 살아가기 위해서는 그렇게 하는 수밖에 없으니까.

거문고를, 하고 중얼거렸다. 눈물이 나올 정도로 다정한 음색. 진실의 상자에서 필요한 감정만을 끄집어내어 돌려준 소리. 눈물을 흘리는 걸 다시 기억나게 해준 류휘의 다정한 자장가.

"거문고를 타주시겠어요? 가끔 들려오던 그 거문고 음률을. 그 소리를 들으면 모든 걸 잊고, 싫은 일은 전부 잊고 잠들 수가 있어요. 잊겠습니다. 모든 걸 다. 그러니까."

'막야' 같은 그 사람은 매달리는 류휘의 바람을 들어주었다.

어느 방에선가 먼지투성이의 작은 거문고를 찾아내더니 연주를 시작했다. 류휘는 거문고 주위를 왔다갔다 하거나, 왜 현이 일곱 개냐고 묻거나 했다. 그러다가 결국 꾸벅꾸벅 졸기 시작하자 거문고 소리가 멎었다. 누군가에게 안겨, 기분 좋은 흔들림과 함께 침대로 옮겨지는 것 같은 느낌이 들었다.

침대에 눕힌 후에도 류휘가 떨어지지 않으려는 듯 목덜미를 꼭 끌어안고 있었기에, 그 사람은 류휘를 품에 안은 채 방안을 왔다갔다 하다가 문득 창을 열었다. 쨍, 하고 차가운 한밤의 바람. 하얀 눈으로 덮인 은빛 세계.

어떤 소리도 들리지 않는 세계. 눈이 세차게 퍼부어서 앞도 보이지 않을 정도였다.

앞이 보이지 않는 세계. 귓가에서 그런 중얼거림이 들려왔다. 흰 숨결이 밤을 물들인다.

'막야'가 찌링, 하고 울리는 소리가 들렸다. 자신의 반쪽을 드디어 만난 것처럼 기쁜 듯이. 이 사람에게는 '막야'가 필요하다고, 이유도 없이 류휘는 그렇게 생각했다. 입 밖으로 냈는지도 모른다. 그 사람이 거칠게 머리를 쓰다듬었다.

"…당신은, 자신에게 남겨진 유일한 소중한 물건까지도 남에게 주려는 겁니까?"

"제겐 검이 없어도 추억이 있습니다."

"형님이 당신에게 그 검을 나누어줬던 마음까지, 그냥 넘겨줄 생각입니까? 칭찬할 일은 아니군요."

날카로운 질책이었다. 류휘는 고개를 숙였다. 환심을 사려 했다는 것을, 이 사람은 꿰뚫어보고 만다.

호감을 사고 싶다. 사랑받고 싶다. 그러니까 뭔가를 해주고 싶다. 류휘의 성격적인 유약함을.

류휘 왕자님, 하고 그 사람은 쏟아지는 눈 때문에 앞이 보이지 않는 하얀 세상을 바라보며 결연하게 고했다.

"─언젠가 저는 '막야'를 가지러 올 겁니다. 그때까지 당신이 가지고 계십시오."

받으러 오겠다가 아닌, 가지러 오겠다.

류휘도 아니고, 다른 어느 누구도 아닌. 자신이야말로 진정한 주인. 그러니 가지러 오겠다. 언젠가 반드시.

"그때 저는 당신에게 다시 한 번 물을 것입니다. 정말로 그 검을 제게 넘겨줄 생각이 있는지를."

"…시, 싫다고 하면요?"

반사적으로 입에서 그 말이 튀어나온 것에 류휘 자신이 놀랐다.

그러나 그 사람은 놀라지 않은 모양이었다. 씨익, 웃었다. 화려하게, 아름답게, 재미있다는 듯이.

"그때에는─."

구멍난 좀 먹은 기억. 탁, 하고 창문이 닫히고, 류휘는 침대에 눕혀졌다.

가버리는 거다, 하고 생각했다. 참을 수 없이 쓸쓸한 마음에 잠이 들면서 훌쩍훌쩍 울었다.

"…다시, 만날 수 있는 거죠?"

담요 위로, 달래는 것처럼 배를 토닥거리는 것이 느껴진다. 마지막으로 본 것은 잘 닦인 보석과도 같은 미소.

"네. 당신이 자기 자신에게서 도망치지 않는다면… 그건 저와 당신에게 나쁜 일일지도 모릅니다. 하지만 피할 수 없다면, 정면으로.

만나기로 하지요. 언젠가 다시, 당신과."

구멍이 숭숭 난 그 날 밤의 기억. 사실은 그 날, 그 장소에서 무슨 일이 일어났는지조차 보지 않은 척을 했다. 피범벅이 된 무서운 기억을 망각의 연못 바닥으로 던져 넣은 채, 거문고 소리와 함께 잊어버렸다.

하지만 그 대화와, 그 사람의 옆얼굴만은 수면의 그림자처럼 출렁출렁 흔들린다.

…그의 말대로, 그 뒤로 그도, 그가 연주하던 거문고 소리도, 성에서 사라져버리고 말았다.

가끔 찾아보았지만, 그러다가 소가를 만나고 시간이 흐르면서, 그 얼굴도 기억도 결국 묻혀버렸다.

단 하룻밤의 해후. '막야' 의 화신과도 같은 단단하고, 조용하고 아름다운 눈을 가진—.

── '푸른색의 군주' .

"왕계 장군님."

왕계는 정란의 목소리에 흠칫, 생각에서 깨어났다.

"동파군수인 자란 말입니다, 방금 전 시체로 발견되었다고 합니다. 그리고 지진은 멎었지만 며칠 동파에 머물러달라는 요청이 동파군부에서 왔습니다. 자란이 왕계 장군님을 공격한 건에 대해서도 상세한 상황을 듣고 싶다고—."

"며칠이나 시간을 허비할 수 있는 상황인가. 오늘 밤에라도 출발이다. 필요하다면 신을 남겨두고 가겠다."

"빨라도 모레. 이곳은 주경(州境)입니다. 치안 유지가 어려운 곳이라는 것은 알고 계실 터입니다. 주부나 군부가 어떤 식으로든 대처에 나설 때까지는 왕계 장군님께서 머무르셔야 한다고 생각합니다."

"……알겠다. 허나 모레까지만이다."

왕계는 기묘한 눈으로 정란을 바라보았다. 물끄러미. 정란은 움츠러들었다. 좀처럼 없는 일이었다. 마치 정란을 통해 뭔가를 떠올리는 듯한 눈빛. 잠시 후, 왕계는 중얼거렸다.

"…닮지 않았군. 정말로."

정란의 머리카락이 움찔, 하고 흔들렸다. 바로 입술을 한일자로 굳게 다물고 노려본다. 류휘는 자신과 달라서 편들기 쉽다는 것이냐고 말하는 듯한 험악한 눈이다. 왕계는 어깨를 으쓱했다.

"아니, 누구와도 닮지 않았다고 한 거다. 형들과도, 부친과도. 같은 피를 이어받았는데도 닮지 않았어. 그 의미를 가끔 생각할 뿐이다."

왕계는 정란을 뒤로 한 채 천막을 나섰다. 하늘을 올려다보니 겨울의 별자리가 떠오르고 있었다.

지난날, 왕계는 조정 관리로서, 반역을 일으킨 왕자 전화와 계속 대치했다. 적이 된 전화에게 대항하며, 기울어가는 조정에 마지막까지 남았다. 귀양 완전 포위전에서 패한 후, 패전 장군임에도 목숨을 부지했지만, 그 후로는 문관으로서 각지를 돌았고, 귀양에 돌아오는 일은 드물었다.

과거의 적이자 목숨 빚을 졌으면서도 여전히 완고히 전화왕을 따르지 않는 왕계는, 구신들에게 위험분자로 비쳐졌다. 창가의 혈통이라는 것도, 귀족 자제들을 도와주는 것도, 정사에 대한 조언도 하나같이 반감을 샀다. 그 중에서도 칭송이 자자했던 제2왕자를, 왕계가 역모에 연루시켜 체포했을 때의 저항은 엄청났다. 조정백관의 상소도 모조리 물리치고 용서 없이 유배형에 처하자, 왕계에 대한 반감은 순식간에 온 조정으로 퍼져나갔다. 다른 왕자와 비빈들도 청원이 제거되자, 기뻐하는 동시에 자신에게 여파가 미칠지도 모른다는 걱정과 초조함, 위기감 때문에 왕계 배척을 위해 뭉쳤다. 왕계를 향한 반발은 그때 정점에 달하는 것처럼 보였다.

그리고 제2왕자를 체포했던 그 가을부터 1년 후, 그 눈 내리던 밤이 있었다.

『이 눈에 휩쓸려서 오늘 밤을 끝으로 사라질 것 같아서.』

…그대로, 모조리 다 버리는 쪽이 좋을지도 모른다고 생각한 적도 있었다.

마치 왕계의 생각을 읽기라도 한 것처럼, 굴러와 매달렸던 막내 왕자. 그때, 그 자리에 류휘 왕자가 오지 않았다면 모든 것은 달라졌을지도 모른다.

류휘 왕자는 이질적이었다. 다른 왕자들과는 뭔가가 다르다. 태생의 문제가 아니라, 타고난 성질이. 청원은 막내 왕자가 없었다면 다른 인간이 되어 있었겠지만, 류휘는 달랐다. 청원이 있었건 없었건, 지금 모습에 그리 차이는 없었을 것 같다.

보고 싶지 않은 건 보지 않는다. 싫은 일은 잊는다. 기억을 지운다. 좋아하는 것에 열중한다. 이는 어린 왕자가 성에서 미치지 않고 살아가기 위해 필요한 일이었다. 현실에서 도망치지 않기 위해서.

어느새인가 이는 현실도피를 위한 방법이 되었다.

그 후 다시 류휘와 만났을 때, 그는 유일하게 남은 왕자였다.

도망치지 않겠다고 말했던 그는 성에서, 옥좌에서 도망치겠다고 말했다. 병석에 누운 아비를 내버려두고, 형을 찾으러 가겠다고. 몇 번이나 성에서 벗어나, 강요받은 모든 책무에서 도망치려고 하고 있었다.

즉위하고 싶지 않다. 그런 건 소 재상이 하면 된다고.

그때 왕계와 소 재상은 결정했던 것이다.

그런가.

그렇다면 좋다고.

규칙이 있었다. 과거에 전화와 소 재상이 약조했던 차가운 규칙.

"당신과 약속을 했지요, 류휘 왕자. 잊어달라고 했으니, 잊었어도 괜찮습니다."

어째서 싫어하는 당신을 억지로 즉위 시켰는지.

안타깝게도, 따스한 이유 따위는 있을 턱이 없다. 단 하나도.

같이 갈 수 없다고. 그때 류휘 왕자는 말했다. 단 한 번뿐인 기회. 이는 류휘의 명운을 결정하는 것이었고, 동시에 왕계의 명운을 정하는 한 마디였다. **같이는 갈 수 없다.**

자신을 버리고, 무언가로부터 도망치며 살아가는 일은 하지 않겠다고, 왕계 역시 그때 결정했던 것이다.

10년 이상이 지난 후, 왕계는 다시 성에 돌아왔다. 약속대로 사라지지 않고.

남아있는 것은 막내 왕자 한 명.

『저와 같이. 이 성을 떠나 모든 것을 버리고, 함께 가실 생각이 있으십니까?』

두 번 다시 입에 담을 일 없는 그 말을, 그리운 마음으로 떠올린다. 왕계는 조용히 중얼거렸다.

"약속의 시간이 이제 얼마 남지 않았다. 나는 내 검을 가지러 가겠다. 그때 대답을 듣도록 하지."

●　　●　　✦　　✦　　●　　●

왕계, 그 이름을 처음 들었던 것은 언제였을까.

왕계 장군이 돌아온다── 그런 풍문에 온 조정이 수군거리며 불안정한 듯이 동요하고 있었다.

'그때는… 그래, 형님들이 전원 어사대에 체포되었던 때─.'

왕위다툼이 격렬하던 때에는 거의 허수아비 같았던 어사대.

멍하니 후궁을 걷고 있던 류휘의 귀에 소문만은 끊임없이 들려왔지만, 청원 형님의 이름과 연관되어 들려왔던 그 이름을 기억하고 있었다고 하는 편이 맞을 것이다.

어사대부로 복귀했다는데─청원 왕자 때─하지만 실각해서 지방─그때부터 귀족과 비빈들이 날뛰었지─하지만 복귀해서─어사대 기강을 바로잡고─자신의 장기말이었던 귀족 관리들로 어사를 모조리 갈아치우고는 일제 검거─일족뿐 아니라 관여한 귀족과 관리까지 남김없이 처형─눈썹하나 꿈쩍하지 않았다던데─무서워─그분은 전화왕과 왕자들에게 원한이 있어서─후궁의 궁녀들과 시종들까지도 숙청하려 했다던가─하지만 전화왕이 병으로 쓰러진 후에 돌아오다니, 꺼림칙해.

─노린 거지─지금까지 지방에 숨어있다가─마치 젊은 날의 전화왕이 그랬던 것처럼─전화왕이 목숨을 살려준 은혜도 잊고서─개보다도 못한─영락한 귀족─교활한 이리 같은 기회주의 사내─하지만 알고 있어요? 원래 신분은 전화왕보다도 훨씬─어머─.

그 후 얼마 지나지 않아, 비빈과 이복형제들은 남김없이 어사대에 의해 처형되었다. 궁녀와 시종들이 입에 담던 소문이 정말이었는지는 알 수 없다. 하지만 소문을 속삭이던 후궁 사람들도 그 후로 순식간에 거의 반으로 줄었다. 부고에 가기 위해 외조(外朝)로 나가면 역시 관리들의 숫자가 현저하게 줄어든 것 같은 느낌이 들었다.

왕계와 만났던 때의 일은 선명하게 기억하고 있다.

발맞춰 걸어오는 많은 무리의 발소리. 뜬구름처럼 경박하던 후궁의 공기가 누름돌이라도 얹은 것처럼 순식간에 가라앉았다. 그 한 걸음 한 걸음이 후궁을 관통하면서 공기가 활시위처럼 팽팽하게 죄어져간다.

누군가가 온다.

불길한 공기라고, 류휘는 생각했다. 감찰—어사대—왕계, 라는 단어가 들려왔다.

발소리가 멎었다. 류휘의 방 바로 앞에서.

시종들과 궁녀들이 조심스럽게 문을 열 줄 알았는데, 발소리의 장본인이 거리낌 없이 문을 열어젖혔다.

그 소리가 너무나도 컸기에.

단단히 작게 웅크리고 있던 류휘의 껍질까지도 금이 갔는지 모른다.

일제히 등 뒤의 어사와 고관들이 무릎을 꿇는 가운데.

그 남자는 똑바로 류휘의 눈을 보았다. 단단하고, 맑게 닦인 차갑고 강한 눈빛. 칠석날 밤과도 닮은 검은 눈동자. 마치, '막야'의 화신과도 같다. 그런 생각이 머리를 스쳐서, 스스로도 고개를 갸웃거렸다. 그때 뭔가 떠오를 것 같기도 했지만, 기억해내면 안 될 것 같기도 했다. 단정하게 기른 수염, 깔끔한 옷차림. 귀걸이가 짤랑, 하고 울렸다.

차가운 바람이 열린 문으로 들이닥쳤다. 못지않게 얼어붙을 것 같은 목소리로 이름을 불렀다.

"—류휘 왕자, 인가."

류휘는 창가에 한쪽 무릎을 안은 것처럼 앉아서 책을 읽고 있었다. 후줄근한 잠옷 차림으로, 이름이 불리는데도 대답할 마음도 들지 않아, 류휘는 그저 귀찮다는 듯이 왕계를 보았다.

왕계가 류휘의 온몸을 구석구석까지 훑어보는 것이 느껴졌다. 그것만으로 류휘는 그가 싫어졌다. 그것은 소 재상이나 다른 대관들과 똑같은 눈이었다. 평가하는 눈. 이용가치가 있을지 여부를—.

류휘는 들고 있던 책을 스르르, 바닥으로 떨어뜨렸다. 이젠 모든 것이 지겨웠다.

"…폐적을 하려면 멋대로 하라. 나가라 하면 그렇게 할 테니까. 이곳은 내 성도 뭣도 아니야. 내가 있을 곳이 아니니까…."

이유를 알 수 없는 기묘한 수수께끼 같은 침묵이 한순간 주위를 감쌌다.

비웃듯이 왕계가 콧소리를 냈다. 잘 이해할 수 없는 지시를 내리는 것이 한쪽 귀에 들렸다. 안수—황의—여기는 되었다—내시성 및 후궁감찰에 착수—샅샅이 조사하라—뇌물 수수, 횡령, 부정부패—증거 압수 적발—부정부패에 연루된 궁녀와 시종을 한 사람도 남김없이 체포하라—.

비명에 이어, 저승사자와도 같은 발소리가 일제히 사라져간다. 그리고 왕계만이 남았다.

어째서 왕계만 남았는지 류휘는 알 수 없었다.

왕계가 류휘를 바라보고 있다는 것은 느끼고 있었지만 류휘는 그를 보지 않았다. 그저 창밖, 성 건너편만을 바라보고 있었다. 이곳이 아닌 다른 어딘가를. 벌써 오랫동안 그 외의 것들에는 눈길을 주지 않고 있었다.

길고 긴 시간이 흘렀다. 왕계는 류휘가 생각했던 이상으로 인내심이 강했다. 뭔가를 기다리는 것 같기도 했지만 류휘는 그것이 뭔지 알 수 없었다. 이윽고 왕계도 이를 깨달은 듯했다.

류휘는 이제 알지 못한다는 것을. 무엇을? …알 수 없었다.

그러나 뭔가— 뭔가 중요한 것을 손에서 놓쳐버리고 있는 것 같다는 생각도 들었다. 그때 처음으로 류휘의 마음이 술렁거렸다. 온몸에서 식은땀이 뿜어져 나오며 손가락 끝이 희미하게 떨렸다. 기분 나쁜— 전율이었다.

그 눈이 싫었다. 맑고, 차갑고, 날카롭게 류휘를 후벼 판다. 마음 깊은 곳에 봉인해 놓았던 것까지도. 그 '막야'의 화신 같은 눈을 보고 싶지 않았다. 그 눈이 자신을 보는 것이 싫었다.

"…류휘 왕자. 이 성은 자신의 성이 아니다, **자신이 있을 곳이 아니라고**, 하셨소?"

비아냥거리는 말투였다. 비아냥거림도 평가하는 눈도, 악평도 모두 익숙한 것들이었다. 류휘를 알지 못하는 인간이 멋대로 내뱉는 피상적인 비아냥거림이 류휘의 내면까지 파고드는 일은 없었다. 하지만 왕계의 말은 바늘처럼 류휘의 마음에 박혔다. '왕계'와 만나는 것은 이번이 처음인데도, 마음이 부르르 떨렸다. 심장이 두근거리고 가벼운 현기증이 났다. 누군가에게 무시당하는 것은 익숙한 일인데도 어째서 새삼스럽게 이런 기분이 드는 것일까. 이런 눈에 자신의 모습이 비치는 것이 싫었다. ——이 사람에게는.

"뭣 때문에 이 성에 있는지, 그 이유마저도 당신은 놓아버리는 것이오. 뭐든지 쉽게 놓아버릴 수 있을 정도로 타락한 것인가. —그것이 십 년 만의, 당신의 대답인가."

——십 년?

저벅, 하고 바닥을 치는 발소리가 무정하게 울려 퍼졌다.

류휘는 황급히 뒤를 돌아보았지만, 이미 그 차가운 눈을 가진 남자는 그곳에 없었다.

모든 것을—류휘까지 포함해서—이 작은 방에 버리고 가버린 것처럼. 눈길도 주지 않고 가버렸다.

류휘는 그때부터 왕계가 어려웠다. 얼굴도 보고 싶지 않았다.

왕계의 말은 소 재상이나 다른 대관들이 늘어놓는 공허한 말들과 조금도 다르지 않다. 아무런 기대도 하지 않는 주제에, 비난과 책임 만은 생각났다는 듯이 들이민다. 뭘 위해서 성에 있는가? 왕자라는 자부심이니, 백성들에 대한 책임이니, 해야 할 일들 등등, 끊임없이 존재를 부정 당해온 그에게, 그런 말들은 새삼스러웠다. 뭔가가 엉 망진창이 된 건 류휘 탓이 아니라 그들 탓이니, 류휘가 책임을 질 필요도, 왕위를 계승할 필요도 없었다. 아무런 의미도 없고, 제멋대 로인 비겁한 책임전가였다.

그런데도 왕계의 말만은 그들과는 다른 의미가 있는 것처럼, 류휘 의 마음 깊숙이 날아와 박혔다.

아니, 심오한 의미 따윈 없다. 그 역시 다른 대관들과 무엇 하나 다 르지 않다. 그저 왕계라는 사내는 류휘를 싫어하고, 류휘도 민감하 게 거부반응을 보이고 있었다. 그렇기에 이렇게 소름이 돋는 것이 다. 그뿐이다.

류휘의 세계에는 좋아하는 것과 싫어하는 것, 이렇게 두 가지밖에 없었다. 그는 왕계라는 사내를 싫어하는 것들 쪽의 선반 깊숙한 곳 에 밀어 넣었다.

싫어하는 상대와는 가능한 한 얼굴을 마주치지 않고, 만나더라도 마이동풍식으로, 모든 말은 한쪽 귀로 흘려버리는 편이 상처를 받 지 않고 지낼 수 있다는 것을, 류휘는 어머니의 학대를 통해 배웠 다. 상대와 얽히지 않는 것. 그래서 그렇게 했다.

계속 피해 다녔다. 왕계로부터, 그의 말로부터. 계속, 끊임없이.

쏴라라라, 대나무 숲이 일제히 방울을 흔드는 듯한 소리를 낸다. 쏴라라라, 쏴아아아.

기억 밑바닥, 꿈보다도 깊이 봉인해놓은 장소에 눈물이 날 것 같은 평온한 선율이 흐르고 있다. 거문고 소리.

깊고 깊은 꿈속에서 어지럽게 장면이 뒤섞인다.

『…아닙니다. 결정했습니다. 류휘 왕자를 즉위시키도록 합시다.』

그건 언제였을까. 회랑을 걷고 있던 류휘는 그 목소리에 흠칫, 발걸음을 멈췄다.

『폐적은 하지 않습니다. 그는 머리카락 한 올까지 혈세로 만들어져 있습니다. 자신은 관계없다고 하지만 할 일은 해줘야겠지요. …안 그러면 굶어죽은 수천 명의 백성들이 불쌍합니다. 소 재상의 말씀대로 삼 년만 시간을 주시면 충분합니다… 뭐, 지금 상태로는 삼년도 못 버틸 것 같지만 말입니다.』

소 재상이 뭔가 말하는 듯했다. 하지만 신기하게도 왕계의 목소리밖에 들리지 않는다.

『…소 재상에게 뭔가 방안이 있다면 좋습니다. 어사대가 중앙의 **청소**는 어느 정도 끝냈습니다. 중앙의 인사는 소 재상께 맡기겠습니다. 저는 지방 쇄신을 하도록 하지요… 하하, 하지만 한 가지. 소 재상, 이번에 왕자가 도망치려고 한다면 추격하지 말아주십시오.』

류휘의 머리카락이 움찔 흔들렸다.

『혹요세와 백뇌염의 감시도 풀어주십시오. 그 정도로까지 타락했다면 성에서 사라져도 별 상관없습니다. 가치가 없습니다. 다음에 또 정사(政事)도 나라도 상관없다, 형을 찾으러 가겠다는 헛소리를 하면서 성에서 나가려고 하면 그냥 내버려 두십시오. 가고 싶은 데로 꺼지면 됩니다. 그것이 제 **조건**입니다. ──전화왕.』

마지막의, 아버지를 부르는 억양은 어딘지 묘했다. 아버지와 왕계 사이에 왕과 대관 이상의 '무언가'가 있는 것 같은 느낌이 들었다.

오랫동안― 복잡한 세월을 함께 살아내며, 시간을 쌓아올린 인간을 향한 말투.

『…이번에는 제 차례입니다. …글쎄요? 결정하는 건 그 자이지, 전 아닙니다. 제가 할 일은 정해져 있습니다. 인정을 베풀 일도, 동정할 일도 없습니다. 간신히 여기까지 왔으니까요.』

문이 열리고, 왕계가 눈앞에 서 있었다. 구르는 낙엽을 밟지 않으려는 듯이 살짝 비키며, 그러면서 류휘에게는 눈길도 주지 않고 오만하게 스쳐 지나간다. 놀랐다는 표정조차 없었다. 마치 류휘가 그곳에 있는 것을 알면서도, 낙엽보다도 가벼운 존재에 지나지 않는다고 말하는 듯이.

어디를 어떻게 지나 돌아왔는지 자신도 알 수 없었다. 정신을 차려보니 부고에 있었다. 이유도 모른 채 눈물범벅이 되도록 울었던 것 같기도 했지만 잘 기억이 나질 않았다. 그 후 류휘는 소가를 위해서네, 어쩌네 하고 변명하면서 마지못해 즉위를 받아들였다. 즉위만 하면 될 것이라며 쭈욱 후궁에 틀어박혀 있었다. 왕계와는 절대로 만나지 않았다. 계속 피해다녔다. 울었던 이유조차도 생각하고 싶지 않았다.

…지금이라면 그 이유를 알 수 있었다.

『괴로우면 도망쳐도 괜찮습니다.』

거문고 선율이 어디에선가 흘러들어 온다. 황해 진압을 위해 떠나기 전날 밤, 왕계의 저택에서 들었던 것과 똑같은 말.

눈앞이 아득할 정도로 격정에 휩싸여 울었던 그때와 같다. 티끌만한 기대조차도 이젠 하지 않겠다는.

같은 말을 몇 번이나 왕계에게 들었던가. 류휘는 몇 번이나 같은 과오를 저질렀던 것일까.

왕계가 뜯던 거문고 선율에 잊고 있던 기억의 조각들이 하나씩 떠올랐다.

언젠가 어디선가 들었던 자장가. 잊어주십시오, 라고 말하는 목소리가 들린다. 잊어주십시오, 부디.

그 날이 올 때까지.

『뭘 할까요. 또 공놀이나, 주사위 놀이를 할까요. 그림을 그리는 건 어떠십니까? 백보다 더 많은 수를 세는 법을 가르쳐드릴까요…?』

『…그건 저와 당신에게 나쁜 일일지도 모릅니다. 하지만.』

『…하지만 저도 제 일부분을 버리고서 어딘가로 갈 수는 없습니다. 다른 인간이 될 수는 없습니다… 지금은, 아직. 포기할 수가 없기에.』

『네. 동이 트기 전에는.』

가야만 합니다. 백 일을 세는 것보다도 훨씬 훨씬 긴 시간 동안, 저는 이 성에서 사라질 겁니다.

하지만 반드시 언젠가.

돌아옵니다. 당신이 ──라면, 또다시. 만나겠지요.

빙글빙글, 마음 밑바닥에서 거문고 소리와 함께 목소리가 되살아난다. 눈 내리던 날. 소리 없는 밤.

모조리 한 데 뭉쳐 선반 깊숙이 던져넣어 두었던 기억.

『저와 같이. 이 성을 떠나 모든 것을 버리고, 함께 가실 생각이 있으십니까?』

──아니오.

『아니오, 갈 수 없습니다. 저는──.』

저는 이곳에서.

●　　　●　　　✦　　　✦　　　●　　　●

——류휘는 번쩍, 눈을 떴다.

뺨을 타고 흐르는 차가운 한 줄기 액체에 손을 대어보니, 손가락
끝이 투명한 물방울에 젖었다.

울면서 잠들다니, 대체 얼마 만인가. 의식적으로 몇 번인가 심호
흡을 했다.

뒤죽박죽인 머리로 지금 자신이 누구인지, 어디에 있는지를 기억
해내고는 잠자코 눈물자국을 닦아냈다. 침대에서 내려서자, 바닥
에는 가을 끝자락의 얼어붙을 듯한 냉기가 감돌고 있었다.

몇 겹인가 옷을 껴입고 회랑으로 나섰다. 동트기 전이었다. 왕계
의 저택을 찾았던 때와 마찬가지로 짙은 쪽빛. 구름이 끼기 시작했
다. 앞이 보이지 않는 세계. 그런 말이 떠올랐다. 언젠가 누군가가
했던 말이다.

류휘는 어두운 세상을 올려다보며 몇 번인가 눈을 깜박였다. 깊고
깊게 숨을 들이마셨다.

그리고 어떤 장소를 향해 발길을 옮겼다. ——결연하게.

동트기 전 쪽빛 세상. 옅은 구름이 낀 새벽하늘을 어둠 같은 그림
자가 가로질렀다. 커다란 검은 까마귀. 발이 세 개 달렸는지도 모른
다. 소 태사는 나뭇잎을 모두 떨어뜨린 늙은 벚나무 한 그루에 기대
어 있었다. 그곳에서는 선동궁이 보인다. 아름답고 운치 있는 높은
누각. 소 태사는 이 장소를 즐겨 찾았다. 이 장소에서 보이는 경치
는 천 년 전과 조금도 변하지 않았다.

"삼 년인가…"

중얼거린다. 선왕 전화의 붕어(崩御)가 공표된 것은 삼 년 전 늦

가을. 자박 자박, 하고 서리를 밟으며 걸었던 것을 기억하고 있다. 아침에는 그때처럼 서리가 내릴지도 모른다.

　전화의 죽음은 의문투성이였고, 진실을 알고 있는 것은 극소수뿐이었다. 누구도 임종을 지키지 못했다고 알려져 있다. 그러나 누군가 만나러 온 자의 발소리를 들었다는 증언도 있다. 공백의 시간을 전화는 즐겼다. 누구도 알지 못하는 시간을. 최후의 공백의 시간 역시, 전화에게 무슨 일이 있었는지 어느 누구도 알지 못한다.

　시신은 절대로 건들지 말라. 생전에 전화가 남긴 유언이다. 필두어의인 도 노사에게 사망 확인을 받은 것 외에는, 입관까지의 모든 과정은 소 태사와 우우가 맡아 처리했다.

　그렇게 알려져 있다. 얄궂게, 소 태사가 마음속으로 이렇게 덧붙였다.

　사실을 아는 자는 언제나 극소수뿐.

　반대로 진실의 상자가 계속 거기에 굴러다니고 있는데도 보지 않고 앞을 스쳐지나가는 자 역시 매우 많다. 정말로 보이지 않는 것인지, 아니면 보고 싶지 않기 때문인 것인지, 만지기는커녕, 평생 찾으려 하지 않기도 한다. 딱히 그걸 어리석게 여기진 않는다. 소 태사도 그런 상자를 몇 개 가지고 있기 때문이다. 열어볼지 어떨지는 이 세상이 끝나는 그 날까지 알 수 없다.

　옅은 구름이 낀 쪽빛 하늘. 그 저편에 반짝이는 별들과 지난밤의 흔적 같은 달이 희미하게 빛나고 있다.

　갑자기 공기가 차가워진 것 같았다. 자박, 하고 방금 낀 옅은 서리를 밟는 다른 발소리가 들려왔다.

　예감하고 있었다. 딱 삼 년이 지났기 때문일까. 그때처럼 서리가 내릴 듯이 추운 가을 새벽이기 때문일까. 자박자박, 하고 등 뒤에서 똑바로 다가온다.

"소 태사."

그 목소리에 소 태사는 딱 한 번, 눈을 깜빡였다. 상자와 마주 보고, 열기 위해 온 목소리.

이대로 여는 일 없이 삼 년이 지나갈 거라 생각하고 있었는데.

소 태사는 수염 속에서 얄궂은 미소를 띠었다. 왕을 돌아보지는 않았다.

"…이런, 주상. 무슨 일이십니까? 이런 시간에 이런 곳에 납시다니."

"그대를 찾고 있었다."

늙은 나무를 사이에 두고, 소 태사의 바로 반대편에서 목소리가 들린다. 망설임 없는 목소리. 망설임 없는 발소리.

류휘가 문득 사이에 서 있는 늙은 벚나무에 손을 대는 것이 기척으로 느껴졌다.

"이것은, 벚나무인가? …이런 곳에도 있었나. 알지 못했다."

"성 안에서 가장 오래된 벚나무입니다. 변덕이 심해서 마음이 내킬 때가 아니면 나타나질 않습니다."

표표한 얼굴로 시미치를 뗀다. 바보 취급을 하는 것처럼도 들렸지만, 이때 류휘는 왠지 속아 넘어갔다는 생각은 들지 않았다. 늙은 벚나무는 늠름하게 굵고, 잎은 모두 졌지만 여전히 가지도 굵었다. 그리고 류휘가 알고 있는 어떤 벚나무 종과도 다르게 느껴졌다. 아무리 류휘가 이 부근을 거의 산책하지 않는다고는 해도, 기억하지 못할 나무는 아니었다. 불가사의한 벚꽃. 그런 것도 있을지 모른다는 생각이 들었다.

"수많은 시대에 일어난 모든 일을 보아 온 벚나무입니다."

변덕스러운 벚나무. 성의 노신. 마음이 내킬 때에만 나타난다. 생각해서 한 말은 아니었다.

어느새 말이 입 밖으로 흘러나와 버렸다.

"마치, 그대 같군. 소 태사."

소 태사는 머리를 줄기에 대고 천천히, 반만 류휘 쪽으로 방향을 바꾸었다. 그 찰나, 그 옆얼굴이 삼십대 정도의 차가운 미모를 가진 청년으로 보였다. 그때만은 모든 가면이 다 벗겨진 듯했다.

"…설마, 그 말씀을 당신에게 들으리라고는 생각지 못했습니다. 폐하."

폐하라. 이는 류휘에 대해서인지, 아니면 **다른 누군가**를 향한 호칭인지. 그런 쓸데없는 생각을 했다. 조금 혼란스러워서 눈을 깜빡이자, 평소 소 태사의 늙은 얼굴이 있었다. 눈만은 청년의 눈 그대로.

류휘는 숨을 들이켜고, 서리를 밟으며 늙은 나무를 빙 돌아갔다. 소 태사가 움직이지 않기 때문이다.

소 태사는 늙은 나무에 기댄 채 서리 밟는 소리를 들었다. 시야 속으로 류휘가 스스로 걸어 들어온다. 얼어붙을 듯한 바람에 두 사람의 머리카락이 나부낀다. 옅은 구름이 갈라지더니, 미끄러져 떨어질 것만 같은 달이 드러났다.

동트기 전의 세상은 조용했다. 무언가가 끝난 것 같은 완전한 적막. 불현듯 깨달았다.

"…지진은… 멎은 것인가."

어제까지 계속 발밑에서 울리고 있던 진동이, 실이 끊어진 것처럼 멎어 있었다. 지진과 함께 위태롭게 흔들리던 공기도 균형을 되찾은 저울처럼 고요했다.

"네, 끝났습니다. 성 밑 마을의 피해는 적지는 않지만 최악의 사태까지 발전하지는 않은 듯합니다. 당분간 지진은 없으리라고 보아도 괜찮지 싶습니다."

멎었습니다, 가 아니라 끝났다고 표현한 것을 류휘는 알아차렸다.

하지만 류휘의 입에서 흘러나온 것은 그런가, 라는 한 마디뿐이었다.

차갑고 맑은, 평온한 밤의 공기. 새해 첫날의 새벽과 비슷했다. 그때까지 쌓여 있던 더러움이 장막을 벗겨낸 듯이 모조리 떨어져 내리고, 청량하고 신선한 공기가 흘러들어온다. 너무 맑아서 소름이 돋는다. 지진은 이제 없다. 그렇다는 사실을 기묘하게도 순순히 믿을 수 있었다. 뭔가가 끝났다. 그렇기에 이렇게도 조용한 것이다.

옅게 구름이 낀 하늘을 올려다보니, 구름 틈새로 별이 두 개 떨어졌다. 누군가의 목숨처럼. 어째서일까. 그걸 보며 류휘의 가슴이 왠지 갑작스럽게 조여 왔다. 끝났다. 뭐가? 무엇이?

아무 대가 없이 뭔가가 끝났을 리 없다고, 그때 류휘는 이미 알고 있었는지도 모른다.

류휘는 흰 숨결을 한 번 내뱉더니 소 태사를 정면으로 바라보았다. 소 태사, 하고 이름을 부른다.

"칠현금 소리가 들려오고 있다. 줄곧. 왕계의 거문고 소리가."

소 태사의 눈썹이 비아냥거리듯이 꿈틀거렸다. '후… 수려 님의 이호가 아니고?' 입에는 담지 않았지만, 드디어 왕은 수려 이외의 것들과 마주보기 시작한 것이다.

"그 후로 띄엄띄엄 기억해내게 되었다. 좀 먹은 것처럼 구멍이 숭숭 뚫린 기억이기에 전부는 기억해낼 수 없다. 그래도 짐은 왕계와 만난 적이 있다. 어릴 적에 몇 번인가. 아주 중요한 시기에."

칠현금 소리. 상자의 열쇠. 찰칵, 하고 돌아가는 소리가 들린다.

"아주 오래 전, 이 후궁에서 거문고를 연주해주었다. 아름다운 연보랏빛 갑주를 걸치고서."

"…연보랏빛 갑주?"

처음으로 소 태사의 표정이 굳어졌다.

"…그게 언제쯤이었는지 기억하고 계십니까?"

류휘는 눈을 감았다. 눈이 내리고 있었지만, 새빨간 단풍잎도 나뭇가지 끝에 아직 매달려 있었던 것 같기도 했다.

"형님이 사라지고… 소가와도 만나기 전. 눈 내리는 밤이었다. 왕계에게 안겨서 캄캄한 밤 속을 달렸다. 기억해내야만 하는 가장 중요한 기억이건만, 가장 구멍투성이다."

"…눈, 내리던 밤. 그렇습니까."

소 태사는 스스로에게 확인하듯이 되풀이했다. 철 이른 폭설이 쏟아졌던 그 날 밤.

"동이 트기 전에 떠나야만 한다고, 말했었지."

소 태사의 얼굴이 일그러졌다. 웃는 것처럼도 보였다.

"…역시, 그 날 밤 무슨 일이 있었던 건가?"

소 태사는 팔짱을 낀 채 웃음소리를 흘렸다. 야유가 아닌, 진심으로 재미있어하는 웃음이었다.

"…설마 그 눈 내리던 밤, 당신이 그 장소에 있었다니, 저도 바로 이 순간까지 알지 못했습니다. 그렇군요… 그래서 그때 왕계 님은── 후후… 하하하. 기묘한 인연이군요."

"조사해봤지만 공식적으로는 아무 일도 없었다. 그러나 이상하게도 공문서가 몇 개나 사라졌더군."

"뭐, 불온한 불씨가 여기저기로 퍼지던 때이니까요. 어쩔 수 없는 일입니다."

소 태사의 말투에서 사람을 놀리는 것 같은 과장된 노인 말투가 사라져 있었다. 류휘는 가슴이 서늘해졌다. 예리한 칼날 같은 선대의 명 재상. 자칫하면 줄을 끊어버린다. 위태로운 외줄을.

"예상치 못한 이야기를 들었습니다. 답례로 질문에 답을 해드리

도록 할까요. 하지만 딱 하나뿐입니다. 질문은 딱 하나. 그 질문에
는 솔직하게, 정직하게 대답하지요. 뭘 묻고 싶으십니까. 그 눈 내
리던 밤의 일입니까?"

"아니다."

이번에는 류휘가 소 태사를 바라볼 차례였다.

"짐의 즉위에 대해서다."

소 태사는 웃었다. 류휘는 처음으로 소 태사의 진심어린 미소를
본 것 같았다. 열쇠를 찾아내어 찰칵, 하고 돌리는 소리도 들렸다.
그러나 그 안에 담긴 것의 진위는, 이를 알고 있는 자에게 확인해야
만 한다.

『소 태사의 말씀대로, 삼 년만 시간을 주시면 충분합니다.』

소 태사의 말씀대로.

그때, 도망다니던 류휘를 억지로 즉위로 몰아간 것은 소 재상이었
다. 왕계가 있음에도 불구하고.

거문고 선율과 함께, 묻혀있었던 기억의 밑바닥에서 왕계의 차가
운 목소리가 들려왔다. 그 말의 의미.

『그것이 제 **조건**입니다.』

창가(蒼家)의 생존자. 혈통도 의지도, 나이도 힘도, 무엇 하나 부
족함이 없었다. 그래—— 류휘보다 훨씬 더. 그랬는데도.

서릿발 같은 차가운 얼굴로 소 태사가 웃는다. 나무에 걸린 초승
달 모양으로 입술이 일그러졌다.

"이미, 알고 계시지 않습니까?"

수려를 가짜 귀비로 삼은 뒤로는, 류휘가 무슨 짓을 하던 아무 말
없이, 어떤 행동도 취하지 않았던 노신. 소 태사는 팔짱을 꼈다. 한
층 공기가 차가워졌다. 세상은 아직 쪽빛, 밤은 아직 밝지 않았다.

"당신은 줄곧 즉위 따위, 왕 따위는 싫다고 했지요. 그래서 저도

왕계 님도, 당신으로 정했던 겁니다."

머리카락 한 올까지 혈세로 길러졌다. 책무를 다하지 않겠다면, 좋다. 그렇다면 최소한 이쪽의 장기말로나마 써주겠다.

"…시기가 좋지 않았습니다. 국정은 황폐화되어서 재건할 시간이 필요했습니다. 저는 중앙을, 그는 지방을. 그동안 비게 될 옥좌에 앉아줄 꼭두각시가 필요했습니다. 병상에 누운 전화왕의 '다음 예정'이 있는 것과 없는 것은 천지차이. 자신이 그 '다음 예정'을 수행하겠다고 온갖 잡귀들이 날뛸 테니."

소 태사가 약속을 지킨 것은 확실했다. 솔직하고 정직하게, 있는 그대로를. 그리고 오직 진실만을.

"그러느니 방에 틀어박혀 있는 자포자기 어린애를 끌어내 앉혀놓는 쪽이 훨씬 낫지요. 그리고 전화왕은 신성이 너무 강해서 말입니다. 자식들이 모조리 무능이라도, 전부 완전히 제거되기 전까지는 밖으로 끌어내서 지치지도 않고 왕위 다툼을 하고 싶어하는 놈들이 반드시 나타납니다. 그냥 왕계 님이 승계, 이렇게 될 수는 없는 노릇이었습니다. 애당초 전화 왕자의 귀양 진격을 마지막까지 조정 측에 서서 저지한 것이 왕계 님과 손능왕 님이었고, 칼을 겨루었던 고참 신하도 많습니다. 최후의 귀양 완전 포위전 때, 전화왕이 적군의 총대장이었던 왕계와 손능왕의 목숨을 살려준 것을 두고 처형해야 한다는 상소가 산더미처럼 올라왔을 정도로."

귀양 완전 포위전. 아버지가 마침내 옥좌를 차지하게 된 최후의 격전. 류휘도 그 이름과 결과 정도는 알고 있었지만, 이는 백 년 전에 있었던 전투를 역사서에서 읽는 것과 별 다를 바 없었다.

"차례차례 조정 측의 귀족과 관리들이 배신하는 가운데, 왕계와 손능왕은 끝까지 남았습니다. 마지막까지 전화왕과 싸웠지요. 그 전투 광경은 정말 볼 만했습니다. 당시의 왕이 억지로 떠넘긴 연보랏빛 갑주를, 누가 봐도 수의(壽衣)나 마찬가지였던 그 갑주를 잠자코 받아 걸치고 출격했습니다… 삼 십 년도 더 지난 옛 이야기지요."

마지막까지 싸운 **두 명의 왕자**.

아버지와 왕계 사이에 어떤 일이 있었던지 간에, 소 태사가 진실의 상자를 가지고 있는 것은 확실했다. 이 늙은 벚나무와 마찬가지로, 아버지 곁에서 류휘는 알지 못하는 진실을 줄곧 보아왔던 명 군사(軍師).

"왕계 님과 손능왕 님을 인정하는 무인은 많았지만, 전화왕를 따르는 고참 신하들에게 있어서는 그저 '적' 일 뿐이었습니다. 두 사람 모두 젊었고, 막료가 된 후에도 전화왕에게 반항적이었지요."

"…삼 십 년도 더 지났는데도?"

"네, 전화가 이기고 왕계가 졌습니다. 이 사실이 뒤집히는 건 용납되지 않습니다. 지금은 많이 수그러들었지만 전화왕이 와병 중이던 당시에는 특히 더 심했습니다. 와신상담이었다, 전화왕의 와병을 이용하려는 비겁한 기회주의자, 막내 왕자가 아직 있는데, 흑심이 지나치다──라고. 지방에 있던 그가 조정으로 복귀한 것만 가지고도 엄청난 반발이 쏟아졌습니다. 그 비난이 얼마나 대단했는지, 솔직히 지금 당신과는 비교도 되지 않습니다."

그것이 고작 육, 칠 년 전의 일.

류휘의 얼굴이 일그러졌다. 조의에 나가서 옥좌에 앉았다가 후궁으로 돌아온다. 예언했던 대로, 왕계가 떠나고 난 후의 옥좌는 한층더 썰렁했고 바늘방석 같았다. 어둡게 가라앉은 시선, 험담, 소문. 비난. 어리석은 군주. 아침부터 밤까지 숨이 막혀서, 바윗덩이를 매단 것처럼 발을 끌면서 조의에 나가는 매일.

그런 자신보다도.

"하나같이 무능했던 형님 왕자들이 처형당한 직후조차도, 조정은 여전히 왕계 님보다 당신을——즉, 전화왕의 특출한 '혈통' 을 남기고 싶어했습니다. 기대했던 것이지요. 창현왕의 재래, 암흑의 대업 연간에 종지부를 찍어준 현왕(賢王), 전화왕의 마지막 자식—막내 왕자에게."

소 태사는 일부러 심술궂게 말했다.

"왕계 님이 어째서 즉위하지 않았냐고요? 즉위할 수 있을 턱이 없지요. 또다시 유혈 낭자한 권력 다툼이 시작됩니다. 나라도 정사도 황폐해진 상태였습니다. 그런 바보 같은 정쟁에 낭비할 시간 따윈 없었습니다."

"…그래서."

"네. 그래서 당신이 필요했던 겁니다. 적어도 국정의 포진을 바로 세울 때까지. 싸움은 체력이 없으면 불가능한 것이지요. 하지만 숨이 거의 넘어가면서도 그 체력을 내부투쟁에 쓰는 것이 조정이니까."

류휘는 말을 내뱉으려다가 목이 바짝 말라붙어버린 것을 깨달았다. 움켜쥔 주먹을 펴도, 또다시 저절로 움켜쥐게 된다. 입술을 적시고 메마른 목소리를 내뱉었다. 왕계의 목소리가 들린다.

——그것이 **조건**입니다.

"…삼, 년?"

"호오, 기억하고 계셨습니까? 아니, 드디어 기억해낸 건가. 네, 그렇습니다."

소 태사가 가볍게 소리를 내서 웃었다. 얼어붙을 것 같은 찬바람의 틈새 속에서 류휘 님, 하고 차갑게 부른다.

"…왕이 되고 싶지 않으셨지요? 정사 따윈 자신과는 상관없는 일이고, 다른 누군가가 하면 된다고 생각하고 계셨지요? 설마 그런 왕자를 저희가 왕의 그릇이라고 진심으로 믿고 있었다고 생각하셨을 리는 없었을 테지요. 하지만 없는 것보다는 나은 상황이라는 건 때로 있어서 말입니다."

장기말로나마 써주겠다. 방에 틀어박혀 있을 뿐인 어리석은 군주. **없는 쪽이 나을 때**가 올 때까지는.

다른 미래도 있었다. 여기에 이르기까지 갈림길도, 선택안도 있었다. 소 태사와 왕계가 모든 계산을 끝내놓고 이곳으로 유도한 것은 아니다. 아무 계산도 없었다고는 할 수 없지만. 누군가가 모든 것을 마련해주는 인생 따윈 없다. 열어야 할 때에 열어보지 않고 스쳐지나간 상자는 그저 쌓여갈 뿐이다.

류휘가 선택해서 걸어온 미래가 지금 눈앞에 있을 뿐이었다.

"하고 싶지 않다면 그걸로 족하고, 기대도 받지 않고, 최소한의 도장만 찍으면서 옥좌에 앉아 있기만 하면 되는 일. **그 날이 올 때까지**. 오히려 당신이 기뻐해 주리라고 생각했는데요, 류휘 님. 이제 곧 당신의 바람이 이루어질 겁니다. ――그대로, 당신은."

진실의 상자를 열어젖힌다. 잔혹하고 차가운 열쇠를 인정사정없이 돌려서.

"한낱 버려지는 장기말인 것이지요. 퇴위시키기 위한 즉위. 전화왕의 막내 왕자. ――당신이 마지막입니다."

류휘의 얼굴이 일그러졌다. 하늘을 올려다보니 쪽빛이 옅어지고 있었다. 동트기 전. 늙은 벚나무 끝에 걸려있던 달도 벌써 어디론가 굴러 떨어져서 사라져 있었다. 류휘는 메마른 목소리로 중얼거렸다.

"그런가."

중얼거리니, 새하얗게 숨결이 물들었다. 구두 밑에서 서리가 으드득, 하고 깨지며 소리를 냈다.

"…그런가."

다시 한 번, 류휘는 조용히 중얼거렸다.

구채강에서 류화가 남겼던 한 마디가 뇌리에 메아리쳤다.

『표가는 당신을 인정하지 않느니라. 그리고 이는 표가만이 아니니.』

그때보다도 훨씬 깊숙하게, 진실의 무게와 함께 밀려온다. 눈을 감았다.

"알겠다… 알겠다. 그걸 확인하고 싶었다. 짐에게 확실하게 그렇게 말해주는 것은 그대밖에 없으니까… 감사하오."

미소를 지으며 조용히 발길을 돌렸다. 더 이상 망설임 없는 발걸음으로.

"…어쩔 생각이십니까?"

그때가 처음이었는지 모른다. 소 태사 쪽에서 류휘를 붙잡은 것은. 언짢은 듯했지만 경멸이나 냉랭함은 없었고, 비아냥거림도 아니고, 그저 류휘 자신의 의지를 묻는 눈.

류휘는 하얀 숨결을 뱉으면서 돌아보았다. 얼어붙은 볼로, 어색하게 웃었다.

"그대가 생각하고 있는 일을 하려 한다. 짐이 해야 할 일을. 줄곧 생각하고 있었다. 무엇이 옳은 길인지 알 수가 없었어. 하지만 이제, 드디어 알았다."

소 태사가 마치 청년처럼 몸을 일으켰다. 어울리지 않을 정도로 우아한 몸짓이었다. 마치 천 년 전의 귀족과도 같은. 그러고 보면 소 태사의 출신도 수수께끼투성이였다. 어디서 와서, 언제부터 아버지를 모시고 있었는지, 류휘는 무엇 하나 알지 못한다. 마치 이 고대의 벚나무처럼, 줄곧 성에 있었던 것 같은 생각도 든다.

"…주상, 당신은 좀 먹은 구멍투성이라고 말씀하지만, 사실은 이미 모든 것을 기억해낸 건 아닙니까? 기억해냈기에 제게 확인을 하러 온 것이 아닙니까?"

류휘는 그렇다고도, 아니라고도 하지 않았다. 그저 처음으로, 진짜 어른 같은 미소를 입술에 떠올렸다.

"글쎄. 그렇다고 해도 그걸 알릴 상대는 그대가 아니다, 소 태사."

"주상, 당신은."

"도망치지 않겠다."

류휘는 조용히 선언했다. 쪽빛이 한층 더 옅어진다. 어딘가에서 까마귀 날갯짓 소리가 들려왔다.

"도망치지 않겠다. 이 성에서 기다리겠어. 왕좌에서. 짐이 있어야 할 곳에서. 왕계의 귀환을 기다리겠다. 그리고——."

해야 할 일이 있다. 머물러야 할 이유가 있다. 설사 아무리 괴롭더라도.

거문고 소리 밑바닥에서 목소리가 들린다.

『전, 여기에서 기다려야만 합니다.』

——그 날이 올 때까지.

오래 전 자신이 가지고 있던 소중한 진실의 상자. 어느 새인가 선반 깊숙이 밀어넣어 버렸다.

류휘는 미소를 지었다. 찰나의 순간, 수려의 얼굴이 떠올랐다. 강유와 추영, 형님, 우우, 유순의 얼굴도.

구채강에서 수려를 위한 왕은 될 수 없다고 했다. 스스로 찾아낸 길을 걷고 싶다고.

찾아낸 답은 수려를 위한 것이 아니었다. 자신을 위한 것도 아니다. 하지만 그 모든 것을 포함하는 소중한 것을 지키기 위한 것이기도 했다. 지금껏 어떻게 해야 좋을지 몰랐다. 뭘 해도 잘못하고 있는 것 같은 생각이 들어서 움직일 수가 없었다. 가지고 있는 것에 집착하다가, 자신과 자신의 소중한 것만을 지키려고 하다가 눈앞이 보이질 않게 되었다. 그 답은 류휘에게 가장 좋은 선택은 아니었다. 하지만.

왕으로서, 이 나라에 있어서의 최선.

수려를 관리로 남길 수 있을지도 모르는, 남겨진 길.

"짐은."

류휘는 순간적으로 신비로운 광경을 언뜻 보았다. 소 태사가 삼십대 정도의 아름다운 청년의 모습으로 변해 있었고, 기대어 서 있는 늙은 벚나무의 만개한 벚꽃잎이 흐드러지게 날리고 있었다. 쪽빛으로 감싸인 동 트기 전의 시간. 비처럼, 끝없이 벚꽃이 쏟아진다. 류휘는 환상적인 벚꽃을 올려다보았다. 고대의 벚꽃. 이 성에서 수많은 왕들의 결단을 지켜본 노신. 어진 왕도, 어리석은 왕도, 잘못된 길도, 옳은 길도 전부.

이 벚꽃은 지금의 자신을 어떻게 보고 있을까. 처음으로 혼자서 찾아낸 이 답을.

류휘의 손가락 끝에 하늘하늘 벚꽃이 춤추듯 내려앉았다. 류휘는 미소를 지었다. 그 벚꽃이 환각과 함께 사라진 후에도 류휘는 그대로 주먹을 조용히 움켜쥐었다. 숨을 들이마시고, 그 말을 입에 담았다.

"짐은, 왕계에게 양위할 생각이다."

동쪽 하늘이 희게 물든다.

──동이 튼다.

커다란 검은 까마귀가 푸드득, 동 트는 하늘을 가로질렀다.

그때.

조용한 밤의 장막을 찢고 멀리서 비명소리가 들려왔다.

류휘는 흠칫 그 방향을 보았다. ――선동성.

차례로 등불이 켜지고, 비명소리와 혼란스러운 발소리가 뒤섞여 들려온다.

계속 선동성을 바라보던 소 태사의 옆얼굴이 갑자기 인간답게 보였다. 류휘가 잘못 본 것인지도 모른다. 하지만 확실히 그 차가운 옆얼굴에 한 줄기 고통이 배어있는 것처럼 보였다.

"주상, 저나 왕계 님은 그렇다 치더라도… 우우 님은 즉위 때부터 오로지 당신을 위해서 존재했습니다."

우우의 눈에 자류휘가 어떤 식으로 비쳤는지, 무엇을 보고 있었는지는 소 태사도 알지 못했다. 그러나 우우가 선택한 것은 분명 자류휘였다. 흉상(凶相)의 왕자였던 전화를 마지막까지 믿었던 것처럼.

별의 운명보다도 인간의 의지를 믿었던 희대의 주술사. 어떤 길이라도 그 앞에 희망이 있다고 믿고 있었다. 우우가 즉위를 인정한 이상, 그의 '왕'은 자류휘뿐. 마지막까지. 그것만은 진실이었다.

선동관은 '왕의 등불'이라 불린다. 왕이 가는 길을 등롱처럼 조용히 밝히며 지킨다.

"당신을 위해서 우우 님이 바친 목숨입니다. 그의 왕은 당신이었습니다. 그것만은 진실입니다."

날이 밝았는데도 지금이 더 얼어붙을 듯 추웠다. 류휘의 마음이 작은 새처럼 떨리기 시작했다. 불길한 예감에 소름이 돋았다. 돌연히 멎은 기묘한 지진. 끝났다고 소 태사는 중얼거렸다. 그래, 그렇지만 아무런 대가 없이 뭔가가 끝날 리 없다. 선동성. 줄곧 조의에

나오지 않던 우우. 뭘 하고 있었던 거지?

주상, 하고 목소리가 들렸다. 황혼빛 목소리. 생각해보면 류휘는 언제나 우우를 피해 다니고 있었다. 주상.

──주상, 어디 계시나이까? 주상….

늘 류휘를 쫓아와줬는데도.

"──."

마지막으로 우우와 나눴던 말은 무엇이었던가. 그것조차도 생각나지 않았다.

류휘는 뒤도 돌아보지 않고, 서리 어린 땅을 박차고 달리기 시작했다. 선동성을 향해.

소 태사는 희게 물드는 동녘 하늘을 올려다보았다. 별이 눈물처럼 또 하나 흘러내렸다.

붉은 요성이 구름 걷힌 새벽하늘에서 비웃는 듯 모습을 나타냈다. 광대와 같은 비웃음이었다.

소 태사는 눈을 가늘게 뜨고 붉은 요성을 올려다보고는 발길을 돌렸다.

류휘에게 등을 돌린 채.

──그날, 선동령윤(仙洞令尹) 우우의 죽음이 전해졌다.

|제2장| 두 명의 왕자

"설마 우우 님이 이럴 때 돌아가시리라고는…!"

며칠 후—— 소가는 후궁에 연금되어 있는 백합의 방을 찾았다.

그 방에 있던 백합과 강유 역시 굳은 얼굴이었다.

"소가 님… 우우 님을 살해한 선동관의 공개심문이 오늘 열린다고 들었습니다."

"그렇소. 당신은 아직 근신 중이고, 나도 퇴관한 몸이니 보러 갈 수는 없고… 소방에게 맡길 수밖에 없지만… 그저 기다릴 수밖에 없다니 싫군. 하지만 공개심문 형식을 취하는 건 무슨 이유인 지—."

강유의 낯빛을 본 소가는 발길을 멈췄다. 정란이 사라진 뒤 줄곧 강유는 날이 선 표정이다.

"강유 님, 정란 일은 이제 걱정하지 마십시오. 아마 저라도 말리지 못했을 겁니다."

정란이 사라졌다는 소식을 들었을 때에는 소가 역시도 낭패라며 혀를 찼다. 류휘에게만 신경을 쓰고 있었던 것이 실책이었다. 원래 정란은 궁지에 몰리거나, 견디는 것에 익숙하지 못하다.

'지금 조정의 상황을 참다 참다, 갑자기 휙 돌아버린 거겠지….'
동생인 류휘가 잠자코 견디고 있는데 형이 먼저 폭주해버리면 어쩌자는 건지——.

황급히 찾아보니, 일단은 황해 진압군에 정식으로 배치되어 있었기에 조금 안도했다. 안타깝지만, 정란 정도의 성깔로는 왕계에게 어쩌지도 못 하고 그냥 길들여져버릴 게 뻔했다. 머리를 식힐 좋은 기회일지도 모른다. 그건 그렇고, 왜 그런지 정란 같은 삐딱한 녀석들이 왕계에게 자주 들러붙는 것 같다.

"아닙니다. 하지만 지금은 제가… 소가 님과 백합 님과 주상을 지켜야 하니."

"……네?"

"추영도 없고, 정란도 사라졌으니 이제 남자는 저밖에 없지 않습니까!! 그 녀석들은 정말이지 아무짝에도 쓸모가 없다니까요! 무, 무슨 일이라도 벌어지면, 칼을 맞는 한이 있더라도 제가 지켜드리겠습니다!!"

…소가는 옆에 앉은 백합을 힐끗 보았다. 백합은 눈을 이리저리 굴리며 소가와는 시선을 맞추지 않았다.

원래 여심의 보좌인 '양엽'이었던 그녀인 만큼, 여심의 호위는 담당 업무 중 하나였다. 당연히 대숙모인 옥환에게 철저하게 호신술을 배운 몸. 남자 한두 명쯤은 가볍게 던져버릴 수 있다. 여심도 포함해서.

아무래도 첫 만남부터 '병약한 백합 님'이라고 믿으며 지금까지 온 모양이다. 딱 잘라 말해서 (여성을 포함하여) 가장 약한 남자는 강유였다. 사실 소가가 후궁에 있는 것도, 만일의 사태가 벌어졌을 때 강유를 포함해 지켜주기 위해서였지만, 아무리 그래도 그런 걸 말할 수는 없다.

그때, 소가와 백합이 얼굴을 들었다. 한 치의 빈틈도 없는 저 씩씩한 발소리는 최고궁녀인 십삼희다.

"—소가 님, 홍 본가에서 급한 편지가 왔습니다."

"왔군. 고맙소."

소가가 편지를 받아들더니 재빨리 펼쳤다. 홍가의 정보 전달망은 전 지역에 퍼져 있는 홍가의 매잡이들에 의해 유지되며, 그 속도는 최고를 자랑한다. 홍주부의 파발꾼이나 왕계의 귀환보다도 훨씬 빠르다. 긴장한 얼굴로 백합이 낮게 물었다.

"홍풍(紅風)과 황해는?"

"…예년보다 삼 일 빨리 불었소. 하지만 거의 완벽하게 진압해서 황해 종식이 선포되었다는군."

"종식이 선포되었어요? 어떻게? 진압 방법 같은 건 없었을 텐—."

"…표가가 움직였소. 사원 한두 곳 정도가 아니라 모든 사원이 조정에 전면 협력하여 황해 대책 지원에 나섰소."

강유의 눈빛이 갑자기 험악해졌다. 조정에 전면 협력이라는 부분이 마음에 걸렸다.

"그렇다는 건… 설마 조정에 표가를 움직이는 자가 있다는 것입니까?"

"그럴 거요. 아마 유순 님과 왕계 님이겠지. 뒤에서 사자를 보내서 그 표류화를 움직였어. 움직여줄지 확률은 반반이니 잠자코 있었다… 뭐, 이런 사정이 아니었을까."

"…그렇다면, 모두, 왕계 님의 수훈…입니까?"

모든 것이. 물론 인명이 달려 있었다. 정쟁에 이용할 일은 아니다. 절대로. 하지만——.

이는 왕이 류휘가 아니어도 괜찮다는 증거를 세우게 한 것이나 마찬가지 일.

"…하지만 낭보 한 가지. 아마도 류화를 움직인 사람 중에는 우리 딸도 들어있는 것 같은데. 표가에서 홍주로 돌아와서, 왕계 님과 표가 사람들과 함께 여기저기 동분서주했다고 하니까. 뭐― 어떻게 생각해봐도 관여하지 않았을 리가 없어. 그러니까 수훈은 반반."

십삼회가 빼앗듯이 그 편지를 움켜쥐었다. 백합과 강유도 달려들었다.

"수려가 돌아온 거예요?! 좋았어! 그렇다는 건 오라버니, 해냈잖아! 이제 체면 좀 세울 만한 대활약을 해냈어! 수려를 탈환해서 주취 님에게 멋진 모습 보이면서 함께 돌아온 거야! 우리 바보 오라버니도 홍주에서는 뭔가 엄청 쓸모 있었던 거죠?!! … …아니. 얼레…."

강유와 십삼회는 침묵했다. 소가는 눈을 어디다 둬야 할지 모르는 듯 안절부절못하며 엉거주춤하게 목덜미를 문질렀다.

"…안 쓰여 있구나… 추영에 대해서는, 한 마디도. 수려와 연청이 같이 있다는 건 쓰여 있지만."

"잠깐마안, 오라버니!! 뭘 하고 있는 거야――!! 이럴 때야말로 요란뻑적지근하게 대활약을 하란 말이야――!!"

"내 말이 그 말!! 그럼 그놈은 대체 어디서 뭘 하고 있는 거냐고!!"

십삼회와 강유가 씩씩거리며 화를 내는 바람에 대신 백합이 마지막까지 편지를 읽어내려갔다.

"…흐음… 바보 여심에 대해서도 아무것도 쓰여 있질 않군요, 아주버님."

첩거 중일 텐데 그야말로 한 줄도 없다. 반대로 백합과 소가는 그 사실에서 조금 짚이는 구석이 있었다. 본가를 맡겨놓은 막내동서는 고지식한 구랑의 빈틈을 티 나지 않게 메우는 멋진 아내였다. 쓰지 않았다는 것은, 나중에 뭔가 있을 수도 있다는 이야기다.

"황해가 진압…되었다는 건, 이제 곧 왕계 장군도 왕도로 돌아오겠군요… 아주버님."

"…그렇소. 하필이면 가장 난감한 공백의 시간에 우우 님이 돌아가시고 말았어. 게다가 공개심문. 하다못해 비공개로 해야 했는데. 어째서 유순 님은 막지 않으신 건지."

유순의 이름에, 강유는 차가운 손가락이 심장을 어루만지는 것만 같았다. 등줄기가 서늘했다. 품속에서 열어보지 않은 보라색 주머니가 묵직하게 내려앉는 것만 같았다.

제발, 아무 일 없이 끝나기를. 강유는 입술을 깨물며 주머니의 무게를 무시했다.

●   ●   ✦   ✦   ●   ●

정사당(政事堂)에는 주요 중신들이 얼굴을 마주하고 있었다. 왕과 정유순도 그 자리에 있었지만 재판관 역을 맡은 것은 형부(刑部)의 래준신이었다. 어사대의 규황의가 포박된 선동관을 차가운 눈으로 내려다보았다.

"…많은 증거와 증언으로 보아, 우우 님을 죽인 것이 이 사내인 것은 틀림없다고 생각됩니다만——."

왕의 왼쪽에는 유순이, 오른쪽에는 리앵이 서 있었다. 숨이 끊어진 우우를 발견한 것은 리앵이었다. 절명한 것이 확실했음에도 미친 듯이 응급처치를 계속하는 리앵을 끌어내어 말린 것은 류휘였다. 리앵은 창백한 얼굴이었다. 우우가 죽은 그 날 이후 계속 그랬다. 그러면서도 어사대의 조사에는 반드시 동석했다. 누가 말려도, 리앵은 들으려 하지 않았다.

류휘의 정면에 포박된 젊은 선동관이 고개를 숙이고 무릎을 꿇고 있었다. 무관 두 사람이 창을 가로질러 앞을 막고 있었고, 앞으로 내민 양손에는 나무 가쇄가 채워져 있었다.

"단, 동기에 대해서만은 여전히 묵비권을 행사하고 있습니다."

그 자리에 모인 모든 중신들의 시선이 선동관에게 꽂혔다. 우우는 조정에서도 유순, 왕계 다음 가는 대관이다. 선왕 전화 시절부터 그 공적은 컸다. 범인은 사형이 확정이었다. 딱히 동기가 규명되지 않더라도 그 자리에서 사형을 선고하는 것은 얼마든지 가능했다. 형부상서 래준신의 권한만으로도.

하지만 이를 원치 않았던 것이 리앵과 왕이었다. 솔직히 래준신은, 리앵은 둘째 치고 이런 자리를 마련토록 한 왕의 의도를 헤아리기 어려웠다. 동기 따윈 아무리 바보라도 짐작할 수 있었다. 공개되면 안 좋은 쪽으로 굴러간다는 것도. 그럼에도 **진실**을 묵살해버리지 않은 것에 처음으로 래준신은 기묘한 생각이 들었다.

"──말해. 왜 우우를 죽였지?"

리앵은 오른편 계단을 몇 걸음 내려갔다. 무관이 저지하는 바람에 덤벼들지는 못 했지만, 잡아끄는 팔을 뿌리치고는 버티고 섰다. 리앵은 그 젊은 선동관의 얼굴을 똑똑히 알고 있었다. 리앵과 알고 지낸 것은 봄부터였지만, 몇 년이나 우우를 곁에서 모시던 젊은이였다.

"어째서 죽인 거야! 넌 선동관이잖아!!"

평소에는 표정이 별로 없고 차가울 정도로 냉정한 리앵의 눈이 분노로 활활 불타오르고 있었다. 어리기는 해도 그 비단을 찢는 소리처럼 처연한 고함은 공기를 떨리게 할 정도로 분노에 차 있었다.

인형처럼 움직이지 않던 사내가, 그때 처음으로 천천히 고개를 들었다.

"…선동관이기 때문입니다. 리앵 님, 전 해야 할 일을 했습니다."

바닥없는 늪과 같은 눈이 밑에서 올려다본다. 분노라는 감정에 지배되지 않았다면 리앵도 한 발 뒷걸음질 쳤을 법한 이상한 눈빛이었다. 뭔가와 닮았다——그런 생각이 떠오른 순간 깨달았다. 검은 풀무치. 기분 나쁜, 공허한, 검은 구멍 같은 곤충의 눈. 자신의 규칙에 의해서만 움직이는 바닥없는 늪.

"우우 님은 제정신이 아니셨습니다. 망령이 나셨던지, 처음부터 선동령윤 자격이 없었던 것이겠지요. 그 분은 더 이상 살면 안 되셨습니다. 붉은 요성은 '낡은 것을 없애고 새로움을 널리 편다' 는 의미. 전 바로 알아차렸거든요. 아아, 우우 님 얘기라고. 그래서 그렇게 했던 겁니다. 그렇게 죽을 거라고 생각했는데 아직 살아있더군요. 여기에서 제거하지 않으면 안 된다고 생각했습니다. 그것이 제 역할이고, 전 옳거든요."

규황의와 래준신은 재빨리 눈빛을 교환하고는 숨어서 신호를 보냈다. 많은 범죄를 심판해온 두 사람에게는 결코 드물게 보는 인간은 아니었지만, 대응을 그르치면 골치 아프다.

래준신이 리앵을 대신하여 심문을 맡으려 했지만 그럴 틈이 보이지 않았다. 선동관은 리앵에게만 반응을 하고 있었고, 여기서 리앵이 순순히 물러날 리도 없었다. 리앵은 선동령군(仙洞令君)으로, 관직으로 보면 이 자리의 중신들 중 유순 다음이라는 점도 골칫거리였다.

처음에는 오싹한 그 눈빛에 압도당했던 리앵의 분노가 다시 서서히 타올랐다.

"우우가… 제정신이 아니었다고? 죽어야 했다고?!"

"그렇지 않습니까? 줄곧 판단을 그르치기만 했잖아요. 우리들이 아무리 진언을 올려도, 우우 님은 단 하나도 상대해주지 않았습니다. 계속 그 어리석은 임금만 감싸고돌면서 하나부터 열까지 다 뒤로 미루다가 결국 이 꼴 아닙니까! 최근 삼 년 동안 어땠습니까. 후궁에 틀어박혀 있는가 하면, 각 성(省)은 무시하고 뭐든지 자기 하고 싶은 대로. 여인을 등용해서는 제멋대로 인사를 단행하고 승진에 강등. 혈통을 남길 생각도 없고. 홍가는 출사거부에 경제봉쇄. 병부시랑은 변사, 다주에서는 돌림병, 남주에서는 수해, 벽주에서는 지진, 홍주에서는 황해. 뒤처리도 전부 남에게 떠맡기고서. 무능하고 어리석은 임금입니다. 그 대가가 조정에까지 돌아왔지요. 지금 이 자리에 있는 자라면 누구나 알고 있는 일입니다. 저 어리석은 왕이 저 의자에 앉아있는 것만으로 하나부터 열까지, 비탈길을 굴러 내려가듯이 안 좋아지죠. 그런 왕을 끝까지 감싸던 우우 님도, 선동령윤으로서 무능했던 겁니다."

찬물을 끼얹은 것처럼 그 자리가 조용해졌다. 오직 한 사람, 선동관만이 계속 지껄이고 있었다.

"우리 선동성은 옥좌에 대해 책임이 있어. 붉은 요성은 흉조. 옥좌의 교체. 각주의 천재지변이 그 징후야. 이를 전하는 것이 우리 선동관의 역할이라고. 그걸 그냥 뭉개버리는 건 잘못된 일이야. 골치 아픈 일들이 겹치자마자 입을 걸어 잠근 어리석은 임금. 상서령 말만 따르는 꼭두각시 인형. 전부 당신이 그 옥좌에 있기 때문이라고."

유순이 처형하라는 신호로 부채를 내리치려고 하는 것을 류휘가 저지했다. 유순도, 그 동작의 의미를 알고 있는 다른 대관들도 모두 눈을 휘둥그렇게 떴다. 류휘는 옥좌에 앉아 그 선동관을 조용히 내려다보고 있었다.

이 삼 년 동안, 어느 누구도 류휘에게 하지 않았던 말을 정면으로 들었다.

"우우 님이 간언하지 않는다면 내가 말하겠어. 우우 님을 죽여서라도. 그것이 선동성의 의무니까. 그렇지 않습니까, 리앵 님? 잘못은 누군가가 바로잡아야 하니까. 이 이상 나빠지기 전에. 그런데 뭐가 문제라는 겁니까? 아니면 당신은 정말로 자류휘야말로 다른 누구보다도 왕에 적합하다고 생각하고 계시기라고 한 겁니까? 왕계 님의 단 한 명의 후손, 창가의 리앵 왕자님?"

──웅성, 하고 그 자리가 술렁였다. 리앵은 흠칫 놀라 눈을 휘둥그레 떴다. 선동관은 형형하게 눈을 빛내며 리앵과 류휘를 번갈아 바라보았다.

"창가와 표가의, 누구보다도 진한 혈통을 이어받은 리앵 님. 기녀 출신의 어미를 가진 저 왕보다, 당신이 훨씬 고귀하고 유서 있는 왕가의 혈통을 계승했습니다. 왕계 님의 원래 성은 창씨. 혈통을 중시하는 선동성이 선택해야 하는 것은 왕계 님과 당신이어야 했어! 우우 님은 늙어서 눈이 흐려졌다. 혈통을 되돌려야 해. 더 옳은 혈통으로. 더 옳은 자에게로. 왕위 찬탈자인 전화왕의 자식 따위가 아니라!"

이 발언에 전화왕에게 충성을 맹세했던 고참 중신들이 쌍심지를 켜고 일제히 자리에서 일어났다.

"왕위 찬탈이라고?! 전화 님의 이름까지 더럽히는 게냐, 몹쓸 놈!!"

"규황의, 지금 당장 저놈의 입을 막으라!! 목을 치라!!"

양수는 잠자코 안경을 고쳐 썼다. 언젠가는 누군가가 말했을 말. 그것이 오늘이었을 뿐이다.

이를 받아들이고, 어찌할 것인가는 각자가 정할 일. 안경 너머로 경 시랑이 유순을 뒤돌아보는 것과, 공부의 관 상서가 한숨을 쉬는 것이 보였다. 그러나 다른 대관들의 표정은 마치 황 상서의 가면처럼 모든 감정이 사라져 있었다. 선동관이 여기에서 폭로하고 있는 것은 대관들의 입장과 본심이기도 했다.

왕은 아직 처형 명령을 내리지 않았다. 유순은 드물게 망설였다. 독단으로 부채를 내리칠 것인가―― 망설이고 있는 가운데, 선동관이 나무 가쇄를 찬 채 창을 밀어내면서 무릎으로 기어 리앵에게 다가왔다.

"왕계 님은 당신의 외조부님. 물론 당신은 저 왕이 아니라 조부님 편을 드시겠지요. 잃어버렸던 고귀한 성씨를 지금이야말로 되찾아야 합니다. 옥좌와 함께."

리앵은 저도 모르게 뒷걸음질 치려다가 버티고 섰다. 입을 열었지만 목소리가 나오지 않았다. ――아무것도.

등에 왕의 눈길이 느껴지는 것 같다는 생각이 들자 식은땀이 솟아났다. 옥좌를 돌아보지 않았다.

열에 들뜬 것 같은 이상한 눈빛과 표정은 류휘에 대한 반감 때문만은 아니었고, 보다 많은 요인이 뒤섞인 것처럼 생각되었다. 조정에 엉겨붙어 있는 농밀한 어둠과 불안과 공포가 선동관의 모습을 한 탁류가 되어, 단숨에 흘러넘치려고 하고 있었다. 류휘 탓이 아닌 일마저도 한데 묶어서. 이렇게 될 리가 없다. 저 왕만 사라지면 모든 것이 잘될 거다. 그렇게 되기 위해서 모든 것들을 모조리 끄집어내려고 하고 있었다. 그러면 눈앞의 불안이 사라지리라고 진심으로 믿고 있었다.

"당신은 표가의 피도 이어받았습니다. 선동성을 하찮게 여기실 리는 없지요. 황해를 다스린 왕이야말로 팔선의 수호를 받는 진정한 왕이라고 하지요. 그걸 해낸 게 누굽니까. 자류휘가 아니라 왕계 님입니다. 그게 모든 증거라고요. ――붉은 별의 예언에 따라, 옥좌의 교체를 선동선은 말씀드리는 겁니다!!"

옥좌의 진위를 판단하고, 즉위의 전권을 쥐고 있는 선동관의 그 목소리가 정사당 가득 울려 퍼졌다.

유순은 눈을 부릅뜨고 부채를 내리치려 했다.

그러나 한 발 먼저 리앵의 손이 선동관의 입을 틀어막았다. 턱이 이상한 소리를 냈다.

"──닥쳐라. 선동성의 수장(首長)은 나다. 네놈이 아니다."

리앵의 그 말은 조용했지만, 정사당 안의 모든 이의 귓가에 울려 퍼졌다.

리앵은 젊은 선동관의 곤충 같은 검은 구멍을 가까이에서 차갑게 노려보았다. 방금 전까지 흘러내리던 식은땀은 멎어 있었다. 선동성이라는 그 말이, 리앵에게 분노와 함께 제정신을 차리게 했다. 리앵이 아직까지 결정할 수 없는 일들은 많았다. 하지만 이것 하나는 알고 있었다.

"조정백관, 밑으로는 마구간 담당관에 이르기까지 모두가 간언의 권리를 가지고 있다. 설령 죄인이라 하더라도. 그 권리는 그가 누구이던 간에 결코 침해받아서는 안 된다. 간언의 내용이 어찌하던 간에── 그러나 네놈이 우우를 죽인 이유의 정당성은 어디에도 없다. 단 한 가지도."

규황의와 능안수, 그리고 손능왕은 리앵에게서 뿜어져 나오는 조용한 패기에 눈이 휘둥그레졌다. 리앵이 왕비연의 아들이고, 왕계의 손자라는 것은 알고 있었다. 그러나 지금까지 닮았다고 생각한 적은 없었다. 어느 쪽이냐 하면, 그들에게 리앵은 표가의 인간이라는 인식이 강했다.

그러나 지금, 그 목소리는 마치 왕계 자신이 그곳이 있는 것처럼 쩌렁쩌렁 울렸다.

"그럴싸한 말들을 늘어놓더군. 허나, 그렇다면 어째서 네놈은 우우를 죽이기 전에 직접, 그 몸으로 폐하 앞에 나오지 않았던 거냐.

간언을 하지 않았던 게냐. 이번에 폐하는 마지막까지 네놈의 말을 막지 않으셨다. 네놈이 우우를 죽인 죄인인데도 말이지. 우우를 죽이지 않았더라도, 폐하는 마지막까지 지금처럼 옥좌에 앉아, 피하지 않고 네놈의 말을 들어주셨을 것이다. ——어째서 그리 하지 않았나?"

선동관의 눈에 처음으로 자책감과 공포가 언뜻 스쳐갔다.

"하고 싶은 말이 있다는 것이 사람을 죽일 이유가 된다고 생각하는가? 자신의 변명에 사람을 죽일 만큼의 무게가 있다고 생각하는가? 정면으로 직소할 만한 각오도 없었겠지. 우우를 죽이면 모든 사람이 머리를 조아리고 이야기를 들어주리라 생각한 거겠지. 네놈은 마음에 들지 않는 일은 모조리 폐하와 우우 탓으로 돌렸을 뿐이다. 없애버리면 모든 것이 좋아질 거라고 착각하고서 이를 실행에 옮겼을 뿐이야. 애당초 어째서 영윤인 내가 아니라 직위가 낮은 우우를 노렸지? 나도 그곳에 있었는데?"

"그건 당신이 창가의——."

"혈통으로 죽일 상대도 고른다는 거냐? 표가와 선동성이 어떠네 하고 슬쩍 내비쳐 놓고는. 간언이라는 건 말이지, 계산이나 술책을 위한 것이 아니야. 그런 건 중상모략이라고 하는 거다."

선동관의 곤충 같은 눈이 일그러지면서 번들거리는 이상한 빛이 다시 되돌아왔다.

"우우를 죽인 것조차 정당화한 네놈을 나는 용서할 수 없다. 네놈에게 네놈 나름의 생각이 있듯이, 우우에게는 우우 나름의 생각이 있었다. 선동성은 중립을 지킴으로써 신뢰를 얻는 곳이다. 결코 옥좌를 좌지우지하는 일 따위는 하지 않아. 신념과 의견은 있어도 좋겠지. 불만이 있으면 말하면 된다. 하지만 마지막 판단은 폐하가 내리신다. 폐하와, 매일 조정에서 백성과 정사를 마주하고 있는 백관

대신들의 책무다. 같은 별을 본 자가 제각각 다른 길을 걷는 것처럼, 마지막에 갈 길을 정하는 것은 인간의 의지다. 착각하지 마. 이 나라가 나아갈 곳을 결정하는 것은 별도, 선동성도 아니다. ——하물며 네놈의 더러운 중상모략이 아니란 말이다!!"

그 순간, 나무토막이 산산조각 나는 것 같은 소리가 났다.

엄청난 힘이 리앵의 팔을 쳤다. 이어서 복부에 무거운 충격이 전해지면서, 리앵의 눈앞이 일그러지며 새하얗게 변했다. 무슨 일이 일어났는지도 알지 못한 채 리앵은 뒤로 밀려 쓰러졌다.

리앵은 가벼운 고무공처럼 몇 번이나 바닥에 내동댕이쳐졌다. 옥좌 앞의 짧은 계단까지 밀려온 리앵을, 류휘가 옥좌에서 달려내려와 부축해 안았다.

선동관을 보니 나무 가쇄가 끊어져 있었다. 무관 두 명도 걷어차여 뒤쪽으로 내동댕이쳐져 있었다. 두 무관이 들고 있던 창은 두 동강 난 채 바닥에 구르고 있었다.

류휘는 눈을 부릅떴다. 이상한 공기에 감싸여 있기는 했지만, 마르고 보기에는 빈약한 체격의 사내였다. 나무 가쇄와 창을 맨손으로 꺾어버릴 수 있을 만한 사내는 아니었다.

품 안에서 리앵이 으으, 하고 토했다. 류휘를 보더니 얼굴이 일그러졌다. 뭔가 말을 하려다가 다시 으윽, 하고 토한다. 류휘는 리앵이 흔들리지 않도록 머리와 몸을 편한 쪽으로 바꾸어주었다. 토사물에 피가 섞여 있지 않는 걸 확인하고 안도했다. 내장도 무사한 듯하다. 류휘의 눈에는 그 순간 리앵이 반사적으로 뒤쪽으로 물러난 것이 보였다. 그래서 충격이 상당히 줄어든 것이다.

"백 대장군!! 짐은 괜찮소. 장군은 유순을 지키시오!! 가까이 오지 못하게 하시오!"

달려오려던 백뇌염은 왕명에 멈춰 섰다.

"리앵, 들리는가."

이 며칠 동안, 물 이외에는 거의 아무것도 섭취하지 않았던 리앵이 토하려고 해도 위액밖에 없다.

"…조심…해… 저 녀석… 약… '암살인형' 처럼… 신체증강을… 검을 준비…."

류휘는 검을 뽑으려다가—— 허공을 저었다. 한 박자 후, 파랗게 질렸다.

"…어, 어쩐다. '간장' 과 '막야' 를 빌려주고는… 검을 차질 않았다."

"…………, ……헛?! !! ! ! !!"

리앵은 얼굴이 빨개졌다 파래졌다 했다. 목소리는 들리지 않았지만, 류휘는 리앵이 온갖 욕설을 속에서 다 끄집어내어 퍼붓고 있다는 것을 그 정신없이 변하는 표정으로 알 수 있었다.

밀려드는 무관들보다도 빨리, 선동관은 크게 도약하더니 류휘와 리앵의 눈앞까지 한 걸음에 다가왔다.

믿을 수 없는 신체능력이었다. 두 동강난 창의 윗부분을 집더니 류휘를 겨눴다.

기묘하게 일그러진 얼굴로 선동관은 미친 사람 같은 웃음소리를 냈다.

"리앵 님, 당신은 현명하고 옳습니다. 너무 옳아서 멀미가 나는군. 하지만 현명한 건 좋아. 내 말이 모조리 다 틀렸다고는 당신은 말하지 않았어. 왕계 님과 이 왕 중 누가 더 적합한지 물었을 때, 당신은 대답하지 못했지. 붉은 요성이 흉조와 옥좌의 교체를 나타낸다는 점성술의 점괘가 거짓이라고 말하지 않았어. 왕계 님이 그 왕보다도 훨씬 진한 창가의 정통성 있는 왕위계승자라는 것도, 당신이 그 피를 이어받은 후계자이자 왕자라는 것도 부정하지 않았다. 왕계 님이 옥좌에 오르는 것이 잘못된 일이라고는 말하지 않았잖아.
——단 한 마디도."

그 자리의 모두가 그 말을 들었다.

리앵은 머리를 얻어맞은 것처럼 몸이 크게 떨렸다. 류휘는 변함없
이 리앵을 부축해주고 있었지만, 그렇기 때문에 오한과도 같은 리
앵의 떨림도 그대로 전부 전해져 왔다. 하나도 남김없이. 리앵은 뭔
가 반론하려고 했다. 하지만 머릿속이 새하얘져서 아무것도 떠오
르지 않았다. 아무것도.

"인간의 의지가 정하는 것이라면 거기에는 내 의지도 들어가겠
군. 그 왕에게는 덕도 없거니와 별도 없어. 나는 인정하지 않아. 없
애버리겠어. 뭐가 나쁘다는 거지? 그 왕에게 왕의 별은 없다고!
——내가 옳아."

창을 초인적인 힘으로 내던진다. 류휘를 향해서. 류휘는 리앵을
안은 채 옆으로 몸을 날렸다.

그러나 창은 던져지지 않았다. 창을 든 팔이 그대로 풀썩 떨어졌
다. '어?' 하고 선동관은 고개를 갸웃했다. 한 박자 후, 선동관은 바
닥에 굴러 떨어진 자신의 팔을 보았다.

이어서 심장에서 검이 솟았다. 가슴을 관통한 칼은 바로 뽑혔다.
등 뒤에서 찔러 밀친 후, 최후의 일격으로 경동맥을 끊었다. 용서
없이, 마치 인간이 아니라 짐승의 숨통을 잽싸게 끊어버리는 것처
럼. 피가 뿜어져 나오는 소리가 묘하게 생생하게 들렸다.

류휘와 리앵은 멍하니 그 광경을 보고 있었다. 류휘도 흉수를 죽
인 적은 있다. 하지만 지금 눈앞에서 펼쳐지고 있는 행위는 생경한
것이었다. 군더더기가 없고, 담담하고—— 차원이 달랐다. 두 사람
에게는 피도 튀지 않았다. 단 한 방울도. 마치 어느 쪽으로 피가 튈
지까지 계산하고 죽인 것처럼.

철컥, 하고 칼집이 부딪치는 소리가 났다. 피 웅덩이를 익숙한 듯 밟고 지나가는, 잘박이는 물소리가 조그맣게 들렸다.

류휘는 **그 두 사람**을 올려다보았다.

류휘조차도 기척을 다 감지하지 못했다. 눈에 보이지도 않을 정도의, 전광석화와 같은 속도로 모든 것을 끝냈다.

"송 장군…과, 손, 능왕…?!"

"…어전에서 칼을 뽑게 되어 죄송합니다, 주상. 부디 용서하시길."

손능왕은 살짝 웃더니 검을 바닥에 내려놓았다. 송 태부는 선왕 시절부터 조정의 어떤 장소든 가리지 않고 대검(帶劍)을 윤허 받은 몸이었지만, 육부상서인 손능왕은 정사당 입실 시 대검은 허용되지 않는다. 잘 보니, 가까이 있던 무관의 검을 낚아채온 듯, 평범한 관급품 검이었다.

송 태부가 검을 휘둘러보니, 엉겨붙어 있던 핏덩어리들이 비처럼 쏟아져 내렸다. 험악한 눈초리로 손능왕을 노려본다. 지난날 자신과 전화왕, 그리고 사마룡, 이 세 명을 동시에 상대하며 막상막하로 싸웠던 애송이.

"…실력은 조금도 녹슬지 않았군, 손능왕. 폐하를 지켜준 것에 감사한다."

"아닙니다."

송 태부가 번뜩이는 눈으로 류휘를 노려보았다. 류휘는 그 험악한 표정에 마른 침을 삼켰다. 하지만 송 태부는 바닥을 내딛으며 척척 다가오더니 무릎을 꿇었다. 류휘 앞에서 깊게 머리를 조아렸다. 그 입에서 흘러나온 것은 단 한 마디뿐이었다. 마음에서 우러난.

"…무사하셔서, 천만다행입니다."

분노 따윈 털끝만큼도 없는 그 목소리에 류휘는 목이 잠겼다. 사과 대신 끄덕였다.

　유순이 백뇌염을 뿌리치는 고함소리와, 달려오는 지팡이 소리가 들려왔다.

　리앵을 안고서, 류휘는 소란스러운 정사당의 아름답게 세공된 천정을 올려다보며 숨을 들이마셨다.

　시야 끝에 소 태사의 차가운 얼굴이 보인 것 같았다. 냉랭한 밤의 목소리가 뇌리에 메아리쳤다.

　『당신은, 한낱 버려지는 장기말인 거지요.』

　우왕좌왕하는 문관들과 무관들 속에서, 리앵과 류휘를 바라보는 고관들의 시선을 느꼈다. 육부(六部)의 장관과 부관, 규황의, 능안수, 그 외의 고관들. 이 자리에 있는 모든 관리들의 눈빛을.

　선동관의 시신에서 검붉은 피 웅덩이가 천천히 퍼져간다. 바닥에 스며들고 물들어, 이젠 사라지지 않는다. 그가 외친 말들도. 그 모든 것들이 정사당 안에 메아리치고 있는 것 같았다. 부딪치면서 결코 사라지지 않고, 빙글빙글 돌면서. 작은 물방울이 흩어지면서 모든 관리들에게 퍼져간다.

　"폐하."

　유순의 목소리는 냉정했다. 어딘지 화가 난 것처럼 들리기도 했다. 심문은 공개가 아니라 비공개로 해야 한다던 유순의 의견을 물리친 것은 류휘였다. 처형 신호를 내리지 않은 것도.

　전부 류휘 자신이 초래한 일이었다.

　"유순, 할 말이 있다."

　류휘는 똑바로 유순의 눈을 들여다보았다. 그 두 눈에서는 여전히 감정을 읽어낼 수 없다는 걸 류휘는 깨달았다. 그 눈을 들여다볼 때면 언제나 류휘는 어쩔 줄 몰랐다. 미궁처럼 깊고 깊은, 수수께끼 같은 그의 미소와 마찬가지로, 류휘를 혼란스럽게 만들었다. 하지만 지금은 달랐다.

류휘는 미소를 지었다. 유순의 생각을 알 수 없다는 사실에 슬픔은 느꼈지만, 이제 혼란은 없었다. 유순의 마음을 읽지 못하더라도 류휘의 마음을 정해져 있었기에.

"중요한, 이야기다. 아주, 중요한."

류휘는 손을 뻗어 유순의 손을 잡았다. 얼음 같은 손가락이었다.

"리앵을 어의인 도 노사에게 데리고 간 뒤 만나러 가겠다. 상서령실에서 기다려 주게."

유순은 한 번 눈을 깜빡였다. 잡은 손에서 천천히 열기가 유순에게 전해져 온다.

그게 싫은 것처럼 유순은 잡힌 손을 잡아뺐다. 류휘는 쫓으려다가 그만두었다.

"…알겠습니다, 주군."

류휘의 얼굴이 살짝 일그러졌다. 유순의 조용한 목소리에서도 표정에서도, 역시 무엇 하나 류휘는 그의 마음을 읽을 수가 없었던 것이다. 이렇게 될 것을 알아차리고 있었는지, 그렇지 않은지조차도. 뭔가 말하고 싶었다. 하지만 무슨 말을 하더라도 변명처럼 들리리라는 건 알고 있었기에 아무 말도 할 수 없었다. 멀어진 손을 다시 잡을 수 없었던 것처럼. 유순의 어느 것 하나 잡지 못한 채.

"백 대장군, 만일에 대비해서 유순의 호위를 부탁하겠소. 상서령실까지 바래다 주시오."

류휘는 리앵을 안고서 옮기려 했지만, 리앵이 거부하듯이 팔을 쳐냈다.

"…나, 난…"

리앵은 창백한 얼굴이었다. 밀어내는 힘은 약했고, 혼란에 빠져자신도 뭘 하고 있는지 알지 못했다. 온몸의 떨림이, 얻어맞고 내동댕이쳐졌기 때문만은 아니라는 것도 알고 있었다.

『당신은 대답하지 못했어. ──단 한 마디도.』

그 말이 머릿속 가득 메아리치며 사라지지 않았다.

류휘는 혼란에 빠져 두려움마저 떠오른 리앵의 두 눈을 오른손으로 가렸다.

"…아무것도 신경 쓰지 마라. 도 노사에게 데려다줄 때까지 잠자코 눈을 감고 있어. 지금은 보고 싶지 않은 건 보지 않아도 되니까. 듣지 않아도 된다. 생각하지 않아도 되는 거야. 어떤 것도. 짐이 허락하겠다."

리앵은 뭔가를 말하려고 헐떡였지만 목소리는 나오지 않았다. 이윽고 리앵의 양 팔이 떨리면서 힘없이 축 늘어졌다. 류휘의 손바닥 밑에서 꾸욱 눈을 감는 기척이 느껴졌다.

류휘는 리앵을 두 팔로 안아올렸다. 걸음을 떼니 문관과 무관들이 황급히 머리를 조아리고 길을 비켰다. 깊게 조아린 머리 밑에 떠오르는 각자의 표정과 감정도 류휘의 눈에는 보이지 않는다. 그곳에 있지만 아무것도 보이지 않는 것과 마찬가지다. 죽은 사내가 남긴 외침이 지금도 바닥과 벽에 부딪쳐 메아리처럼 울려 퍼지는 가운데, 류휘는 아무 말 없이 지나갔다. 수많은 사람들에게 둘러싸여 있었지만 들리는 것은 류휘의 발소리뿐이었다. 단 하나의 차갑고 고독한 소리.

딱 한 번, 수습되고 있는 선동관의 시신을 돌아보고는. 그리고 사람들의 시야에서 사라졌다.

* * * * *

류휘는 선동성이 아니라 자신의 후궁으로 리앵을 데리고 돌아왔다. 옮기는 내내, 류휘의 팔에는 리앵의 학질 같은 작은 떨림이 계속 전해져 왔다.

십삼회가 따뜻하게 마련해준 방에는 이미 도 노사가 대기하고 있었다. 진찰과 치료가 끝나자 도 노사와 십삼회는 물러가고, 방에는 두 사람만이 남게 되었다.

마치 방금 전의 소동이 거짓말이었던 것처럼 조용했다. 류휘는 침대 옆에 다가가 리앵을 내려다보았다. 리앵의 표정이 딱딱하게 굳었다. 그 두 눈을 류휘는 아까처럼 손으로 가려주었다.

"사람을 물려두었다. 아무도 오지 않는다. 곁에 있을 테니, 조금 눈을 붙여라."

리앵의 창백한 입술이 뭔가 말하려는 듯 열렸지만, 류휘의 말을 듣고 멈췄다.

"짐도, 어머니의 시신을 가장 먼저 발견했다. 연못에 떠오른 채 물결에 흔들리고 있었다."

리앵이 알고 있기로는, 제6빈은 병사했을 터였다. 공식적으로는. 그러나 후궁의 '사실'처럼 믿을 수 없는 것도 없었다. 아마 제6빈의 사인 따위 조정으로서는 아무래도 상관없었던 것이다.

기녀 출신의 비빈 따위. 아까 선동관이 외쳤던 대로다. 그러나 류휘에게는 어머니였다.

"오랫동안 짐 자신도 잊고 있었다. 어머니 때문에 슬펐던 기억은 없다. 하지만 밤이 오는 것이 무서워졌다. 형님이 이렇게 곁에 있어줄 때에만 잠을 잘 수 있었다."

"……."

"지금은 아무 생각도 하지 않아도 된다… 넌 우우가 죽은 후 울지도 않았지."

손바닥 아래에서 리앵의 떨림이 멎었다.

"지금만이라도 좋다. 우우를 위해서만, 네 시간을 써주어라. 우우는 절대로 화내지 않는다."

숨죽인 울음소리가 작게 들려왔다. 이어서 손바닥 아래에서 굵은 눈물이 흘러내렸다.

빗방울처럼 눈물이 수없이 리앵의 창백한 뺨을 타고 떨어졌다. 리앵은 소매로 몇 번이나 몇 번이나 닦았지만 도무지 멈추질 않았다. 오열이 터져 나오며 눈물이 한층 더 쏟아져서 흐느꼈다. 리앵은 지금까지 단 한 번도 이런 식으로 운 적이 없었다.

류휘는 아무 말 없이 리앵의 머리를 가슴에 끌어당겼다. 지금까지 자신이 그렇게 위로받았던 것처럼.

리앵은 창피한 듯 숨을 참으려고 했지만 저항하듯이 마음 밑바닥이 크게 떨렸다. 둑이 터진 것처럼 뜨거운 덩어리가 솟구쳐 올라온다. 리앵은 류휘의 옷을 두 손으로 꼭 쥐고 머리를 세게 밀어붙였다. 오열을 참지 못한다면, 하다못해 이렇게 어떻게든 울음소리가 새어나가지 않도록 했다.

『리앵 님은 '무능' 따위가 아니시옵니다.』

우우와는 이번 봄에 만났을 뿐이다. 함께 보낸 시간은 일 년도 안 되는 짧은 세월.

작고 주름투성이에 따뜻한 그 손이 리앵의 손을 잡아주면, 마음 전체를 감싸주는 것처럼 따스했다. 그리고 언제나 울고 싶어질 정도로 서글펐다. 업을 때마다 조금씩 작고 가벼워지고 있었다.

어느 쪽도 입에 담지는 않았지만, 언제부터인가 깨닫고 있었다. 우우가 리앵을 부른 진짜 이유.

손을 잡을 때마다 우우에게서 전해져 오는 것이 있었다. 우우가 없는 다음 세상에 그를 남겨두기 위해서. 깊이 생각하는 건 무서우니까 생각하지 않았다. 가능한 한 그때가 오는 것을 뒤로 미루고 싶었다. 소중하게, 소중하게 보내고 싶었다. 함께 보낼 수 있는 남은 시간을.

『저는 리앵 님이 몹시 자랑스럽사옵니다.』

실이 끊어진 인형처럼 풀썩, 벽에 기댄 채 잠이 든 것처럼 고개를 숙이고 있었다. 등에 꽂힌 단도. 피로 물든 웃옷. 지켜주지 못했다. 그때 백비탕 따윌 가지러 가는 게 아니었다.

계속, 언제까지나 곁에 있었으면 좋았을 것을.

"……으, 우우……."

리앵은 흐느끼면서 자신도 이해할 수 없는 두서없는 말들을 띄엄 띄엄 내뱉었다. 혼자 있던 이 며칠 동안, 줄곧 얼어붙어 있던 것들이 지금 녹아서 전부 흘러나오고 있었다. 이는 분명, 리앵과 우우만의 시간이었다. 류휘는 그저 잠자코 옆에 있었다. 머리를 쓰다듬지도 않았다. 그렇기에 둘이 함께 있었지만, 혼자 있을 수 있었다. 이는 리앵이 지금까지 알고 있던 차가운 고독이 아니라, 얼어붙은 눈물이 녹아내릴 정도로 따뜻한 시간이었다.

얼마나 시간이 흘렀는지, 정신을 차리고 보니 리앵은 침대에 눕혀져 있었다. 눈물 때문에 눈앞이 뿌옇게 흐려져서, 리앵은 그곳에 있는 것이 누구인지도 알 수 없었다. 무슨 말인가 해야 할 것 같았지만 나른한 피곤과 밀려드는 강렬한 졸음에, 생각을 할 수가 없었다.

"…잠들어라. 지금만큼은 충분히."

리앵은 멍한 머리로 그 다정한 목소리를 들었다. 끄덕이는 대신 눈을 감았다. 마지막 눈물이 소리도 없이 흘러내렸고, 그는 깊은 늪과도 같은 잠에 빠져들었다. 그래, 지금만큼은. 일어날 때까지는.

그것이 **마지막 시간**이라는 것을 왕도, 리앵도 마음속 어딘가에서 어렴풋이 알고 있었다.

황혼녘의 어스름 속, 울다 지쳐 잠이 든 리앵의 옆얼굴은 초췌하기 짝이 없었다. 그렇지만 표정 언저리에 이제야 천진함의 조각이 어려 있었다.

　방을 나서며 마지막으로 다시 한 번 리앵을 돌아다보았다. 저물어가는 석양 속에서 류휘가 어떤 얼굴을 하고 있었는지는 누구도 알 수 없었다. 류휘 자신조차도.

　"류휘 님, 리앵의 상태는 어떻습니까?"

　회랑에 나서자, 계속 기다리고 있었는지 소가와 십삼희가 서 있었다. 류휘는 웃어보였지만, 어색한 웃음이라는 걸 스스로도 느끼고는 숨기려는 듯이 고개를 숙였다. 정사당에서 벌어진 소동이 이미 두 사람의 귀에 들어가지 않았을 리가 없었다. 아마도 지금은 후궁의 쥐 한 마리라 해도 모를 리 없다.

　"…이제 간신히 잠들었다."

　쏴아아, 하고 저녁바람이 나뭇가지를 흔든다. 어둑어둑한 하늘을 올려다보면서 깊고 깊게 숨을 들이마셨다. 자아――.

　"…유순에게 다녀와야겠다. 약속을 해놓고서 늦어버렸군."

　그 이름에 소가와 십삼희가 반응했다.

　"정 상서령… 말씀이십니까."

　"그렇다. 할 말이 있다. 아주 중요한."

　그 목소리는 저물어가는 저녁하늘처럼 깊은 빛을 띠고 있었다. 그 목소리도 표정도, 지금까지와는 다른 고요함이 감돌고 있었다. 생각하고, 생각하고, 생각한 끝에 찾아낸 답을 쥐고 있는 자의 빛깔.

　정사당에서의 사건만으로 내린 결론이라면 소가는 말렸을 것이다. 그러나 그렇지 않다는 것을 어렴풋이 눈치 채고 있었다. 십삼희는 인간의 심리를 예리하게 알아채는 타고난 감각으로, 소가는 알고 지낸 세월 속에 키워진 이해로. 십삼희는 고개를 숙였다.

그녀는 류휘가 내린 결론까지는 알 수 없었다. 하지만 무언가를 버리려고 한다는 생각이 들었다. 그리고 그녀에게는 그 선택을 막을 어떠한 권리도 없었다. 누구에게도. 소가에게도.

"끝나면, 두 사람과 강유에게도 제대로 알리겠다. 하지만 가장 먼저 유순에게 알려야 한다."

"아… 하지만, 아까, 분명 유순 님께 손님이 찾아오셨다는 말을 들었는데요? 조금 있다가 가는 게 어떠신지?"

십삼희와 백합은 후궁에 있으면서도 외조의 정보를 거의 정확하게 파악하고 있었다. 속도도 정확도도 높았고, 신빙성도 타의 추종을 불허했다. 류휘는 십삼희를 보더니 미심쩍다는 듯이 눈썹을 찡그렸다.

"…손님?"

"네. 손님이라고 할까, 사자라고 할까. 홍주에서 온 것 같았어요. 황해 보고 중 일착…인 것 같아요. 왕계 장군보다 먼저 정보를 알리려고 온 것 아닐까요? 외조도… 그 뭐냐, 아직 어수선하고… 아무튼 상서령에게 보고를 하고 싶다고 해서 지금 만나고 있는 모양이에요."

류휘와 소가의 낯빛이 조금 달라졌다. 소가가 조심스럽게 물었다.

"…십삼희… 상서령인 유순 님에게 사자가 직접 찾아갔다는 말씀이십니까?"

"물론 신원이 확실한 고관이니까요. 태수의 도장도 가지고 있다고 했고. 홍주에서는 이름이 자자한 명관리라나 뭐라나. 하지만 좀처럼 없는 일이긴 하죠. 군 태수가 직접 오는 것도 그렇고. 하지만 삼대 천재지변이었으니까―― 그리고… 주경의 요새를 맡고 있는 태수고… 뭐랄까, 성격 안 좋을 것 같은 이름이네, 그런 생각을 했는데… 아, 그래그래. 정란 님과 이름이 비슷해서 그랬지. ――자란."

저벅, 하고 그 자리에 다른 발소리가 울렸다.

"…뭐라고?"

십삼희는 그 목소리에 뒤돌아보고는 어이가 없다는 듯 눈을 휘둥 그레 떴다.

● ● ✦ ✦ ● ●

유순은 동트기 전의 시간이 좋았다. 쪽빛 어둠이 하얗게 녹아들면 서 세상이 아름다운 옅은 푸른빛으로 물들어 간다. 희뿌연 하늘빛 세상. 태양이 비치면 세상이 황금빛으로 물들기 시작하지만 유순에게는 너무 눈부셨다. 석양은 또 어떤가, 도망치듯이 서둘러 모습을 감춰버리는 것이 풍취가 없다. 특히 가을은.

저물어가는 세상을 보면서 유순은 한숨을 쉬었다. 깃털 부채를 손에 들고 괜스레 쓸쓸하고 서글픈 가을의 금원(禁苑)을 천천히 걷다가 문뜩, 사자를 뒤돌아보았다.

"정유순입니다. 먼 길 오시느라 고생이 많으셨습니다, 자란 님."

사람을 물려달라는 자란의 청을 받아들여, 이 연못으로 데리고 나온 것은 유순이었다. 유순도 그와 왕을 마주치게 하고 싶지 않았다. 백 대장군이 완강하게 버텼지만 결국에는 물리쳤다. 그렇다고는 해도, 백 대장군도 순순히 물러나지는 않고 엄중히 자란의 몸수색을 할 정도의 의지는 보였다. 관모에 구두는 물론, 동전지갑까지 압수당했고, 입 안에 손을 넣어 훑었을 정도로 철저하게 몸수색을 했기 때문에, 지금 자란은 말 그대로 몸에 걸친 건 모조리 다 털린 상태였다. 자란은 몸수색 당하던 생각이 났는지 불쾌하다는 듯 입에 손을 가져갔다.

"…상당히 신경이 날카롭더군요. 조정의 분위기도 기묘하고. 무슨 일이 있었습니까?"

"쓸데없는 말은 그만. 보고를 받는 것은 내 쪽이었을 텐데요, 자란 님. 보고를 하십시오."

유순은 차갑게 말을 잘랐다. 자란이 발걸음을 멈췄기에 유순도 멈춰 섰다. 황해 문제는 듣지 못했다. 종식되지 않았다면, 홍주의 계절풍을 타고 날아온 검은 풀무치 군단에 의해 지금쯤 귀양은 점령당했을 것이다. 한가하게 산책 같은 걸 할 수 있을 여유도 없을 뿐더러, 선동관이 우우 님을 죽이고 헛소리를 부르짖을 여유도 없었을 것이다. 세상만사는 뭐든지 언제나 좋은 일과 나쁜 일이 한 쌍으로 온다.

"자란 님, 왕계 님은 언제쯤 귀양에 들어오십니까?"

"조금 더 걸릴 듯싶습니다. 홍주에서 조금 발이 묶이신지라."

"이런, 무슨 일이 있었습니까?"

"네, **동파군수 자란 님이 살해당하시는 바람에.**"

연못에서 첨벙, 하고 잉어가 뛰어오르는 소리가 들렸다. 하나, 또 하나, 멀리서 등롱이 불을 밝힌다. 사람을 물려놓은 탓에 이 일대만은 버려진 것처럼 어둠만이 다가오고 있었다. 유순은 중얼거렸다.

"…네, 그럴 거라고 생각했습니다."

"…뭐라 하셨습니까?"

"안타깝게도, 난 자란 님의 얼굴을 알고 있어서 말이죠. 분명 나이는 비슷하지만 당신과는 다른 얼굴이었지요. 내친 김에 말씀드리자면, 당신 얼굴도 본 기억이 있습니다."

상당히 교묘하게 감추고 있지만 뺨에서 턱까지 한 줄기 흉터가 있는 것이 희미하게 보인다.

사내의 눈이 놀라움과, 그럴 리 없다는 의문의 빛으로 물든다. 하지만 신중하게 아무 말도 하지 않는다.

유순이 이 일자 흉터를 가진 사내의 얼굴을 본 것은 먼 옛날, 단 한 번뿐. 하지만 그 횟수는 유순이 얼굴을 기억하는 데 아무런 문제도 되지 않는다.

"아주 오래 전, 내 고향이 멸망당했던 때, 당신은 왕계 님과 함께 그곳에 계셨으니까요."

사내는 아무 말 없었지만 동요하지 않았다. 오히려 이제야 알겠다는 듯이 침착한 모습이었다.

"…설마, 기억하고 있으리라고는 생각지도 못 했군요."

유순은 깃털부채와 지팡이를 끌어당겼다. 우물 속으로 내리닫는 두레박처럼 순식간에 해가 저물어 어두운 가운데 그림자처럼 미소를 지었다.

능안수와 사마신은 '공식적'인 업무와 직책이 있다. '감옥의 유령'을 하루 종일 지휘할 수는 없다. 그들의 대리를 맡는 자가 있다. 왕계를 위해 그늘 속에서 살아가는 길을 선택한 자.

'감옥의 유령'은 사형수뿐 아니라 낙오된 고위 무관도 많이 포함되어 있었다. 군 태수인 척 속여넘길 수 있을 정도로 조정의 예의범절에 정통하며, 끔찍한 일들의 뒤처리를 맡고 있다고는 상상할 수 없는 풍격과 의지가 있다. 때로는 자신의 판단에 따라 움직이기도 한다.

"그 태수 도장은 진짜였습니다. 자란의 최후가 누구의 소행이었던 간에 안수, 혹은 부하에게서 당신은 그 도장을 손에 넣고서, 무서울 정도의 속도로 왕계 님보다 먼저 귀양에 돌아왔습니다. 그리고 표가의 '약'을 사전에 그 선동관에게 먹였지요. 그것이 당신의 의지인지, 안수의 의지인지는 모르겠지만."

표가가 '암살인형'에게 투여했던 약이다. 연합작전을 펴던 시기에 얼마든지 손에 넣을 수 있었다.

"…하지만 그것만 가지고 돌아올 일은 아닌데도 당신은 이렇게 나도 만나러 왔지요. 다시 한 번 묻겠습니다. 내게 무슨 보고를 하러 온 겁니까?"

어둠의 색깔을 띤 사내는 웃었다. 양손을 뒤로 잡고는 밤하늘을 올려다보았다. 구름은 끼어 있었지만 달은 없었다.

"상서령, 이제 곧 왕계 장군이 돌아오시고 맙니다."

"……."

"오늘 밤이 좋겠지요. 오늘 밤은 달이 뜨지 않습니다. 어리석은 선동관 덕분에 조정 전체가 술렁거리고 있습니다. 어둡고 끈적거리는 열기. 예전에 이런 공기가 있었지요. 왕위다툼에 돌입하기 전날 밤의 공기."

"……."

"왕자 한 명이 암살되자, 왕자들이 거느리던 사병들이 후궁으로 몰려들었습니다. 하룻밤 사이에 수백 명의 시체가 후궁에 쌓였지요… 오늘 밤은 그 날 밤과 아주 닮았습니다. 하지만 아무리 그래도 우우 님 하나로는 부족한 것을. 어리석은 선동관, 죽이려면 다른 자를 죽여주길 바랐건만."

바람이, 멎었다. 연못의 잉어마저도 홀연히 자취를 감춘 것 같은 무시무시한 적막이었다.

"부족합니다, 우우 님으로는. 왕은 이제 끝이라는 걸 모두에게 알려주는 죽음이 아니니까요. 기껏 마지막 약을 먹여놓았는데 헛짓을 한 거죠. 눈앞에 더 쉽게 죽일 수 있고, 그 죽음으로 모든 끈을 끊어버릴 수 있는, 조정에 누구보다도 도움이 되는 분이 있는데 말입니다…"

깊게 베인 흉터가 일그러지면서 한숨이 새어나온다. 동요라도 부르는 듯, 어둠빛 사내는 중얼거렸다.

"싹둑 싹둑 손발을 하나씩 잘라내서, 지금 폐하가 가지고 있는 것
은 하나밖에 남지 않았습니다. 그 사람이 곁에 있는 덕분에 폐하는
간신히 살아있는 거지요. **그저 살아있을 뿐**이라고 할지라도. 그
사람이 사라지면 끝이라는 건, 이젠 누구나 알고 있습니다. 왕의 심
장."

"……"

한치 앞도 보이지 않을 정도로 땅거미가 짙어졌다. 그러나 어둠과
도 같은 빛을 띤 사내가 유순의 표정을 읽지 못하는 것은 그 때문은
아니었다. 사내는 유순과 정면으로 마주 보았다. 무서운 재상이라
고, 사내는 내심 중얼거렸다.

바닥없는 늪과 같다. 아무리 손을 뻗어도 닿지 않는, 깊고 차가운
장소가 있다. 어쩌면 본인에게조차도. 왕계가 도와준 이유보다도,
죽이고 싶어하는 능안수 쪽이 사내는 이해가 갔다. 이제 와서는.

사내는 침통한 얼굴을 했다. 이런 때조차도 그는 상대를 진심으로
동정할 수 있는 사내였다. 깊고 차가운 그 장소가 너무나 서글프다
고도 느꼈다. 필요하다면 열여덟 꽃다운 처녀를 도끼로 쳐 죽일 수
도 있지만, 아무런 감정도 없는 것은 아니다. 하지만 정유순은 아마
도 아무런 감정 없이 죽일 수 있는 인간인 것이다. 깊고 차갑더라도
최소한 밑바닥이 있다면 구제받을 여지는 있다. 그러나 없다는 것
을 본인이 알고 있다는 사실이, 무엇보다도 구제불능이었다.

"다리도 안 좋고, 몸도 아주 약하시지. 곧 죽을 상인 데다, 이제 남
은 목숨도 길지 않으시고."

유순은 웃었다. 리앵에게서도 들은 말이다. 하지만 그런 건 그 자
신이 가장 잘 알고 있었다.

"그래도 그때가 올 때까지 기다려드릴 수는 없습니다. 인정사정

없긴 하지만. 당신은 그때가 올 때까지 가능한 한 많은 일들을 이루려고 하고 있지요. 당신은 위험합니다. 무시무시할 정도로 머리가 지나치게 좋아. 이름 없는 관리였다가 고작 반년 만에 왕계 님과 비슷한 평가를 받기에 이르렀습니다. 황해 문제에서도 왕계 님과 같은 평판을 얻었지요. 하지만 원래는 그 모든 것이 왕계 님에게 쏟아져야 했던 평판이었단 말입니다. 그 점이 그 분과의 차이지요. 당신과 같은 두뇌를 가진 그 분과."

유순은 깃털부채로 자신의 얼굴을 가렸다. 그랬기에 어둠빛 사내는 정유순이 어떤 표정을 짓고 있는지 한층 더 알 수 없었다. 하지만 별 문제는 아니었다. 전혀. 알기 위해서 온 것이 아니니까.

"당신을 일 각(刻)이라도 더 오래 살려두면, 그 일 각 동안에 뭘 이루어낼지 알 수 없는 노릇이라서. 당신은 그런 분. 젊은 왕을 고작 반년 동안에 몸과 마음 모두 완전히 붕괴시켰지요. 당신 말고는 아무것도 남지 않았을 정도로."

"…그게 어때서요? 아무런 문제도 없지 않습니까?"

유순이 어둠 속에서 조용히 웃었다. 신비스럽고 수수께끼 같은, 그러면서 오싹할 정도로 아름답게. 그러나 사내는 동요하지 않고 유순과의 거리를 좁혔다. 손을 뻗으면 가느다란 목에 바로 손이 닿을 정도로 가까운 거리까지.

"어디에 문제가 있는지 모르는 게 문제입니다. 능안수 님이라면 뭐가 위험한지는 알지요. 다루는 법을 그르치지 않으면 위험한 짐승과도 잘 어울릴 수 있습니다. 하지만 당신은 다릅니다. **어느 정도까지 위험한지**, 여전히 알 수가 없습니다. 다룰 수 있다고 생각하는 것은 어리석은 오만이겠지요."

영리하군, 유순은 마음속에서 중얼거렸다. 워낙에도 판단력이 뛰어났겠지만, 왕계에 대한 무서울 정도의 충성심이 이를 더욱 끌어

올리고 있었다. 안수는 아직은 유순을 묵과하고 있었지만 이 사내
는 달랐다. 유순에게 이용가치가 있더라도 완전히 길들일 수 없다
는 위험성을 감지하고 여기까지 온 것이다. 이를 아는 자는 적었고,
사내는 그 몇 안 되는 사람 중 하나였다. 오로지 왕계 주변에서 하
나라도 위험한 싹을 뽑아버리겠다는 일념으로.

　그랬기에 유순은… 아무런 반론도 하지 못했던 것이다.

　실례, 하고 중얼거리며 사내의 손이 뻗어왔다. 유순의 손에서 지
팡이를 살짝 빼낸다. 그 지나치도록 정중한 손의 움직임이 너무나
우아해서, 지난날 왕자 중 누군가를 모셨을지도 모른다는 생각이
들 정도였다. 지팡이를 빼앗긴 유순은 한숨을 쉬며 우두커니 서 있
을 수밖에 없었다. 지팡이가 없으면 걸음을 떼지 못할 것은 아니지
만 도망쳐봤자 그 속도는 뻔했다. 그리고 때때로 유순은 이걸로 됐
다고 생각할 때가 있었다. 고향이 멸망했을 때에도, 다리가 움직이
지 않게 되었을 때에도, 다주 부임을 지원했을 때에도 그랬다. 그리
고 지금도. 왜 그런지 딱 그런 기분이 되고 말았다. 바람소리가 저
멀리서 들려온다. 오늘 밤은 분명 춥겠지. 어쩌면 올해 들어 가장
추운 밤일지도.

　"…당신은 왕계 님을 위해 재상이 되셨습니다. 감사하는 마음도
있습니다. 제가 이곳에 온 것은, 원래는 왕을 옥죄기 위해서가 아닙
니다. 결과적으로는 그렇게 된다 하더라도."

　왕의 심장. 유순이 죽으면 이 조정에서 왕은 더 이상 살 수 없다.
단 한 순간도. 무슨 일이 벌어질지, 사내는 손에 잡힐 듯 알고 있었
다. 그래도 그것은 목적 중 하나에 불과했다.

　"왕계 님이 귀환하시면 당신을 죽일 수 없게 됩니다. 그래서 이곳
에 왔습니다. 왕계 장군님이 돌아오시기 전에, 가능한 한 많은 일들
을 끝내놓고 싶었거든요."

유순은 어둠빛 사내를 바라보았다. 유순의 가느다란 목을 사내의 두 손이 움켜쥐었다. 마디진 굵은 손가락. 간단히 목을 비틀어버릴 만한 힘이 넘치고 있었다. 유순은 새하얀 숨을 내뱉으며 마지막으로 물었다.

"…당신의 바람은?"

"왕계 님의 옥좌뿐."

꾸욱, 힘이 가해진다. 그 순간.

"——유순!!"

누군가의 목소리가 들려왔다. 엄청난 충격과 함께, 유순은 자신의 몸이 떠오르는 것을 느꼈다.

잠시 후.

거울 같던 연못에 세찬 물보라가 일었다.

●　　●　　✦　　✦　　●　　●

『당신을 일 각(刻)이라도 더 오래 살려두면, 그 일 각 동안에 뭘 이루어낼지 알 수 없는 노릇이라서.』

얼음 같은 온도와 물의 무게. 유순은 헤엄쳐 올라가려 하지도 않고, 그저 깊고 깊은 연못 속으로 가라앉고 있었다. 마치 어둠의 밑바닥으로 가라앉고 있는 것 같은 기분이 들어서, 조금 웃었다. 자신에게 걸맞은 장소였다. 차갑고 어두운 암흑의 밑바닥. 필경 일족(一族)도 같은 장소에 가라앉아 있겠지.

'…이걸로 된 거다.'

이걸로.

누군가를 배신하더라도, 손에 쥐어보고 싶은 바람이 있었다. 한 번 정하면 뒤돌아보지 않는 자신을 막을 수 있는 것은 죽음뿐. 그 사내는 그걸 알아차렸을 뿐이었다. 비난 따윈 할 수 없었다.

콜록, 하고 입 안에 조금 남아있던 공기를 남김없이 내뱉은 순간.

엄청난 힘으로 누군가가 팔을 잡아당겼다. 투둑투둑, 다리에 감겨 있던 수초들이 끊어지면서 끌어올려진다.

수면 위에서 횃불이 어른어른 흔들리고 있었다. 뭔가를 외치고 있다. 물속에서 누군가의 두 팔이 뭔가를 찾는 듯이 필사적으로 허우적거리고 있는 것이 어렴풋이 보였다. 유순은 의아했다.

뭘 찾고 있습니까?

그렇게, 세상에서 가장 소중한 보물을 잃어버리고 만 것처럼.

물 밖으로 나오면 물어봐야지, 하는 생각을 하며 유순은 눈을 감았다. 그때, 그 팔의 움직임이 멈추더니, 마치 그 소중한 보물을 찾아낸 것처럼 자신에게 뻗어 내려오는 것이 보인 것 같았다.

…다시 정신을 차렸을 때, 유순은 기침을 하면서 대량의 물과 수초를 토해내고 있었다. 뭔가 말을 하려 하면 속이 울렁거리고 현기증이 나서 또 한 번 토하고 말았다.

"유순!! 들리는가, 유순."

"…주상…?"

목소리로 간신히 판별이 갔다. 온몸이 흠뻑 젖은 탓에 끔찍하게 추웠고, 물을 머금은 관복은 엄청나게 무거웠다. 파닥파닥, 누군가가 달려오는 발소리가 들렸다.

"그렇다. 에이잇, 이 호랑이 가죽 얼룩남!! 제대로 경호하라고 명령까지 내리지 않았더냐!!"

"하고 있었습니다!! 그보다 누가 호랑이 가죽 얼룩이라는 거냐, 이 멍청한 왕아. 네놈이 먼저 아무 생각 없이 달려들다가 상서령을 밀어 빠뜨리니까 이런 꼴이 된 거 아니냐고, 이 애송이 놈아!! 낮에도 그렇고, 어째서 네놈은 하는 일마다 제대로 하는 일이 하나도 없 냔 말이다!!"

"윽, 그, 그래서 황급히 구하려 하지 않았나! 그런데 짐이 멋지게 뛰어들려고 했더니 쥐어패고 말이지. 말도 안 되는 근위대장이다."

"당연하지! 내가 모를 줄 알았나? 뭐가 멋지게냐. 물에 뜨지도 못 하는 쇠망치 주제에. 시체를 두 구로 늘리면 어쩔 셈이었냐, 멍청한 놈아!! 나하고 추영에게 맡기면 되는 거다!!"

"쇠망치라고?! 헤엄쳐본 적이 없을 뿐이다!!"

"덜 맞은 게로군, 이 바보 놈이!! 하나 덤으로 주겠다. 이놈!"

퍼억, 하고 정말로 쇠망치라도 휘두른 듯한 무시무시한 주먹 소리 가 울려 퍼졌다. 류휘의 애처로운 비명과 울먹이는 소리가 들린다. 그러나 아무리 유순이라도 이번에는 동정하지 않았다. 그 말이 사 실이라면 맞아도 싼, 멍청한 행동이었다. 다른 의미로 유순은 현기 증이 날 것 같았다.

앞머리를 쓸어 올리니 흠뻑 젖은 소매에서 물이 뚝뚝 떨어졌다. 연못의 악취가 풍겨왔다. 그때, 류휘도 백 대장군도 아닌 다른 손길 이 유순을 부축하며 등을 쓸어주었다.

"…괜찮으십니까, 유순 님. 늦지 않아서 다행이었습니다."

그 목소리에, 어지간해서는 놀라지 않는 유순도 당황했다. 콜록, 하고 기침을 하면서 추영의 얼굴을 올려다보았다.

"…추영 님? 어떻게, 이곳에."

"수려 님께서 왕도로 돌아가 당신의 신변경호를 강화해달라고 하 셔서 말입니다. 설마 서둘러 돌아오는 중에 그 사내와 다시 만나리 라고는 생각지도 못 했습니다만."

여우가면을 쓴 사내. 뺨에서 턱까지 한 줄기 흉터가 있는 그 사내 를 도중에 우연히 발견했을 때에는 정말 놀랐다. 설마하고 조심스럽게 뒤를 쫓았는데, 곧장 귀양에 들어가는 걸 보고 또 한 번 놀랐다.

"…또? 그러고 보니 그 사내는?"

"포박했습니다. 백 대장군 덕분에 산 채로."

유순은 기묘하게 안도했다. 자신을 죽이려 했다고 해서 누군가가 죽는 것은 이치에 맞지 않는다. 죽어야 할 자가 있다면, 대부분의 경우 상대가 아니라 자신이었다. 예외는 있었지만 적어도 그 사내는 아니다.

"수려 님께서, 라고 말씀하신 것 같은데."

"네. 방해꾼은 제거해버리는 것이 그 자의 처리방식이라면, 자신보다도 훨씬 거물을 노릴 가능성이 있다면서. 유순 님은 재상이지만 경호를 싫어하시지요. 게다가 군도, 근위 무관들도 각지에 모조리 파견된 상황이라 경비가 허술합니다… 지금, 잃게 되면 왕에게 가장 큰 타격이 되는 건 당신밖에 없으니, 만일의 사태에 대비해달라고."

유순은 자신이 웃고 있는지 어떤지 알 수 없었다. 처음에는 이용당하고 휘둘리기만 하던 소녀가, 휘둘리더라도 따라잡아, 속수무책인 상황이 되지 않도록 일을 처리할 정도까지 성장했다. 그러나 이번에 유순을 구해버린 것이 옳은 일이었는지는 알 수 없었다. 유순은 마음속으로 그렇게 차갑게 미소 지었다.

어둠 저편, 우림군 네 명이 흠터 있는 사내를 감시하고 있는 것이 보였다. 그 사내의 실력이라면 무기가 없더라도 도망치지 못할 리는 없다. 그러나 잠자코 앉아 있었다. 유순은 생각하고 나서 말했다.

"…어사대부 규황의에게 이송해주십시오. 극비리에. 저는 괜찮습니다. 가능하면 백 대장군님과 추영 님이 이송해주십시오. 암살 가능성이 높습니다. 그리고 규황의에게는 추영 님께서 간단히 설명해주시길."

백뇌염과 추영은 내키지 않는다는 얼굴을 했지만, 류휘가 끄덕였기에 투덜거리며 추영은 흉터 있는 사내 쪽으로 물러났다.

"…대장군님, 무관 중 오늘 밤 일을 알고 있는 자는?"

"나와 추영, 저쪽에 있는 부관 황자룡과 부하 네다섯 명이오."

좌우림군 장군은 남추영이었지만 우우림군 장군은 황자룡이 맡고 있다. 유순은 고개를 끄덕였다.

"황 장군이라면 입이 무겁지요. 철저하게 입단속을 부탁드립니다. 그리고 감사 인사가 늦었습니다. 구해주셔서 감사합니다."

백 대장군은 자신의 웃옷을 걸레처럼 쥐어짰다. 손을 풀자 옷에는 거의 물기가 남아 있지 않았다. 이를 맨어깨에 걸치고, 호랑이 가죽은 유순에게 던졌다. 무릎에 굴러떨어진 호랑이 얼굴에, 냉정한 유순도 우악, 하고 비명을 질렀다. 류휘는 착착, 그 가죽으로 유순을 덮어씌우고는 호랑이의 두 발을 앞에서 묶어주었다. 푹신한 모피는 따뜻했지만 머리부터 잡아먹히는 것 같은 기분도 들었다.

"…당신들, 임금이나 신하나 위태롭기 짝이 없어 보인단 말이지——이송하고 나서 바로 돌아오겠네."

유순은 백 대장군의 허리에 꽂힌 보석 같은 검을 보고, 맨허리인 류휘를 보았다.

"…백 대장군님. 주제넘지만 그 허리의 검, 잠시 동안 제 주군에게 맡겨주지 않으시겠습니까?"

"유순! 백 대장군의 그 검은——."

"아니오, 괜찮습니다. 처음부터 그럴 작정으로 가지고 온 것입니다. ——폐하."

백뇌염은 바로 허리의 검을 풀어 류휘에게 던졌다. 아름다운 청옥

(靑玉)과도 같은 검이 류휘의 팔에 안겼다. 백뇌염은 발길을 돌리면서 등 너머로 불쑥 중얼거렸다.

"…이제 두 번 다시, 빈손으로 돌아다니지 마십시오… 부탁입니다."

정사당에서의 사건. 이번 일—— 그 깊은 회한이 서린 목소리에, 류휘는 튕겨 오르듯 얼굴을 들었지만, 백뇌염은 벌써 성큼성큼 추영이 있는 쪽으로 걸어가버린 후였다.

류휘는 손 안에서 조용하게 빛나는 검을 보았다. ——청공검.

백가의 가보 중 하나로, 무인이라면 누구나 탐내는 명검이었다. 바위를 흙덩이처럼 단칼에 두 동강 낸다는 검으로, 순수한 검의 가치로만 보면 '간장'과 '막야'보다 더 위라고 한다. 사실 류휘도 본 적은 몇 번인가밖에 없다.

깊은 후회와, 침울하게 가라앉은 목소리였다. 송 장군이 류휘에게 머리를 조아렸던 때처럼.

그때 백뇌염도 같은 얼굴을 하고 있었을까.

흑주와 백주로 보내던 식량의 이송이 중단된 후, 류휘는 그의 얼굴을 제대로 바라볼 수 없었다. 자신이 아닌, 유순의 경호를 명한 것도 떳떳하지 못한 마음이 작용한 것이 사실이다. 그의 호위를 받는다는 것에 대하여. 백뇌염은 아무 말도 하지 않았지만 이미 눈치채고 있었던 것이다. 류휘의 마음을. 그런데도 자신의 분신이라고도 할 수 있는 청공검을 류휘에게 맡겼다. 자신의 얼굴을 보고 싶지 않다면 하다못해 검이라도.

자기 대신으로.

류휘는 검을 움켜쥐었다. 언제나 류휘는 알아차리는 것이 너무 늦었다. 유순의 시선을 느꼈다. 류휘는 주워놓았던 지팡이를 유순에게 내밀고 손을 잡아주었다. 어둠 속에서 쓸쓸하게 살짝 웃으며 속삭였다.

"늦어서, 미안하다."

왕은 뭔가를 억누르는 듯한 목소리였다. 무엇을? 유순은 알 수 없었지만 입에서 흘러나온 대답은 이상하게도 '아닙니다'가 아니라, '네'였다.

왕의 얼굴이 일그러졌다. 뭔가를 말하려다가 입을 닫았다.

…강유와 소가가 대량의 모포와 온석(溫石)을 들고 달려오는 것이 보였다.

유순이 끌려간 곳은 후궁의 일실(一室)이 아니라 류휘 자신의 침실이었다. 그러나 그곳에 아내인 름이 있는 것만큼은 놀랐다. 름은 흠뻑 젖은 남편을 보고 한 순간 입술을 굳게 닫았다. 몸을 닦아내고 씻기는 일부터 말끔한 관복을 입히기까지, 모두 름 혼자 끝냈다. 그 시간 동안 름도, 유순도 말은 한 마디도 주고받지 않았다.

옷을 다 입히고 나자 름은 깊이 고개를 숙였다. 아주 긴 시간 동안. 마치 무언으로 작별을 고하는 것처럼. 그러고는 휙, 발길을 돌렸다. 그 눈의 빛깔마저도 유순에게 보이지 않을 정도로 재빨리.

그 손목을, 정신을 차리고 보니 유순은 잡고 있었다. 그리고 기억해냈다. 름에게 구혼했을 때에도 이랬다. 이런 식으로 가버리려는 그녀를 붙잡으려고 손목을 잡았다. 그때는 해야 할 말이 있었다. 하지만 지금의 유순에게는—— 아무것도 없었다. 그런데도 손을 놓을 수가 없었다.

름은 유순에게 족쇄였다. 누름돌이자 약점이었다. 없으면 어디로든 날아가버릴 수 있다. 그런데도 언제나 름을 붙잡았던 것은 유순

쪽이었다. 그걸 유약함이라고 생각하고 있었다.

　—하지만 자신에게는 그 누름돌이 필요했던 것이다. 유순의 마음에도, 인생에도. 약점이 아니라 름이 없으면 유순은 그저 텅 빈 빈 껍데기가 되어버릴 뿐이라는 것을 이제야 깨달았다.

　하지만 이미 유순은 걷기 시작했다. 되돌아올 수 없는 길을. 같이 죽어주겠다고 름은 말했다. 그것도 좋다고 생각했다. 하지만 지금, 유순은 눈을 감고서 그녀의 손을 놓았다.

　데리고 갈 수 없다. 가고 싶지 않았다. 그녀는 유순에게 있을 리 없는 미래 그 자체였다. 꿈과 마찬가지다. 언제까지나 가지고 있을 수는 없다. 망가뜨리고 싶지 않다면 놓아줄 수밖에 없다.

　그랬기에. 그 손을, 유순은 그만 놓아버렸다. 자신의 인생에서.

　"…고마워요. 가주세요."

　그때 름이 돌아보았다. 름은 유순이 무엇을 버렸는지 알고 있는 얼굴이었다. 자신이라는 아내를. 름은 일그러진 얼굴로, 유순이 스스로 놓아준 그 가녀린 손으로 뺨을 때렸다. 단 한 번. 유순은 아프기보다 당황스러웠다. 름에게 맞은 것은 처음이었다.

　"서방님, 전에 말씀드렸지요. 제가 좋아하게 된 사람은 뭐든지 완벽하게 다정한 사람 따위가 아니라고. 름은 당신의 유약함이 좋았습니다. 짐이 된다는 걸 알면서도 제 손을 잡아준 당신이 정말 좋았어요. …하지만 끝이에요. 부디 이제 당신이 원하는 길을 걸어가시길. 름은 당신의 소망을 알고 있습니다. 그건 해볼 만한 가치가 있는 소망입니다. 당신은 아직 반신반의하시는 것 같지만, 분명히 좋은 결과가 있을 겁니다. 그것만은 확실합니다. 하지만"

　름은 유순의 두 뺨을 손으로 감싸고서 울 것 같은 얼굴로 웃었다. 름의 눈에 유순 자신의 얼굴이 비치고 있었다.

　"하지만 름은 함께 갈 수는 없습니다. 당신의 인생에 저를 데리고 가실 수 없다면. 당신과 손을 잡고 갈 수 있다면 어디든 함께 할 생각이지만… 당신은 저를 지키기 위해서가 아니라, 자신이 편해지고 싶기에 손을 놓아버렸어요. 이젠 함께 갈 수 없습니다."

유순은 눈을 부릅떴다. 아니라고 말하고 싶었다. 그러나 말할 수 없었다… 말하지 못했다.

"작별입니다, 서방님. 바라시는 대로 나가지요. 당신의 마음에서, 인생에서. 안녕히."

행복하시길, 하고 미소를 지으며 름은 유순의 차가운 입술에 마지막으로 살짝 입을 맞췄다.

그리고 름은 정말로 걸어나갔다. 이제 두 번 다시 돌아보는 일도 없이. 망연히 문이 닫히는 소리가 들린다. 하지만 내친 것은 그가 아니었다. 그가 름에게서 내쳐진 것이었다.

…잠깐 동안, 넋이 나가 있었던 모양이다.

구두 끝이 유순의 시야에 들어왔다. 의자에서 일어나려고 했지만 부드럽게 저지당했다.

"그대로 있어도 된다. 밖에는 백 대장군이 경호 중이니 걱정할 것 없다. 기분은 어떠한가?"

"네… 괜찮습니다."

유순은 숨을 들이마셨다. 순식간에 평상시의 냉정함이 돌아온다. 름이 걸어나간 텅 빈 틈새는 무시했다. 이걸로 된 거다. 언젠가 올 날이 오늘이었을 뿐이다. …그뿐이다.

"하실 말씀이 있다고 하셨지요? 나의 주군."

미소를 띤 그 얼굴은 완전히 평상시의 유순의 미소였다. 다정하고 조용하고, 수수께끼 같아서 알려고 하면 할수록 미궁처럼 류휘를 혼란에 빠지게 했던 미소.

"…원래는… 좀 더 빨리, 말할 생각이었다."

파직, 하고 화롯불이 튀었다. 유순은 아무 말 없이 기다렸다. 흔들흔들, 촛불 그림자가 흔들리고 있었지만 그 너머로 보이는 왕의 두 눈은 조용하게 가라앉아 있다는 것을 유순은 조금 전부터 알아차리고 있었다.

"줄곧, 무엇이 가장 좋은 답일지 알 수 없었다. 생각하면 생각할수록, 아무것도 알 수가 없었다. 뭘 해도 그르칠 것 같아서 전부 그대에게 떠넘기는 것 외에는 할 수 없었다."

하지만, 하고 류휘는 유순의 눈을 내려다보며 쓰게 웃었다.

"알고 있었다. 짐은 자신의 일만 생각하고 있었다. 전부, 내게 유리한 미래 말고는 생각하질 않았다. 다른 사람의 마음만 살피면서 마음을 졸이고 있었다. 짐의 나쁜 버릇이다. ——유순."

류휘는 숨을 들이켰다. 자신의 손가락이 떨리고 있는 것을 느끼고 주먹을 쥐었다.

촛불 그림자가 흔들려서, 그때 유순이 어떤 얼굴을 하고 있었는지는 제대로 보지 못했다.

"…짐은 물러나겠다. 왕계에게 왕위를 이양하겠다. 그것이 이 나라에 가장 좋은 길이다. 그렇게 생각했다. 그리하니 이를 위한 준비를, 그대와… 우우가… 해주길 바라고 있었다."

유순은 눈썹 하나 꿈틀거리지 않았다. 바람마저 멎은 듯이 뻥 뚫린 구멍처럼 완전한 공백.

그 침묵은 놀라움이 아니라, 마치 기다리고 있었던 것 같기도 했다. 류휘가 그 말을 꺼내는 것을.

"…오늘 선동관의 발언 때문에 정한 것은 아니다."

정사당에서 있었던 소란에 대해 유순이 언급한 적은 없었지만, 그 사건 때문에 갑자기 이런 말을 꺼냈다고 생각하게 하고 싶지는 않았다. 적어도 유순에게만은. 하지만 유순은 알고 있는 것 같았다. 모든 것을 꿰뚫어보는 눈. 스스로에게 확신을 갖지 못하는 것은 언제나 류휘 쪽이다. 류휘는 아니, 하고 힘없이 말을 고쳤다.

"하지만 아무런 영향도 없었다고 한다면 거짓말일 거다. 짐은 또다시… 도망치려 하는 건지도 모른다. 적어도 옆에서 보면 그렇게 보이겠지. 솔직히 짐도 잘 알 수가 없다… 정말은, 지금이라도 늦지 않았다면…… 하지만 늦었다. 아니…."

류휘의 미간에 희미한 주름이 잡혔다. 결정한 일이었는데도, 마음 깊숙이에서 덜그럭, 하고 소리를 냈다. 덜그럭, 덜그럭, 하고 모르는 상자의 소리가 들린다. 뭔가가——. 하지만 지금 류휘는 그걸 붙잡을 수가 없었다. 자신이 무엇에 대해 말을 흐렸는지조차도 알 수 없었다.

"…그, 짐보다… 왕계 쪽이 제대로 할 수 있을 거라던가, 그런 이유 때문은 아니다… 짐이 어떻게 할 수 있다면, 어떻게 해보고 싶다… 하고 싶었다. 하지만 불가능하다. 불가능한 것이다. 잘 표현은 못하겠지만, 지금 조정에 짐이 있으면 안 된다."

지리멸렬한 말에도 유순은 끈기 있게 귀를 기울여줬다.

"왕계가 귀환할 때까지… 기다릴 생각이었다. 옥좌에서. 짐이 있어야 할 장소에서. 무슨 일이 있더라도 마지막 순간까지, 짐이 할 수 있는 일을 할 생각이었다… 그대와 함께."

거문고 소리의 깊숙한 곳에서 목소리가 들려온다. 오래 전 자신의 목소리. 잊고 있었던 말.

——저는, 이곳에서 기다려야만 합니다.

——언제까지, 기다릴 생각이십니까?

——제가 소중하게 생각하는 사람에게, 제가 필요하지 않다는 것을 알게 되는 날까지.

제가 필요하지 않다는 것을 알게 되는 날까지.

류휘는 손을 뻗어 유순의 두 손을 꼭 잡았다. 그래, 유순과 함께.

"그러나, 그도 이젠 무리인 듯하다."

"…주군."

"우우가… 죽었다. 살해당했다. 이번에는 그대였다. 전부 짐 때문이다."

똑바로 바라보는 류휘의 얼굴이 희미하게 일그러지며 뚝뚝, 두 눈에서 눈물이 흘러넘쳤다.

"심장이 멎어버릴 것 같았다."

연못, 물소리. 등골이 얼어붙었다. 어머니와 똑같다. **이제 두 번 다시 보고 싶지 않은 광경.**

"제대로, 왕계를 기다릴 생각이었다. 이번에야말로 도망치지 않고, 짐이 할 수 있는 마지막 일을 완수하고 싶었다. 하지만 불가능하다. 이 이상은 불가능해. 도망쳤다고 손가락질당하는 게 어떻다는 거냐. 그걸 피하려다 누군가가 죽는다면 가당치도 않은 일. 그대가 죽는 걸 보고 싶지 않다. 짐에게는 그대가 필요하다. 그러나 짐은 옥좌에 있으면서도 그대 하나 지키질 못했다."

일그러진 얼굴로 류휘는 굵은 눈물방울을 흘리며 울었다. 닦으려고도 하지 않았다.

"왕계의 귀환까지 기다리는 것은 이제 불가능하다. 오늘 밤 사건으로 깨달았다. 이제는 안 된다. 막을 수 없는 상황까지 온 것이다. 모두 왕계가 돌아오기 전에 끝내고 싶어한다. 그대를 죽이면 모든 것이 순식간에 끝난다는 것을 알고 있다. 가장 간단한 방법으로 일을 끝내고 싶어해. 그러나 짐은 싫다. 그러니 유순── 짐은 지금, 여기에서, 그대의 상서령 직위를──"

그때, 멀리서 나팔소리가 희미하게 들려왔다.

유순의 낯빛이 확 변했다. 류휘는 감정이 격해져서인지 못 들은 듯했다. 절그럭, 하고 문 밖에서 백 대장군이 움직이는 기척이 들렸다. 흉터 있는 사내가 던졌던 말의 의미.

『오늘 밤이 좋겠지요. 오늘 밤은 달이 뜨지 않습니다.』

류휘가 알아차리기 전에 유순은 조심스럽게 평상시의 표정을 지었다. 시간은 얼마 없었다. 그러나 전혀 없는 것은 아니다. 귀중한 시간이 아직 어느 정도 남아 있었다.

"주군, 제가 필요하다고 하셨지요? …당신은 전혀 후회하지 않는다고 하실 수 있습니까? 무엇 하나도? 어떤 결과를 초래했는지 당신은 알고 계시지 않습니까?"

그 질문의 의미는 이해하고 있었다. 류휘의 망설임을 유순이 알아차리지 못했을 리가 없었다.

"망설였던 것은 사실이다. 의심했던 적도 있다. 그러나 후회는 한 번도 하지 않았다."

행운인지 불운인지, 유순은 인간의 진위를 정확하게 판별할 수가 있었다. 특히 류휘처럼 속을 읽기 쉬운 왕의 발언은. 그렇기에 유순의 얼굴에 그때 처음으로 기묘한 표정이 떠올랐다.

"…의심하고 있으면서도?"

"의심하는 그 동안에도, 짐이 무엇을 의심하고 있는지 중간에 뒤죽박죽이 되어버린다. 배신한 것일까, 하고 생각하다가도 짐은 그대가 무엇을 어떻게 배신하고 있을지 도무지 잘 알 수가 없었다. 그렇지 않나, 유순. 그대가 한 번이라도 잘못을 저지른 적이 있었더냐. 이 나라에 좋지 않은 판단이나 명령이나 지시를 내린 적이 있었더냐?"

생각하면 생각할수록 류휘는 언제나 결국 그 질문에 부딪치고 마는 것이었다.

"몇 번을 생각해도 아무것도 없었다. 그대는 짐의 요청에 따라 상서령으로서 훌륭히 임수를 수행해주었다. 제대로 하지 못한 것은 짐이었다. 이런 상황이 된 것도 짐 탓이지 그대 탓은 아니다. 어느 것 하나도. 그런 것쯤은 짐도 알 수 있다. 그렇다면 뭘 후회해야 한단 말인가. 무엇을?"

류휘는 눈물을 닦았지만, 한 번 흘러넘친 눈물을 멈추지 않았다. 오열하면서도, 간신히 말을 이어간다. 류휘에게 유순은 지금도 수수께끼였다. 아무것도 알 수가 없었다. 하지만 알 수 없다는 사실이 지금의 류휘에게 고통스럽지는 않았다. 유순이 무슨 생각을 하고 있건 간에 그건 유순의 문제였고, 류휘의 문제는 아니었다. 그것을 이제야 류휘는 깨달았다.

자신의 손바닥 위에 놓여 있는 것들만 가지고 판단할 수밖에 없다. 그리고 손바닥 위의 유순을 몇 번이나 물끄러미 바라보았지만, 그가 류휘를 배신했다는 어떠한 증거도 발견할 수 없었다. 그것이 류휘의 손에 놓인 진실.

"그대는 지금 이 순간까지, 무엇 하나 잘못한 일이 없었다. 바보짓만 하는 짐을 언제나 도와주었다. 처음에 한 약속대로 짐의 방패가 되고 창이 되어, 언제나 감싸주었다. 남주로 도망쳤을 때에도 기다려주었다. 그대뿐이었다. 짐에게는 과분할 정도의 상서령이었다. 그대에게 어울리지 않는 왕이었던 것은 짐이었다. 후회 따윈 한 번도 하지 않았다. 감사하고 있다. 정말로. 하지만 이제는 기다리지 않아도 된다."

마지막 한 마디에 유순의 머리카락이 살짝 흔들린 것 같기도 했다. 그런 느낌이 들었을 뿐인지도 모른다.

"기다리지 않아도, 된다."

꼭 잡은 두 손이 따뜻했다. 뒤섞인 감정 속에서 류휘는 대체 어떤 감정 때문에 울고 있는지도 알 수가 없었다. 그저 알고 있는 것은 단 한 가지. 설령 유순이 배신을 했더라도 그것은 류휘에게 이제는 그리 중요한 일이 아니라는 것. 이런 꼴로는 비난 따윈 할 수 없었다. 그걸로 유순의 목숨을 구할 수 있다면 값싼 대가였다.

"상서령에서 해임하겠다. 오늘 밤, 지금 당장 어디 먼 곳으로 피신해주게. 백 대장군을 붙이겠다."

그것만이 유순의 목숨을 지키기 위해 지금 류휘가 할 수 있는 유일한 일이었다. 오직 그것 하나뿐.

마음을 다져먹고 눈물범벅이 된 얼굴을 들어보니, 유순은 조용한 얼굴을 하고 있었다. 평소와 다름없이 보였지만, 촛불 그림자 때문인지 그 눈에 깃든 무언가가 달라진 것 같기도 했다.

그리고 그제야 류휘의 귀에도 나팔소리가 들려왔다. 경고의 나팔. 이변을 알리는 신호. 수많은 사람들의 고함소리. 구둣발소리. 무기가 부딪치는 소리가 띄엄띄엄 들려온다.

"낭패다, 설마 오늘 밤——."

류휘가 눈을 부릅뜨고 벌떡 몸을 일으켰다. 그 두 손을 이번에는 유순이 붙잡았다.

"——주군."

천천히, 냉랭할 정도로 차갑고 날카롭게 유순이 불렀다. 저지하는 힘을 가진 목소리였기에 놀라서 얼굴을 돌려보니, 그 목소리와 똑같은 표정의 얼굴이었다. 흠칫하게 만드는 얼음 같은 눈.

"마지막으로 딱 한 가지, 여쭙겠습니다. 한 번밖에 묻지 않을 겁니다."

언제 잡아도 서늘하던 유순의 손가락이 희미하게 열기를 띠고 있었다.

"왕으로서 옥좌에 앉아 때를 기다리겠습니까, 아니면 이대로 왕

도를 버리시겠습니까?"

왕으로서, 라는 말에 류휘는 희미하게 반응했다.

얼음 같은 눈초리로 유순은 말을 이었다. 더 이상 일말의 웃음도, 그 얼굴에는 떠오르지 않았다. 류휘는 둘째 치고 홍여심이나 황 기인조차도 본 적 없는, 모든 감정을 배제한 얼굴이었다.

"만약 당신이 옥좌에 남으실 생각이시라면, 저도 함께 하겠습니다. 마지막까지."

"……뭐?"

"당신의 상서령으로서 마지막까지 당신 곁에 있겠습니다. 목이 떨어지는 그 순간까지. 하지만 이대로 싸우지 않고 옥좌를 버리고 숨어서 목숨을 부지하겠다면, 저는 당신과는 다른 길을 갈 것입니다."

불현듯, 헤어질 때 왕계가 입에 담았던 말이 떠올랐다.

『남주 때처럼 어디론가 먼 곳으로 도망치시면 됩니다. …단, 그걸로 끝입니다. 그때와는 달리, 이제 두 번 다시 옥좌에 돌아오는 날은 없다고 생각하시길.』

──이제 두 번 다시.

마지막까지 왕으로서 떳떳하게 옥좌에 머물 것인가, 버릴 것인가. 어느 쪽을 선택할 것이냐고.

처음이자 마지막 선택이었다. 대답을 그르치면 유순은 떠날 것이다. 뒤돌아보지도 않고. 류휘는 유순을 바라보았다. 감정을 전부 잘라내버린 유리알 같은 그 눈을.

어느 쪽을?

유순은 알고 있는 것이다. 한 번 버리면 이제 다시는 돌아올 수 없다는 것을. 야심이 없는 류휘를 그 자리에 묶어두었던 것은 그저 의무와 책임뿐이었지, 무거운 짐을 짊어지고 비틀거리면서 걸을 때

도와줄 신념이라는 지팡이도 없었다. 너무나 무거워서 한 번 내려 놓으면 류휘는 두 번 다시 들어올릴 수 없다는 것도.

이것이 끝이다. 이렇게 생각한 순간, 굳게 다져놓았던 류휘의 마음이 흔들렸다. 외조 쪽을 돌아보았다. 류휘가 매일 발을 끌면서 찾아갔던 바늘방석 같던 옥좌. 차갑고 무자비하고, 비난과 고독밖에는 맛보지 못했던 의자. 좋은 일 따윈 한 가지도 떠올릴 수 없었다.

옥좌를 버리는 것은 류휘가 처음은 아니었고, 마지막도 아닐 것이다. 그런데도 지금 이 순간, 류휘는 확실히 옥좌에서 왕계를 기다리는 쪽이 좋을지도 모른다는 강렬한 생각에 사로잡혀 있었다. 이는 폭풍처럼 강렬한 감정이었다. 최소한 마지막까지 왕으로서. 유순을 옆에 두고서. 그것이 옳은 길이다.

──하지만.

멀리서 고함소리와 검이 부딪치는 소리가 들려온다. 류휘는 위를 올려다보았다. 호화로운 장식의 천정이 뿌옇게 보였다. 가슴 깊은 곳에서 또 한 번 덜그럭, 하는 소리가 났다. 열지 않은 상자의 소리. 망설임도 후회도 사라진 것은 아니다. 류휘는 지금 내어주는 것이 무엇인지, 그 무게를 알고 있었다. 그러면서도.

류휘는 낚아채듯이 유순의 두 뺨을 감쌌다. 가까이에 있는 유순의 눈이 조금 살짝 커지는 것을 보면서 피식, 하고 웃었다. 마지막까지 류휘는 잘못 판단하고 있는지도 모른다. 하지만.

이 대답을 후회하는 일만큼은 없다. **유순을 지킬 수 있는 대답.** 한숨처럼 속삭였다.

"──도망치겠다. 그러니, 그대는 떠나라."

한 박자 후, 유순은 웃었다. 더 이상 차가울 수 없을 정도로 차갑게, 한 조각의 따스함도 없이.

"…잘하셨습니다, 주상."

함정에 빠진 아이를 보는 것 같은 어두운 희열에 찬 미소.

지금까지의 모든 헌신과 다정함, 충고가 설마 이 말을 끌어내기 위해 계획되었다는 것처럼. 분명, 자신은 **유순의 기대에 부응하는 대답을 들려줬다**는 것을, 류휘는 불현듯 깨달았다. 그러나 이는 류휘를 위해서가 아닌, 다른 누군가를 위해서였을 뿐.

그러나 유순을 류휘의 상서령에서 해임한 것은 류휘 자신이었고, 모든 것을 버리는 길을 선택한 것도 자신이었다. 유순이 마지막까지 류휘를 위해 모든 것을 내밀어 주었던 것이 설령 다른 속셈 때문이라 할지라도, 그것은 사실이었고, 이를 다 헛되이 한 것은 류휘였다.

유순은 서릿발 같은 미소를 띤 채 조용히 의자에서 일어섰다.

"…그러면 아무래도 제 역할은 여기서 끝난 것 같군요."

"……뭐?"

그때 문을 걷어차고 백 대장군이 뛰어들어왔다. 세 걸음 만에 류휘와 유순이 있는 곳까지 몸을 날렸다. 그제야 류휘도 알아차렸다. 유순을 사이에 두고 백뇌염과 등을 마주 댄 채 청공검을 뽑자, 천정에서 소리 없이 흉수들이 그림자처럼 떨어져 내렸다. 그 숫자, 십여 명.

소리도 없이 포위해 온다. 그러나 흉수라기보다는 정규훈련을 받은 무관 같은 느낌이었다. 옷차림도 누군가의 사병과 비슷하다. 류휘는 그 일당이 이마에 천을 두르고 있다는 걸 알아차렸다. 이마의 천.

──『감옥의 유령』

백뇌염이 꿀꺽, 하고 침을 삼켰다. 상당히 강하다. 이런 집단이 누군가의 사병일 리가 없다.

"엄청난 '사병' 이군… 누가 여기까지 안내한 거냐, 이 자식들!"

좌우림군이 백주로 파견되면서, 편제(編制)도 호위도 백뇌염이 다시 짰다. 인원이 줄어든 것은 확실했지만 그 빈틈은 확실하게 메웠다. 사병의 움직임과 우림군의 배치, 양쪽에 정통해 있고, 이곳까지 연결되어 있는 바늘구멍처럼 좁은 길을 찾아내어, 직접 상세하게 지도를 그려 건네준 자가 있었다고밖에 생각할 수 없었다.

"접니다."

담담한 목소리가 대답했다. 류휘와 백뇌염의 바로 뒤에서.

"그들은 저를 맞으러 왔을 뿐입니다. 죽이지 말아주시겠습니까?"

…또각, 하고 지팡이를 짚는 소리가 너무나도 차갑게 울려 퍼졌다. 또각, 또각, 아무런 망설임 없이 류휘와 백뇌염 사이를 통과하여 흉수들에게 다가간다. 류휘에게 등을 돌린 채. 뒤돌아보지도 않았다.

예감이 들었다. 이대로 눈길도 주지 않고 이 방에 모든 것을 남겨두고 떠날 것이다. 그리고 두 번 다시 돌아오지 않을 것이다. 이 조정에는. 류휘는 헐떡거렸다. 한 번이라고 좋으니 붙잡고 싶었다. 유순의 얼굴을 보고 싶었다. 손을 놓은 것은 류휘였다. 그런데도 격렬한 감정이 북받쳐 올라왔다. 보내고 싶지 않았다. **그가 필요했다.** 이는 폭풍과도 같은, 계산 따윈 배제된 감정이었다. 나라에 필요한 것인지, 류휘에게 필요한 것인지, 그조차 알 수 없었다. 분명한 것은 지금 류휘에게는 유순을 뒤돌아보게 만들 것이 아무것도 없다는 사실이었다. 아무것도. ──**뭔가.**

그때였다.

우우웅, 하며 유순과 류휘 사이의 공간이 기묘하게 일그러지면서 방안의 온도가 올라간 것 같았다.

한 박자 뒤, 무언가 일그러진 공간에서 희미한 빛을 내뿜으며 조금씩 배어나온다.

이를 본 류휘도 백뇌염도 눈이 휘둥그레졌다. 당황한 듯이 흉수들이 뒤로 물러난다.

이어서 실이 끊어진 것처럼 툭 떨어지더니 칼집째로 바닥에 꽂혔다. 바로 류휘와 유순 사이에. 마치 단절을 나타내듯이 금이 가더니, 바닥에 엄청난 균열이 퍼져갔다. 유순의 발걸음이 멈췄다.

천천히 뒤를 돌아보았다. 눈처럼 흰 얼굴. 얼음 같은 눈동자. 하지만 한 번 마음을 정하면 끝. 어느 누구도 되돌리지 못했던 그 발을 멈추고 뒤를 돌아보았다.

홀연히 나타난 왕의 검을, '간장'과 '막야'를 보고는, 이어서 그 뒤쪽에 있는 류휘를 보았다.

"간장과 막야?! 잠깐만, 대체 어디서 솟아난 거냐!"

백뇌염은 혼란스러운 눈으로 천정과 검을 뚫어져라 쳐다봤지만, 딱히 천정에 구멍이 뚫리거나 하지도 않았다.

왕가의 보검. ──**왕의 검**.

류휘가 유순을 보니, 그는 수수께끼 같은 눈으로 그 쌍검을 보고 있었다. 흉수들이 희미하게 움직였다. 지금이라도 손을 뻗을 것 같았다. 이곳에 두고 가면 틀림없이 가져간다. 알 수 있었다.

류휘는 그 검을 **넘겨줘서는 안 될 것 같았다**. 아직은 아니다. 지금은 아직.

머리가 아니라 가슴의 소리에 따라 류휘는 그 두 자루의 검 쪽으로 달려가 망설임 없이 뽑았다.

유순은 눈처럼 흰 얼굴로 이를 보았다. 빼앗으려는 흉수들을, 머리를 흔들어 저지했다.

"…그만두십시오. 이기지 못합니다. 철수해야 할 때입니다. 왕계님도 이제 곧 돌아오십니다."

딱 한 번, 류휘를 보았다. 한 조각 웃음도 없는, 도자기 인형 같은 눈이기는 했지만.

그렇게 유순은 이번에야말로 발길을 돌렸다. 더 이상 돌아보는 일은 없었다.

그 방의 주인이었던 왕까지, 그 방 안에 버려두고 가는 것처럼.

류휘는 숨을 들이마시고, 유순에게 뭔가 말을 걸려고 했다. 하지만 감사의 인사도 사죄도, 격려의 말도 어울리지 않는 것 같았다. 머리가 새하얘졌다. 그랬기에 유순의 옷자락이 사라지는 것이 시야 끝에 비쳤을 때, 입에서 흘러나온 말은 어떤 계산도 섞이지 않은 류휘의 진심이었을지도 모른다.

"몸, 건강하고, 살아서—— 미안하다—— 유순."

하지만 이미 유순의 모습은 어디에도 없었다. 언제나 류휘는 늦고만다.

수신인 없는 말만이 텅 빈 방 안에서 허망한 소리를 내며 쨍그랑, 하고 떨어졌다.

퍼억, 하고 인정사정없는 일격에 머리를 맞고 류휘는 비명을 질렀다.

"이런 멍청한 놈!! 배신한 놈에게 뭐가 몸 건강하냐! 재상이면 정보는 그대로 다 새버렸을 거 아니냐!!"

"우, 하, 하지만…."

풀죽은 얼굴로 고개를 숙인 류휘는 손에 든 청공검을 바라보며 백뇌염에게 내밀었다.

검을 돌려준다. 그 의미는 알고 있었다, 서로.

백뇌염이 찌릿, 류휘를 노려보았다. 마치 호랑이 앞에 선 토끼 같은 형국이었다. 구석에 호랑이 가죽이 펼쳐져 있는 것을 발견한 백뇌염은 다가가서 걸쳐 입더니, 척척 다시 자리로 돌아왔다.

다음 순간, 청공검을 받는 것이 아니라 류휘 앞에 무릎을 꿇었다.

"내가 네게 이 청공검을 준 것은 그렇게 가벼운 의미가 아니다. 돌려주지 않아도 된다. 네가 돌려주더라도 내가 받지 않을 테니. 지금은 아직. …알겠나, 그것이 내 대답이다."

검을 바친다. 이는 지난날 추영도 해줬던 일. 충절의 서약. 류휘가 망설이건 일을 그르치건, 백뇌염은 진즉이 정했던 것이다. 그의 주군을, 검을 바칠 상대를.

류휘가 양심의 가책 때문에 거리를 두더라도, 검을 돌려준다 하더라도. 그래도 흔들리지 않는다.

"나도 무관이다. 왕계 님도, 손능왕 님도 특별하다고 인정은 한다. 왕계 님은 존경하고 있지. 허나 왕과는 다르다. 나는 너로 충분하다. 백주 일은 신경 쓰지 않아도 된다. 백가 일도. 나는 근위대장군이다. 섬길 왕과 직책이 마음에 들지 않았다면 진즉에 관직을 반납했겠지. 지금 네 앞에 있다는 것이 나의 대답이다. 그리고 하나부터열까지 완벽한 왕계 장군에게 난 필요하지 않아. 허나 넌 다르다. 그렇다면 나는 널 선택하겠다. 왜냐니, 쇠망치인 주제에 연못에 뛰어들겠다고 하는 바보니까 말이다."

그래, 쇠망치인 주제에 재상을 구하겠다고 주저 없이 뛰어들려고 한다.

그런데도 류휘의 주위에는 아무도 없었다. 그렇다면 내가 있어주겠다. 류휘 대신 내가 뛰어들어서 원하는 걸 건져내주는 쪽이 타당하다는 생각이 들었다. 왕계가 아니라. 백뇌염에게는 그런 이유로 충분했다. 약한 자를 도와주는 것이 자신의 역할이다. 도와주고 싶다고 생각되는 상대가 백뇌염의 왕.

류휘는 창피한 듯 고개를 숙이고 있다가, 이윽고 고개를 끄덕였다. 청공검을 보물인 양 다시 소중하게 손에 들었다.

"…그렇다면 부탁하겠다. 백뇌염, 짐의 마지막 부탁이다."

이어서 입에 담은 '부탁'에, 백뇌염은 눈썹을 찡그리고 뭔가를 말하려다가 마지못해 승낙했다.

"…알겠다. 들어주도록 하지. 하지만 너, 아무리 명검이라 해도 '간장'과 '막야'와 청공검 세 자루나 끌어안고서 뭐하자는 거냐. 바본가?! 욕심쟁이 할아버지는 쫄딱 망하는 법. 하나는 두고 가라고!!"

정말이지, 제정신이 들고 보니 보검 세 자루는 아무리 그래도 너무 무겁다. 하지만 두고 갈 수는 없다.

"시, 싫어… 안 돼, 으, 무, 무거워── 청공검이 제일 무겁다고!! 그럼 이걸 두고──."

바로 청공검을 내려놓으려던 류휘의 머리를 다시 한 번 백뇌염이 쥐어 팼다.

"이노옴, 그걸 두고 갔다가는 여기서 죽여버릴 테다!!"

"에에──?!"

백뇌염은 밖에서 점점 퍼져가는 횃불의 숫자와 고함소리에 눈썹을 찡그렸다. 류휘가 입술을 굳게 다물었다.

"…백뇌염 저건…."

"…걱정할 일 없다. 선동관 사건으로 눈이 뒤집힌 바보 몇 백 명이 무장하고서 쳐들어 온 것뿐이다. 추영과 황자룡이 나서면 바로 진압할 수 있다. 방금 전의 그 노련한 홍수들이 사병에 섞여 선동을 하고 있다면 조금 골치는 아프겠지만…. 뭐, 사병 몇 백 명 정도, 우우림군만으로 충분히 제압할 수 있다."

류휘의 뇌리에 어머니의 익사체와 후궁에 쌓여있던 수많은 시체들이 떠올랐다. 피투성이인 팔과 다리가 물건처럼 흩어져 있다. 숨이, 막혔다. 온몸에서 식은땀이 흘러내렸다. 류휘는 현기증을 떨쳐 버리려는 듯 한 번 눈을 감더니, 턱에 고인 땀을 닦고서 숨을 들이마셨다. 그리고, 정했다.

"…백뇌염…. 미안하다. 싸우지 말아 주게. 그리고, 아까 했던 짐의 부탁을… 부탁한다. 가주게."

백뇌염은 싫다고 말할 줄 알았다. 그러나 하지 않았다. 그저 류휘에게 고개를 숙이고는 발길을 돌렸다. 교대하듯이, 달려 들어오는 몇 명의 발소리가 들려왔다.

"류휘 님!! 무사하십니까?!"

"엄청난 비명이 들려왔다고!! 거기 당신!! 이런 곳까지 침입하다니!! 조정에서 두들겨 맞고 있는 왕을 또 쥐어 패다니, 피도 눈물도 없는 호랑가죽 짜증남 같으니라고. 거기서 차렷!"

"우, 우왁── 추영의 누이, 오해하지 말라고!! 저건 근위대장군이다!!"

소가, 십삼희, 강유가 차례로 뛰어들어 왔다. 그 순서는 충성심의 순위가 아니라, 단순히 완력과 발 빠르기의 순서였지만, 강유는 혹시 충성심이었다면 어쩌지, 라는 생각을 순간적으로 떠올리고 말았다.

이어서 황 장군이 이끄는 우우림군의 정예부대가 열 몇 명, 근위대의 검은 제복을 휘날리며 도착했다. 여기에 반대편 통로에서 추영이 귀양에 남겨두었던 좌우림군 병력을 이끌고 도착했다.

근위병들은 우선은 류휘가 무사한 것을 확인하고는 하나같이 안도의 한숨을 몰래 내뱉었다. 추영도 마찬가지.

"주상, 하명을 내려주십시오. 얼마 안 되는 무리입니다. 바로 진압할 수 있습니다. 병부의 손 상서도 계시니——."

고함소리와 무기가 부딪치는 소리가 멀리서 들려온다. 이 후궁의 가장 깊은 곳에서는 아직 멀리 떨어져 있어서 자신과는 상관없는 세계의 저편에서 일어나고 있는 사건처럼, 멀고 멀었다… 하지만 다르다. 분명 이 성에서 일어나고 있는 일이었다. 멀리 떨어져 있다 하더라도 폭풍의 중심부에 있는 것은 류휘였다.

손가락 끝까지 떨림이 멈추지 않았다. 먼지 쌓인 기억의 상자가 움직인다. 처형된 형님들. 피로 얼룩진 후궁.

떨림은 공포가 아니라, 되돌아갈 수 없는 갈림길에 서 있기 때문이라는 것을 불현듯 깨달았다.

여기에서 류휘가 내리는 결정은, 모든 것의 결과를 가르는 결단이 될 것 같은 생각이 들었다. 유순을 놓아버린 것처럼. 모든 운명이 이곳에서 제각각 갈릴 것이다. 조정도, 앞으로의 미래도.

그 자리에 있는 전원의 시선이 느껴졌다. 누구 하나 입을 여는 사람은 없었다. 그저 류휘를 기다렸다. 소가와 강유까지도.

『만약 당신이 옥좌에 머무르신다면, 저도 함께하겠습니다. 마지막까지.』 지금 여기에서 결정을 뒤집는다면, 아직 가망은 있을 것이다. 유순을 다시 붙잡아 둘 수 있을까. 자신의 곁에.

왕으로서의 길을 선택한다면 아직은.

오늘 밤 사건만이라면 간단하게 힘으로 진압할 수 있다는 것도 알고 있었다. 제압하고서 왕계를 기다리면 된다. 유순은 곁에 없더라도 아주 살짝, 계획이 옆길로 샜을 뿐이다. 그뿐.

——하지만.

그것이 자신이 내린 대답인가.

"…아니다."

붉게 타오르는 횃불과 검이 부딪치는 소리에 밤하늘이 흔들리고 있는 방향을 보았다. 류휘는 조용하게 말했다.

"싸우지 말아 주게. 부디 아무도 죽이지 않았으면 좋겠다. —짐은."

소리가 좁혀오는 것 같은 느낌이 들었다. 조금씩 조금씩, 손가락 한 개만큼의 거리라도 줄여서, 류휘가 있는 곳까지 좁혀온다. 그것이 오늘 밤이 아니더라도, 언젠가는. 류휘가 이 성에 있는 한, 몇 번이라도.

"짐은 오늘 밤, 이 성을 떠난다. 귀양을 버리고, 도망하겠다."

낙담과 분노, 실망이 있으리라고 생각했다. 반발과 저항도. 꾸짖음도. 곁을 떠나가는 사람이 있어도 어쩔 수 없다. 그런데.

어느 누구도 그런 얼굴은 하지 않았다. 반대로 류휘가 당황할 정도로 한 명 한 명 차례로 무릎을 꿇는다.

마치 아까 백뇌염이 그랬듯이…. 그들의 충의를 제대로 알지 못했던 것은 그 누구도 아닌 류휘였다.

추영과 황 장군이 마지막으로 무릎을 꿇고 깊게 머리를 조아렸다. 추영이 진심을 담아 말했다.

"그렇다면 저희 근위우림군, 마지막까지 폐하와 함께 하겠나이다."

이어서 소가도, 가슴 앞에 양손을 모았다.

"——류휘 님, 부디 홍주로. 홍주까지 피신하신다면 저희 홍가가 당신을 맞아들일 겁니다. 일족 및 홍가의 직문(直紋)인 '동죽봉린(桐竹鳳鱗)'을 걸고, 반드시 지켜드릴 것을 약속드립니다."

그것이 정말로 마지막 선택이었다. 그 말을 입에 담을 때까지 조금 시간이 걸렸다. 태어나서 지금까지 생활해왔다. 좋은 추억 따윈 거의 없었다. 미련이 있다고는 생각하지 않았다.

"——…그래, 부탁하겠다."

류휘는 얼굴을 찡그렸다. 지금 자신이 웃고 있는지 울고 있는지 잘 알 수 없었다.

"주상, 유순 님에게는——."

"아니다."

류휘는 부자연스러울 정도로 재빨리, 말을 가로막았다. 기묘한 공백이 맴돌았다.

"유순은 다른 곳으로 갔다. 여기에서 헤어졌다."

가능한 자연스럽게, 있는 그대로 말했다고 생각했지만, 그 순간 전원의 표정을 보니, 그도 완전히 실패로 끝난 모양이다. 마지막까지 류휘는 제대로 해내지 못했다. 류휘는 얼굴을 돌리더니 밤의 회랑으로 뛰어나갔다. 발소리가 이어지는 가운데 강유는 류휘의 등을 보고 마지막으로 발을 내딛었다. 품 안의 주머니를 건네줘야 할지 망설이던 마음은, 밤바람과 소음에 묻혀 사라졌다.

후궁 전체가 크게 술렁이는 것이 느껴졌다. 불길한 공기였다. 류휘는 그 공기를 알고 있었다. 다섯 명의 형님들을 둘러싼 정쟁이 일어날 때마다 느껴지던 어둡고 탁한 열기였다. 그 소용돌이 속에 휩쓸렸던 적은 한 번도 없었지만, 류휘 차례가 왔을 뿐인지도 몰랐다.

살을 에는 듯한 추위에 류휘는 부르르 몸을 떨었다. 수많은 횃불이 달 없는 밤하늘 아래 흔들리고 있었다.

문득, 코끝에 하얀 물체가 소리도 없이 내려앉았다. 구름 덮인 하늘. 첫눈이었다.

"말도 안 돼—— 눈?! 너무 빠르잖아. 어쩌지? 말편자를 갈아 끼울 여유는 없는데."

십삼희는 두 자루의 단검을 손에 쥔 채, 선두에 서서 바람처럼 회랑을 달려갔다. 최단 경로이자 사병들 눈에 잘 띄지 않는 길을 골라 달려간다. 최고궁녀가 된 후, 후궁의 경호에도 십삼희는 의견을 제기했다. 동생을 따라가는 것이 최선임을 바로 알아차린 추영과 황 장군 이하, 몇 십 명의 근위무관들도 잠자코 뒤를 따랐다. 추영은 힐끗, 부하들을 보았다. 수십 마리의 말과 병사. 진압에 투입된 우림군을 다시 끌어 모을 시간은 이젠 어디에도 없었다. 무관의 수는 줄어들면 들었지 이 이상 늘어날 수 없다. 고작 몇 십 기(騎)로. 왕 을 홍주까지 피신시켜야만 하는 것이다.

추영은 홋, 하고 쓴웃음을 지었다. 지금 상황보다도, 이 몇 안 되 는 인원에 합류할 수 있었다는 행운이 훨씬 소중하다고 생각하고 있는 자신이 너무나 바보스러우면서도 이제껏 중 가장 마음에 들었 다.

그렇다고 해도 누구하고도 맞닥뜨리지 않은 것은 아니었다. 부대 에서 낙오되어 길을 잃고 헤매던 사병과 몇 번이나 조우했고, 그때 마다 뚫고 나갔다. 몇 번이나 몇 번이나 끊임없이 앞을 가로막았다. 그런 중에 정규 무관의 추격을 받기도 했다. 그 의미를 누구나 생각 했지만, 입에 담지는 않았다. 벌써 몇 번째인지도 모를, '있다!' 는 목소리에 소가는 뒤돌아보았다. 인원은 스무 명 정도. 죽이는 것이 아니라, 류휘를 피신시킬 시간을 벌 수 있을 만큼만 근위무관이 응 전하러 간다. 가능한 싸우지 말라, 죽이지 말라던 류휘의 태평한 부 탁을 모두가 아슬아슬하게 지켜냈다.

소가는 류휘의 등을 바라보았다. 류휘를 위해서라면 '흑랑' 으로 돌아가도 어쩔 수 없다고 반쯤은 각오를 하고 있었다. 그러나 류휘 는 소가가 돌아가지 않아도 되는 길을 남겨주었다. 류휘 자신은 알 지 못할지라도. 죽이라는 말은 들었어도, 죽이지 말라고 말한 왕은 없었다. ──그 말을 지켜내고 싶었다.

누구를 위해서가 아니라, 소가 자신을 위해서. 이는 그의 바람이기도 했다. 어린 시절부터의.

모퉁이를 돌았을 때, 류휘는 어둠 저편에 누군가 서 있는 것을 알아차렸다. 한눈에 누구인지 알았다.

"리앵."

리앵은 하얀 얼굴을 살짝 들어 올려서 류휘를 보았다.

후궁의 침실에서 초췌한 얼굴로 잠이 든 모습을 본 것이 먼 옛날처럼 느껴졌다.

"다행이다. 무사했군. 당장 선동성까지 피하라. 중립인 선동령군인 그대는 누구도 해치지 못할 테니. 혹시 모르니 무관을 한 둘─."

리앵의 뺨이 고통을 참고 있는 것처럼 경련을 일으켰다. 어지간히 세상 물정을 모르는 자가 아닌 한 리앵에게 위해를 가할 바보는 없을 것은 확실했다. 그러나 이는 결코 '중립이기 때문'이 아니라는 것을, 이제는 그 자리의 전원이 알고 있었다. 리앵을 포함하여.

왕계의 손자이자, 표가와 창가의 피를 이어받은, 류휘보다도 훨씬 정통성 있는 왕위계승자.

생생하고 지저분하고, 그러면서 확실하게 다가오는 광기어린 소란을, 리앵은 한쪽 귀로 들었다.

"…왕도를 떠날 생각인가. 도망치는 건가. 옥좌를 버리고? 두 번 다시 돌아올 수 없다고."

그 말에 평상시의 어른스러운 냉정함은 없었다. 그 나이에 맞는, 아이처럼 따지는 목소리처럼 들렸다.

류휘는 그 힐책을 받아들이고 난처하다는 듯이 미소 지었다.

"…그렇지. 하지만 그렇게 할 수밖에 없다. 그 길밖에는."

리앵의 얼굴이 처음으로 확실하게 일그러졌다. 그것이──.

"그게, 당신의, 선택이야?"

"그렇다."

억누르고 있던 것이 넘쳐버린 것처럼, 리앵의 표정에 수많은 감정이 오갔다.

길이 갈라진다. 지금 여기에서 용서 없이 두 쪽으로 갈라져버리듯이. 하지만 지금이라면 아직 늦지 않았다.

리앵은 헐떡이듯이 입을 벌렸지만 아무 말도 나오지 않았다. 무슨 말을 해야 하지? 뭘? 어떤 말도 흰 공백 속으로 사라져 갈 것 같았다. 시간을 벌고 싶었다. 여기서 왕과 헤어진다면 이제 되돌릴 수 없다.

『왕계 님과 이 왕 중 누가 더 적합한지 물었을 때, 당신은 대답하지 못했지.』

──아직은 늦지 않았다. 아직 리앵은 대답을 입에 담지 않았다.

지금, 여기에서.

마음을 정한다면.

입을 열려고 한 순간, 불현듯 왕계의 엄한 눈길이 뇌리를 스쳤다.

『옳다고 생각한 것도 말하지 못한다면 돌아가라. 방해만 된다.』

조부라고 생각한 적도 없다. 그 사실을 알게 된 지금도 딱히 별다른 감정도 느끼지 않는다. 원래 가족이나 애정이라는 개념 따위 결락된 집안에서 태어나 자랐다. 그리고 왕계는 리앵을 필요로 하는 것이 아니라 그저 이용하는 것뿐. 지금도 리앵은 조정에 있는 것만으로 류휘의 평판을 떨어뜨리고, 왕계에게 힘을 실어주고 있었다. 하룻밤 사이에 이런 사태로까지 몰고 갈 정도로. 지금이라면 리앵도 류화의 말을 이해할 수 있었다. 왕계는 원하는 것을 손에 넣기 위해서라면 온갖 것들을 이용할 것이다. 모든 것을 정연하고, 가능한 피해를 줄이면서 해결하기 위해서라면. 그 온갖 것에는 리앵도 포함되어 있었다.

'내가, 조정에서 사라진다면.'

그렇게 되면 적어도 왕계는 리앵을 이용할 수 없게 된다. 왕을 궁지에 모는 일도.

그런데도 목에 뭔가가 걸린 것처럼 목소리가 나오질 않았다. 손끝이 희미하게 떨렸다. 지금이라면 왕의 마음을 이해할 수 있을 것 같았다. 누가 정답을 알려준다면 덥석 물어버렸을 것이다.

하지만 지금, 리앵에게 도움의 손길을 내미는 사람은 아무도 없었다. 검이 부딪치는 소리가 가까워진다. 누구 하나 입을 여는 사람은 없었지만 초조한 마음에 안절부절못하고 있다는 것은 손에 잡힐 것처럼 느낄 수 있었다. 이제 기한이 끝난다.

망설임을 잘라냈다. 뭔지 알 수 없는 감정 모두를. 덩어리를 뱉어내듯이, 버리려고 했다.

"왕. 그렇다면, 나, 도, 당신과, 함——."

함께, 하고 말하려는데 입을 틀어 막혔다. 커다란, 따뜻한 손이었다.

눈을 들어보니, 류휘가 바로 앞에 서 있었다.

"——버리지 말라."

속삭였다.

"버리지 말라. 그대는 남아라. 이 성에. 왕계 님 곁에."

밤의 숲과 같은 리앵의 검은 눈동자가 일그러졌다. 들여다보면 언제나 맑고 깊어서, 류휘는 그 아름다운 눈을 좋아했다. 하지만 기억을 되살려보면 그 눈빛은 조부인 왕계를 많이 닮았다.

"그대의, 유일한 조부가 아니냐."

"그런 건."

"버릴 수 있을 정도로 그대는 왕계 님을 알지 못한다. 그렇지 않느냐. 그런데 지금 한때의 감정에 휩쓸려 따라오면 분명 후회하게 된다. 쉽게 버려도 되는 것도, 쉽게 버릴 수 있는 것도 아니다. 지금도 그대는 마음 한 부분을 잘라내 버린 듯한 얼굴을 했다. 그런 그대를 보고 싶지 않다."

"……."

"망설이고 있다면 왕계를 만나. 제대로 만나서 이야기를 하고, 정해라. 그러고 나서도 늦지 않는다…. 짐이 말해봤자 전혀 설득력은 없겠지만."

류휘는 미소 지었다. 그건 리앵이 정말로 오랜만에 보는 왕의 미소였다. 언제인가부터 사라져버렸던. 하지만 지금 그 미소가 돌아와 있었다. 예전보다도 부드러운 강인함이 드리워진.

지금 리앵은 그런 식으로는 웃을 수 없었다. 그러니까 넌 안 된다고 왕은 말하는 것이리라.

함께 올 수 없다고. 억지로라도, 리앵이 자신도 모르는 사이에 도망치고, 피하려 하던 문제와 마주하도록 밀어붙이려고 하고 있었다. 왕계라는 존재를.

"알겠나, 그대에게는 아버지가 있지만… 왕계 님에게는 이제 아무도 없다. 그렇게 알고 있다. 왕계에게 그대는 이 세상에 남아있는 유일한 육친인 거다."

리앵의 얼굴이 일그러졌다. 그런 건 리앵도 조사를 해서 진즉에 알고 있다. 그게 어쨌다는 거냐. 아무도 없는 건 리앵도 그렇고, 왕도 그렇다. 왕은 그 목소리가 들리기라도 한 듯 웃었다.

"짐은 가족 중 어느 누구도 지켜주지 못했다…. 지키지 않았다. 처형 날조차 책을 읽으며 지냈다. 텅 빈 후궁을 보면서 속이 시원하다는 생각까지 했다. 부모 형제로부터 짐은 버림받았지만, 짐도 또한 그들을 버렸던 것이다. 짐이야말로 빈껍데기였다. 그러나 그대는 아직 그런 표정을 지을 수가 있다. 그러니 마지막까지 왕계 곁에 있어라. 제대로 지켜라. 이는 배반도 뭣도 아니다. 당연한 일이다."

류휘는 리앵에게서 손을 떼고는 똑바로 마주보았다. 이는 지금까지 류휘가 보였던 어떤 눈빛과도 달랐다. 리앵을 아이가 아닌, 한 명의 대등한 왕자로서 마주보는 눈동자였다.

"──리앵."

예전에 왕계가 류휘를 그렇게 보았던 것처럼 이번에는 류휘가 리앵을 같은 눈빛으로 내려다 보았다.

그곳에 서 있는 것은 두 명의 왕자였다. 왕과 선동령군이 아니라, 자전화와 창계의, 각각의 후계자인 왕자로서 마주보고 있었다. 류휘가 정말로 상대해야 하는 상대는 그의 조부였지만, 그렇다고 해도 그리 큰 차이는 없는 것처럼 느껴졌다.

눈이 내리고 있었다. 처음에는 조금 날리나 싶었는데, 점점 세차게 내리기 시작했다.

류휘는 오래 전, 지금은 거의 닳아버린 먼지투성이 기억 속의 눈 내리는 밤을 떠올렸다.

"리앵, 짐은 오늘 밤, 이 성을 떠난다. 한동안 만나지 못할 것이다."

──전 오늘 부로 이 성을 떠납니다. 한동안 만나 뵐 수 없을 겁니다.

눈 내리는 밤. 작별의 말. 십 년 이상이나 묵은 오래된 상자에서 빛바래지 않은 채 울려 퍼진다.

같은 말을 우연히도 류휘는 입에 담고 있었다.

"그러나, 또 만나게 될 거다. 그리 멀지 않은 미래에."

──언젠가 다시 이 성에 돌아올 겁니다.

──당신이 자기 자신에게서 도망치지 않는다면.

몇 번이나, 몇 번이나, 류휘는 도망치고 말았다. ──이것이 마지막.

"그때에는 정면으로 마주보고 만나자, 리앵. 너와— 왕계 님을."

——피할 수 없다면 정면으로. 만납시다. 언젠가 다시, 당신과.

마치 그 목소리가 들리기라도 한 듯 리앵은 턱을 끌어당겼다. 입술을 일자로 굳게 다물고 류휘를 보았다.

왕은 도망치고 있는 게 아니다. 하지만 중요한 것을 놓아버리려 한다는 것을 느꼈다. 그것이 왕에게 중요하지 않을 리가 없다는 것도. 그래도 류휘는 선택한 것이다. 보다 중요한, 뭔가를 위해서. 불과 몇 십 명의 병사. 누구의 검도 거의 피에 젖지 않았다는 것을 리앵을 알아차렸다. 싸우는 것도, 죽이는 것도 선택하지 않았다. '뭔가' 의 내용물을, 리앵은 알 수 있을 것 같았다.

어느 누구도 휘말리지 않게 하기 위해서, 되돌릴 수 없는 일을 피하기 위해서. 오직 그걸 위해서.

오늘 밤, 퍼붓는 눈 속에서 옥좌를 버리고 왕도를 버린다.

리앵은 대답했다. 그가 지금 할 수 있는 단 하나의 대답을.

"…알, 았다. 알았어. 나는 남겠다. 이 성에."

류휘는 환하게 웃었다.

풍향계가 돌듯이, 신비로운 운명의 만남을 느꼈다.

하지만 그때와 같은 길을 갈 것인지, 다른 길을 선택할지는 아직은 모른다.

——그 날 밤, 현왕(現王) 자류휘는 극소수의 부하만을 이끌고 왕도를 탈출했다.

류휘는 퍼붓는 눈 속에서 정신없이 말을 달리고 있었다. 대체 여기가 어디고, 누가 따라오고 있는지도 생각할 수 없었다. 조금이라도 딴 생각이 끼어들면, 머릿속이 순식간에 과거로 되돌아간다.

후궁을 빠져나와 십삼희와 소가가 전부터 마련해 두었던 마구간까지는 어떻게 도착했지만, 류휘는 마지막으로 앞을 막아선 사내를 보고, 온몸에서 식은땀을 흘렸다.

"…손능왕."

병부상서 손능왕은 왼손에 검을 한 자루, 칼집째 땅에 내리 꽂은 듯 잡고 있었다. 류휘의 눈길은 그 검에 빨려 들어갔다. 아무리 응시해도 칠흑의 그림자만 보인다.

그러면서 푸른 불꽃이 어리며 빛나는 자태. 보고 있자니 등줄기를 타고 엄청난 공포가 퍼져간다.

후우, 하고 비어 있는 오른손으로 담뱃대를 흔든다. 그러면서도 어디에도 빈틈이 없었다. 어디에도.

"폐하, 어딜 가시려고 그러십니까?"

"……."

"심려치 마십시오. 이 정도는 바로 진압됩니다. 돌아가시지요."

류휘의 뒤를 이어 추영이 도착했다. 손능왕을 보고, 추영은 그 자리에서 검을 뽑았다.

마찬가지로 반사적으로 한 쌍의 단검을 뽑은 십삼희의 무릎이 부들부들 떨렸다. 이런 건 태어나서 처음이었다. 상대는 문관이다. 하지만— 문득 손능왕이 손에 든 검을 보고, 기겁했다. 손잡이도, 칼집도 칠흑. 게다가 검신이 일반 검보다 길다. 그런 특징적인 검은 얼마 없다.

"설마 행방불명된 천하오검(天下五劍) 중 최고 거물인 '흑귀절(黑鬼切)'?! 그건, 분명."

근위병들이 헉, 하고 놀라는 소리가 들렸다. 추영이 한숨을 쉬며 중얼거렸다.

"그래. 흑가 문중인 손가의 '검성(劍聖)'이 계승하는 검이다. 본인은 늘 평범한 일반 서민이라나 뭐라나 그러지만."

"아니라고오——. 산에 묻어도, 계곡에 던져도, 지장보살에게 바쳐도 어떻게 된 건지 돌아온단 말이다!! 배후령이라고, 이건. 나도 이런 시커먼 검하고는 이제 헤어지고 싶어. 순식간에 이거저거 다 들통 나서 민폐가 이만저만이 아니라고."

"계곡 같은 데 버리다니 뭐하는 짓이야, 천하의 명검을!! 그런 군침 도는 위험한 검을 들고서 어디가 평범하기 짝이 없는 일반 서민이란 거야!! 그보다 천하의 '검성'이 대체 왜 문관을 하고 있냐고!!"

"차별!! 그건 차별이네, 아가씨! '검성'이 문관을 하면 뭐가 어떻단 건가!"

"시끄럿——. 여자가 문관으로 임용되니까 온갖 험담을 다 한 놈들이 자기 경우에는 차별이라고 주장하는 거야?!!"

그저 오는 말이 험하니까 가는 말도 험한 건 아니었다. 번쩍이는 번갯불과도 같은 십삼희의 분노는 그 자리를 벼락처럼 관통해서 손능왕을 확실하게 직격했다. 손능왕은 불현듯 진지한 얼굴이 되었다…. 그 말대로다.

"…그런가. 당신이 십삼희로군. 듣던 대로 뛰어난 용모인걸. 신도 멋진 여잘 키워냈군. 추영의 여동생으로 두기에는 아까운데…. 그래도 미안하지만 여기는 지나갈 수 없다."

손능왕은 어둠 속에서 빛나는 눈으로 류휘를 바라보았다. 백수의 왕처럼, 상대방을 꼼짝하지 못하게 만드는 눈빛.

"이제 곧 왕계가 돌아온다. 그때까지만 참으면 된다. 아무 생각 없는 멍청이들은 내가 확실하게 제압하겠다. 너희 중 어느 누구의 칼도 피로 젖는 일이 없도록 하겠다. 그건 왕계의 수치가 된다. 도망치지 말고, 옥좌에서 기다려라."

도망친다. 그래, 누구의 눈에도 달리는 보이지 않는 행동이었다. 어떤 말로 포장하더라도.

이는 소 태사와 이야기를 했던 그때, 류휘가 마음속으로 결정한 일이기도 했다. 하지만——.

하지만 류휘는 끄덕이지 않았다. 덜그럭, 하고 가슴 속에서 뚜껑 닫힌 상자가 소리를 낸다. 덜그럭.

알아차린 듯, 손능왕의 눈빛이 한층 더 냉랭하게 깊은 빛을 뿜었다.

"왕계가 사라진 뒤 지금까지 당신은 무슨 말을 듣던 간에 매일 옥좌에 앉아있지 않았나. 각오 정도는 해두었을 거라고 생각했다. 그런데 이제 와서 꼬리를 말고 도망치는 거냐. 마지막 책임 따윈 지지 않겠다는 거냐. 그 정도로 어리석고 멍청할 줄은 몰랐구나, 애송이."

조용한 말은 엄청난 분노에 차 있었다. 칼집까지 칠흑 같은 검이 주인에게 반응해서 파지직, 파지직, 하고 기를 내뿜는 것 같았다.

눈이 한층 더 펑펑 내리기 시작했다. 손능왕은 발을 끌면서 고양이처럼 우아하게, 소리도 없이 몸을 움직였다. 하지만 류휘는 우두커니 선 채, 꼼짝도 하지 않았다. 능왕은 중얼거렸다.

"이제 곧, 깨끗하게, 원만하게 끝이 나려고 하는 이때에. 여기에서 놓칠 수는 없지."

류휘의 턱 끝이 멈칫했다. 지금, 뭔가가 아주 거슬렸다. 주먹을 꽉 쥐었다. …깨끗하게, 원만하게?

"…아니지."

분명 소 태사에게는 말했다. 그러나 그 후의 며칠 동안 변한 것이 하나, 있었다.

"뭐가 깨끗하고, 원만하게냐? 중립인 우우를 죽이고, 재상인 유순을 암살하려고 했던 게 말이냐?"

손능왕의 발이 멈췄다. 미간에 잡힌 주름에 고통이 스쳤다. 떳떳하지 못한 자괴감.

"…그건."

우리들이 한 짓이 아니다, 라고 손능왕은 잘라 말할 수 없었다. 유순 암살 미수도 규황의에게 들었다. 높아져가는 왕에 대한 중상과 비방을 대관들이 적극적으로 막으려 하지 않은 결과, 오늘로 이어진 것이 사실이었다. 손능왕도 그 중 하나였다. 근본적인 원인은 왕에 대한 불신이라 하더라도 선동한 것은 왕계파 관리들이었다는 사실 또한, 능왕의 양심을 자극했다. 그랬기에 그는 무관하다는 말을 뱉지 못했다. 중립인 우우를 죽게 한 것에는, 확실히 책임이 있었다. 유순 일도 마찬가지다.

"짐에 대한 비난이나 비방, 중상이라면 얼마든지 받겠다. 그러나 우우나 유순을 노린 것은 절대로 용납할 수 없다. 어디가 깨끗하고 원만하게냐. 여기에서 짐이 잠자코 왕계에게 왕위를 이양한다면, 왕이나 측근을 죽이면 권력을 잡을 수 있다고 조정에 다시 한 번 알리는 것이나 다름없는 일이 아니냐. 짐에게 그 증거가 되라고 하는 것이냐. 지금까지와 뭐가 다르다는 거냐. ──모든 것을 죽여서 끝낸 대업연간의 방식과 뭐가 다르다는 건가!!"

그것은 지금까지 한 번도 들은 적 없는 류휘의 호통이었다.

소가는 눈을 휘둥그레 떴다. 마음속 깊은 곳에서 뭔가가 소리를 냈다. 다름아닌 능왕과 이야기하면서, 분명 소가는 말했었다. 결여된 부분이 메워지는 때가 온다면. 어쩌면──이라고.

류휘는 눈보다도 더 흰 숨을 토해내며 능왕을 노려보았다.

"…왕계라면 짐보다 더 잘해낼 수 있을 것이다. 나라와 백성을 위해서는 그 편이 좋다. 그건 확실하다. 그랬기에 기다리려고 했다. 그러나 지금, 여기에서, 옥좌에서 기다릴 수는 없다. 이대로 잠자코 왕위 이양을 할 수는 없다."

"…그래서, 도망쳐서 어쩌겠다는 거냐. 말해 봐라. 도망친다고 뭔가 뾰족한 수라도 있다는 거냐."

류휘는 말문이 막혔다.

도망쳐야만 한다, 이 말만이 머릿속에서 메아리치고 있다는 것을 손능왕은 꿰뚫어보고 있었다.

"당신이 홍주로 몸을 피하면 어떻게 될 거라 생각하나. 전화왕에게 충성을 맹세한 자는 아직도 많다. 분명히 홍주에 집결할 거다. 당신 자신의 의지로 양위하는 것이 가장 피해가 적지. 홍주는 천혜의 요새. 철탄도 자금도 풍부하다. 홍주에 몸을 맡기면 전쟁이 벌어진다. 당신의 의지와는 상관없이 둘로 갈라질 거다. 분명히. 피할 수 없는 사태가 될 것임을 알면서도 당신은 도망치려는 건가. 그것이 나라를 위한 일이라는 것인가."

"…짐, 은."

"분명, 우우와 유순에게 일어난 일들은 우리들에게도 책임이 있을지 모른다. 그러나 당신의 어설픈 이상주의와, **실체 없는 말** 때문에 우리가 회피하려 했던 전쟁까지 일으킬 심산이라면 지금 여기서 막겠다. 당신 하나와 바꿀 수는 없어. 설령 그것이 당신이 말한 대로 과거와 무엇 하나 달라지지 않더라도."

류휘의 살갗에 소름이 쫙 돋았다. 무시무시한 패기에 무릎이 꺾일 것만 같았다.

──이길 수 없다. 그 사실을 확실하게 느낄 수 있었다.

"…당신의 물음은 난 대답할 수 없어. 하지만 말이지, 왕계라면 분명 알고 있을 거다. 당신의 물음에 답할 수 있다. 그 세상을 보여 줄 수 있어. 그래서 나는 그 녀석을 선택했다. 말뿐이고 답이 없다면 당신은 왕계에게 미치지 못해. ──아니라면 답을 제시해라. 나나 왕계 이상의 답을."

점점 더 심해지는 눈 속에서 류휘의 얼굴이 일그러졌다. 희미하게 벌어진 입술에서는 어떤 소리도 나오지 않았다.

손능왕은 딱 세 박자 기다리고는 그 이상은 기다리지 않았다. 십삼희와 추영, 황 장군을 힐끗 쳐다본다. 담뱃대를 뒤집어 재를 털었다. 3대1. 근위병은 세지 않았다. 홍소가가 나오는 건 아마도 마지막.

"3대1인가. 그리운 숫자군. 전과는 달리 상대가 신통치 않기는 하지만 말이지…. 빠져나갈 수 있을 거라고는 생각하지 말게."

십삼희는 분하다는 듯이 한 쌍의 단검을 움켜쥐었다. 지난날, 자전화, 사마룡, 송준개라는 걸출한 무인을 상대로 대등하게 싸웠다고 한다. 그때와 비교하면 확실히 신통치 못한 상대다. 오라버니나 황 장군이 아니라, 십삼희가. 류휘는 숫자에 들어가지 않는다. 왕이 도망칠 수 있도록 그들이 막는 것이니까. 적어도 백뇌염이 있었다면 전혀 달랐을 텐데 그는 류휘의 명령인지 뭔지를 받아 다른 곳으로 가버렸다.

"──그렇다면 나는 어떤가."

타악, 하고 검이 지면을 치는 소리가 울려 퍼졌다. 손능왕은 조금 언짢은 얼굴을 했다.

류휘를 등으로 막아주려는 듯이 앞으로 나선다. 류휘는 얼굴을 잔뜩 일그러뜨린 채 그 등을 보았다. 조정 삼사(三師) 중 한 명. 지난날, 아버지 밑에서 최고 무관으로서 수많은 무공을 세웠던 역전의 용사.

"송, 장군…."

"가게, 류휘 도령."

"…하, 지만."

홍주로 도망치면 전쟁이 일어난다. 유순이 떠난 것도 그 점에 실망했기 때문인지도 모른다.

옥좌에 남는다면. 한 번 결정한 일인데도 마음은 쉽게 흔들렸다. 너무나도 한심해서 얼어붙어버린다.

"가게. 나는 어려운 건 잘 모른다. 그러나 손능왕의 말대로 옥좌에 남는다면 자네 의지는 말살되지. 하나부터 열까지 이놈들의 논리에 의해 진행될 걸세. 지금까지 지긋지긋하게 봐온 광경이야. 알겠나, 뭔가를 결정하려면 자네 의지로 선택하게. 왕이건 누구건. 남에 의해 결정될 것 같다면, 그건 뭔가가 잘못된 거야… 자네 부친인 전화의 말이네."

맑은 소리를 내며 송 태부는 칼집에서 검을 뽑았다. 그 칼끝에 새겨져 있는 것은 선왕 전화가 하사한 '서향'의 문양. 꽃말은 '영광과 불멸'. 불리한 전투를 몇 번이나 뒤집었던 백전백승의 장군.

"말은 그럴싸하군, 그 망할 아저씨… 목숨 구걸도 그냥 무시해버리고 모조리 피바다를 만들었던 사내가."

칠흑의 칼집에서, 농밀한 암흑빛의 검이 나타났다. 칼날의 물결무늬가 때때로 어둡게 빛날 뿐, 장식된 보석과 문양 외에는 손잡이부터 검신에 이르기까지 모두 암흑빛. 재질도, 도공(刀工)도, 어느 누구도 알지 못한다.

소가는 등줄기가 오싹했다. 비슷한 느낌을 받은 적이 딱 한 번 있다. 전화왕이 검을 뽑았을 때였다. 수많은 생명을 빨아들인 요검(妖劍)만이 내뿜는 빛. 추영과 황 장군은 굳은 얼굴로 방어태세를 잡았다.

송 태부는 손능왕의 말을 무시하고 막대기처럼 우두커니 서 있는 류휘에게 말을 걸었다.

"지금껏 자넨 누군가의 말에 따라서만 살아왔다. 나나 소가나 측근들의. 자신의 의지가 없어. 무지하고 세상 물정을 모르고, 자신의 세계만을 소중하게 여기고 다른 것에는 무관심. 소 태사가 그럼 된 거라고 웃은 적이 있었지…. 지금 자네는 그 의미를 이해하고 있을지도 모르겠네."

그럼 된 거다. 류휘는 숨을 들이켰다. 그게 더 안성맞춤이다. 퇴위를 위한 왕으로서.

"잘 듣게. 어른이 정하는 세상은 어른의 사정에 맞춘 세상이다. 나이를 먹을수록 자신만을 지키면서 **잘 빠져나가고 싶어하지.** 예전의 우리들은 그 대가를 치르는 것이 싫어서 어쩔 줄 몰랐다. 우리들이 바뀌지 않으면 그대로라고 생각했다. 지금은 우리가 나이를 먹고, 자네 차례가 왔지. 소 태사들이 밀어붙이는 껍질을 깨고 싶다면, 가게. 그것이 완전한 자네의 의지다. 뭔가를 바꾸고 싶다면 스스로 바꾸게. 자네 부친이 했던 것처럼. 내가 만들어줄 수 있는 건 그를 위한 시간뿐이네."

류휘는 가슴이 조여왔다. 뭔가를 바꾸고 싶다면 자신이 바뀌라.

망설임이 있더라도, 지금 뭔가가 잘못되었다고 생각한다면.

송 태부에게 뭔가 말을 하고 싶었다. 하지만 할 말도 시간도, 이제는 없었다.

내딛는 발소리와 검의 소리가 날카롭게 울려 퍼졌다. 누군가가 류휘의 팔을 휙 잡았다.

"──내 석영(夕影)을 타고 가. 식량과 물은 매달아 놓았어. 홍주는 동쪽. 자. 어서."

"십삼희…."

그래도 류휘는 움직이지 않았다. 전광석화처럼 교차하는 송 태부와 손능왕의 검이 부딪치는 소리를 얼어붙은 것처럼 듣고 있었다. 십삼희는 그런 류휘를 알아차리고 정면에서 마주 봤다.

"저기, 임금님. 전에 어떻게 해도 안 되겠으면 말에 태워서 같이 도망가주겠다고 했었지? 그게 오늘이라면 약속을 지킬게. 누구도 알지 못하는 곳으로 데려가줄게. 홍주는 아니야. 임금님 이름도, 인생도, 소중한 사람들도, 지내온 시간도 전부 버려도 좋다면. 그러고 나서 임금님을 놓아두고 난 혼자서 다시 후궁으로 돌아올 거야."

"…뭐?"

눈의 하얀 빛 속에서 십삼희가 창백한 얼굴로 환하게 웃었다.

"나는 남을 거야. 나는 최고궁녀잖아. 마지막까지 왕의 후궁을 지키는 것이 내 일인걸. 자류휘라는 임금님을 나 하나 정도, 마지막까지 모시지 않는다면 여자 체면이 말이 아니잖아. 나, 당신을… 꽤 괜찮은 남자라고 생각하고 있으니까. 신보다도 말이지. 그러니까 석영을 줄게. 내 목숨을 줄게. 날 수려와 한 번도 헷갈리지 않았던 임금님. 너무 다정한 임금님. 다들 그래서 구제불능이라고 하지만, 그런 건 다 거짓말이야. 저기, 난 알고 있어. 당신이 고독하고, 외로움을 많이 타고, 고민하고 괴로워하면서도 제대로 답을 찾아내려고 했던 걸. 인간을 믿는 것, 사랑하는 것, 배려하는 걸 알고 있다는 걸. 매일 죽을 것 같은 심정이면서도 옥좌에 앉아있었지. 전혀 구제불능이 아니야… 나, 고기만두밖에 만들어 준 게 없지만."

류휘는 고개를 옆으로 저으려 했다. 십삼희는 언제나 고양이처럼 조용히 곁에 있어 주었다. 두 사람이 안고 있는 고독과 쓸쓸함은 같은 것이라서, 서로 메워줄 수는 없었지만 서로 위로해 줄 수는 있었다. 매일 아침 류휘를 두들겨 깨우고, 해가 저물면 외조로 이어지는 문까지 마중 나와 주었다. 생각해보면 후궁에서 류휘에 대한 비방과 중상을 들은 적은 한 번도 없었다. 모두 십삼희가 류휘를 위해 해준 일이었다.

"알고 있어. 당신은 지금 나와 도망치는 길을 선택하지 않을 거야. 그러니까 가. 손 장군이 제시해보라고 지껄인 답을 찾아줘. 저기, 그거 나 보고 싶어. 당신의 나라."

마지막 말에, 그 미소에, 류휘의 가슴이 먹먹해졌다.

퍼억, 하고 십삼희는 류휘를 말 쪽으로 밀어냈다. 어느새 십육위(十六衛)의 무관들이 줄줄이 달려오고 있었다. 류휘 때문이 아니라, 손능왕을 지키기 위해. 류휘를 쫓지 못하도록 십삼희가 무관들을 막아서는 것이 보였다. 왜소한 십삼희는 눈 깜짝할 사이에 무관들에게 둘러싸여 보이지 않게 되었다.

류휘가 구하러 가려는 걸 이번에는 오라비인 추영이 무시무시한 완력으로 저지했다. 질질 끌고 가다시피 해서 그 자리를 빠져나와, 십삼회의 애마에 억지로 태웠다. 소가가 매어둔 고삐를 잘랐다. 이어서 황 장군과 근위병들이 차례로 옆의 마구간에서 말을 꺼내어 재빨리 올라타는 것이 시야 끝에 보였다.

　소가는 '막야'와 함께 '간장'을 말에 매달고, 대신 청공검을 빌렸다. 어쩐지 그렇게 하는 쪽이 좋을 것 같았기 때문이다. 저 쌍검은 류휘가 가지고 있는 편이 좋다.

　"가십시오. 홍주로. 방향은 알고 계시겠지요. 십육위가 움직인 걸 보면, 손 상서는 곧바로 정규군을 보내 추격할 겁니다. 홍주에서 귀환하는 왕계군과 맞닥뜨릴 수도 있습니다. 그래도 어떻게든 빠져나가 홍주까지 도망치십시오. 그러면 그 이상 개입하게 두진 않을 겁니다. 홍씨 관리들이 방림문(芳林門)을 열어두고 있을 겁니다. 가십시오. ── 처리하는 대로 반드시 따라가겠습니다."

　"소가."

　마치 자신이 바보처럼 느껴졌다. 이제 할 수 있는 일이라고는 상대의 이름을 부르는 것뿐인 자신이.

　"심려치 마십시오. 강유 님을 거둬서 가겠습니다. 괜찮습니다."

　언제나 류휘의 손을 이끌어 주었다. 류휘가 불안할 때에는 언제나. 하지만 그 손을 놓아야 할 때가 온 것이다.

　"류휘 님, 오늘 밤에 이르기까지 내리신 많은 결단에 대해, 저도, 강유 님도, 누구도, 아무 말도 하지 않았습니다. 당신은 모두 혼자서 생각해서 결정했습니다. 그 점에 자신감을 가지십시오. 손 상서는 옳은지도 모르지만, 전부 옳은 것은 아닙니다. 그리고 당신도 전부 틀린 것은 아닙니다. 옳은 결단도 많이 내리셨습니다. 전 당신을 선택하겠습니다. 홍주에서 뵙도록 하지요."

소가는 석영의 엉덩이를 채찍으로 한 번 쳤다.

…어둠과 눈 속에 모든 것을 남겨둔 채.

망설임만은 안고서 류휘는 석영을 몰아 홀로 귀양을 빠져나갔다.

왕이 흑마에 올라타는 것이 시야 끝에 보이자, 손능왕은 혀를 찼다. 주의가 산만해진 그 틈을 놓치지 않고 송 태부가 찔러온다. 검이 부딪치는 소리가 한층 더 날카롭게 울려 퍼지면서 불꽃이 튄다.

"생각났네. 그때 자네는 왕계의 패잔병들을 도망치게 하기 위해서 혼자 우리 세 명을 맞아 대적했지… 그때와는 완전히 반대가 되었군. 그리운가?"

흠칫, 하고 손능왕의 뺨이 경련을 일으킨 것처럼 씰룩거렸다…. 다음 순간, 그는 검을 밀쳐냈다. 송 태부는 다음 한 수에 대비해서 뒤쪽으로 몸을 날렸다. 그러나 손능왕은 움직이지 않고, 암흑빛 검을 칼집에 넣었다. 류휘의 말이 사라진 방향에 이제 그림자도 남지 않은 걸 보고, 능왕은 미간을 딱 한 번 찡그렸다. 담뱃대에 불을 붙였다. 피어오르는 연기에, 뒤엉켜 있던 무관들이 파도처럼 잔잔해진다. 손능왕은 왕계와는 또 다른, 눈길을 끄는 화려한 품격이 있어서, 좋은 의미로든 나쁜 의미로든 전쟁터에서는 눈에 띈다. 몸짓 하나로 무관들의 머리를 식히는 것은 송 태부도 못 하는 재주. 예전에는 전화왕이 있었지만, 지금은 이제 이 사내밖에 없다.

손능왕은 그 자리를 한 번 둘러보았다. 십삼희는 남아 있었지만 소가나 그 외에 쓸 만한 근위병들은 홀연히 사라진 것을 알아차렸다. 송 태부의 계획대로 된 것이다. 눈 내리는 밤하늘을 올려다보았다.

"…폐하를 다시 모시고 올 방법은 이미 마련해 놓았다. 여기에 있는 자들은 십육위이건 우림군이건 소속을 불문하고, 날뛰고 있는 사병들을 모조리 쥐어 패서 감옥에 처넣으러 가라. 도망치는 자는 쫓지 말도록. 알겠나, 쓸데없이 분열을 일으키려는 바보 놈들은 모조리 내가 쥐어 팰 거라고 알고 있으라."

쏟아지는 눈처럼 조용하고 차갑게, 그러면서 심장에 직접 울리는 것처럼 힘 있는 명령이었다. 문관인 병부상서는 군부에게 무시당하기 십상이지만, 손능왕은 그 성격과 실력으로 완전히 전군을 장악하고 있었다. 왕을 추격한다고 하지 않고, 다시 모시고 돌아온다고 말함으로써, 아직 상황파악을 하지 못한 근위병까지도 바로 이해할 수 있도록 했다. 왕계가 만일의 사태에 대비해서 손능왕을 왕도에 남겨둔 이유다.

송 태부는 검을 칼집에 집어넣었다. 송 태부는 지금도 예전에도 일개 무인에 불과하다. 싸우는 일밖에 몰랐고, 그걸로 됐다고 생각하고 있었다. 예전에는 손능왕도 같은 부류였다. 그러나 그는 왕계와 친분을 쌓으며 마지못해 문관의 업무를 수행하면서 송 태부보다도 몇 배나 더 큰 그릇을 가지게 되었다. 자신의 시대는 끝났다고, 송 태부는 불현듯 깨달았다. 예전의 자신에 안주해온 송 태부와, 현재를 걸어온 손능왕과의 차이를. 손능왕은 송 태부를 보고 있지 않았다. 처음부터 마지막까지.

바라보고 있던 것은 다른 것이었다. 나이 차이는 십 년 정도밖에 되지 않았지만, 손능왕에게 이미 송 태부는 과거였다. 순간, 분하다는 생각이 밀려왔다. 그러나 그건 송 태부가 예전에 걸어왔던 길이었고, 지금은 능왕의 차례였다.

전쟁에 나가지 않고 그저 안온하게 지내는 동안에 송 태부는 어느새인가 늙었고, 그리고 뒤쳐졌던 것이다. 하지만 살아가면서 할 수 있는 일이 하나도 없는 것은 아니었다.

"…확실히 슬슬 봐주고 있던걸, 손능왕. 내가 아니라."

손능왕은 이에 대답하지 않고 송 태부에게 등을 돌리고는 아무 말 없이 발길을 돌렸다.

…서그럭 서그럭 서리를 밟으며 한참 동안 걸어가다가, 능왕은 손에 든 칠흑의 검을 내려다보았다.

그랬다, 확실히 그는 봐줬다. 전력을 다해 싸운다면 송 태부에게 이길 수 있었다. 젊은 손능왕이 위대한 노장군을 이기는 일은 있어도 지는 일은 없다. 능왕이 질 때가 있다면, 자신보다 젊고, 물불 가리지 않고, 빛나는 것처럼 생기 넘치는 놈에게다. 진다면 가슴 설레는, 흥분되는 결투 끝에 지고 싶다. 사십 줄에 들어선 뒤로 손능왕은 그렇게 정해두었다. 늙었다는 증거인지, 그저 나이 먹은 자의 고집과 자긍심인지.

아마도 제대로 싸웠다면 왕을 그 손으로 잡을 수도 있었을 것이다. 그러나 그렇게 하지 않은 것은 확실히 망설임이 있었기 때문이다. 자류휘를 잡고 싶었는지 아닌지, 스스로도 알 수 없었다.

"…대업연간의 방식과 뭐가 다르냐…"

그 물음에 대답하지 못한 탓인지도, 모른다. 그렇지만.

바람은 하나. 왕계의 나라가 보고 싶다. 담뱃대를 뒤집어 재를 털었다. ——그러니 다음에는 망설이지 않는다.

"…이제는 봐주지 않는다, 꼬마들."

네놈들의 시대가 오기에는 아직 이르다.

…어둠과 눈에 덮여, 별도 산 그림자도 보이지 않았다. 애당초 류휘가 귀양 밖으로 나온 것은 손꼽을 정도밖에 없었고, 지난번에 남주에 갔던 것도, 홍주와는 다른 방향이었기 때문에 도움이 되질 않

았다.

무엇보다도 확실하다고 생각했던 마음이 시계추처럼 거세게 흔들려서, 류휘를 혼란스럽게 만들었다. 동요와 초췌, 정말로 이것이 최선이었나라는 후회와 망설임이 방향감각을 엉망으로 만들었다. 방림문을 나선 것은 기억에 있지만 그 뒤로는 방향도 뭣도 생각하지 않고 무작정 달렸다. 몇 번이나 추영이나 황 장군이 뭔가를 말하려고 하는 것 같았지만 류휘의 머릿속에는 아무것도 들어오질 않았다.

도중에 몇 번이나 추격대가 왔지만 그때마다 근위병들이 말의 방향을 바꾸어 시간을 벌어주기 위해 가는 것을 기척으로 알 수 있었다. 처음에는 수십 마리 정도 들려오던 말발굽 소리도 이제 점점 줄고 있었다.

파스락 파스락, 빗살이 빠지듯이 눈 속에 말발굽 소리가 흡수되어 사라진다.

뒤쪽에서 검들이 부딪치는 소리가 들려와도 류휘는 뒤돌아보지 않고 그저 석영을 몰았다. 한 번이라도 뒤를 돌아보면 그대로 움직이지 못할 것 같았다. 귀양으로 돌아가 전부 지시받은 대로 해버릴 것 같았다. 마음이 끌려간다. 편한 쪽으로. 도망치고 싶었다. 멀리, 더 멀리로.

바로 뒤에서 따라오던 말발굽 소리가 이윽고 두 개가 되더니, 이젠 그것도 사라져버리고, 이제는 들리지 않는다.

황 장군의 조용한 목소리가 윙윙거리는 눈보라 속에서 이상할 정도로 깊게 울려 퍼졌다.

"…주상, 마지막까지 모시지 못하게 되어 원통하지만 저도 여기서 막아내겠습니다. 부디 그대로 가주십시오. 무사하시길 빌겠습니다."

류휘의 등 뒤에 바짝 붙어오던 두 마리 말 중 한 마리가 대열에서 벗어난다. 그리고 나머지 한 마리, 추영의 말도.

"주상, 아시겠지요. 확실하게 도망쳐 주십시오. 여기에서 작별입니다. 부디 무사하십시오."

그때 처음으로, 무아무중으로 말을 몰던 류휘는 뒤를 돌아보았다. 그제야 제정신이 들었다.

제정신이 들자, 온몸이 식은땀으로 젖는 것만 같았다.

"추영, 황 장군!!"

외쳐 불렀을 때에는 이미 늦었다. 창과 검을 들고 두 방향에서 밀려드는 군마와 눈보라 속에서 말을 모는 모습을 마지막으로, 두 사람의 모습은 어디에서도 찾을 수 없었다.

그리고 류휘는 혼자가 되었다.

류휘는 아무 생각도 할 수 없었다. 윙윙, 어둠 속에서 바람소리만이 울려 퍼졌다. 점점 기온이 내려가고, 퍼붓기 시작한 눈이 류휘 한 사람만을 남겨두고 두터운 장막을 치듯이 세상을 완전히 단절시켰다.

오른쪽을 보고, 왼쪽을 본다. 앞도 뒤도 봤다. 정신을 차려보니 추영과 황 장군이 어느 방향으로 사라졌는지조차도 알 수가 없었다. 두려움 때문인지 추위 때문인지, 이가 맞물리지 않고 덜그럭거리며 떨렸다. 석영이 당황한 듯 걸음을 늦췄지만 이윽고 주인을 태우고 어둠 속을 멋대로 내달렸다.

왕도를 떠난 것은 류휘 자신의 의지였다. 그랬을 것이다.

──도망치는 길을 선택하지 않았다면 추영이나 소가, 근위병들을 휘말리게 하는 일은 없었을까. 아니, 그 전에 유순의 말대로 옥좌에서 왕계의 귀환을 기다렸다면 더 나았을까.

왕계를 홍주에 보내지 말고, 좀 더 빨리 퇴위했다면 우우는 죽지 않았을까.

좀 더 빨리 소 태사나 왕계의 말에 순순히 고개를 끄덕였다면 좋았을까.

온갖 후회가 눈앞에 휘몰아치는 눈보라처럼 거세게 밀려왔다.

어째서 도망치지 않으면 안 된다고 생각했었는지, 마음속에 싹을 틔웠던 그 작은 씨앗마저도 암흑빛 뿌리에 휘감겨, 바람 속에 날아가 버린다.

어머니가 늘 말했듯이, 태어나지 않았다면 좋았을까.

어디에선가, 바람소리에 섞여 탁류가 흐르는 듯한 소리가 멀리서 들려왔다. 석영은 그 강물 소리가 나는 쪽으로 다가가고 있었다. 똑바로. 타박타박. 이대로 강물에 휩쓸린다면──.

여자의 비명소리 같은 바람소리를 뚫고 거문고 소리가 들려온 것 같았다. 오늘처럼 거센 눈보라가 치던 밤.

『형님이 당신에게 나누어 준 마음까지 쉽게 내줄 생각이십니까?』

당신에게 나누어 준 마음까지.

엉망진창으로 목소리가 뒤섞인다.

──전 당신을 선택하겠습니다.

──평생 동안 마음을 다해 섬길 것을 맹세합니다.

──저기, 그거 나 보고 싶어. 당신의 나라.

──내 왕도, 당신으로 해줄게.

──왕은 당신이십니다. 주상. 이제 청원 왕자 따윈 필요하지 않습니다.

──이것만은… 믿어주십시오. 곁에서 모실 수 있는 것만으로 행복했습니다.

──나는 당신이기 때문에 이곳에 있는 겁니다.

소가와 추영, 십삼희, 소방, 정란, 주취, 강유의 얼굴이 차례로 떠올랐다가 사라진다.

그 저편에서 한 명의 소녀가 귀비의 옷차림에서 관리의 모습으로 바뀌어 간다. 그저 입가에 미소를 띠고, 류휘 앞에 무릎을 꿇는다. 고개를 숙이는 걸 서글프고, 고독하다고 생각한 적도 있었다. 하지만 아니었다.

다른 누구도 그녀가 섬기게 할 수는 없었다. 그것은 그녀의 증표였다.

──나는 당신을 보필하기 위해 왔어요. 왕으로서 당신이 바로 서는 걸 보필하기 위해서.

오직 한 사람에게만 내밀어준 마음의 증표. 그래, 언제나 수려는 류휘에게 모든 것을 내밀어주었다.

나누어 준 그 마음까지 내줄 것이냐고, 머릿속에서 목소리가 메아리쳤다.

묵묵히 자신의 뒤를 따라오다가, 류휘를 도망치게 하기 위해서 추격대를 향해 눈 속을 달려간 황 장군과 근위병들, 추영. 그들을 버리고?

『전부 같이 가지고 가지 않으면, 분명히 지금의 제가 아니게 될 거예요.』

예전에는 누가 뭐라고 비난하더라도 혼자서 확실하게 지키던 것이 있었다.

어머니에게조차 필요 없다고 그 존재를 부정당해도, 누군가 곁에서 사라지더라도, 혼자서 지켜왔는데.

어째서 어른이 되면 자신을 지키지도 못할 정도로 무르고, 유약해지는 것일까.

류휘는 얼굴을 찡그렸다. ──그래도 여전히 류휘는 자신을 옹호하고, 용기를 내서 자기 자신을 지키며 앞으로 나아가야만 하는 이유를 반도 떠올릴 수가 없었다.

휘잉, 휘잉, 바람소리가 들린다. 한 치 앞도 보이지 않는 암흑의 눈보라 속. 석영은 걸음을 멈추지 않았다. 고삐를 당겨 석영을 세울 것인지 말지는 류휘가 판단해야 했다. 나아가는 것도, 서는 것도, 되돌아가는 것도. 그런데도 류휘는 아직도 멍하니 그저 앉아 있었다. 지금 있는 장소가 안장인지, 옥좌인지도 알 수 없었다. 그래, 이런 바보 같은 하찮은 선택조차도 류휘는 진정한 의미에서 스스로 생각해서 결정을 내린 적이 손꼽을 정도밖에 없었던 것이다. 그러는 사이에 시간도, 주위도 류휘만을 남겨두고 흘러가버린 것이다. 옥좌에 있던 때에도, 지금도.

스스로 생각해서 결정한 일이 있다. 양보할 수 없다고 생각한 뭔가도 있다. 리앵과 약속도 했다. 머리로는 알고 있었지만 암흑의 눈보라 속에서 모조리 다 날아가 버려서 지금은 그런 건 환영에 불과했던 것처럼 생각되었다. 자신이 죽으면 끝날 문제일지도 모른다는 생각이 들러붙어 떨어지질 않는다. 그저 편해지고 싶기 때문이란 걸 알고 있으면서도. 그걸로 일이 해결되면 되었지 나빠질 게 뭐가 있냐고 생각해보아도, 여전히 아무것도 떠오르지 않았다.

당신은 누군가를 위해서 살아가기에, 믿을 수 없다고 왕계는 말했다. 사랑하는 사람의 마음도, 말도, 충성심도, 기대도, 신뢰도 있다. 있지만 그것만으로는 부족했다. 그것만으로는 말고삐 하나도 당길 수 없었다. 정말로 자신이 선택한 길이 옳다고, 스스로 자신을 인정해줄 수도 없었다.

철썩, 하고 탁류가 강가의 바위에 부딪쳐 일으키는, 심장이 멎을 정도로 차가운 물보라에, 류휘는 생각에서 깨어났다.

황급히 고삐를 당기려고 했지만 당길 수가 없었다. 손가락이 얼어서 고삐에 엉겨붙어버린 것처럼, 꼼짝도 하지 않았다. 석영은 물보라에 겁먹은 기색도 없이, 탁류가 소용돌이치는 쪽으로 터벅터벅 걸음을 옮긴다. 그때 류휘는 처음으로, 자신이 타고 있는 푸른 털의 말을 보았다. 빛의 각도에 따라 푸르게 보일 때도 있는 흑마가 지금은 그저 밤보다도 짙은 어둠의 빛으로 보였다. 까마귀 색. 돌연히 그 단어가 머리를 스쳤다.

그래, 전설 속의 금 까마귀가 모습을 바꾼 것처럼, 불길 같은 금색 갈기와 검은 몸을 가진 말.

'금색, 갈기?'

등골이 얼어붙는 것 같았다. 석영의 갈기는 흰색에 가까운 회색이었다. 그러나 눈앞에서 흔들리고 있는 것은 태양빛의 갈기.

처음 보는 말이다.

"──읏!!"

등줄기가 떨렸다. 멈추라고 외치려고 했지만 입술이 얼음과 눈으로 얼어붙어, 어떤 소리도 낼 수가 없었다.

알지 못하는 암흑빛 말이 터벅터벅 걸어가더니, 이윽고 거친 탁류 속으로 들어간다.

날뛰는 듯한 탁류가 순식간에 온몸을 삼킨다. 머리까지 얼음장 같은 물에 잠겨, 목 깊숙한 곳까지 물이 흘러 들어와서 심하게 기침을 했다. 나뭇잎처럼 떠내려가면서 탁류에 휘말려 정신없이 몸이 위로 솟구쳤다가 아래로 내리꽂힌다. 흘러가는 나무토막인지 바위인지, 몸이 뭔가에 부딪쳐서 비명을 질렀다.

거센 물결에 팔다리가 찢어질 것만 같았다. 류휘은 자신이 눈을 뜨고 있는지, 고삐를 잡고 있는지도 알 수가 없었다.

──너 같은 건 태어나지 않았어야 했어.

어머니의 미워서 견딜 수 없다는 듯한 외침이 귓가에 들려왔다. 류휘의 오자미를 주머니째 연못에 집어던지는 소리가 들린다. 그걸 보면서, 류휘는 깨달았다. 어머니가 정말로 연못에 집어던지고 싶었던 것은 류휘였다는 것을.

좁은 세상 속에서 어머니의 말이 세상의 진실이라고 생각하고 있었다.

그러나 다음번에 연못에 떠오른 것은 어머니 자신이었다. 그 후 청원 형님이 사라졌다. 몇 년도 안 되는 시간 동안 온갖 사람이 죽었다. 전부 죽고 나서야 정쟁은 끝났다. 지금까지처럼. 이번에도 분명 그럴——.

『그게 지금까지와 뭐가 다르다는 거냐.』

목소리가 들려왔다. 그건 다른 누구도 아닌 류휘 자신이 손능왕에게 고했던 말이었다. 자신의 마음.

"——."

자신의 말. 휩쓸려가는 나뭇잎처럼 떠내려 갈 뿐이었던 류휘가 그때 처음으로 정신없이 물결을 거스르며 물을 헤쳤다. 그때와 뭐가 다르다는 거냐.

지금 여기에서 죽는다면 류휘 자신이 활시위를 당긴 꼴이 된다. 아무것도 달라지지 않을 세상을 향해.

황량한 사막과도 같던 후궁. 인간이 빈껍데기가 되는 세상을 그는 알고 있다.

빈껍데기밖에 남지 않은 인간이었던 류휘 자신이 그 증거.

인정할 수는 없다. 여기서 죽을 수는 없다. 퇴위를 결정한 것도, 도망친 것도, 이유가 있었다.

'짐은.'

무슨 일이 생기면, 당연한 일처럼 수많은 사람이 죽고, 살해당하고, 연못에 떠오르고, 처리된다. 그게 가장 빠른 방법이라고 누구나 생각하던 세상.

우우의 시신을 떠올렸다. 인형처럼 조용히 꿰매어진 상처. 추모보다도 먼저, 누구나 기묘하게 서로의 마음속을 떠보던 며칠 동안. 리앵의 통곡만이 류휘를 인간으로 돌아오게 했다.

——지금까지와 뭐가 다르다는 거냐.

'짐이 보고 싶은 것은.'

보고 싶은 것은——?

후두부를 뭔가가 세게 강타했다. 류휘의 입에서 남아있던 공기가 모두 기포가 되어 달아나는 것이 보였다. 머리의 중심이 얼룩덜룩하게 물들면서 파직파직, 깜빡거렸다. 의식이 멀어진다.

뭔가를 중얼거린 것도 같았다. 뭔가 아주 중요한 답을.

'——.'

머리 한구석에서 커다란 까마귀가 날갯짓하는 것 같은 소리가, 들렸다.

그와 동시에, 류휘는 탁류에 휩쓸려 어둠 속으로 빨려 들어갔다.

|제4장| 열지 않은 상자 속

…타닥, 타닥, 석탄이 튀는 소리가 들린다.

몇 겹이나 두꺼운 장막이 드리워진 것 같은 세계의 저편에서 누군가가 신경질적으로 걸어다니는 소리가 들린다.

너무나 춥고, 온몸이 찌르는 것처럼 아팠다. 류휘는 몇 번이나 눈을 떴다가는 그때마다 정신을 잃었다.

몇 번째였던가, 덜덜 떠는 자신의 반응에 몽롱한 의식이 되돌아왔다. 너무나 추워서 온몸의 오한이 멈추질 않았다. 이가 덜덜 떨리고, 머릿속이 깨진 것처럼 극심한 통증이 엄습했다. 이불을 끌어당기려고 더듬거렸지만, 손이 떨려서 아무것도 잡을 수가 없었다. 뭔가가 손에 닿았다고 생각한 순간, 갑자기 숨이 막혔다.

목에 뭔가가 휘감겼다. 터억, 하고 뭔가가 올라탔다. 중얼중얼, 바로 위에서 누군가가 중얼거리고 있었다. 목에 엄청난 압력이 가해져서 류휘는 힘없이 허우적대며 신음소리와 함께 필사적으로 눈을 떴다.

눈앞에, 휑뎅그렁한 두 개의 어둠의 불길이 있었다. 검은 그림자 속에 눈동자만이 이상할 정도로 형형하게 빛나고 있었다. 짐승과 닮았지만 틀림없는 사람의 눈이었다. 무시무시한 눈이었다. 마디진 손가락으로 온 힘을 다해 류휘의 목을 조르면서 중얼중얼, 열에 들뜬 사람처럼 계속 중얼거린다.

"…죽여버리면 되는 거야! 이런 놈 따윈. 어차피 잔뜩 죽였잖아. 우리 애들을 모두 죽인 것처럼 말이지. 그러니까 여기서 죽이면 되는 거야. 죽이는 편이 더 좋아. 살려뒀다가는 변변한 일이 없다고. 이런 놈, 죽으면 되는 거야."

모르는 여인의 목소리였다. 나락의 밑바닥에서 끓어오르는 듯한 원한에 가득 찬, 쉰 목소리였다.

온몸의 체중을 실어 류휘의 목을 조른다. 류휘는 자신의 목뼈가 끔찍한 소리를 내는 것을 들었다. 여인의 저주와 귀기어린 끔찍한 표정에 압도당했다. 뭐가 뭔지 알 수 없었다. 현실이라고는 생각할 수 없었다. 팔을 들려고 해도 그럴 힘조차 없어서, 손가락으로 요를 힘없이 더듬는 것 외에는 아무것도 할 수 없었다.

그때, 갑자기 압력에서 해방되었다. 류휘는 얼굴을 옆으로 돌리고 몇 번이나 기침을 하며 구역질을 했다.

"…손대지 말라고 했을 텐데. 저쪽으로 가 있게."

늙고 쉬어있었지만 이쪽은 남자의 목소리였다. 여인이 그 남자에게 온갖 욕설을 퍼붓는 소리가 멀리서 들려왔다. 이는 타산적이고, 자신의 안위만을 위해 퍼붓는 조정 관리들의 끈적거리는 매도와는 달리, 칼로 두 쪽을 내는 것 같은, 직접적이고 불순물이 섞이지 않은 폭력적인 분노로 가득 차 있었다. 결국에는 '당신은 이런 꼴을 당했는데도 정말이지 바보라니까!!' 라는 말을 퍼붓고는, 말이 안 통한다는 둥, 죽어버리라는 둥 울부짖다가 이윽고 쿵쾅거리며—그러면서 신경질적인 발소리를 내면서—어디론가 사라졌다.

류휘는 자신이 떨고 있다는 것을 알았다. 그것이 추위 때문인지,

이유는 모르겠지만—그래도 분명히 류휘를 향해 폭발한 살의 때문인지는 알 수 없었다.

"…미안하네. 잠깐 자리를 비웠더니, 이 꼴이네."

류휘를 한 손으로 다시 눕히는 손길은 목소리와 마찬가지로 엄격하고, 그러면서도 충분한 배려가 있었다.

"…전에도, 이런 일이 있었지… 당신이 두 번째군."

담담하게, 불쑥, 조용한 목소리로 혼잣말처럼 말한다. 류휘의 입술에 그릇이 닿았다. 뭔지 알 수 없는, 쓴 액체가 목을 태우며 흘러들어간다. 류휘는 콜록거렸지만 남기지 않고 전부 마셨다.

두 번째? 그렇게 물으려고 했지만 정신이 몽롱해서 목소리가 나오질 않았다. 천천히 졸음이 녹신녹신하게 퍼져간다. 단 한 잔의 쓴 액체였는데, 손끝부터 서서히 한기를 몰아내 준다.

얄팍한 이불이 덮였다. 어둑어둑해서 얼굴이 보이지 않았다. 휘이이잉, 바람 소리가 들린다.

"…푹 자두게. 이 계절에 이런 눈보라라니, 십 몇 년 만이군. 하지만 내일이면 멎을 걸세. 바로 눈은 녹을 테고. 가끔은 퍼붓는 것도 괜찮지. 가끔이라면…."

졸음을 부르는 목소리였다. 조용하고, 오래된 거목 밑에서 나뭇잎이 흔들리는 소리를 듣고 있는 것 같다.

두 번째? 다시 한 번 그렇게 물었는지도 모른다. 남자가 그렇네, 하고 대답했으니까.

"두 번째지. 첫 번째는 눈이 멎은 밤에 나갔지. 잊을 수 없는 눈빛을 가진 젊은이였네."

류휘는 꾸벅꾸벅, 꿈과 현실의 틈새에서, 어쩌면 그 남자는 반짝반짝 잘 닦아놓은 '막야' 같은 사내였던 게 아닐까, 하고 뜬금없이 그런 생각을 했다. 입 밖으로 냈는지도 몰랐지만, 대답은 없었다.

──콰당, 하고 거센 바람이 문을 두들기는 소리에 류휘는 흠칫, 눈을 떴다.

한순간 자신이 어디에 있는지 기억이 나질 않았다.

눈앞이 어둑어둑해서 잘 보이지 않는다. 시야 끝에서 난로의 불길이 아른거리며 흔들리고 있었다. 지금이 밤인지, 낮인지도 알 수 없었다. 몸을 일으켜보니, 흠뻑 땀에 젖어 있었다. 이가 덜덜 떨리던 오한과 온몸의 통증은 사라졌고, 두통과 현기증의 흔적이 이슬처럼 살짝 남아 있는 정도였다.

흐릿한 머리를 맑게 하려고 한 번 흔들었을 때였다.

"일어났나. 몸은 어떤가, 젊은이."

류휘는 심장이 입에서 튀어나오는 줄 알았다.

난로 건너편에 누군가가 앉아 있었다. 불길이 아른거려서 얼굴은 잘 보이지 않는다.

난로에서 불꽃이 튀었다. 그 소리에 등을 떠밀리듯이, 류휘는 멍한 머리로 간신히 목소리를 쥐어짰다.

"…네, 에. 상당히, 좋아졌습니다. 저, 그러니까…. 감사합니다."

"그런가. 젊은 것들은 튼튼해서 좋군. 꽤나 열이 높았는데."

그러고는 대화는 뚝, 끊어졌다.

류휘는 당황했지만 상대는 석탄을 휘저을 뿐, 신경 쓰는 것 같지도 않았다. 석탄불이 튀는 소리만 듣고 있던 류휘는, 결심을 하고 잠자리─라기보다는 산처럼 쌓아올린 마른 짚더미에 구운 감자라도 되는 양 처박혀 있었던 것뿐이었지만─에서 기어 나왔다. 그 순간 몸을 휩싸는 바람의 차가움에 류휘는 몸을 웅크리고 황급히 짚더미 속으로 기어서 돌아갔다. 순식간에 콧물이 흘러나왔다. 남자가 웃는 기척이 느껴졌다.

"그 짚더미 안에 도롱이가 있네. 그걸 입으면 그래도 꽤 낫지."

류휘는 '도롱이'가 뭔지 알지 못했다. 남자의 말대로 뒤적뒤적 짚더미 속을 헤치다가, 그제야 팔의 위화감을 알아차렸다. 내려다보자, 양팔, 양다리에 붕대가 칭칭 감겨있었다. 몸통에도.

팔이 막대기처럼 경직되어서 움직이기 힘들다고 느낀 것은 그 때문이기도 했던 모양이다.

"동상에 걸리기 직전이어서, 내 맘대로 처치를 해 두었네. 동창 정도로 끝날 걸세…."

"가… 감사합니다."

붕대가 칭칭 감긴 동그란 손으로 다시 짚더미를 헤쳤다. 밑바닥쪽에 따끔거리는 뭔가가 있었다. 간신히 끄집어내 보니 통으로 짜인 뭔가가 나왔다. 어떻게 입는 걸까.

'…그리고 보니, 도롱이벌레라는 게 있었지….'

이런 계절에, 나무나 처마 끝에 대롱대롱 매달려 있는 벌레다. 흉내를 내서 뒤집어써보니, 촉감은 나쁘지만 따뜻하다. 끈을 묶자 완전 도롱이벌레가 된 기분이다. 어느 쪽에서 어떻게 보던 간에 완전히 도롱이벌레.

그걸 걸치고 짚더미 밖으로 나가서는 난로가로 머뭇머뭇 다가갔다.

간신히 상대의 얼굴이 보일 정도의 거리까지 다가갔을 때, 류휘는 흠칫 놀랐다.

나이는 짐작하기 어려웠다. 늙은 것은 확실했지만 소 태사보다 위인지 아래인지 알 수 없었다.

얼굴 가득한 주름은 세월의 흔적이라기보다는, 그와는 다른, 수많은 고생과 고통이 새겨져 있는 것 같았다.

어쩌면 겉보기보다는 젊을지도 모른다. 하지만 그런 건 그리 중요한 것이 아니었다. 노인에게는 특징이 있었다. 한쪽 눈이 무참하게 뭉개져 있었고, 한쪽 팔도 팔꿈치밖에 없었다.

류휘는 무슨 말을 해야 할지 모른 채 굳어버렸다. 노인은 찡그리듯이 그 눈을 가늘게 떴다.

"딱히 불편하지는 않네. 지금은 말이지…. 먹겠나. 이젠 한 그릇밖에 남지 않았지만. 배가 고플 텐데."

불쏘시개를 내려놓고, 불에 얹어 놓았던 냄비를 휘젓는다. 딱딱 바닥을 긁는 소리를 들으니 정말로 한 그릇밖에 남지 않은 모양이었다. 류휘는 갑자기 심한 배고픔을 느꼈다. 옆에 놓인 나무사발에 노인이 묽은 국물을 담아 건네주었다.

류휘는 둥근 두 손으로 사발을 소중하게 받아들었다. 하지만 입에 대기 전에 다시 한 번, 노인의 외눈과 외팔을 보았다. 왜 그랬는지, 먹기 전에 물어봐야 한다는 생각이 들었다.

"…그, 눈과, 팔은 어쩌다 그런 거냐…고 물어도 될 는지요?"

노인의 표정이 희미하게 달라졌다. 그 표정이 어떤 의미인지는 알 수 없었다. 그러나 마치 본 사람은 많아도 물은 사람은 거의 없었다고 하는 것 같기도 했다. 노인은 단 두 마디만으로 대답했다.

"전쟁 때 잃었네. 별로 드문 일도 아니지."

전쟁. 류휘는 얼굴을 잔뜩 찡그렸다. 고개를 숙이니 얼굴이 비칠 정도로 묽은 국물에 그림자가 어른거렸다. 스스로도 놀랄 정도로 가슴이 아팠다. 얼마 전까지는 전쟁 따위 자신과는 관계없는 먼 세상의 옛 이야기였다. 그러나 왕도를 빠져나와, 류휘를 도망치게 하기 위해 눈 속으로 사라져 간 추영들을 생각하면 가슴이 떨렸다. 얼굴을 보이고 싶지 않아서, 맛이 느껴지지 않는 국물을 들이켰다. 전혀 뱃속을 채워주지 못해서, 오히려 배가 더 고팠다.

"머리는 어떤가. 온몸에 타박상이고 머리도 혹투성이였네. 지금은 좀 나아졌지만."

"머리?"

하고 류휘는 둥근 손으로 머리를 만져보다가 화들짝, 통증 때문에 신음소리를 흘렸다. 욱씬욱씬 쑤신다. 어째, 붕대 위만 만져봐도, 인간의 머리라고는 생각할 수 없는 기묘한 모양이라는 걸 알 수 있었다. 거울을 보는 것이 무섭다.

"이런 곳까지 어슬렁거리며 흘러들어오는 얼빠진 녀석들은 거의 없다네. 참 별난 일이야… 어쩌다가 흘러들어오려고 해도 쉽게 올 수 있는 곳이 아닌데 말이지."

애당초 대체 자신은 어떻게 이곳까지 온 것일까?

"저——."

"그 말은, 미안하지만 풀어줬네."

불현듯 류휘는 불길 같은 짙은 황금색 갈기와 까마귀 색의 몸을 가진, 알지 못하는 칠흑의 말을 떠올렸다. 두근, 하고 심장이 고동쳤다. ——암흑색 말. 류휘를 태우고 담담하게 데리고 가려고 했다. 어딘가로.

류휘의 얼굴이 파랗게 질린 것을 알아차리지 못한 듯이 노인은 바람이 휘몰아치는 바깥쪽으로 고개를 돌렸다.

"멋진 군마(軍馬)였지만, 둘 장소도 없고, 그리고 우리 집 사람은 그런 군마를 보면 안 돼서 말이지… 죽여서 먹을지도 모르고. 미안하네."

"…그, 갈기… 갈기는, 무슨 색이었습니까?"

노인은 한 순간 기묘한 표정을 지었다. 놀라거나 미심쩍어하는 것이 아니라, 마치 전에도 같은 질문을 받은 적이 있는 것처럼. 노인이 다시 외팔로 재를 뒤적였다. 타닥, 하고 불꽃이 튀었다.

"흰색에 가까운 회색이었네."

석영이다. 그렇다면 류휘가 본 것은 그저 마음의 혼란 때문이었던 것인가. 환각이었던 것인가. 당연하다. 십삼희가 빌려 준 것은 석영이고, 내내 같은 말을 타고 있었으니까. 말이 바뀔 리 없다.

하지만 그 한밤중과도 같던 암흑색의 말은 류휘의 뇌리에 들러붙어 떨어지지 않았다.

"눈보라치는 밤에는 여러 가지로 신기한 것들을 본다네."

"……."

"좋은 말이었네. 그 말은 말이지, 자네를 태우고 이곳까지 데리고 왔다네. 대체 어떻게 그 밤에, 그 광폭하게 흐르던 격류를 건너 온 것인지…. 이 부근은 길도 없고, 다리도 전부 쓸려가 버렸는데 말이지. 자넨 눈을 뒤집어쓰고서, 거의 얼어붙어서는 머리도 혹투성이에, 그야말로 한심한 몰골이었어. 말이, 지장보살이나 눈사람이라도 짊어지고 온 줄 알았네."

지장보살인지 눈사람…. 지금은 도롱이벌레인 류휘는 빈 사발을 바라보았다. 석영(석영?)이 강 아래로 가라앉은 류휘를 건져내서 여기까지 데리고 와 줬다는 건가.

지금이 언제고, 대체 어디인지 —— 그런 의문도 떠오른 순간부터 안개처럼 사라져 간다.

난롯가의 불이 따스하게 타오르고, 불꽃이 튀는 소리를 듣고 있자니 점점 머리 회전이 둔해진다. 장난감 상자 안에 들어와 버린 것 같은 현실미 없는, 허름하고 작은 산속 외딴집에서, 처음 보는 노인과 이야기를 나누고 있자니 마치 모든 것이 먼 꿈처럼 느껴졌다. 뭔가를 생각해야 한다. 해야만 하는 일이 있다는 건 알고 있다. 하지만 전부 아무래도 상관없는 일처럼 느껴졌다. 방금 전까지 가슴을 가득 채우고 있던 근위대의 일조차도 순식간에 멀어져 간다. 차라리 이대로——.

"···조정에서, 무슨 일이 있었던 모양이네."

꿈꾸는 기분이었던 심장을 차가운 손가락이 어루만지는 것 같았다. 오한을 억누르려 했지만 성공했는지는 알 수 없었다. 노인이 한쪽 눈으로 류휘를 보고 있는 게 느껴진다.

"임금님이, 도망쳤다고 하더군. 역적 떼가 쳐들어 와서, 그리 많은 숫자도 아니었다던데 싸워보지도 않고 입고 있던 옷만 걸친 채 도망가서 행방불명이라던가."

늙은 고목나무처럼 조용하고 담담한 목소리. 읽을 수가 없었다. 노인의 감정도, 류휘 자신의 감정도.

"왕계 장군님이 귀양에 돌아와서 사방팔방 수색 중이라네. 근처 마을에도 왔다더군···."

온갖 익숙한 단어들에, 흐려지며 멀어져가던 모든 것들의 윤곽이 뚜렷하게 살아나면서 급속히 류휘에게 다가온다. 손에 잡을 수 있을 만큼 가까이까지.

왕계가 왕도에, 돌아왔다.

"날이 밝으면 여기에도 올지 모르네. 강이 얼어서 건널 수 있어···."

류휘는 혼란스러워서 신음했다. 뭘 어떻게 해야 할지 아무런 생각도 나질 않았다.

불현듯 류휘는 누군가의 시선을 느끼고 얼굴을 들었다. 그곳에는 허름한 나무문이 있을 뿐이었다.

하지만— 류휘는 흠칫, 했다. 한 줄기 틈새 너머에서, 번득이며 들여다보는 기분 나쁜 눈동자가 움직인 것 같았다. 검은 두 개의 구멍 같은 눈을 형형하게 빛내면서 쉬지 않고 움직여서 류휘를 감시하고 있는 것 같았다. 류휘는 비명만 지르지 않았다뿐이지, 놀라서 앉은 채로 뒤로 물러났다.

노인이 뒤를 돌아보았지만, 아무 말도 하지 않았다. 그러나 류휘가 뭘 보았는지 어렴풋이 알아차린 것 같았다.

"…아침까지는 일어나지 않을 터인데."

류휘는 또 한 명이 있었던 걸 기억해냈다. 무섭고 오싹했던 밤도. 그건 그냥 꿈이고, 이곳에는 이 노인 혼자뿐이라고 생각했었건만. 노인도 잊었을 리 없을 텐데 미안해하는 감정은 어디에서도 찾아볼 수 없었다. 노인에게 그 날 밤 일은 사과할 일이 아니라는 것만큼은 읽어낼 수 있었다. 이유는 알 수 없어도.

류휘는 몇 번이나 침을 삼켰다. 그 여인은 바닥없는 늪이나 다름없었다. 가까이 가지 않는 것이 최선이다. 그러나 왜 그랬는지, 뭔가에 내밀린 것처럼 묻고 말았다.

"부인, 이십니까?"

노인은 한쪽 눈을 가늘게 뜨고, 잠깐 동안 류휘를 바라보았다. 방금 전 외눈과 외팔의 연유를 물었을 때의 침묵과 닮아 있었다. 열 명 중 아홉 명은 언급하려 하지 않는 것을 물어본, 영광스러운 한 명을 눈앞에 보고 있다는 듯한 인상이었다.

언짢다기보다는, 오히려 처음으로 희미하게 재미있다고 느끼는 것 같았다.

"아니네. 아내는 아니야. 이래저래 이곳에 산 지 꽤 오래되었지만. 살림을 봐주고 있는 여인이네."

살림을 봐준다고? 류휘의 목을 조른 건 둘째치더라도, 노인에게 퍼붓던 욕설과 매도도 못지 않게 엄청났다. 아내도 아닌데 그렇게 무시무시한 여인과 같이 살 수 있는 것일까? 그보다 정말로 그 여인이 '집안 살림'을 할 수가 있는 것일까?

백 가지도 넘는 의문이 얼굴에 드러났는지, 노인은 담담하게 어깨를 으쓱했다.

"보통 때는 그보다는 괜찮거든. 누군가를 보살필 때는 안정되는 모양이네. 그래서 원하는 대로 내버려두고 있지. 일을 잘한다네. 군인이나 높은 분들이 오면 문제지만…."

난로에서 데우고 있던 철병이 슈욱슈욱 소리를 내기 시작했다.

노인은 류휘의 손에 들린 사발을 가져다가, 씻지 않고 그대로 찻잎을 넣고 더운 물을 부었다. 새까맣고 야릇한 냄새가 난다. 약초 냄새였다. 소가가 항상 끓이던 차와 많이 비슷하다.

노인이 내민 사발을 보니, 검은 차 속에 자신의 얼굴이 어른어른 흔들리고 있었다. 폭풍우 같던 여인의 분노와 증오를 떠올렸다. 노인이 말리지 않았다면 그 여인은 정말로 류휘를 죽였을 것이다.

그것은 사람을 잘못 본 것이 아니라, 의심할 나위 없이 류휘를 향한 살의라는 생각이 들었다.

"그 이유를, 물어도 되겠습니까?"

짧게 말했지만, 노인은 정확하게 알아들었다. 침묵이 지나간 후, 노인은 고개를 꺾어 방구석을 보았다.

"…저런 멋진 검을 보면, 그 사람은 이상해진다네. 예전으로 돌아가버려."

그제야 류휘는 '간장'과 '막야'를 떠올렸다. 황급히 노인의 시선 끝을 보니, 쌓인 짚더미 밑에서 눈에 익은 검의 손잡이가 살짝 보였다. 숨기려고 한 것처럼 놓여 있었다. 실제로 숨기려고 밀어 넣었던 것이리라. 아마도, 류휘 역시.

"난 한쪽 눈과 팔을 잃었을 뿐이지만, 저 사람은 낳은 아이들을 모두 잃었다네. 거의 열 명 가까운 아이가 있었다던데, 반은 굶어 죽거나 병으로 죽고, 나머지 반은 전쟁 때 죽었다더군. 눈앞에서 살해당한 아이도 몇 명 있었던 모양이네. 저 사람이 살아남은 건… 여인이었기 때문이지. 예전에는 꽤 용모가 뛰어났으니 사내들에게는 좋은 기분전환이 되었을 거야. 흔히 있는 일이었지."

류휘는 말문이 막혔다. 뭐라고 해야 좋을지 알 수가 없었다. 어떻게 말을 받아야 할지, 아무 생각도 떠오르지 않았다.

"…흔히 있는 일이었지만, 저 사람이 정신을 놓기에는 충분하고도 남았지. 내가 보기에는 가장 심한 짓을 당한 건 저 사람일 텐데, 한 번도 그런 얘기는 하질 않아. 항상 애들 얘기만 하지. 언젠가 반드시 돌아올 거라고 말이지. 그게 벌써 몇 십 년이나 지나다 보니… 처음에는 지긋지긋했지만, 지금은 이상하게도 듣는 게 싫지는 않아. 정신을 놓았다고는 해도 저 정도로 진심으로 계속 믿고 있는 걸 보면, 바보 같은 게 아니라, 오히려 인간 이상의 뭔가를 보고 있는 것 같네…. 그런 저 사람을 보고 있자면, **정말로 머리가 이상한 건, 저 사람이 아니라는** 생각이 점점 들게 된다네… 그래, 저 사람이 아니라."

마치 어린아이에게 옛날이야기라도 들려주는 것처럼 따뜻하게 스며드는 목소리였다. 고목과 같은 모습도.

"저 사람 입장에서 보면, 검을 차고 있는 놈들은 모두 살인자네. 보통 때는 얌전하지만 그런 자를 보면 순간적으로 저렇게 되지. 과거로 돌아가서 원한으로 똘똘 뭉친 채, 한 걸음도 나갈 수가 없게 되는 거네. 요즘은 세 박자 전에 있었던 일도 잊어버리면서, 자네는 짚더미 안에 숨겨놓았는데도 온 집안을 뒤지고 다녔네. 그놈은 어디 있냐, 죽이겠다며 울부짖으면서 점점 더 이상해지더군… 신기하게도 저 사람은 구분해낸다네. 사람을 죽인 적이 있는 자, 저 사람을 저렇게 만든 자, 그 근처에 있었던 자. 과거에도, 미래에도."

『죽이는 편이 더 좋아. 살려뒀다가는 변변한 일이 없다고.』

지금도 계속되는 분노. 나라에 대한, 전쟁에 대한. 류휘는 항변할 수 없었다. 류휘의 대에서 뭔가를 바꾸었냐고 묻는다면 대답할 수 없다. 그렇다면 그녀에게 있어서는 아무것도 바뀌지 않은 것이다. 저 사람을 저렇게 만든 자. 옥좌에 앉은 인간이 바뀌었을 뿐. 과거에도 미래에도 마찬가지다. 그걸 구분해냈다.

노인의 뭉개진 눈과 한쪽 팔을 보았다. **전쟁에서 잃었다**고 했었다. 그렇다면 노인도 역시 같을 터였다.

"…당신, 은, 왜… 구해준 겁니까?"

입에서 나온 말은 그뿐이었지만, 노인은 역시, 정확하게 대답했다.

"내 눈과 팔은 내가 치른 대가네. 누군가의 대가가 아니지. 저 사람은 빼앗겼을 뿐이지만 나는 아니야. 이 눈과 팔은 전쟁에 가담한 내가 치른 대가. 다른 사람 탓으로 돌릴 수가 없네… 그런 생각을, 저 사람을 보면서 이제야 하게 되었네."

"……."

"내일이 되면, 저 사람은 무관을 데리고 와서 자네를 넘길 걸세. 난 그걸 막을 생각은 없어. 그 전에 나간다면 그도 막지 않겠네. 나는 말일세, 이 산에 온 자는 그가 누구라도 구하기로 정해놓았네. 인간이건 동물이건. 그것이 내가 맘대로 정해놓은 규칙이라네."

타닥, 하고 불꽃이 튀었다. 눈을 가늘게 뜬 그 얼굴은 웃고 있는 것처럼 보였다.

"…이렇게 외진 곳까지 도망치고 도망치다가, 망설이다가, 죽을 고생을 하고, 그러면서도 여전히 살아있는 놈들은 살아야만 하는 이유가 있다네. 누군가가 살려주지 않는다면, 이곳까지는 올 수 없네."

류휘의 얼굴이 크게 일그러졌다.

──**누군가가 살려주지 않는다면, 이곳까지는 올 수 없네.**

"이보게, 젊은이. 한 마디 하지. 지금 임금님은 정말이지 아버지와는 달리 확실히 바보인 모양이네."

"……"

"멋대로 말도 안 되는 이유를 내걸고 역적들이 날뛰는데도 탄압도 하지 않고 그대로 도망치다니. 지금까지 본 적도 없는 얼빠진 멍청한 임금이야. 똑같이 어린 시절 왕도를 탈출했던 아버지 전화 공자는 몇 백 명이나 되는 추격대를 모조리 베어 버리고 포위를 뚫었다고 해서 두려움의 대상이었는데. 아비와는 전혀 달라."

"……"

"좋다고 생각하네."

류휘는 놀라서 얼굴을 들었다. 노인은 희미하게 웃고 있었다.

"좋다고 생각해. 덕분에 사망자가 나오지 않았다고 하지 않나. 일단 싸우다가 사람이 죽으면, 그때는 멈출 수가 없지. 분명 아버지와는 다른 임금님인 게지."

노인은 짚더미 밑에 놓인 쌍검을 바라보면서, 그때의 류휘의 얼굴은 보지 않는 척했다.

"…저 두 자루의 검은 깨끗하더군. 아무도 죽이지 않았어. 한 번 휘두르면, 두세 명은 벨 수 있을 텐데. 저런 명검을 가진다면 누구나 자신의 몸을 지키기 위해 쓰지 않겠나. 만약 임금님이 가지고 있으면서도 한 번도 쓰지 않고, 아무도 죽이지 않고, 그저 혼자서 눈속을 달려 도망쳤다면… 조정에서 말하는 것처럼 임금님은 우리를 버리고 도망친 건 아닐 거야. 그 반대가 아닐까 하는 생각이 문득들었네. 모양새나 평판보다, 더 중요한 것을 지키기 위해서 도망친게 아닐까, 하고 말이지…."

옛날이야기를 들려주는 듯한 고목의 목소리. 류휘는 고개를 숙였다. 턱 끝이 떨려서, 사발에 담긴 차가 물결쳤다.

"선왕과는 달리, 한 번도 전쟁을 하지 않았지. 아들놈이나 마을의 젊은이들을 징병하지도 않았어. 전답을 쑥대밭으로 만들지도 않았고. 풀무치와 지진 때는 군대를 보내서 도와줬고. 우리들은 태어나서 지금껏 그런 임금님을 본 적이 없었네. 있을 거라고 생각도 하지 않았어. 우리에게는 전쟁을 안 하는 임금님이 최고지. 그래서 나는 지금이, 상당히 마음에 든다네. 임금님도 말이지. 멋지지 않더라도, 한심하더라도, 볼품없더라도. 한 번도 만난 적은 없지만 말이네."

사발 속에 비친 류휘의 두 눈이 한층 더 크게 흔들렸다.

──그래서 나는 지금이, 상당히 마음에 든다네. 임금님도 말이지.

그런 말을 들은 적은 지금까지 한 번도 없었다.

"높으신 관리들이 무슨 소리를 퍼뜨리건, 요성이 나타나건 상관없네. 자연에는 자연의 규칙이 있는 것이니까. 우리들은 그저 하루하루를 살아가면서 이런 나날이 계속되면 좋겠다고 생각되면 아무말도 하지 않네. 알겠나, **아무 말도 하지 않는다네.** 그것이 우리들의 말인 거야. 우리들은 자연의 말 없는 목소리를 따르며 살아가네. 임금님은 우리들의 소리 없는 목소리를 듣는 것이 일이겠지만, 주위가 너무 시끄러우면… 분명 희미해져서 잘 들리지 않겠지."

"……"

"마을에 나가면 나도 자연의 목소리가 들리지 않게 되지. 그래서 산으로 돌아오는 거야. 마을의 사냥꾼이 산의 짐승을 너무 많이 죽이거나, 지나치게 착취하는 건 자신의 목소리밖에 들리지 않기 때문이지. 산도 인내심이 바닥나버리면 화를 낸다네. 우리도 그래. 하지만 그렇지 않을 때에는… 그걸로 만족하는 거지."

희미하게 웃는 기척이 느껴진다. 그리고 한숨과 함께, 어두운 한줄기 어둠 서린 문을 돌아다보았다.

"…저 사람은 과거 속에 살고 있네. 지금까지 그랬으니, 앞으로도 변하지 않을 거야. 무기를 한 번 들면, 그걸 버리는 것이 무서워지지. 들면 들수록 약해지는 거야. 마음이 말이지. 무슨 일만 있으면 미친 듯이 휘두르지. 처음부터 갖질 말든지, 누군가가 죽이든지, 아니면 빼앗아버려야 한다고 생각하네. 이제껏 그런 놈들만 보다보면 어쩔 수가 없어…. 하지만 나는, 분명 바뀌는 날이 온다고 생각하고 싶네. 스스로 무기를 내려놓고, 바보처럼, 진정한 용기를 가진 자가 언젠가 꼭 나타날 걸세. 지금은 바보라도, 앞으로도 바보일지 누가 알겠나. 게다가 정말로 바보 같은 놈이라면, 어느 누구도 그런 놈을 구해주거나, 믿거나 하지는 않는 법이라고. 미물인 말이라도."

어느 누구에게도 휘두르지 않았던 검. 자신을 지키기 위해서도 쓰지 않았다. 그렇다면 **누구를 지키기 위해서?**

혼자서, 자신조차도 지키지 않고서 뭘 지키려고 도망쳐 온 것인가? 그것이 무엇이든 간에.

노인은 웃었다. 피로 더럽혀지지 않은 검이 마음에 들었기에, 작게 다시 한 번 그 말을 중얼거렸다.

"좋지 않은가, 그걸로."

모든 장식을 떼어내버린, 소박하고, 정직하고, 조용한 긍정이었다. 모든 것들을 그르쳤다고 생각하고 있었다. 혼자서 생각해서 결정했던 일에 대해서조차, 자신감을 가질 수 없었다. 도망치는 것조차도. 죽이지 말아달라고, 말도 안 되는 억지를 부렸던 것조차도. 정말로 옳은 길이었던가, 마음이 흔들렸다.

『모양새나 평판보다, 더 중요한 것을 지키기 위해서 도망친 게 아닐까, 하고 말이지….』

뭘 위해서 도망친 것인가.

덜그럭, 하고 가슴 깊은 곳에서, 열지 않은 상자가 소리를 내고 있었다. 덜그럭, 하고 상자 뚜껑이 어긋났다.

'짐이, 도망친 것은.'

연못에 떠오른 어머니의 시신. 새까만 머리카락이 물풀처럼 흔들거리고 있었다. 후궁에서 몇 번이나 일어났던 크고 작은 분쟁도, 매일처럼 쌓여가는 시체도, 전부 보고 있었다. 형들과 비빈들이 처형되어, 효수된 목도, 사실은 혼자서 몰래 보러 갔었다. 시신은 어느새인가 어딘가로 사라지고, 새로운 궁녀와 시종들이 들어와 후궁은 말끔하게 정돈되었다. 마치 자신과는 상관없다는 듯한 예쁜 얼굴을 하고, 아무 일도 없었다는 듯 다시 조용해졌다. 류휘는 부고에 가서 모든 것은 자신과는 상관없는 일이라고 스스로에게 타이르며, 소가에게도 말하지 않고 목구멍 안쪽으로 계속 밀어 넣다보니, 어느새인가 정말 그렇게 되었다.

뚜껑이 열린다. 밀어넣어 두었던 감정이 천천히 눈물과 함께 흘러나온다.

두 번 다시 그 광경을, 보고 싶지 않았다. ——지키고 싶었다. 한 사람이라도 많이. 그래서 도망쳤다.

진압하라고 말했다면, 손능왕의 말대로 손쉽게 끝낼 수 있었다. 물병에 뚜껑을 씌우는 것처럼.

하지만 거기엔 의미가 없다는 걸, 류휘는 마음속 어딘가에서 **기억하고** 있었다. 뚜껑을 닫아도, 병의 내용물까지 사라지진 않는다. 그 뒤에 일어날 일을, 류휘는 진즉에 체험하고 있었다. 똑같은 과거. **아무것도 변하지 않았다.** 그렇다면 손능왕에게는 의미가 있다 하더라도 류휘에게는 무의미했다.

다른 미래를 선택하기 위해서 류휘는 그 성을 나온 것이다.

『가야만 합니다.』

누군가의 목소리와, 류휘의 목소리가 겹쳤다. 가야만 한다. 가지 않으면 안 된다.

다른 방법, 다른 길. 생각하고, 또 생각했다. 죽을 정도로 생각했다.

이제 두 번 다시 보고 싶지 않은 과거와는 다른 미래의 세상을 위해.

류휘는 눈물을 닦고, 콧물을 훌쩍였다. 덜그럭, 하고 마지막 상자의 뚜껑이 완전히 열리는 소리가 들렸다.

"짐은 가야만 한다."

여기에 머물 수는 없다.

노인이 소리도 없이 웃는 기척이 느껴졌다. 마치 그 대답을 같은 장소에서, 같은 밤에, 다른 누구에게서 전에도 들은 적이 있는 것처럼.

"…그런가. 그럼 잘해보게. 아아… 마침, 눈이 그쳤군."

그렇게나 시끄럽던 바람 소리가 지금은 완전히 멎어 있었다.

"이제 곧 추격대가 올 걸세. 그 사람이 며칠 전에 벌써 연락을 한 듯하니."

"…엣?!"

류휘는 바로 엉거주춤하게 일어나며 어쩔 줄 몰라 했다.

"에에?! 그러니까, 우선, 여기는 어디쯤인가?! …요?!"

"…어디로 갈 생각이지?"

"그러니까, 홍주까지."

고목처럼 담담하던 노인이, 그때만큼은 정말이지 질렸다는 표정이 되었다.

"…자네, 대체 얼마나 방향치인 게야. 홍주라면 강을 따라 내려가면 되는 것을, 군이 반대방향으로 꾸역꾸역 올라오다니… 정말로 그냥 얼간이인 건가…?"

"에에엣—?!"

류휘의 머리에, 예전에 소가가 머리에 쑤셔 넣었던 지도가 어렴풋이 떠올랐다. 분명, 자주를 가로지르는 두 개의 하천 중 한쪽은 홍주로 흘러들어간다. 완전히 반대로 상류 쪽으로 왔다고 한다면.

"…북쪽으로 온 건가?! …아니, 하지만 그게 본류(本流)였다면 석영이 헤엄쳐 건널 수 있을 리가…?"

건널 수 있을 정도의 강이라면 지류(支流)밖에 없다. 수많은 줄기로 나뉘기 때문에 그 강이 어느 것이었는지는 알 수 없었다. 기대를 담은 눈으로 노인을 보았지만, 노인은 난처하다는 듯이 한쪽 눈을 가늘게 뜨고 한숨을 쉬었다.

"…미안하지만, 조금 사정이 있어서 말일세… 이곳이 어디인지는 알려줄 수 없네. 하지만 내려가는 길 정도는 알려주지. 잘 듣게, 조금이라도 벗어나면 길을 잃고 죽게 되네. 그리 많이 쌓이지도 않았으니, 열심히 잘 걸어가 보게. 그 도롱이벌레—가 아니라, 도롱이는 줄 테니까."

그렇다. 석영이 없다면, 혼자 걸어가는 수밖에 없다. 류휘는 식은 땀을 흘렸다.

노인에게 어떻게 내려가야 하는지를 듣고 나서, 자네 물건이라고 손가락질한 짚더미를 뒤져보니, 나온 것은 쌍검과, 입고 있던 옷가지뿐이었다. 가지고 있었던 물과 식량, 돈은 어디에도 없었다. 류휘는 그걸 보고도 딱히 아무 말도 하지는 않았다. 허름한 산속 외딴집에서 생판 모르는 사람을 돌봐주고, 딱 한 그릇 남은 묽은 죽을 나누어준 것만 해도 그는 기적이라고밖에는 생각할 수 없었다. 후궁에는 온갖 것들이 넘쳤지만, 누구 하나 류휘에게 나누어 준 적이 없었던 것이다.

류휘는 줄어든 소지품을 물끄러미 바라보았다. 그리고 한참 동안 생각한 뒤, '간장'을 손에 들었다.

"…노인장."

노인은 대답하지 않았다. 류휘가 얼마 안 되는 '소지품'을 한참 동안 바라보는 걸 보고, 뭔가 다른 생각을 했는지도 모른다. 류휘는 무릎을 꿇고서 '간장'을 노인에게 내밀었다.

"사례를 할 것이, 달리 없어서. 부디, 이걸."

침묵이 감돌았다. 머리를 숙이고 있던 류휘는, 침묵의 의미를 헤아릴 수 없어서, 한층 더 당황했다.

잠시 후, 딸그락, 하고 사발을 놓는 소리가 들렸다.

"…자네, '간장'을 숙박비 대신으로 내미는 건가? 여기에?"

어라, '간장'이라고 하지 않았어, 지금? 류휘는 고개를 갸웃했다… 그렇게 말한 거 같은데.

"네. 제게는 딱히 필요가 없어서. 받아주십시오. 돈도 없고, 일을 해서 갚을 시간도 없어서. '간장'이라면, 팔면 그럭저럭 돈은 되지 않을까 싶어서… 칼집 같은 것도 꽤 호화롭고…."

실제로 세상물정을 모르는 류휘는 어떤 것에 어느 정도의 가치가 있는지, 잘 알지 못한다.

일단 수려가 할 법한 '사례'를 열심히 생각해본 결과, 가장 비쌀 것 같은 '간장'을 고른 것이었다.

그 생각은 묘하게 꽤 괜찮게 느껴졌다. 그 성에 놓아둘 수는 없다고 생각해서 가져온 쌍검이지만, '간장'을 여기에—어디인지도 알 수 없는 신비로운 산속 외딴집에—놓고 간다면, 그것도 괜찮다는 생각이 든 것이다. '간장'이 없다 해도 류휘는 별로 곤란할 것도 없다.

'…헉. 혹시 한 자루로는 생명의 은인에 대한 사례로는 부족하다는 건가?!'

하지만 그 '막야'는——. 류휘는 어쩔 줄 모르고 계속 굽실굽실 머리를 숙였다.

"저, 죄송하지만, 이쪽 칼은 어떤 사람과 약속을 해서요, 그때가 올 때까지 제가 가지고 있겠다고. 그래서 여기에 두고 갈 수가 없습니다. 다른 것이라면——."

"아니, 괜찮네. '간장'을 받겠다."

노인이 어느 새인가 눈앞에 서 있어서 류휘는 흠칫 놀랐다. 몇 걸음 떨어져 있었던 것뿐이긴 하지만, 기척으로 눈앞에 있는지 어떤지는 알 수 있었을 텐데. 마치 아지랑이가 피어오른 것처럼, 홀연히 류휘 앞에 서 있었다.

뭉개진 눈과 손. 무사한 쪽의 눈으로 일그러지듯이 웃으며 무사한 쪽의 손으로 '간장'을 잡았다.

잡아서 내팽개쳤다. 마치 장난감 칼이라도 되는 것처럼 아무렇게나. 퍼억, 하고 '간장'은 원래 있던 짚더미 밑으로 다시 한 번 처박혔고, 풀썩 날아오른 짚더미가 떨어져 내리면서 그 모습을 덮었다. 추영이나 정란이 봤다면 비명을 지르면서 국보 발굴에 착수했을 법한 모습이었다.

"내게는 아무런 도움이 안 되는 것이네만."

노인을 류휘는 가까이에서 내려다보았다. 왜소하고, 깊이를 알 수 없는 강인함을 간직하고 있는 몸이었다. 뭉개진 눈부터 엉겨 붙은 상처의 흉터가 몇 줄기나 주름처럼 패여 있어서, 일그러진 얼굴을 만들고 있었다. 무서운 얼굴이었지만 류휘는 이상하게도 무섭다는 생각은 들지 않았다. 고목처럼 조용하고, 담담하고, 그리고 어딘가 그리운 듯한, 그러면서 미래를 보는 듯한, 신비로운 눈빛이었다.

"…오래 살고, 볼 일이군."

"에?"

"아니네… 가시게. 동거인도 이제 슬슬 일어날 때다. 그러면 나가기 힘들어질 테니."

류휘는 여인을 생각했다. 무서운 여인, 무서운 밤이었다. 지금도 정말은 그 한 줄기 틈새에서 번뜩이며 류휘를 노려보고 있을 것만 같았다. 그녀에게는 그럴 권리가 있었다. 욕설도, 목을 졸릴 이유도. 하지만 살려두었다간 변변한 일이 없던 그 말에 류휘가 어떻게 대답할지는 이제 앞으로 정해야 할 일이었고, 지금은 아직은 그럴 권리를 받을 수는 없었다.

정말로 미친 것은 아마, 그녀가 아닐 거라고 노인은 말했다.

정말로 머리가 이상한 건, 그녀가 아니다. 그걸 확인하기 위해서 노인은 같이 살고 있는 것인지도 모른다. 다시 한 번, 용기를 쥐어짜서라도 그녀를 만나고 와야만 할 것 같았다.

그녀를 만나서, 류휘도 확인해야만 한다. 무섭고, 인정사정없고, 무자비하고, 그러면서도 잘라내버릴 수 없는 사람. 그녀는 과거이자, 동시에 '현재'의 일부였다. **지금 이 나라의 모습.** 모든 것이 끝난 후, 류휘가 살아서, 그 여인과 마주볼 수 있다면.

그녀가 내던진 물음에 대답을 내놓을 수 있는 왕이 되어 있을 것 같은 생각이 들었다.

그때, 불현듯 멀리서 피리소리가 들려왔다. 신호를 교환하듯이, 몇 개의 피리가 호응하며 높게 울린다. 몇 종류인가의 피리소리가 뒤섞여 있었다. 노인이 힐끗, 문 쪽을 보았다.

"…벌써 온 건가. 젊은이, 가게. 당장."

류휘는 끄덕이고는 재빨리 채비를 끝냈다. 어차피 입을 옷과 '막야' 밖에 없다. 그때 갑자기 노인의 신변이 걱정되기 시작했다. 류휘를 숨겨준 일로 위험한 상황에 처할지도 모르는데, 지금 이 순간까지 자기 일만 생각하느라 여념이 없었다.

노인은 한쪽 손으로 기둥에 걸려있던 삿갓을 류휘의 머리에 씌웠다.

"덤이다. 이것도 주겠네."

한쪽 손과 입을 써서 솜씨 좋게 류휘의 턱 아래에 삿갓 줄을 꼭 묶었다. 류휘의 표정을 보고는 뭔가를 알아차렸는지, 그리운 것처럼 눈을 가늘게 떴다.

"아주 오래 전에도, 눈 내리던 밤에, 이렇게 굴러들어온 젊은이가 하나 있었지…."

"네…?"

"이번보다도 훨씬 지독한 눈보라치는 밤이었네…. 그 녀석도 눈이 그치고 떠났지. 여기에 오는 놈들은 대부분 떠나지. 그래서 자네도 떠날 거라고 생각했다네."

눈 내리는 밤. 류휘의 뇌리에 섬광처럼 목소리가 들려왔다.

──전 오늘 부로 이 성을 떠납니다.

가야만 한다고, 눈 내리던 밤을 끝으로, 거문고의 소리와 함께 모습을 감춘 사람이 있었다. 갈아놓은 '막야'처럼 단단하고, 아름답고, 아픔이 있는 옆얼굴을 가진. ──어쩌면.

"…어떤 남자였습니까?"

"지금의 자네보다 훨씬 멋진 사내였던 건 확실하네. 여러 가지로. 전혀 비교가 안 되는군."

"……으, 으으."

결국 노인은 그 말을 끝으로 아무것도 알려주지 않았다.

"자네를 주워온 건 내가 정해놓은 규칙 때문이네. 나는 내 규칙에 따라 살아가지. 그걸로 어떻게 되든 간에 누구 탓도 아니네. 반대로 자네가 이대로 우물쭈물하다가 어찌 되건, 난 말리지 않네."

무슨 신호인지, 피리소리가 또 들려온다. 아까보다 훨씬 가깝게.

안쪽에, 한 줄기 어둠의 틈새가 있는 그 문에서 번득이며 사람의 눈이 들여다보고 있었다. 이번에는 착각도 뭣도 아닌, 확실히 거기 있었다. 움푹 팬, 어두운 빛으로 형형하게 빛나는 빈틈없는 두 눈이. 류휘는 놀라 숨을 삼켰지만 눈을 피하지 않고, 인사를 하듯이 고개를 숙였다. 한 박자 후 얼굴을 들자, 눈은 사라져 있었다. 쿵쾅거리는 신경질적인 발소리가 멀어져간다.

류휘는 노인에게도 머리를 숙이고, 세 걸음 만에 문의 손잡이를 잡았다. 열자, 휘이잉, 하고 한겨울의 냉기가 미친 듯이 불어 닥쳤다. 쌓인 눈의 깊이는 무릎 정도. 피리소리가 점점 가까워진다.

세상은 동트기 전이었다. 아직 짙은 쪽빛의 세상이 지배하는 은빛 세계.

동트기 전. 어쩐지 그 시각이 출발에 어울리는 것 같았다.

"──가겠습니다."

"젊은이."

그때서야 처음으로 노인이 류휘를 불러 세웠다. 처음이자, 마지막이었다.

"…오래 전 눈 내리던 밤에 왔던 사내는 떠났네. 혼자서 애써봤자 아무것도 못 한다고, 내가 말했지. 그랬더니 그놈은, 지금은 혼자라도 십 년 후에는 다르다고 중얼거리더군. 혼자서라도 밭을 갈면 언젠가는 뭔가가 열매를 맺는다. 설령 그곳이 조정의 하수구 속일지라도. 그렇게 말하고 떠났네. 십 년도 더 지나 자네가 굴러들어왔지…. 그 사내가 기다리고 있던 게 누구일까, 하고 나는 때때로 생각하곤 했다네."

바람에 휘날리는 류휘의 머리카락이 그 표정을 감춘다. 류휘 자신으로부터도.

──설령 그곳이 조정의 하수구 속일지라도.

"자네로는 승산이 없어. 아무리 발버둥 쳐도 말이지. 괜찮나?"

노인의 이름은 묻지 않았다. 그가 누구인지도. 사소한 일이었다. 그의 말과 비교하면.

류휘는 웃었다. 추위로 얼어붙어서 조금 딱딱한 웃음이었는지도 모르겠다.

"…약속을 했습니다. 벌써 한참 한참 오래 전에. 승산이 없다고 해서 없던 일로 할 수는 없다. 짐은 많은 것을 잊고, 많은 것을 깨뜨리고 말았다. 남은 마지막 약속까지 깨뜨릴 수는 없다."

돌연, 노인의 주름진 한쪽 손이 뻗어오더니 류휘의 붕대로 감긴 손을 잡았다. 문관의 손과도, 무관의 손과도 달랐다. 여름의 땡볕 아래서, 겨울의 얼어붙을 것 같은 바람 속에서 매일매일을 쌓아올려 온 자만이 가진 고목의 강인함. 마치 마음을 통째로 쥐는 것처럼, 딱 한 번, 힘차게 잡고는 손을 놓았다.

"──이 말을 선물하겠네. 혼자서 애써봤자 아무것도 할 수 없지. 아무것도 변하지 않아. 당연한 사실이지. 하지만 때는 오는 법이다. 누군가가 밭을 갈았다면 그렇지 않게 되는 때가 오는 법. 그때─."

그때?

그 뒷말은 듣지 못했다. 아니, 노인이 그 뒤를 이어 말을 했는지 어떤지도 알 수 없다.

피리소리와 어딘가에서 쌓인 눈이 대량으로 떨어져 내리는 소리에 묻혀버렸다. 뭔가 이야기를 주고받는 사람들의 목소리도 들려왔다. 류휘는 노인의 한쪽 손을 잡고는 인사를 하는 것처럼 이마에 그 손등을 댔다.

"가겠습니다. 친절을 베풀어주셔서 감사했습니다."

노인은 웃으며 류휘의 이마를 살짝 쓰다듬고는 문 쪽으로 밀었다.

류휘는 동트기 전의 눈 덮인 어둠을 향해 발을 내딛었다. 눈을 헤치면서 노인이 알려준 대로 가지가 두 갈래로 갈라진 나무까지 달려갔다. 생각난 것처럼, 노인의 목소리가 표표하게 등 뒤를 따라왔다.

"그러고 보니 젊은이, 알려준 길은 조금 위험하니까 조심하게."

"에?……응? 아?……얼레?"

눈을 밟으려고 내딛은 발이 공중을 밟았다. 휑하니, 있어야 할 길이 없었다.

쭈루룩, 하고 미끄러졌다. 엉덩방아를 찧었다고 생각한 순간, 그 힘으로 미끄러지기 시작했다. 류휘는 비명을 지르면서 그대로 눈과 얼음으로 뒤덮여 드문드문 나무가 흩어져 있는 계곡인지, 비탈길인지를 구르듯 미끄러져 내려갔다.

한순간, 이라고 할 정도가 아니고, 실제로 류휘는 상당히 긴 시간 동안 굴러 떨어졌다.

"──으아!! 아야, 아야야야야!"

끝도 없이 굴러 떨어진다고 생각하다가, 비탈길이 어느 정도 평평해진 것을 느끼고 있는데.

나무인지 뭔지에 '막야'가 걸려서 멈췄다. 하지만 그 기세에 나무에 쌓인 눈이 한꺼번에 쏟아져 내려서 류휘는 멋지게 묻혀 버렸다. 도롱이벌레에서 이번에는 삿갓을 쓴 진기한 눈사람으로 변신했다.

…눈사람 류휘는, 자신은 성에서 나오면 정말로 혼자서 살아갈 수 없는 사내라는 생각이 들기 시작했다. 부하인 원숭이, 개, 꿩 중 어

느 한 마리라도 없으면 주인공은 평범한 얼간이가 되어버리는 것이다. 아마도.

입에 들어간 눈을 뱉어내고, 눈을 헤치며 죽을힘을 다해 기어 나왔다. 눈에 묻힌 '막야'도 간신히 발굴했더니—이 정도로 험하게 다뤘던 주인도 없겠지—그것만으로도 숨이 차고 땀이 흘러내렸다. 굴러 떨어지면서 부딪쳤는지, 몸의 여기저기가 생각난 것처럼 아프기 시작했다. 삿갓 덕분에 머리는 무사했지만—그렇다기보다는 분명히 그걸 내다보고 노인이 삿갓을 준 게 틀림없다—나머지는 만신창이였다. 특히 뒤집어쓰고 있던 도롱이는 떨어지면서 날아가버려서, 정말로 도롱이벌레였으면 훌쩍훌쩍 울면서 겨울을 나는 수밖에 없을 정도로, 벌거벗은 거나 다름없는 비참한 몰골이었다.

'그보다도, 도중에 삿갓 끈이 목을 졸라서 죽을 뻔했다고!! 역시 화가 나있는 건가?!'

친절을 베풀고는, 우훗훗, 한 번 당해봐라, 뭐 그런 계산이었다던가?

'아니아니, 그런 소 태사급 악질 영감을 살면서 몇 번이나 만날 리가 없지!'

벌렁거리는 심장을 부여잡고서, 문득 자신이 미끄러져 내려온 비탈길을 올려다 본 류휘는 이번에는 심장이 멎을 줄 알았다. 비탈길이라기보다, 좁고 가는 한 줄기 틈새에 빠져서 떨어졌다고 하는 쪽이 맞을 법한 상황으로, 어디에서 떨어졌는지조차도 잘 보이지가 않았다. 비탈은 거의 직각에 가까워서, 지금 살아있는 것이 기적 같았다. 역시, 제2의 소 태사는 상당히 많이 주위에 굴러다니고 있는지도 모른다.

"…하아, 하아, 인생은, 힘들구나!! 이게 대체 무슨 일이냐. 평생 눈 따윈 좋단 말을 하나 봐라."

혼자서 중얼중얼 중얼거려봤자 대답해주는 사람이 없는 게 좀 서글프다.

꼬르륵, 배가 고팠다. 한 그릇의 묽은 죽과 쓴 차밖에 뱃속에 넣지 않았던 걸 떠올리자, 한층 더 배가 울렸다. 빈혈과 현기증으로 눈이 빙글빙글 돌았고, 이제 막 병석에서 일어난 몸이기도 한 탓에 무릎이 후들거렸다. 몸에 힘이 들어가질 않는다.

주위를 보아도, 당연한 일이지만 마른 나무밖에 없어서, 류휘는 우선 눈을 먹었다. 한 입 먹자, 뭔가는 먹은 듯한 기분이 되어서, 열심히 먹기 시작했다. 그렇게 자신이 대체 어디에, 뭘 하러 가던 중이었는지도 완전히 잊어버릴만한 즈음.

──몇 마리의 말이 히히힝, 하고 우는 소리가 날카롭게 들려왔다.

정신없이 눈을 먹고 있던 류휘의 머릿속이 깨어났다. 순식간에 '막야'를 들고서 몸을 일으켰다.

어른어른, 산 위에, 멀리서 횃불 같은 불빛이 흔들리고 있는 것이 보였다. 목적지가 있는 확실한 움직임은 아니고, 누군가를 수색하는 듯 불안정하게 배회하고 있다.

횃불이 시야에서 일단 사라진 것을 확인한 후, 류휘는 이동을 개시했다. ──홍주를 향해.

예전에 소가가 지형도와 별자리와 방향을 확인하는 방법, 세세한 산과 강의 이름까지 철저하게 머릿속에 쑤셔 넣어주긴 했지만, 벌써 십 년도 넘게 기억의 밑바닥에서 먼지를 뒤집어쓴 채 뒹굴고 있는 것이 실상이었다. 발굴할 수 있을지, 영 미덥지 못하다.

한 번 사라졌던 군마의 울음소리가 아까보다 더 가까이에서 들려왔다. 그렇지만 가야만 한다.

류휘는 삿갓을 고쳐 쓰고, 지팡이 대신 '막야'를 짚고서 몸을 일으켰다. 배가 아직도 고팠지만 강까지 나가면 물고기를 잡을 수 있을지도 모른다고 생각한 순간, 류휘는 갑자기 기운이 솟아났다.

'흠. 낚시라면 십삼희와의 수행으로 단련해 놓았으니까. 점심은 호사스럽게 도미로 해볼까!'

강에서는 도미는 잡히지 않는다는 것을 아직도 모르는 류휘——얼마 후 절망에 빠지는 젊은 왕——21세.

식량도 돈도 없고, 낚싯대도, 어망도 없거니와 부싯돌 하나 없고, 말조차도 도망쳐서 행방불명. 체력까지 바닥나서, 아무리 류휘여도 인생에서 이 정도로 속수무책인 배수의 진은 없었지만 젊음 하나만은 넘치도록 있는 그는, 그런 쓸데없는 일을 괜히 생각해서 우울해하거나 하지는 않았다. 몸으로 부딪쳐서 산산조각나기 전까지는 근거 없는 자신감만을 친구삼아 앞만 보고 질주하는 것이 젊음의 증거.

"좋아. 나, 힘내보겠어. 하나, 둘, 이야얍——!"

아무도 없는데도 스스로를 격려하며 절벽 아래로 내달리기 시작했다.

——점심식사로 도미를 먹겠다는 생각은 이내 머릿속에서 사라졌다. 류휘는 줄줄 미끄러지면서 절벽의 비탈길을 타고 계곡으로 내려왔다. 류휘의 상반신 정도 길이의 거대한 바위들이 굴러다니고, 그 사이 사이를 물이 흐른다. 류휘는 기척을 내지 않으면서 미끄러지지 않으려고, 눈 모자를 뒤집어 쓴 바위에서 바위로 신중하게 발을 옮기며 조심스럽게 내려왔다.

눈으로 수위가 불어난 강은 폭은 좁았지만 거센 소리를 내면서 세차게 흐르고 있었다. 때때로 주위를 빈틈없이 살펴보니, 산을 수색하는 건 몇 마리의 군마밖에 없었다. 생각보다 숫자는 많지 않지만——.

'…전문가다… 대체 어디 부대가 나온 거지?'

사실, 류휘는 쉽게 따돌릴 수 있으리라고 대수롭지 않게 생각하고 있었다.

하지만 때때로 나타났다가는 사라지는 횃불은 류휘 뒤를 딱 붙어 쫓아오고 있었다. 횃불이 모습을 나타낼 때마다, 확실하게 거리도 좁혀지고 있었다. 몇 번이나 앞으로 보내버리려고 했지만, 성공했나 싶으면, 류휘가 있는 부근까지 말 한 마리는 꼭 다시 돌아온다. 류휘가 있는 것을 알고 있는 것인지, 아닌지는 아직 알 수 없었다. 류휘가 내려와 있는 계곡까지는 말을 타고 내려오는 것이 불가능하다. 밑에 있는 걸 알아도 내려오질 못해서 길을 찾고 있는 것인지, 아니면 아직 류휘를 찾아내지는 못한 것인지, 판단하기가 어려웠다. 때때로 희미하게 목소리도 들려왔지만, 류휘의 귀에 도달하기도 전에, 눈과 바람에 날아가 버려서, 무슨 말인지는 알아들을 수가 없었다. 계곡 밑에 내려온 후로는 강물 소리에 묻혀 더욱 듣기가 힘들었다.

그런 와중에서, 숨바꼭질을 거듭하다보니, 류휘도 몇 마리의 군마가 자신을 쫓고 있는지 어느 정도 윤곽을 잡을 수 있었다.

'세 마리…인가, 네 마리… 그 이상은 아니다.'

그들이 류휘를 찾아내더라도, 이 정도 숫자라면 따돌리고 도망갈 수 있다고 생각하고 있었지만, 말의 움직임을 보고 있자니 그것도 좀 불안해져 왔다. 눈과 얼음과 어둠, 급경사의 비탈길이라는 곤란한 상황 속에서도 아무 문제없이 말을 다루며 류휘를 쫓아온다. 그런 상대가 무예실력만 어설플 것이라고는 생각하기 어려웠다.

이제 반각만 지나면 해가 뜬다. 주변이 밝아지면 잡히는 건 시간문제다.

돌연히, 조용하던 산 쪽에서 커다란 새가 날갯짓하는 소리가 들려왔다. 커다란 까마귀.

반사적으로 몸을 숨기려다가 류휘의 발밑에서 바위가 무너져 내렸다. 밑으로 떨어지지는 않았지만, 굵은 자갈들이 세찬 물보라를 일으키며 굴러 떨어졌다.

──그 순간, 비탈길을 내려오던 말발굽 소리가 멎었다. 무시무시할 정도의 정적이 주위를 감쌌다.

류휘의 등줄기를 타고 진땀이 흘러내렸다. 낭패다. 들켰다.

지금까지의 세 배의 속도로 앞은 보지 않고 나는 것처럼 내달렸다. 거인이 장난으로 쌓아올린 것 같은 거대한 바위도 그때를 경계로 작게 변화했다. 강의 경사도가 순식간에 평평해지고, 폭이 2배로 늘어났다. 강을 건널 수는 없었다. 둘러보니 주위의 깎아지른 듯한 절벽이, 산골짜기 쪽으로 기어오를 수 있을 정도의 높이인 것을 알아차렸다. 그러나 그곳은 추격대가 배회하고 있는 장소이기도 하다.

류휘는 한 박자 정도 생각한 뒤, 마음을 정했다. 재빨리 절벽을 기어 올라가서 산골짜기 쪽으로 나갔다.

쏜살같이 달려 내려오는 말발굽 소리가 들려왔다. 세 방향에서 거리를 유지하며, 이 급경사를, 나무 사이를 빠져나가며 주저 없이 달려 내려온다. 그야말로 나는 듯이, 라는 형용사가 어울린다. 세 마리 모두. 류휘는 이 상황에서도 감탄하고 있었다. 훈련을 받고 있는 자들이라는 것은 명백했고, 게다가 세 명 모두 틀림없이 자신보다 실력이 위였다.

'자, 잠깐, 어, 어, 어떤 놈이냐!! 이런 말도 안 되는 추격대를 보내다니──!!'

다그닥 다그닥, 말들이 달려온다. 류휘는 눈 덮인 땅을 박차고 달려 내려갔다. 여차하면 검을 뽑을 수밖에 없었지만, 조금이라도 거리를 벌고 싶었다. 지류까지의 거리도 이제 얼마 남지 않았다.

구름이 갈라진 틈에서 한 줄기의 햇빛이 비치기 시작하면서 새하얀 눈에 반사되었다. 그 빛에 류휘는 눈이 멀 것 같았다. 뒤에서 쫓아오던 말들도 놀란 것처럼 울어댔지만 잘 달래가며 쫓아온다.

그때, 확실히 목소리가 들렸다.

"멈춰라!!"

류휘는 숨이 멎을 것만 같았다. 발을 멈추고, 천천히 고개를 돌렸다. 벌써 세 마리 모두 눈에 보일 만큼 가까이까지 다가와 있었다. 중앙의 한 마리가 특히 가까웠다. 단숨에 다른 두 마리를 제치고 바람처럼 날아 류휘 앞까지 다가온다. 고삐를 당기고 그 사내는 숨을 헐떡이면서 류휘를 보았다.

그리고 침묵했다. 고개를 갸우뚱한다.

"…어라?! 이, 이상한걸… 분명히 그런 줄 알았는데… 죄, 죄송합니다. 이 산에 사시는 분이시군요. 사람을 잘못…… 아니, 근데… 응? 그, 검…."

류휘는 너덜너덜해진 삿갓을 조금 들어 올리고 말 위의 상대를 보았다.

"누굴, 찾고 있는 거냐? …추영."

그리고, 웃었다. 왠지 기쁜 건지, 울고 싶은 건지, 잘 알 수가 없다.

한 박자 후 추영의 눈이 휘둥그레졌다. 말에서 굴러 떨어지듯 뛰어내려 류휘 곁으로 달려왔다.

"주상!!"

어깨를 잡히고, 삿갓이 벗겨졌다. 얼굴을 확인하려는 듯이 난폭하게 뺨을 감싸고는 얼굴을 들이민다. 다음 순간, 추영은 우는 것처럼 웃었다. 무릎이 꺾이더니 스르륵 두 무릎을 눈 위에 꿇었다.

"주상… 다행입니다, 무사하셔서… 정말로… 정말로, 다행입니다…!!"

류휘는 말이 나오지 않아서 그저 끄덕였다. 눈 덮인 어둠 속에서 추영과 헤어진 후, 그렇게 오래 지나지 않았을 터였다. 그런데도 벌써 몇 년이나 행방불명된 채 지냈던 것처럼 느껴졌다.

"곁을 떠났던 것을, 부디 용서하여 주십시오, 주상…."

그 깊은 목소리에 류휘는 가슴이 벅차왔다. 입을 열었지만 목소리는 나오지 않았다.

그러고 있는 사이에 다른 한 마리도 달려왔다. 류휘는 그 예상치 못한 얼굴에 눈을 둥글게 떴다.

"류휘!!"

정란은 창백한 얼굴로 말에서 뛰어내리더니 아무 말 없이 류휘를 끌어안았다. 그 직전에 형의 얼굴이 눈물로 일그러져있던 것이, 언뜻 류휘의 시야 끝에 비쳤다.

"사, 살아, 있어서, 다행이다."

떨면서 더듬, 더듬 내뱉는 그 속삭임에 류휘는 조금만, 얼굴을 일그러뜨리며 웃었다.

『살아야만 하는 이유가 있다네.』

노인의 목소리가 들려온 것 같았다.

"정란, 어떻게 여기에 있는 거지? 홍주에 간 것이 아니었나?"

정란이 황해 퇴치군에 배속되어 홍주에 갔다는 것은 소가에게 들었지만, 설마 추영과 함께 이런 산속에 뜬금없이 나타나리라고는 생각지도 못했다.

정란은 반대로 류휘의 이야기를 듣고 싶은 얼굴이었지만, 추영이 막았다.

"어— 아무튼 어디에 좀 앉도록 하지요. 그리고… 아, 왔다왔다."

마지막 한 사람이 뒤늦게 도착했다. 류휘는 그 주근깨를 본 기억이 있었다.

"폐하, 무사하셨습니까. 좌우림군 소속인 고한승입니다. 어디 계신지 찾고 있었습니다."

고한승은 아무도 타지 않은 말을 한 마리 더 끌고 있었다. 그 말을 보고 류휘는 놀랐다. 저건—— .

"석영?!"

"네. 주상을 찾아낸 것은 석영 덕분이었습니다. 이 녀석이 제가 있는 곳까지 와서, 이 외진 장소까지 안내해주었습니다. 그렇지 않았다면 찾기 힘들었을 겁니다."

추영은 석영의 목덜미를 쓰다듬었다. 잘 보니, 안장이나 물을 비롯해서, 십삼회가 마련해 주었던 것들이 거의 그대로 매달려 있었다. 돈도 그대로 남아 있다. 류휘는 외딴집의 노인을 생각했다.

류휘가 손을 뻗자, 석영은 어리광을 부리는 것처럼 코를 댔다. 추영은 주머니에서 설탕조각을 꺼내서 상을 주는 것처럼 석영에게 먹여주며 칭찬했다.

"그래그래, 잘했어, 석영. 다 네 덕분이다. 석영이 혼자서 어슬렁어슬렁 나타났을 때에는 물도, 안장도, 지갑도, 모든 짐이 그대로 매달려 있어서… 식량주머니도, 석영이 먹으려고 뒤진 흔적만 있었고… 정말이지, 주인만 사라져버린 석영을 보고… 심장이 쪼그라들어 버렸었죠… 그만 유령선 괴담을 떠올리고 말았지 뭡니까."

"유령선?"

류휘가 눈을 깜빡이자, 고한승이 생각났다는 것처럼 껄껄 웃었다.

"아니—— 전 재미있었는데요! 홀연히 사람만 사라진 배라니, 수수께끼 같잖아요."

"한승!! 전혀 웃을 얘기가 아닙니다! 수색 중에 끝도 없이 유령선이네, 설녀네, 신선이 잡아갔네 뭐네 하며 불길한 괴담만 들려주고는. 기운도 사기도 아주 바닥을 내지 않았습니까!"

"아니, 그건 말이지, 미친 듯이 찾아다니는 네 마음을 좀 진정시키려는 내 배려심이라는 거지."

"——입 다물어, 이 말단 무관!"

찌릿, 하고 정란이 추영을 노려보았다. 어째 내심, 괴담에 상당히 동요했었나 보다.

류휘는 다시 한 번 석영을 보았다. 털은 빛에 반사되면 푸르게 보이는 아름다운 흑색이고, 갈기는 흰색에 가까운 회색. 눈빛은 부드럽고, 이젠 젊지는 않지만 영리하고, 지구력이 뛰어난 명마였다.

눈앞에 서 있는 것은, 밤보다도 까만 암흑빛 몸과 불길과도 같은 태양빛 갈기를 가진, 처음 보는 말은 아니었다.

강 밑바닥으로 처넣으려고 온 듯한 무서운 까마귀 색의 말은 뭐였던 것일까. 지금도 환각이었다고는 생각할 수 없었다. 그러나 그때, 그 말을 타고, 건너야만 했던 **강**이었는지도 모른다.

그 암흑빛 말이 뭐였던 간에, 지금 여기에 있는 석영이 류휘를 구해준 것은 틀림없었다. 추격대를 따돌리고, 강을 건너서 외딴집의 노인에게까지 류휘를 데려다 주었고, 그리고 지금 또 정란과 추영을 만나게 해주었다. 조금은 신비하게 보이는 석영의 눈. 류휘는 진심을 담아 말했다.

"고맙다, 석영."

푸르르르, 하고 울고는 석영은 조용히 고개를 숙였다. 마치 인사를 받아들이는 것처럼.

알맞은 동굴은 그렇게 쉽게 발견할 수 없었지만, 고한승이 바람이 들이닥치지 않을 것 같은 장소를 찾아냈다. 무관으로서 야전 태세 능력도 갖추고 있는 세 명의 무관은 류휘가 멍하니 있는 동안, 순식간에 눈을 치우고, 편안하게 앉을 수 있도록 주위를 정리하고, 마른 나뭇가지를 모아다가 불을 피우고는 작은 냄비를 올려놓았다. 여기에다가, 고한승이 어디론가 사라졌나 싶었더니, 산나물 정도가 아니라, 산토끼에 산비둘기까지 활로 쏘아 잡아와서는 척척, 추영과 함께 식사까지 마련하기 시작했다.

서성서성 주위를 맴돌던 류휘가, 짐이 물고기를 잡아 올까, 하고 말하자, 익사체가 되어 떠내려가기나 할 테니 쓸데없는 짓 말고 얌전히 앉아있으라고, 저마다 호통을 치며 무시해버렸다. 류휘는 같은 온실 속 화초 파인 추영과 정란까지, 너무나도 익숙한 듯이 귀여운 토끼와 비둘기의 가죽과 깃털을 무자비하게 뽑는 것을 보고는 엄청난 충격을 받는 동시에 의기소침해져 버렸다.

'…우우, 저, 정말로 짐은 전혀 쓸모가 없는 인간이로구나….'

그 속을 꿰뚫어 본 듯, 냄비 앞에서 뭔가를 하고 있던 고한승이 류휘에게 사발을 내밀었다.

"네, 우선은 이걸 드십시오, 폐하. 몸이 따뜻해질 겁니다. 조금은 배가 든든해질 테니까요."

걸쭉한, 좋은 냄새가 풍기는 흰 국물이었다. 한 입 마시자, 진한 소젖의 맛과 함께, 서서히 뱃속으로 퍼져간다. 두 입째부터, 류휘는 정신없이 마셨다.

몸이 따뜻해지자, 류휘는 손발이 이상할 정도로 가렵기 시작했다.

너무 가려운 나머지, 사람들의 눈을 피해 거의 누더기나 다름없는 손의 붕대를 들쳐보았더니 새빨갛게 되어 있었다. 들키지 않게 살짝 보려 했는데 추영이 놓치지 않고 보고는 당장 손을 잡고 붕대를 들쳤다.

"…아, 다행이다. 동창 정도로 끝났군요."

"어, 엄청 가려운데. 머리가 어떻게 될 것처럼 가려워서 참을 수가 없다."

"뭐, 그럴 겁니다. 몸이 따뜻해지니까 가려워진 거지요. 동창 정도면 걱정할 것 없습니다. 동상이었다면 잘라내는 일도 드물지 않지만요. 일단, 가지고 있는 약을 발라놓겠습니다…. 그런데 이거, 앞서 누군가 제대로 처치를 해준 것 같군요."

잘 보니, 오늘 도망치다가 새로 생긴 상처 이외에는 마찬가지로 치료를 해 놓은 흔적이 있었다. 류휘가 동상이나 파상풍에 걸리지 않았던 것은 이 적절한 처치 덕분이었다. 약초와 치료 방법을 본 추영은 고개를 갸웃거렸다. 누구에게 신세를 졌는지는 모르겠지만, 초보자로는 보이지 않았다.

다시 치료약을 발라주면서, 추영은 처음으로 꼼꼼히 류휘의 온몸을 위에서 아래까지 살펴보았다.

어디에서 조달한 것인지, 너덜너덜한 도롱이는 이제 벗어서 옆에 개어놓았다. 류휘의 뺨이 해쓱하고, 병석에서 막 일어난 듯한 얼굴을 하고 있다는 것은 이미 알아차렸지만 온몸이 타박상에다 긁힌 상처투성이였다. 손발은 전부 동창에 걸려 있고, 얼굴에도 퍼런 멍이 들었고, 머리도 혹이 나서 뭔가 기묘한 모양으로 불룩불룩 했다.

보통 때라면 거리낌 없이 웃어줬을지 모른다. 그러나 오늘 추영은 울고 싶은 마음이었다.

"…주상, 귀양을 떠난 후, 며칠 동안 행방불명되셨는지 알고 계십니까?"

"아, 아니, 그게 전혀 모르겠다."

돈도, 식량도, 부싯돌도, 활조차 없이. 날짜도 헤아릴 수 없는 상태였다는 증거지만, 류휘 자신이 천진난만하게 대답하는 모습만이, 추영에게는 위안이 되었다.

곁을 떠나는 게 아니었다. 마지막까지 함께 있어야 했다. 그 뒤로 추영은 몇 번이나 후회했던가. 별 일 아니라는 어조로 그 날짜를 대답하기 위해 모든 감정을 다 긁어모아야 했다.

"…보름입니다."

"보름?! …사, 삼 일 정도인 줄 알았다…."

류휘는 문득, 식사 준비를 하고 있는 두 사람을 보았다. 황해 퇴치 부대에 소속되어 있던 두 사람이 여기에 있는 이유.

"그런가… 왕계가, 귀환했다…는 것이군."

"네. 당신이 사라진 며칠 후에 귀양에 입성했습니다."

그 며칠 후. 그야말로 엇갈리듯이. 그 정도의 시간 차였던 것이다.

그 며칠이 없이 왕계가 귀환했더라면 모든 것은 하나부터 열까지 달랐을 것이다.

정란은 입술을 깨물었다. 동파요새에 붙잡아 두었던 것은 자신이었다. 수려가 그렇게나 귀환을 부탁했건만, 정란은 마음속 어딘가에서 대수롭지 않게 생각했던 것이다. 그런 일이 일어날 리가 없다고.

"…자주에 들어선 지 얼마 안 되어 손능왕 님이 보낸 전령이 와서, 당신이 귀양에서 도망쳤다는 것과 수색을 펼치고 있다는 사실을 알았습니다. 그래서 바로 나와 고한승, 그 외의 열 몇 명이 밤을 틈타 부대를 빠져나와서 독자적으로 당신의 수색을 위해 흩어졌습니다. 즉, 무단으로 왕계 장군의 부대에서 탈영한 모양새가 됩니다만."

고한승이 주근깨를 조금 찡그리며 불만을 입에 담았다.

"남들 듣기 좀 그런 표현은 삼가주십시오, 자 무관님. 어쩔 수 없지 않습니까. 병마권은 왕계 장군이 가졌으니까요."

추영은 '병마권'이라는 단어에 류휘를 찌릿, 노려보았다.

"…네, 저도 그런 건 처음 듣는 소리라, 정말 놀랐습니다. 병마권이란 건 말이죠, 주상, 알고는 계십니까? 폐하가 그 자리에 안 계시면 근위병에게도 명령을 내릴 수 있단 말입니다. 정 상서령에게 맡겼다면 또 몰라도, 정말이지 어떤 얼간이가 그걸 통째로 남에게 줬단 말입니까. 내가 표가에 가 있는 사이에!"

"미, 미, 미안, 미안하다… 그때는 조금 머리가 멍해 있어가지고!"

"하아, 뭐, 아무튼 그 덕분에 한승과 정란은 그때 주상을 찾아서 끌고 오라고 왕계 님이 명령을 내리면, 따르지 않을 수가 없었던 겁니다. 안 그러면 군법 위반이 돼서 바로 제적이 될 수도 있으니까요. 그래서 명령이 떨어지기 전에, 튄 거지요. 황해 퇴치 부대는 주상이 왕계 장군에게 명령한 것이니 당신의 군대입니다. 그렇다면 아슬아슬하게 위반은 면할 수 있습니다. **왕을 거역한 것만 아니라면** 나중에 어떻게든 변명을 할 수 있으니까요. 하지만 정란은 그렇다 치더라도 한승까지 탈주하리라고는 생각지도 못했습니다."

"절 잘못 보셨네요. 우림군이 충성을 바치는 분은 오직 폐하뿐입니다. 폐하의 명이기에 왕계 장군의 휘하에 들어간 겁니다. 왕과 나라를 지키기 위해서라면 어떤 일도 꺼리지 않지만, 다른 누군가의 계산에 의해 움직이는 것은 결단코 거부합니다. 물론 사적인 감정을 개입시키는 것도 언어도단입니다만."

작게 덧붙인 마지막 한 마디에 정란이 동요한 듯이 산비둘기의 목을 단칼에 잘랐다. 마귀할멈 저리 가라 할 무표정한 얼굴로 칼질을 하면서도 반론은 하지 않는다. 추영은 어느 새인가 역전되어 있는 역학 관계에 경악했다. 언제나 사적인 감정을 우선시하며 (저녁식사 때가 되면 칼퇴근하는 우림군 무관은 전무후무하다) 전혀 거리낌 없던 정란의 목줄을 쥘 수 있는 자가 설마, 이런 곳에 있었다니.

"…그렇게 해서, 왕계군에서 정란들과 함께 탈영한 열 몇 명의 무관들과, 왕도를 떠나 주상을 찾고 있던 저희들이 도중에서 만난 겁니다. 그래서 태세를 재정비한 후, 당신을 수색하기 위해 귀양과 홍주, 양 방면으로 흩어졌습니다. 하지만 도중에 석영을 만나기 전까지는 아무런 단서도 찾질 못해서… 정말로 죽을힘을 다해 매일매일 달렸습니다."

실은, 추영들은 금방 찾을 수 있을 것이라고 대수롭지 않게 생각하고 있었다. 거의 성 밖으로 나와본 적도, 제대로 여행을 해본 적도 없는 왕이니, 눈에 띄는 근처 마을이나 촌락에 들어갔던가, 설령 몸을 숨기고 있다고 해도, 쉽게 찾을 수 있는 장소에서 어슬렁거리고 있을 것이라고 생각했던 것이다. 그랬는데——.

정말로 이 세상에서 완전히 자취를 감춰버리기라도 한 듯이, 어떤 발자취도 찾을 수 없었다.

특히 석영이 텅 빈 안장을 얹은 채, 돈까지 고스란히 남아 있는 주머니를 매달고 나타났을 때에는 추영과 정란은 거의 절망했다. 돈이 남아 있는 걸 보면, 강도를 만났다고 생각할 수는 없었다. 강도를 만났더라도 걱정할 일은 아니었다. 류휘는 스스로를 지킬 수 있을 정도의 힘은 있었으니. 그러나——.

자기 자신의 절망에서 벗어나는 것은 지극히 어려운 일이다.

모든 것을 내팽개친 듯이, 전부 그대로 매달고서 빈 안장을 얹고 돌아온 석영.

미친 듯이 찾아 헤맸다. 석영만을 의지해서. 심장이 계속 두근거렸다.

어디 나무에 목을 매단 채 발견된다던가, 강에서 익사체로 떠오른다던가, 추영도 정란도, 입이 찢어져도 말로 내뱉지는 않았지만, 그러면서도 그런 생각을 떨쳐버릴 수 없는 그 마음을 서로 손에 잡힐 듯이 알고 있었다.

"…그보다도, 주상. 여기가 어디인지는 알고 계십니까? 홍주와는 완전히 정반대 방향 아닙니까? 이런 지도에도 안 나와 있는 외진 산골에서 벼랑 틈에 껴서 벌거숭이 도롱이벌레 상태로 버둥버둥 죽어가고 있으리라고는 아무도 상상 못 한다고요!! 조난을 당하더라도 좀 찾기 쉬운 곳에서 해달라 이겁니다!! 저엉말 걱정했다고요!"

추영이 이렇게 될 대로 되라는 식으로 말하는 걸 듣는 것은 처음일지도 모른다. 이대로 어딘가에서 죽는 게 나을지도 모른다고, 몇 번이나 생각했던 과거가 급속도로 멀어져 갔다.

그때의 마음도 진심이었다. 하지만 지금, 이곳에 있기를 선택한 자신 쪽이 훨씬 좋다는 생각이 들었다. 이 손 안에, 약점까지 전부 쥔 채로, 자신인 채로, 걸어가리라고.

그것은 누군가를 위한 선택이 아닌, 류휘가 처음으로 자신을 위해서 한 선택이었다. 그러나 그것이 소중한 사람들을 위한 선택이기도 하다는 것을 불현듯 깨달았다. 그것은 기묘한 감각이었다.

류휘는 말로는 표현을 할 수가 없어서 그저 끄덕였다. 헤에, 하고 웃으며.

그러자 정란과 추영의 폭풍과도 같은 호통이 쏟아졌다. 정말로 잘못했다고 생각하고 있기는 한 거냐, 흐리멍덩한 얼굴로 비실비실 웃지 마라, 아무튼 엄청나게 화를 내는 바람에 류휘는 소금을 뿌린 채소처럼 풀이 죽었다.

"…그러니까 그때 왕계 님이 추격대를 보냈는지는 모릅니다. 단, 조정에서 수색대를 보낸 것은 확실하지만요. 저희들도 몇 번이나 마주쳤으니까요."

"추영, 왕도의 상황은? 그리고 다른 사람들은 어떻게 되었나? 소
가, 강유—— 그리고 황 장군은… 그때 근위병들은… 짐을 도망치
게 하기 위해서 하나, 하나, 말을, 돌려…"

"그게 저희들이 해야 할 일이니까요."

냉정하다고는 류휘는 말하지 않았다. 하지만 얼굴이 일그러지는
것은 어찌 할 수가 없었다.

"그때 두 방향에서 쫓아왔기 때문에, 저와 황 장군은 각자 유인과
각개격파를 위해 흩어졌습니다. 다행히 귀양에서 탈영한 근위병들
이 하나 둘 합류했기 때문에 협력해서 돌파했고… 그 뒤로도 귀양
에 들어갔다가 다시 나왔다가 하면서 성에서 빠져나왔을 당시의 반
정도는 거뒀습니다. 하지만 황 장군과, 나머지 반의 행방은 아직 모
릅니다. 잡혔는지, 아니면…"

"아니면?"

추영은 류휘를 보고, 죽었다는 말 대신 다른 식으로 표현했다.

"나중에 들은 이야기이지만, 황 장군이 향했던 방향에, 손능왕 님
이 보낸 병사 수가 수백 기에 달했다고…"

류휘는 얼굴을 찡그렸다. 홀로, 눈보라가 피어나는 설원 속으로
말을 돌려 사라졌던 황 장군.

『저도 여기서 막아내겠습니다. 부디 그대로 가주십시오. 무사하
시길 빌겠습니다.』

류휘는 그때, 아무 말도 하지 못했다. 황 장군뿐 아니라, 다른 근
위병들 중 어느 누구에게도. 그저 오로지 자신만 생각하며 도망치
고, 또 도망쳤다.

"누이인 십삼희는 무사합니다. 후궁에서 역적 떼도, 병사들도 남
김없이 두들겨 패서 쫓아내다 못해, 말리는 무관을 모조리 때려눕

히고는 외조를 말을 타고 질주해서 손능왕과 규황의에게 직접 찾아가, 두 번 다시 왕의 허가 없이 후궁에 발을 들여 놓았다가는 용서하지 않겠다고 항의문을 내던졌던 모양이더군요…."

"규, 규황의와, 손능왕에게?!"

실은, 추영이 말한 것은 상당히 완곡하게, 사실을 45도 정도 구부려서 표현한 것이었다.

무관들을 말 그대로 꺾어서 던지고, 꺾어서 던지고는 갈취한 군마로 병부와 기밀기관인 어사대까지 쳐들어가다 못해, 그 규황의와 손능왕에게 항의문을 내던지면서 '왕 하나도 제대로 못 지킬 거면 당장 옷 벗어, 불알 떼버려!!' 라는 고함을 남기고 돌아왔다나 뭐라나.

'…부, 부탁이니, 마지막 한 마디는 헛소문이길…!!'

덕분에 '남가의 아가씨'에 대한 세간의 인상은 완전히 달라졌다. 어째서 자신은 이렇게나 형제 복이 없을까. 아니, 형제 복이 있기는 있지만.

"누이는 남가의 여식이니, 조정도 그리 쉽게 손을 대지는 못 합니다. 최고궁녀는 귀비와 동급으로, 후궁의 여인 근위병이나 마찬가지입니다. 왕과 상서령 이외에는 명령을 내릴 수 없습니다. 후궁은 지금도 왕의 아성으로서, 십삼희가 애써 지키고 있습니다. 홍가의 백합 님도 아직 남아계시는 만큼, 신변의 안전은 보장합니다."

왕의 아성으로서. 약속한 대로, 왕이 사라진 후궁에서 귀환을 기다린다.

──저기, 그거 나 보고 싶어. 당신의 나라.

류휘는 눈을 감고 끄덕였다.

"그리고 소가 님과 강유는… 두 사람 모두 그 날 밤 이후 홀연히 후궁에서 사라졌다는 것 외에는 아는 바가 없습니다. 소가 님은 그렇다 치고, 강유는 제발 소가 님과 함께 있어줬으면 좋겠는데!! 그 소란에 휩쓸려서 정신을 차려보니 일행을 놓쳤다. 이런 건 농담이라도 있어서는 안 되는데… 그 녀석이 혼자서 어딘가 헤매기 시작하면 그걸로 끝, 평생 만날 수 없다고요, 우리."

그건 그렇지, 하고 정란도 류휘도 생각했다. 나중에《강유진만유기(絳攸珍漫遊記)》라던가 하는 책이 나올 정도의 대모험이 가는 곳마다 기다리고 있을 것이다. 류휘는 관자놀이를 긁었다. 부하 중 원숭이(추영)와 꿩(정란)은 만났지만, 길을 잃은 개(강유)와 과연 만날 수 있을 것인가.

"소가 님은 귀양의 저택에도 돌아오시지 않은 듯했습니다… 무사하셔야 할 텐데. 그야 홍가 당주가 되셨을 때 좀 소동도 있었습니다만, 무술 실력은 영 아니시잖아요. 애당초 수려 님과 정란이 안 계시면 생명을 부지하기 힘드신, 좀 멍한 분이신 데다가 딴 세상에 사시는 것처럼 태평하시니…."

"그래!! 그렇다고요. 깜빡하다가 도중에 들치기라든가, 강도라든가, 송금 사기라든가 당해서, 있는 돈 다 털리고 땡전 한 푼 없는 몸이 돼서, 빚더미에 나앉았다가 나쁜 놈들이 몸으로 갚으라고 팔아넘겨서, 변두리 술집에서 천박한 여주인에게, 이 멍청한 놈! 제대로 일하지 못할까!! 하고 욕먹고 발길질 당하면서 소처럼 죽도록 일만 하고 있는 거 아니야?! 아아아, 주인어른!!"

송금 사기가 뭐야, 하고 다른 세 사람은 생각했다. 게다가 엄청나게 구체적인 것에 비해서는, 그 재난의 내용은 살인이나 강도 같은 것이 아니라, 미묘하게 사소한 것들밖에 없다는 생각이 들었다.

홍가 당주가 되건, 할 때는 하는 모습을 보이건, 실눈을 뜨건 간에, 오랫동안 각인되었던 소가 님의 인상이란 건 결국 이 정도이고, 전혀 달라지지 않았다는 얘기다.

"…소가는, 아마 홍주에 있을 거다."

불쑥 중얼거리는 류휘에게, 정란은 냄비에 고기를 넣으면서, 말하기 곤란한 듯 단어를 골랐다.

"…홍주, 말씀이십니까? 만약 그렇다면 귀환하는 저희들과 딱 엇갈릴 때였으니 어딘가에서 만났거나, 이 보름 동안 주인어른의 정보 정도는 들어왔을 것 같습니다만…."

이상한 점은, 소가와 강유가 정말로 아무런 단서도 남기지 않고, 후궁에서 홀연히 사라졌다는 것이다. 왕도에서 나가는 모습을 본 사람조차도 없었다. 그런데 귀양에도 없다고 한다. 십삼희가 보낸 소식에도, 언제 사라졌는지 자신도 보지 못했다고 적혀 있었다.

…추영과 정란은 어쩌면 어사대나, 병부에, 두 사람 모두 사로잡혔을지도 모른다고 의심하고 있었다.

그러나 류휘는 아니다, 라고 대답했다. 스스로도 이상할 정도로 확신이 있었다.

『전 당신을 선택하겠습니다. 홍주에서 뵙도록 하지요.』

소가는 그 말을 지킬 것이다. 어떤 수단을 써서라도, 도망쳐서 홍주에서 기다리고 있을 것이다.

"반드시 홍주에서 만날 수 있다. 소가는 걱정할 것 없다. 강유도."
추영들이 류휘를 믿고 계속 찾았던 것처럼.

류휘가 그렇게 잘라 말하자 정란도, 추영도 처음으로 어깨에서 힘이 빠졌다. 그럴지도 모른다는 생각이 든 것이다. 마음 한구석에 계속 머물러 있던 초조함이 잠잠해졌다. 그런 자신과, 무엇보다도 류휘의 신기한 변화에 정란도 추영도 놀라움을 담은 눈으로 바라보았다.

류휘는 마지막 순간까지 묻지 않았던 것을 조금 주저하다가, 그런데, 하고 물었다.

"…유순, 은? 뭔가 들었나?"

침묵이 맴돌았다.

추영은 난처하다는 듯이 눈을 내리 깔았고, 정란은 순식간에 차가운 분노를 하얀 얼굴에 드러냈다.

고한승이 눈치를 채고 나서서 답했다.

"…정 상서령은… 그 날 밤, 성에서 모습을 감췄고… 지금껏 행방불명이라고 합니다. 그래서 현재, 귀환한 왕계 장군이 조정의 전권을 장악하고 있다고 합니다. 가장 직위가 높기 때문에…."

"후궁의 여인들도 남았는데, 믿을 수 없는 일 아닙니까. 왕의 재상이 제일 먼저 성에서 달아나다니. 수치도 평판도 알 바 아니다, 이거 아닙니까."

"정란, 그건 짐이——."

"당신이 도망치라고 했다고, 정말로 도망치는 재상이 어디 있습니까. 본격적인 반란이나 역모가 일어난 것도 아니고, 당신이 죽은 것도 아니지 않습니까. 성을 맡고 있는 재상이— 아시겠습니까, **왕의 상서령**이 성을 버리고 달아나는 건 있을 수 없는 일입니다. 게다가, 지금, 이런 때에!!"

유순이 남아 있었다면 왕이 없더라도 조정의 전권은 상서령인 그의 손에, 지금도 남아 있을 터였다. 왕계가 귀환했다고 해도, 조정의 친왕파를 집결시켜 대등하게 견제할 수 있었다. 유순이 사라지면 자동적으로 바로 밑의 직위인 왕계에게 전권이 넘어간다는 것을 누구보다도 잘 알고 있으면서, 왕계의 귀환과 엇갈리듯이 홀연히 자취를 감추었다.

정란은 눈앞이 아득해질 것만 같은 분노를 느꼈다. 자신이 성에 있었다면 멱살을 잡아끌고 와서라도, 의자에 묶어서라도 도망치지 못하게 했을 텐데.

"정말이지 대단합니다. 이 정도로 아름답고 완벽한 배신은 본 적이 없습니다."

귀환 전에 몸을 숨김으로써 왕계는 **친왕파**와 아무런 충돌 없이 순조롭게 전권을 손에 넣을 수가 있었다. 유순이 도망친 것은 그것이 목적이었다고밖에 생각할 수 없고, 실제로 그랬을 것이다. 아니, 그 이전에 지금까지 상서령으로서 지탱해왔던 그 모든 것도.

너무나도 솜씨 좋게, 손을 더럽히지도 않으면서, 어처구니없을 정도로 간단하게 정해버렸다.

마치 마지막 바둑돌을 손끝으로 집어내는 것처럼.

류휘는 눈을 감았다. 마음에 파도가 일지 않았다면 거짓일 것이다.

작별은 고했다. 먼저 손을 놓은 것은 류휘이지, 유순은 아니었다.

유순은 분명, 류휘의 지팡이였다. 그가 없었다면 옥좌까지 걸어갈 수 없을 정도로 약해지고 자신이 없어서, 전적으로 의지했다. 완전히 기대고 있었다. 지팡이가 부러지더라도, 당연하다 싶을 정도로.

부러지기 전에 지팡이를 내어주기로 정한 것은 류휘였고, 이제 혼자서 걷게 되었을 뿐이다.

그 지팡이를 류휘는 무척이나 사랑하고 있었고, 의지하고 있었다. 그것만은 진실이었다. 어린아이처럼 욕심을 내고, 곁에 두고 싶었지만 류휘 쪽이, 그 좋은 지팡이에 어울리지 않았던 것이다.

추영이 류휘의 두 손과 두 발의 동창 치료를 끝냈다.

"…자, 그럼. 사실은 주상의 이야기도 듣고 싶지만."

"…아니… 이젠 한계… 배가 고파서… 죽을지도 모른다…"

정란이 냄비를 휘저을 때마다 류휘의 배는 꼬르륵 꼬르륵, 하고 곰의 신음 같은 소리를 내고 있었다. 추영은 기가 차기보다는 눈시울이 뜨거워졌다. 그런 연민을 자아내는 배고프다는 신호는 일찍이 들어보지 못했다.

"네네, 뭐, 그 계속 꼬르륵거리는 뱃소리를 들으면 저도 알 수 있습니다. 마침 따뜻한 아침식사도 마련된 듯하니, 드시고 한숨 주무시고 나서 이야기를 들려주십시오. 어디서 뭘 하셨는지."

이미 류휘는 한승이 내민, 좋은 냄새를 풍기는 고기 찜을 우적우적 퍼먹고 있었다.

아침 해는 하늘 높이 떠올라, 하늘은 구름 한 점 없이 맑게 개어 있었다.

…그 직후, 류휘는 엄청난 설사로 이야기를 할 상황이 아니었다. 정란들이 만든 아침식사가 상했—을 리는 물론 없고, 그저 도망치면서 눈 덮인 산에서 배고픔에 산더미 같은 눈을 집어삼켰기 때문이었지만. 그걸 안 추영과 한승은 정좌를 하고는 야단을 치면서 한참 설교를 늘어놓았다.

그런 초보적인 바보짓은 요즘에는 애들도 안 한다, 눈만 뗐다가는 혼자서 살아갈 수 없는 사내다, 뭐 이런 소리까지 들었다. 단 한 사람, 정란만은 아무 말 없이 걱정하며 돌봐주어서, 류휘는 극심한 복통으로 데굴데굴 구르면서 형제애에 가슴이 찡, 하고 감동 받았다.

그러나 먼 옛날, '살인적'의 소굴에서 한여름에 냄비에 며칠째 담아둔 상한 죽을 먹고 배탈이 났던 적이 있어서, 그 심정을 알기 때문이라고는, 형은 입이 찢어져도 말할 수 없었던 것이다.

●　　●　　✦　　✦　　●　　●

왕도의 눈은 이제 거의 다 녹아서 남지 않았다. 원래 자주에 본격적인 눈이 내리는 것은 이제부터이다. 그러나 때때로 눈발이 바람에 날리곤 해서 왕계는 문득 창밖을 보았다.

하늘하늘, 하고 하얀 눈송이가 내리고 있었다. 금방 그쳐서 녹아버리는, 환영과도 같은 눈.

성에 돌아온 직후, 왕계는 혼란에 빠져 있는 조정을 수습했다. 그후 보름 동안 수색을 펼치다가 성과가 없으면 수색 인원을 줄이도록 지시를 내렸다. 도망친 왕의 수색에 할애할 시간도 돈도 인원도 없다. 집중된 지진으로 귀양의 각지에 발생한 피해는 아직 복구되지 않은 상태였고, 이는 벽주와 홍주, 남주도 마찬가지였다.

자금도 시간도 인원도 부족했다. 처리해야 할 나랏일과 어려운 과제들은 산처럼 쌓여 있었다. 왕이 내버려두고 떠난 수많은 일들과 비교하면, 본인의 직위를 둘러싼 문제 따위는 왕계에게는 아무래도 상관없는 일이었다.

'모든 주의 복구 계획을 조기에 마련하여 관리를 파견―호부와 국고에서 자금을 마련해낼 방법과 감세조치를 논의하고―공부의 기술관들도 각지에 파견―각지의 치안유지와 복구를 위해 어사대에서 감찰관을 파견, 추가로 군대도… 하지만 그럴 식량과 자금과 자재를 어떻게 마련할 것인가… 남주도 염해와 수해로 전답이 반 이상 괴멸, 봄까지 복구하지 않으면 내년의 논농사와 밭농사가… 어쩐다, 돈이 부족하군. 물가 폭등을 막기 위해서 전상련에 협력 요청과 복구 투자, 자금유통도 부탁해서―'

하나를 생각하면 고구마 줄기라도 캔 듯이 다른 난제들이 줄줄이 따라 나온다. 아무리 왕계지만 생각하는 것만으로도 지긋지긋해졌다. 그래도 처리할 수 있는 것은 왕계밖에 없었다. 귀환한 왕계를, 조정의 모든 사람들은 안도한 얼굴로 고개를 조아리며 마중을 나왔다. 지난날 왕계를 중앙에서 배제하기 위해서 결탁하여 온갖 책략을 구사하여 밀어내려 했던 관리들조차도 그랬다. 이제 누구 하나 왕계 앞을 가로막는 자는 없었다.

왕계는 문득, 옆에 아무렇게나 놓여 있는 작은 상자를 집었다.

조정에 귀환한 후, 왕계가 가장 먼저 가지러 갔던 것은 이 상자였다.

두 손에 올려놓을 수 있을 정도의 크기였지만 묵직하게 무거웠다. 열쇠도, 열쇠구멍도 없다. 겉모습만 보면 이것이 '상자'라는 것을 알 자는 없을 것이다. 사각형의 물건으로밖에는 보이지 않는다.

특별한 장치가 되어 있는 잠금 상자. 그 존재를 알고 있는 자는 조정에도 몇 명 되지 않았다. 왕계는 그 중 한 명이었다.

왕계는 손에 들고 만지작거렸지만, 무심해 보이는 그 모습은 딱히 장치를 풀고 열려고 한다기보다는 그저 심심풀이나 습관적으로 만지고 있는 것처럼 보였다. 왕계는 이 상자를 열지 않아도 그 안에 무엇이 들어있는지 알고 있었고, 여는 방법도 알고 있었다.

그러나 이때, 왕계는 별안간 뭔가를 알아차렸다. 물끄러미 상자를 바라보더니, 거꾸로 들었다가, 손끝으로 쓰다듬다가 갑자기 완전히 다른 태도로 열심히, 그리고 신중하게 상자와 씨름하기 시작했다.

여는 데에는 꽤 시간이 걸렸지만, 그래도 잠금장치가—왕계가 모르는 또 다른 장치가—딸그락, 하고 열리는 소리가 들렸다. 조심스럽게 손끝으로 꺼내자, 서랍 위에 은색 열쇠가 놓여 있었다.

왕계는 그 열쇠를 집어 올렸다. ——어디선가 본 적이 있는 열쇠였다.

이번에는 기억의 상자 속을 조심스럽게 뒤지기 시작했다. 어디서 봤지? 그리 오래 전 일은 아닐 터.

'…그렇다, 유순의——상서령실에서 봤다.'

왕이 구채강으로 도망갔을 때, 왕계는 유순과 업무와 결재를 분담

했다. 유순의 피로를 줄여주기 위해서 밤중에 상서령실에 몰래 들어가 일을 처리한 적도 있다. 그때 유순이 이 열쇠와 여는 장소를 알려주었던 것이다. 열쇠를 발견하면 열어보십시오, 라며 쑥스러워했었다.

"…왕계…."

열쇠를 손에 쥔 것과, 손능왕이 들어 온 것은 동시였다. 능왕은 드물게도 풀이 죽은 얼굴을 하고 있었다. 잠시 후, 불쑥 사과했다.

"미안하네."

"아니, 돌아오는 것이 늦은 내 탓이다. 미안하네."

능왕의 얼굴을 보자, 왕계는 어깨의 힘이 쑥 빠지는 기분이 들었다. 귀환 후 처음으로 마음 깊은 곳에서 한숨을 돌릴 수 있었다.

"왕이 도망친 건 자네 탓이 아니네. 하지만 우우 님 일만큼은 원통하군."

선왕 전화를 보필했던 중신들이, 빗살이 빠지는 것처럼 듬성듬성 사라져 간다. 시대의 변환점에 서 있다는 것을 싫어도 느낄 수밖에 없었다. 살해당한 우우를 생각하면, 동시에 류휘의 얼굴도 떠올랐다.

마지막으로 왕계 저택에서 만났을 때, 선언했었다. 괴로워지면 도망쳐도 된다고. 하지만 그것이 마지막이라고. 남주 때와는 달리, 류휘는 그 의미를 이해하고 있었다. 이번에야말로.

왕계는 책상 서랍에서 술잔 두 개와 술병을 꺼냈다. 직접 한 잔 따르고는 단숨에 들이켰다. 도수가 높은 액체는 목구멍을 태우면서 위장까지 흘러내려간다.

거칠게 술잔을 들이키는 모습에 손능왕이 눈을 휘둥그레 뜨는 것이 시야 끝에 스쳤다.

스스로도 놀라기는 했다.

설마, 새삼스럽게 그에게 실망하리라고는 생각지 못했다. 진즉에 그에 대해서는 포기했다고 생각하고 있었다.

　즉위 전에 후궁에서 만났을 때부터 이렇게 되리라는 것은 알고 있었다. 그는 어리석지는 않지만 언제나 마음이 약했다. 자신의 감정과 타인의 마음 사이에서 언제나 시계추처럼 크게 흔들린다. 그것은 그의 사랑스러운 성격을 이루는 한 부분으로, 절대로 분리될 수 없었다. 좋은 의미로든 나쁜 의미로든 그것이 자류휘라는 사내의 일부로서, 그대로 성장해갔다.

　자신의 마음에 타인을 지나치게 받아들인다. 그 결과 많은 것들을 그 사람에게 의지하고 만다. 그렇기에 아무리 시간이 흘러도, 언제나 '자신'이 약한 채로, 그 타인이 곁에서 사라지면 순식간에 자신을 잃고 헤매기 시작한다.

　구채강 때만 해도 모든 걸 그냥 내팽개치고, 유순에게 전부 떠넘기고 도망갔을 정도다. 자신이 부재일 때, 악몽과도 같은 그 나날들을 견딜 수 있으리라고는 생각하지 않았다… 그렇게 생각했었다.

　또 한 잔, 이번에는 제대로 두 잔 모두 따라서, 한 잔을 술에 이끌려 다가온 능왕에게 건넸다.

　…끝까지 견디고, 옥좌에서 자신을 기다리고 있으리라고 마음속 어딘가에서 기대하고 있었던 모양이다.

　『버리고는 갈 수 없어요… 지금은, 아직은.』

　그는 이제 그때의 왕자는 아니다. 그런 것은 몇 번이고 몇 번이고, 벌써 확인했다. 몇 번이나 실망하고, 몇 번이나 기대를 접었다. 이제 남아있는 기대 따윈 티끌만큼도 남지 않았다고 생각했었는데.

　'…아니다, 기대가 아니야.'

　그런 것은 즉위 때 남김없이 휴지통에 버렸다. 새삼스럽게 바뀌리라는 기대도 하지 않았다.

그러나 왕계 안에는 그의 일부가 기억으로서 각인되어 있었다. 단지 그뿐인 얘기였다.

왕계는 갑자기 생각이 나서, 대수롭지 않게 능왕에게 물어보았다.

"…그러고 보니 능왕, '간장'과 '막야'는 어디 있는지 아나?"

"'간장'과 '막야'?"

능왕은 기억을 더듬더니, 아아, 하고 끄덕였다. 그러고 보니 후궁에서 기다리고 있었을 때 왕이 가지고 있었다.

"그 검이라면 왕이 가지고 도망쳤다네."

왕계가 한 잔 더 술을 따르려고 하다가 딱, 멈췄다.

"…가지고 갔다?"

"뭐라더라, 아직은 두고 갈 수는 없다나 뭐라나 하면서 가져갔다는 얘기를 들었네."

"두고, 갈 수는 없다?"

왕계는 바늘처럼 눈을 가늘게 뜨고 한 번 더 되풀이 했다.

——두고 갈 수는 없다.

——아직은.

별안간 왕계는 거의 술잔을 집어던지듯이 탁자에 놓았다.

그 소리에, 맛있는 술을 음미하고 있던 능왕이 흠칫 놀라 움츠러들었다.

"무, 무, 무슨 일인가아? 아아, '막야'는 자네 가문 검이었지?"

"…그것도 있지만. 그런가, 두고 갈 수는 없다고 말했나."

왕계는 갑자기 방 안을 빙글빙글 배회하기 시작했다. 그의 머릿속에 맹렬한 속도로 사고가 회전하고 있을 때의 버릇이다. 머리에 불룩불룩 혹을 만드는 것도 이때다. 하지만 대체 무슨 생각을 하고 있는 거지?

"두고 갈 수는 없다면서 검을 가지고 갔고, 유순은 해임하고, 싸우지도 않고 사라졌다, 라."

"그, 그렇네."

"쫓아간 추격대는?"

"…윽, 면목 없네. 성을 빠져나갈 때는 수십 명밖에 없었지만, 추영과 황자룡이 있어서 말이지…여기저기에서 유인당하다가 놓쳐버렸네. 하지만 추영과 황자룡이 각각 단독으로 대적했다고 하니, 지금 왕의 곁에는 아무도 없을 건 확실하네. 혼자서 도망…인가, 죽었을지도."

능왕은 술을 홀짝이면서 불쑥, 다시 한 번 다른 일을 풀 죽은 목소리로 사과했다.

"…미안하네. 그때 제대로 했더라면 사실은 잡아둘 수 있었어…."

"후후… 하하하하."

왜인지 왕계는 웃음을 터트렸다. 본격적으로 능왕은 어쩔 줄 몰라 했다. 뭐, 뭐, 뭐야.

"진짜 왜 그러나, 왕계! 좀 이상하다고?! 홍주에서 웃음버섯이라도 먹고 온 겐가?!"

"구운 메뚜기밖에 먹지 않았네. 우락 간장 맛 메뚜기."

"아, 그립다──! 우아아아아, 생각났다. 전쟁터의 별미였지이. 녹진녹진해서. 진짜 맛있었는데!! 아, 큰일인데, 맹렬하게 먹고 싶어졌어. 선물 같은 건 없나?"

"메뚜기 조림이라면 남아 있네만."

"바보냐!! 그런 노인네 밥반찬이 먹고 싶을 턱이 있겠냐고!!"

씩씩거리며 능왕은 화를 냈다. 이제 슬슬 노인네 대열에 낄 법한 나이일 텐데, 라고 왕계는 말하지 않았다. 능왕이 그렇다면 왕계도 그렇게 된다. 왕계도 그건 조금 싫었다.

능왕의 술잔에 술을 따라주면서, 귀양에서 달아난 왕을 생각했다.

아까와는 다른 심정으로.

눈 내리던 밤.

홀로, 귀양을 빠져나와 멀리 달아났다. 아주 먼 곳으로.

…그것은 이젠 아주 오래 전 일을 떠올리게 했다.

"아. 그래, 자네도 말이야— 십 년도 더 전에, 겨울에 행방불명 된 적이 있었지 않나?"

"……아아."

능왕은 그 눈 내리던 밤, 귀양에 없었기 때문에 정확하게는 지금 도 모르는 일이었다. 공식적인 기록도, 소 태사에 의해서 전부 말소 되었다. 그 날 밤, **무슨 일이 있었는지.**

동 트기 전, 눈이 쏟아지는 차가운 세계를 혼자서 말을 타고 달렸 다.

그 날 밤의 얼어붙을 듯한 추위도, 눈물이 쏟아질 것 같던 고독도, 가슴의 아픔도 왕계는 전부 기억하고 있다.

"그때 진짜로 걱정했다고. 안수와 황의도 사람들을 모아 미친 듯 이 찾아 헤맸는데 아무것도 찾질 못했다면서 내게 도와달라고 애원 했던 건 그때가 처음이자 마지막이었지…"

특히 안수가 그렇게 험악한 표정을 지은 건 아마 두 번 다시 보지 못할 것이다. 그러고 보니, 하고 능왕은 다시 기억을 더듬었다. 그 건 겨울이라기보다, 지금처럼 가을에 더 가까웠던 것 같다. 늦가을 에, 때 이른 엄청난 눈보라가 휘몰아쳤던 밤이었다. 그렇게 들었던 것 같기도 하다.

"황급히 내가 찾으러 갔더니, 어디 이상한 산에서 괴상야릇한 도 롱이벌레 꼴을 하고 불쑥 나타났었지. 그리고는 뭐였더라, 그래, 이 상한 흑마를 탔다나 뭐라나 중얼중얼댔는데."

왕도 탔을까, 하고 왕계는 생각했다.

태양빛 갈기와 밤보다도 더 검은 까마귀빛 몸을 가진 그 암흑빛 말을.

…만약 탔고, 그리고 아직 살아서 어딘가로 몸을 피했다면.

귀환 직전, 자정란과 고한승을 비롯하여 주로 우림군 소속의 최정예 무관들이 홀연히 자취를 감췄다. 그들은 능왕이 왕계를 찾아내듯이, 왕을 찾아낼 수 있을까?

홍소가와 이강유도, 여전히 발견되지 않았다. 그리고 사라진 '간장'과——'막야'.

'막야'를 가지고 도망가는 길을 선택한 왕.

어쩌면 왕계가 처음 생각했던 계획과는 조금 달라질지도 모르겠다.

자신이 귀찮다고 생각하고 있는지, 재미있다고 생각하고 있는지, 잘 알 수 없었다. 실망했을 뿐이었던 방금 전까지보다는 나은 것 같았다. 뒤집어 말하면 그뿐이라고도 할 수 있었다.

뭐가 어찌 되었든, 왕계는 이제 가야 할 길을 정해놓았고, 이를 번복하는 일은 없었다.

왕계에게는 십 년 이상의 시간이 있었지만 왕에게는 이제 남아 있지 않다. 줄 생각도 없었다.

오래 전 눈 내리던 밤의 목소리가 들려온다.

『…다시, 만날 수 있는 거죠?』

그 약속은 후궁에서 재회했을 때 끝났다고 생각했었다. 하지만 그 물음이 지금, 다른 의미를 가지고 다시 왕계 앞에 나타난 것 같았다. 하필이면, 바로 이때에.

'이번에는 어떤 얼굴로 내 앞에 나타날 건가, 류휘 왕자.'

여전히 망설이는 얼굴일까, 왕계와 같은 얼굴일까, 아니면 완전히 다른 얼굴이 되어 있을까.

정면으로 마주보자고 약속했다. 그 일을 조금은 떠올렸을까. 그때의 말도.

——언젠가 저는 '막야'를 가지러 올 겁니다. 그때까지 당신이 가지고 계십시오.

『그때 저는 당신에게 다시 한 번 물을 것입니다.』

그때는 이제 얼마 남지 않았다.

왕계는 마지막으로 신경이 쓰이던 일을 물어보았다.

"…유순은 어떻게 하고 있나? 자택으로 돌아갔나?"

"아, 그거그거. 나도 신경이 쓰이던 참이었네. 역할이 끝났으니 자택으로 돌아가 있을 줄 알았는데, 안 보이는 거야. 름 부인 혼자 있던데…."

왕계는 눈썹을 찡그리고—— 한 박자 후, 이번에야말로 정말로 잔을 내려놓았다.

"…왕계, 안수는 있는가? 마지막으로 본 게 언제지?"

"안수? 그러니까… 얼레, 그러고 보니 안 보이는군. 그 녀석이라면 제일 먼저 왕계 님— 이러면서 멍멍이처럼 주위를 맴돌며 나를 내쫓으려고 할 것 같은데… 어어어, 잠깐만. 설마 그 녀석, 유순을… 아니, 위험한데, 엄청 가능성 있어!!"

"지금 당장 찾아주게. 나도—— ."

그때, 문을 지키고 있던 신이 똑똑, 하고 문을 두들기고 들어왔다.

"왕계 님, 잠깐 괜찮으십니까?"

"아니, 지금은——."

신이 드물게 왕계의 말을 자르고, 용건을 말했다.

"선동령군인 표리앵이 찾아왔습니다. 그래도?"

힐끗, 왕계를 본 능왕은 입을 꾹 다물었다. 백 년 전부터 놓여 있는 석조 장식품처럼 우두커니 서 있다.

같은 관리로서 만날 때는 얼마든지 잘난 척하며 설교를 늘어놓지만, 가족으로서 만나면 갑자기 화제를 피하는 것이 왕계였다. 어찌해야 좋을지 모르는 모양이다.

능왕은 아무튼 머리를 긁적거리며 방에서 나가려고 했──더니 장식품이 움직였다. 능왕의 소매 깃을 잡더니 엄청난 기세로 끌어당겼다.

"이봐, 기다리라고!! 내, 내가 어찌해야 되는 건가?!"

"이야기를 하면 되지, 평범하게. 유순이라든가, 황의라든가, 안수가 어렸을 때처럼."

"바보. 그놈들이 어디가 평범하다는 건가. 평범하지 않은 아이들과 말하는 법밖에 난 모른다고."

"그럼 된 거 아닌가. 꼬마 리앵도 충분히 평범하지 않다고 생각하는데? 그런 너무 잘난 손자를 두다니, 비연에게 감사하라고. 세상의 모든 할머니 할아버지들이 울면서 탐낼 법한 손자라고. 배가 아주 불렀다니까."

맘대로 꼬마 리앵이라고 부르기로 한 모양이다. 왕계는 여전히 초조해서 멈춰 세웠다.

"아니, 요즘 화젯거리도 잘 모른다고. 요즘 얘기라고 해봤자, 황해 얘기밖에 할 게 없네."

"…적절한 화제구만. 리앵도 협력하지 않았나? 딱 좋은 기회이니 만나서 감사인사라도 하면 어떤가?"

"그러면 관리끼리 하는 시시한 얘기와 뭐가 달라!!"

아, 그놈 시끄럽네, 하고 능왕은 언제나처럼 매정해지기 시작했다. 이런 걸 보면, 자류휘와 확실히 같은 피가 흐르고 있다는 생각이 든다.

능왕은 문득 왕계의 어깨 너머를 보았다가, 아, 하고 입을 벌렸다.

신이 멋대로 연 문에서 자박, 하고 아직은 작은 구두가 들어온다.

밤의 숲처럼 깊고 검은 눈동자. 단단한 목소리가, 불쑥 방안에 울려 퍼졌다.

"…만나도 싶지 않으면 돌아가겠습니다."

왕계는 능왕의 소매에서 손을 놓았다. 그리고는, 아니다, 하고 말했다.

조부와 손자로서 만나러 왔다는 것이 아님을 리앵의 눈빛에서 알수 있었다. 최신 화제도, 조부와 손자의 대화도 필요하지 않다. 리앵이 물으러 온 것은 보다 중요한 일인 것이다.

앞으로 걸어 나가기 위해서.

왕계는 체념했다. 의자를 가리키며 맞아들였다.

"들어오라. 묻고 싶은 것이 있다면 대답해 주겠다."

●　　●　　✦　　✦　　●　　●

…류휘가 홍주의 주경(州境)인 동파요새에 도착했을 때에는, 계절은 이미 겨울에 접어들어 있었다.

귀양을 떠난 후, 날짜를 헤아려보니 한 달은 지났다.

류휘는 하늘을 올려다보았다. 하늘은 점점 더 희뿌연 푸른빛을 띠고 있었고, 손을 뻗으면 만질 수 있을 것처럼 낮게 드리워져 있었다.

바람은 차가운 겨울 기운을 담고 있었지만 귀양처럼 뼛속까지 스며드는 냉기는 없었고, 눈 덮인 산봉우리를 제외하고는, 평지에 쌓인 눈은 거의 보이지 않았다.

"자. 아직까지 홍주부(紅州府)에서 연락이 없는데… 어떻게 한다…."

추영은 눈썹을 팍, 찡그렸다. 도중에 합류한 근위병들에게 고한승을 붙여서 한 발 먼저 홍주부로 보냈지만, 좀처럼 돌아오지 않는다. 조정 측의 수색대에 발각된 것인지, 아니면 홍주부의 암묵의 거절인지. 어느 쪽이 되었든 좋은 소식은 아니었다.

"뭐, 동파군을 통과하지 못하면 남주로 가지요."

"호오. 가출한 도련님께서 돌아가실 집이 있다니 놀랄 일이네."

"으으…."

고한승이 떠난 뒤로, 정란은 아무런 거리낌 없이 추영을 놀리고 있었다.

여기에 추영이 뭔가 멋지게 반박을 하려고 했을 때였다.

추영과 정란이 동시에 좌우를 보았다. 귀에 말발굽 소리가 들려온 다음 순간, 양쪽 시선 끝에 각각 흙먼지가 이는 것이 보였다. 추영은 달려오는 자들을 응시했다.

"…군마군요… 통솔도 되어 있고, 주군(州軍)인가. 역시 감시하고 있었던 걸까요…."

류휘가 몸을 의지할 곳은 많지는 않다. 홍주라는 선택안은 바보스러울 정도로 너무 뻔한 행선지였고, 만약 잡으려 든다면 주경인 이 동파요새 앞에서 지키고 있는 것이 가장 효율적이다.

이곳을 빠져나갈 수 있을지가 마지막 관문이었다.

"──가자."

류휘는 웃으면서 석영의 고삐를 고쳐 쥐었다. 옆구리를 가볍게 차니, 단숨에 속도가 빨라진다. 이어서 류휘의 등 뒤를 지키듯이 추영과 정란이 각각 양쪽 측면에 딱 붙어 질주한다.

추영은 몇 번이나 좌우의 뒤쪽을 돌아보다가, 이윽고 침묵했다…따돌릴 수 없다.

"…잠깐, 어이어이, 저거 정말로 주군(州軍)인가? 따라오는데?!"

"우림군의 수준이 떨어진 건지, 주군의 수준이 올라간 건지, 둘 중 하나겠지요."

"거짓말!! 거짓말이다. 흑백 대장군에게 그렇게 죽도록 단련당했는데 지방군에게 지다니!!"

그때, 앞의 요새에서도 병사들이 둑이 무너진 것처럼 쏟아져 나오더니 계곡에 걸린 한 줄기 다리를 메우듯이 건너오는 것이 보였다. 정란은 눈을 가늘게 떴다. ——포위당했다.

"도개교를 올리고 거부하는 건 아니니 그나마 낫다고 해야겠지만… 자, 적이냐, 아군이냐… 주상, 양쪽 모두 적일 경우에는 포위되기 전에 도망쳐야 합니다."

류휘는 그때 처음으로 뒤쪽에서 쫓아오는 말을 돌아보았다.

생각보다 오랫동안 바라본 후, 웃음을 터트렸다. ——그리고 속도를 줄였다.

"…잠깐만요, 주상?! 설마 여기까지 와서 어이없이 잡혀버린다던가."

"제대로 봐라, 추영. 모르겠느냐?"

추영은 뒤를 돌아보고는, 기겁했다. 단 한 마리, 대열에서 벗어나 따라붙고 있는 말이 있었다. 보기에도 멋진 솜씨로 말을 다루며 점점 거리를 좁혀 온다.

"뭐야, 저 말은! 우림군 장군 뺨치─는… 응? 설마 저 얼굴은…"

황 장군이 마치 공백의 한 달 따위는 없었다는 듯한 얼굴로, 경쾌한 손놀림으로 고삐를 당겨 말을 세웠다. 변함없이 조금 무뚝뚝한, 조용한 얼굴로 그저 살짝 웃으며 눈으로 인사를 한다.

"전원 거둬오느라 조금 시간이 걸렸습니다… 하지만, 폐하께서 너무 늦으시기에 모두 투덜거리며 찾으러 가겠다고 나서는 걸 막느라 고생하던 참이었습니다."

차례차례 도착한 것은 눈 내리던 밤에 류휘를 보필하며 성을 떠났던 근위병들의 얼굴이었다.

류휘는 목구멍 안쪽이 떨리는 것을 참으면서 되물었다. 조심스럽게.

"…전원?"

황 장군은 별일 아니라는 듯이 미소 지었다.

"네. 전원, 무사합니다. 남 장군이 거둔 병사들까지 합쳐서, 이제 전원 모였습니다. 폐하는 이렇게 말씀하셨지요. 전원 무사히 도망쳐주게—라고. 어떤 명령이라도 엄수하는 것이 근위대이니까요."

사사건건 그 명령을 깨뜨려 왔던 추영과 정란은 슬쩍 눈을 돌렸다.

류휘는 몇 걸음 근위병들에게 다가갔다. 각각의 얼굴을 둘러보면서 우는 것 같은 미소를 짓는다.

"…아아, 다행이다. 무사하게 와주어서 다행이다… 고맙다."

황 장군은 그저 '아닙니다' 하고 역시 무뚝뚝하게 대답했다.

"이 부근을 순회하던 주군은 저희들이 쫓아냈습니다만, 과연…."

류휘는 다시 한 번 홍주 요새 쪽을 돌아보았다. 고삐를 내리치지는 않았다.

"…기다리도록 하지. 쫓겨나면 다른 장소로 가면 된다. 남주건, 어디건."

황 장군이 작게 입술 끝에 미소를 담았다.

"알겠습니다. 어디든 따라가겠습니다."

추영과 정란은 입장이 위태롭다는 것을 느끼고 전율했다. 뭐랄까, 황 장군과 근위병들 쪽이 충성을 다하는 장한 신하들 같아서, 현재 진행형으로 엄청 점수를 딴 것 같은 느낌이 들었다.

"야아, 정란, 우리들도 여기까지 오느라 정말 고생했지!"

"네에! 산전수전 다 겪었죠."

아무 상관도 없는 어설픈 연기까지 하면서 자기주장을 하기 시작했다.

황 장군이 어이없다는 얼굴로 무시했다. 뒤에 있던 근위병들은 눈을 어디에 둬야 할지 몰라 난처해했다. 다른 사람들은 전직 장군과, 최고 거만 신참으로 유명했던 정란의 어설픈 연기에 웃음을 참느라 애를 써야 했다.

그러고 있는데, 홍주 요새에서 쏟아져 나온 군대의 흙먼지가 가까이 다가왔다.

…이윽고 선두를 달려오는 말 위의 사람을 보고, 류휘는 자신도 모르게 고삐를 내리쳤다. 몇 걸음, 석영이 앞으로 나갔다.

남은 거리를 상대방이 눈 깜짝할 사이에 좁히고, 소가는 말 위에서 미소를 지었다.

"엄청 지각하셨군요, 류휘 님… 정말로 걱정했습니다."

류휘는 무슨 말을 할까 생각하다가, 어린아이 같은 한 마디가 흘러나왔다.

"…미안."

"네. 오늘은 화내지 않겠습니다. 아무튼 오셨으니까요. 추영 님, 정란, 주상을 찾아서 여기까지 잘 모시고 와 주셨군요. 감사합니다. 그런데 정란, 할 말은?"

노려보자, 정란은 조건반사적으로 흠칫했다. 소가에게 아무 말도 없이 멋대로 귀양을 떠났던 일이, 새삼스럽게 떠올랐다. 소가의 분노에 벌벌 떨기는, 소가가 데려다 키워준 이래 처음 있는 일이었다.

"주, 주, 주인어른… 저, 죄, 죄, 죄송——합니다…"

의기소침한 얼굴로 끝까지 말을 마치기를 기다리더니, 소가는 팔짱을 풀었다.

"뭐, 귀여운 자식일수록 여행을 시키라는 말도 있으니, 봐주겠다. 표정도 좋아졌고. 강유 님도 걱정할 일 없습니다. 여기까지 같이 데리고 왔으니까요. 동파요새에서 안절부절못하며 기다리고 있습니다."

소가는 훌쩍 말에서 뛰어내렸다. 양손을 가슴 앞에 모으고 류휘 앞에 깊숙이 고개를 숙였다.

"──기다리고 있었습니다, 류휘 님. 무사히 여기까지 잘 오셨습니다. 지금부터 저희 홍가가 지켜드리겠습니다."

류휘는 조금, 주저했다.

"…주부(州府)의 반응은? 폐를 끼치게 될 텐데…."

그때 소가와 나란히 달려왔던 사십 대 정도의 문관복 차림의 사내가 앞으로 나섰다.

"…뭐, 어쩔 수 없지요. 입고 있던 옷만 간신히 걸치고 도망쳐온 왕을 쫓아보낼 수는 없으니까요."

마르고, 누가 봐도 수재라는 인상을 주는 문관이었다. 가볍게 목례하는 모습은 최저한의 예의만 지킨다는 듯했지만, 굳이 따진다면 성격 때문인 것 같았다.

"실례했습니다. 홍주 주윤(州尹)인 순욱이라고 합니다."

주윤, 이라는 단어에 정란도, 추영도 놀랐다. 설마 차관이 나오리라고는 생각지 못했다.

살짝 눈빛을 교환했다. 주윤이 나왔다, 는 의미는──.

"주목의 명으로 모시러 나왔습니다. 부디 홍주로 들어가시지요. 황해 때 군대를 파견해 주신 폐하를 내쳤다가는 저희가 백성들에게 내침을 당할 테니까요."

"…그건, 왕계가…."

"그렇지요. 하지만 왕계 님을 지명한 것은 폐하 자신이시라고 들었습니다만."

왕계의 파견을 윤허한 것은 왕이었다며, 연청에게 들었다고 류지미가 슬쩍 중얼거렸다. 그 후로 순욱은 그 의미를 생각했다. 왕계의 파견이 홍주에게는 최선이었지만, 왕에게는 최악의 선택이었다. 그것은 지금, 왕이 여기까지 참담하게 도망쳐 오지 않을 수 없었던 것이 증명하고 있었다.

다른 자를 파견할 수도 있었을 텐데, 왕은 왕계에게 맡겼다. 유순이 아니라, 왕이.

오직 홍주만을 생각한 선택이었다.

순욱은 정쟁과 타산에 휘둘려왔던 자신이 부끄러웠다. 그리고 왕을 받아들여달라는 소가의 요청에, 지미와 순욱은 동의하기로 결정했던 것이다.

순욱은 소가와 마찬가지로 깊숙이 고개를 숙였다. 고귀한 자에 대한, 경의를 담은 입례(立禮).

"홍주를 다스리는 자로서, 진심으로 감사드립니다… **폐하**."

홍주부는 자류휘를 왕으로서 정식으로 맞아들인다는 선언이었다.

류휘는 딱 한 번, 뒤를 돌아봤다. 자주――귀양이 있는 쪽을.

태어나서 지금까지, 그 성에서 지내왔다.

이제 곧 귀양은 겨울이다. 새하얀 눈이 일대를 은색으로 물들이겠지.

지금껏 당연한 듯 반복되어 온 그 날들과 난생 처음으로 헤어진다.

얼굴을 찡그리고, 조금 웃었다. 헤어지기 섭섭하다는 듯이.

류휘는 하늘을 올려다보았다. 귀양과는 조금 다른, 홍주의 하늘이 시작되는 곳.

하늘 끝에는 아직 붉은 요성이 걸려 있었다.

사라질 때까지는 겨울 내내 걸릴 것이라고 했다.

류휘에게도.

길고 긴 겨울이 시작된다.

그때를 끝으로, 류휘는 두 번 다시 귀양 쪽을 돌아보지 않았다.

숨을 들이켜고, 스스로 정한 길을 걷는다.

"잘, 부탁하겠다… 폐를 끼치게 되는군."

소가의 뒤에서 군병들이 저마다 답례하며 질서정연하게 갈라지자 한 줄기 길이 열린다.

그 길을 류휘는 걸어갔다.

──다시 그 성으로 돌아갈 날이 온다.

그리 멀지 않은 미래에.

그것이 마지막 전투가 될 것이다.

타닥, 하고 불꽃이 튀었다.

유순은 눈신을 벗고 머리를 풀었다. 낡은 천으로 물방울을 닦아내고, 오래 전, 자신이 매일 앉아 있었던 등나무 의자에 앉았다. 창밖에는 그리운 자두나무가 눈에 덮인 채 변함없이 서 있었다.

오래 전, 이 작고 편안한 집이 그의 모든 세계였다.

"……."

유순은 자신이 뭐라고 중얼거렸는지, 스스로도 알지 못했다. 꿈 같다고 했던가, 악몽 같다고 했던가. 어느 쪽이 되었던 그리 큰 차이가 없는 것만은 확실하다.

위병을 도중에 보내버리고 눈이 펑펑 내리던 밤에 우산과 초롱만 들고 혼자서 이 초막에 도착해서, 변함없는 모습으로 우뚝 서 있는 자두나무를 보았을 때, 유순은 현기증을 느꼈다.

마치, 이 초막을 마지막으로 보았던 그 날부터 지금까지의 십여 년이 모두 꿈인 듯한, 착각을 일으켰다.

국시에 응시하라는 왕계의 말에, 마지못해 이 초막을 나섰던 그 날 이후.

불현듯 유순은 찌르는 듯한 날카로운 가슴의 통증에 심하게 기침을 했다. 기침을 할 때마다 폐의 안쪽을 손톱으로 긁는 듯한, 통증을 동반한 가려움에도 이젠 꽤 적응이 되고 말았다. 기침이 멎은 후에도 쌕쌕거리는 기분 나쁜 숨소리가 계속되었다. 기침 때문에 몸에 열이 오르고 엷게 땀이 배어나왔다. 이마에 달라붙은 긴 머리카락을 손으로 쓸어 올리자, 가늘고 창백한, 뼈가 앙상한 고목 같은 팔이 싫어도 눈에 들어왔다.

보는 사람마다 죽을 상이라고 하는 것도 무리는 아니다. 왠지 우스워져서 한참을 쿡쿡 웃었다. 웃음이 멎자, 힘이 빠져서 의자 팔걸이에 양손을 축 늘어뜨렸다. 그냥 이대로 두 번 다시 눈 뜨지 않을 깊은 잠에 빠질 수 있다면 얼마나 편안할까. 얼마나.

"……."

창 너머, 눈 덮인 자두나무를 보았다. 등나무 의자가 삐걱거린다.

름에게조차 이 초막과 자두나무 이야기는 한 적이 없다. 하지만 가끔, 정말 가끔, 그는 름과 이곳에서 단 둘이서 조용하게 생활하는 나날을 꿈꾼 적이 있었다. 놓아버리지 못한 꿈의 조각.

…그녀의 손을 잡고 데리고 와버린 것은 아마도, 그저 그 이유뿐이었던 것이다.

입가에 어두운 비웃음을 떠올리고는, 긴 머리카락을 쓸어 올려서 목 밑에서 느슨하게 묶었다.

하지만 이젠 끝이다. 두 번 다시 돌아갈 수 없는 꿈이다. 유순이 선택한 것은 고요한 선잠이 아닌, 현실이었다. 눈을 뜨고, 미소를 짓고, 배신하고, 차례차례 눈앞에서 갈라지는 갈림길을 선택하고, 뒤돌아보는 것은 용납되지 않는 현실. 사람의 감정과 책모가 밀려들어서, 그 농밀한 암흑빛 줄을 한 손으로 다뤄가는 유순의 정신까지도 피폐시킨다. 하지만 동시에 쭉 잠재워 두었던 모든 세포들이 차례차례로 눈을 뜨고 고동치는 것 같았다. 혀끝으로 맛보았던 감상(感傷)의 쓴 맛까지도 유순에게는 기쁨이었다. 평온과는 대척점에 있는 외줄타기 특유의 등골 오싹한 쾌감. ──**죽을 정도로 살아 있다**는 감각. 이는 향기로운 술을 혀끝으로 굴리는 때처럼, 깊고 유쾌한 취기였다.

그것은 름과 둘이서 이 초막에서 살아가는 평범한 생활로는 도저히 맛볼 수 없는 감각.

딱 한 번뿐이었지만 결정했었다. 딱 한 번만 살자고. 그리고, 그것이 끝이라고.

귀찮다는 듯이 자신의 지팡이를 끌어당겼다. 잘 닦인, 반들반들한 떡갈나무 지팡이. 어디에도 이음매는 없었지만, 유순은 지팡이를 쓰다듬다가 손잡이 부분을 돌려 뺐다. 안에서 작은 보라색 비단 주머니가 굴러 나왔다. 유순은 우울한 얼굴로 주머니를 손으로 만지작거리다가, 쿡, 하고 비아냥거리는 것처럼 웃었다. 강유는 과연, 왕에게 그 주머니를 건넸을까?

왕을 생각하니, 크큭큭, 웃음이 북받쳐 올랐다. 왜 자신이 웃고 있는지도 잘 알 수가 없었다. 그저 그 어리석은 왕을 생각하면 우스워서 참을 수가 없었다.

주머니를 있던 장소에 밀어 넣고, 지팡이 손잡이를 원래대로 다시 끼워 넣었다. 창을 닫으려고 손을 뻗었다.

닫기 전에, 눈 덮인 자두나무를 문득, 조금 길게 바라보았다.

이 초막을 떠났을 때에는, 무엇 하나 변하지 않고, 다시 이곳으로 돌아올 것이라고 생각했었다. 어디로 떠나건 간에 그것은 변함없는 길고 긴 휴가의 연속일 것이라고…. 하지만, 아니었다.

막아두었던 인생이 다시, 흘러가기 시작했다. 유순은 이 초막도, 자두나무도, 계절마다 창 너머로 펼쳐지는 수묵화 같은 풍경도, 책을 읽으며 천천히 흘러가는 평온한 시간도 무척이나 사랑하고 있었다. 그러나 동시에 그의 인생은 이 초막 안에는 없었다. 이 초막에는 **아무것도 없다.** 아무것도 없는 인생에, 결국 그는 만족할 수 없었다. 불어 닥친 바람에 긴 머리카락이 흩날리며 얼굴을 감춘다.

소망이 있었다. 그 소망의 끝을 지금은 한 순간이라도 좋으니 보고 싶었다.

자신의 남은 목숨을 전부 바쳐서라도.

쿨럭, 하고 또 기침이 새어나온다…. 이젠 시간이 없다.

저벅, 하고 발소리가 울려 퍼졌다. 유순은 기침이 터져 나오는 입을 막으며 지팡이를 짚고 등나무 의자에 고쳐 앉았다. 그리고 냉랭하고 아름답고, 비아냥거리는 얼음의 미소를 입가에 띤 채 방문객을 맞았다.

"…오리라고 생각했습니다. 조심, 또 조심해야 하니, 나를 **처리하러** 온 것입니까, 안수?"

"그게 나잖아?"

안수는 눈이 쌓인 머리카락을 우아하게 털면서 활짝, 웃어 보였다.

밤이 되어 싸락눈이 날리고 있었다. 강유는 초조해하며 동파요새의 방 안에서 서성이고 있었다. 품 안의 주머니가 갑자기 무거워진 것 같았다. 흠칫, 발을 멈췄다…. 아니, 갑자기가 아니다. 강유는 스스로를 비웃었다. 유순이 건네준 이후, 날이 갈수록 무거워지고 있었다. 강유의 마음이 무거워져 가는 것과 마찬가지로.

왕에게 건네주건, 당신이 열어보건, 그냥 묵살하고 버려버리건 마음대로 하시면 됩니다. 그렇게 말하며 유순은 미소 지었다.

좀 더 일찍 왕에게 건네줬더라면 뭔가가 달라졌을까. 귀양을 떠난 이래, 몇 번이나 강유는 자문했었다. 망설이고, 주저하다가 결국 건네주지 못한 주머니. 그 후로 초조함과 후회만이 밀려들었다.

그때 귀에 익은 발소리가 들려왔다. 강유의 마음이, 그것만으로도 가벼워졌다.

"강유!"

왕의 목소리가 들려왔다. 이 얼마 만에 듣는 목소리인가. 의기소침해 있을 줄 알았는데 주저하는 표정이 사라진 얼굴이었다. 얼굴을 보는 것만으로 강유의 가슴이 메어왔다. 행방불명이 된 채, 한 달. 그동안 매일매일 살아있는 것 같지가 않았다. 그 조마조마하던 마음까지 다 날아갔다. 무슨 말을 해야 할지 알 수가 없었다.

"너무 늦었습니다. 어디서 뭘 했던 겁니까?"

화롯불이 튀는 소리가 들린다. 성큼성큼 왕 앞까지 걸어가더니 강유는 어색하게 웃으며 중얼거렸다.

동파요새에서 일단 한숨을 돌리고 나자, 주윤인 순욱이 미간의 주름을 손가락으로 펴며 말했다.

"그렇다는 건… 이 동파군의 후임 태수가 최대 문제로군요."

자주와의 대부분의 경계선은 험준한 산악지대가 벽처럼 가로막고 있다. 그 중에서도 최대의 요충지가 이 동파 대계곡이었다. 계곡을 넘으면 바로 홍주 최대의 평야로 이어져서, 사방이 한눈에 들어온다. 반대로 홍주에서 동파 대계곡을 빠져나가면 바로 자주평야인 오승원(五丞原)이 내려다보이는 고소산(高所山)의 여러 요지에 진을 칠 수가 있다. 역사적으로 홍주와 자주의 전쟁은 대부분 이 동파요새를 차지하기 위한 전투에서 시작해서, 자주의 오승원이나,

홍주의 창오(蒼梧)평야에서의 결전으로 막을 내렸다. 추영은 한숨을 쉬었다.

"…그렇지요. 이곳이 방어선이니. 왕계 님 파벌 중 누군가가 부임한다는 소리는 농담이라도 듣고 싶지 않은데요."

홍주군 태수 중 반은 귀족파다. 어설픈 자를 동파군 태수로 앉혔다가는 자주가 문제가 아니라, 홍주 귀족파의 공격을 받을 수도 있다.

"순욱 님, 주목님과 당신의 생각은?"

"우선은 당신의 의견을 들어보자입니다."

소가는 쓴웃음을 지었다. 순욱도 류지미도 이미 소가의 **대답**을 알고 있다는 말투였다.

"알겠습니다. 그러면 저 자신을 천거하지요. 홍가 당주인 저를 동파 태수로 임명해주십시오."

다른 사람들이 눈을 부릅떴지만, 순욱과 강유만은 놀라지 않았다. 강유는 사려 깊게 끄덕였다.

"그렇지요. 좋은 생각입니다. 홍가 당주께서 직접 요새의 방어선에 들어오면, 홍가 일족 차원에서 홍주와 왕을 지키겠다는 선언이 됩니다. 각지의 귀족파 관리도 홍주에서 홍가를 적으로 돌릴 정도로 바보는 아닐 테고요. 한층 더 움직이기 힘들어 질 겁니다. 소가 님은 문관 자격을 가지고 계시기도 하고… 게다가 이 동파요새에 홍가 직계가 직접 들어오는 것은 특별한 의미가 있다고 예전에 배웠습니다."

"의미?"

류휘는 고개를 갸웃하며 소가를 보았다. 어째 순욱도 알고 있는 듯한 표정이다.

"네. 이 최전선인 동파요새에 홍가 당주나 직계가 들어온다는 것은, 앞으로 홍가 일족 차원에서 홍가의 백성과 영지, 홍주 방어선을 지키라는 당주 명령을 의미합니다. 류휘 님."

그때의 류휘의 표정을 본 소가는 달래듯이 미소를 지었다.

"전쟁을 하겠다는 의사 표시는 아닙니다. 침공해 들어오는 적은 전력을 다해 물리치지만, 어디까지나 전수방어(專守防禦)에 전념하는 것이 원칙입니다. 홍가는 이 고향과 사람들을 지키기 위해서 존재합니다. 그것이 홍가 일족의 긍지입니다. 이 땅과 사람들은 사랑하는 대상이자, 지켜야 하는 존재이며, 우리들의 소중한 일부인 것입니다. 홍가의 소유가 아니게 될지라도. 이 마음이 지나쳐서 때때로 홍가 지상주의라고 중앙과 주부에서 비난을 받기도 하지만 말입니다."

사랑하고, 지켜야 할 존재이며, 자신의 소중한 일부. 류휘는 가슴이 뭉클해졌다. 자신은 지금까지 그런 식으로 이 나라와 백성을 본 적이 있었던가? 단 한 번이라도. 류휘는 꾹, 눈을 감았다.

…아마도 그것이 답인 것이다. 류휘가 옥좌에서 도망친 진짜 이유는.

아무 말 없이 듣고 있던 순욱이 무표정한 얼굴로 어깨를 으쓱했다.

"…뭐, 홍주의 백성들이 최후의 보루로서 홍가를 의지하는 이유가 그 때문이라는 건 인정합니다. 하지만 괜찮으시겠습니까? 태수의 지위는 높지 않습니다. 우선, 주부의— 저희들 밑이라고요. 당주를 임명했다가 홍가 일족이 격노해서, 주부에 쳐들어 와 불이라도 지르게 되면 정말 곤란합니다."

류휘도 정란도 추영도 등골이 오싹해졌다. 가능성 있다. 여심이 파면된 것만으로 일제히 출사거부를 단행했을 정도로 가문 중시에 당주 우선인 것이 홍가 일족인 것이다. 홍가 당주가 이런 변두리 지역의 태수에 임명되었다는 소리를 듣는다면, 귀족파보다도 먼저 홍주 각지에서 폭도로 변해서는 떼로 몰려다니며 곰처럼 날뛸지도 모른다.

"그야, 평상시였다면 절대로 용납하지 않지요. 우리 일족, 오만하기 짝이 없는 데다가 돈과 권력은 얼마든지 있는 만큼, 풀무치보다도 흉악하고, 다루기가 어려우니까요. 여심이 잔뜩 있다고 생각하시면 될 듯. 그렇죠, 강유 님?"

"…네. 불량배 군단처럼 기염을 토하며 주부를 박살내러 들이닥쳤겠지요…"

…주부를 박살내러. 눈앞에 생생히 그릴 수 있다는 게 무섭다. 젊은이 삼인방은 마른 침을 삼켰다.

"하지만 왕이 홍주에 들어왔다면, 상황은 달라집니다."

소가는 류휘를 보고는 조용히 웃었다.

"홍가가 충성을 바치는 왕을 지키기 위해서라면 당주인 제가 동파에 들어가는 것이 당연합니다. 제가 한가하게 본가에 틀어박혀 있다면, 그때는 정말로 일족이 노발대발하면서 절 두들겨 패서 내쫓을 겁니다. 구랑 정도는 안절부절못하다가, 형님은 미덥지 못하니까 내가 하겠네, 어쩌네 하면서 달려올 것 같긴 하군요."

그 미소도, 서 있는 모습도, 부고 때와 똑같다. 그런데도 지금 눈앞에 서 있는 것은 분명, 홍가 당주였다.

"단, 순욱 님께 부탁이 있습니다. 저를 동파 군수로 임명하시면서, 강유 님을 제 보좌로 임명해 주시길 부탁드립니다. 강유 님에게 실질적인 동파군 방어와 치안을 맡겼으면 합니다."

"…경험을 쌓게 해주고 싶다? 위험한 것 같은데요."

순욱이 냉정한 눈으로 거의 겹띠동갑인 강유를 보았다.

"그는 중앙의 출세가도밖에 걸어본 적이 없습니다. 지방부임도 극히 단기간으로, 거의 임시직이나 마찬가지였을 겁니다. 동파군을 맡기기에는 그릇이 많이 부족합니다. 이 동파군은 나라에서도 다섯 손가락 안에 들어가는 난이도 높은 지방 요새. 그냥이라도 지방은 막일이 많습니다. 중앙에서 서류에 도장만 찍으면 되는 쉬운 일이 아닙니다. 게다가 아무 일 없을 때라면 또 몰라도, 지금 이런 시기에, 이 요충지를 그에게 꾸려가라고 하는 것은 바보나 하는 짓입니다. 이곳은 중앙의 화려한 명성이나 인맥이 통용되는 장소가 아니란 말입니다."

"──하겠습니다."

소가가 유도하기 전에, 강유가 대드는 것처럼 잘라 말했다.

"저런 소리까지 들었는데 뒤로 물러날 수는 없지요. ─시켜주십시오, 주상. 직위는 상관없습니다. 어떤 일이 되었든, 처음부터, 전부 다시 하겠습니다. 전부, 여기에서."

소가도 아니고, 순욱도 아니고, 강유는 똑바로 류휘를 바라보고 있었다. 그 말에 더 이상 여심의 그림자는 없었다. 그 말은 류휘를 위한 것이자, 강유 자신을 위한 것이기도 했다.

"알았다, 강유. 근신기간도 이제 다 끝났고. 짐도 부탁하겠다. 어떤가, 순욱 님?"

"…최소한의 관리의 긍지 정도는 그래도 가지고 있었던 모양이군요. 뭐, 어느 정도까지 해낼지, 그리 기대는 하지 않습니다만. 아아… 여(閭) 관리를 지도관으로 붙이기로 하지요. 그러면 뭐, 안심입니다."

"하앗?! 순욱 님. 여 관리라니, 설마 그 욕심쟁이 영감을 말씀하시는 건 아니겠지요?"

외친 것은, 어쩐 일로 소가였다. 말 그대로 뒷걸음질 치면서 비명을 지른다.

"네, 아마 그 여 관리가 맞을 겁니다. 실력파이니까요. 분명히 잘 지도해줄 겁니다."

"그거 주부에서 애물단지 치워버리려고 하는 거 아닙니까?! 농담이 아니야!! 다른 사람을——."

"설마. 그런 속셈 따윈 절대로 없습니다. 그럼요. 그 정도는 하지 않으면 국시파에다가 나이도 어린 강유 님으로는 불안해서 그러는 것뿐입니다. 그게 이쪽의 조건입니다. 나중에 보내겠습니다."

"어어어어어."

소가가 거의 울 것처럼 낙심하는 것을 보고, 강유와 그 외의 면면들은 막연한 불안감을 느꼈다. 뭐, 뭘까. 소가가 이렇게까지 싫어하는 여 관리라는 사람은. 대체 어떤 '영감'인 걸까?

'조금 너무 성급하게 굴었나…? 아, 아니야!! 어떤 지도관이든 제대로 해보이겠어!!'

소가도 마지막에는 마지못해 받아들였다.

"그렇다면 어쩔 수 없군요… 교환조건으로. 남추영 님도 동파군의 지휘관으로 앉혀 주셨으면 하는데."

소가의 입에서 갑자기 자신의 이름이 나오자, 추영은 엑, 하고 입을 벌렸다.

"저요?!"

"그렇습니다, 당신. 추영 님. 동파의 군대는 홍주군 중에서도 최정예로 최강. 뒤집어 말하면 다루기 힘들지요. 류휘 님의 호위는 황장군과 정란으로 충분합니다. 그리고 이제 정란 밑에서 구르기도 좀 질렸을 법도 한데."

마지막 한 마디에 추영은 갑자기 소가에게 매달렸다. 이 얼마나 멋진 분인가, 소가 님은! 성질 나쁜 세 명의 형들이 한결같이 따르는 그 이유를 처음으로 깨달았다. 평생 따르겠어!

"물론입니다!! 부디, 부디 시켜주십시오, 소가 님! 이 곤경이 얼마나 고달픈지."

쳇, 하고 일부러 들으라는 듯한 정란의 혀 차는 소리가 들렸지만, 모두 못 들은 척했다.

순욱만이 아주 질렸다는 얼굴로, 서늘한 표정의 소가를 보았다.

"…어디를 봐서 제 역할을 못한다는 건지. 홍가 당주가 군 태수, 원래 왕의 측근이었던 두 사람을 문무 양 측근으로 포진시키다니. 왕은 절대로 양보하지 않는다. 올 테면 와봐라, 라고 철저 항전을 선언한 것이나 마찬가지지요. 정면으로 결투장을 들이밀다니, 그야말로 홍가의 전형적인 사내가 아닙니까."

류휘는 놀란 듯이 소가를 돌아보았다. 소가는 변함없이 미소를 띠고 있었다.

"그것이 홍가의 방식입니다. 대답은?"

순욱은 깊은 한숨을 쉬었다.

"…알겠습니다. 받아들이겠습니다. 전임이 죽었기 때문에 인수인계는 불가능합니다만."

주군 중에서도 최정예가 모이는 곳인 만큼 태수에게는 문장과 무장을 겸비할 수 있는 기량이 요구된다. 행정적으로도 격무가 이어진다. 신중하고, 자신만만하고, 이에 걸맞은 높은 능력도 가지고 있었던 자란은 부관을 두지도 않고 모든 것을 혼자 맡아 처리해 왔다. 얄궂게도 이곳을 책임졌던 자란이 얼마나 유능했던지를 보여주는 증거이기도 했다.

"그러면 저는 오동으로 돌아가겠습니다. 그리고 여 관리가 도착했을 즈음해서, 한 번 회의도 할 겸 오동이나 강청사로 와주십시오, 그때에는 아마 주목이 참석할 겁니다."

그리하여 한밤, 눈 덮인 어둠 속을 순욱은 동파에서 오동으로 돌아갔던 것이다.

 순욱이 돌아간 후, 소가는 어깨를 으쓱해 보였다.

 "…자, 이제 정식으로 근거지를 손에 넣었군요. 이번에는 류휘 님 차례입니다. 귀양에서 여기까지 오시는 동안 무슨 일이 있었는지 알려주십시오."

 류휘는 정란과 추영에게 오는 길 내내 몇 번이나 반복했던 이야기를 또 한 번 했다. 그렇지만 암흑빛 말을 탔다는 이야기는 하지 않았고, 외딴집의 노인에 대해서도 상당히 각색을 해서 말했다. 걱정을 끼치기 싫어서라기보다는, 단순히 있는 그대로 다 말했다가는 소가에게 백 번도 넘게 야단을 맞을 것 같아서 그랬다. 류휘 딴에는 상당히 완곡하게 이야기를 한 것이었지만, 소가의 눈은 점점 웃지 않게 되었고, 마지막에는 가는 눈을 부릅뜨고서 류휘를 찌릿, 노려 보았다. 류휘는 기겁했다. 정란과 추영은 속일 수 있었지만──.

 '…8할은… 다 알아챘다… 그런 것 같다.'

 그렇게 어릴 때 학문을 철저하게 쑤셔 넣어줬는데, 라는 미소 뒤의 분노가 들려올 것만 같았다. 그래도 소가는 노려보기만 했지 호통은 치지 않았다.

 "…뭐, 알겠습니다. 그리고 이걸 돌려드리겠습니다. 백 대장군이 류휘 님께 맡긴 것이니까요. 그때 멋대로 빌려서 죄송했습니다. 덕분에 돌파할 수가 있었습니다."

 보석과도 같은 청공검에 눈이 뒤집어져서 달려든 것은 류휘가 아니라 추영이었다.

 "잠깐만, 이거! 청공검입니까?! 누구 소유?! 서, 서, 설마 홍가 소유?! 돌고 돌아, 원수인 홍가의 손에 넘어간 걸 알면, 사마 할아버지, 혈관 터져서 그대로 돌아가실 텐데!"

그러고 보면, 하고 류휘는 기억을 떠올렸다. 백뇌염에게 건네받았을 때 추영은 없었고, 귀양 탈출 때에도 '간장'과 '막야'와 혼동했을지도 모른다. 하지만 추영의 이 험악한 분위기는 뭐지?

소가가 뭔가를 떠올린 듯 '아'하고 중얼거렸다. 속닥속닥 류휘에게 비밀 이야기를 한다.

"…그러고 보면 이거, 남가 문중 필두인 사마가의 가보였는지도… 의천검(倚天劍)이라는 이름의 검과 한 쌍으로 가지고 있었는데, 한 전투에서 맞붙었던 상대에게 져서, 빼앗긴 뒤로 행방불명이었다던가…."

"엑?! 그, 그런가?! 하지만 그런 얘기는 들은 적도 없는데???"

"그게— 아니, 그야 벌써 백 년 전 이야기이니까요… 이젠 시효…."

"시효?! 그럴 수는 없지! 고작 백 년 가지고 무가(武家)의 치욕이 사라질 거라고?!"

추영이 귀기어린 표정으로 소가와 류휘에게 호통을 쳤다. 사마가의 원령이 씌기라도 했나, 하고 두 사람은 의심했다. 추영은 부들부들 이를 갈면서 청공검을 바라보았다.

"크… 대대로 전투 때마다 남가도 사마가도 총출동해서 되찾으려고 추격했건만, 도착해보면 소유주가 바뀌고 또 바뀌길 백 년… 과감히 일대일 대결을 신청해서 찾으려 하면, 가짜 아니면 분실, 아니면 전당포에 맡겨졌다가 팔리고… 그랬는데!! 이, 이, 이런 곳에서 불쑥 나오다니!!"

어째 정정당당히 일대일 결투로 되찾아야 한다는 것이 사마가의 명령이었던 모양이다.

추영은 형형한 빛을 내뿜는 위험한 눈으로 소가를 보았다. 마치 생선을 앞에 둔 고양이의 군침 흘리는 얼굴.

'소가 님이 주인이라면, 너무 쉬운데. 일대일 대결은 너무 불쌍하니까, 손가락 씨름이라도 해야겠다.'

추영은 두뇌파에다가 배려심까지 있는 자신이 기특해서 혼자 속으로 싱글거렸지만, 실은 생각을 전부 입 밖으로 흘려버리고 말았다. 강유도, 정란도, 류휘도 침묵했다. 손가락 씨름이라니.

'너무 쉽다'고 평가된 소가는 호오, 하고 눈을 가늘게 떴다. 부글부글, 가차 없이 두들겨 패고는 소리 높여 웃고 싶은 마음이 솟구쳤지만, 소 태사가 소가를 괴롭히는 것이나 마찬가지라는 걸 깨닫고는 복잡한 심경이 되었다. 여기서 똑같은 길을 선택한다면, 분명 소 태사처럼 되는 건 시간문제. 안 돼. 소가는 참아냈다.

"아니아니, 남 장군. 안타깝지만 저 칼은 내가 아니라 백 대장군의 소유입니다."

순식간에 추영은 천상에서 나락으로 곤두박질 친 듯한 얼굴이 되었다. 왜 추영이 장군에서 더 승진을 못 하고 있냐 하면 그 이유는 간단한데, 백뇌염과 흑요세가 그보다 강하기 때문이었다. 너덜너덜 망신창이로 당한 게 벌써 몇 번이던가.

"…소가 님이 아니라?! 백가?! 백가라니. 게다가 백 대장군!! 이, 일대일… 일대일 대결… 안 돼! 앞으로 오십 년은 더 있다가 대장군이 **비칠거리는** 할아버지가 된 후에 허리하고 다리를 노리면 승산은 있어."

너무 비겁하다. 모두가 그렇게 생각했다. 그러나 추영의 표정은 너무나도 진지했다.

탐난다는 얼굴로 류휘에게 되돌아간 청공검을 물끄러미 바라본다. 류휘는 청공검을 보고 '막야'를 보고, 다시 추영을 **힐끗** 보고는 조용히 청공검을 추영에게 내밀었다.

"아니, 그러니까 짐은 '막야'가 있으니까… 이것은 임시로 추영에게 빌려줄까… 하고….."

"네?!"

추영의 목소리가 뒤집혔다. 하지만 덤벼들지는 않고, 무시무시한 표정으로 갈등했다. 그에게도 긍지는 있는 노릇이니, 아무리 명검이라 하더라도 정정당당하게 획득했을 때에만 비로소 의미가 있다. 그러나 수백 년 동안이나 행방불명되었던 남가 소유의 명검을 눈앞에 두고, 필요없다고 내칠 정도로 고결하지는 않았다. 반짝반짝 빛나는 검을 보고 있으면 군침이 흘렀다. 서민이 턱도 없이 비싼 물건을 볼 때 이런 기분이겠지. 빌린 걸 또 빌려주는 거라도 상관없어——.

"…자, 자, 잠깐 동안, 만, 비, 빌려, 주시는 것이라면!!"

추영은 에헴 에헴, 하고 헛기침을 하면서 이상한 억양으로 이상한 부분에서 쉼표를 넣어가며 말을 하기 시작했다.

"빌려도, 뭐, 괜찮습니다! 하지만 빌리는 것뿐이니까!!"

딱히 아무도 아무 말도 하지 않았는데 추영은 대체 누구에게 뭘 말하려고 하는 것일까.

그렇게 청공검을 받아든 추영은 소년 같은 얼굴로 감동한 채 석상처럼 서 있었다.

당분간 청공검을 보관할 장소가 결정되자, 소가는 다시 한 번 물끄러미 류휘를 바라보았다.

"…아까부터 신경이 쓰였습니다만, 류휘 님."

"응? 무슨 일인가?"

"'막야'는 있지만 '간장'은 어디에 있습니까? 분명 두 자루 모두 말에 매달았던 걸로 기억하는데요."

정란도, 추영도 엣, 하고 놀란 소리를 내며 류휘를 보았다.

류휘의 손에 '막야'밖에 없다는 건 알고 있었지만, 그건 그저 성에서 빠져나올 때 '막야' 밖에 가지고 나오지 못했기 때문이라고 믿고 있었던 것이다. 무관이기도 한 두 사람은 저마다 물었다.

"두 자루 모두 가지고 나왔던 겁니까, 주상?"

"그럼, '간장'은 어떻게 한 겁니까?"

류휘는 아아, 하고 별일 아니라는 듯이 검지를 세우고는 방긋 웃으며 대답했다.

"'간장'은 산속 외딴집의 노인에게 사례로 주고 왔다. 그래서 없다."

한 박자 후, 정란과 추영의 입이 극한까지 벌어졌다. 그대로 무시무시한 침묵이 주위를 감쌌다.

잘했네, 잘했네, 하고 칭찬을 들을 줄 알았던 류휘는 얼레? 하고 눈을 깜빡거렸다.

뭔가, 좀 이상하다. 특히 전 주인인 정란과, 전직 장군인 추영. 두 사람이 귀기어린 표정으로 한 발, 또 한 발 거리를 좁혀 온다. 류휘는 마치 배수의 진 끝까지 내몰리고 있는 것 같은 기분이었다.

"…주상, 어디 산속에 사는 영감에게… 국보 한 짝을 줬다는, 겁니까…?"

"잠깐, 류휘… 뭡니까, 그거. 농담이죠? 하나도 웃기지 않습니다. 자, 빨리 반전을 말하라고요. 지금이라면 가짜로라도 웃고 용서해 줄 테니까."

가짜로?! 원군을 찾으려는 듯 두리번두리번 고개를 돌려봐도 다가오는 저 두 사람의 무관 뒤에 숨은 강유와 소가의 모습은 전혀 보이지 않는다. 아무래도 원군은 오지 않는 모양이다. 이제 고군분투밖에 남지 않았다.

"엇? 하지만 생명의 은인이고, 돈은 하나도 없었고, '막야'는 있고, 딱히 두 자루 다 있을 필요는 없었으니까."

223

고군분투도 허망하게, 어설픈 저항은 단칼에 무너져서, 양쪽에서 분노의 집중 포화를 맞았다.

"그렇다고 해서, '간장'을 두고 오는 사람이 어디 있습니까!!"

"돈이 없었다고? 머리를 빡빡 밀고 머리카락을 판다던가, 내장이나 몸을 팔았으면 되잖아!!"

"그렇다고요! 아니, 어엇? 그, 그런가…? 우, 우웅…."

추영은 동의를 할 뻔하다가 머뭇거렸다. 대머리 왕을 모시는 것도 싫고, 왕에게 장기나 몸을 팔라고 하는 것도 좀. 하지만 '간장'. '간장'인 것이다. 그 보기만 해도 군침이 떨어질 것 같은 명검!

'…겨울이고, 감기에 걸리는 것도 그러니까, 판다면 몸을 파는 게 낫겠지… 어차피 남자고, 건강하니까.'

잊고 있었지만 쌍검이고. 마음속으로 중얼거렸다고 생각했는데 입 밖으로 내고 말았는지 류휘는 충격을 받았다.

"너무해, 너무해, 정란, 추영!! 이런 신하가 어디 있나! 짐의 정절보다도 검인가!!"

"엑, 아, 낭패다. 그만 본심이."

"네 정절 따윈 어째도 상관없다고요, 류휘!! '간장'은 아버지께서 주신 검이란 말입니다!!"

추영은 입을 막았지만 정란은 봐주지 않았다.

"왕의 증거라고도 할 수 있는 '간장'을!! 냉큼 산속 영감에게 주었다니! 에잇, 그 산 어딘가에 그 영감이 살고 있는 거지요? 당장 가서 되돌려──."

"정란, 괜찮지 않느냐."

"주인어른!"

"그 검은 네 것이 아니야. 왕의 것이다. 그걸 어떻게 하건, 류휘 님 마음이다."

정란은 말문이 막혔다. '막야'를 류휘에게 주었다고는 해도, 예전에는 그가 두 자루 모두 하사받았다. 하지만 그것도 오래 전 일이고, 청원 왕자는 이제 어디에도 없는 것이다.

"어차피 그 쌍검은 역사적으로도 자주 행방불명이 되고, 나타날 때에는 훌쩍 나타난다. 그렇다고 해도… 후후, 핫핫핫. 숙박료 대신으로 산속의 노인에게 주고 오다니. 그런 이유로 사라진 건 전대미문일 겁니다. 하지만 정말이지 류휘 님다운 일."

소가는 화를 내기는커녕 마음에 든 것처럼, 끝도 없이 재미있다는 듯이 웃고 있었다.

추영은 뭔가가 생각난 듯 턱에 손을 올렸다.

"…그 산속 외딴집의 노인이 마음에 걸리는데요, 주상. 그 산의 어디에 계셨습니까?"

"에? 어디?"

"그러니까, 주상 뒤를 쫓았을 때. 그 벼랑 틈새에 누군가 있고, 도망치고 있다는 건 알고 있었지만, 아무리 해도 내려가는 길을 찾을 수가 없었거든요. 위에서 내려가는 길이 있나 하고 몇 번이나 찾아 헤매었지만 어디에도 없었고, 발자국도 찾지 못했습니다."

"…발자국도 없다고? 하지만 짐의 발자국은 있지 않았나? 벼랑에서 미끄러져 떨어진 자국도. 뭐, 길이 아니라 엄청난 낭떠러지였던 건 확실하지만."

그때 말 울음소리가 위쪽에서 들려왔기 때문에 외딴집이나 발자국을 찾아내서 쫓아왔다고 생각하고 있었다. 그러나 추영은 한참 고개를 갸웃거리고 있었다.

"으—음, 확실히 무너지는 소리가 들렸고, 벼랑 틈새도 위에서 찾아내긴 했지만 말을 타고도, 걸어서도 갈 수 없는 높이 차이가 심한 벼랑이었단 말입니다. 어떤 각도에서 보아도 보이지 않는 장소가 있어서, 그곳에 외딴집이 있었다 하더라도, 그건 육지의 외딴 섬이나 마찬가집니다. 외부에서 사람이나 말이 왕래할 수 있는 장소가 아닙니다. 석영은 어떻게 그곳까지 주상을 데리고 간 걸까요? 그 노인도 어떻게 생활을 하고 있는지. 게다가 그 산… 으음, 어딘가에서 본 것 같은데….”

류휘는 처음 듣는 이야기에 눈을 휘둥그레 떴다. 그때는 동 트기 전이라 어두웠고, 눈이 그치긴 했지만 바람도 강해서 주위를 둘러볼 여유도 없었다. 그 산속 집이 그런 신비한 장소에 있었다니.

‘…헉, 어쩌면 짐은 선인을 만났던 것인가?’

“그리고 산속의 노인은 장애가 있다고 했지요?”

“아, 그래, 그랬다. 그… 전쟁에서 한쪽 눈, 한쪽 팔을 잃었다고 했다. 그래서 돈이 있으면 좋겠다고 생각해서, ‘간장’을 두고 왔…더니.”

추영은 목에 가시가 걸린 것 같은 얼굴을 하고는 입을 닫았다. 생각이 나서 괴로워하는 얼굴이다. 한편 정란은 류휘가 부자연스럽게 말을 삼킨 것을 놓치지 않았다. 날카롭게 추궁했다.

“왔더니? 뭡니까?”

“……저기, 딱히 필요 없지만 받겠다면서 짚더미 속에 쑤셔 박았다.”

정란의 관자놀이에 푸른 힘줄이 솟았다. 소가에게 질책을 당했기 때문에 호통은 치지 않았지만.

“뭐, 됐다. 검 같은 건 한 자루 있으면 충분할 테니. 그 산속 집도 자네들이 찾아내지 못한 다른 산길이 있었던 것뿐일 거다. 동트기 전이라 어두웠지? 모르는 깊은 산속이었고.”

문관인 강유는 아무런 흥미도 없는 듯이 우울한 얼굴로 손을 흔들어, 이야기를 중단시키려고 했다. 정란은 살의를 담아서 강유를 노

려보았지만, 추영은 역시 납득이 가지 않아서 한참 동안 고개를 갸
웃거렸다. 그럴 것이라고는 생각되지만, 일말의 의문을 지울 수 없
었다.

'…그렇게나 나와 정란과 한승이 찾았는데…?'

게다가 산속 외딴집. 한쪽 팔과 한쪽 눈. 노인. 뭔가가 마음에 걸
렸지만 그게 무엇인지는 어떻게 해도 알 수가 없었다.

"하지만, '간장'이 어딘가의 산속에서 잠들어 있다는 것도, 좋을
지도 모르겠네요."

소가는 조금 웃었다.

"'간장'과 '막야'는 **왕의 검**이라고 일컬어집니다. 특히 양(陽)의
검인 '간장'은, 왕계 님이 손에 들고 계셨다면 틀림없이 옥좌를 향
한 마지막 한 발에 힘을 실어줬겠지요. 하지만 왕계 님의 귀환과 함
께 사라졌기 때문에, 아직은 **왕의 자격은 없는 게 아니냐는 것**이
중론일 겁니다. 반대로 류휘 님이 갖고 있었다면, 가질 자격이 없
네, 돌려줘야 하네 하고 규탄을 받았을 테고. 이렇게 누가 검을 가
지고 있느냐에 따라 운명이 달라졌을지도 모릅니다. 하지만 누구
의 손에도 넘어가지 않고, 눈 속으로 사라졌다면."

소가는 자신이 말을 하면서도 묘한 느낌을 받았다. 사라진 것은
운명이었을지도 모른다.

"…마지막 선택은 '간장'이나, 어떤 상징 또는 혈통 같은 요인이
아니라, 사람의 손에 의해 결정될 것입니다."

두근, 하고 그 자리에 있던 전원의 심장이 고동쳤다. 기묘한 감각.
자신들의 손에 의해.

갈 길이 결정된다. 어쩐지 그 말이 굉장히 중요한 일처럼 마음을
울렸다.

"이쪽은 쌍검, 상대방에게도 **쓸 수 없는 비장의 패**가 있습니다.

227

현재로서는 승산은 반반입니다."

"쓸 수 없는 비장의 패…?"

멍하니 입을 벌린 류휘를 보고, 소가는 벅벅 관자놀이를 긁었다.

"…아니, 전혀, 아무런 기대도 하지 않았지만 말이죠, 류휘 님."

"뭐, 뭐, 뭐냐, 소가!! 그 말투, 뭔가 무섭다!"

"그러니까, 옥새 말입니다, 옥새. 검이야 그렇다 치고, 대대로 내려오는 옥새는 완전히 잊고 계셨죠?"

한 박자 후, 류휘는 온몸에서 식은땀을 흘리고 있었다.

"…이, 이이, 잊고 있었다… 아니, 아니지, 쬐, 쬐끄만 데다가, 가지고 다니지도 않고, 외조 집무실의 잠금 상자 안에 있고… 그 난리통에 가지러 갈 새도 없었단 말이다!!"

지금 이 순간까지, 떠올린 적도 없었다, 라는 말이다. 류휘에게는 매일 쾅쾅 서류에 찍어대던 도장이기 때문에 어느 새인가 평범하기 짝이 없는 일용품으로까지 그 가치가 급락해 있었던 것이다.

강유는 살짝 중얼거렸다. 그도 같이 있으면서 잊고 있었던 처지라, 이번만큼은 책망할 수 없었다.

"…그, 그럼, 지금, 옥새는… 그냥 왕계 님의 손에 있는 건가…."

"우, 우와――… 그거야말로 왕의 증표라고요?! 휴대용 옥좌나 마찬가지라고요?! 언제나 피 튀기는 왕위다툼의 상징이고, 속옷도 못 걸친 채 옥새만 챙겨서 야반도주한 왕도 있는데. 그걸 그냥 두고 왔다…."

정란만은 아무 말도 하지 않았다. 그대로 기절해서, 아무 말도 못 들은 걸로 하고, 인생을 다시 시작하고 싶다는 듯한, 썩은 동태눈 같은 아련한 눈을 하고서 앉은 채 흔들거리고 있었다.

그보다도, 소가가 지적하지 않으면 아무도 알아차리지 못했을 것이라는 사실이, 제일 무섭다. 더구나 하나같이 자신은 두뇌파라고 믿고 있었던 만큼. 두뇌파가 된 양 폭주했다가 어이없게 패배하고도 알아차리지도 못하는, 평범한 애송이들일 뿐이다. 역시, 귀양 탈출로 모두 머릿속이 혼란스러운 모양이었다.

"뭐, 괜찮습니다. 옥새를 가지고 있다고 해도, 왕계 님은 쓰지 못합니다. 아직은요. 선동성이 즉위를 인정하지 않는 한, 옥새의 주인은 지금도 류휘 님입니다."

소가가 천연덕스러운 표정으로 전혀 초조해하지 않는 것은, 당연히 이를 알고 있기 때문이었다.

"류휘 님이 왕위를 이양하든가, 서거하시는 일이 없는 한."

이어진 말에, 저마다 침묵에 싸였다. 톡, 하고 소가가 앞에 놓인 탁자를 손가락으로 두드렸다.

"옥새는 인질이기도 합니다. 그걸 되찾으러 가지 않는 한, 류휘 님의 왕권도 행사할 수 없습니다. 조정은 당분간 임시조치로서 왕계 님을 재상으로 하는 체제로 정사를 처리하겠지요."

원래대로라면 그 역할을 맡아야 하는 것은 유순이었다. 그러나 행방불명된 탓에 왕계가 대행하게 되어 조정 전권을 장악하게 되었다. 그러나 그 누구도 그 일에 관해서는 입에 담지 않았다.

"만나러 가야만 한다는 말이군. 짐도, 왕계도. 둘 다…."

류휘의 쌍검, 왕계의 옥새. 두 사람 모두 도망갈 수 없다.

그러나 그런 것은 사소한 것이었다. 류휘도── 그리고 왕계도, 저마다의 손바닥 위에 놓여 있는, 형태 없는 다른 무언가를 위해서 서로 한 번 더 만나러 가야 하는 것이다.

오래 전의 푸른 기억에서, 거문고 소리와 함께 말소리가 들려온다.

『피할 수 없다면, 정면으로. 만나기로 하지요. 언젠가 다시, 당신과.』

먼 옛날, 그가 남겨두고 간, 그 약속을 지키기 위해서.

"…봄, 이겠군."

불쑥 중얼거린 류휘의 말에, 소가는 놀랐다. 이것저것 놓고 오기는 했지만, 가장 중요한 것을 류휘는 생각하고 있었고, 확실하게 알고 있는 것이다.

자주와 홍주로 나뉜 현재의 상태를 오랫동안 끌고 갈 수 없다는 사실.

이제 본격적인 겨울이 시작된다. 그것이 류휘와 왕계를 가른다. 시간마저도 얼어붙게 한다.

밝은 밤. 하늘하늘 눈이 내리고 있었다. 하지만 언젠가 눈은 멎는다.

옛날 병법에도 나와 있듯이, 겨울은 휴전의 계절.

긴 겨울이 끝나면——.

"네, 봄입니다. 이 겨울이 끝나고, 눈이 녹기 시작할 즈음에."

하나의 끝이 온다. 그것이 뭐가 되었든 간에. 그보다 더 미래는 없는 것이다.

그것이 류휘에게 남겨진 유예기간. **벚꽃이 피기 전까지.**

그것은 지난날, 류휘가 수려에게 고했던 기한이었다. 그러나 지금은 자기 자신의 기한이 되었다. 모든 것은 거기에서 시작되었다. 만남이 운명적이었던 것처럼, 끝도 비슷하다. 그런 생각이 들었다.

"소가, 추영…."

하나하나 꼼꼼히 생각한 후, 또 물어봐야 할 일은 없다는 걸 확인하자 류휘는 그때서야 그 이름을 입에 담았다. 오는 길 내내, 일절 입에 담지 않았던 이름을.

"수려가 어찌 되었는지, 알려줬으면 한다."

타닥타닥, 난롯불이 튀는 소리가 들린다.

"이곳에 오는 것도 정말 오랜만이군. 마치 옛날로 돌아간 것 같은데, 유순."

안수는 초막을 둘러보면서 작은 방안을 그립다는 듯이 이리저리 서성였다. 창을 예전처럼 기쁜 듯이 열었다 닫았다 하는 모습을 유순을 등나무 의자에 기대어 앉아 바라보고 있었다.

문득, 생각이 났다.

"…그러고 보니, 안수, 나를 죽이러 왔던, 뺨에서 목까지 흉터가 있는 사내는 어떻게 되었지요?"

"아아, 여기 오기 전에 탈옥시켰지. 청아 같은 것들이 이상한 증거라도 잡으면 곤란하니까."

당연하다는 말투였다. 여전히, 자신이 하고 싶은 일에는 정말이지 부지런히 움직인다. 안수의 장점이라면 그 정도밖에 없지만, 대부분의 경우, 그 장점은 '방해꾼 말살'에만 발휘되기 때문에, 세상에 도움이 되는 일은 거의 없는 것이 안타까웠다.

"나보다 전부터 왕계 님 곁에 있던 사내니, 마음대로 죽일 수는 없지. 나도 거의 얼굴을 본 일 없는 사내야."

유순은 조금 놀랐다. 황의와 안수, 유순 중에서 가장 고참이 안수, 가장 마지막으로 거둬진 것이 유순이었다. 안수보다도 오래되었다면, 능왕과 비슷할 정도다. 왕계에 대한 충성심은 안수 이상일지 모른다.

"하지만 설마, 나보다 먼저 널 죽여야 한다는 판단을 내릴 줄이야,

생각지도 못 했어."

"왕계 님을 옥좌에 앉히기 위해서는 무엇을 해야 할 것인지, 나나 당신보다 훨씬 잘 알고 있다는 것이지요."

안수는 마지막으로, 초막 안에서 가장 마음에 들어하는 것에 시선을 돌렸다. 유순에게로.

"그럴지도."

미소를 지으며, 고양이처럼 우아하게 유순에게 다가갔다. 긴 머리카락에 군데군데 눈 녹은 물이 구슬처럼 맺혀 있는 것이 보일 정도로 가깝게. 안수는 스윽, 손을 뻗더니 유순의 머리카락을 가볍게 당겼다.

"이봐, 웃어보라고, 유순. 조정에서 여심들에게 했던 것처럼. 활짝——하고 다정하게."

"싫습니다. 그거 상당히 피곤하거든요. 여기까지 돌아오는 것만으로도 기진맥진해서 움직이고 싶지도 않은데… 왜 당신 상대로 표정근을 움직여야 합니까."

"조금은 좋은 사람이 된 줄 알았는데, 이렇다니까. 여전히 멋대로군, 유순."

"…최악이군요. 당신에게 그런 말을 듣느니 여심에게 듣는 쪽이 훨씬 낫습니다."

안수가 눈을 가늘게 뜨고, 수수께끼 같은 미소를 지었다.

"저, 유순, 다시 한 번 제대로 말해볼까? 넌 달라지지 않았어. 예전과 하나도 다르지 않아. 피곤해서 움직이고 싶지 않다고? 거짓말이지. 그렇지? 거짓말쟁이 유순."

유순의 눈빛이 움직이더니 안수를 차갑게 꿰뚫었다. 안수는 쿡, 하고 웃었다. 감정이 없는데도 아름다운 얼굴. 여심은 한 번도 본 적이 없겠지. 하지만 이것이 안수가 알고 있는 유순이었다.

"넌 하나 더 해야 할 일이 있는 것 같은데. 그렇지?"

유순은 아무 말도 없었다. 부정은 하지 않았다. 유순의 진위를 꿰뚫어보는 자가 이 세상에 존재하지 않는 것은 아니었다. 안수는 그중 한 명이었다. 악당의 조건은, 같은 악당의 거짓말을 알아차리는 것. 유순에게는, 속아 넘어가는 자는 모두 다 평범한 선인(善人)이거나, 그저 바보, 이 두 부류밖에 없었다.

"옛날에 우리들은 정했었지. 언젠가 자신의 소망을 이루자고."

타닥, 하고 난로에서 불이 튀는 소리가 들렸다.

유순은 살짝 고개를 갸웃하려다가, 처음으로 미소를 지었다. 차갑고, 아름답고, 등줄기가 얼어붙는 미소.

"…네, 기억하고 있습니다."

"자, 그게 큰 문제네. 그때 우리 세 명은 입에는 담지 않았지만, 어렴풋이 눈치 채고 있었어. 우리 세 명의 소망은 비슷하지만 그 본질에서는 **각각 전부 다르다**는 걸."

소망을 이룬다. 어떤 수를 써서라도, 유순도, 안수도, 황의도. **각자의.**

"――네."

비슷하기는 하지만 결코 같지는 않다. 그리고 세 사람 모두 다른 두 사람의 소망이 무엇인지 어렴풋이 알고 있었다.

누구의 소망이 이루어질 것인가. 그 결과는 마지막까지 알 수 없다는 것도.

"이렇게 직전에 네가 돌아오리라고는 생각 못 했다, 유순."

"제대로, 당신과 황의의 바람대로 움직여 주었는데요? 뭐가 불만이지요? 기진맥진할 정도로, 과할 정도로 일을 한 것 같은데."

"응. 네가 정말로 조금이라도 좋은 사람이 되어서, 조금이라도 변했다면 좋다고 생각하고 있었어. 그랬다면 난 여기에 오지 않아도 되었겠지… 하지만 말이지, 전혀 변하지 않았는걸."

안수의 세계에는 좋아하는 것과 싫어하는 것, 두 가지 이외에 다른 것은 존재하지 않는다. 눈앞에 있는 인간이라도. 그런 걸 생각하면, 유순은 확실히 안수에게 있어 특별한 존재인 것 같았다. 다주로 좌천당했던 십 년 동안에도 안수는 유순의 존재를 잊지 않았다. 좋아하는 인형에게 하는 것처럼 유순의 머리를 쓰다듬고, 머리카락이나 손가락을 살짝 잡아당긴다. 왕계 정도는 아니더라도, 그는 유순을 확실히 마음에 들어했었다. **그의 인생을 재미있게 해주는 것들을** 안수는 무척이나 사랑하니까. 유순은 시험 삼아 말해봤다.

"망가뜨리면 아깝다는 생각은 안 드나요?"

"그렇지…."

안수는 유순의 머리카락을 손끝으로 만지작거리면서 풀 죽은 표정을 지었다.

"하지만 말이지, 아무래도 안 되겠어. 여기까지는 그래도 괜찮아. 하지만 여기에서 앞으로 나가는 건 안 돼."

"어째서. 그거야말로 시시한 것 아닙니까? 내기를 해볼 마음도 없다니, 당신답지 않아. 이제부터가 최고로 재미있을 텐데. 어떤 결과가 나올지 보고 싶지 않나요? 여기서 끝?"

유순은 턱을 괴고는 비아냥거리는 듯이 웃었다. 평상시라면 그런 대사도, 몸짓도, 안수의 전매특허였다. 유순이 아니라. 그답지 않다. 안수가 제일 듣기 싫어하는 말이었다.

안수의 눈에 좀처럼 나타나지 않는 초조함이 스쳐갔다. 안수는 빼어나게 머리가 좋지만, 유순과 마찬가지로, 자신에 대해서는 생각하고 싶어하질 않는다. 안수와 유순에게 절대로 밝혀지길 원하지 않는 수수께끼는, 자기 자신이었다. 얄궂게도, 그렇기 때문에 상대방에 대해서는 잘 알고 있었다.

"…유순, 나는 너와 황의의 감시역이다. 황의는 입장이 반대라고 펄펄 뛰겠지만 나는 그렇게 생각하고 있고, **너도 그렇게 생각하고 있지**. 그 의미도, 너라면 알고 있을 게다."

거짓말쟁이 안수가 이렇게까지 진실을 폭로하는 것은 드문 일이었다. 자신의 진실의 패를. 설령 상대가 이미 알고 있더라도 스스로 손에 든 패를 보여주는 것은 다른 문제였다. 특히 안수나 유순 같은 인간에게는. 유순은 잠깐 침묵했다가, 역시 자신이 알고 있는 솔직한 진실을 돌려주기로 했다. 거짓은 필요 없다.

"…네. 저희 세 명 중, 어떤 의미에서는 **당신이 제일, 제대로 된 인간이니까요**."

천천히, 안수는 유순을 향해 돌아섰다. 늘 그의 얼굴에서 떠나지 않는 태평하고 수수께끼 같은 미소는 어디에도 없었고, 어딘가 씁쓸한, 자조적인 표정이 떠올라 있었다. 그런 자신이 싫다고 하는 것처럼.

"…그래. 그래서 나는 처형자이고, 감시역이고 제동장치지. 하지만 난 그럴 주제가 되지 못해. 전혀. 그럴 주제가 아니야. 나는 날 위해서밖에 살고 싶지 않고, 누구에게도 얽매이고 싶지 않아. 타인이 어떻게 살건 나하고는 상관없고, 나를 방해하지 않는 한 참견하지 않지. 나도 멋대로 살고 있으니까, 그 정도는 해야 공평하다고. 그게 내 규칙인 거지."

"그럼, 알고 있겠군요? 내 소망은 당신을 방해하지 않는다는 걸."

무시무시한 침묵이 방안을 메웠다. 안수가 유순의 가는 목에 손을 댔다. 유순은 피하지 않았다.

지쳐 있는 것은 사실이었다. 안수의 손보다 자신의 목덜미의 체온이 더 낮았고, 그것이 두 사람의 마음의 온도를 나타내는 것 같아서, 유순은 자신도 모르게 목구멍 안쪽에서 쿡쿡 하고 웃음소리를 냈다.

안수는 자신을 능가하는 악당의 그 미소를, 바로 앞에서 내려다보았다.

"…네가 바보 왕을 위해서 앞으로 나가려고 한다면, 나는 이 자리에서 널 죽일 이유를 백 가지도 넘게 만들 수 있는데."

"저 말이죠. 저도 그런 좋은 사람이 되고 싶었다고요. 노력은 해봤지만 말이죠…."

유순은 웃음이 멎자 귀찮다는 듯이 될 대로 되라는 식의 한숨을 쉬었다. 이래서 싫은 것이다. 안수와 이야기를 하고 있으면, 자신이 악당이고 근성도 나쁘고 냉혹한 인간이라는 생각이 든다. 실제로도 그렇지만.

"하지만 역시 여기까지 왔으니, 이 앞이 어떻게 끝나는지 보고 싶어. 이제 얼마 안 남았다고요, 안수. 그게 왜 안 되는 거죠? 보통 때의 당신이라면 재미있다며 웃으면서 배에 뛰어올랐을 텐데. 여기에서 그만둔다면 평범한 결말밖에 없어요. 그런 건 시시하잖아요?"

마지막 한 마디에, 안수의 손이 희미하게 반응했다. 시시하다. 안수가 제일 싫어하는 말. 그런데도 안수는 손을 떼지 않는다. 그것이야말로, 평소의 그와 다르다는 증거였다. 쉰 목소리가 들려왔다.

"…너는… 우리 세 명 중 가장 나이가 밑이고, 하지만 가장 머리가 좋고, 타산적이고, 엄청난 거짓말쟁이에, 자신의 바람을 이루기 위해서라면 누굴 이용하건, 배신하건 상관없다고 생각하는 사내지."

"네. 여전히 그렇지요. 안타깝게도. 하지만 여기에서 나를 죽일 이유로는 부족하지 않나요?"

왕계를 배신할 생각이라면, 안수는 눈 하나 깜짝하지 않고 죽일 수 있다. 그러나 아니라는 걸 안수는 알고 있었다.

자신이 정한 규칙은 따른다. 그것이야말로 안수가 안수인 증거였다. 아무도 따르지 않고, 마음 내키는 대로 사는 인생을 사랑한다. 그것이 안수의 삶의 방식이자, 매력이었다. 우아하고 위험한 짐승과 마찬가지. 아무리 다가가도 완전히 이해할 수 없고, 가까이 다가갔다가는 언제 갈기갈기 찢길지 알 수 없다.

그러나 태어나서 처음으로 안수는 자신의 규칙을 깨뜨리려 했다. 이는 안수가 안수이지 않게 된다는 것을 의미하고 있다. 그가 가장 싫어하는 일임에도. 유순의 귓가에서 안수가 살짝, 중얼거렸다.

"나는 황의의 소망도, 네 소망도 알고 있다. 황의도 너도 왕계 님을 배신하지는 않아. 하지만 말이지, 어째서일까? 그런데도―― 내 소망이 제일 소소하고, 제정신이라니."

가슴이 조여올 것 같은 울림이었다. 유순은 숨을 한 번 쉬고 위를 올려다보았다. 그리고 인정했다.

"네. 그렇지요. 저도, 황의도 심한 인간입니다. 하지만 말이죠, 안수… 끝이 정해진 것은 아닙니다. 어쩌면 당신의 기대에 부응할 만큼 재미있는 결말이 될지도 모른다고요?"

"헤에. 하지만 아니라면?"

그 말이야말로, 최고로 그답지 않았다. 그는 마음속 깊숙한 곳에서 즐거우면, 결과는 신경 쓰지 않는다. 또 다른 놀이를 희희낙락하며 개발해낸다. 무엇보다도 안수가 가장 사랑하는 건 생각대로 되지 않을 상황이었다.

그 점이 잔챙이 악당과의 차이였는데. 유순은 미간을 찡그렸다. 아니라면? 계산 외.

"…뭐, 포기해 주십시오, 라고밖에는… 아야야야! 머리 잡아당기지 마십시오!!"

"넌 말이지!! 그 정도인 거야. 그래서 내가 처형자 따윌 하지 않을 수 없는 거라고!!"

"하기 싫으면 안 하면 되잖아요?! 아무도 부탁하지 않았다고요! 후배에게 화풀이라니!"

"에잇, 시끄럽다! 이렇게 귀엽지 않은 연하 놈에게 잘해줄쏘냐. 조용히 해, 에잇!"

유순의 이마를, 만담에서 상대방을 구박하는 것처럼 퍼억, 하고 손날로 때렸다. 그냥 떼쓰는 아이다. 목을 졸린 채 머리까지 맞은 유순은 눈물이 그렁거렸다. 별안간 목의 압박이 사라졌다.

"…어떻게 해도 안 돼? 앞으로 나갈 생각인가?"

유순은 안수가 싫었다. 안수도 그럴 것이다. 불행의 복숭아를 받은 후로, 솔직히 이놈이 죽었으면 좋겠다고 몇 번을 생각했는지 모를 정도로 별별 고생을 다 했다. 그러나 왠지 미워할 수 없는 것은, 어처구니없게도 안수에게 좋음과 싫음은 같은 것이라는 걸 알았기 때문일지도 모른다. 그리고 때로, 정말로 때때로, 이렇게 살짝 보일 때가 있기 때문일 거라고 생각한다. 자신을 굽혀서 정직해지는 찰나. 이는 유순에게는 없는 성질이다. 다른 어른들에게도. 하지만 안수는 신비롭게도 그 점만 가지고 있다. 기묘한 순수함. 암흑빛이기는 하지만.

그렇기 때문에 지금 거짓말을 하면 죽임을 당한다. 유순은 정직하게 하늘을 올려다보았다. 정말로 좀처럼 없는 정직함으로.

"…나를 살려둘 수 없다고 생각하는 마음은 이해할 수 있습니다. 나조차도 그런 생각을 한 게 벌써 몇 번인지."

그래서 계속 도망치고 있었다. 다주로 도망쳐서 오랫동안 휴가를 받았다. 인생의 휴가를.

가짜 자신이라도, 만들어낸 미소라도 속아 주고, 기뻐해 주는 사람이 있다면 괜찮다고 생각했다. 소중한 사람에게 상처를 주지 않을 수 있다면, 뭐가 나쁘다는 거지? 아니, 그것이야말로 완벽한 정답.

하지만 그럴 수 없었다… 그러지 못했다… 아마, 이 초막을 떠났던 그 순간부터.

"…정말은 말이죠, 안수. 나도 바로 잠깐, 생각하고 있었답니다. 여기에서 당신에게 죽임을 당해도 괜찮지 않을까, 하고. 그건 내 또하나의 바람을 평범하지만 확실하게 이룰 수 있는 길."

소중한 사람을, 소중하게 여길 수 있는 자신인 채로. 자신이 좋아하는 자신인 채로. 내딛은 발을 되돌리지는 않더라도, 여기에서 멈춰서도 괜찮겠다고 생각될 정도로 지금도 마음이 끌렸다. 유순에게 있어서의 '정답'.

"하지만 말이죠, 아무래도 안 되겠어. 안 되겠어요, 안수. 그야, 내 버려둬도 머지 않아 죽을 몸이긴 하지만 말이죠. 그래도 마지막, 최후의 순간까지 더 앞으로— 나아가고 싶어요. 나 자신인 채, 내 목숨을 가지고."

나아가고 싶은 것인지, 살고 싶은 것인지, 유순도 알 수 없었다. 양쪽 모두인지도 모른다.

콜록, 하고 기침이 터져 나왔다. 계속해서 발작처럼 몇 번이나 콜록거렸다. 폐 안쪽이 찌르는 듯이 아프고, 쌕쌕거리면서 손을 보니, 불길한 색깔의 피가 흠뻑 묻어있었다.

새빨갛게 물든 손바닥을 잠깐 내려다보고는, 유순은— 웃었다. 화사하게, 아름답게.

태어나서 처음으로 맛보는, 마음속에서부터 솟아오르는 살아있다는 감각.

"나는 내 인생을 살고 싶어. 다른 어떤 것보다도, 이렇게 재미있는 건 없어— 그렇지, 안수?"

안수는 오르락내리락거리는 유순의 창백한 목을, 살짝 쓰다듬었다. '알고 있지' 하고 살짝, 중얼거렸다.

"나는 돌아가지 않을 거고, 멈추지도 않을 겁니다. 절대로. 죽으려면 당신이, 지금 이곳이 아니면 이제 기회는 없어요. 그래서 나도, 당신도 이곳에 왔지요… 황의는 못 하니까. 그것이 정답이라도."

유순이 묶은 머리를 귀찮다는 듯이 풀었다. 스스로도 자신의 대사가 마음에 들지 않았다. 어떻게 보더라도 이런 건 악역의 대사다. 하지만 어쩔 수 없다. …어쩔 수 없다. **왕계를 유순에게서 지키기 위해서라면.**

"괜찮아요. 나쁘지 않은 죽음이에요… 우리 중 그걸 할 수 있는 건 당신밖에 없을 정도로, 왕계 님을 가장 소중하게 생각하고 있지요… 아하, 당신이 인정하고 싶지 않더라도 말이죠."

안수의 짙은 두 눈이, 초조함으로 어둡게 일그러졌다. 유순의 가는 목에 손을 댄다.

"뭐하는 짓이야, 죽고 싶지 않은 거냐?"

"…보통은 반대 아닌가요?"

"유순, 나는 나보다 머리가 좋고, 성격은 나쁘고 냉혹한 악당이 존재한다고는 생각하지 않았다. 나를 머리끝까지 화나게 하는 건 너뿐이다. 귀엽지 않은 구석이 최고로 좋고… 최고로 싫다."

유순은 마지막으로 둥근 창을 보았다. 창 너머로 눈 덮인 자두나무가 보였다. 아직 눈은 펑펑 내리고 있었다. 아마 아침까지 계속 쏟아지겠지.

'…이걸로 된 거다.'

쿡, 하고 유순은 웃었다… 이걸로 충분해.

마지막으로 떠오른 것이 누구 얼굴이었는지는 잘 모르겠다. 름이면 좋으련만.

…작은 장난감 상자 같은 초막에서, 뭔가가 허망하게 부러지는 소리가 났다.

●   ●   �knot   ✧knot   ●   ●

한밤중에, 동파요새의 망루에 올라있던 류휘는 시야 끝에 뭔가 움직이는 것을 본 것 같아서, 밤하늘을 돌아다보았다. 그 순간, 아름답게 곡선을 그리며 북쪽하늘에서 별 하나가 떨어졌다.

'…별똥별….'

무척이나 창백하고 아름답게 빛나면서, 류휘의 앞을 흐르듯 떨어진다. 갑자기 목소리가 들렸다.

"북쪽의 노인성(老人星)에서 지팡이의 별이 떨어졌군요…."

돌아보니, 소가가 어느 새인가 올라와 있었다.

"…지팡이의, 별…?"

류휘의 심장이 두근, 하고 불길한 소리를 내며 고동쳤다. 지팡이라는 말은 류휘에게 오직 한 사람만을 연상시켰다.

──지팡이의 별이, 떨어졌다.

설마. 불길한 예감이 목 끝까지 치밀어 올랐다. 온몸에서 식은땀이 흘러내렸다. ──설마.

소가는 류휘의 낯빛을 알아채고, 조금 미소 지었다.

"…떨어지는 것이, 조금 늦었군요."

"…네?"

"한 달 전부터 떨어질 법했습니다만."

유순이 류휘를 가망 없다고 보고, 귀양에서 사라진 그 날에 떨어졌어도 이상하지 않았다고.

생사의 문제가 아니라, 재상이 조정에서 사라졌다는 의미로 소가는 사용한 말이었다. 하지만.

——거짓말이다. 류휘는 직감적으로 알아차렸다. 지금, 소가는 거짓말을 하고 있다. 류휘가 눈썹을 팍 찡그렸다.

"…소가, 사실은?"

소가는 흠칫 놀랐다. 류휘에게는 예전부터 사람의 진위를 꿰뚫어 보는 면이 있었다. 아무런 근거도 없는데도 정확하게 맞춘다. 사람의 감정에 예민하기 때문인지도 모른다. 그런 때에는 어물쩍 넘어갈 수 없다.

소가는 한숨을 쉬고서 팔짱을 꼈다. 쓸데없는 소리를 한 것을 후회했다.

"…점괘는 알고 있지만, 말하지 않겠습니다."

"소가."

"말하지 않겠습니다. 이런 게 없어도 붉은 요성이 출현하면 별자리들의 의미가 달라진다고 합니다. 심심풀이로 하는 별점을 가지고 왕을 동요시킬 말은 하고 싶지 않습니다. 당신이 어떤 것에도 현혹되지 않는다면 또 모르지만요."

류휘는 말문이 막힌 채 고개를 푹 숙였다. 소가는 조금, 웃었다.

"…배신당했는데도 사랑할 수 있으시군요, 류휘 님."

"…배신당했다고는 생각지 않는다. 유순은 최선을 다해주었다. 짐이… 너무 미숙했던 거다."

"네… 그렇게 생각하신다면 그걸로 된 겁니다."

아버지의 배신과 여심의 무관심 때문에 멸문된 홍가 문중의 희가(姬家). 유순마저 모른 척한 채 지금의 홍가는 존재하고 있다. 이를 알고 있는 소가에게, 류휘의 한결 같은 마음은 작은 위안이 되었다.

밤하늘을 올려다본다. 바람이 부는지, 잿빛의 옅은 구름이 엄청난 속도로 칠흑 같은 밤하늘을 이동하고 있었다.

"…사실은 말입니다. 류휘 님. 당신이 울고 있다고 생각했습니다."

시야 끝에서 류휘가 움찔, 움직이는 것이 보였다.

——수려와 관련된 일들, 표가와 관련된 일에 대해서는 소가와 추영이 알고 있는 모든 일들을 말해 주었다.

류휘는 아무 말도 하지 않았다. 아무것도. 그리고는 아무 말 없이 방을 나갔던 것이다.

"…소가, 도, 아직 만나지 못했…겠지."

"…네."

홍주에 도착한 것은 소가 쪽이 훨씬 빨랐다. 녹명산까지 왕복할 수 있을 정도의 충분한 시간이 있었는데도, 소가는 만나러가지 않았다. 몇 번이나 구랑이 재촉하는 서한을 보내 왔는데도.

"왕이 아니라 딸아이를 우선시한다면, 수려가 화를 낼 것 같아서요."

행방불명되었던 류휘의 수색과, 그가 홍주에 도착하기를 기다리는 쪽을 선택했다. 그것은 사실이기는 했지만, 정말은… 혼자서 만나러 가고 싶지 않았던 것인지도 모른다고, 불현듯 소가는 생각했다.

"…류휘 님, 제가 태어났을 때의 점괘를 알려드릴까요?"

"점괘?"

"'세 명의 사랑하는 여인과의 이별'."

류휘가 작게 숨을 삼키는 소리가, 조용한 밤의 장막 속에 울렸다.

지금까지 소가는 그 점괘를 단 한 번도 누구에게 이야기한 적이 없었다. 여심에게도, 구랑에게도.

누구에게 들었는지도, 이제는 기억나지 않는다. 믿은 적도 없다. 그때의 소가는, 자신이 한 명의 여인을 제대로 사랑할 수 있으리라는 생각조차 하지 못했으니까.

하지만 지금은, 그 중 두 명이 누구인지, 이젠 어느 정도 짐작할 수 있었다. 소가의 운명의 여인.

선대 흑랑과 '장미공주'. 두 사람 모두 별똥별처럼 소가의 팔에서 빠져나가, 가버렸다.

…그리고 어쩌면 마지막 한 사람은.

"소가."

퍼억, 하고 뭔가가 부딪쳤다. 한 박자 후, 류휘가 엉겨 붙었다는 걸 알았다.

"그 이상은 말하지 마라."

오래 전, 아내가 죽었을 때에도 이런 일이 있었는데, 하고 소가는 기억을 떠올렸다. 어렸던 류휘가 소가에게 울지 말라며 엉겨 붙어서 울고 있었다. 지금 류휘는 울고 있지는 않았다. 하지만 정말 많이 컸구나. 류휘도── 수려도.

많이 컸다.

별안간, 류휘의 어깨 너머로 뭔가 희뿌옇게 어른어른 빛나는 것이 보였다.

그 찰나, 그 옅은 빛이 모양을 바꾸더니, 소가의 눈앞에서 **수려의 모습으로 변했다.**

"──!!"

수려는 방긋 웃었다. 소가와 류휘가 무사한 모습을 보고는 진심으로 기쁜 듯이.

이어서, 류휘의 등에 닿았다. 딱 심장위치 근처다. 뭔가 은색의 빛이 순간적으로 빛나더니 사라진 것처럼 보였다. 하지만 류휘는 알아채지 못한 채다. 소가도 어안이 벙벙해서 목소리가 나오지 않았다.

수려는 소가를 보고는 조금, 미안해하는 얼굴로 입술을 움직였다.

'죄송해요, 아버지.'

발걸음을 돌린다. 누군가에게 손을 이끌려가는 듯이, 소가에게 한 손을 내민 채. 모습이 희미해진다.

소가는 눈을 크게 떴다. 손을 내밀려고 하다가 류휘의 어깨에 가로막혔다.

손가락 끝이 닿기 전에 딸의 환영은 별빛 가득한 밤하늘 속으로 녹아들 듯 사라졌다.

"…소, 소가? 무슨 일인가?"

류휘가 이상하다는 듯이 뒤를 돌아봤을 때에는, 그곳에는 넓디넓은 밤하늘만이 펼쳐져 있었다.

"…? 무슨 일이, 있었던 것인가?"

"…녹명산 방향…"

수려가 손을 뻗은 채 사라진 것은 녹명산 강청사 쪽 방향이었다.

소가는 지금 본 것이 눈의 착각이었는지 뭐였는지 알 수 없었다. 그저 눈가를 손가락으로 눌렀다.

…너무나도 소가의 마음이 절망에 가까운 것을 알고서 날아왔던 것인지도 모른다.

'죄송해요, 아버지.'

죄송해요, 아버지. 하지만──.

조금만 더 해볼래요.

"…딸아이가, 기다리고 있습니다."

달리고, 달리고, 달려서. 앞만 보고 달렸다. 어릴 때에는 병약해서 다른 아이들처럼 뛰어다니지도 못하고 풀죽어 있었다. 그걸 만회하기라고 하듯이 인생을 달려나간다.

──좋겠다, 아버지는. 나 건강해지면 달리고 달리고 또 달릴 거

예요. 달릴 수 없을 때까지.

달릴 수 없을 때까지.

소가는 류휘의 어깨에 기대어 고개를 숙였다. 눈물이 흘렀다.

"…가야겠습니다."

"에? 녹명산으로? 그, 그렇지. 가자. 여 관리가 오면 동파를 맡겨
놓고 갈 수 있으니."

"후후… 네."

가야만 한다.

수려가 기다리고 있는 이 앞의 미래로.

여 관리는 며칠 후에 태연하게 나타났다.

벌써 일흔 가까운 나이에 마른 고목과도 같아서, 손에 든 명아주
지팡이가 정말이지 선인 같은 분위기를 자아내고 있었다. 냄비 앞
에서 주문 같은 걸 외워대고 있을 것 같다. 신선은 신선이라도, 사
악한 신선이라고 소가는 속으로 중얼거렸다.

교활해 보이는 눈으로 '제자'인 이강유를 빤히 바라본 후, 처음으
로 한 말이라고는———.

"뛰어보라."

"…허?"

수수께끼 놀이?! 강유는 딱딱하게 굳어 있다가 지팡이로 엉덩이
를 제대로 얻어맞았다. 비명을 지르며 펄쩍 뛰자, 돈 지갑 안의 동
전이 짤랑, 하고 울렸다. 여 관리는 번뜩, 하고 눈을 빛내더니, 다짜
고짜 강유의 품에 손을 넣고는 동전지갑을 낚아챘다. 내용물을 확
인하고, 몽땅 자신의 품안에 쏟아 넣는다.

"쳇, 홍가의 양자라면서 푼돈밖에 없냐. 장작 하나 못 사겠네. 김 샜다——."

"잠깐, 그건 제 지갑——."

"뭐라?! 이 늙은 몸을 끌고 이 멀리까지 왔는데, 거마비도 안 주 나?! 요즘 젊은 것들은 못 쓰겠네!! 어디, 그쪽의 젊은 것도 한번 봐 야겠다, 뛰어라!! 뛰어!!"

정란과 추영도 인정사정없이 엉덩이를 얻어맞고는 뛰어오른 끝에 지갑을 강탈당했다.

정란과 추영은 넋이 빠지고 말았다. 지금껏 이런 삥 뜯기 피해(게다가 노인)를 당해본 적이 없었던 것이다. 소가는 날아오는 지팡이를 모조리 날쌔게 피하고는 욱, 하고 실눈을 뜨고 화를 낸다.

"싫습니다!! 황해 대책이랍시고, 당신이 기부금 모집을 하러 온 탓에 홍가가 얼마나 현금을 뜯겼는지 알기나 합니까!! 다 보고받았습니다!! 비칠비칠하면서 온갖 비열한 수단을 써서 끈질기게 못살게 굴면서 지붕 밑까지 다 뜯어 가지고 가놓고서! 비만 오면 줄줄 새는데 어쩔 겁니까. 산전수전 다 겪은 우리의 악덕 세금 관리자— 흠흠, 아니, 재산관리인이 울면서 분통을 터트리는 걸 본 건 태어나서 처음이었단 말입니다!! 한동안 조용하다 싶었더니——!!"

"켈켈켈, 홍가도 꽤나 느슨해졌어. 구랑은 상대하기 쉬워서 죄책 감이 다 생길 지경이여— 조금은 봐준 거라고. 오랜만에 일 좀 했더 니 좋던데. 켈켈켈."

"냉큼 은퇴나 하라고— 해주세요!!"

"뭐라꼬— 녹명산에 가기 전에 귀가 솔깃해질 정보를 가지고 왔는 데. 안 가르쳐준다, 이놈."

"필요없어요, 그런 건!! 홍가의 정보망으로—."

"에, 아, 알려주세요."

류휘는 자기 몸을 더듬더듬 여기저기 찾아보았지만 왕이니 당연히 지갑 같은 건 가지고 있지 않다.

"…돈이, 없다… 머리를 밀어버리고 머리카락을 팔아서 돈을 번다든가…."

"류휘 님!!"

여 관리는 빤히 류휘를 올려다보고 이곳저곳을 지팡이로 찔러보았다. 흥, 하고 심술궂게 웃는다.

"뭐— 깡패 같은 전화에게서 잘도 이런 병아리가 삐약삐약 태어났는걸. 그렇게 젊은데 빈털터리에 머리카락까지 없으면 너무 참담한 노릇 아닌가? 앙? 눈물이 날 지경이네. 강탈도 안 해야 쓰겠다. 없는데 빼앗는 건 내 미학이 아니라고. 뭐, 신하들 지갑으로 봐주지."

뭐가 미학이냐!! 몽땅 털린 세 명의 신하들은 마음속으로 부르짖었다. 임금이나 신하나 모두 한 순간에 사이좋게 빈털터리가 되었다. 제정신을 되찾은 정란이 다시 빼앗으려고 눈을 번득였지만 전혀 빈틈을 보이질 않았다.

"그래서 여 관리, 귀가 솔깃할 정보라니?"

"남주 주목인 강문중이 신하에게 유폐된 모양이야."

손가락으로 귀를 파던 여 관리는 손가락에 붙은 귀지를 불어 날리며 말했다. 소가는 경악했다.

"뭐라고요?! 그런 정보는 홍가에도 아직 오질 않았습니다."

"조금 있으면 홍가와 홍주부에도 올 거네. 대외적으로는 병으로 쓰러져서 부관이 업무 대행이라고 알려져 있지만, 사실은 뒤집어엎은 거지. 남주도 군태수 중 반은 왕계네 꼬마들이지 않은가. 하지만 왕계네 꼬마들 지시가 아니라 군태수와 주관(州官)이 독단적으로 행동에 나선 모양이네. 지난 남주 수해 때 상당한 피해가 발생했지. 강문중은 피해를 잘 막았지만, 그를 내쫓을 기회라고 본 게야. 남가의 지원사격도 없었고."

마지막 한 마디에, 추영이 꾸욱, 주먹을 쥐었다.

"하지만, 지금 강문중을 죽일 수는 없지. 감찰어사가 조사하러 올 테니, 우선 감옥에 처넣어 놓고는 병에 걸렸다고 둘러치면서 실제로는 주부를 좌지우지한 것이지. 중앙도 왕이 사라져서 임시 조정. 봄의 관직임명식까지 이동 없이 갈 수 있을 거라고 보고 강문중 유폐를 단행한 게야. 이걸로 남주는 왕계파 손에 떨어진 거라고 봐야지."

"홍주가 왕 쪽에 서자마자, 바로 반격에 나선 것인가…."

"그런 게지. 왕계 일문은 능력 있는 젊은애들을 잘 키워냈어. 차례 차례 자리에서 쫓겨난 중앙의 얼간이들과는 천지차이라니까. 확인을 하고 싶으면 녹명산에 가서 주목에게 물어보든가."

소가는 류휘를 돌아보았다.

"──류휘 님, 바로 강청사로 떠날 준비를."

끄덕이는 류휘의 뒤를 여 관리가 종종거리며 지나간다. 명아주 지팡이로 강유의 다리를 툭툭 쳤다.

"이강유, 넌 동파에 남아야 쓰겠다. 금붕어 똥처럼 꽁무니만 따라다닐 건가?"

"네?!"

"나와 수행 여행을 떠나야지!! 그 안이함부터 돈까지 그냥 싹 쓸어주겠다. 내 오랜 경험에서 나온 초실천 관리학을 수련시켜서, 불황이건, 인력 과잉이건, 악당이건, 상사가 자르고 싶어도 절대로 안 잘리는 비법과 꼼수를 알려주것다 요거다. 나라 제일가는, 능력 있는 욕심쟁이 관리로 만들어 주것다!!"

능력 있는 욕심쟁이 관리?! 그보다, 수행 여행이란 게 뭐야?!

"자, 잠깐 기다리라고, 너희들!! 못 본 척하는 거냐— 소가 님까지!! 도와줘— 아얏!!"

"이놈, 우선!! 남에게 도움을 청하면 못 쓰는 겨!! 약점을 지가 알려주면 어쩌자는 거냐! 그러니까 그 바보 여심하고 한데 묶여 잘린 거여. 남에게 이용만 당하는 인생은 여기서 끝내야 한다고."

강유를 제물로 바치고 무정하게도 방을 나선 네 사람은, 비명이 들려오는 방문 너머에서 눈물을 흘렸다.

"…관리의 길이 아니라 암흑의 길을 전수받고 있는 것 같은데… 돌아와보니, 겉모습만 관리고, 이악스러운 초일류 장사치가 되어 있으면 어쩌지…."

"가, 강유… 미안하다…!! 그대의 존귀한 희생을 헛되이 하지 않겠다."

조카는 태어나면서부터 불행을 끌어 모으는 영매체질인지도 모른다고 소가는 생각했다.

"뭐, 여 영감님이 이름난 관리인 것은 확실합니다. 성격이 저 모양이라 수많은 공적까지 어둠에 묻히고 말았지만요… 그리고 어째 류휘 님이 마음에 드신 모양이고."

"뭐?!"

"아니, 여 관리가 처음 만나서 삥을 뜯지 않은 상대는 거의 없거든요."

그런 기준인가.

추영은 한참 고개를 갸웃거리고 있다가, 손뼉을 쳤다.

"…아!! 생각났다. 설마, 여씨 가문이란 게— 대부호인 황가 문중 여씨?"

헉, 하고 정란의 얼굴이 경련을 일으켰다. 소가는 깊은 한숨을 쉬었다.

"…그렇습니다. 홍남 양가 외에 나라 제일의 대부호는 어디냐고 물으면 반드시 거론되는 여씨입니다. 별칭은 황가의 재산관리인. 그 중에서도 여 영감님은 전상련의 전 총수로, 어사대관까지 지내서, 관민 최고의 정보통입니다… 그야말로 자르고 싶어도 그럴 수 없는 이런 저런 정보들을 쥐고 있는데다가, 어디서 뭘 했는지도 다 파악하고 있습니다. 말해두겠지만 류휘 님, 여 영감님의 개인재산은 당신의 세 배는 될 겁니다. 나라에 거액의 자금을 융자해주고 있기도 하고요…."

"뭐어어엇?! …소매도 덧댔던데…."

"정보의 정확도는 신뢰할 수 있습니다. 황가나 왕계 님과 내통하거나, 정보를 흘릴 가능성은 저와 순욱 님이 이 동파요새에 출입을 허가한 것이 답이라고 생각해주십시오."

"알았다, 소가. 믿겠다."

으아아악. 별실에서 들려오는 강유의 비명소리를 그들은 끝까지 안 들리는 척했다.

"동파군의 중축으로 황 장군을 남겨두지요. 강 주목이 유폐된 것이 사실이라면, 당장 강청사로 가서 자세한 이야기를 들어야 할 것입니다… 이제 슬슬 딸아이를 만나고 싶기도 하고요."

소가가 한숨과 함께 미소 지었다.

그 말에 류휘와 정란의 표정이 희미하게 반응했다. 길고 긴 침묵 끝에.

"…아아."

쉰 목소리로 류휘는 간신히, 그저 그렇게만 대답했다.

──그리고 며칠 후, 그들은 강청사에 도착했다.

"──이쪽입니다."

녹명산 강청사의 가장 안쪽에, 그 흰 관은 조용히 놓여 있었다.

관 뚜껑은 닫혀있지 않았다. 류휘와 정란은 몇 걸음 다가갔지만, 그 이상은 보이지 않는 벽이라도 있는 것처럼 그저 우두커니 서 있었다.

아버지인 소가만이 조용히 그 관까지 걸어가, 앞에 도달했다.

수려는 가슴에 두 손을 모으고, 기진맥진한 듯한 얼굴로 쌕쌕 잠들어 있었다. 만져보니 체온은 한참 낮았지만 뺨에는 희미하게 홍조가 돌고 있어서 당장에라도 눈을 뜰 것만 같았다. 그 잠든 얼굴은 취사, 세탁을 끝낸 뒤, 지쳐서 잠깐 눈을 붙인 것처럼 보였다. 잠깐 동안의 휴식.

눈을 뜨고, 아직 끝내지 못한 일을 끝내기 위한 잠.

소가는 두 손으로 안아 올렸다. 인형처럼 아무런 저항 없이, 수려의 작은 머리가 소가의 어깨에 톡, 기대어온다. 소가는 딸의 뺨을 만지고는, 스르르 흘러내린 검은 머리카락을 손으로 쓸어 넘겼다. 몸에 걸친 것은 고급스럽고, 감촉이 좋은 표가의 딸들의 옷차림. 그것은 소가가 처음으로 '장미공주'를 만났을 때, 그녀가 입고 있었던 옷과 같은 것이었다. 그리고 별이 떨어졌던 그 날 밤에 순간적으로 보였던 수려의 모습이기도 했다.

'역시 그때, 나와 류휘 님이 무사한지 걱정이 돼서 보러 왔었구나….'

마지막으로 딸과 만난 것은 여심과 홍주로 돌아갈 때. 벌써 백 년도 더 된 옛날 일처럼 느껴졌다. 그때 수려가 많은 줄다리기와 정쟁에 이용되고 있다는 걸 꿰뚫어 본 소가는 말을 남겼었다.

『…수려야, 내가 홍주로 떠난 후에는 나는 너에게 도움을 줄 수가 없단다. 어떤 일이 있더라도, 마지막은 혼자서 결정을 해야만 한다. 하지만 이것만은 기억해두어라. 그것이 어떤 답이라 할지라도 나는 네 선택을 모두 받아들일 거다.』

그 말이 지금 와서는 다른 의미와 무게를 가지고, 깊숙이 소가의 가슴 속으로 되돌아온다.

수려는 그의 말대로 했다. 아버지가 없어도, 혼자서라도 누군가의 도움이 없더라도.

류화와 자신의 운명을 직시하고, 그리고 마지막에서는 그녀 자신이 정해 왔다. 표가에서 돌아오는 일도, 황해대책을 위해 동분서주한 것도, 류화에게 몸을 빌려준 것도…. 남은 시간에 대한 것도. 모든 것을 알고, 정해서, 지금 여기 있는 것이다. 이렇게나 녹초가 되어 잠들 정도로.

소가는 딸의 검은 머리카락을 몇 번이나 쓸어 넘겨줬다.

──그것이 누군가에게 부정당하더라도, 나만은 너의 모든 것을 긍정할 거란다.

설령 소가의 바람과는 다르더라도. 전혀 다르더라도. 약속은 지킨다. 스스로에게 거짓말을 하더라도.

세 번째, 소중한 운명의 여인. 소가의 딸. 이런 길을 선택한다고 하더라도. 소가만은.

"…정말 애썼구나, 수려. 잘했다… 자, 이제 조금만 잠드는 거다…"

눈을 뜰 때까지.

후후, 하고 수려가 소리도 없이, 안심한 듯이 미소를 지은 것만 같았다.

"노옹, 수려의 상황을 알려주십시오. 추영 님과 연청 님이 보내주신 서한으로 대략적인 상황은 알고 있습니다만, 가능한 정확하게 알려주셨으면 합니다. 류화가 다음에 일어나면 마지막이라고 했던 말까지."

원래대로 수려를 관 안에 눕히고 나자, 소가는 성큼성큼 노옹 앞까지 걸어갔다.

"네, 저희들도 몇 가지 새로 전해드릴 일이 있습니다."

노옹은 그 자리에 얇은 방석을 사람 수만큼 가져오게 했지만, 자리에 앉은 것은 소가와 노옹뿐이었다. 류휘는 소가에게 거듭 앉으라는 소리를 듣고서야 자리에 앉았다. 관을 들여다보지는 않았다.

"실은 얼마 전, 이 강청사에 새로운 대무녀인 주취 님이 오셨습니다. 아마도 조만간 이곳에 오실 것 같지만, 그 전에 제가 할 수 있는 만큼의 설명을 드리겠습니다. ——아, 그 전에 폐하와 소가 님에게 이것을 전해드리라 하셨습니다. 네, 선물입니다."

탁, 하고 노옹이 작은 손으로 류휘에게 하얀 천을 건네줬다. 열어보니 수건 같았지만 뭔지 잘 알 수 없는 수수께끼 같은 문양이 수놓아져 있었다. 우장은 득의양양하게 응응, 하고 끄덕였다.

"틀림없이, 이것이 대무녀 특제 부적입니다! 효험이 있을 겁니다.

판촉에 쓸 수 있으면 좋겠는데."

류휘와 소가와 추영은 저마다 수수께끼 같은 문양을 보았다. 추영은 아무리 봐도 아닌 것 같은데, 하고 생각했을 뿐이지만 소가와 류휘의 반응은 달랐다. 아니, 하고 류휘는 불쑥 중얼거렸다. 이건 부적이 아니다.

"'잘 지내고 있**습**니다. 걱정 끼쳐서 죄송**힙**니다' 라고 수가 놓여 있는데…"

"음… 그렇군요. 부적이 아니라 편지군요… 수를 놓다가 틀리는 건 여전하군요."

추영은 충격을 받았다. 이 자신은 알아차리지 못했는데, 왕과 소가가 단번에 알아맞히다니.

"어엇?! 뭐야, 이게 한자라고?! 말도 안 돼!! 아니, 해독 불가능한 암호 아닙니까?!"

"상용한자네. 꽤나 뭉개져 있지만… 주취의 자수가 분명해. 건강하게 잘 있구나…"

"잠깐, 주상!! 어째서 나보다 주취 님에 대해 잘 알고 있는 겁니까!!"

"풋, 추영 님, 이 정도도 몰라서야, 아직도 한참 부족합니다. 여러 가지로."

소가는 추영에게 심술궂게 말했다. 추영은 으득으득 이를 악물고서 소가를 노려보았다. 누가 뭐라 해도, 주취가 오랫동안 짝사랑했던 상대는 소가인 것이다. 본인은 전혀 눈치 채지 못했지만.

"…가지지 못하는 사내, 인가…"

정란이 불쑥 중얼거리자, 추영은 '시끄러워!' 하고 버럭 소리를 질렀다.

에, 그러니까—하고 노옹은 수염을 잡아당겼다. 젊은 사람들은 좋구나, 하고 옛날을 그리워하면서 이야기를 다시 원점으로 돌렸다.

"우선은 저 하얀 관에 대해 설명을 하지요."

노옹은 손가락으로 가리키듯이, 수려가 잠들어 있는 관을 돌아보았다.

"저건 류화 아가씨가 만들게 한 것으로, 표가에서도 지금까지 공식적으로는 알려지지 않았습니다… 그런데, 놀랍더군요. 곰이 동면하는 것과 같은 상태가 되는 모양입니다."

"곰? 확실히 생각했던 것보다 딸아이의 체온은 내려가지 않았지만…"

"네. 곰의 동면은 수수께끼투성이로, 식사도 배설도 하지 않고 겨울 한철 내내 잠을 잡니다. 체온은 33도 전후. 평상시보다 몇 도밖에 내려가지 않는데도, 신진대사는 평상시의 2할까지 떨어져서 생명을 유지시킵니다. 그동안에 하루 몇 번 뒤척이거나, 털 손질을 하려고 움직이는 정도로, 나머지는 쌕쌕 계속 잠을 잡니다. 그런데도 봄에 눈을 뜨자마자 동면 전처럼 어슬렁거리면서 기운차게 돌아다닙니다…"

추영과 정란은 저도 모르게 얼굴을 마주 보았다. 추영은 어안이 벙벙한 듯 말했다.

"그거, 굉장하네요. 저희들 무관 같은 건 다쳐서 얼마 동안 꼼짝도 못하고 누워있다 보면, 눈 깜짝할 사이에 근육도 얇아지고, 뼈도 부러지기 쉬워지고, 아무튼 다치기 전으로는 돌아가지 않는데요."

"그렇습니다. 인간은 누워 있으면 점점 근육이나 뼈가 약해집니다. 체온이 너무 낮으면 머리에도 영향이 나타나지요. 하지만 곰의 동면은 다릅니다. 아무래도 류화 님은 아직 아무도 풀지 못한 그 수수께끼를 풀고서, 이 관에 그 장치를 해 놓은 것 같습니다. 아니, 그렇더라도 류화 아가씨에게는 늘 놀라곤 합니다… 하지만 이것은 류화 아가씨의 두뇌와 주술이 있기에 사용할 수 있는 장치입니다. 하지만 그 류화 아가씨는 이제 세상에…."

소가는 핫, 하고 놀랐다.

"…그러면 주술은?"

"네, 풀리기 시작했습니다. 주술은 약의 조합 같은 것으로, 만드는 방법과 기술이 없으면 같은 것은 만들 수 없습니다. 주취 아가씨도 높은 신력을 가지고 계시지만, 왕년의 류화 님에게는 미치지 못합니다. 즉, 새로 주술을 다시 걸 수는 없습니다. 새로운 관도, 늘릴 수 없습니다… 이것이 마지막 관입니다."

마지막 관. 류화가 목숨을 이어가기 위해서, 다른 많은 무녀의 몸과 목숨을 갖다 쓰고 버리기 위해 만든, 일그러진 관. 그러나 얄궂게도 그것이 지금 수려의 목숨이 흘러가는 걸 막고 있다.

"이 관은 류화 아가씨가 마지막으로 새로 만들게 한 것이라고 합니다. 수려 님을 위해서 마지막 힘으로 주술을 걸었지요. 조건만 정비되면 류화 아가씨의 신력의 잔재만으로도 상당 시간 버틸 수 있다고 합니다. 그렇다고는 해도 십 년이 고작이 아닐까, 하고… 그리고 신역과 마찬가지로, 정화된 장소여야만 합니다. 주취 아가씨는 그 때문에 이곳에 최상급의 결계를 쳐주셨습니다. 표가와 귀양이면 더 좋다더군요."

계속 잠들어 있어도 십 년이 고작. 소가는 그 햇수를 마음에 새겼다.

"즉, 홍가로 옮겨서 지키겠다는 생각은 버리는 게 좋다는 것이군요."

"네, 구랑 님이 몇 번이나 제안을 하셨지만, 그만두시는 게 좋습니다. 물론 이 강청사에서는 홍가처럼 지킬 수 없다는 건 인정합니다. 그리고 두 번째로."

노옹은 조금, 말을 얼버무렸다. 그때 조용히 문이 열렸다.

"…우장, 그 뒤는 괜찮습니다. 내가 주상께 설명 드리지요."

차랑, 하고 방울을 흔든 듯한 아름다운 소리와 정결한 공기가 흘러들어 온 것 같았다.

류휘가 뒤를 돌아보니, 무녀 차림의 주취가 왕을 바라보며 미소를 짓고 있었다.

"그때는 멋대로 사라져서 죄송했습니다. 주상…"

"주취…!!"

류휘는 방석에서 벌떡 일어났지만, 그 이상은 무슨 말을 해야 할지 알 수가 없었다.

몇 걸음 류휘가 다가가자, 나머지 거리를 주취가 좁히며 다가왔다. 궁녀 시절보다 훨씬 부드럽고, 아름다워 보였다. 단정하게 묶어 올리지 않은 머리형 때문일까, 아니면 머리카락을 풀어도 되는 자유로움 때문일까. 주취 자신이 바뀌었기 때문에 그렇게 느끼는 것 같았다. 류휘는 얼굴을 찡그리며 웃었다.

"…걱정했었다."

"네… 죄송합니다."

"시집을 가게 돼서 얼마 안 가 후궁을 떠나게 되었다고 말한 직후에 사라졌으니…"

그 말에 제일 먼저 반응한 것은 추영이었다.

"어엇?! 뭡니까, 주상! 그거 진짜입니까? 들은 적 없는데요, 주취님! 어디로 시집을!"

주취는 기억을 더듬었다. 그, 그런 말을 했었던가? 확실히, 한 번 표가로 돌아가면 두 번 다시 만날 수 없고, 시집을 가는 것 같은 일이라고 생각해 주십시오, 라고 말한 것 같다.

"주취 님!! 예전부터 뜬금없이 궁녀를 그만두고 싶어하는 버릇은 알고 있었지만, 결혼 퇴직을 획책했던 건 아니시겠지요? 어차피 그냥 타협해서, 박복해 보이는 이상한 남자와 결혼해서 고생하는 것이 내 인생이야라던가, 완전 가난하고 앞가림 못하는 소가 님스러운 남자를 골랐던 건 아니겠죠?!"

"무, 무슨 말을 하는 거야, 이 장구벌레!! 소가 님은 이상한 남자가 아니란 말이에욧!!"

하지만 가난하고 앞가림 못하는 점은 부정할 수 없었기에 소가는 내심, 꽤나 상처를 받았다.

"그, 그렇다, 추영! 그런 얘기가 아니었다. 그리고 짐은 주취가 마음대로 시집을 가면 추영이 슬퍼할 거라고 말해서 확실히 관심을 끌어놓았으니까 걱정하지 말라!!"

황급히 류휘는 추영의 소매 깃을 끌어당겨서 귀에다 속삭였다. 가끔은 좋은 일도 하는군, 하고 추영이 생각한 순간.

"…뭐, 그런 남자는 아무래도 좋다는 대답이 종처럼 뎅, 하고 되돌아오긴 했지만."

쓸데없는 한 마디를 불쑥 덧붙였기에, 추영은 그거야말로 종으로 머리를 얻어맞은 것 같은 충격을 받았다.

소가는 팔짱을 낀 채 주취를 보았다.

"확실히 그런 건 아무래도 좋은 일. 주취, 한 가지 묻고 싶은 일이 있구나. 실은 며칠 전 밤에 아주 잠깐 동안 수려의 모습을 본 것 같아. 혹시 이 잠과 무슨 관계가 있는 일일까? 그때 내가 본 게 혼백이고, 몸에서 빠져나와서 날아온 것이라면 그리 좋은 일은 아닌 것 같다만."

주취의 눈이, 다른 사람도 알 수 있을 정도로 흠칫, 하고 반응했다. 소가의 날카로운 눈에, 주취는 이윽고 이마를 짚었다. 그런 점이 정말로 부녀가 똑같다. 핵심을 단번에 찌른다.

"…그건 괜찮습니다."

"이유는?"

"…그 분께는 수려 님의 혼백을 지키는 것을 최우선으로 해달라고 부탁드렸으니까요."

그 분, 이라는 단어에 소가뿐 아니라 전원이 반응했다. 소가가 조심스럽게 되물었다.

"설명을 해줬으면 좋겠구나. 수려에게 뭘 한 거지?"

주취는 체념했다. 사실은 가능한 숨기고 싶었지만.

"표가의 딸들은 두 번 다시 눈을 뜨지 않는 것이 전제였기 때문에 필요하지 않았지만, 수려 님은 다릅니다. 다시 한 번 눈을 뜨기 위해 잠든 것입니다."

눈을 뜨기 위한 잠. 그 말이 소가와 류휘의 가슴에 울렸다.

"그때까지 수려 님의 혼백이 만에 하나라도 몸에서 빠져나가지 않도록, 손을 써둘 필요가 있습니다. 그게 아니더라도, 류화 님이 돌아가신 후, 관에 걸려있는 주술은 약해지고 있습니다. 이를 보완하기 위해서 어떤 분께 부탁을 드렸습니다. 쉽게 말하자면 수려 님의 영혼이 멋대로 날아가지 않도록, 고삐를 쥐고 붙잡아 놓는 역할을 해주시는 거지요. 그 외에도 몇 가지 더 부탁을 드렸습니다만…."

"…그건, 설마, 수려 안에 누가 있다는 것이니?"

주취는 부정하지 않았다. 눈을 내리깔자, 수려의 쌕쌕 잠든 얼굴이 보였다.

"…그렇습니다. 하지만 류화 님처럼 몸을 가로챈 것은 아닙니다. 예기치 못한 사태가 일어나지 않는 한, 또 한 명의 여인이 일어나는 일은 없을 겁니다. 그 정도의 힘은 없으니까요. 그리고 때가 오면— 수려 님이 눈을 뜨시면, 그녀는 그때야말로 사라집니다. 영원히."

"주취, 그 '여인'이라는 건 대체 누구를 말하는 거지? …설마 류화는 아니겠지?"

"네, 아닙니다. 이름은 말씀드릴 수 없습니다. 그렇게 약속을 드렸기 때문에. 하지만 수려 님을 위해서 마지막 순간을 쓰고 싶다고, 먼저 말씀해주신 것은 그 분이었습니다. 수려 님의 혼백을 지키는 일이나 그 외의, 때때로 얕게 잠에서 깨는 수려 님의 소망을 들어주시기도 합니다."

"수려를 도와준다고?"

"수려 님은 잠드신 상태에서, 때때로 밖에서 일어나는 일들을 '꿈꾸시고' 계실 겁니다. 물론 모든 일을 보시는 건 아니지만요. 아마도 소가 님이 만나신 수려 님도 '꿈 속'에 계실 때였으리라 생각됩니다."

"뭐라고? 수려가 알고 있다는 건가? 잠들어 있으면서도 상황을?"

"어느 정도는. 소가 님의 말에서 추측해보면, 아마도 잠이 얕아졌을 때에, 무의식적으로 '눈'을 써서, '보고' 있는 것 같습니다. 원래 가지고 있는 소질 때문인지, 아니면 류화 님이 그렇게 주술을 걸어놓은 탓인지는 모르겠습니다만. 하지만 그 가능성은 있었습니다. 수려 님 성격을 생각하면, 잠들어 계셔도 밖의 일이 신경이 쓰여서 참기 힘드실 테니까…."

주취는 미소를 지으며 관을 향해 손을 뻗었다. 언니처럼, 수려의 뺨을 부드럽게 쓰다듬었다.

"하지만 수려 님은 주술사는 아니기 때문에 꿈을 통해 본다고 하더라도 보통 꿈과 똑같이, 깨어난 후 기억나는 건 극히 일부분일 거라고 생각합니다. 하지만 초보자가 이혼술(離魂術)을 쓰면, 소가 님께서 말씀하신 것처럼 혼백이 몸에서 떨어져나가서 위험합니다. 그렇게 되지 않도록, 아마 그 분이 수려 님의 손을 잡아끌어 주셨을 겁니다."

소가는 그 밤에 언뜻 보았던 수려를 떠올렸다.

발길을 돌리며, 마치 누군가에게 손을 이끌려가듯이 어딘가로 손을 뻗은 채였다.

"…'그 분'과 관련해서 이 이상 말씀드릴 수는 없습니다. 아무리 소가 님일지라도."

주취의 수정 같은 투명하고 단단한 말에 소가는 쓰게 웃었다. 심지 굳은 목소리.

"알았다… 그리고."

"네. 수려 님이 '눈을 뜨는' 조건 말씀이지요?"

공기가 긴장되는 것이 느껴진다.

"아마 들으셨으리라 생각됩니다. 수려 님이 다음번에 '눈을 뜰' 때가 마지막 하루가 됩니다."

마지막 하루. 처음으로, 아무 말 없이 듣고만 있던 류휘의 앞머리가 희미하게 흔들렸다.

"류화 님은 수려 님을 위해서 특별한 '열쇠'를 남겨주고 가셨습니다. 수려 님의 눈을 뜨게 할 열쇠입니다. 아무나 수려 님을 깨우게 되면 정말 큰일이니까요… 열쇠는 두 개. 하나는 수려 님 자신이 가지고 계십니다. 즉, 수려 님이 자신의 의지로, 무슨 일이 있어도 지금, 눈을 떠야 한다고 생각했을 때. 그 자신이 열쇠를 돌려서 눈을 뜨게 됩니다."

침묵이 주위를 감쌌다. 무시무시한 침묵이었다.

누구나 그때를 예감했다. 눈을 뜨지 않기를 바라고 있으면서도. 아무리 바라더라도.

…반드시, 언젠가 찾아올 그 마지막 날, 눈을 뜬다는 것을.

"…또 하나는?"

불현듯 류휘의 목소리가 물었다. 주취는 왕을 바라보면서 천천히 고했다.

"또 하나는… 이미, 이 자리에 있는 한 사람에게 전해주셨을 겁니다."

놀라움이 퍼져간다. 한 사람 한 사람과 눈을 맞추며 뭔가를 확인하듯이 주취는 미소를 지었다.

"때가 오면, 깨달으실 겁니다. 자신이 그 열쇠를 갖고 있다는 것도, 사용하는 방법도. 열쇠를 사용할지 말지는 그 분의 판단에 달려 있습니다. 수려 님을 깨울 수 있는 것은 이 세상에서 그 분밖에 없습니다… 잊지 말아주십시오. 그 분에게 열쇠를 건네준 것은 다름 아닌 수려 님 자신이라는 것을. 그리고──."

그때만큼은 주취의 목소리가 마치 수려의 목소리처럼 들렸다.

퍼져가는 미소도. 수려의 미소는 아니었지만 강한 의지는 똑같았다.

"누군가를 위해서가 아니라, 자신의 인생을 살아가기 위해서 남은 시간을 쓴다는 것을."

──자신을 위해서.

주취는 지친 듯 이마를 짚으며 숨을 쉬었다. 류화가 이혼을 할 때 외에는 '밖'으로 나가지 않았던 이유를 알 수 있었다. 표가의 청정한 공기에 익숙해진 몸으로는 '밖'에 있는 것만으로도 양팔, 양다리에 돌멩이라도 매달아 놓은 것 같은 느낌이 들어서, 오래 있으면 있을수록 몸에서 생기가 빠져나가는 것만 같았다.

"…죄송합니다… 아직 몸이 제 상태가 아니기에… 우장, 뒷일을 부탁하겠습니다…."

"기다려 주십시오. '그 외에도 몇 가지'라고 하셨지요? 그 설명은?"

주취는 놓치지 않고 들은 정란을 보며 쓴웃음을 지었다.

"알려드릴 수 없습니다. 특히 당신에게는 말하지 말라고, 엄중히 다짐을 받았습니다, 정란 님."

이름을 불린 정란은 여우에게 홀린 듯한 얼굴을 했다. '어째서??? 누구한테?' 하고 따져 묻고 싶은 마음은 굴뚝 같았지만, 물어봤자 답해주지 않을 완고함을 느끼고 있었다.

주취는 마지막으로 류휘를 보았다.

중립인 표가. 류휘 편만 들어줄 수 없다는 것을 알고 있다는 듯이, 왕은 추취의 몸을 걱정하는 것 외에는 아무 말도 하지 않았다. 다정한 왕. 주취는 그의 곁에 있을 때의 공기를 좋아했다.

『중립이기에, 할 수 있는 일들이 있어. 우리들이 그 힘을 필요로 할 때도 있을 거야. 그러니까 괜찮아. 당신은, 당신에게 최선을 선택해. 그러면 되는 거야.』

주취는 류휘 곁으로 다가가, 말로 할 수 없는 마음을 담아, 끌어안았다. 류휘의 귀에 어떤 말을 한두 마디 속삭이면서. 그리고 깊게 머리를 숙이고는 사라졌다.

주취가 떠난 후, 노옹은 주취가 꺼내지 못했던 말을 이어 말했다.

"…그런데 폐하, 대무녀가 하고 싶었던 말이 하나 더 있습니다."

류휘는 쓴웃음을 지었다.

"…표가로의 망명 제안인가?"

"…알고 계셨습니까?"

"아아… 추영에게서 설명을 들었다. 표가로 도망치면 신변의 안전이 보장된다. 대신."

"…왕위를 잃게 됩니다. 폐하가 다시 왕위에 오르시는 일은 두 번 다시 있을 수 없습니다. 후손의 계승권도 없어집니다."

류휘도 정란도 침묵했다. 망명하면 전화왕의 계보는 계승권을 잃게 되는 것이다.

"다음 왕위는 왕계 님의 왕가가―원래 성씨인 창씨로 돌아가든가, 자씨를 이어받는 형태로, 계승하게 됩니다. 피가 진한 순서로 계승권 제1위는 왕계 님, 그 다음이 손자인 리앵 님, 그 다음은 거슬러 올라가서, 홍가의 백합 님."

"백합 님이라면, 여심님의 부인되시는? 엇? 어떻게 그렇게 되지?"

마지막 이름에는 소가 이외의 전원이 깜짝 놀랐다. 소가는 잠깐 노옹을 노려보았다. 대고모인 옥환이 계속 숨겨왔던 사실이었지만, 역시 표가는 그 사실을 파악하고 있었던 것이다. 담담하게 소가는 인정했다.

"…백합은 전화왕의 이복동생입니다. 선선왕의 마지막 자손이지요. 그렇기 때문에 류휘 님에게도 실은 숙모에 해당됩니다."

"뭐어어엇?! …그, 그러고 보니, 머릿결이 닮았는지도… 왜 지금까지 아무 말 않고!!"

류휘도 그렇지만, 정란도 놀랐다. 정란에게도 고모가 되는 것이다. 그렇게 예쁘고, 느낌도 좋은 여인이 우리 고모! 어머니를 비롯하여 여성 운이 좋지 않은 두 형제는 가슴이 벅차왔다.

"…아니, 잠깐. 그렇다는 건, 남편인 여심 님도 짐의 고모부…?"

"…네… 그렇게 되지요… 거 보십시오, 모르는 편이 나았겠죠?"

소가는 얼굴을 일그러뜨리며 핫핫핫, 하고 얼버무렸다.

"하지만, 양자인 강유 님은 창현왕의 혈통은 아니기 때문에 계승권은 없습니다. 거기까지 간 후에야 계승권이 표가의 현 당주인 리앵 님에게 가게 됩니다. 벌써 여든이 넘으시긴 했지만."

"…뭐, 얼굴만큼은 젊지만… 그런가, 아들인 리앵보다 아버지 쪽이 계승 순위가 낮은 것인가…"

"표가는 어디까지나 긴급 시의 대행 왕가이기에. 만약 표가까지 갔는데도 사람이 없을 경우에는 예외로서, 망명한 전왕에게 다시 즉위를 요청할 가능성은 있습니다… 하지만, 거의 없는 일이지요."

리앵이나 백합이 자손을 남기지 않고 요절— 뭐, 이런 '만약'이 전제이다. 그렇다고 해도—하다가 류휘는 입을 막았다. 지금 처음으로 선동성이 어째서 그토록 결혼과 후손을 서둘러 왔는지 알 것 같은 생각이 들었다. 정말이지 청년이나 아이가. 없다. 여든도 넘은 *리앵*을 끌어내지 않으면 안 될 정도로.

리앵 다음으로 젊은 사람이 류휘인 것이다. 누군가의 음모가 아닌가 싶을 정도로, 혈통이 거의 끊어지려 하고 있었다.

"표가로 망명하면 쓸데없는 전쟁을 일으키지 않고, 왕위를 양위할 수 있는 것은 확실합니다. 무엇보다도 폐하의 신변도 확실하게 지킬 수 있습니다. 주취 아가씨는 폐하를 정말로 걱정하고 계십니다…"

류휘는 눈을 감았다. 최고궁녀였던 주취. 지금도 변함없는 상냥함과 배려.

수려가 사라진 텅 빈 후궁에서 얼마나 주취에게 위로 받았던가.

"그렇겠지… 하지만, 그럴 수는 없다."

"폐하…"

"미안하다. 그렇게 주취에게 전해 주게. 표가로 갈 수는 없다."

류휘는 곁의 '막야'를 내려다보았다.

"우장, 짐은 그리 좋은 왕은 아니었지… 그대에게도… 그대의 형에게도, 미안하다고 사과하고 싶은 일들이 너무나 많다. 적어도 마지막까지, 짐은 짐의 임무를 완수해야 한다."

움찔, 정란과 추영이 마지막 말에 반응한 것을 소가는 느꼈다.

267

살짝 훔쳐보니, 저마다 뭔가를 생각하고 있는 얼굴이었다. 그러나 그것이 마지막까지 류휘를 따르겠다는 것인지, 류휘의 뜻을 거스르더라도 지키겠다고 하는 것인지는 소가도 읽어낼 수 없었다.

읽을 수 없다는 것에 소가는 놀랐다. ──두 사람 모두 신하의 얼굴이었다.

류휘는 그런 두 사람에게 힐끗 눈을 돌린 후, 난처하다는 듯이 어깨를 으쓱했다.

"뭐… 그때가 오면 그때 정하도록 하지. 아직, 할 수 있는 일은 남아 있으니까."

"알겠습니다. 대무녀에게는 그렇게 전해놓겠습니다… 폐하."

우장은 새하얀 수염을 손으로 훑으면서 우우를 닮은 눈썹 아래서 류휘를 보았다.

"…제가 한 말씀만 드리겠습니다. 당신은 형님이 왕이라고 인정한 분이십니다. 당신의 즉위를 형님은 매우 기뻐했습니다. 부디 그것만은 믿어주십시오. 형님의 죽음은 당신 탓이 아닙니다."

그것이 위로라 하더라도. 류휘는 입술을 비트는 것처럼 웃었다.

감사와 사죄 대신, 잠자코, 우장에게 깊이 머리를 숙였다.

똑똑, 하고 기둥을 두들기는 소리가 들렸다.

"자, 그쪽 얘기는 끝난 걸로 해도 될까아?"

류휘가 뒤를 돌아보니, 팔을 삼각건에 건 남자가 문 옆에 기대어 서 있었다. 류휘는 물론 그 얼굴을 알고 있었다. 홍주 주목──류지미.

그 어깨너머로, 또 한 명의 남자가 불쑥 얼굴을 내밀었다. 정란은 헉, 하고 신음했다.

연청은 조금 자란 수염을 쓰다듬으면서, 살짝 웃었다. 팔랑팔랑 손을 흔든다.

"홍주 도착이 너무 늦어져서 걱정하고 있었다고요, 폐하. 이제야— 모두 모였네."

ㅤ•ㅤ•ㅤ✦ㅤ✦ㅤ•ㅤ•

정란은 연청을 보더니 노발대발 격노했다.

"아가씨를 내팽개치고 어딜 갔던 거야, 네놈은!! 난 너를 믿고서 아가씨를 맡겼다고. 그랬는데 뻔뻔하게도 아가씨를 관 속에 들어가게 한 데다가, 하루 종일 불침번을 서도 모자랄 판에 어딜 어슬렁거리고 돌아다닌 거냐, 뭐냐고 넌!! 아무짝에도 쓸모없었던 거잖아!! 대체 뭘 한 거야!!"

정란이 지금까지 아무 말 없었던 건, 그저 감정을 폭발시킬 상대가 없었기 때문이었던 모양이다.

어른이 되었다고, 내심 기뻐하고 있었던 소가들은 실망해서 풀썩, 어깨가 처져버렸다.

"뭘 하긴, 일했지. 하루 종일 붙어있어 봤자 달라지는 거 없잖아. 자, 그럼 오늘부터 네놈이 하지?"

"윽⋯."

연청의 반격에 정란은 말문이 막혔다. 그런 정란을 보며 연청은 눈을 동그랗게 떴다.

"헤에— 당연하지! 라고 바로 대답하지 않는 걸 보니, 어른이 되었네."

"난 원래 이랬어. 원래 어른이었다고."

아니, 전혀 어른스럽지 못한데, 하고 그 자리에 있던 모두가 생각했다. 류휘조차도.

"흐음. 뭐, 네가 왕계 님을 쫓아서 홍주에 왔다는 걸 알았을 때에는 도중에 푹 찌르거나, 독을 타거나, 뭐 그렇게 목숨을 노릴 거라고 생각했지만, 그것도 잘 참아낸 걸 보면, 확실히."

류휘는 울컥, 해서 연청을 노려보면서 당당하게 가슴을 펴고 형을 변호했다.

"정란은 그런 성급한 짓은 하지 않는다! 아무런 해결책도 되지 않는 일이 아니냐. 그랬다가는 바로 짐이 왕계파에게 살해되지 않겠느냐! 정란은 순수하게 짐과 홍주를 위해서 황해퇴치를 돕기 위해 따라온 것이란 말이다!! 그렇지?!"

"………물론입니다, 주상. 저는 그런 바보는 아니니까요!"

류휘를 제외한 전원이 그럴 마음이었다는 걸 깨달았다. 특히 지미는 등줄기가 오싹했다. 그가 다스리는 홍주에서 왕계가 암살당한다면, 자신의 목도, 왕계를 따르는 맹신도들에 의해서 말 그대로 몸통에서 날아갈 게 틀림없다.

'어머, 싫다──! 무서운 애네!!'

순욱을 설득하는 정도가 아니라 모반을 일으켜, 그 날로 홍주부를 점령하고 선전포고를 했을 게 뻔했다.

연청은 한쪽 눈을 가늘게 뜨고 정란을 보았다. 실은, 번뇌사에서 만났을 때 어느 정도 추측은 하고 있었다. 어른이 되었다고 한 것은 비아냥거린 것이 아니라 연청의 본심이었다.

'예전부터 싫어지면 죽여서 끝내버리는 녀석이었지….'

그건 '살인적'에서의 일이나, 연청과 만나기 전의 세월 때문일 것이다. 정란에게 '지킨다는 것'은 '배제하는 것'과 동의어였다. 수려의 방식과 양립될 수 없다는 것을 알고 있으면서도, 그것이 자신의 방식이라며 버티면서 고칠 생각도 없었다. 어린아이나 마찬가지다.

하지만 이번에 정란은 처음으로 완벽하게 류휘를 지켰다. 왕계를 죽이는 것이 아니라, 지킴으로써.

대체 어떤 심경의 변화가 있었는지는 알 수 없다. 소가도 수려도 없는 가운데, 홀로 왕계라는 인간 곁에서 뭔가를 느꼈는지도 모른다. 왕계와 만났을 때, 연청은 기묘한 생각을 했다. 검술 실력은 정란이 더 위다. 하지만 아마 정란은 죽이지 못할 거라고. 이유는 알 수 없었다.

하지만 그 직감이 맞는다면, 이제 남은 것은 정란이 어떤 식으로 질 것인가였다.

연청은 씩 웃었다. 멋진 패배였다. 그것이 기뻤다. 진심으로.

"응응, 아니, 정말로 어른이 되었다고 생각해, 정란."

"바보취급 하지 맛!! 차라리 홍산의 원숭이에게 걷어차이는 게 더 낫겠다!! 거기 차렷!"

"잠깐안, 말장난은 그마안. 부러운 거이?!"

부러운 거야?! 류휘는 마음속으로 지미에게 지적질을 했다. 그보다 말투가 이렇게 요상했어?!

'…뭐, 뭐어, 어때… 하지만 아버지의 취미도, 정말이지 점점 더 알 수가 없다니까….'

너무 개성적인 조정대관의 절반 이상을 임명한 것은 아버지인 전화왕과 소 태사였다. 아버지의 취향이었다고는 생각하고 싶지 않지만, 웃음을 주고 싶었던 건지, 장난을 친 건지, 될 대로 되라는 심정이었는지, 어쩌면 류휘를 괴롭히고 싶었던 건지도 모른다. 그렇게밖에 생각이 안 된다.

"그런데, 폐하, 방금 망명은 하지 않는다, 할 수 있는 일은 아직 남아 있다고 말씀하셨습니다만."

지미의 말투가 완전히 바뀌었다. '막야' 을 바라보는 것도 느껴졌다. 류휘는 끄덕였다.

"그렇다면 홍주에도 보호와 망명을 요구하며 도망쳐 온 것이 아니라는 것입니까? 단도직입적으로 묻겠습니다. ──왕계 장군과 전쟁을 하실 생각이십니까?"

류휘는 눈을 감았다. 관 속에서 수려가 귀를 기울이고 있는 것 같기도 했다.

자신에게, 그녀에게, 소중한 사람들에게, 류휘는 말했다.

"──아니다."

"싸울 생각이 아니시다?"

"왕계와 다시 한 번 만나야만 한다. 그렇게 생각하고 있는 것은 분명하다. 하지만 전쟁은 하지 않는다."

류휘는 표류화에게 질문을 받았던 기억을 떠올렸다. 너는 어떤 왕이 되고 싶은가, 라고.

그때는 대답할 수가 없던 대답이었다. 지금은 다르다. 어째서 성에서 도망쳤는가.

피로 얼룩진 후궁. 끝없는 정쟁. 노인의 말보다도 전에, 류휘가 스스로, 자신 안에서 찾아낸 희망이 있었다.

"짐은 전쟁만큼은 하지 않는다. 절대로."

지미는 조용한 눈길로 왕을 내려다보았다. 탄압할 수 있었으면서도 사병들을 상대로 싸우지 않고, 몇 안 되는 부하만을 이끌고 성에서 탈출한 왕. 그때 왕이 탄압 명령을 내렸다면, 억눌려있었던 왕계파는 점점 더 미쳐 날뛰며, 그 이상의 병사를 긁어모아 몇 번이나 군사를 일으켰을 것이다. 되풀이 되던 과거와 마찬가지로.

겁쟁이기 때문일까, 그것을 알고 있기 때문일까, 지미는 확인하고 싶었다.

"무슨 일이 있어도? 마지막 수단으로도 쓰지 않겠다?"

"쓰지 않는다. 회피하기 위해 전력을 다한다. 시작하는 건 쉽지만,

멈추질 못한다. 짐은 그걸 알고 있다… 왕계도, 분명 알고 있을 거다. 그렇지 않다면 이렇게 멀리 돌아가는 방식은 취하지 않아."

지미는, 왕이 왕계를 잘 모른다고 생각했었다. 잘 알려고도 하지 않는 왕이라고. 그러나 그렇지는 않은 모양이다. 지미는 머릿속에서 왕에 대한 정보를 조금 수정했다.

"…하지만 폐하, 상대편은 마지막 수단을 확실하게 계획 속에 포함시키고 있습니다. 그리고 당신은 고립무원이라고 생각하고 계신지는 모르겠지만, 꼭 그런 것도 아닙니다. 전화왕의 마지막 왕자라는 것 하나만으로도 당신 편을 들 신하는 아직은 많습니다. 조정의 관리 중에도 왕계 님이나 귀족의 득세를 불편하게 생각하는 자들이 반은 됩니다. 당신과는 상관없이, 그들은 당신 편을 들 것이고, 당신을 추대해서 왕계 님의 등극을 막기 위해서 홍주로 집결해 올 것입니다. ──나라를 반으로 분열시킬 전쟁에 참전하기 위해서 말이죠."

류휘는 숨을 삼켰다. 자신의 의지와는 반대로, 계산과 속셈이 난무하며 커다란 소용돌이가 된다.

손능왕의 말대로, 그곳에 류휘가 머물러 있다가 양위했다면 최소한의 피해로 끝났을지도 모른다. 하지만──.

"그런데도 뜻을 관철시킬 수 있다고 생각하십니까?"

지미의 말투에는 비아냥거림과 냉담함이 묻어 있었다. 자신도 모르게, 류휘는 주먹을 쥐고 있는 것을 깨달았다. 펴려 했지만 펴지지 않았다. 그 주먹에 뭐를 움켜쥐고 있는지, 자신도 잘 알 수가 없었다.

하지만, 손능왕이 말한 미래가 아직 확정된 것은 아니다. 아직 정해진 것은 아니다.

"──하겠다."

제어하는 것이 왕계와 류휘, 각각의 역할이다. 도망가지 않는 길을 선택했다면.

입에 담은 말과 일치하는 무거운 책임을, 다해야만 한다. 마지막 순간까지.

──아직, 미래는 정해지지 않았다.

"…짐이 한 가지라도 왕으로서 뭔가 제대로 해낼 수 있다면, 그것뿐이다. 하지만…"

류휘는 말끝을 흐렸다. 왕계보다 더 잘해내지 못할지도 모르기에.

"혹시라도 일이 꼬이면, 류 주목, 소가── 짐의 목을 왕계에게 가지고 가주게."

지미는 류휘를 바라보았다. 몇 번인가 눈을 깜빡였다. 그 말이 과장 없는 진짜라는 것을 알고서.

천천히 미소를 지었다. 처음으로 류휘 앞에 지미는 무릎을 꿇고 고개를 숙였다.

"폐하의 어명, 받들겠사옵니다. 제가 수행토록 하겠습니다. 설사 소가 님이 못 하시더라도."

소가는 지미의 말에 대답은 하지 않았다. 어딘가에서 까마귀가 날갯짓하는 소리가 들려왔다. 위를 올려다보니 낡은 천정이 보였다. 생각하지 않았던 것은 아니었다. 그러나 소가에게 그것은 어디까지나 머릿속에만 존재하는 이야기이지, 현실로서 눈앞에 나타나는 날이 오리라고는 생각하지 않고 있었던 것이다.

그것을 피하기 위해서 소가는 그를 홍주로 데리고 왔던 것이다. 소가는 옥좌가 아니라, 류휘의 목숨을 지키겠다고 손능왕에게 말했다. 자신이라면 막을 수 있을 것이라고도 생각했었다… 오산이었다.

류휘 자신의 의지를 전혀 생각하지 못했다.

'어느 새.'

어느 새, 자신의 손을 떠나 혼자서 걷기 시작했던 것이다. 소가는 지금 자신의 얼굴을 보고 싶지 않았다. 류휘의 말에 끄덕이지는 않았지만, 아니라고도 하지 않았던 자신. 예전에는 정밀하게 감정을 제어할 수 있었던 자신이, 한 해 한 해 나이를 먹어감에 따라 덜그럭거리며 고장이 나고 있는 것 같았다.

류휘는 소가를 보고, 난처하다는 듯 웃었다.

"하지만 그건 마지막 패다. 소가. 그때까지 할 수 있는 일이 아직 남아 있다고, 짐은 말한 거다."

"…류휘 님."

"그래에, 수려 님 아빠잖아? 그런 한심한 얼굴로 딸내미 얼굴을 어떻게 보려고 그러는 거야."

지미는 안쪽에 안치되어 있는 하얀 관을 보며 미소를 지었다. 지미도 몇 번인가 이곳을 찾아와 쌕쌕 잠들어 있는 수려의 얼굴을 보러 갔었다. 주부(州府)나 사원의 사람들도 하나 둘씩 찾아온다고 한다.

황해 퇴치의 진두지휘를 한 것은 왕계였지만, 어디에서 흘러나왔는지, 류화와 표가의 문을 열어젖히고, 재난 진압과 구제에 나서게 한 것이 홍수려였다는 소문이 퍼졌다. 표가 일족이 말한 것인지도 모른다.

무슨 생각에서, 관리들과 사원 관계자들이 그녀의 얼굴을 보고 돌아가는지는 알 수 없다. 하지만 지미는, 확인하고 싶었던 것이다. 수려가 마지막으로 남기고 간 그 말을.

"저 아이, 나한테 마지막으로 무슨 말을 하고 갔는지 알려줄게. 목숨만으로 뭔가를 지킨다는 건, 자신의 목을 내놓는 게 아니라고. 목숨을 바칠 거라면, 다른 걸 하겠다고. 그걸 위해서 갔다 오겠다고 말하고는 달려 나갔어."

소가는 천천히 관을 돌아보았다. 아니, 소가만이 아니었다.

목숨을 바칠 거라면, 다른 일을 하겠다.

다주 때에도, 표가 때에도, 황해 때에도, 퇴관 명령을 받았을 때에도, 생명이 끝난다는 것을 알았을 때에도.

언제가 되었든 해야 할 일은 단 하나.

다주 문제로, 별 생각 없이 군대를 파견하려던 류휘에게 수려는 정면으로 반대했다.

『군도, 무관도 필요 없습니다. 모든 상황에서 무력은 사태의 해결 수단으로 사용해서는 안 됩니다. 어떻게 무력을 쓰지 않고 백성을 지킬 수 있느냐가, 문관인 자의 긍지이자 해야 할 일이 아니겠습니까!』

──망가뜨리지 않고, 잘라내지 않고, 누군가를 지키기 위해서. 그것이 나라를 다스리는 자가 해야 할 일이라고.

그래, 어차피 목숨을 바칠 거라면 다른, 좀 더 나은 일에 바치겠어, 라고 수려라면 웃어넘길 것이다.

"…그렇군, 수려. 이번에는 짐의 차례다."

류휘는 눈을 감았다. 이제까지 늘 수려에게만 의지해 왔다. 어리광을 부리고, 보호를 받고, 기대어 있기만 하다가, 언젠가 리앵이 말했던 것처럼, 이렇게 망가뜨리고 말았다.

잠들어 있어도 된다. 언젠가 올 그 날까지. 그때까지는.

수려가 하려고 했던 일을, 이번에는 우리들이 모든 것을 해치워야만 한다.

"──류 주목, 연청, 남주의 건 및 다른 일과 관련해서 이야기를 하지."

류휘의 소망과, 수려의 소망은 같은 것일 테니까.

"그렇다는 것은, 여 영감에게서 남주 주목 일은 들은 거지?"

한쪽 팔을 삼각건에 건 지미 대신, 연청이 방에 서한과 두루마리를 잔뜩 들고 왔다.

딱딱한 바닥이었지만 어느 누구도 별실로 옮기자고는 말하지 않았다. 수려가 있는 관이 놓여 있는 곳이었기에.

"아아, 부탁했더니 알려주었어."

"어머, 싫다아. 잘 없는 일인데— 그 망할 영감탱이, 귀 솔깃한 정보가 있다면서 히죽히죽 웃기만 하고, 목 움츠리고는 결국 말하지 않았더랬지. '바―보, 짜증나' 랬던가, 아무튼 그런 심한 말만 남겨놓고 동파로 튀었는데… 그러고 보니 강유 님이 안 보이네. 여 영감님한테 잡혀버린 거야? …아핫핫핫, 순욱, 정말로 할 줄은 몰랐는데— 아무리 이강유가 싫어도 그렇지."

"엑, 그, 그런가?! 왜지? 사이좋게 못 지내나?"

"절대 무리죠, 무리. 고생 모르고 큰 도련님들만 보면 질투하고, 국시파인지 귀족파인지만 보고 물어뜯으려고 하고— 게다가 한쪽은 중앙관리, 한쪽은 지방관리. 무조건 무슨 부모의 원수라도 되는 것처럼 싸워댄다니까요. 이강유가 초기에 홍주나 남주에 파견되었더라면, 엄청 두들겨 맞았을걸요? 순욱 같은 게 득실득실, 만반의 준비를 해놓고 기다리고 있었을 테니까. 남주와 홍주 관계와 비슷한 거죠. 왠지 맘에 안 드는 놈, 이러면서."

"아아, 그렇구나! 알았어요."

추영은 응응, 하며 끄덕였다가 찌릿, 하고 소가의 시선을 받고서 핫, 하고 입을 닫았다.

"뭐, 여 할아버지한테 훈련을 받으면, 쌓는 걸 까먹었던 그런 경험치까지 몽땅 되찾아서, 불사조 못지않은, 어떤 구박에도 굴하지 않는 완전 딴 사람으로… 어머, 그게 아니지, 철인 관리로 완전 변신 시켜줄 테니까… 하지만 정말 잘 없는 일인데— 여 할아버지, 그렇게나 말만 많은 봉급도둑이었는데, 할 마음이 생기다니."

지금, 완전 딴 사람이 된다고 한 것 같은데?

"강문중이, 유폐되었다고 들었는데."

"그래. 폐하가 홍주에 도착하니까, 바로 기선을 제압하려는 것처럼 남주를 봉쇄한 거지. 저쪽에게 최악의 상황은 홍주부와 남주부가 손을 잡는 거니까. 나하고 강문중, 사이도 좋고."

류휘는 그 점이 수수께끼였다. 류지미는 악몽의 국시조는 아니다. 그런데 어떻게 된 건지 그들과도 잘 알고, 사이가 좋았던 것이다. 공통점도 없는 것 같은데. 과거에 뭔가가 있었던 게 아닐까 생각될 정도다.

"…그렇다는 것은, 남주부 전체가 뒤집어진 것은 아니라는 말인가?"

"아닌 것 같지? 문중은 할 일은 제대로 하니까, 부하들의 불만은 거의 없을 거야. 국시조이긴 하지만, 나하고는 달라서 시험보기 전부터 관리였던 데다가 꽤 이름도 알려진 상태였고. 하지만… 홍주부는 나와 순욱이 신뢰와 권한을 반씩 나눠가지고 있지만, 남주부는 문중과 부관이 8대 2. 문중 한 사람에 대한 의존도가 너무 높았던 거야. 그러니까 문중을 유폐시키기만 하면, 8할이 사라지는 거지. 그 점을 왕계파가 잘 이용했다고 할까."

전체가 넘어간 건 아니다. 그렇다면 남주부에서 관건이 되는 것은— 정란은 연청을 올려다보았다.

"부관인 주윤의 입장은? 연청, 남주부에서 만났을 텐데. 왕계파인가?"

"우——웅? 무소속? 그냥 주목 좋아—로 보였어. 명언록 만들고 싶다던가, 뭐 그런 소릴 했었는데."

누가 봐도 능력 출중 주윤인 홍주의 순욱과는 달리, 남주의 주윤
은 덤벙대는 40대로, 보좌로서 우수하기는 했지만 문중 대신 남주
주목을 대행할 수 있을지, 연청에게는 미지수로 보였다.

"그래. 그는 귀족파도 국시파도 아니야. 남가와도 무관계. 문중이
과거에 얽매이지 않을 부관을 발탁했으니까. 뒤집어 말하면, 어느
파가 되었든 상관하지 않고 일을 한다는 거지. 그러니까, 반 이상을
차지하는 왕계 일파에게 조언을 구하고, 협의해가면서 업무를 수
행하는 거야… 그걸로 충분한 거지."

남주부가 왕 쪽으로 기울어지지 않도록 하는 것만으로도 충분 이
상의 가치가 있다.

"부관까지는 아무리 그래도 유폐시키지 못해. 두 사람 모두 와병
중이라고 하면 어사대가 나설 게 분명하니까. 그가 중앙정세를 눈
치 채고서 어떻게든 버텨 주기를 기대할 수밖에 없어. 적어도 귀족
파의 뜻대로 조종당하지 않아 주기만 해도… 이쪽도 그거면 충분
해."

"…남주와 홍주는, 알았다. 다른 주들의 정세는 어떤가?"

연청이 팔랑팔랑, 한 통의 서한을 류휘를 향해 흔들었다.

"그럼 우선 다주부터. 영월이 벽주에 와 있었습니다. 홍주에 들어
오는 것도, 바라신다면 가능할 것 같습니다."

"벽주? 영월이? 다주에서 도 장관 보좌를 하고 있을 텐데?"

돌림병에 대한 책임을 지고, 수려는 용관으로 좌천되어 귀양으로
돌아갔지만, 영월은 도유의 보좌로서 관리의 길을 연마하기 위해
다주에 남았다고 알고 있었다. 벽주에 있을 리가 없는데.

"벽주의 재해를 알게 된 도 주목이, 영월에게 다주의사단을 붙여
서 피해지역에 파견했어. 지금 다주에는 '화진의 서(書)'와 엽 선

생 덕분에 모든 주에서 젊은 의사들이 대거 모여 있거든. '이런 때에 모여들지 말라!' 면서 도 주목이 거의 쫓아낸 거지. 왕에게 일일이 여쭤볼 일 있냐며, 멋대로 사후 승인. 자, 여기. 도장 찍어 달래, 영월이."

팔랑, 하고 서한을 흔들며 류휘에게 건네준다. 보니 도유의 필적이 아니라 영월의 필적이었다.

『…우리들도 멋대로 사후 승인했다고 처분된 몸이니까요, 도유 님까지 나중에 처분되면 곤란하니 제멋대로이긴 하지만 제가 대신 작성해서 보내겠습니다. 도장, 부탁드립니다.』

차분하고 성실한 성격이 배어나오는 영월다운 글씨로, 문장 역시 뛰어나서, 흠잡을 곳이 없었다. 하지만 읽은 전원이 침묵했다. 명대관인 도유를 스승삼아 수련시키는 것이 목적이었건만, 어째 도유가 바지런히 영월을 보좌하고 있는 것 같은 느낌이 든다——.

옥새는 성에 놓고 왔기 때문에, 류휘는 먹을 간 다음, 붓을 들었다. 설마 업무를 해야 하리라고는 생각지 못했다.

"…하지만 어째서 짐이 아니라 연청에게 서한이 갔지…?"

"글쎄—? 보내려면 내 앞으로 보내라고 도 주목이 말했나 봐요. 내가 제일 잘 안 죽을 것 같고, 왕과 직접 만날 수도 있고, 가능한 빨리 직접 이 서한을 전해줄 수 있는 건 나 정도일 거라고."

류지미가 옆에서 서명을 끝낸 서한을 집어 올리며 씩 웃었다.

"그렇네. 확실히 이거, 임시조정이라든가, 도중에 검열 단계에서 왕계파 손에 넘어가면 문제지. 예를 들어서 폐하 대신 왕계 님이 서명을 한다면, **의사단 파견을 허가한 건 왕계 님이 되는걸.**"

한 박자 후, 류휘들은 쭈뼛 온몸에 소름이 돋았다. 연청이 딱, 하고 손뼉을 치며 대변했다.

"아— 그래서 도유 할아버지가 내 앞으로 보내라고 한 거구나! 핑

장한데. 유순에게 듣기는 했지만 조정은 엄청 살벌하네— 한 치만 삐끗해도 그대로 끝인 거야? 이야, 다주와는 진짜 다르다— 주목인 내가 저지르느냐, 다가가 저지르느냐 경쟁이었는데! 그걸 유순과 주관이 거둬서."

"네놈하고 같냐!"

서로 상대가 실수하기만 기다리는 상황. 상당히 소극적이고, 비참한 정쟁이다. 정란이 연청에게 한 방 먹였다.

"아야! 아무튼 결론을 말하면, 다주와 다가는 폐하 편이야."

소가는 전체 지도를 보았다. 표가는 주취가 대무녀라고는 해도, 중립을 지켜야만 한다.

"여덟 개 주 중, 확실한 것은 이 홍주와 다주, 두 개 주뿐이군요. 핵심인 자주는… 왕계 님 편이라고 생각하는 쪽이 좋겠고. 자주부의 수장은 왕이 겸임하지만, 부재일 경우에는 왕계 님이나 리앵이 자주 주목 대행에 앉을 테지요. 그게 아니라도 자주는 각지에 명가와 고참 귀족들이 난립하고 있고, 귀족들의 대장원도 여기저기에 흩어져 있습니다. 물론 왕계 님의 영지가 있는 곳도, 자주."

왕계의 영지. 류휘는 눈이 휘둥그레졌다. 귀양 이외에 왕계의 '집'이나 '영지'가 있다고는 생각해본 적이 없었다. 자신이 성에서 한 발도 나간 적이 없어서일지도 모른다.

"…왕계의 영지…."

"돌아가는 일은 좀처럼 없겠지만. 분명, 이 근처였습니다."

연청이 가져온 두루마리 더미에서 지도를 찾아 끌어내더니, 자주의 한 지역을 둥글게 손가락으로 원을 쳤다. 류휘는 문뜩, 뭔가가 마음에 걸렸다… 뭐지?

추영은 역시 두루마리 더미 속에서 지형도를 꺼내서 비교해 보더니 인상을 썼다.

"우아… 뭐랄까, 산적이 의기양양하게 날뛸 것 같은 지형이군. 어디고 뭐고 할 것 없이 길이란 길은 모조리 다 좁고 험하고, 지형이 복잡하게 얽혀 있어서 최고로 까다로운걸. 성을 함락시키려면 소수정예를 보내서…."

"추영."

"농담입니다, 주상. 공격은 없습니다. 뭐가 되었든 이런 곳까지는 안 갈 거라고요."

소가는 손가락으로 원을 친 장소를 톡톡 하고 두들겼다.

"불편하고, 수확량도 많지 않지. 그래서 소 태사와 선왕 폐하가 떠넘긴 겁니다. 그에게 많은 것을 주게 되면 순식간에 반왕파 세력이 생겨날 것이라고, 많은 관리들이 완강하게 주장했다던데."

"……."

류휘는 입술을 굳게 다물고, 아무 말도 하지 않았다. 무슨 생각을 하고 있는지, 소가는 읽어낼 수가 없었다.

"왕계 님을 향한 충성심은 이 영지의 사람들이 가장 강할 겁니다. 수확량이 늘어서 풍요로워졌으니까요."

류지미는 끄덕이면서 남은 네 개 주를 보았다. 흑가와 백가, 황가가 차지하고 있는 북방 3개주와 벽주.

"…벽주는 좀 힘들지도 몰라. 홍주로 보낼 원조물자를 전부 벽주로 빼돌린 것도, 남전단으로 곡물창고를 만들게 한 것도 왕계 님이었으니까…."

류휘는 구양옥을 떠올리고 고개를 숙였다.

류휘의 태만 때문에 구양옥의 고향인 벽주는 반 이상이 괴멸에 가까운 피해를 입었고, 설상가상으로 그때 류휘는 거의 입을 열 수도 없는 상태였다. 모든 대처를 왕계와 유순에게 일임해버렸다. 좌우림군을 복구지원에 파견하기는 했지만, 그것도 손능왕이 제안한 일이었다.

구양옥의 냉랭하고 무례한 눈빛은 지금도 기억하고 있다. 왕계를 펀드는 일은 없더라도, 벽주에서 돌아오는 일은 없을지도 모른다—— 그런 예감이 들었던 것이다. 구양옥의 계속된 분노를 직시하고, 대답 한 마디하지 못했던 대가로서.

"그리고 벽주에서 복구작업이 가시화되려면 봄이나 되어야 할걸. 혜가 님도 안 계시고… 구양옥 혼자로는 당분간 주의 일처리만으로도 허덕일 거야. 지진피해를 이유로, 다행이다, 하고 그냥 모른 척할걸? 여기서 정쟁에 끼어들었다가는 정말로 벽주 백성들이 격노할 테고. 벽주는 예술이네, 사상이네, 철학이네 하면서, 대나무 숲에서 다과 논쟁이네 뭐네 하면서 자기 지식을 내보이고 싶어하는 자들이 많으니까 불을 붙이면 위험해. 구양옥은 그런 걸 잘 알고 있어. 무슨 일이 있어도 결론이 날 때까지 추이를 지켜보면서 복구를 중시할 거야. 혜가 님 후임으로 구양옥이라는 무파벌 누름돌을 앉혀둔 건 잘했다고 생각해. 그야말로 유순이 둘 법한 수라니까."

정란은 분하다는 듯한 얼굴을 했다. 시간이 지나고 나서, 천천히 효과를 발휘하는 멋진 수를 바둑판 구석에 꼭 둔다.

"문제는 북방 3개주겠군요."

정란이 중얼거렸다. 각각 '전쟁꾼'과 '무기상'이라는 별명을 가진 세 가문이 다스리는 지역.

"…그 세 가문을 끌어들이는 쪽이 이긴다고 해도 과언은 아니니까요."

추영의 상관이었던 흑요세와 백뇌염을 비롯하여 이름난 무장은 대부분이 흑주나 백주 출신이다. 많은 무문(武門)의 명가들이 즐비한 곳이지만 이를 하나로 묶어내고 있는 것이 흑가와 백가다. 그리고 북쪽의 두 개 주와 접해있는 경제의 요충지인 황주의 무기상들이 전쟁의 군자금 및 무기, 정보를 한 손에 쥐고 있다.

지미도 병사 출신인 만큼, 이들의 기질은 잘 알고 있었다.

"…북쪽의 흑주와 백주를 화나게 하면 정말 곤란해. 특히 먹을 것에 대한 원한은 절대로 용서하지 않으니까. 농담이 아니라, 농작물이 적은 북쪽 지역에서는 생사문제이기도 하잖아. 그렇죠? 홍가의 당주님?"

"…아아. 대업연간 때에는 몇 번이나 홍주까지 내려와서 쑥대밭으로 만들고 약탈을 해갔지. 없으면 완력으로 다른 주에서 약탈을 해서라도 연명해온 것이, 엄동설한의 땅인 흑주와 백주니까. 그래서 홍주 상인들은 저 북쪽 두 개 주와 식량을 정기적으로 거래해 왔는데… 그랬던 것이, 얼마 전의 홍가의 경제봉쇄로 겨울에 필요한 식량이나 연료 유통이 일제히 끊겨버렸다… 황해 발생 전의 경제봉쇄는 홍가의 실책이었다."

"홍가의 고삐를 제대로 쥐질 못한 폐하에 대한 불만이 분출해 있을걸. 원래 무가의 땅이니, 전화왕 같은 왕은 기꺼이 따르지만, 나약하고 유약한 왕이라고 간주하면… 깔본다고."

지도 위의 흑주와 백주를 각각 지미는 손가락으로 튕겼다.

"…황해가 일어난 밤에 유통은 재개되었고, 원래 홍주에서 나가야 했던 곡물도 연료도 전부 수송하도록 했다. 마지막 상인이 얼마 전에 출발을 했지만… 황해 영향으로, 그렇게 했는데도 평년의 반 정도. 그것도 북방 두 개 주에는 폐하의 수훈이 아니라, 왕계 님의 수훈. 나와 순욱이 벽주의 지원요청도, 흑주와 백주가 보낸 사자도 무시하고 식량을 감췄던 것도 아마 지금쯤은 알려졌을 거야… 정보꾼인 황가가 움직이고 있으니까."

남전단에 대한 지식이 없었던 그 당시, 수송을 해도 풀무치 떼의 습격을 받아 전멸했을 것이 뻔했다.

그러나 그런 사정은 흑주와 백주에게는 상관없는 일.

"폐하, 홍주, 홍가가 아주 삼박자 맞춰서 연속타로 흑가와 백가를 화나게 했다, 이거네요…."

"게다가 황가는 이기는 쪽에 붙을 테니까요. 뭔가 터질 것 같으면 도망가는 것도 빠르고."

정란은 미간을 확 찌푸렸다. 소방과 함께 입수한 의사록을 보더라도 점점 황 기인의 말수가 적어지고 있었다. 본가의 움직임을 눈치 챘다 하더라도, 기인이 그 당주를 제어하기는 역부족일 것이다.

"…현재의 황가 당주는… 대업연간 때 가산을 날려버린 선대를 독살하고 당주가 되었다는 소문이 있지요… 냉혹하고 비정하고, 빈틈이 없다던가."

조하(朝賀) 때 류휘도 만난 적이 있다. 날카로운 눈매를 가지고 있었다. 풍모에서도 전쟁의 상흔이 수없이 새겨져 있었지만, 웃으면 환하게 화사해지는 분위기를 가진 사내였는데. 하지만 소가도 정란에게 동의했다.

"네. 그는 대업연간 때, 소년이었음에도 '무기상'과 '정보꾼'으로서 몸소 무기를 짊어지고 각지를 돌았습니다. 지금 황가의 재산은 그들 형제가 전시에 긁어모은 것이지요. 그들은 전쟁이 얼마나 돈이 되는지 알고 있습니다. 인간, 정보, 물자, 무기가 천하를 단숨에 돌면서 전쟁특수가 일어나는 그 맛을 알고 있습니다. 귀양 완전 포위전 때에도 있었다고 알고 있습니다."

귀양 완전 포위전. 그 이름에 류휘가 문뜩 소가를 보았다. 아버지와 왕계의 전쟁.

"어머나, 그리운 이야기가 나왔네. 나, 마지막 귀양 완전 포위전 때 왕계 장군 쪽에 있었거든."

"…그랬습니까?!"

소가는 눈을 둥그렇게 떴다. 소가조차도 그 전쟁은 말로만 들었을 뿐이다. 게다가 승자인 전화 왕자 쪽이 아니라, 패자인 왕계 쪽에 있었다는 사람은 좀처럼 만나질 못했다. 그 마지막 전투에서는 귀양에서 귀족도 관리도, 백성은 내팽개치고 다 도망쳐서 투항했기 때문에 왕계의 병력은 매우 열세였다고 알려져 있었다.

"아니… 밥 준다고 해서 병사 모집하는 데에 갔더니 그쪽이었던 거지… 열 배 이상 되는 병력차이였어. 일부러 괴롭히려고 그러는 거냐고, 그때는 정말 죽는 줄 알았지… 진짜 지금 내가 살아있는 가 자체가 완전 기적이라니까. 혹가 사람들이 왕계 장군 곁에 있는 손 장군을 보고 완전 경악했어. 왜 거기 있는 거야?! 뭐 이러면서. 손 장군은 시끄럿, 다른 사람하고 착각하는 거다, 난 일개 서민이다— 이러면서 소리 질렀었지만."

지금과 똑같았던 모양이다. 추영은 턱을 만지작거렸다.

"나도 사마룡 할아버지한테 몇 번이나 들었어. 그거, 완전 죽는 싸움이었다고… 선선왕이 왕계 님에게 하사한 자색 군장도 수의 대신이었다지. 선선왕을 대신해서, 네 목을 내어놓으라는 의미로… 그런데도 성에서 나온 두 사람을 도무지 죽일 수가 없어서, 몇 번이나 항복을 권유하는 사자를 보냈지만 응하질 않아서. 병력 차이가 열 배 이상 되었는데도, 막상막하로 싸워서 사실 기겁을 했다던데."

"뭐, 죽을 각오였으니까. 나는 예외였지만 다른 병사들은 왕계 님에게 절대적인 충성을 맹세한 자들밖에 없었고, 그게 또 제대로 명령을 따르다 보면, 어떻게든 격파를 해서 살아남을 수가 있잖아. 격파, 격파 하면서 머릿속이 엉망진창이 되어서 정신을 차려보니 병사들이 후퇴하고 있었어… 살아남은 거지… 열 배도 넘는 병력 차이로 반나절이나 버텼어. 우리 편도 반은 살아남았어. 전멸할 거라고 생각했는데 말이지… 나, 몇 번이나 종군했었지만 죽을 것 같지가 않았던 건, 솔직히 그때가 처음이자 마지막이었다고…."

죽을 것 같지가 않았다고 생각하게 한 것은 전화왕을 비롯하여, 정말로 극소수의 사람만이 가능한 일, 나조차도 조건이 다 갖춰지지 않으면 무리라고, 사마룡은 추영에게 말한 적이 있었다.

"너희는 문관이라고 생각하고 있겠지만, 아마 지금 살아있는 사람들 중 최고의 명장이야, 그 두 사람."

류휘는 조용한 얼굴로 추영에게 물었다.

"…그래서, 어떻게 되었지?"

"멋지게 패배했습니다. 하지만, 귀양 포위전을 앞두고 도망쳐 투항했던 관리나 귀족은 전화왕이 모조리 처형했지만, 왕계 님과 능왕 님 밑에 있던 살아남은 병사들은 모조리 은사를 베풀어서, 목숨을 살려줬습니다… 훗날의 우환이 된다며 처형해야 한다는 장군들도 있었던 모양이지만… 뭐, 지금…."

추영은 말꼬리를 흐렸다. 정란도 눈을 부릅떴다.

그렇다— 그야말로 지금, 기다렸다는 듯이 입장이 완전히 뒤집혔다.

"그래서, 결국 선선왕도 전화 왕자가 귀양에 들어와서 처형…한 건가?"

"엣, 그런 거야? 후궁에 들어갔을 때에는 이미 살해당했었던 거 아니야? 그 있잖아, 마지막 총희가, 선선왕의 목을 비단 끈으로 졸라매서 죽이고, 자신은 행방을 감춘 무서운 여자여서."

추영은 뛰어오를 듯 놀랐다. 처음 듣는 얘기다.

"그, 그런 소문이?! 아니야!! 하지만 류 주목!! 그거, 확실히 소가 님의 대고모님이에요!!"

"그래?! 경국지색인 백합 마님이라는 총희가 홍가의 여인이었던 거야?! 아, 하지만 내가 들은 건 전혀 근거 없는 소문이니까."

287

소가는 눈을 가늘게 떴다. 대고모인 옥환이 귀양 포위전이 벌어지는 와중에 혼자서 성을 빠져나와 홍주까지 도망쳤던 것은 확실하다. 그러나 대고모가 이에 대해 말한 적은 없었고, 소가도 이 이상은 알지 못한다. 그때 무슨 일이 일어났는지를 정확하게 아는 자는 아마 전화왕과 소 태사 두 명 정도뿐일 것이다. 소가는 이야기를 원점으로 돌렸다.

"그러니까, 그 전쟁을 경험한 황가 당주는 정보 수집의 중요성을 뼈저리게 알고 있다는 겁니다."

그런데도 지금 상황이 될 때까지, 기분 나쁠 정도로 침묵을 지키며 아무런 움직임도 보이고 있지 않다. 그러나 이도 이미 오래 전부터 그들의 정보망에 포착되어 '판단 자료'에 반영되었기 때문이라면 납득할 만하다.

"하지만 중요한 바둑돌 세 개를 제일 먼저 잡는 건 정석이니까요… 지금까지 계속 앞의 수를 내다보던 '상대'가 현재 상황에서 그 세 가문과 접촉하지 않고 남겨두었다고는 생각하기 힘듭니다…"

정란은 초조한 듯 미간을 찌푸렸다.

"주인어른, 실은 그 점에 관해서 생각한 것이 있습니다. 저와 강유님의 추측입니다만, 봄에 일어났던 위조품, 위조화폐, 소금, 이 세 가지 소동 때 사라진 거액의 지하자금이 아직 유통되지 않고 있습니다. 이 지하자금은 황가와의 계약에 의해 황가로 흘러들어간 채 잠들어 있다고 생각됩니다. 황가와 맺은 모종의 거래의 담보로서."

확실히 남가의 추영이 보더라도, 그때 사라진 지하자금은 그 가치가 장난이 아니었다. 남주의 소금과 홍주산 철탄. 어느 쪽이나 현금과 같던가, 그 이상의 가치가 있다. 특히 전쟁 때라면, 그 가치는 헤아릴 수 없다. 사라진 물품 중 일부만 돈으로 바꾸더라도 막대한 자금을 손에 넣을 수 있다.

"그런가, 준비 자금인가… 전쟁은 돈이 드니까. 그리고 지하자금
이라는 건, 벌어들여도 은닉할 장소와 깨끗한 돈으로 세탁해서 유
통시키는 것이 가장 어렵지. 하지만 상인의 도시인 황주와 황가라
면… 가능하다."

연청은 물끄러미 정란과 추영을 보았다. 정보만으로 여기까지 추
측할 줄이야. 수려도 북방 세 가문까지는 아직 조사 범위로 포함시
키지 않았는데.

"아, 그러고 보니 그 문제. 소가 님, 홍가 기술자들의 행방, 확인이
되었나요?"

"…네. 철탄은 그렇다 치고, 사라진 홍가 기술자들은… 자발적으
로 따라간 것 같더군요. 특히 젊은 기술자들에게 불만이 있었던 모
양입니다. 애써 개발한 기술을 숨긴다는 것에. 좀 더 좋은 조건으로
자신의 지식과 기술을 활용할 수 있다면——하고, 따라갔던 것 같
습니다…."

소가의 표정이 어두워졌다… 어쩔 수 없는 일인지도 모른다. 영원
히 숨기는 것은 불가능하다. 전쟁 시에는 대량의 무기를 보다 싸게,
빨리 대량으로 생산할 수 있는 특수한 제철 기술이 다른 주로 보급
되어 같은 기술을 손에 넣을 수 있게 되면 전쟁은 쉬워지고, 더 많
은 무기가 유통되고, 사람이 죽고, 전쟁은 수렁에 빠지게 된다. 무
엇보다도 홍주를 지키기 어려워진다. 결코 다른 주에는 유출시키
지 말라—— 이것이 대대로 희(姬)가가 홍가 문중에게 요구해왔던 약
속이었다. 그러나 전쟁이 끝나고, 위기의식이 현격하게 저하되었
다.

"…몇 십 년인가 전까지, 홍가의 제철기술자들은 모든 생활의 보
장을 받는 대신, 혀를 잘렸습니다. 비밀을 유지하기 위해서. …하지

만 전쟁이 끝났기 때문에… 폐지되었던 것이지요."

그렇게 자란 젊은 기술자들이 궁핍한 생활을 견딜 수 없게 되었던 것이리라. 소가는 폐지를 하지 않았더라면 좋았을 것이라고는 말하지 않았다. 말하지 않아서, 류휘는 안도했다.

"하지만, 홍가도 철탄이 어디로 운반되었는지는 아직 파악하지 못했습니다. 연청, 그 문제는?"

연청은 씩, 웃었다. 그때서야 추영도 생각이 났다.

"전 보지 못했지만, 리앵과 아가씨가 쌓여 있는 걸 봤다고 했습니다."

"수려와… 리앵? …설마 표가로 운반된 건—."

"아닙니다, 그 가능성은 사라졌습니다. 얼마 전에 한 '통로' 의 방진을 살펴보다가 아가씨와 리앵만 날려간 적이 있었는데, 그때 도착한 곳에서 보았다고 했습니다. 저와 남 장군도 아주 짧은 시간 동안 그 산에 들어가긴 했지만… 이런 저런 일들 때문에 아가씨와 리앵만 구해서 바로 돌아오는 바람에, 결국 그곳이 어디였는지 전혀 보질 못했습니다. 그렇지— 남 장군."

"…엄청나게 옛날 일 같지만, 그러고 보니 그랬지. 여우 사내를 쫓아갔던 때였어…."

추영은 그때, 문뜩 뭔가와 이어질 듯한 느낌이 들었다. 류휘와 이야기를 하면서, 뭔가 위화감을 느꼈었다. 그 뭔가와 이어질 것 같았지만 아직은 완전하게 연결되지는 않는다.

"그저 자주 어딘가의 산이고, 숨겨진 마을 같은 것이 있다는 것 정도밖에 듣질 못해서. 나나 남 장군이 조금만 더 그 산을 둘러볼 수 있었다면 위치를 파악할 수 있었을 텐데."

아무리 수려라지만, 설마 관 안에서 잠이 들 것이라고는 생각하지 못했을 것이다. 그때는 황해 퇴치가 최우선 과제였기 때문에 연청도 대략적인 이야기만 듣고, 나중에 자세한 내용을 들을 생각이었다.

"그래서, 얼마 전 그 '통로'에 가봤더니 당연히 이미 막혀서 열리지 않았어."

"윽, 그렇다는 건 운반된 장소는 알 수 없다는 건가…."

추영이 머리를 긁었지만, 소가가 중얼거렸다.

"곧, 알게 될 겁니다."

"에? 소가 님, 그게 무슨 말씀이십니까?"

"자주 어딘가의 산이라면 후보지를 좁힐 수 있습니다. 이 겨울에, 하루 종일 연기가 피어오르는 산은 곧 찾을 수 있을 겁니다. 깨끗한 강이 흐르는 상류. 유용된 철탄만으로는 수량이 부족할 테니, 석탄을 캐낼 수 있는 산줄기가 있는 곳. 철광산. 대부분의 지류가 근처를 흐르고 있어서, 대량 운반이 편한 산. 그곳으로 운반되었을 겁니다."

공기가 차가워졌다. 류휘는 불쑥, 중얼거렸다.

"…겨울 동안, 무기를 대량으로 만들어내고 있다는 것인가. 봄에 전쟁을 일으킬 수 있도록…."

줄줄이 군마를 달려 류휘가 있는 홍주로 들어오는 무관과 신하들이 있는 것처럼, 상대편도 그럴 것이다. 무엇보다도 류휘가 귀양을 버리고 탈출했다는 것은, 그 자신의 의도는 어찌되었든, **주위에게는 그런 의미로 작용한다.** 손능왕의 말 대로. 세계가 돌기 시작한다. 급속도로.

"네, 류휘 님. 사라진 지하자금도, 소금도, 철탄도, 관직 쟁탈전도, 모두 전쟁 준비를 위한 사전 작업. 이런 것들을 가능한 쓰지 않는 방향으로 왕계 님은 몰아갈 생각이셨겠지만, 이렇게 된 이상 분명히 만반의 준비를 끝내고 임할 겁니다. ——그는 무른 사람이 아닙니다."

"…류 주목, 왕계는 지금 어찌 하고 있는가?"

"폐하와 유순의 부재에 따라, 정식으로 재상직에 앉았습니다. 삼성(三省)의 장관직은 본래 재상급이기 때문에, 멋대로 직급을 올린 것은 아닙니다. 찬성 다수로 가결. 소 태사의 추천도 크게 작용한 듯합니다."

망할 영감탱이, 하고 소가도 정란도 추영도 마음속으로 일제히 욕을 퍼부었다. 봐주지 않겠다 이건가──.

"누군가 대리는 필요하니까. 타당하다고 봐. 지금은 모든 주의 피해지역 복구를 지휘하고 있나 봐. 귀양도 빈번한 지진으로 상당한 피해를 입은 모양이니까. 가장 먼저 군을 소집한다던가, 조정에서 현왕파와 정쟁을 시작하는 것이 아니라, 우선적으로 민심 장악에 힘쓰는 것이 역시 대단하지. …나, 방금 세력이 반반 정도일 거라고 했지만, 홍주에 들어오는 건 훨씬 적을지도 몰라."

승자를 예상해 놓고, 마지막 결단의 순간이 올 때까지 움직이지 않는다. 특히 손바닥을 뒤집듯이 걸핏하면 입장을 바꾸는 신흥 지식층 국시파에는 이런 경향이 현저했다. **왕은 아무라도 상관없다**고 생각하는 것이다. 정란은 어금니를 악물었다.

"왕이 돌아올 장소를, 착착 잘라내고 있는 건가… 역시 왕계 님은 빈틈이 없군…."

"…아니다."

류휘의 입에서, 불쑥 흘러나왔다. 아니다. 정쟁을 위해서가 아니다.

내게는 보고 싶은 세상이 있다고, 마지막 밤에 말했었다. 해야만 하는 일들이 있다고. 그 세상을 위해서 묵묵히 해야 할 일들을 하고 있을 뿐이다. 그의 눈에는 류휘 따위는 보이지 않는다.

보이는 것은, 앞에 펼쳐질 미래뿐.

류휘는 조용히 눈을 감았다. 네가 왕계를 넘을 수 있을 것 같은가, 하고 손능왕은 말했다.

분명히, 그것이 전부다.

"가능한 일은 해두도록 하자. 특히 북방 세 주를 설득해야겠지. 가능하면 짐이 가고 싶지만⋯."

"마음은 이해가 갑니다만 안 됩니다. 도중에 잠복하고 있는 왕계군이나 암살부대에게 그대로 당하거나 왕도로 강제 연행됩니다. 그 후로, 일정 규모의 부대가 순찰을 돌고 있는 것, 보셨지 않습니까?"

정란과 추영의 날카로운 눈빛을 받고, 류휘는 쓴웃음과 함께 어깨를 으쓱했다.

"알겠다. 하지만 최소한 북방 세 가문의 개입만은 막고 싶다. 무슨 일이 있어도."

지미와 소가가 복잡한 표정으로 얼굴을 마주 보았다. 잠시 후, 소가의 입이 열렸다.

"⋯방금, 류 주목이 북방 세 주로, **마지막 대상(隊商)**이 떠났다⋯고 하셨지요?"

류휘는 핫, 하고 놀랐다. 어쩌면——.

"⋯이미, 길이?"

"⋯네. 아무리 외진 곳이라도 짐을 짊어지고 가서 장사를 하는 홍가나 전상련 상인들조차도, 보름 전에 떠난 것이 끝입니다. 살아서 북쪽에 도착할 수 있는 마지막 시기라는 말을 흘리더군요. 그 후로도 보름이 더 지났습니다. 게다가 올해는 예년보다 눈이 많이 왔다지요⋯ 황주까지는 갈 수 있을 테지만, 혹한의 흑주와 백주까지 무사하게 살아서 도착할 가능성은 아마도 2할⋯."

293

"아, 소가 님, 표가의 '통로' 같은 건? 주취 님에게 부탁해서."

"허가하지 않을 겁니다. 어지간한 일이 아닌 이상, 보통 사람들은 보내지 않습니다. 정치적 중립이 원칙. 원조나 구제, 감찰협력 등의 문제로 통로를 여는 경우는 있지만, 정쟁과 관련된 문제로 한쪽 편을 드는 일은 할 수 없습니다. 당신과 수려를 보내준 것은 경제안건이라고 간주했기 때문일 겁니다. 이건 다르지요. 주취가 대무녀에 취임했다 하더라도, 폐하의 칙명이라 할지라도… 류화가 그 때문에 실패했다는 것을 알고 있으니까요."

중립의 원칙을 어기고, 전화왕과 정쟁을 펼쳤다. 그것이 표가 실추의 원흉이 되었다.

"…알고 있다. 짐도 그걸로 됐다고 생각한다. 그래야지만, 표가와 주취가 다른 역할을 맡을 수 있다."

류휘는 웃었다. 그 미소에 소가는 놀랐다. 어쩔 수 없다는 의미뿐 아니라, 뭔가 다른, 앞을 내다본 말처럼 들렸다. 정란은 중립이라는 단어는 '책임 회피'일 뿐이라며 안달을 냈을 뿐, 무엇을 기대하고 있는지 알 수 없었다. 추영이나 연청도 마찬가지였다. 지미는 어깨를 움츠렸다.

"정말로 가려면 지금 당장, 들키지 않도록 험한 길을 골라서 소수인원으로 가야 할걸요. 안 그러면 생존 가능성이 떨어지니까. 하지만 봄이 오기 전에 답파하기는 지리적으로 불가능한 거리. 나라의 삼분의 일에 해당하는 거리를 빙 돌아서 각 가문을 설득하고, 협상. 이 한겨울에, 호설지대라고요. 흑가, 백가, 황가를 삼 개월 안에 전부 돌려면 군대 못지않은 강행군을 하더라도 무리… 잠깐, 어쩌면 엉덩이가 무거운 여 할아버지가 지금 움직였다는 건…."

마지막 한 마디에 소가도 화들짝, 지미를 보았다.

"아, 설마?! 여 영감님은 황가 문중이고, 감찰관도 역임했으니,

여행에도 여행길에도 정통한 게 사실. 게다가… 분명 강유 님에게 '수행 여행'이라고 했었지?!"

"…그렇다는 건, 진심이다. 확실히 우리 중 북방 세 개 주를 설득하러 간다면, 문관인 이강유지."

류휘도 정란도 추영도 연청도 모조리 얼이 빠진 채 차례차례 경악의 비명소리를 내질렀다.

"뭐어어어?! 강유가 가는 거야? 그거 절대 불가능한데?! 영원히 돌아오지 못한다고요?!"

"그렇습니다! 북방지역은커녕, 출발 직후에 홍주 안에서 조난당해서 근처를 배회할 텐데요."

"…우──웅, 이 시랑님… 조정 내에서도 꿈속에서도, 인생에서도 항상 헤매기만 했었죠…."

연청이 별 생각 없이 가장 정확하게 짚어냈다.

"두 번 다시 인생에서 만날 수 없게 된다면 짐은 울어버릴 거다. 여 관리는 그가 방향치라는 걸 모르는 것이겠지?"

"아니, 알고 있습니다. 동파에 오기 전에 전원의 정보는 머릿속에 몽땅 쑤셔넣어 두었을 겁니다… 류휘 님, 정말로 누군가 보내신다면, 강유 님이 적임입니다. 그는 문관으로서 우수합니다. 여심이 없으면 문제없습니다. 정란은 거만해서 상대방의 화를 돋울 테고, 연청 님이나 추영 님이면, 황가에서는 가진 돈 다 털리고, 흑가와 백가에서는 결투 신청이나 받다가 겨울이 끝날 것 같은데, 어찌 생각하십니까?"

소가가 제일 심하다. 가차 없이 난도질당한 세 사람은 생각했다. 역시 수려의 아버지.

"물론 강유 님 혼자서는 어렵겠지요. 그래서 여 관리를 붙여서 지원사격을 하도록 한다는 계획입니다. 지금쯤 사정설명을 끝내고 짐을 싸고 있을 가능성이 높지요. 시간이 아까우니 강유 님을 남겨 놓았던 겁니다."

"확실히, 여 영감님이 함께 간다면… 여러 가지 확률이 높아…지긴 하지만, 비실거리는 문관과 퇴관 직전의 할아버지라고. 군대에 발견되면 그 자리에서 끝일걸. 보기에도 체력과 생명력, 바닥인 것 같고… 그 장거리를 기간 내에 전부 돌 수 있을지는 미지수인걸…."

소가는 과장 없는 진지한 얼굴로, 류휘를 돌아보았다.

"류휘 님, 당신이 정말로 북방 세 개 주를 설득할 필요가 있다고 생각한다면, 강유 님과 여 관리에게 타진해보아야 한다고 생각합니다. 그것이 가장 가능성이 높습니다. 그렇지 않다면 가지 못하게 붙잡아 놓고, 다른 일을 하도록 해야 합니다. 우리들에게 허락된 시간은 많지 않습니다. 기간 내에 북방 세 개 주를 돌 가능성도, 협상이 성공할 가능성도 매우 낮습니다. 가더라도 헛수고로 끝날 가능성이 높지요… 두 사람의 목숨과도 상관있는 일인 만큼."

정말로, 필요가 있다고 생각한다면. 전원의 눈이 일제히 류휘에게 향했다.

류휘는 눈을 감았다가, 확실하게 끄덕였다.

"…짐이 정식으로 타진하겠다. 강유와 여 관리를 파견하겠다. 위험하더라도, 가능성이 낮더라도, 가능성이 남아 있다면 방도를 취하겠다. 눈이 녹고, 만약 그 세 가문이 일제히 북에서 남하한다면… 순식간에 중앙의 사태는 악화될 것이다. 하다못해 발을 잡아놓는 것만이라도 충분하다. 남하시기를 늦추도록 해보자."

개인적인 호불호가 아닌, 다른 무언가를 류휘가 공식적으로 입에 담은 최초의 선택으로 들렸다.

그런 류휘에게, 소가는 미소를 보였다.

"알겠습니다. 그럼 그렇게 하시지요… 그렇게 되면 며칠 내에 두 사람은 강청사에 여행준비를 끝내고 인사를 드리러 올지도 모릅니다. 한시라도 빨리 출발하는 것이 가장 좋습니다. 저라면 창오평야를 가로질러서 홍산 지대의 끝자락을 넘어, 북쪽으로 향하겠습니다. 홍주의 산은 아직은 넘을 수 있는 시기입니다."

지미가 미심쩍은 눈으로 소기를 바라보았다. 정란과 추영도 같은 눈빛이었다. 아직 넘을 수 있다니….

"물론 무관이라면 어떻게든 되겠지만, 할아버지와 방향치인 조카에게, 수행자나 자살 지원자가 갈 법한 그 눈 덮인 산을 넘으라고 하는 사람 없지 않나? 홍주도 겨울이라고요, 당신, 악마?"

"?! 아니, 그야, 상대가 생각하지 못한 행로를 생각해내지 않으면 잡힐 테니까요. 네."

소가는 헛기침과 웃음으로 얼버무리면서, 북방 세 개 주를 톡톡 손가락으로 두드렸다.

"…이 세 개 주는 그 두 사람에게 맡길 수밖에 없습니다… 류휘 님, 그 외에는?"

"남주의 강문중을, 가능한 빨리 구출했으면 한다. 그렇게 되면 남주부는 그가 막을 수 있게 될 것이니. 그런 역할은 감찰어사가 적임이지만… 연청의 기동력은 짐에게도 필요하다. 가능한 중앙 가까이에, 문제가 있을 때 바로 돌아올 수 있는 곳에 있어주었으면 하는데."

추영이 남주 지도를 보며 끄덕였다.

"그렇지요. 지리적으로는 바로 옆이지만, 용두산맥이 가로막고 있으니까… 게다가 너무 높아서 여길 넘는다고 딱히 시간 단축이 되는 것도 아니고, 어때요, 소가 님? 서로 생각하는 바가 있으실 텐데?"

"높이가 더 낮았다면 365일 싸우다가, 서로 탈진해서 사이좋게 같이 멸망해서 지금쯤 가문 이름도 사라진 상태였겠죠, 핫핫핫. 요즘 제게 자주 딴지를 거시는데, 추영 님, 무슨 일이시죠?"

어머— 홍남, 참 무섭다아—하고 지미는 살짝 중얼거렸다.

"뭐, 홍주에서 남주까지 가는 데에는 어떤 경로든 시간이 걸려서 번거로운 것은 사실입니다. 아무리 연청이라도, 무슨 일이 생겼을 때 바로 돌아오기는 어렵겠지요. 전력 면에서 많이 아쉬울 것입니다."

소가의 입에서 '아쉽다'라는 말이 나오자 연청은 씨익, 득의양양한 표정을 지었고 정란은 발끈했다.

"아, 그럼 탕탕을 보내면 어때? 나와는 달리 제대로 감찰어사이기도 하고."

탕탕… 탕탕이 '남 주목 구출 대작전'이라는 대대적인 업무에 무슨 도움이 된다는 것인가… 정란과 추영은 그런 실례되는 생각을 입에 담지는 않았지만, 얼굴에는 확실하게 담았다.

류휘는 고개를 갸웃했다.

"탕탕! …하지만 연락은 되는가? 규황의 님에게 보고한 후, 어찌된 거지?"

"알아서 여기 저기 움직이고 있어요. 제가 연락을 할 수 있는데, 어떻게 하실래요? 그리고 폐하가 움직이실 수 있는 감찰어사는, 지금으로서는 아가씨와 탕탕, 그리고 저, 이렇게 궁색한 선택안밖에 없잖아요?"

정말이지 궁색하다. 육청아라든가, 규황의라든가 하는 강력한 감찰어사를 가지고 있는 왕계가 얼마나 유리한지, 류휘는 뼈저리게 부러운 마음이 들었다. 육청아라든가, 잠깐만 빌려주지 않으려나….

"으음… 그러면 탕탕의 호위로 정란이나 추영을 붙인다든가…"

즉시, 이름을 불린 두 사람이 분개했다.

"류── 주상!! 저 근육 풀무치는 전력 면에서 아쉽고, 저는 아쉽지 않다는 겁니까?!"

"잠깐, 정란!! 나도 넣어 달라고. '우리들' 이잖아?! 그렇습니다, 주상!! 너무 심하십니다!"

"……으, 으음. 그, 그렇군! 그래, 아쉽다!!"

내심 '귀찮은 두 사람이군' 이라고 생각하고 있는 것이 옆에 선 연청과 소가에게는 바로 느껴졌다.

"폐하, 시험 삼아 탕탕 한 사람에게만 타진해 보시면? 의외로 재미있어질지도 모른다고요."

"연청?"

"탕탕, 자신은 바보고, 세지도 않고, 대단한 일은 전혀 못 한다고 생각하고 있지만, 내가 보기엔 그게 탕탕의 강점이라고. 그걸 보완할 만한 능력이 있는 거지. 그러니까 규 장관도 승진시킨 게 아닐까. 그렇게 실력을 중시하는 장관이, 엄청난 독립권한을 가진 감찰어사에 무능한 자를 앉힐 리가 없지. 무리라면 무리라고 말할 거야. 한 번 말해보는 것도 괜찮을 거라고 생각해. 그리고 탕탕, 아가씨의 업무처리방식, 쭉 곁에서 봐왔으니까."

류휘는 연청을 돌아보았다. 류휘가 실제로 알고 있는 규황의의 부하인 감찰어사는 육청아, 홍수려, 진소방. 연청조차도 암행어사일 뿐이다. 류휘는 믿기로 했다. 연청도, 규황의의 눈도.

"…알았다, 연청. 짐이 서한을 쓸 테니, 전해주겠는가?"

"알──겠음."

"마지막으로, 철탄이 운반된 장소다. 저탄장(貯炭場)과 제철장비가 있는 그 산을 찾아내주기 바란다. 소가가 말한 대로라면, 기술자들이 돌아올 가능성은 낮지만… 무기나 기술 유출을 최대한 저지하고 싶다. 기술자를 탈환할 수 있다면, 부탁하겠다. 자주의 산과 강을 조사해서, 후보지를 좁힌 후 분담해서 살펴주기 바란다."

정란과 추영이 대답한 후에도, 소가는 물끄러미 류휘를 바라보았다.

"…아직, 뭔가 있는 것 같군요, 류휘 님."

"…아아."

이제 곧 동지. 밖을 보니 캄캄했다. 앞이 보이지 않는 세계. 류휘는 그렇게 마음속으로 중얼거렸다.

"이건 짐의 추측이지만, 아마도 새해가 밝으면 왕계가 보낸 친서가 도착할 것 같은 생각이 든다."

모두가 아무 말 없이 다음 말을 기다렸다. 그런 모습은 처음 보는 것 같아서, 류휘는 웃었다.

"…회담을 하자고 제안할 것 같다."

거문고 소리가 기억 밑바닥에서, 저 멀리에서, 꿈의 끝을 고하듯이 들려온다.

류휘는 손에 든 '막야'를 내려다보았다. 갈아놓은 '막야' 같은 목소리가 들려온다.

──그때에는 정면으로 만나기로 하지요.

황해 퇴치를 위해 홍주로 떠나는 왕계와 마지막으로 만났던 밤, 다음에 만날 때에는 두 사람 모두 모든 것이 바뀌어 있을 것 같은 생각이 들었다. 그리고 그것이 무엇이든 간에, 그때에 뭔가의 끝이 올 것이라고─.

왕계와 무슨 이야기를 하게 될 것인지는 지금 류휘로서는 솔직히 잘 알 수 없었다. 하고 싶은 말, 해야만 하는 말은 산처럼 많은 것 같기도 했지만, 그때 입에 담게 될 말은, 그 어느 것도 아닐 것 같았다. 겨울에 얼음이 어는 것처럼 류휘의 마음도 이 겨울 동안 서서히 굳어졌다가, 눈이 녹으면 같이 녹아내릴 것이다. 그 후에, 마지막에 남은 것을 들고, 만나러 가게 될 것 같았다.

일대일로, 정면에서. 류휘는 천천히 사람들을 하나하나 둘러보았다. 관 속에 잠들어 있는 수려에게 마지막으로 눈이 멎었다.

미소를 지었다. 그것은 이제까지 류휘를 보아 왔던 소가조차도 가슴이 먹먹해질 정도로, 지금까지 본 적 없는 화사한 미소였다.

"그때가 오면, 부디 짐의 바람을 들어주기 바란다. 그 바람이 어떤 것일지라도."

류휘는 대답을 기다리지 않았다.

왜냐하면, 이는 바람의 형태를 한, 왕의 명령이었기에.

●　　●　　🞙　　🞙　　●　　●

──며칠 후. 그 날은 한밤중을 지나서부터 후드득후드득 비가 내리기 시작했다.

강청사에서 서한을 읽고 있던 류휘는 처마를 두드리는 부드러운 빗방울 소리에 문뜩, 머리를 들었다.

그때 문이 조용히 열리는 소리가 들렸다. 이어서 발소리와, 귀에 익은 목소리가 들려온다.

"어떻습니까, 홍주의 겨울은?"

"…눈이 아니라, 비가 내리는군. 귀양이었으면 지금쯤 펑펑 눈이 쏟아져서 쌓였을 텐데."

"가끔은 눈도 내리지만, 이곳은 평지니까요. 기온이 조금 높으면 금방 비로 변합니다."

발소리는 류휘 옆을 지나, 수려가 누워있는 관 앞에서 멈추었다.

뚝뚝, 여장(旅裝)에서 물방울이 떨어진다. 신경이 쓰이는지, 그는 조금 주저하면서 관을 들여다보았다.

류휘는 미소를 지었다. 이 며칠 동안, 자주 보는 광경이었다. 여기에 온 자들은 무슨 이유인지, 모두 한 번 수려의 얼굴을 보고나서 다시 나간다.

류휘는 손에 든 서한을 옆에 놓고는 조용히, 고개를 숙였다.

"강유… 부탁한다."

"맡겨주십시오."

여행자 차림인 강유는 뒤를 돌아보더니, 조용히 미소를 지었다. 이어서 추욱, 어깨를 떨어뜨린다.

"…눈보다도, 험한 산길보다도, 여 영감님과 둘이서 여행을 해야 한다는 게 최악이니까, 마음 쓰지 마십시오."

"…응… 그 점은, 미안하게 생각하고 있다…"

며칠 전, 여 관리가 회답을 보내서 강유와 단 둘이서 떠나겠다는 뜻을 알려왔다. 호위를 데리고 가면 들킬 위험성이 높아진다. 만에 하나, 교전이라도 벌어지면 끝이다. 설득의 협상 따위 상대에게 먹힐 리가 없다. 강유와 여 관리 단 둘이라면, 들킬 확률은 줄지만, 신변의 위험은 커지게 된다.

그런데도 강유 역시 여 관리의 제안에 동의했다. 강유는 여장을 풀지 않았다. 지금 강청사에 막 도착했는데도. 이는 쉬지 않고, 곧바로 출발한다는 증거였다. 한시도 허비할 수 없다.

류휘는 웃으려고 했지만, 실패한 것 같았다.

"…살아서, 돌아와주게."

"바보, 당연한 소리를. 재수 없는 소리 하지 마십시오… 뭐, 나도 슬슬 방향치네 뭐네 하는 소리만 듣고 있을 수는 없으니까… 여기 저기 돌면서 협상하는 건 고위직 문관의 인기 업무이기도 하고. 이

참에 여 관리에게 철저하게 단련당해보려 합니다. 어려움은 있겠지만 양수 님과는 또 달라서⋯ 재미있고, 대단한 사람이거든요."

류휘는 놀랐다. 그냥 흘려들을 뻔했지만, 강유가 스스로 자신을 방향치라고 인정한 것은 이번이 처음이 아닐까. 그런 강유가 신기하게도 전보다 든든하게 느껴져서 호감이 갔다. 약점까지 전부 다 포함해서 역시 강유인 것이고, 류휘는 그런 그가 한층 더 좋아졌다.

강유는 잠시, 입을 닫았다. 이는 뭔가를 망설이고 있는 듯한 침묵이었다. 마지막으로 류휘의 얼굴을 바라보더니, 후우, 하고 한숨을 쉬었다. 한 번 눈을 감더니, 마음을 정했다는 듯이 팔짱을 꼈다.

"⋯저기, 주상. 왕계 님이 황해 퇴치를 위해 귀양을 떠나기 전에 유순 님을 만나러 갔습니다."

유순. 그 이름에 류휘는 강유를 올려다보았다.

촛대의 불빛은 어두웠고, 빗방울 소리가 들려올 뿐인 방안, 강유는 류휘에게 다가왔다.

"솔직히, 나도 그 분이 적인지 아군인지 판별이 가지 않았습니다. 정란과 달리, 조금 생각할 점은 있지만⋯ 그 얘기는 하지 않겠습니다. 당신의 판단에 제 생각을 끼워 넣고 싶지 않으니까요."

강유는 품안을 뒤지더니, 뭔가를 꺼냈다. 그것은 손 안에 들어갈 정도 크기의 보라색 주머니였다.

"그때, 나는 이 주머니를 유순 님께 받았습니다. ──당신에게 건네주라면서."

"⋯짐에게?"

"⋯내게 이런 말도 했습니다. '이걸 왕에게 건네줄지, 말지, 열어볼지, 열어보지 않을지는, 당신과 왕이 판단하십시오. 건네주지 않고 당신이 그냥 묵살해버린다 해도 상관하지 않습니다' 라고."

그, 언제나 상냥하던 미소를 지으며. 그 미소가 갈팡질팡하고 있는 자에게는 얼마나 수수께끼이고 알 수 없는 것인지, 그때 처음으로 강유는 실감했다. 말이나 행동 하나 하나를 전부 의심하고 싶어진다. 아무런 근거도 없는데도, 강유는 상대하는 것만으로도 현기증이 일 정도로 휘둘렸고, 현혹되었다.

"…나는, 안을 보지 않았습니다. 당신에게 건네줄지 말지, 이제껏 생각했습니다."

귀양을 탈출하기 전에도, 탈출하는 중에도, 그 후에도. 품 안에 넣어둔 채, 줄곧 망설이고 있었다.

"북쪽으로 가기 전에 건네주지 않으면, 이젠 건네줄 수 없다고 생각했습니다. 지금 당신의 얼굴을 보고 정했습니다. 건네주겠다고. 어떻게 할지 결정하는 건 내가 아니라 당신입니다… 비겁하게 들릴지도 모르겠지만."

"…아니. 아니다. 괜찮다. 그 말대로다."

"…아직 끝나지 않았습니다. 왕에게 건네준다면, '결정을 내리기 힘들 때에 열어보면 좋을 것'이라고 전해달라고."

"응? 무슨 결정을 내리기 힘들 때? 말로 하기는 뭣하지만, 짐은 항상 무슨 일이든 결정하기가 힘들다."

"바보. 자랑할 일입니까?! 뭐, 나도 잘 모르겠지만."

강유는 조금 망설인 후, 류휘의 손에 살짝 주머니를 올려놓았다.

"…뭐가 쓰여 있는지는 알지 못합니다. 지금으로서는 그것도 거짓이거나, 미끼일 가능성도 높습니다. 안을 보더라도, 나는 그 진위를 가려내지 못할 겁니다. 마음의 혼란을 겪고 싶지 않았기에, 안을 볼 수가 없었습니다."

마치, 옛이야기와도 같은 주머니.

선물 받은 그 상자를 열 것인가, 열지 않을 것인가. 열면 어떻게 될 것인가. 강유가 알 수 있는 것은, 자신이 열어버리면 그것이 무엇이

든 간에 반드시 마음의 혼란을 겪게 될 것이란 것.

그리고 왕에게 건네줄 때, 반드시 자신 나름의 주제넘은 참견을 하지 않고는 배기지 못할 것이라는 것. 지금까지 거듭해 왔던 과오. 그렇기에 매듭이 바로 눈앞에 있어도, 손을 댈 수 없었다. 지금의 강유의 그릇으로는, 유순과 너무 차이가 나서 이용당하고 끝날 뿐이다.

"열지, 말지는 당신이 정하십시오."

강유는 마지막으로 그 주머니에 눈길을 준 후, 외투 자락을 담담하게 털었다.

"…그럼, 슬슬 가보겠습니다."

류휘의 얼굴을 보고, 강유는 쓴웃음을 지었다. 꼬리 내린 강아지처럼, 풀죽은 얼굴을 하고 있었다.

강유는 손을 뻗어, 류휘의 머리를 마구 헝클어뜨렸다. 지금까지 강유의 호통을 듣는 일은 자주 있었지만, 이런 식으로 직접 행동으로, 한 발 다가와 만진 것은 처음이었다.

"…때를 봐서, 서한을 보내겠습니다. 저, 나도 당신에게 같은 말을 하겠습니다."

"어?"

"제대로, 내가 돌아올 때까지, 살아있으라고. 대답은 듣고 싶지 않으니까, 묻지는 않겠습니다."

그렇게 말하더니, 강유는 너무나도 담담하게, 발길을 돌려 나가버렸다. 강해진 바람이 나뭇가지를 흔드는 소리와, 빗방울이 떨어지는 소리에, 류휘는 제정신이 들었다.

촛대의 초가 조금 짧아졌을 뿐, 모든 것이 꿈 같았다.

하지만 손에는 확실히 부드러운 감촉의 보랏빛 주머니가 놓여 있었다. 꿈이 아니었다고 알려주고 있었다. 강유는 확실히 이곳에 왔었고, 그리고 나간 것이다.

류휘는 남겨진 주머니를 내려다보았다.

'유순이… 강유에게 건네준 주머니.'

휘익, 하고 기묘한 바람이 불어와 촛불이 흔들렸다. 불빛이 흔들리면서 보랏빛 주머니에 그림자를 드리운다.

손에 쥐어보니, 뭔가 딱딱한 것이 만져졌다. 끈으로 나비매듭을 묶어놓았을 뿐이라, 풀면 바로 굴러 나올 것 같았다. 하지만 강유가 열지 못했던 것처럼, 지금 류휘도 역시 열 수가 없었다.

류휘에게 유순은 마치 선인(仙人)과도 같은 재상이었다. 모든 것을 멀리 바라본다. 강유와 만났을 때, 과연 그는 어떤 미래를 보고 있었던 것일까? 지금과 같을까, 아니면.

"…결정하기 힘들 때…라."

중얼거리더니, 류휘는 강유가 그랬듯이, 주머니를 조심스럽게 품 안에 집어넣었다.

…그러나 그 후, 강유의 서한은 한 통도 오지 않았다.

강유과 여 관리의 소식은 강청사를 떠난 그 날 이후로, 들려오지 않았다.

소방에게서는 호위로 고한승을 붙여달라는 답신이 왔다. 그 소방의 소식 역시 고한승과 함께 남주에 도착했다는 서한을 끝으로, 역시 뚝, 끊겼다.

그리고 새해가 밝은 지 얼마 후.

조정의 왕계에게서 류휘에게 한 통의 친서가 도착했다.

동파요새로 돌아온 추영은 초조한 듯 이리저리 걷고 있었다.

"어쩐다. 강유도, 탕탕도 소식이 끊긴 상태인데, 노렸다는 듯이 친서가 날아오다니."

남주 주목인 강문중은 여전히 유폐된 채. 강유의 연락도 끊겼다. 무슨 일인가 일어난 것이다.

"'바람의 늑대' 비슷한, '감옥의 유령'이라는 흉수집단을 키우고 있었다고 하니…."

정란도 초조한 듯 미간을 찌푸렸다. 두 사람 모두 수려가 조사 중이던 안건은 하나부터 끝까지 전부 읽어보았다. 조금이라도 싹이 틀 기미가 보이면 차례차례 재빨리 잘라내버리는 방식. 추영 자신도, 수려와 유순이 여우 가면을 쓴 사내의 공격을 받는 것을 직접 보았다. 이번에도 한 발 먼저 내다보고, 그 표적을 강유나 소방으로 좁혔다고 해도 이상할 것은 없었다. 강유와 소방의 소식이 뚝 끊긴 것이 확실히 이번을 암시하고 있었다.

정란은 노려보듯이 동파 너머, 귀양 쪽을 바라보았다.

"게다가, 생각보다, 홍주에 들어온 숫자가 너무 적어…."

아직까지도 예상의 반도 되질 않았다. 믿고 있었던 조정의 육부상서 중 어느 누구도 움직이려 하지 않고, 왕계를 따르고 있다는 것이 크게 작용하고 있었다. 그들 중 반이라도 왕계에게 저항했다면, 조정의 현왕파도 세력이 불어나, 류휘의 귀환이 보다 용이해졌을 것이다.

중앙의 홍씨 관리들로부터 때때로 날아오는 서한을 읽어보면, 딱히 상서들도 유유낙낙하게 왕계를 따르고 있는 것은 아니다. 결정에 이의를 제기하는 일도 가끔 있다. 하지만 이는 류휘가 왕이었을 때와 내용적으로 다를 게 없었다. 정사의 처리 방식에 문제 제기를 하기는 하지만, 왕계 그 자체를 거부하는 상황은 아닌 것이다.

"류휘는 모조리 다 '좋다' 지. 뭐가 좋다는 건지. 나라면 전원 다 잘라버리고 새로 앉혔다고!!"

"…뭐, 확실히 기인님도, 비상 님도, 왕이라기보다는 유순 님 편이었으니… 국시파네 귀족파네, 주위에서는 그렇게 나누려고 하지만, 그 사람들은 그런 건 아무래도 상관없다고 생각하고 있고."

하지만, 류휘로서는 든든한 아군이라고 믿고 있었던 육부상서가 움직이지 않자, 처음에는 어느 정도 들려오던 반왕계파의 목소리도 그 탓에 용두사미가 되고 말았다. 가만히 추이를 보려던 자들은 황급히 귀족파의 우두머리인 왕계의 소매를 앞 다퉈 끌어당기기 시작했다고 한다. 회담이 언제 열리건 간에, 이대로 류휘를 따르기 위해 홍주에 합류할 인원이 극적으로 늘어날 가능성은 없어 보였다.

"이래서는 아무것도 안 돼…!"

초조함의 원인은 이것만이 아니었다. 정란은 자주를 떠나던 때를 떠올리고 미간을 찡그렸다.

"…추영, 자주의 그 산… 역시 출입구는 못 찾은 건가?"

"아아. 황 장군까지 파견했지만, 못 찾았어. 도대체 뭐냐고, 그 산은. 어떻게 들어간 거지? 하루 종일 연기가 피어오르고 있는데도 할 수 있는 거라고 바라보는 것밖에 없으니."

철탄이 매장된 산. 많은 지류가 합류하여 저탄장도 될 수 있는 강줄기에, 하루 종일 연기가 피어오르고 있는 산. 찾아내는 데에는 한 달 정도 걸렸다. 겨울에도 안개가 자주 피어오르고, 날씨도 변덕을 부린 탓에, 딱 하루, 맑게 개였던 날, 연기가 피어오르고 있는 걸 발견했으니 운도 도왔다고 할 수 있다.

그곳은 귀양에서 그리 멀지는 않았지만, 촌락도 드문드문 흩어져 있는 외진 곳으로, 산에는 이름도 붙어 있지 않았다. 산세도 깊고, 크기는 큰데도 무슨 연유인지 지도에도 나와있지 않았다.

그리고—— 그 산은 왕계의 영지 끝자락에 위치해 있었다.

장소가 장소인 만큼, 발견했다는 소식이 들어오자, 류휘와 정란, 추영과 엄선한 열 명 남짓한 병사들로 잠입하려 했다. 그 산을 보았을 때, 추영도 정란도 흠칫 했다.

류휘는 조용히, 가는 연기가 피어오르는 그 산을 올려다보았다.

…그때에는 장소도 알지 못했다.

하지만 그 산은 류휘가 행방불명되었던 바로 그 산이었다.

그리고 며칠 동안 그 산을 살펴보며, 빙빙 돌아보았지만, 어찌된 일인지 아무리 해도 산으로 들어가는 길을 찾을 수 없었다. 강을 따라 올라가 봐도, 얼마 못 가 가로막혀버린다.

무엇보다도 혼란스러웠던 것은 말을 타고 산에 들어갔었던 추영과 정란이었다.

"잠깐만. 우리들 확실히 산에 들어갔었잖아?! 석영 뒤를 따라서 들어갔으니까, 말을 타고 도중까지는 반드시 갈 수 있는 길이 있어야 하는데?! 왜 어디에도 없는 거지?"

"밤이었고 눈이 쌓여 있어서, 석영을 따라가는 것도 버겁긴 했지만… 어딘가에 분명히 있을 거야. 반드시 숨겨진 길이 있을 거라고."

그러나 그 숨겨진 길도, 아무리 찾아봐도 단서 하나 찾을 수가 없었다. 추영도, 정란도, 그 후로 몇 번이나 병사들을 보내서 찾아보도록 했지만, 오늘까지 성과는 전무했다. 그저 연기만이 언제나 뭉게뭉게, 안개와 구름 너머까지 피어오르고 있었다.

동시에 추영의 머릿속에 계속 걸려 있던 또 하나의 실타래도 풀렸다. 수려와 리앵을 구출하기 위해서 한 순간이지만 들어갔던 그 산. 땅거미 속에서 작은 노인을 얼핏 보았다. 어두워서 얼굴은 제대로 보지 못했지만 그 노인이 외눈에 외팔이었다는 것은 기억에 남아 있다.

수려가 들어간 신비로운 산. 류휘를 구해줬다는 산속 외딴집의 한쪽 눈과 한쪽 팔이 없는 노인. 마치 하나의 실로 이어진 것 같다. 그러나 이도 거기까지였다. 그 이상 실은 풀리지 않았다.

——막다른 골목이었다. 하나부터 열까지. 그것이 한층 더 두 사람의 초조함과 불안을 키워갔다.

"정란, 친서에 뭐라고 쓰여 있는지 들었어?"

"…류휘가 예상했던 대로의 내용이었어. 눈이 멎을 무렵, 논의를 위해 만나러 가겠다고. 장소와 날짜 선택은 류휘에게 맡기겠다—고 한 모양이야."

"뭐야, 그거. 그럼 홍주로 오라고 하면 온다는 거?! 우습게 보는군."

"그야 오겠지. 바라고 있을걸? 이쪽의 몇 배나 되는 병력을 끌고서 옥쇄까지 들고, 홍주 제압을 하러 오는 거지. 어디에서든 우위에 설 자신이 있으니까 류휘에게 고르라고 한 거야."

추영은 입술을 깨물더니 초조한 듯 방안을 이리 저리 걷기 시작했다. 보통때는 정신사납다며 뭐라 그러는 정란도, 이때만큼은 아무 말도 하지 않았다.

"…언제로 할 건지. 주상이 무슨 언질은 했어?"

"…아니, 아무 말도. 나도 괴로워. 뭐 하나 상황이 호전되질 않았는데, 자칫 날짜를 잘못 잡으면 상황은 더 나빠질 뿐. 회담 날짜는 늦게 잡는 게 좋을지도 몰라…."

"하지만 늦어지면 늦을수록, 약점이 더 드러나게 되지. 조정의 중립파도 점점 왕계 님에게——."

"듣지 않아도 안다고!!"

고함소리가 방 안을 허망하게 울리고 사라졌을 즈음, 정란은 소리를 지른 것을 사과했다.

"…미안하다…."

"아니, 나도… 미안하다…."

강유가 여기에 있었다면 뭔가 좋은 안을 내놓았을까. 그를 승산도 없는 북방지역으로 보낸 것이 애당초 실수는 아니었을까. 우선, 여관리는 정말로 믿을 만한 인물이었던 걸까. 그는 황가 문중인 것이다. 류휘 편이라고 말한 적은 한 번도 없다. 강유의 소식이 끊긴 것은 여 관리가 황가로부터 뭔가 타진을 받고, 책략을 썼기 때문은 아닐까——.

'…안 돼, 생각하지 말자.'

점점 생각이 부정적인 쪽으로 빠져든다. 빙글빙글, 바닥없는 늪처럼 빠져든다.

도중에서 억지로 끊어내려 해도, 문뜩 정신을 차려보면 머릿속을 빙글빙글 맴돌고 있다.

불현듯 흰 관 속에 잠들어 있는 수려의 얼굴이 머릿속에 떠올랐다.

뭐든지 알고 있는 듯한 얼굴로, 쌕쌕 잠들어 있는 소녀.

그녀는 아직 일어나지 않는다. 그러니까 아직은 괜찮다고, 추영은 언제부터인가 생각하게 되었다.

눈을 뜨기 전까지는, 상대방이 아직 마지막 승부수를 던진 것은 아니라고.

그런 식으로 생각하게 된 자신에게, 추영은 쓴웃음을 지었다. 조금은 마음이 차분해졌다.

강청사에 가서, 그 조용한 얼굴을 보면, 이렇게 엉망진창으로 얽혀버린 끈적거리는 검은 실과 같은 생각에서 조금은 벗어나는 것 같았다. 지금 추영이나 정란이 빠져 있는 상황은 그녀에게는 딱히 드문 일이 아닌, '일상'이었다. 이를 그녀는 하나하나 극복했던 것이다.

침착하자. 아직은 괜찮다. 숨을 들이마시며, 시야 끝에서 정란도 똑같이 심호흡을 하는 것이 보였다.

생각하고 있던 것도 같았는지 모르겠다.

친서의 회답은 빠르면 빠를수록 좋다. 가능하면 며칠 내로. 이는 추영도 알고 있다.

그러나 이렇게 모든 것이 어정쩡한 상태에서, 장남감 상자에서 꺼낼 수 있는 건 모조리 꺼내서 엉망진창이 된 상황에서, 류휘는 날짜를 정할 수 있을까. 추영이 같은 입장이었다면 그냥 대충 때려잡는 수밖에 없다. 류휘가 손에 들고 있는 바둑돌은 추영과 같은 숫자로, 더 많은 것도 아니었다.

밖에는 하늘하늘 싸락눈이 내리고 있었다. 자주와 가깝고, 계곡 안에 껴있는 것 같은 동파요새는 눈이 많이 내린다. 새해가 밝았는데도 펑펑 쏟아지고 있다.

'좀 더 내려라.'

추영은 기도했다. 쏟아져서, 류휘가 답장에 쓸 날짜가 더 늦춰질 수 있도록.

…하지만 눈은 추영의 눈앞에서, 잠깐 눈송이를 날리고는 허망하게 그쳐버렸다.

마치 앞날의 운명을 암시라도 하는 듯이.

류휘는 오랜만에 강청사에 오랫동안 머물렀다.

강청사를 거점으로 하고 있다고는 해도, 딱히 수려 곁에서 하루 종일 있는 것은 아니고, 오히려 주부인 오동이나 동파를 오가며, 거의 돌아오지 않는 날이 많았다. 하지만 요 며칠 동안은 쭉 머물고 있었다. 타닥, 타닥, 하고 화롯불이 소리를 낸다. 수려의 관은 여전히 조용히 그곳에 놓여 있어서, 언제부터인지, 누가 붙인 이름인지 '관의 방'이라고 불리게 되었다. 관에는 소가나 다른 사람들이 저마다 마음이 담긴 물건들을 넣고 가게 되었고, 류휘도 딱 하나, 손으로 만든 물건을 하나 넣어 보았다.

류휘나 연청들이 논의를 할 때에는 언제나 이 방에서 했기 때문에, 이제는 한구석에 서한이 어지럽게 쌓여있었고, 책상과 서한, 필기도구는 물론, 잠깐 눈을 붙일 때 쓰는 요도 몇 채 굴러다니고 있었다.

류휘는 그 책상에서 서한 하나를 바라보고 있었다. 그 서한은 며칠 전부터 계속 류휘 앞에 놓여 있었다. 봉투를 열면 흠잡을 데 없는 문장과 글씨가, 너무나도 간결하게 용건을 전한다.

류휘는 40번 정도는 읽었을 그 서한을 또 그만 빠져들 듯 바라보고 있었다.

필체는 위엄이 있으면서도 유려하고, 우아함이 남아 있는, 왕계 그 인물과도 같았다.

책상에는 소가가 준비해 준 필기구와 종이 등이 놓여 있었다. 조정에서도 즉위식이나 그에 준하는 의식이 아니면 사용되지 않는, 손으로 뜬 등심당지(燈心堂紙)가, 벌써 한참 전부터 서진 밑에서 조용히 기다리고 있었다.

손에 익은 짧은 붓에 먹을 묻혀서—— 거기에서, 오늘도 멈췄다.

길고 긴 시간이 지난 후에도 류휘는 여전히 한 글자도 쓸 수가 없었다.

정원의 나무에 쌓인 눈이 떨어지는 소리에, 류휘는 흠칫 놀랐다. 손에 든 붓이 흔들렸다. 부엉부엉, 부엉이가 우는 소리가, 들렸다.

——날짜와 장소.

가장 좋은 날짜를 선택해야 한다고 정란은 말했다. 하지만 뭘 보고 좋은 날짜라는 걸까. 예를 들면, 강유가 이 날까지 반드시 설득을 하겠다고 연락을 줬다면, 믿고서 그 날을 맞춰볼 것이다. 남주에 유폐되어 있던 강문중이 풀려나서 호응할 수 있다면 그것도 좋다. 그러나 지금은—— 아무것도 없다. 아무것도.

솔직히 지금 상황으로는 류휘에게 회담이 언제, 어디에서 열리더라도 그리 큰 차이는 없었다. 하지만 이런 가장 중요한 시기에, 근거도 없이 대충 고른다는 것에는 엄청난 위화감을 느꼈다. 강청사의 노옹이 길흉의 날짜를 써서 보내주었지만, 그것을 봐도 감이 오질 않는다.

술렁술렁, 가슴 속이 전율했다. 이 날짜야말로, 가장 중요한 결단이 되리라는 예감이 들었다. 그러나.

"…못 하겠다. 알 수가 없다."

붓을 놓고, 머리를 싸안자, 품 안에서 뭔가 딱딱한 것이 부딪치는 느낌이 들었다. 류휘는 이를 무시하려고 했지만 아무리 해도 무시할 수가 없어서, 결국 한숨을 쉬고, 품에서 연보랏빛 주머니를 찾아 꺼냈다.

한 번도 풀린 적 없는 매듭은 단단히 매어져 있었다.

그 후로 몇 번이나 류휘는 이 주머니를 턱을 고인 채 바라보았다.

유순의 행방은 여전히 알 수 없었다. 조정에서는 도망을 쳤네, 강에서 시체가 발견되었네, 그런 소문까지 들려왔다. 들을 때마다 가슴이 답답했다. 류휘는 그를 살리기 위해서 손을 놓았던 것이다. 그런 일이 있을 리가 없다— 몇 번이나 몇 번이나 가슴속으로 부정했다.

그러나 그때마다 소가와 보았던 밤하늘에서 지팡이별이 떨어지던 광경이 머릿속을 맴돌았다.

양손으로 살짝 감싸 안고 있던 작은 주머니. 그 안에 유순이 뭘 넣었던 간에 결국 몇 달이나 전의 일이고, 내용물이 무엇이든 간에 과거와 다름없었다. 설사 거짓인지, 진심인지도 알 수 없는 조언이나 충고 등이 들어 있다 하더라도, 모든 것은 이미 늦었다.

지금으로서는 이것이 유순이 남긴 마지막 물건이자, 유일한 실마리였다.

커다란 새가 밤하늘에서 날갯짓하는 소리가 들렸다. 기묘한 바람이 불어와, 등불이 흔들렸다.

딸각, 하고 등 뒤에서 뭔가가 울렸다. 마치 관을 수려가 두드리고 있는 것 같아서, 류휘는 놀라 돌아보았다. 하지만 관에는 딱히 아무런 변화도 없다. 문득, 수려에게 받은 서한을 떠올렸다. 마음에 혼란을 빚기 싫어서 열어보지도 않고 태워버린 서한. 후회는 하고 있지 않다. 다만——.

류휘는 다시 한 번 주머니를 바라보았다. 수려의 서한과 마찬가지로, 분명히 지금, 여기에서 열지 않는다면 두 번 다시 열 수 없을 것이다. 열자. 갑자기 류휘는 그런 생각이 들었다.

금색에 가까운 주황색 실을 과감하게 풀었다. 꽃처럼 주머니의 입구가 벌어진다. 거꾸로 들고 흔들자, 류휘의 손에 뭔가 작은 것이 하나, 굴러 떨어졌다. 촛대 밑에서 바라보던 류휘는 어안이 벙벙했다.

"…주사위…? 이거 하나…?"

일반적인 주사위보다 상당히 크고, 비가 갠 하늘처럼 아름다운 청자 주사위였다. 청자치고는 촉감이 독특했지만, 그 외에는 별다른 특징 없는 주사위였다.

뭔가 조언이나, 수수께끼 같은 글이라도 나올 것이라고 생각했던 류휘는 기운이 빠져버렸다.

"주사위… 하아…."

새하얀 등심당지 위에 놓고는 손가락으로 굴려봤다. 유순은 무슨 말을 하고 싶었던 걸까. 모든 것은 정해져 있으니 포기해라? 운은 하늘에 맡겨야 한다? 아니면 임금 노릇은 그만두고 이 주사위 하나로, 인생을 펼쳐나갈 수 있는 도박꾼으로 전향해보라?! 맨 마지막 조언이면 어쩌지?

'운을 하늘에 맡기라는 건, 날짜는 역시, 그냥 감으로 때려잡아야 하나? 아니면 주사위를 굴려서 나온 눈으로 날짜를 정한다든가? …아── 결국 엄청 망설이고 있잖아, 나!!'

류휘는 아무 생각 없이 주사위를 종이 위에서 굴려보았다. 그때 기묘한 위화감이 들었다.

"응?"

몇 번인가 던져보며, 역시, 라고 생각했다. 류휘는 주사위를 집어들고는 요리저리 잘 살펴본 후, 마음을 굳게 먹고 푸른색 주사위를

손가락으로 짓눌렀다. 후두둑, 도기 파편이 떨어진 후——.

류휘의 손가락 사이에는 작게 접힌 종잇조각이 끼워져 있었다.

두근, 하고 가슴이 크게 뛰었다.

떨리는 손으로 펼쳐보려 하는데.

"류휘 님, 야식입니다. 조금은 드시—— 아니, 뭡니까, 그건?"

소가는 얼어붙어 있던 류휘의 손가락에서 종잇조각을 빼내어 그대로 펼쳤다.

"아아아아아으아아아아악——!!"

류휘는 그렇게 절규했다고 생각했지만, 실제로는 마음의 절규였다. 머리는 새하얗고, 입 안은 바짝 말라있어서 목소리가 나오지 않았다. 그 대신 온몸이 땀으로 흠뻑 젖어 있었다.

류휘는 꾹 눈을 감았다. 대체 유순은 뭘——.

"숫자놀이라도 하셨습니까? 류휘 님? 설마 도박의 배당률 같은 건 아니겠지요?"

"…헤?"

"기분전환은 좋지만, 밤놀이는 안 됩니다."

소가는 아무렇지 않게 류휘에게 종잇조각을 돌려주더니 차를 따르기 시작했다. 류휘가 주저주저 종잇조각을 펴보니. 확실히 뭔지 잘 알 수 없는 숫자가 몇 개나 늘어서 있었다.

'五三二馬無山川牛'

한자도 다섯 개 늘어서 있었지만, 도무지 의미를 알 수 없었다.

"……?……???"

'산(山)'에는 '천(川)'이라고 대답하면 동료라는 징표라던가. 소태사에게 빌렸던 수상한 책에서 그랬던 것 같기도 하다.

'… '산'이라고 유순이 말했을 때, 짐이 '천'이라고 받았다면 동료가 되어주었다는 건가?!'

산! 이라고 유순이 외친 적이 있었던가? 있었을지도 모른다. 짐이 대답하지 않아서 단념한 것일까──! 하지만 그 외의 한자나, 수수 께끼의 숫자들은 뭐란 말인가.

아직 주사위 형태였던 때는 뭔가 더 의미가 있을 듯 보였는데.

'핫, 혹시 유순… 주사위 도박을 하고 있었는데, 이것이 비밀의 필 승 사기 기법인 암호라던가…?!'

그건 어떤 의미로는 엄청난 보물이다. 차 냄새에, 류휘는 종잇조 각을 두고 소가 곁으로 갔다.

"…역시, 고민하시는군요. 류휘 님."

"에?! 어, 어떻게… 아아! 나, 날짜 얘기인가?"

수수께끼의 암호를 아직도 생각하고 있던 류휘는 유순의 말이 들 통 난 줄 알고 놀라서, 먹고 있던 주먹밥을 꿀꺽, 덩어리째 삼켜버 렸다. 그렇게나 고민스럽던 회담 날짜도, 완전히 잊고 있었다.

"잊고 계셨습니까? 추영 님이 도착하는 것도, 벌써 내일입니다."

추영이 왔을 때, 회답을 건네주는 것이 가장 좋다. 하지만 소가는 재촉하지는 않았다.

"내일인가… 그럼, 오늘 밤 안에 회답을 써야만 하겠군…."

"류휘 님…."

"어차피, 언젠가는 기한이 온다. 그런 얼굴 하지 마라, 소가. 즐거 운 이야기를 하자."

류휘는 기운을 내서 화제를 바꾸려고 했다.

"그래, 동자승들에게 들은 소문인데, 최근에 이 부근에 강시가 출 몰한다던데?!"

"…그 얘기 어디가 즐겁습니까? 류휘 님… 아, 하지만 저도 그 소 문은 오동에서 들었습니다. 밤길을 걷고 있는데 엄청난 썩은 냄새 가 나서 뒤돌아봤더니, 흐물흐물하게 썩어 내린 강시가 하나, 어슬렁어슬렁 헤매고 있는 걸 보았다나."

"뭐엇——?! 오, 오동에도 나오는가?!"

"창오평야에도 출몰한답니다. 뭔가를 찾는 것 같다는 이상한 소문으로 변해서, 강청사도 갑자기 액막이 의뢰가 늘었다고 하더군요. 뭘까요. 그런 얘기, 지금까지는 소문이 난 적도 없었는데, 왜 최근에?"

"모든 사람이 본 게 같은 강시일까? 무리에서 떨어져 나온 강시로군!"

"그럼 좋겠네요. 주부 부근에 수수께끼의 썩은 강시 군단이 일제히 출몰하는 것보다, 훨씬 나은 얘기입니다. 하지만 강시가 되어서까지 무리에서 떨어져 나오다니, 정말 볼썽사납군요."

딱 잘라 말한 후, 소가는 문득 알아차렸다. 출몰장소와 날짜를 맞춰보니——.

"어라? 혹시, 점점 이 강청사에 다가오고 있다던가…?"

"무, 무서운 얘기 하지 말라, 소가!! 썩은 강시가 뭘 하러 절에 온다는 거냐!! 참배냐!! 물론 그 속셈대로 다시 살아나더라도, 썩은 상태라면 계산 밖일지도 모르지, 짐도 싫다. 보고 싶지 않다."

"뭐, 온다고 해도 이곳은 안전합니다. 홍주에서도 손꼽힐 정도로 오래된 사원이니까요. 하물며 대무녀의 결계가 쳐져 있습니다… 오늘 밤은 조용히, 생각을 하시면 좋겠군요."

왕계에 대한 회답을.

바람이 불기 시작했다. 밤의 어둠 속에서 나무들이 술렁거리며 쌓인 눈을 떨어뜨렸다. 소가는 정원을 보았다.

"오늘 밤은 바람이 많이 불 것 같습니다… 감기 걸리지 않도록 조심하십시오."

…소가가 나간 후, 다시 혼자가 되었다. 류휘는 한참 동안 아무 말

없이 천정을 올려다보았다.

틈새로 한 줄기 차가운 바람이 불어와서, 유순의 종잇조각을 날려버리는 것이 얼핏 보였다. 류휘는 황급히 의자를 차고 일어서 종잇조각을 잡았다. 마치, 유순의 소맷자락을 끌어당기며, 언제나처럼 알려달라고 조르고 있는 듯한 착각이 들어서, 가슴이 메어왔다.

울다가 웃는 것처럼, 류휘는 얼굴을 찡그렸다. 이렇게 간단한 일조차 아직도 정하지 못하는 짐을 보면서, 분명 그대는 한숨을 쉬고는, 한심한 녀석이라고 쓴웃음을 짓고 있었을 테지.

――유순, 그대라면 짐에게 어떤 조언을 해줬을까?

그러나 의미 없어 보이는 종잇조각은 그저 바람에 흔들리고 있을 뿐.

류휘는 그 종잇조각을 움켜쥔 채, 그저 우두커니 서 있었다.

깊은 밤―― 바람이 나뭇가지를 세차게 흔드는 소리에 류휘는 핫, 하고 눈을 떴다.

어느 새인가 책상에 엎드려 졸고 만 모양이다.

'큰일이다!! 대체 지금 몇 시――!'

촛대의 초는 짧아져 있었지만, 생각만큼은 아니었다. 한 시간 정도, 깜빡 졸았다는 것을 알자, 땀이 식었다. 아직 자정을 조금 지난 정도. 시간은 있다.

그때 불어온 세찬 바람이 촛불을 차례차례 꺼뜨려, 깜깜한 어둠에 감싸였다.

"윽, 이게 뭔 일이냐. 엎친 데 덮친 격이군… 아――아――."

류휘는 한숨을 쉬고서 어둠에 익숙해질 때까지 가만히 있었다. 몇 번인가 눈을 깜빡이고, 미간을 문질렀다. 문득, 그런 자신이 우습게 느껴졌다.

불과 몇 년 전까지만 해도 류휘는 이 세상에서 어둠이 제일 싫었다. 촛불이 하나라도 있으면 그나마 괜찮았지만, 그렇지 않으면 혼자서 잠들 수 없을 정도로, 밤과 악몽을 두려워하며 지내왔는데.

어느 새인가 악몽을 꾸지 않게 되면서, 류휘는 밤도 어둠도 무서워하지 않게 되었다.

"…그대가 온 후부터로군, 수려."

안쪽에 안치되어 있는 하얀 관을 돌아보았다. 그래, 수려가 온 후부터.

별안간 어렴풋이 관이 하얗게 빛난 것 같았다. 류휘는 피곤해서 그러나, 하고 눈을 문질렀다.

몇 번인가 눈을 깜빡거렸을 때, 류휘는 얼이 빠지고 말았다.

수려가 자신의 관 가장자리에 걸터앉아, 턱을 괴고 류휘를 재미있다는 듯이 바라보고 있었던 것이다.

"…수려?"

어둠 속에서도 또렷이 보였다. 희고 투명하게 비쳐 보이며, 희미하게 빛나고 있었다.

수려는 방긋 웃었다. 류휘가 잘 알고 있는 수려의 미소였다.

『그래요, 그때 당신 정말로 꼴불견이었죠. 이호를 켜지 않으면 잠도 안 자고.』

그건 신비로운 목소리였다. 입술을 움직이는 것처럼은 보이지 않았는데도, 또렷하게 들려온다.

류휘는 움직이지 않았다. '일어난' 것은 아니라는 것은 무의식의 한편에서 느끼고 있었다. 그곳에 있는 수려는 하늘거리며, 어렴풋이 비쳐 보인다. 꿈이거나, 환영. 조금이라도 눈을 깜빡이면, 시선을 돌리면 그 순간 수려가 안개처럼 사라져버릴 것만 같아서, 움직일 수 없었다.

수려는 다리를 꼬더니 조금 웃었다. 어딘가 도발하는 듯한, 재미있어하는 듯한 눈빛이었다.

『저기, 류휘, 당신, 내가 언제 일어나려고 하는지, 어렴풋이 짐작하고 있죠?』

류휘는 몇 번이나 숨을 들이켰다. 그리고—— 웃었다.

"……그렇다."

『후후. 역시… 저기 류휘, 당신이 무사한 걸 보고 한시름 놓았어요. 그리고… 사과하고 싶었어. 당신이 경제봉쇄를 풀라고 칙사로 임명했는데, 도중에 사라져서… 미안했어요. 마지막까지 힘내보려고 했는데… 홍주까지 가질 못해서. 변변치 못해서.』

몸이 망가졌으면서도, 거의 아무것도 먹지 못할 지경이 되어서까지, 연청과 소방에게는 절대로 돌아가서는 안 된다. 홍주까지 가라며 완고하게 고집을 부렸다는 이야기를, 류휘는 떠올렸다.

남은 시간이 아무리 적더라도, 황해가 발생한 걸 알고 류화와 표가를 설득한 후, 다시 돌아왔다.

언제나 앞을 보며 똑바로, 달리고, 달리고, 달리며. 살아간다.

그와 비교하면, 자신은 얼마나 무기력한가. 자신도 모르는 사이에 눈물이 떨어졌다.

"짐은… 한심하기 짝이 없구나."

『그렇지 않아요. 나도 바보 같은 짓 엄청 하고, 보기 흉할 정도로 울고, 분하고, 한심해서. 하지만 나, 내가 좋아요. 지금의 당신도 좋아요. 지금까지 중에서 제일일지도 몰라. 한심하고, 하지만 많이많이 생각해서, 모든 걸 끌어안고서 걸어가고 있어요. 당신의 다정함도, 강인함도, 한심함도, 무른 점까지, 난 좋아요. 저 말이죠, 내가 지금까지 이렇게 달려온 게 누굴 위해서라고 생각하는 거예요?』

류휘는 가슴이 메어왔다. 하지만 시선을 돌린 채, 터져 나오는 오열을 필사적으로 억눌렀다.

"자, 자신을 위해서 아닌가."

『왜 또 삐딱하게 그래요. 뭐, 그야 그렇지만. 관리가 되는 것이 어릴 때부터 꿈이었는걸요. 무능해서 잘리는 것만큼은 전력을 다해 피해야죠.』

"잠깐. 그럴 때는 보통, 아니에요, 당신을 위해서예요, 라고 하지 않나!"

『그 말을 하게 하려는 속셈이 너무 빤히 보여요… 아직 그 말은 하지 않겠어요. 너무 빠르잖아요?』

류휘는 우는 듯 웃는 얼굴을 했다. 줄곧, 언제나 묻고 싶었지만, 묻지 못했던 질문이 있었다. 그 물음이 류휘의 입술에서 조용히 흘러나왔다.

"…수려, 그대는 짐이 왕이 아니었더라도, 다른 누구였다 하더라도, 관리가 되어 모셨겠는가?"

수려는 미소를 지우고 물끄러미 류휘를 바라보았다. 류휘가 이미 그 답을 알고 있다는 것마저도 그녀는 꿰뚫어보고 있는 것 같았다. 그래도 수려는 피하지 않고, 확실하게 끄덕였다.

수려는 성실했다. 언제나 뭔가를 억지로 곁에 두려고 하던 류휘와는 달리, 언제라도 정면에서 바라보면서 대답을 해주었다. 이번에도 역시.

『네. 왕계 장군이었더라도, 다른 누구였더라도 모셨을 거예요. 전 몇 번인가 당신이 왕이기 때문에 힘을 낼 수 있었다고 말했죠. 그 말은 진심이었지만, 만약 다른 누군가가 왕이었더라도, 관리는 그만두지 않았을 거라고 생각해요. 어떤 세상이라도, 왕이 누구더라도, 내가 하고 싶었던 일은 한 가지. 보고 싶었던 세상도 한 가지. 하지만 말이죠….』

류휘는 이어지는 말을 듣고, 활짝 미소를 지었다.

"…그러한가."

『그래요. 당신도 그렇잖아요? 보고 싶은 세상이 있잖아요. 찾아낸 거죠?』

"함께 가자."

수려는 한 박자 정도의 공백을 두고, 다정한 거짓말을 해주었다.

『…그래요. 가요. 함께.』

류휘는 미소를 지었지만, 눈물이 뺨을 타고 몇 줄기나 흘러내렸다. 마음속 어딘가에서, 수려의 몸에 문제가 있다는 건, 거짓말이 아닐까 하고 의심하고 있었다. 정말은 어딘가에 길이 있지 않을까 하고. 분명히 다시 건강해질 것이라고.

하지만── 하지만 지금, 수려의 거짓말에 류휘는 깨닫고 말았다.

아무것도 없다는 것.

"그대는 거짓말이 너무 서툴다."

눈물로 눈앞이 흐려져서 류휘는 소매로 닦았다. 몇 번이나 몇 번이나 닦았다.

수려도 그런 류휘를 보면서 얼굴을 찡그린 채 뭔가를 중얼거렸다. 미안해요, 라고 사과한 것 같기도 했지만 류휘는 듣고 싶지 않았다. 걸터앉아 있던 관의 가장자리에서 훌쩍 내려서는 것이, 소맷자락 너머로 보였다. 수려는 언제나 그랬듯이 허리에 양손을 대고, 류휘와 마주보았다.

『류휘, 당신은 언제나 손바닥 위에 모든 걸 가지고 있어요. 미련을 못 버리고 미적거리기로는 정말 천하일품이죠. 그래서 말이죠, 그렇기 때문에 괜찮아요. 어느 것 하나도 버리지 않고서 전부 끌어안고 여기까지 왔기 때문에, 답도 모두 여기에 있는 거예요. 잊으면 안 돼요. 당신은 당신이 해야 할 일을 하는 거예요. **무슨 일이 있어도.**』

수려가 발길을 돌린다. 류휘는 흠칫, 했다. 자신도 모르게 의자를 박차고 일어나 손을 뻗으려고 했다.

『나도, 당신도, 처음 만났던 그 날로부터 삼 년이 흘렀군요. 봄이 와요, 류휘… 이제 곧.』

바람이 들이친다. 수려의 어렴풋한 빛이 조각조각 흩어지면서 벚꽃잎으로 바뀌었다.

꽃보라가 그친 후에는, 수려의 모습은 이제 어디에도 없었다. 그저 흰 관만이 그곳에, 쏟아지는 푸른 달빛을 받으며, 변함없이 조용히 놓여있을 뿐이었다.

모든 것은 류휘가 본 꿈이나 환영 같았다. 어떤 흔적도 찾아볼 수 없었다.

류휘는 천천히 움켜쥐었던 자신의 주먹을 폈다.

『류휘, 당신은 언제나 손바닥 위에 모든 걸 가지고 있어요.』

──그 답은 하늘의 계시처럼 류휘의 마음에 날아와 박혔다.

눈물의 마지막 한 줄기를 닦은 류휘는, 촛대에 불을 붙였다. 책상 앞에 앉았다.

책상에는 여전히 아무것도 쓰여 있지 않은 등심당지가 놓여 있었다. 잠깐 졸았을 때 흐트러졌던 걸 바로 잡고, 서진을 다시 놓았다. 칠석 밤하늘과도 같은 벼루에 먹을 갈자, 마음이 차분하게 가라앉았다.

손에 익은 짧은 붓을 잡았다. 깊고 깊게 심호흡을 한 번 했다.

그리고 류휘는 지금까지 망설였던 것이 거짓말이었던 것처럼, 일사불란하게 붓을 움직이기 시작했다.

"…주상, 주상, 감기 걸리십니다."

어깨에 모포가 걸쳐지는 감촉이 느껴졌다. 누군가가 흔들어 깨우는 바람에 류휘는 멍하니 눈을 떴다.

"…어, 추영, 벌써 왔는가? 벌써 정오가 지났나? 정오치고는 춥군."

쩍쩍, 하고 참새 우는 소리가 들려서, 류휘는 부은 눈을 비볐다. 그러다가 팔꿈치가 산더미처럼 쌓여있던 자료의 산에 부딪쳤다. 자료는 눈사태를 일으키며 바닥에 흩어졌다. 추영은 가지고 있던 사발을 일단 옆에 놓았다. 우르르 무너지면서 자기 가까이까지 흩어진 자료를 정리해서 주워주면서, 미안하다는 듯이 뺨을 긁었다.

"…죄송합니다… 실은 아직 오전입니다. 평상시보다 가능한 늦게, 늦게, 하고 생각하고 있었지만… 마음만 급해져서 반대로 평상시보다 더 빨리 도착해버려서…."

주운 자료의 일부는 자주의 지도였다. 뭔가와 대조하고 있었는지, 수많은 가위표가 표시되어 있었다.

"아아, 치우지 않아도 된다. 옆으로 밀어두면… 대충 볼일은 끝났으니까."

추영이 가져온 것은 김이 모락모락 나는 아침식사였다. 이를 본 류휘의 배가 조건반사적으로 꼬르르륵, 하고 울렸다. 기억을 뒤져보니, 적어도 축시(丑時) 정도까지 답장을 고쳐 쓰고 있었던 것 같다.

야식 정도 먹은 건 이미 다 소화가 되고도 남았다. 추영은 왜 그런지 당황하는 것처럼 고개를 흔들었다.

"아니! 괜찮습니다!! 천천히 해도!! 딱히 서두르는 건 아닙니다!"

"응? 뭐가?"

"뭐, 뭐냐니, 그…."

"아, 그렇다. 그것이 왕계에게 보낼 친서다. 끝났다. 몇 번이나 고쳤지만, 이걸로 좋은 듯하다."

류휘는 구석의 문방구함을 열고, 넣어 둔 서한을 추영에게 건네주었다.

추영은 건네받은 서한과 류휘의 얼굴을, 구멍이 뚫릴 정도로 번갈아 바라보고는──쩍, 입을 벌렸다.

"에엣?! 저, 정말로 다 쓰셨…습니까?"

"그래. 정했다. 봐도 상관없다."

그때, 소가가 문을 박차고 들어왔다.

"다 쓰셨다고? 류휘 님, 정말입니까?"

마치 엿듣고 있었기라도 한 것 같은 절묘함이었지만, 그렇다고 하기에는 기척이 없었다. 별안간 땅에서 솟아난 듯한 소가를 두 사람은 수상쩍은 눈으로 물끄러미 보았다. 소가는 헉, 하고 놀란 것처럼 이상한 헛기침을 하며 얼버무렸다. 그런 점은 수려와 많이 닮았다고, 류휘와 추영은 생각했다.

추영은 류휘가 건네준, 단정하게 접힌 비단 같은 등심당지를 내려다보았다. 조금 주저한 후, 조용히 서한을 펼쳤다. 옆에서 소가도 살짝 들여다본다.

종이에는 눈에 익은 류휘의 필적이 펼쳐져 있었다. 한 글자 한 글자는 단정하고 정확한데도, 어째서인지 전체적으로 보면 어딘지 흐트러져 보이는 것이 희한했다. 그러면서도 어딘지 따스함이 느껴지는 그 필체가 너무나도 류휘다워서 추영은 좋아했다.

문장도 몇 번이나 다시 고친 흔적이 있고, 꾸밈은 없지만, 무뚝뚝한 것도 아닌, 솔직하며 진심이 담겨 있고, 그러면서 쓸데없는 허세나 수식이 일절 없다. 소가가 보기에도 흠 잡을 곳이 없었다. 류휘가 얼마나 성장했는지 직접 확인한 것 같아서, 자신도 모르게 가슴이 찡 했을 정도로 멋진 답장이었다.

서한에는 날짜도, 시각도, 장소도, 정확하게 쓰여 있었다.

조금의 망설임도 없는 선명한 필적에, 두 사람은 놀라면서도 고개를 갸웃거렸다.

"…류휘 님, 어째서 이 날짜와 장소로 정하셨는지, 물어도 되겠습니까?"

적힌 날짜는 지금부터 약 한 달 정도 후였다.

자주에서도 마지막 눈이 끝날 즈음. 너무 이르지도, 늦지도 않다. 시각은 딱 정오.

판단해야 할 바둑돌이 거의 없다는 것도, 류휘가 망설이고 있었다는 것도 알고 있다. 하지만 대충 정한 것이라고 하기에는, 묘할 정도로 고요하고 망설임이 없어서 두 사람은 이상한 기분에 휩싸였다.

류휘는 밥에 야채절임을 척척 올리더니, 물에 말아 훌훌 넘겼다. 묘하게 개운한 표정으로, 왜 그런지 주먹을 쥐었다가 폈다가 하는 동작을 하고 있었다.

"음… 그냥, 짐의 손에 있는 걸로 정했다."

"하아? 손? …운명선이라든가? 그렇다는 건 역시 대충 정하신 거네요?"

"뭐, 그렇다고도 할 수 있고, 그렇지 않다고도 할 수 있다."

어안이 벙벙한 두 사람을 향해, 류휘는 물에 만 밥을 다 넘기고는 씨익, 웃었다.

"하지만, 언제나 짐이 하고 있는 판단 기준으로 정했다. 그래서 이 날, 그 장소로. 설령 뭐가 어떻게 되더라도 짐은 후회하지 않는다. 그런 생각이 들어서 이 날로 정했다. 이걸로 가겠다."

소가는 다시 그 날짜를 보았지만, 그 결정을 내린 이유는 읽을 수 없었다.

하지만 그것이 어떤 이유이던 간에, 류휘가 망설임 없는 얼굴로 정했다는 것만으로도, 소가의 어깨에서 힘이 빠지는 듯한 기분이었다. 이제는 소가가 류휘를 지탱하는 것이 아니라, 류휘가 소가에게 영향을 주고 있었다. 지금의 류휘는 소가의 주군이었다. 누가 뭐라 해도. 소가는 조용히 끄덕였다.

"알겠습니다, 류휘 님. 그러면 이렇게 진행하지요."

"고맙다. 그럼 추영, 이 서한을 그대나 황 장군이 직접 귀양의 왕계에게——."

그때 추영이 생각났다는 것처럼, 목덜미에 손을 댔다.

"…그게 말입니다, 주상. 실은 제가 이리로 떠나던 날, 왕계 님이 보내신 사자가 동파에 도착을 해서. 답장을 받아서 돌아가고 싶다고."

"어? 일부러 저쪽에서? 지금 이럴 때에 홍주에 들어오다니, 용기 있는데?! 신용할 수 있는 자인가? 도중에 서한을 태워버린다던가 하면 곤란한데."

"그게, 리앵입니다. 홀로 왔더군요… 저도 놀랐습니다."

류휘는 눈을 동그랗게 떴다. 이어서 그릇을 깨끗이 비우고는 웃으며 일어섰다.

"그런가, 리앵인가. 그렇다면 짐이 직접 동파요새까지 가서, 건네주겠다."

"주상…."

"리앵은 답장을 받으러 온 것은 아니다. 짐을 만나러 온 것이지. 그렇지 않은가? 그런데 짐이 뻔뻔하게도 산속에 틀어박혀 있을 수는 없지 않은가. 그리고 짐도 오랜만에 리앵의 얼굴이 보고 싶다."

추영은 쓰게 웃었.

"리앵은, 굳은 얼굴이었습니다만…."

"뭐, 그야 그렇겠지… 아마 리앵은 지금 조정에서 선동령군이 아니라 공공연하게 왕자 대우를 받고 있을 테니까. 왕계의 후계자로서."

"네, 엄연한 제2왕위계승자이고, 실제로 왕자라 불릴 만한 혈통이니까요."

류휘는 처음 리앵을 만났던 때를 떠올렸다. 한밤중, 부고의 가장 안쪽에서 산더미처럼 책을 쌓아놓고, 남의 눈을 피하려는 듯 혼자서 책을 읽고 있었다. 마치, 과거의 자신 같다는 생각이 들었다.

"짐도 비슷한 경험을 한 적이 있다. 어느 날부터 갑자기, 한 발자국 걸어 나갔더니 경치가 변해버린 것 같았다. 주위 사람들이 완전히 다른 사람이 되어버린 것 같았다. 그들이 하는 말의 의미도 알 수가 없었다. 우우도 이젠 없다. 한 번쯤, 조정을 빠져나와, 뭔가 핑계를 대고, 어딘가 아무도 모르는 먼 곳으로 가고 싶다는 그 마음도, 이해한다… 그때의 짐보다도 리앵은 아직 어리지 않은가."

"정신연령은 그때의 류휘 님보다 훨씬 어른이지만요."

"소가!! 진실을 말하지 말라!"

류휘는 바로 보자기를 펼치고 이것저것 짐을 싸기 시작했지만 '간식은 필요 없습니다! 더 가볍게!' 하고 소가가 호통을 치면서 일일이 다 솎아냈다. 옆에서 보고 있던 추영은 푹, 맥이 빠졌다.

'…수려 님이 안 계시니, 소가 님이 이렇게 되는 건가… 역시 부녀지간이었어….'

그리고 확실히 리앵 쪽이 어른이라고 추영은 생각했던 것이다.

'…홍주는 눈이 적은데도 춥군… 공기가 건조해서 바람이 차게 느껴지는 걸까.'

창을 열자, 강한 겨울바람이 휘이잉, 하고 소리를 내면서 불어 닥친다. 멀리서는 수묵화에서 빠져나온 것만 같은 홍주의 산들이 보인다. 서책에서 읽고 상상했던 것보다 훨씬 웅대하고 아름다운 경치. 하지만 눈앞의 요새에서는 보초들이 왔다 갔다 하고, 여기저기에서 병사들의 시선이 느껴진다.

리앵은 동파요새에 도착한 이래, 자정란의 지시에 의해 한 번도 이 방에서 밖으로 나갈 수 없었다. 계속 감시를 받고 있는 상태였기에, 그런 식으로밖에 느낄 수가 없었다.

'어쩔 수 없는 일이다…'

병사 수나 병력, 군영과 관련된 정보가 상대방에게 알려지는 것은 패배를 의미한다. 리앵은 중립인 선동령군이었지만 역시, 자류휘의 진영에서도 왕계의 손자로 보고 있었다. 이 역시 어쩔 수 없다.

아름다운 경치도, 찌르는 듯한 병사들의 시선 속에서는 그리 즐길 마음이 들지 않아서, 리앵은 조용히 창을 닫았다. 다시 의자에 앉아, 이마를 짚었다.

차가운 바람도 가슴 속의 답답함은 날려 보내지 못했다. 벌써 한참 전, 한참 전부터 그랬다.

──나는 대체 왜, 동파에 가겠다고 한 걸까.

왕계에게 말을 꺼낸 것은 리앵이었다. 왕계는 리앵을 물끄러미 바라보았다. 아버지인 *리앵*은 허무적이었고, 세상에도, 아들에게도 무관심했다. 바람이 있다면 오직 '장미공주' 뿐. 끈적끈적하게 모든 것이 정체되어 있었고, 세계는 죽어 있었다. 그러나 조부인 왕계는 반대였다. 리앵을 보면 하나가 아닌, 리앵 자신도 알지 못하는 나머지 아홉까지도 남김없이 꿰뚫어보는 듯한 날카로움이 있었다. 그리고 모든 것에 담담하게, 조용하게, 그러면서도 강한 의지를 가지고 대처했다. 연속된 귀양의 지진피해는 결코 경미한 것은 아니었지만 왕이 부재 중임에도, 복구가 어려운 겨울이 되었는데도, 왕계는 동분서주하며 지시를 내리고, 정사를 안정시켰다. 귀양만이 아니라, 다른 주에 대해서도, 왕계 곁에서는 **모든 것이 살아서 세상을 돌고 있는** 것 같았다. 강한 의지가 소용돌이치고, 바람이 되어 퍼져간다. 점점 앞으로. 이 앞의 세상으로.

보고 싶은 것이 있다. 그 소망이 조용한 공기 속에서 오싹오싹 할 정도로 퍼져가면서, 숨이 막히고, 심장이 고동치게 했다.

리앵의 조용한 마음까지도 휘저어놓는다. 곁에서 미래를 보고 싶어진다. 그 마음이 이해되어 버린다.

권력을 지향하고 옥좌에 대한 의지도 있다. 리앵이 왕자나 후계자라고 불리게 되었는데도 말리지 않는다. 류화 같은 사람이라고 처음에는 생각했다. 그렇다면 부정하기도 쉬우리라고. 그랬으면 좋겠다고 마음 한구석에서 생각하고 있었다. 그러나 왕계는 고모와는 또 다른 인물이었다.

잘 표현할 수는 없다. 하지만 리앵을 한 명의 인간으로 봐주지 않았던 류화와는 달리, 왕계는 리앵을 장기말로 보고 있는 것은 분명했지만, 그 반면 제대로 인간이라고 생각하고 있다. 그런 생각이 드는 것이다. 언제나 고고했던 고모와는 달리, 왕계의 주변에 사람이 있는 것은 그 때문이 아닐까 싶었다. 그리고 리앵은 곁에 있을수록 왕계를 부정할 수 없게 되는 자신을 느끼고 있었다.

한편 왕자 대접을 받게 된 후로는, 자신이 서서히 검은 실에 얽매여가는 것만 같았다. 입궐하는 것만으로도 숨이 막히고, 머리가 혼란스러웠다. 멀리로 도망치고 싶었다.

조용히 뭔가를 생각하고 싶어도 그럴 시간조차도 어디에도 없었다. 이런 건 태어나서 처음이었다.

동파 파견을 자원했을 때, 왕계는 한참 동안 리앙을 바라본 후, 씩 웃고는 순순히 허락해주었다.

『괜찮다. 다녀오너라.』

리앙은 입술을 깨물었다. 마치 리앙의 답답한 마음을 알고 허가한 것처럼 느껴졌다. 독선적으로 모든 것을 지배했던 류화와는 달리, 왕계는 리앙에게 아무 말도 하지 않는다. 그렇기에 더욱── 알 수가 없었다.

──어느 쪽이 좋냐는 질문이라면, 리앙은 망설임 없이 자류휘라고 대답할 수 있었다.

그러나.

왕의 그릇을 묻는다면.

리앙은 멈춰 서서, 관절이 하얗게 될 정도로 주먹을 꽉 쥐었다.

그때였다.

"──뭐어?! 한 발도 밖에 나가지 못하게 했다고? 왜 그런 짓을 하는 거냐!!"

얼빠진, 그리운 목소리와 함께 문이 활짝 열렸다.

"리앙!!"

그 순간, 리앙은 훗날까지도 가끔 떠올릴 정도로 신기한 느낌을 받았다. 무슨 이유였는지 그때, 방 안이 확 밝아진 듯했던 것이다. 그 느낌은 뭐였을까, 하고 훗날까지 리앙은 생각하곤 했다.

류휘는 마치 공백의 기간 따위는 없었던 것처럼 리앙의 손을 잡았다.

"미안, 재미없었지. 밖으로 나가자. 둘만 있게 해주게. 오후에는 돌아가겠다."

"주상!! 농담이 아닙니다. 말했지 않습니까, 그를 밖에 내보내면——."

정란이 소리쳤지만, 류휘는 아랑곳없이 리앵의 손을 끌고 정말로 밖으로 데리고 나왔다.

마구간까지 왔을 때에야 리앵이 제정신을 차렸다.

"자, 잠깐만!! 이러면 안 되는 거잖아!"

"뭐가?"

"그러니까—— 나는 자정란이 맞는다고 생각했기 때문에 얌전히 있었던 거야."

"아니, 그건 잘못된 거다. 중립인 선동령군조차도 겁을 먹고 연금 시켰다는 것이 알려지면, 안 그래도 낮은 짐의 평판이 아주 밑바닥 으로 떨어지지 않겠느냐. 춤추고 노래하고, 산해진미를 대접하고 있을 거라 생각했는데."

그렇게 태평하다는 걸 아는 순간 단번에 물밀 듯이 쳐들어올 텐데, 라고 리앵은 생각했다.

"숨 막혔었지? 요즘 줄곧."

마치 마음속을 들킨 것 같아서, 리앵은 헉, 하고 놀랐다.

류휘는 리앵이 타고 온 말을 데리고 나왔다. 자기 말로는 석영을 끌어냈다. 리앵에게 미소지으며.

"——가자."

함께. 그런 목소리가 들린 것 같았다.

실컷, 멀리까지 한 바퀴 돈 후, 류휘와 리앵은 눈이 적은 강가에 도착하자 말에서 내렸다.

저 멀리, 아름다운 홍산 산맥의 봉우리들이 보인다. 구름이 깔려 있는, 뭐라고 형언할 수 없는 절경에 리앵의 입에서 한숨이 흘러나 왔다. 바람에 온몸의 땀이 식어가는 느낌이 기분 좋았다.

"리앵, 자, 주먹밥이다. 나눠 먹자."

류휘가 대나무잎으로 싸서 끈으로 십자모양으로 묶은 꾸러미를 펼치자, 주먹밥 4개와 야채절임이 나왔다. 리앵은 그제야 배가 고 프다는 걸 깨달았다.

생각해보니, 조정에서는 공복을 느낀 적이 거의 없었다. 표가에서 도 그랬다. 솜씨 좋은 요리사였지만 차려진 음식을 딱히 맛있다고 생각한 적도 없었다. 그저 습관적으로 음식을 입으로 가져가는 식 으로 식사를 해왔던 터라, 이렇게 배가 고프다고 느껴본 것은 거의 기억에 없었다.

주먹밥을 2개씩 나누고, 야채절임은 각각 알아서 먹었다. 물은 강 에서 대나무 통에 떠와서 마셨다. 땀을 흘리고 난 뒤의 짭짤한 소금 맛이 온몸에 퍼지는 것 같았다. 리앵은 그만 정신없이 먹고 말았다.

새파란 겨울하늘을, 커다란 흰 새 한 마리가 둥글게 원을 그리며 어딘가로 날아간다.

옆으로 고개를 돌리자, 왕은 호화롭지는 않지만, 튼튼해 보이는 갸름한 상자를 꺼내고 있었다. 편지를 담아두는 함이다.

리앵의 심장이 두근, 하고 크게 고동쳤다.

——왕계에게 보내는 답장.

순식간에, 멀어져가던 현실로 다시 되돌아 온 느낌이었다.

"…결…정한, 건가?"

"그래. 회담에 응하겠다. 날짜는 서한에 써 놓았다. 왕계 님께, 전 해주기 바란다."

류휘의 미소는 온화해서, 리앵은 그가 무슨 생각을 하는지 읽을 수가 없었다.

그대로 시간이 멈추면 좋겠다고 생각하고 있었다. 조금이라도 **그 때**를 미룰 수 있으면 좋겠다고. 리앵이 알고 있는 이전의 왕이라면,

분명히 자신과 같은 생각을 했을 것이다.

하지만 변하지 않은 부분도 있었지만, 왕은 역시 이전과는 달라져 있었다.

이젠 결심을 한 것이다. 그것이 어떤 결의이던 간에.

눈앞의 편지통을 받아든다는 것은, 왕계에게 돌아간다는 의미가 된다.

받으려 하지 않는 리앵을 보며, 류휘는 조금 웃고서, 부드러운 흙 위에 편지통을 놓았다.

"리앵, 왕계 님은 어땠나? 짐은 너무 늦었지만, 그대라면 벌써 알 아차렸을 텐데."

"……"

"귀양의 복구가 진행되고 있다는 이야기도 들었다. 인내심이 강 하고, 조용하고 강인한 의지를 가진, 왕에 적합한 사내다."

왕은 스스로를 비하하고 있는 것은 아니었다. 그저 조용하게, 왕 계를 있는 그대로 인정하고 있었다.

"그대가 자랑스러워할 만한 조부다. 짐은 답장에 쓴 날짜에, 정면 으로 그 사내를 만나러 가겠다."

리앵은 갑자기 숨이 막혀왔다. 목구멍 깊숙한 곳에서 쥐어짜듯이 물었다.

"…만나러… 가서, 어쩔 거지?"

왕은 웃고서 대답하지 않았다. 리앵의 얼굴이 점점 더 일그러졌 다.

류휘의 생각을 리앵은 도무지 읽을 수 없었다. 무슨 생각을 하고 있는지. ──아니.

왕계의 생각도 리앵은 읽어낼 수 없었다. 청원 왕자에게 한 것처 럼, 류휘를 유배 보내거나 유폐할 생각인지, 아니면 전화왕처럼 목을 칠 것인지. 후자가 아니라고는, 리앵은 단언할 수 없었다.

왜냐하면 그 왕계 자신이, 전화왕이 처형을 하지 않았기 때문에 지금, 반대로 옥좌를 향해 마지막 한 걸음만 남겨두고 있기에.

왕계가 류휘를 처형할 생각이 없더라도, 주위가 용납하지 않을 것이라는 사실은, 지금 조정에 있는 리앵이 피부로 실감하고 있는 일이었다. 그리고 왕계는 이상주의자인 동시에, 현실적이었다. 최소한의 피해로 사태가 수습된다면, 류휘 한 사람의 목을 칠 것이다. 말 그대로. 그런 판단을 내릴 수 있는 사람이었다.

그러나 정말로 왕계가 어떤 길을 선택할지는, 리앵에게는 오리무중이었고, 이는 류휘에 관해서도 마찬가지였다. 그래—— 류휘의 생각을 알 수 있을지도 모른다는 생각에, 자원해서 동파까지 왔다는 것을, 리앵은 불현듯 깨달았다.

류휘가 무슨 생각을 하고, 어찌 할 셈인지, 조금이라도 알고 싶었기 때문이다.

그러나 왕은 웃기만 할 뿐 아무것도 답해주지 않았다. 왕계와 똑같이, 아무것도 알려주지 않는다.

"주상, 회의에서 만나지 않아도, 괜찮아. 그 전에 내가. 왕계… 님에게 중재를 해볼 수도."

회담이 그저 형식에 불과하다는 것을 리앵은 알고 있었다. 그 날, 류휘도 왕계도, 각각의 호위라는 이름의 군대를 끌고 와 대치할 것이다. 그 한가운데에서 두 사람은 '회담'을 한다.

그 향방이 어떤 것이든, 양쪽의 병력이 대치하면서 아무 일도 일어나지 않을 리가 없다.

그 전에 리앵이 중립의 입장에서 중재를 한다면, 조금이라도 류휘에게 유리한 조건으로 패배——.

"안 된다."

류휘는 조용히 그렇게 고했다.

"안 된다. 아무것도 하지 않은 채, 아무 말도 하지 않은 채, 잠자코 왕계에게 항복할 수는 없다."

"——지고 있다고!! 하나부터 열까지. 전부 엉망진창으로 부서지기 전에 항복하는 건 치욕이 아니야. 왕의 의무라고!! 그렇게 해서 많은 것을 지킬 수 있다면 스스로 손을 놓아야 한다고."

류휘는 리앵을 보고 미소 지었다. 예전에 유순이 평가했던 대로라고 생각했다.

리앵은 왕의 그릇이었다. 이는 아마도 조부인 왕계에게서 물려받은 혈통의 그릇일 것이다.

그래서 류휘도 성실하게 대답했다.

"그렇지. 상대가 왕계가 아니었다면 짐도 그 제안을 받아들였을지도 모른다."

"…뭐?"

상대가 왕계가 아니었다면? 반대가 아니고?

"그러나, 상대는 왕계다. 그렇기 때문에 아직 그럴 때는 아니다. 짐도, 왕계도, 할 수 있는 일들이 남아 있어. 만나러 가야만 한다… 약속도 했었고. 그 마음만 받아두겠다."

리앵은 혼란스러웠다. 의미를 이해할 수 없었다. 무엇 하나도.

그저, 각오를 했다는 것만은 알 수 있었다. 무슨 각오를?

'——.'

그때, 뒤죽박죽이던 리앵의 마음에서 누군가가 열쇠를 돌린 것처럼 찰칵, 하는 소리가 났다.

리앵은 차가운 바람 속에서, 무릎에 얼굴을 파묻듯이 고개를 숙였다.

긴—— 긴 시간이 흐른 뒤, 리앵은 천천히, 조용히, 고개를 들었다.

"——알았다."

리앵은 두 사람 사이에 놓여있던 편지통에 손을 뻗었다. 더 이상 망설임 없는 몸짓으로.

"내가 맡겠어."

류휘는 그 얼굴을 보고, 조금 놀랐지만 미소를 지었다.

"그래, 부탁한다."

리앵은 조금 망설이다가, 마음에 걸리던 것을 물어보았다.

"…홍수려는… 어때?"

주취에게 연락을 받은지라, 수려의 상황은 리앵도 알고 있었다. 하지만 직접 만난 왕에게 듣고 싶었다. 왕의 반응도 알고 싶었는지 모른다.

"자고 있다. 계속. 가끔 부스럭거리며 뒤척일 뿐이다. 그래도 잘 지내고 있더군."

수려가 유령 같은 모습으로 나타났던 밤을 떠올리고, 그렇게 덧붙였다. 지금으로서는 류휘조차도 그것이 꿈처럼 생각된다. 그러나 그런 일이 있었다는 걸 모르는 리앵은 이상한 표정을 지었다.

"잘 지내고 있더군? 어떻게 알지?"

"뭐, 여러 가지로. 아, 그래서 생각이 났다. 그대에게 받고 싶은 것이 있다."

"내게? 뭘?"

"머리카락. 싫다면 손톱이라도 괜찮다."

머리카락이나 손톱을 받고 싶다고?!

"뭐야, 그거!! 무서워!! ——헉, 혹, 혹시 왕계의 손자인 나를 몰래 저주할 셈이야?!"

그러고 보니, 이 왕, 밤이면 밤마다 지푸라기 인형을 만드는 게 취미라는 얘기를 어딘가에서 들은 것 같기도 하다.

류휘가 조금씩 간격을 좁혀온다. 리앵은 그만큼 뒤로 물러났다.

"저주?! 실례 아닌가. 머리카락이건 손톱이건 어차피 자랄 거고, 괜찮지 않나, 조금 정도는. 달라."

"시, 싫다! 어디에 쓸지도 모르는데, 주고 싶지 않아!! 변태야, 당신?"

실랑이 끝에 아무리 해도 주지 않을 거라는 알자, 류휘는 뾰루퉁한 얼굴로 완전 샐쭉해졌다.

"돈을 달라는 것도 아닌데, 너무 치사한 거 아닌가!"

"돈을 뜯기는 쪽이 더 낫다고!"

"쳇, 어쩔 수 없군. …현물은 포기할 테니, 이 뒤에 뭔가 써달라."

류휘는 품 안에서 한 통의 서한을 꺼내었다. 바로 뒤─랄까, 이쪽이 앞인지도 모르겠지만─에 뭔가가 적혀 있었다. 별 생각 없이 뒤집어 본 리앵은 한참 동안 그것을 뚫어져라 바라보았다.

"…이봐."

"뭔가? 기다려, 지금 붓을 준비할 테니. 붓통에 먹도 조금은 남아 있을 테니──."

"…그게 아니라 이거, 내 할아버지라는 사람이 얼마 전 당신에게 보낸 친서잖아."

"그래. 그 답장은 그대에게 건네준 편지통에."

"지금 나라에서 가장 중요한 공문서 뒤에 뭔가 쓰라는 건 뭔 소리야!! 갱지 뒤에 쓰는 게 아니라고."

"'안녕하세요. 저, 리앵입니다' 정도로 충분하니까. 친밀감 있게 '안녕, 나, 리앵!' 도 좋고."

"점점 더 뭔 소린지 모르겠어!! 그러니까, 어디에 쓸 거냐니까, 당신!"

"에잇, 아무튼 쓰라고!! 신세를 진 사람에게 줄 거다. 쓰기 싫으면 머리카락이나 손톱을 주든가!!"

신세를 진 사람?! 누구? 그보다도 하나부터 열까지 엉망진창이다.

…결국 리앵은 머리카락이나 손톱을 주는 것보다는 낫다고 생각해서, 할 수 없이 조부의 친서 뒤에 '안녕하세요. 저, 리앵입니다'라고 쓰는 쪽을 선택한 것이었다.

류휘는 싱글벙글, 그 어린아이의 작문 같은 문장을 요리조리 살펴보며 흡족해 했다.

"후후후, 좋았어. 현물보다 이쪽이 더 좋을지도."

"…이제 돌아가겠다."

"그렇게 화내지 말라. 아, 그럼 최근 홍주에 출몰한다는 썩은 강시에 대한 소문을 하나——."

"돌아간다니까!!"

리앵은 분개해서 편지통을 낚아채더니 자기 말까지, 토끼가 도망치는 것처럼 달려갔다.

안장 위에 올라탔을 때, 강가에서 왕이 부르는 소리가 들렸다.

"리앵."

리앵은 돌아보았다. 왕은 웃고 있었다. 마치 마지막인 것 같은 얼굴이었다.

리앵은 너무나 울고 싶어졌다. 이유는 알 수 없었다. 그저, 어떻게 해서든 작별인사만큼은 듣고 싶지 않아서. 리앵은 왕이 뭔가를 말하기 전에 먼저 말했다.

"안녕이라고는 말하지 않을 거야."

고삐를 내리쳤다. 왕이 뭔가 대답한 것 같았지만, 듣지 않았다.

동파요새를 빠져나가, 홍산 지대의 봉우리들을 등지고 달리면서 리앵은 가슴이 먹먹해졌다.

──정말은.

정말은, 왕계는 알고 있었을 것이다.

리앵이 동파에 가서 돌아오지 않을지도 모른다는 걸.

조정에 돌아가고 싶지 않다는 리앵의 마음을.

손자인 자신이 왕 곁에 있으면, 왕계가 관대하게 봐줄 가능성이 있을지도 모른다. 그렇게 생각했었다. 그렇게 왕을 지킬 수 있지 않을까, 하고 마음 한구석에서 생각하고 있었다. 아니, 그저 그 조정을 벗어나, 좀 더 편하게 숨 쉴 수 있는 곳으로, 달아나고 싶었을 뿐인지도 모른다.

아마도 왕계는 그런 모든 것을 꿰뚫어보면서도 리앵을 막지 않았다.

가슴이 답답했다. 막으리라고 생각하고 있었는데도, 순순히 허락해주었다. 그것이 참을 수 없을 만큼 짜증스러웠다.

'그 사람이 막아주길 바랐던 것일까.'

누구 곁에 있고 싶은 것인지, 시간이 흐를수록 리앵은 점점 더 알 수 없어졌다.

왕계는 리앵을 어이없을 정도로 순순히 동파로 보냈고, 류휘도 리앵에게 답장을 들려보냄으로써 왕도로──. .

왕계 곁으로 그를 돌려보냈다. 어느 쪽이나, 리앵에게 이것을 하라던가, 뭔가를 하지 말라던가, 지시하지 않는다.

류화처럼, 강압적으로 명령을 하는 상대가 더 편했다. 반발하거나, 포기하거나 하면 될 뿐, **자신의 이유**는 필요하지 않았다. 그러나 왕계도, 류휘도, 리앵에게 뭔가를 지시하지 않았고, 두 사람 모두 이미 마음을 정한 상태였기에, 리앵은 무엇 하나 움직일 수 없다는 것을 통감할 뿐이었다.

하지만, 이는 결코 아무것도 할 수 없다는 것은 아님을 떠올렸다.

'홍수려.'

다주 때에도, 표가 때에도. 류화는 왕계나 왕 이상으로 움직이는 것이 불가능한 사람이었는데도.

결국에는, 그녀는 확실하게 바라던 것을 손에 넣었다.

리앵은 그런 수려의 방식을 보아 왔다. 그래— 보아 왔던 것이다.

이번에는 리앵 혼자서.

단단히 묶어 놓은 편지통이 묵직하게 마음속까지 눌러오는 것 같았다.

어디까지 할 수 있을지는 알 수 없었지만, 그렇다고 아무것도 하지 않을 이유는 되지 않는다.

홍수려라면 분명히 그렇게 말했을 테니까.

한겨울의 세찬 맞바람을 뚫고 나가면서, 리앵은 홀로 고삐를 내리쳐서 속도를 높였다.

●　　　●　　　✖　　　✖　　　●　　　●

류휘는 작아진 말 그림자를 배웅한 뒤, 홀로 동파요새까지 돌아왔다.

정란은 도중까지 마중을 나와서, 말을 세우고 기다리고 있었다.

"주상, 리앵은?"

"아아, 친서를 들려 보냈다."

정란은 뭔가 할 말이 있는 것 같았지만, 결국 아무 말도 하지 않고 화도 내지 않았다.

정란은 류휘의 마음속을 꿰뚫어보고 있는 것처럼 찌릿, 노려보았다.

"당신이 생각해서 결정했다면, 그걸로 된 겁니다. 날짜도, 리앵도."

형이기도 하지만, 동시에 지금의 정란은 분명, 신하였다.

"…말해두겠지만, 리앵을 연금시킨 것은 사과하지 않을 겁니다."

"알았다, 알았다."

그러면서 나란히 동파요새로 돌아온 며칠 후, 류휘는 강청사에는 돌아가지 않고, 군부(郡府)에서 각주의 복구 상황을 확인하고, 황해 문제의 사후처리를 하며 시간을 보냈다. 그러던 어느 날 밤.

묘하게 잠자리가 불편한 밤이었다.

몇 번이나 뒤척거리다가, 간신히 깜빡깜빡 잠이 들려고 하는 때에, 뭔가가 잡아당기는 듯한 느낌이 들었다. 그때가 꿈인지 생시인지, 나중에도 잘 알 수가 없었다.

…갑자기 바람이 불어 닥쳤다. 아직 겨울인데, 묘하게 꿉꿉한, 기분 나쁜 바람이었다.

순간적으로 자신이 어디에 있는지 잘 알 수가 없었다.

잠들기 전에 분명히 껐던 등불이 시야 끝에서 어른어른 타오르고 있었다.

'……?'

눈에 익은 등이었지만, 동파요새 것은 아니었다. 무엇보다도 방 안쪽에, 이젠 완전히 눈에 익은 수려가 잠들어 있는 관이, 하얗게 어둠과 등불 속에서 떠오르듯이 흔들리고 있다. 관의 방이다.

'…강청사…?'

이런 바보 같은 일이. 몽롱한 머리 한구석에서 분명히 이건 꿈일 거라고 생각했다.

주륵, 하고 어디선가, 멀리서 기묘한 소리가 들려온다. 주륵, 주

345

륵….

이어서 시체가 썩은 듯한 냄새가 코를 찔렀다. 코를 막으려고 했지만 가위에 눌린 것처럼 손가락 하나 움직일 수가 없다. 온몸에서 이유도 알 수 없는 기분 나쁜 땀이 쏟아져서, 폭포처럼 줄줄 흘러내렸다.

주륵, 하고 기분 나쁜 소리가 들려왔다. 주륵, 주륵 하고 다가온다. 썩는 냄새는 한층 더 심해졌다. 코가 떨어져버릴 것 같은, 끔찍한 냄새였다.

그 소리가 '관의 방'에서 정확하게 멈추더니 끼익, 하고 문이 열렸다.

가위에 눌렸다는 것은, 그런 기분이 들었던 것뿐인지도 모른다. 왜냐하면 류휘는 확실하게 문 쪽을 돌아보았기에. 그렇지 않았다면 그때 류휘의 눈에 **그것**이 보였을 리가 없으니까.

암흑빛 문에서 주륵 주륵 뭔가가 걸어왔다. 그것이 눈에 들어온 순간, 류휘의 등골이 얼어붙었다. 인간──처럼 보였다. 키는 류휘와 비슷한 정도. 옷 비슷한 누더기를 걸치고 있었지만, 그것도 거의 옷이라고 볼 수 없었다. 어디를 봐도 전부 물컹물컹하게 썩어 있었고, 걸을 때마다 썩은 살이 후두둑 떨어져서 여기저기 흰 뼈가 드러나 있었다. 걸음을 옮길 때마다 질척질척하게 떨어지는 고름은 악취를 내뿜으며, 그것이 피인지 어떤지도 잘 알 수가 없었다. 머리도 반 정도는 썩어 문드러졌고, 나머지 반에는 긴 머리카락이 흔들흔들 붙어있었지만, 그것도 반은 다 빠지고 없었다.

막대기처럼 우두커니 서 있는 류휘에게는 눈길도 주지 않고, 그 썩은 강시는 질질 누더기를 끌면서 수려가 잠들어 있는 흰 관을 향해 다가간다. 똑바로.

"──으윽!!"

류휘의 눈이 번쩍 뜨였다. 소리치려 했지만 목소리가 나오지 않았다.

썩어 문드러진 손이 하얀 관의 가장자리에 철썩, 닿았다. 들여다본다. 류휘는 필사적으로 몸을 움직이려고 했다. 동시에 이건 꿈이라고 생각하려고 했다. 그저 꿈일 뿐이라고. 하지만 엄습하는 공포와 초조함, 눈앞의 비현실적인 광경에 사고가 엉망진창으로 뒤죽박죽이 되어 버렸다. 뭐가 꿈이고 현실인지, 알 수 없어진다. 왜 아무도 오질 않는 거지. 아니, 그냥 꿈이다. 못에 박힌 것처럼 움직일 수 없는 류휘 앞에 썩은 강시는 덜그럭 덜그럭 수려의 관을 흔들었다. 류휘는 멈추라고 울부짖고 싶었지만, 목소리는 나오지 않았다. 그때였다.

"…멈추십시오."

수려의 목소리가 아닌, 다른 목소리가, 관 안에서 조용히 들려왔다. 수려의 조금 천방지축인 몸짓과는 달리, 너무나도 우아한 몸짓으로 수려의 얼굴을 한, **다른 소녀**가 일어나는 것이 보였다.

"이 강청사의 어느 누구에게도 해를 끼치는 일은 용납하지 않겠습니다. 물러가십시오."

류휘는 수려이지만 전혀 다른 그 소녀를 응시했다. 불현듯 주취의 말이 떠올랐다.

『예기치 못한 사태가 일어나지 않는 한, 또 한 명의 여인이 일어나는 일은 없을 것입니다.』

수려의 혼백을 지키고 있다는 또 한 명의 소녀. 수려와는 다른, 어른스러운 침착함과 고귀한 위엄이 있고, 몸짓 하나하나, 표정 하나하나가 귀한 집 규수를 떠올리게 하는 기품이 있었다.

밤의 숲과 같은 눈동자. 주취가 마지막에 류휘에게만 살짝 알려주었던 그녀의 이름을 떠올렸다.

──역시, 그녀는.

주륵, 하고 강시가 얌전히 물러났다. 그녀는 류휘를 알아차리지 못하고, 가슴 아픈 듯한 눈빛으로 강시를 바라보았다.

"수려 님을 쫓아, 여기까지 오다니… 하지만 이제 그 몸도 한계인 것 같군요… 안수는 여전히 무슨 수를 쓰더라도, 수려 님의 관을 가지고 가겠다는 것인가요…."

그녀는 눈을 감았다. 입술을 깨물고서, 뭔가를 생각하는 듯이 몇 박자 동안 침묵한 뒤──.

"…알, 겠습니다… 관을… 가져가세요. 관째 가져가야 합니다. 수려 님을 지키고 싶다면…."

류휘는 극심한 혼란에 빠졌다. 무슨 소릴 하는 거지, 저 여인은?

손가락 끝 정도는 움직인 것일까. 처음으로 흠칫, 그 여인이 류휘를 보았다. 그리고 방구석에 서 있던 류휘와 눈이 마주쳤다. 그 순간, 마음속 깊이 놀란 것처럼 눈을 부릅떴다.

"…어떻게 여기까지, 혼백이 날아서… 정말로, 수려 님이, 소중하군요… 폐하."

이어서 일그러진 웃음을 짓더니 깊이 류휘에게 고개를 숙였다.

"수려 님을 지키는 것이 저의 임무. 지금은 가야만 합니다… 괜찮습니다, 폐하. 이제 '제' 가 눈을 뜨는 일은 없을 겁니다. 이렇게 만나 뵐 줄은 몰랐습니다."

그때 류휘는 자신의 손에 어느 새 한 통의 서한이 쥐여져 있는 것을 알아차렸다.

어떻게 가위가 풀렸는지는 모른다.

그저 건네줘야만 한다고 생각했다. 정신을 차려보니, 류휘는 그 서한을 그녀에게 내던지고 있었다.

꾸깃꾸깃하게 뭉친 서한이 그녀의 손바닥에 떨어지는 것이, 흐릿

한 눈에 간신히 보였다. 그것이 끝이었다. 머리 꼭대기를 누군가가 잡아당기는 듯한 느낌이 들었다.

흔들흔들, 시야가 흔들리더니, 끝에서부터 어둠 속으로 끌려들어 가는 것처럼 어두워졌다. 하지만 귀에는 그녀가 관에 눕는 소리와, 강시가 관에 썩어 문드러진 손을 대는 것 같은, 기분 나쁜 철벅거리는 소리가 들렸다.

그리고 주륵, 주륵, 하고 관을 질질 끄는 소리도.

…이를 끝으로, 류휘의 의식은 뚝, 끊어졌다.

•   •   ✦   ✦   •   •

──그 후, 며칠 동안 류휘는 심한 열 때문에 강청사로 돌아가지 못했다.

흠뻑 땀에 젖어 하루 종일 쌕쌕 잠만 자는 류휘가 걱정이 되어, 정란과 추영은 별별 방법을 다 써서 의원을 찾았다. 마침 가까운 사원에 표가계 의원이 들렀다기에 불러보니, '이런이런, 어딘가에서 요기(妖氣)에 당했구먼. 종지에 소금을 담아 놓고, 하루 정도 자면 독기는 빠질 게요. 열이 떨어지지 않으면 다시 부르시게'라고만 말하고 약 한 첩 지어주지 않고 돌아가 버렸다.

말도 안 되는 돌팔이 의사다, 누굴 바보로 아나, 하고 정란은 맹렬하게 화를 냈지만, 신기하게도 종지에 소금을 담아 방 구석 구석에 놓아두자, 의사가 말한 대로 다음날에는 정말로 류휘의 열이 단번에 떨어졌고, 의식도 돌아왔다.

그러나 의식이 돌아오자마자, 류휘는 자리에서 일어나려고 안간힘을 썼다. 몸이 완전히 회복되지 않았는데도, 어떻게든 오후에는 강청사로 돌아가겠다고 완고하게 주장을 굽히지 않았다.

이유를 물어도, 나쁜 꿈을 꾼 것 같다, 기억은 안 나지만 불길한 예 감이 든다는 말밖에는 하지 않는다.

…강청사에서 보낸 파발마가 도착한 것은, 바로 그때였다.

소가가 보내서 왔다는 사자가 건네준 것은, 소가답지 않은 흐트러 진 필적으로 휘갈겨 쓴 서한이었다.

서한에는 며칠 전 밤, '관의 방'에서 수려가 관째로 홀연히 사라 졌다는 것. 그리고 류휘 앞으로 된 한 통의 서한이 남겨져 있다는 내용이 쓰여 있었다.

『…송신인의 이름은 없었습니다. 필적도 일부러 바꿔서 쓴 것 같 습니다.

그 서한의 내용을 그대로 적어보겠습니다.

"홍수려는 이쪽이 데리고 있습니다.

돌려드리는 조건은 두 가지.

첫 번째는 회담의 내용과는 상관없이, 왕계에게 양위를 약속할 것.

두 번째는 그 왕위 이양을 서약하는 글을 스스로 작성하여, 자류 휘 자신이 지참하고, 적어도 회담이 열리기 정확히 반일 전까지는 귀양에 도착할 것.

그때에는 반드시 혼자 오시길 바랍니다. 측근의 모습이 한 명이라 도 보였을 때에는 교환 조건은 즉시 파기됩니다.

또 이 두 가지를 지키지 않았을 경우에는, 홍수려의 목숨은 없는 것으로 생각하시길."』

저녁노을 속에서, 탕탕탕, 하고 복구의 망치질 소리가 들려온다. 오늘도, 언제나처럼 왕계의 방에서 하릴없이 빈둥거리던 손능왕이 계속 밖을 신경 쓰면서, 망치 소리에 문득 왕계를 돌아다보았다.

"아무리 그래도 자네, 잘도 혼자서 모든 주의 복구를 저렇게나 착 착 생각해낼 수 있다니, 놀라워."

홍주에서 귀환하자마자, 왕계는 모든 주의 복구에 착수했다. 홍주에 있었으면서도, 왕계가 턱, 재상회의에 제출한 안을 보고 육부상 서들도 말을 잊었다. 세세한 점은 그렇다 치더라도, 마치 홍주에 있으면서 모든 주의 피해상황이나 조정 정사에 정통해 있는 것처럼, 꼼꼼하게 다듬어지고, 하나 하나 숙고 끝에 짜낸, 빈틈없는 복구 계획이었다. 맨땅에서 시작했다고는 생각할 수 없는 멋진 지휘였다. 한 층 더 조정고관들의 마음은 왕계에게로 기울어졌다.

왕계는 씨익 웃었다. 그 손에는 작은 은색 열쇠를 쥐고 있었다.

"뭐, 그런 거지… 응?"

안내도 받지 않고, 바로 왕계의 방으로 걸어오는 발걸음 소리. 가 볍지만, 경박하지는 않았다. 한 걸음 한 걸음 꾹꾹 짓밟는 것처럼 왕계에게 다가오고 있다. 그 소리를 들으며, 왕계는 자신이 기뻐하고 있는 건지, 아니면 의외라고 생각하고 있는 것인지, 자신의 마음을 알 수가 없었다. 문이, 열린다. 왕계는 평소와 다름없는 얼굴로 맞았다.

"…돌아왔느냐."

헐떡이며 돌아온 리앵을 보고, 왕계와는 반대로 손능왕 쪽이 뛰어오르듯이 기뻐했다.

리앵에게 달려가, 끌어안고서 빙글빙글 돌았다.

"돌아왔구나! 돌아왔어! 잘했다. 돌아오지 않았으면, 나나 신이 달려가서 쥐어 패고, 뒤집어엎고, 앙앙 울고, 땅바닥에 엎드려서 돌아와 달라고 애원하려고 했었다고. 이 냉혈 영감탱이!"

집나간 마누라냐, 하고 왕계도, 뒤쪽에 대기하고 있던 신도, 생각했다. 왕계는 서한을 보면서 불쑥 말했다.

"그보다도 자넨 여기저기에서 울려댔던 여인들을 찾아 도는, 사죄의 여행이나 떠나지? 지금 당장."

능왕은 얼른 방구석으로 도망쳐서, 책을 고르는 흉내를 내면서, 못 들은 척했다. 최악이다.

해방된 리앵은 조금 어지러워 비틀거리면서, 왕계에게 다가갔다.

왕계의 눈을 똑바로 바라보면서, 손에 든 편지통을 내밀었다.

"──왕이 보내는 답장입니다."

왕계의 깊고 깊은 고요한 두 눈이, 리앵을 여느 때보다 더 오래 바라보다가, 이윽고 편지통으로 눈길을 돌렸다. 그런가, 하고 중얼거리고는 우아한 몸짓으로 편지통을 받아들었다.

"왕은, 어떠하더냐. 무슨 말을 들었느냐."

"…하아, 건강해 보이기는 했습니다. 뭐라더라, 제 손톱이나 머리카락을 달라는 말을 들었습니다."

손톱이나 머리카락?! 정보를 달라던가, 짐의 편이 되어 달라가 아니라?! 그건 왕계로서도 전혀 예상치 못한 말이었다.

뒤에 있던 신도, 답장이라는 말에 방구석에서 세 걸음 만에 원위치로 돌아온 손능왕도, 모두 아연실색했다.

"뭐냐, 그건, 저주야?! 저주라도 걸겠다는 심산이냐?! 너무 무섭잖아, 그 꼬맹이!"

"그런데 그 왕, 남색이라고 했었죠… 미소년 취향이라는 건 들은 적이 없긴 하지만… 설마."

듣고 있던 리앵은 얼어붙어 버렸다. 에엑?! 그런 거였어── ?! 아니, 설마.

외조부도 동요한 듯, 힐끗 리앵을 보았다.

"…줘, 줘버린 건 아니겠지?"

"안 줬어요!"

왕계는 안도했다. 이어서, 말에 매달려오느라 상처투성이인 편지통에 눈길을 주었다. 끈을 풀어보니, 단단하고 매끄럽기가 옥과도 같다고 하는, 비단처럼 촉촉하게 빛나는 등심당지가 모습을 나타냈다. 하지만 왕계는 전혀 감탄하는 빛도 없이 재빨리 안을 살피더니 서한의 내용을 읽어 내려갔다.

아무 말 없이 다 읽은 후, 서한을 리앵에게 던졌다. 리앵은 조금 망설이다가, 서한을 읽었다. 능왕과 신이 그 옆에서 들여다본다. 능왕은 날짜와 장소를 확인하더니, 턱에 손을 올렸다.

"…흐음? 한 달 후 정도군. 시각은 정오, 장소는… 헤에, 이 녀석, 놀랐는데. 각오를 한 모양이지? 귀양에서 가까운 오승원(五丞原)이잖아. 왕계의 영지와도 가깝고."

"이쪽의 심장부에 상당히 깊숙이까지 들어오겠다는 것이군요. 여차하면 홍주로 퇴각하기 쉽도록 동파요새 근처를 지정할 거라고 생각했는데 말입니다…."

신과 능왕은 뭔가를 생각하는 것처럼 눈을 가늘게 떴다.

"…적은 병력으로 여기까지 깊게 들어오면, 순식간에 진다는 건 알고 있을 터인데. 아니면 이미 양위를 하겠다는 결심을 굳힌 것인지. 그렇다면 귀양과 가까운 쪽이, 심증적으로 더 안심을 주지."

왕은 바보는 아니다. 곁에는 소가도 있다. 홍가 이외의 길은 이미 모조리 막혀버렸다는 것을 알고 있을 것이다. 미련없이 왕위를 내놓는다고 해도 이상할 것 없는 상황이었고, 왕계도, 능왕도 그걸 바라고 있었다. 시간을 끌기는 했지만, 양위라면, 귀양을 빠져나간 그 밤으로 다시 돌아간다는 의미였다. 그렇다면 좋다고 생각한다.

"…뭐, 그 날이 오면 알게 되겠지."

왕계는 침착하게, 다시 의자에 깊숙이 앉았다. 왕계는 때때로, 이런 식으로 운을 하늘에 맡기고 있는 듯한 대사를 말할 때가 있다. 상대가 어떻게 나올지 재미있어하는 것처럼. 왕계는 문득 리앵을 돌아보았다.

"그런데 리앵, 어째서 이 날짜와 장소로 정했는지, 왕이 무슨 말을 했느냐?"

"아니오… 아무 말도."

"흐음… 뭐, 됐다. 나로서도 나쁘지 않은 일정이다. 인원수는 삼대 삼인가. 이쪽은——."

화악, 하고 능왕이 손을 들었다. 두 손 모두. 마치 항복하면서 만세를 하는 것처럼 보였다.

"나!! 나나! 나 데리고 가! 안 그러면 때릴 거야! 이제 귀양은 지겹다고!!"

"마지막 한 마디가 본심이지, 이 수염탱이!! 놀러 가는 거 아니란 말이다!"

왕계는 호통을 치면서 빈 편지통을 획 집어 던졌다. 신은 쓴웃음을 지으며 가볍게 고개를 숙였다.

"저도 가겠습니다. 시어사인 제가 감시역으로 따라가는 것은 나쁘지 않은 핑계가 될 겁니다. 규황의 님은 너무 직책이 높아서 데리고 가실 수 없을 겁니다. 그 분은 조정에 남으셔야지요."

문득, 왕계는 살피는 듯한 눈으로 신을 보았다. 잠시 후, 관자놀이를 문질렀다.

"…신, 너는 능왕과 달리 머리가 너무 좋다. 성격도 좋고. 그렇기 때문에 데리고 가고 싶지 않다."

"하지만 안수 님도 안 데리고 가시죠?"

"…으음… 데리고 가면, 뭔가 여러 가지를 저지를 것 같은 생각이 든다…."

"그렇죠. 그럼, 소거법으로 생각하면 역시 저와, 능왕 님입니다. 그렇게 왕계 님까지 해서 세 명."

잠시 동안 그 인선(人選)을 음미한 후, 왕계에게도 확실히 그것이 최선처럼 생각되었다.

"…그렇군, 알았다. 그렇게 하도록 하지."

"──그 회의 말입니다만, 선동령군으로서 요청하고 싶은 것이 있습니다."

왕계도 능왕도 신도 일제히 리앵의 얼굴을 보았다.

"그 안건, 옥좌와 관련된 회의가 될 가능성이 높다고 판단하여, 선동령군인 저와 대무녀인 표주취가 각각 입회하기로 정했습니다. 중립의 입장에서 회담에 동석하도록 하겠습니다."

이는 제안이 아니라, 이미 선동령군의 재량으로 그렇게 정했다고 하는 통보였다.

처음으로 왕계의 두 눈이 반짝, 빛났다. 한 사람의 정치가를 바라보는 눈빛으로 씨익 웃었다.

"…자네 생각인가?"

"그렇습니다. 다만, 저는 당신의 손자…인 모양이니, 저만으로는 공평성이 결여되었다는 판단에서, 여기에 오기 전에 대무녀에게도 동석 요청을 했고, 동의를 받았습니다."

중립을 밝힌 선동령군과 대무녀가 동석하게 되면, 그것만으로도 그 날 무력충돌이 일어날 가능성은 크게 낮아진다. 왕계는 웃음소리를 냈다. 리앵은 리앵대로 움직이기 시작한 것이다.

"후후후, 그렇군. 잘 생각했는데, 리앵. ──좋다. 이쪽도 받아들이겠다."

"…그리고."

"뭐지?"

"왕으로부터 당신에게. 그 날, 정면으로 만나러 간다고 전해달라…고."

한 박자 후, 왕계는 턱을 고이고 화사하게 웃었다.

"──알겠다."

…리앵과 능왕이 방에서 나간 후, 왕계는 손에 든 은색 열쇠를 보았다.

──잠금 상자에 조용히 숨겨져 있었던, 은색 열쇠. 유순이 남긴 마지막 선물.

숨겨진 공간 안에는 모든 주의 피해상항과, 복구 계획이 적힌 서한이 빽빽하게 들어 있었다. 마치, 왕계의 고생을 미리 내다보고 있었던 것처럼. 유순의 필적. 하지만 다른 필적도 있었다.

이 산더미 같은 자료 안에는 자류휘의 필적도 여기저기서 찾아볼 수 있었다. 왕계가 자리를 비운 동안 존재도, 발언도 무시되기만 했던 왕의 말 따위 아무도 듣지 않았다. 그렇기에 유순과 매일 밤, 남

몰래 의견을 교환하고, 복구계획 일정을 세우고 있었던 모습이 눈에 보일 것만 같았다. 하지만 이를 유순은 왕계에게 바쳤고, 왕계는 이를 조금 손질만 했을 뿐 그냥 가로챈 것이나 다름없었다.

반짝반짝한 은색 열쇠. 딱히 죄책감도 없었다. 생각하는 것이 있다면 다른 것이었다.

어느 누구도 눈길 하나 주지 않아도, 아무도 보지 않는 장소에서도, 혼자서 걸으려 했던 왕의 모습. 이는 황해를 방치했던 지난날의 왕과는 다른 모습. 하지만── 너무 늦었다. 왕계는 입술에 미소를 떠올렸다.

은색 열쇠를, 서랍 깊숙이 던져 넣었다.

왕계의 저택에서 선동성까지 돌아오는 길 내내, 리앵은 문뜩 밤하늘을 올려다보았다. 여전히 붉은 혜성은 불길하게 하늘 끝에 걸려 있었지만, 너무나 오랜 기간 머물러 있는 것이라, 귀양 사람들도 완전히 익숙해져서 별로 신경도 쓰지 않게 되었다. 올려다본 밤하늘을 별똥별이 짧게 가로질렀다.

'이동한 좌표는 홍주에서 귀양의 방향──.'

사람의 죽음을 나타내는 듯한 긴 곡선을 그리지는 않았지만, 홍주에서 귀양이라는 것이, 묘하게 신경에 거슬렸다.

발걸음을 재촉하며 선동성에 돌아와, 우우의 방에 들어간 순간, 일제히 신기(神器)가 찌링, 하고 공명했다.

신기 문제가 해결된 후로는, 한 번도 이런 일은 없었는데.

그리고 신기가 깨졌을 때와는 달리, 이번의 공명은 순식간에 멎었다. 한 순간의 울림.

마치 뭔가가 결계를 훌쩍 뛰어넘어 온 것처럼. 리앵은 핫, 하고 놀랐다. 방금 전의 유성.

리앵은 안쪽의 물병까지 성큼성큼 다가가더니, 자신의 손가락을 베어 피를 떨어뜨렸다. '무능'인 리앵이지만, 피를 사용하면 어느 정도의 주술은 쓸 수 있었다. 잠시 기다리자, 물병에서 주취의 모습이 둥실 떠올랐다. 그 얼굴에는 초조해 하는 빛이 역력했다.

"주취, 무슨 일이 있었지? 방금, 귀양에 '뭔가'가 들어왔어."

"…관련이 있을지 잘 모르겠지만, 강청사에서 수려 님의 관이 도난당했어요."

"말도 안 돼!! 당신이 결계를 쳐두었잖아. 그걸 깰 수 있는 자가 있을 리가 없을 텐데."

"…실은 수려 님을 지키기 위해서 몇 가지 방도를 세워놓았던 것이 오히려 이상한 방향으로 작용한 것 같아요."

그 '방도'를 들은 리앵은 눈을 동그랗게 떴다.

"그러니까, 홍수려와 **줄다리기를 했다는 건가**."

"아마도. 다만, 류화 님의 죽음과 함께, 류화 님이 그 사내와 관에 걸었던 주술도 풀려버렸어요. 이젠 물컹물컹하게 썩기 시작했을 텐데. 설마 아직도 움직일 수 있으리라고는…."

리앵은 왕이 썩은 강시가 출몰한다는 소문 이야기를 하려던 것을 떠올렸다. 이를 갈았다. 좀 더 제대로 들어두는 건데. 그렇다고는 해도 많은 의문들이 리앵의 마음속을 맴돌았다.

"…주취, 그 썩은, 걸어다니는 시체는 고모님을 죽인 놈과 같은 놈이지? 줄곧 이상하게 생각했어. 그놈은 평범한 인간이잖아? 그런데 어떻게 그런 식으로 죽은 자를 움직일 수가 있는 거지?"

"아직 확인은 못 했지만… 아마도 피가 이어져 있을 거예요. 한쪽이 흑선과 계약을 했다고는 해도, 이능(異能)이 없는 평범한 인간이 그 정도로 시체를 자유롭게 조종하려면, 그렇지 않고서는 불가능한 일."

"피가 이어져 있다고?! 그 녀석들과?! 아니—— 하지만, 확실히, 얼굴이나 분위기가… 닮았어."

"알아본 결과, 다가의 삼형제 중 차남인 삭순만 아버지가 다를 가능성이 몇 가지 드러났어요. 장남인 초순과 삼남인 극순의 아버지는 다중장의 아들이지만, 아마도, 삭순의 아버지는 조부인 중장 자신…."

그러니까 며느리와 시아버지가 정을 통했다는 것이다. 리앵조차도 얼굴을 찡그렸다.

"그 한참 전에, 중장은 일시적으로 다가를 떠나 있었던 적이 있어요. 아마도, 그때——."

"능안수가 태어난 것인가…."

능안수와 다삭순은 이복형제라는 말이 된다.

"능안수가 흑선과 어떤 거래를 했는지까지는 알지 못하지만, 그 결과 다삭순의 시체를 자유롭게 조종할 수 있게 된 것 같아요. 피가 이어져 있다고는 해도, 그 정도로 자유자재로 조종할 수 있다니, 어지간히 기술이 좋은 건지, 소질이 있는 건지… 류화 님이 눈치를 채시고, 손을 댈 수 없도록 시체를 한 발 먼저 빼돌렸지만, 입향을 구워삶아서 삭순의 시체를 관째 들고 가버렸죠…."

"동생이 물컹물컹하게 썩어 가는데도 아직도 이용하는 건가!"

"하지만 이제는 반 이상이 썩어 문드러져 버렸을 거예요. 조종하려 해도, 관에서 움직이질 못할 텐데."

리앵은 조금 안도했다. 그렇다면 류화 살해와 신기 파괴 등, 거의 모든 악행의 원흉이라고 해도 무방할 그 걸어다니는 시체가 더 이상 날뛸 일은 없는 것이다.

"홍수려의 관을 훔친 목적은… 이미 알고 있겠지."

"그래요. 강청사에서도 연락이 왔어요. 수려 님과 교환하는 조건으로, 류휘 님의 양위와, 그걸 증명할 정식 서약문을 가지고, 늦어도 회담이 열리기 반나절 전까지 혼자서 귀양까지 오라━━는."

리앵은 답장에 적혀 있던 날짜를 떠올리고, 암산을 했다.

"회담 시각이 정오였으니까… 정확히 반일 전이라면 자시(子時), 자정인가…! 그리고, 분명 장소는━ 이런, 안 돼, 시간 내에 갈 수 없어. 화담 장소는 분명 오승원 끝자락이었어. 귀양에서 가깝다고는 해도, 전속력으로 달려도 반나절은 걸리는 곳이야. 병력을 이끌고 간다면 며칠 전에는 귀양을 출발해야 하는 거리다. 왕계 님이 가는데 내가 가지 않으면, 이상하다고 여길 텐데."

"…잠깐만. 그럼 주상이 수려 님을 구하러 귀양에 간다면, 회담에는 참석할 수 없다는 거죠? …마치 시각을 알고 있던 것 같은 지시군요."

"그건 우연일 거야. 홍주에서 받은 후, 한시도 몸에서 떼어놓지 않고 가지고 와서, 방금 전에 왕계 님에게 전달하기까지, 나도 열어보지 않았으니까. 열어보면 표시가 나도록 봉인도 되어 있었지만, 깨지지 않았어."

주취는, 그렇겠죠, 하고 중얼거렸지만, 뭔가 석연치 않은 듯 고개를 갸웃거렸다.

"하지만 관째 들고 갔다는 것과, 가지고 간 곳이 귀양이라는 건 그나마 위안이 되네요. 절대 신역인 귀양이라면, 표가에 있는 것과 마찬가지니까요… 봉인은 풀어지지 않을 거예요."

만약 귀양이 아니었다면, 수려의 몸에 얼마나 심한 부담이 가해졌을까. 주취는 등골이 서늘해졌다. 수려 안에 들어가 있는 그 여인이, 그렇게 지시했음이 틀림없었다.

리앵은 수려의 관상을 떠올렸다. 병약. 단명. 총명. 의지도 운도 강하지만, 그걸 남자를 위해서 쓰면 그 남자를 도울 수 있지만, 반대로 그녀는 명이 줄어든다. 좋은 면으로도 나쁜 면으로도 여인의 성격.

딱 부러지게 말해서, 남자 운이 최고로 나쁘다. 변변치 못한 놈들에게 줄줄이 걸려서, 뒤치다꺼리만 해주다가, 자신의 운을 남김없이 다 써버리는 그런 여인이다. 그 중에서도 특히·다삭순은 최악의 부류였던 것 같다.

말 그대로 명이 줄어들다 못해, 있으나 마나한 운까지 바닥나려 하고 있다.

"그럼 홍수려를 발견하더라도, 결국 귀양에서 밖으로는 옮길 수 없다는 건가? …잠깐. 홍수려에 대해, 능안수는 어디까지 알고 있는 거지? 언제 일어난다던가…"

"아니오, 어떤 조건에서 일어나는지까지는, 아무리 능안수라도 모를 겁니다. 알고 있는 것은 수려 님과 또 한 사람뿐. 무슨 짓을 해도 깨울 수 없다는 것 정도는 확인할 것 같지만…"

"…그냥 가정이지만. 만약 지정된 시간보다 먼저, 왕이 왕도에 잠입해서 홍수려를 구해낸다면?"

"…스스로 회담 날짜를 지정해 놓고서, 그 약속을 깨고 귀양에 잠입한 것이 발각나면, 설령 서약문을 들고 있다 해도 끝이에요. 그나마 남아있던 신용이 완전히 추락하겠죠. 그리고 그런 상황이라면 왕계 님이 아직 귀양에 머물러 있는 시기에요. 포위돼서 끝이에요…"

"그럼 만약에 왕계 님이 출발한 후, 귀양이 비어있을 때 몰래 왕이 구출하러 온다면? 구출해서, 예를 들어 선동성으로 옮긴다면 표가의 보호 하에 놓이게 되겠지."

"저기요…"

한때, 류화에게 세뇌당한 상태였다고는 하나, 사마신과 손을 잡았던 적이 있는 주취는 이마를 짚었다.

"…구출이라니 말이야 쉽지, 저쪽의 흉수집단은 '바람의 늑대'와
비슷하다는 말을 들을 정도의 실력이에요. 딱 잘라 말하겠는데, 당
신 혼자서는 절대로 상대할 수 없어요. 그보다도, 그 정도의 책략을
구사하는 상대가, 그렇게 쉽게 관을 빼앗길 바보라고 생각하는 거
예요?"

리앵은 고개를 숙였다. 수려와 같이 갔던 비밀의 산에서도, 리앵
은 상대조차 되지 못했던 게 사실이다.

"운 좋게 장소를 밝혀내서 구출하러 간다고 해도, 수려 님 곁에 도
달하기 전에, 상대가 어사대를 부른다면, 계획은 만천하에 드러나
요. 설령 주상이나, 정란 님, 연청 님이 모두 가더라도, 그 정도 시
간은 벌 수 있을 정도로 숙련된 암살집단이죠. 게다가 몇 박자의 틈
만 있어도, 상대는 수려 님의 목을 꺾어버리고, 상황 종료. 왕이 되
었든, 누가 되었든, 결국 헛걸음만 될 거예요."

"그럼, 왕이 왕위를 이양해서 홍수려의 목숨을 구하던가, 홍수려
를 모른 척하는 수밖에 없다는 거야?!"

주취는 극히 냉정한―리앵 입장에서 본다면 극히 차가운―얼굴
로, 잘라 말했다.

"―그래요. 어느 쪽을 선택하더라도 상황이 좋은 쪽으로 굴러가
도록 획책해 놓은 상대예요. 이번에도 말이죠."

그리고 홀로, 그것을 밝혀낼 증거들을 아슬아슬하게 건져내 왔던
홍수려는 이제 어디에도 없는 것이다.

"그리고 리앵 님, 수려 님 건으로 당신이 직접 나서시는 것은 용납
되지 않습니다."

"그게―."

"회담에 참석하는 쪽을 선택한다면, 비무장과 중립을 관철해야

해요. 아직도 모르겠어요? 당신이나 내가 이번 문제에 나서는 것을 상대는 기다리고 있다고요. 그러면 우리를 중립이 아니라, 현왕 측 사람으로 간주해서 회담에서 배제할 수 있죠. 그렇게 되면——."

"아무것도 하지 않는 게 중립이야?!"

"더 들어요!! 나나 당신이 일방적으로 편을 들어서, 어느 쪽인가에 속한 사람이라고 간주된 순간!! 상대는 절대로 더 이상 우리 말을 들으려 하지 않게 돼요. 고의로 어느 한쪽 편을 드는 '적'의 중재를 받아들일 거라고요. 중재가 불가능해지죠. 알겠어요? 중립이란 건, 왕에게도 공평할 뿐 아니라, 왕계에게도 공평하지 않으면 안 되는 거예요. 설령 상대가 아무리 비겁한 수를 쓴다 하더라도."

분개하더라도 직접 나서서는 안 된다. 모든 것은 여차할 때 개입하기 위해서.

정사에 나서고, 뒤에서 왕을 조종했던 '기적의 아이'와 류화의 말로를, 리앵은 알고 있었다.

표가의 신용은 완전히 실추되었다. 전화왕에게는 '적'으로 간주되어 완전히 숙청당했다.

지금은 그야말로, 그 신뢰를 다시 세울 기회였다. 그렇다는 것도, 주취가 리앵보다도 훨씬 수려와 왕에게 애정을 가지고 있다는 것도 알고 있다. 자신의 말이 그저 화풀이에 지나지 않는다는 것도.

"…미안하다…."

"…나도, 미안해요. 소리 질러서… 정식으로 협력 요청이 오지 않는 한, 정보 수집은 하더라도, 독자적으로 움직일 수는 없어요. 수려 님을 구하는 건 왕 측이지, 우리들은 아닌 거예요."

리앵의 눈에, 한 줄기 희망이 비쳤다.

"그럼, 요청이 있으면?"

"가능한 협력할 수는 있어요. 하지만… 아마도, 주상은 요청하지 않을 거라고 생각해요. 당신의 입장을 이 이상 곤란하게 만드는 일은 피하려고 할 테니까…. 알겠어요? 그건 당신을 위해서만이 아니라, 왕과 수려 님을 위한 일이기도 하다고요. 그걸 왕은 지금 알고 있어요. 당신도 어렴풋이 깨닫기 시작하지 않았을까 싶은데. 그래서 나를 회의에 끌어내는 길을 선택한 거죠."

리앵은 얼굴을 찌푸렸다. 그리고 반론하지 않았다.

"…주취, 왕은 어떻게 할 것 같지? 올 거라고 생각하나?"

주취는 한 박자 후, 작게 중얼거렸다.

"…전에도, 비슷한 일이 있었죠."

삼 년 전 봄. 지금의 주취에게는 이젠 먼 옛날처럼 느껴진다. 그 후로 얼마나 많이 변했던가.

"수려 님이 귀비가 되셨을 때. 그때는 내가 수려 님을 유괴했어요. 소 태사의 요청으로. 그리고 흉수가 기다리고 있던 선동궁에 왕을 유인했어요."

리앵은 눈을 부릅떴다. 떨리는 입술로 물었다.

"…왕은, 어떻게 했지?"

주취는 웃었다. 어딘지 울어버릴 것 같은, 단념한 것 같기도 한, 엉망으로 찡그린 얼굴로.

"…왔어요. 수려 님을 구하기 위해서, 혼자서 말이죠."

"――."

리앵은 주먹을 움켜쥐었다.

이번에도 같은 일을 한다면.

여인 한 사람을 위해서, 아군을 버리고, 신뢰를 버리고, 왕계와의 회담마저도 버리고, 귀양에 온다면.

왕의 손 안에 있는 것이 수려 한 사람을 위해서라면 내던질 수 있는 정도의 것이라고 한다면.

…그는 더 이상 왕이 아니다.

리앵에게 했던 모든 말들이, 그 순간, 의미 없는 모래 부스러기가 되어버릴 것이라는 생각이 들었다.

하지만 이는 동시에, 왕이 수려를 잘라내는 선택을 할 수도 있음을 의미하고 있었다.

왕이 어느 쪽을 선택해주길 바라는 건지, 리앵은 알 수 없었다.

알 수 없었다.

●   ●   ✦   ✦   ●   ●

강청사로 돌아온 류휘는 '관의 방'에 계속 책상다리를 하고 앉아 있었다. 정란이 '행방도 단서도 아무것도 없다니, 그게 무슨 소리야!'라고 노옹에게 덤벼들었던 건 생각난다. 그 소동이 어느 새인가 조용해져서, 류휘만을 남기고 다들 사라진 후, 그 후로는 아무도 오지 않았다.

류휘는 '막야'를 어깨에 기대어 놓고는, 길고 긴 시간 동안, 관이 사라진 텅 빈 공간을 바라보며 앉아 있었다. 자지도, 먹지도 않고, 꼬박 하루를 물끄러미, 미동도 하지 않았다.

달이 저물었을 무렵, 갑자기 류휘의 머리카락 끝이 흔들렸다. 눈을 내리깔고, 깊고 깊은 숨을 내뱉었다.

스윽, 일어섰다.

뒤를 돌아보니, 문을 등진 채 팔짱을 끼고, 누군가가 기대어 서 있었다.

그것이 소가도, 정란도, 추영도 아니고 연청이었다는 것에 류휘는 기묘하게도 순순히 납득했다. **거기에 누가 서 있다면, 연청이**

어울린다. 그런 식으로 생각이 되었다. 왜 그런지, 수려와 관련된 문제에서는 연청이 가장 가깝다는 생각이 들었다. 정확하게 말하면, 류휘와 같은 위치와 거리에 있는 것 같았다. 각도는 다르더라도. 입에 담지 않은 생각조차도, 연청이라면 정확하게, 파문처럼 같은 걸 똑같이 느끼고, 전해질 것이라는 생각이 들었던 것이다. 자신도 모르게 류휘는 미소를 짓고 있었다.

"…언제부터 있었나?"

"주상이 주저앉은 뒤, 반각 정도 지난 뒤부터였을까요."

거의 류휘와 비슷한 시간 동안, 연청도 함께 해주었다는 것이었다. 빛의 각도 때문인지, 연청은 미소를 짓고 있는 것처럼도 보였다. 동시에 조용하게, 하지만 조금은 지친 듯한 얼굴을 하고 있었다.

"…정했어요?"

"그래, 정했다."

연청의 눈이 스윽 가늘어 지더니, 이번에는 확실히 사내다운 미소를 입술에 떠올렸다.

"그렇군요."

그 말밖에 하지 않는다. 왕이 뭘 정했는지, 연청은 정확하게 이해하고 있는 것 같았다.

"폐하, 죄송하지만 제 주인은 폐하가 아니라, 아가씨입니다. 앞으로도 아마 계속요. 강청사에 제가 머물고 있는 것도, 딱히 폐하 편이어서가 아니라, 아가씨 편이기 때문입니다."

"진소방에게서도 같은 말을 들었다."

연청은 조금 웃고서, 자란 수염을 쓰윽 쓰다듬었다.

"하지만 지금 당신의 얼굴은 그렇게 나쁘진 않아요. 이제야, 라고 해야 하려나…당신은 당신이 해야 할 일을 하면 되겠죠. 난 내 일을 할 테니까."

"…수려에게도, 같은 소리를 들었다."

——잊으면 안 돼요. 당신은 당신이 해야 할 일을 하는 거예요. **무슨 일이 있어도.**

연청은 눈썹을 치켜 올렸지만, 언제, 라고는 묻지 않았다. 그저 씨익 웃으며 헤에, 하고 말했다.

"당신은 이제야 그 말의 의미와 무게를 알았군. 아가씨는 진짜 멋진 여자라고."

류휘는 그때, 전혀 머리로 생각한 것이 아니라, 그냥 그 말이 입에서 흘러나왔다.

"분명, 그대에게 '열쇠'를 건네주는 것이 가장 옳은 선택이었을 텐데. 연청."

연청은 한 박자 후, 큭, 하고 재미있다는 듯이 웃었다. 아마, 라고 하는 듯이.

하지만 입으로는 아무 말도 하지 않았다. 사내다운, 선명한 미소만을 남긴 채.

우아한 짐승처럼 늠름하게 몸을 돌려서 방에서 나갔던 것이다.

●　　●　　✦　　　✦　　　●　　●

"——류휘 님."

'관의 방'에서 나온 류휘는 바로 소가의 목소리에 붙잡혔다. 보니, 한밤중인데도 모두가 자지도 않고 그곳에 있었다. 연청만이 아니라, 다른 사람들까지 모두 류휘와 함께 시간을 보낸 모양이었다.

앞서 나간 연청은 어딘가로 사라진 후였고, 그 자리에는 소가, 정란, 추영, 세 명뿐이었다.

류휘는 세 사람 모두에게 각각 눈길을 주고는 마지막으로 소가에게 다시 시선을 돌렸다.

소가는 자신도 모르게 등을 펴고, 자세를 바로 잡았다.

그 고요하고 차분한 눈길 하나로, 소가는 류휘가 무슨 말을 할지 알 것 같았다.

류휘는 그 말을 고하는 데도, 심호흡 하나 하지 않았다. 낯빛도 달라지지 않았다.

"소가, 예의 서한에는 짐은 응하지 않겠다. 예정대로, 짐은 왕계와의 회담에 임하겠다. 그대들도다."

누군가가 작게 숨을 들이마시는 소리가 들렸지만, 그것이 누구인지는 그들 자신도 알지 못했다.

한 박자 동안의 침묵이 흐른 후, 추영이 조심스럽게 입을 열었다.

"주상, 그건… 그건 구출 계획도 강구하지 않겠다는 겁니까?"

"그렇다."

확실하고, 흔들림 없는 대답이었다. 동시에 이는 수려를 외면하겠다는 것을 의미하고 있었다.

"몇 번이나 생각했지만, 기한 전에 구출하기란 거의 불가능하다. 상대는 언제나 짐의 수를 내다보며, 선수를 쳐온 책사다. 짐이 가던, 가지 않던, 들키지 않고 구출하기란 불가능하다. 백만 분의 일의 확률로 성공한다 하더라도, 관은 귀양에서 옮길 수가 없다. 귀양 안의 다른 장소에 숨겨둔다면, 상대방은 다시 가져가기 위해 그곳을 습격하겠지. '바람의 늑대'와 비견될 정도의 부대로부터 지켜내기란 지극히 어려울 것이다."

유순이나 강유가 있다면 좋은 안을 내놓아 주었을지도 모르지만, 두 사람 모두 지금은 없다.

"짐 자신이나, 짐의 측근인 그대들 중 누군가가 회담 전에 귀양에 잠입했다는 것이 들통나면, 회담 그 자체의 신뢰성이 상실될 것이고, 회담도, 짐에 대한 신뢰도, 이제는 완전히 사라져버릴 것이다. 그렇다고 해서, 무술 실력이 좀 있는 정도의 일반 병사들을 보낸다면, 전원이 말살당하고 끝날 것이다."

들통 나는 일은 없을 것이라고, 추영도 정란도 말하지 못했다. 지금 귀양에는 사마신과 손능왕이 있다. 그리고 흥수 집단은 사마신의 지도를 받은 최정예 부대. 아무리 실력이 출중한 두 사람이라도 그 포위망을 뚫고서, 교전도 없이 몰래 수려를 구출해서, 어딘가―어디로? 그것조차 알지 못한다―에 숨겨두고 지켜낸다는 묘기는 완전히 불가능하다는 것을 알고 있었다. 이를 뒤집을 만한 다른 어떤 방법도, 역시 그 날 하루 종일 생각했지만 떠오르질 않았다. 류휘와 마찬가지다.

"기한 전에 수려를 구출하기 위해서, 짐은 어떤 수단도 쓰지 않는다. 그리고 짐은 수려와 맞바꿔서 왕위를 이양한다는 서약문을 쓸 생각도 없다. 회담 전에 귀양으로 향하는 일도 없다― 이는 짐의 선택이다."

지금까지 여러 곳에서 드러나던 류휘의 유약함은, 그 대부분이 수려로 인한 것이었다. 눈앞의 정에 좌우되었고, 그걸 기준으로 결단을 내렸다. 그 결과 길도, 올바른 선택도 잃어버린 채 망설이는 일도 많았다. 하지만 지금은 달랐다.

수려를 위한 왕은 될 수 없다고, 류휘는 조용히 그렇게 고한 것이었다.

추영은 류휘가 왕이 된 순간을, 지금 직접 본 것 같았다.

찰나와 같은 순간, 소가를 바라보는 류휘의 눈빛이 흔들렸다.

"…소가, 미안하다."

소가는 류휘의 손을 받쳐 들듯이 잡더니, 자신의 이마에 댔다.

"…아닙니다. 아닙니다. 딸아이는 **왕의 관리**. 당신의 관리입니다. 이 선택이 옳습니다."

자신이 마지막 족쇄가 되었다는 걸 안다면, 가장 분노하고, 절망했을 것은 수려 자신이다.

그런 건 바라지 않는다. 그런 사랑은 필요 없다. 그 정도의 애정은 수려에게는 **부족하다**.

그것을 류휘는 드디어 이해한 것이었다.

류휘는 딱 한 번 눈을 감았다 뜨더니, '막야'를 한 손에 들고 침착하게 걸어나갔다.

소가는 숨을 들이켰다. 그 발걸음이, 잠깐 동안 부친인 전화왕과 겹쳐 보인 듯했다.

"동파에서 회담 장소까지, 여유를 두더라도 보름은 걸릴 것이다. 달리 해야 할 일이 있다. 한시도 낭비할 수가 없다. ──동이 트는 대로, 강청사를 떠나 동파에서 마지막 준비를 한다."

더 이상 '관의 방'도, 사라진 수려도, 돌아보지 않고.

류휘는 등을 돌리고 앞으로 걸어 나갔다.

●　　　●　　　◈　　　　◈　　　●　　　●

"──연청, 어딜 가는 거야!"

정란이 연청을 발견했을 때에는, 이미 연청은 완전히 여행 준비를 마치고, 말에 안장을 올리고 있었다.

연청은 말에 기대는 것처럼, 정란을 돌아보았다. 동 트기 전, 쪽빛 세계 속에서 연청은 팔짱을 끼면서 으쓱, 어깨를 움츠려보았다.

"나? 나는 나대로 해야 할 일이 있어서, 별도 행동."

"너, 아가씨를──."

"…말해두겠는데, 나도 기한 전에 아가씨를 구해낼 생각은 없어. 그건 임금님의, 상대에 대한 조용한 선고라고. 아가씨는 소중하지. 하지만 지금 자신에게는 그보다 더 중요한 일이 있다는 걸 알려주기 위해서, 임금님은 일절 나서지 말라고, 네게 말한 거라고. 아니야?"

그 자리에 없었는데도, 연청은 왕의 마음을 손에 잡힐 듯 이해하고 있었다.

"…으."

"그런 걸 내가 나서보라지. 전부 허사가 되고 마는 거야. 들켰다가는 아가씨한테 불호령이 떨어질걸."

"…하지만 유일하게 가능성이 있는 건, 너뿐이다, 연청."

흑백 대장군이 부재인 지금, 손능왕이나 사마신과 대등 이상으로 싸울 가능성이 있는 것은 추영과 연청뿐이었다. 그리고 정란의 감각으로는, 추영보다 연청이, 조금 더 위──.

"그렇긴 하지. 하지만 나는 홍수 전문가가 아니잖아. 대등하게 싸울 순 있더라도, 들키지 않고 아가씨를 무사히 구출하는 건 무리야. 너도 알고 있잖아?"

"……."

"하지만 네가 임금님에게 우다다다, 분노에 차서 불만을 퍼붓는 소리가 들려오지 않는다면, 말해도 되겠다고 생각했던 게 있어─ 나는 그 웃기지도 않는 괴문서의 기한까지는 절대로 나서지 않아. 임금님을 위해서도, 아가씨를 위해서도. 하지만 그 후에 어떻게 할지는 또 얘기가 다르지."

──한 박자 후, 그 의미를 이해한 정란의 눈이, 크게 벌어졌다.

회담의 반나절 전까지 왕이 양위 서약서를 가지고 혼자서 올 것.

그때까지는 상대도 수려를 살려둘 가능성이 높다.

"──그런가. 그 시각을 종 한 번 칠 만큼이라도 지난다면, 그걸로 류휘의 의도는 달성되는 것."

그 순간, 류휘가 왕위를 이양할 의지가 없음이 증명된다.

동시에 상대는 수려를 이제 쓸모없다고 판단할지도 모르지만, 이는 구해낼 수 있는 빈틈이 될 수도 있다.

왕계도 회담장소로 출진하면 귀양의 경비는 허술해진다. 기한 전에 몰래 구출해내기는 불가능하더라도 그 시간까지 발각되지 않고, 기척을 죽이고 숨어있는 정도라면, 연청도 가능하다.

회담 시각은 정오. 그 반나절 전이라면── 한밤중.

그 순간에 움직여서 수려를 구해내는 것이 더 빠를지, 상대방이 수려를 해치우는 게 더 빠를지.

물론 그때까지 수려가 어디에 있는지까지 찾아서, 확인해 놓지 않으면 말할 가치도 없다.

그래도, 이 계획이라면 류휘를 방해하지 않고, 수려를 구출해 낼 가능성이 있다──.

연청은 씨익 웃더니 정란을 정면에서 바라보았다. 지금의 정란이라면, 말해도 괜찮겠다고 생각했기에.

"아가씨 구출에만 매달릴 생각은 없어. 어떻게 할래. 그래도 너, 같이 갈래?"

류휘 곁이 있을 것인가, 수려를 구하러 같이 갈 것인가.

정란의 침묵은 딱 한 박자만큼만 이어졌다. 걸어가더니 마구간에서 말 한 마리를 끌고 나왔다.

"──가겠다. 류휘에게는 주인어른이 있다. 뭐, 어쨌거나 추영도 있고…."

하지만 정말은, 류휘에게는 이제 자신이 곁에 없어도 괜찮다고 느끼고 있었기 때문이리라.

아마도 정란이라면, 류휘가 내린 결단은 내리지 못했을 거라고, 연청은 생각했다. 어떤 수단을 써서라도 구출하기 위한 병력을 왕도에 몰래 잠입시켜서, 마지막까지 수려를 탈환하려 했을 것이다. 그런 시도를 했다가 들키면 수려를 죽이겠다고, 서한에 쓰여 있더라도, 했을 것이다. 그 선택 역시 결코 잘못되었다고는 할 수 없었다.

하지만 수려를 구출해냈건, 죽이게 되었건, 결국 책모를 책모로 갚은 그 순간, 왕계와 허심탄회하게 정면에서 이야기를 하는 일은 이제 다시는 할 수 없게 되었을 것이다.

류휘가 선택한 것은, 그야말로 그, 아마도 한 번밖에는 없을 기회 쪽이었다.

그것이, 지금의 류휘와 정란의 차이였다.

이를 지금 정란은 정면으로 인정하고, 조용히 받아들였던 것이다. 정란이 필요하지 않다는 것이 아니라, 자신이 없어져도, 이제 류휘가 길에서 벗어나는 일은 없다는 것을.

신기하게도 쓸쓸함은 느끼지 않았다. 오히려 느꼈던 것은— 자유. 자신의 자유다.

"근육 풀무치인 네놈 한 사람에게 맡겨둘 수만은 없지. 절대로 실패할 게 뻔하니까. 두뇌파가 필요해."

"무슨 소릴 하는 거야. 난 옛날부터 엄연한 두뇌파라고?!"

"잠꼬대는 자면서 해야지."

연청이 안장에 매달아 놓은 자루와 장비들을, 정란은 반도 넘게 낚아채서는 자기 말에 매달았다.

"아악! 너 이놈, 그거 내 장비라고! 그보다도 너, 설마 돈은 가지고 있겠지?"

정란은 입고 있던 옷을 여기저기 두드려보다가, 퍼득, 손뼉을 쳤다.

"…깜빡했네. 그 욕심쟁이 여 관리에게 모조리 다 털리고 나서 그대로인걸…."

"네놈을 털었다고?! 굉장한걸. 그럼, 무일푼 아니야!! 소가 님께 조금 빌려와!!"

"웃기고 있네. 주인어른에게 그런 볼썽사나운 꼴을 보일 수 있냐!! 네놈 지갑을 줘!"

"너야말로 웃기고 있다, 이 바보 녀석!! 역시 안 되겠어, 넌 남아!! 방해만 돼. 따라오지 마!!"

연청은 황급히 말을 달려서 도망치려고 했지만, 정란이 즉각 끌어내렸다.

"근육 풀무치 주제에 너 혼자서 아가씨에게 멋진 모습을 보여줄 셈이야?! 그렇게는 안 되지. 돈 같은 건 어떻게든 된다고. 너, 장기나 몸을 팔아서 벌면 되지."

"너 뭐야아아아――! 싫어어어어어! 적어도 노잣돈만이라도 빌려오라고오오오!"

동 트기 전의 하늘에, 연청의 비통한 절규가 메아리쳤다.

절의 2층에서 보고 있던 추영은 연청에게 깊이 동정하면서 옆을 보았다.

"…가버렸군요, 주상."

"그렇군… 하지만 연청… 괜찮을까…?! 도중에 팔려가면 어쩌지?!"

"아― 괜찮을 거라고 생각합니다. 저라면 팔려갔겠지만. 이러니저러니 해도 연청 님이 정란보다 우위니까요. 저 두 사람의 관계,

좀 신기합니다."

2년 전 여름에 만났을 때부터 저랬다. 언제 저 두 사람이 만났는지, 어떤 시간을 보냈는지, 아무도 모른다. 하지만 그때부터, 정란이 마음을 여는 것은 연청뿐이다.

시야 끝에서 짧은 유성이 떨어진 것 같아서 류휘는 밝아오는 동녘 하늘을 바라보았다.

붉은 요성은 아직도 하늘 끝에서 불타오르면서 주위의 별들까지도 불길한 빛으로 가리고 있다.

귀양의 방향은 저 붉은 요성이 걸려 있는 방향과 같다.

겨울이 시작될 무렵, 류휘는 저 별에서 도망치듯이 홍주로 몸을 피했고, 이번에는 저 붉은 별 아래로 향한다.

저 별은 류휘 자신의 운명 그 자체인지도 모른다.

"…우리도, 가지 않으면 안 된다."

"네, 주상. 함께 가겠습니다. 이제, 저와 소가 님뿐이니까요."

"짐에게는 충분하고도 남는다."

류휘는 미소를 짓고는 발길을 돌렸다. 그 뒤를 추영은 세 걸음 정도 거리를 두고 따라 걸었다.

…시간은 화살처럼 흘러갔다.

류휘는 주로 동파요새를 거점으로 하고 있었지만 상황은 좋아지지 않았다.

강유와 여 관리의 발자취는 끊긴 채였고, 남주로 향했던 진소방의 소식도 여전히 오리무중이었다. 왕계파에게 잡힌 것 같다는 소문도 흘러나오기 시작하고 있었다.

정란과 연청에게는 때때로 소식이 왔지만, 그 중에서도 류휘가 눈여겨 본 것은 귀양 이북의 세 개 주에서 지금까지의 2배 이상의 합금이 자주로 흘러들어오고 있다는 정보였다.

"…소가, 이는."

"…네, 틀림없습니다. 그 연기가 끊임없이 피어오르는 산에서, 우리 기술자들이 단기간에 대량의 강철을 양산하는 데 성공했다는 증거인 것이겠죠. 철을 합금으로 다시 만들기만 하면, 그걸 북방에 있는 솜씨 좋은 제철소에 보내서, 얼마든지 무기나 갑옷을 양산할 수가 있습니다."

장소를 알고 있는데도, 아무리 해도 그 산에 들어갈 수가 없었다. 몇 번인가 습격이 성공해서, 마침 운반 중이던 합금이나 철탄을 탈취하는 데 성공한 적은 있었지만, 그 양은 미미한 수준일 뿐, 오히려 경호만 강화되어 손을 쓰기가 더 어려워졌다. 그 시점에서 격렬한 전투로 발전하면 회담 자체가 취소될 것이고, 이는 류휘가 바라는 일은 아니었다.

결국, 이 겨울 동안, 단 한 번도 그 산에서 빈틈을 찾아낼 수 없었다.

그렇게, 기묘하게 조용하고, 불길할 정도로 아무 일도 없이, 겨울이 지나가려 하고 있었다.

홍구랑이나 류 주목에게서는 몇 번인가 회담의 연기 제의가 있었지만, 류휘는 이를 받아들이지 않았다. 수려의 이름조차도 잊은 듯이 왕이 입에 담는 일도 없이 보름이 지났다.

동파에서의 준비가 어느 정도 끝난 것처럼 보일 즈음.

류휘는 '막야'를 손에 들고, 조용히 일어나 오승원으로 떠난다는 것을 알렸다.

그 시점에서.

동파요새에 주둔하는 병력——오 만.

왕도 귀양에 주둔하는 병력——오십 만.

…숫자로만 보아도, 거의 열 배나 되는 차이가 있었다.

오랜만에 발을 내딛은 자주의 대지는 거의 눈 섞인 진흙탕으로 변해 있었다.

차가운 겨울바람이 여인의 비명과도 같은 가늘고 높은 소리와 함께 오승원에 미친 듯이 불어 닥쳤다.

그 날 밤은 별의 선녀가 마음 내키는 대로 흩뿌려놓은 듯한 별들이 하늘 가득 반짝이고 있었다.

겨울이 끝나가는 홍주의 밤하늘이 아니라, 태어난 후, 늘 보아 왔던 자주의 밤하늘이었다.

류휘는 천막에서 나와, 야영하는 병사들의 화톳불이 지상의 별처럼, 아른아른 불타오르는 것을 보고 있었다.

"…감기 걸리십니다, 주상."

대답 대신 한숨을 쉬자, 숨이 하얗게 물들었다. 눈을 가늘게 뜨고 귀양 쪽을 찾아보아도, 마치 쩍 입을 벌린 듯 망연한 심연의 어둠이 보일 뿐이었다.

"어둡군…."

귀양은커녕, 마을이나 거리의 소소한 불빛은 물론, 야영하는 불빛조차도 보이지 않았다.

"왕계 장군이 만일의 사태에 대비하여 가까운 마을에 피난 지시를 내렸다고 합니다."

그런가, 하고 류휘는 중얼거렸다. 미안한 마음이 북받쳐 오르는 것처럼 목 언저리까지 차오른다.

"…짐의 사정 때문에 내쫓겨서… 마을사람들이 추위에 고생을 하고 있구나…."

면목 없다고.

그렇게 하길 잘했다던가, 신경을 안 써도 돼서 다행이라던가, 가 아니라 마을사람들을 걱정한다.

추영의 얼굴이 일그러졌다. 가슴이 찢어질 것처럼 조여 왔다.

호의가 아닌, 다른 반쪽 때문에 추영은 왕의 곁으로 돌아가기로 결심했었다. 그래, 지금 이런 때에 면목 없다는 말을 불쑥, 흘리는 왕 때문에, 추영은 곁에 있는 것이었다. **그의 왕이 거기에 있기 때문에.**

"…끝나고 나면 사과를 하러 가시지요. 저도 함께 갈 테니까요."

류휘는 입술 끝으로 웃은 것처럼 보였다. 추영의 말은 아지랑이처럼 사라져 간다. 저쪽에, 잠깐 동안 진짜인 양 모습을 보여주지만, 손에 잡히는 날은 영원히 오지 않는다.

내일이라는 날은 추영의 꿈과 같은 말이나 다를 바 없는, 지금 두 사람에게는 아지랑이 같은 것이었다.

얼어붙을 것만 같은 바람이 검은 그림자처럼 보이는 산을 넘는 소리가 들린다. 류휘가 살짝 중얼거렸다.

"…왕계의 병사들도 보이지 않는군."

"귀양을 떠났다는 보고는 들어와 있습니다. 회담은 내일 정오이니… 우리가 오승원 끝자락에서 야영을 하고 있는 것처럼, 상대방도 그럴 겁니다."

동 트기 전, 하늘이 옅은 쪽빛으로 물들 때, 양측 모두 천천히 말을 몰아 출발하면, 딱 정오에.

약속의 장소에서 만나게 된다.

"…추영, 날이 밝으면 짐의 말대로 해달라."

추영은 입술을 굳게 다물고 뭔가를 말하려고 했지만, 참아 넘기고, 중얼거리듯 끄덕였다.

"…알겠습니다."

류휘는 강의 탁류가 소용돌이치며 내뱉는 굉음을 그리운 마음으로 들으면서, 앞쪽의 산을 올려다보았다.

"…연기는 더 이상, 피어오르지 않는구나."

"네… 전부 준비는 끝냈다고 보아야 하겠지요…."

척후병들의 정보에 따르면, 지금껏 연기가 계속 피어오르던 그 비밀의 산에서, 며칠 전부터 연기가 보이질 않는다고 한다. 류휘도 확인해보았지만, 산 전체가 잠이 든 것처럼 쥐죽은 듯 고요했다.

결국 그 산속 외딴집과 노인은 두 번 다시, 류휘를 맞아들이지 않았던 것이다.

"그러고 보니, 주상. 그 산과 관련해서… 내일, 만약을 위해서 병력을 이끌고 그 산을 감시하고 싶다고 자원한 부대가 있습니다. 회담 중에 그 산에서 수상쩍은 움직임이 없으리라는 보장은 없다면서, 무슨 일이 있으면 바로 알리기만 하겠다면서, 병력은 자신의 부대만으로 충분하다고 했습니다. 어떻게 할까요?"

"상관없다. 별동대로 내보내라."

"알겠습니다."

하나, 둘, 야영의 불빛도 꺼져가고, 주변은 쥐 죽은 듯이 조용해졌다.

하지만 류휘는 천막으로 돌아가려고 하지 않았다. 살을 에는 바람 속에서 한 방향을 응시하며 우두커니 서 있었다. 추영도 억지로 데리고 들어가려고 하지 않고, 류휘가 바라보고 있는 방향을 같이 바라보았다. 귀양을.

그 후로 왕은, 수려의 이름을 단 한 번도 입에 담은 적이 없다.

하지만 추영은 알고 있었다. 홀로 있을 때, 언제나 귀양 쪽을 바라보고 있다는 것을.

몇 번이나, 몇 번이나. 헤아릴 수 없을 정도로, 추영은 그 옆얼굴을 봐 왔다.

"…지금 몇 시지, 추영?"

하지만 그것도 오늘 밤으로 끝이다.

"종이 아홉 번… 자시입니다. 이제 두 각만 있으면… 귀양에서는 자정을 알리는 종이 울리겠지요."

괴문서의 기한은 자정. 그때까지 이제 이 각.

"…이젠, 너무 늦었다."

아무리 류휘라고 해도, 여기에서 귀양까지 홀로 말을 달려 간다고 해도, 이제는 시간 내에는 도착할 수 없다. 그리고 지금 바로 귀양으로 향하려면, 왕계의 진영 한복판을 뚫고 나가야 한다.

류휘는 입술을 굳게 다물고, 바람이 휘몰아치는 망막한 평야에 막대기처럼 우두커니 서 있었다.

추영도 그림자처럼 류휘 곁에서 그때를 기다렸다.

거북이처럼 천천히, 망연하고 공허한 시간만이 흐른다.

이윽고, 자정을 알리는 북소리가 바람 부는 평야에 서글프게 울려 퍼졌다.

──자정.

바람에 날려 사라지는 북소리를 쫓으려는 듯, 미동조차 하지 않았던 류휘가, 그때 기도하듯이 하늘 가득한 별들을 올려다보았다. 울고 있는 것처럼도, 웃고 있는 것처럼도 보였다.

밤하늘에 짧은 별똥별이 곡선을 그리며 떨어지는 것이 보였다.

"…시간이다."

왕위를 이양할 뜻은 없다.

이를 얼굴도 보이지 않는 상대에게, 기한을 조용히 넘겨버림으로써 류휘는 증명한 것이었다.

허리에 찬 '막야' 가 번쩍 빛난 것같아서, 류휘는 꽁꽁 얼어 굳어진 얼굴로 미소를 지었다.

"…알겠느냐? 이제 곧 만날 수 있다."

"예?"

"아니다… 그럼, 우리도 조금은 쉬도록 하자…."

류휘는 소리도 없이 발길을 돌렸다.

남겨진 약속도, 가야 할 장소도, 단 하나.

——내일 정오.

역시 수려의 이름은, 한 조각조차도 입에 담지 않고.

밤의 어둠 속으로 빨려 들어가듯이 류휘는 자신의 천막 속으로 사라져 갔다.

…때는 조금 거슬러 올라간다.

귀양에 자시를 알리는 서글픈 종소리가 울려 퍼지는 것을, 연청과 정란은 귀양에서 듣고 있었다.

왕계가 군대를 이끌고 성을 떠났다는 소식은 귀양 전체에 퍼져 있었다. 자주 내의 순찰이라는 명목이었지만, 백성들은 때로는 이상할 정도로 민감하다. 뭔가가 일어난다는 것을 어렴풋이 예감하는 것인지, 바람 소리마저 멎은 것처럼, 귀양은 적막에 싸여 있었다. 밤에 깨어나는 환락가마저도.

'…내가 유배형에 처해졌을 때에도, 이 종소리가 울려 퍼졌었지…'

어머니와 함께 함거에 쑤셔 박힌 채, 그 날 밤 다주로 호송되었다. 마지막으로 가슴에 남은 귀양의 기억은, 이 서글프게 울리는 자시의 종이었다. 정란에게는 이별의 종소리와도 같았다.

쌕쌕 잠들어 있는 수려의 얼굴이 떠올랐다. 아주 오래 전, 가을이 되면 정란이 정원의 감나무에서 감을 따면, 수려가 이를 주웠다. 높은 감나무에서는 태어나고 자란 성이 보여서, 때때로 정란은 손을 멈추고 나무 위에서 우두커니 멈춰서 있곤 했다. 그런 정란에게 어느 날 수려가 말을 걸었다.

——저기, 정란. 거기에서 보이는 경치는 기분 좋지?

같이 올라와 보시겠습니까? 하고 당황해서 묻자, 수려는 고개를 옆으로 저었다.

아니, 언젠가 혼자서 올라갈 거야. 그때까지 그 경치는 아껴둘래. 저기, 정란, 언젠가 나도 감을 나눠받는 쪽이 아니라, 나눠주는 쪽이 되겠지. 커지면.

커지면, 다음에는 내가 **그쪽으로 가는 거야**, 라고.

그리고 수려는 몇 년 후, 그 말대로 했다. 감나무에 올라간 수려는 정란과 마찬가지로 왕도를 쭉 둘러보고, 마지막으로 성에 눈길을 주었다. 길고 긴 시간 동안, 그 성을 조용히 바라보고 있었다.

마치, 다음에는 저 성에 오르겠다고 결심이라도 하는 것처럼.

자시를 알리는 종소리가 은은하게 들려온다. 정란은 얼굴을 찡그리며 웃었다.

그러니까 반드시, 이번에도 수려는 벌떡 일어나서, 인생을 달려갈 것이다.

자신이 향하고자 하는 장소로, 자신의 힘으로.

"…정란, 기한까지 이제 이 각이다. 조금만 더 참자."

옆의 연청은 심통이 날 정도로 평상시와 다름없이 편안하고 느긋해 보였다.

"봉숙아가 보낸 마지막 서한은, 엇갈려서 받지 못했는데── 뭐, 괜찮겠지…."

연청이 귀양과 조정내부를 몰래 조사할 때 도움을 받았던 것은, 대부분 조정에 계속 버티고 있는 홍씨 관리들과, 수려의 용관시절 동료들이었다. 생각났다는 것처럼 정란이 노려보았다.

"너, 어째서 전직 용관들에게 아가씨 일을 얘기한 거지? 멋대로 움직이거나 하면 어쩌려고."

"아니, 숙아가 먼저 눈치를 챘어. 나도 깜짝 놀랐지. 뭐랄까, 탕탕도 그렇지만, 그 녀석들 그런 쪽으로 후각이 끝내주게 발달했다고. 게다가 알아차린 이유가 '감'이라니."

논리적으로 판단해서, 실타래를 풀어가는 것이 아니기 때문에, 어느 날 갑자기 이유도 없이 들통이 난다. 연청도 산에서 자란 탓인지, '야성의 감'이 있다는 소리를 자주 듣지만 탕탕들도 하급귀족 특유의 감을 내재하고 있는지도 모른다. 처신이라던가, 정세, 형세, 비밀 등에는 특히 더 민감하게 작용한다.

"'혹시 수려 님, 귀양에서 누군가에게 잡혀서 유폐되어 있어?'라는 거야…."

모든 일을 논리적으로 풀어가는 정란에게는 도무지 이해가 되질 않았지만, 소방도 아무 정보도 없는데도 사실을 찾아내곤 한다. 게다가 논리적으로 그럴싸한 이유를 들어 얼버무리려고 해도 속아 넘어가지 않는다.

"그렇다고 해도, 인정할 수는 없잖아! 전직 용관들이 시간도 되기 전에 쓸데없이 나섰다가 왕에게 불리한 상황이 되면—."

"숙아 같은 녀석들에게 거짓말을 하면, 그 순간에 두 번 다시 우리는 신뢰받지 못하게 된다고요. 넌 거짓말도 방편이라고 생각하겠지만, 그런 건 **착취하는 쪽**이 내세우는 제멋대로의 논리라고. 알겠어? 아가씨가 그 녀석들의 신뢰를 손에 넣은 건, 한 번도 거짓말을 하지 않았기 때문이야."

"…윽."

"그 녀석들은 자정 전에는 무슨 일이 있어도 움직이지 않아. 약속했으니까. 난 그걸 믿는다고."

정란은 입을 다물고서 연청을 외면했다. 연청은 쓴웃음을 지었다. 자신과 동등한 수준 이상의 인간이 아니면 중요한 일을 맡기지 못한다. 모든 일을 자신의 지배하에 두지 않으면 안절부절못한다. 기본적으로 타인을 믿고서 뭔가를 맡기는 것이 정란에게는 너무나 어려운 일이었다. 좀처럼 믿지를 못한다.

그러나 조금씩 진보는 하고 있다. 말하면 이해하게 된 것만으로도 큰 차이였다.

"숙아들도 귀양에서 아가씨의 거처를 찾아보겠다는 서한을 보내긴 했는데…."

연청은 정란과는 달리, 숙아들이 허튼 짓을 하리라고는 생각하지 않았다. 정란은 머리가 좋은지 나쁜지로 판단을 하려는 경향이 있지만, 연청은 다른 기준으로 판단한다. 세상이 어떻게 돌아가고, 자신이 어떻게 처신해야 할지에 대해서는 뛰어난 감각을 가진 그들에게는 다른 지혜가 있다. 신조는 두 가지. '군자는 위험을 가까이 하지 않는다'와 '삼십육계 줄행랑'.

지금 이 상황에서 왕의 편에 서는 것이 얼마나 자신에게 불리한지, 그들은 정란보다도 훨씬 잘 알고 있다. 그러기에 그 예리한 후각을 발동해서, 위험 수준을 넘지 않을, 아슬아슬한 선에서 신중하게 움직인다. 위험해지면 자신을 지키며 바로 줄행랑이다. 이는 연청과 수려에게도, 가장 안심할 수 있고, 마음 든든한 방식이었다. 어쩌면 소방이 그렇게 하라는 말을 남겼는지도 모른다.

"마지막 서한에서는, 가능성 있는 곳을 찾기는 했지만, 나중에 다시 알려주겠다고 끝맺었었지…."

그 후로 다음 소식은 오지 않았다. 아무래도 엇갈린 모양이었다.

"…너, 오늘 시각까지 알려준 거냐?"

"알려줬어. 위험하니 절대로 오지 말라고. 그보다, 그 녀석들 대체 어디를 '찾아낸' 거지?"

연청이 고개를 갸웃했다. 아무리 연청이지만, 왕계나 손능왕, 능안수의 이름은 입에 담지 않았고, 숙아도 묻지 않았다. 모르는 편이 좋은 일도 있다는 것 역시, 그들은 본능적으로 알고 있었다. 토해내야 할 뭔가가 있을 때 인간이 얼마나 약해지는지도. 모르는 채로 내버려 두는 것도 그들의 한 가지 처세술이었다.

"어디서, 완전 얼토당토않은 다 쓰러져가는 폐가라도 찾아낸 거 아니야?"

"우—웅… 그럴지도… 뭐, 그렇다고 해도 녀석들은 무사할 테니, 괜찮긴 하지만."

귀양의 어딘가에 수려가 있다는 정보만으로 숙아들이 움직이고 있다면, 아무런 상관없는 폐가라든가, 수상쩍어 보이는 폐사(廢寺)를 보고 '발견했다'고 착각했을 가능성은 상당히 높다. 논리적으로 생각하지 않는 만큼, 틀렸을 때에는 뒤로돌아 45도 각도로 완전히 틀려버리는 것도 특징이다.

정란과 연청은 상대를 알고 있었기에, 처음부터 좁힐 수가 있었다.

관 속에서 잠들어 있는 소녀를, 한 달도 넘게 남의 눈이 띄지 않고 숨겨둘 수 있는 곳은 제한적이다.

"선동성에는 없었어. 후궁이나 환락가에도 없다고 해. 아무래도 우리들이나 아가씨의 정보는 이 항아루의 호접이라는 기녀에게서 줄줄 새는 것 같기도 하니까, 거기일지도—하는 생각은 들긴 하는데."

호접의 오랜 주요 고객에 능안수의 이름이 있다는 것은, 연청의 조사로 처음 밝혀진 일이었다. 호접이 배신한 것을 아닐 것이다. 그저, 별 생각 없이, 언변이 좋은 안수가 잠자리에서 이런저런 이야기 끝에 넌지시 물어보는 대로, 이웃집 귀여운 소녀의 근황을 술술 이야기했을 뿐이리라.

원래 기루는 그러기 위한 곳이다. 최고의 기녀에게는 거물 고객이 붙는다. 그 기녀를 어떻게 구슬려서 필요한 정보를 캐낼지 정보전이 펼쳐지는 것이다. 그렇다고는 해도 호접은 귀양 최고의 명기다. 본래, 그렇게 입이 가볍다고는 생각할 수 없다. 정란은 관자놀이를 문질렀다.

여인이 경계하지 않고 말을 하는 상황은 제한적이다. 그 중 하나가 사내에게 반해있을 때다.

"뭐— 어쩔 수 없지. 남자도 반해버린 여인 앞에서는 쓸데없는 소리를 주절주절 늘어놓잖아."

"…알고 있어. 딱히 비난하는 건 아니야."

불쑥 중얼거린 정란의 말은, 정말로 허세를 부리는 것이 아니라, 비난하는 느낌이 없었기 때문에 연청은 조금 놀랐다. 진심으로 어쩔 수 없다고 생각하는 것 같았다. 연청은 묘하게 기뻐졌다.

"그렇다는 건, 남은 건 이제— **여기**뿐이라는 건데."

"…내가 같은 입장이었다면 왕계에게는 끝까지 숨길 거야. 손능왕이나 사마신, 규황의에게도 말하지 않겠지. 그렇게 해두면 만약 실패하더라도 아가씨의 입만 막으면 그걸로 어둠 속에 묻어버릴 수 있다… 뭐, **여기**일 거 같아."

툭, 하고 연청이 손을 등 뒤로 돌려 담을 두들겼다.

"역시, 자기 집이겠지."

오후 내내 두 사람이 감시하고 있던 것은 귀양에 있는 능안수의 자택이었다.

"…그렇다고 해도, 정말 하인이 있는 거야? 그야, 능안수는 거의 자기 집에 돌아가지 않는 걸로 유명하긴 하지만 말이지…"

담 너머는 마치 어둠에 잠긴 것처럼 불길한 적막에 싸여 있었지만, 사람들이 잠들어서 조용해진 것이 아니라, 오후 내내 이랬다. 정기적으로 저택을 손질하고는 있는 듯, 집 자체가 황폐해져 있지는 않았지만, 사람이 생활하고 있는 느낌이 완전히 결여되어 있었다.

"홍수의 기척은 우글우글 느껴지는데 말이지."

"응. 무슨 홍수용 합숙소냐, 뭐 그런 생각이 들 정도로 우글거리는 군… 아무리 나라도 자정 전에 누구에게도 들키지 않고, 구출하는 건 절대로 불가능했겠어…"

솔직히 연청과 정란조차도 몸을 숨기는 게 고작이었다. 사실 연청은 소동이 일어나기 전에 전원을 다 때려눕히고 끝내버리는, 완력으로 구출하는 계획도 가능하지 않을까, 생각하고 있었지만 직접 와보고는 그 자리에서 포기했다.

불길한 바람이 불어 와 쏴아아, 하고 나뭇가지를 흔들었다. 크고 검은 새가 날갯짓하는 소리가 들렸다.

귀를 기울이면, 재깍재깍, 하고 시간이 흘러가는 소리마저도 들릴 것만 같았다. 정란은 눈을 감았다.

"…이제 곧이군."

재깍재깍, 하고 시시각각 그 시간이 다가온다. 심장의 고동소리와 겹쳐서 들려오는 것 같다.

"그래. 이제 곧… 자정이다."

──심야 0시가 되면.

기한은 끝난다.

정란은, 지금, 류휘도 멀리 떨어진 오승원에서 이렇게 때가 오기를 기다리고 있을 것 같았다.

류휘는 오지 않는다.

지난날, 홀로 수려를 구하러 갔던 류휘는 이제 없다.

하지만 그걸로 된 거라고, 처음으로 정란은 생각했다. 넌 그러면 되는 거야.

그 대신 연청과 정란이 있다. 수려가 류휘를 끊임없이 도와주었던 것처럼. 이번에는.

──푸드득.

어딘가 나뭇가지 위에 앉아 있었던 것일까, 검은 까마귀가 커다란 날개를 펄럭이며 날아올랐다.

그 순간, 감고 있던 연청과 정란의 눈이 크게 떠졌다.

전광석화처럼 담을 박차고 올라 도약했다.

밤의 장막에 감싸인 채, 두 개의 그림자가 담의 저편, 어둠 속으로 빨려 들어가듯이 사라져 갔다.

안수는 어둠 속에서 달그락거리며 보석을 찾고 있었다. 안수가 손을 집어넣고 있는 보석함은 마치 어린아이의 장난감 상자나, 안수 그 자체처럼 온갖 것이 뒤섞여 있었다. 잡동사니와 시체가 섞인 것 같은 냄새가 희미하게 피어오르는 속에서 보석의 광채만이 너무나 어울리지 않는다.

등불은 어른거리며 불길한 그림자를 드리우며, 방을 밝게 비친다기보다는, 어둠을 한층 더 어둡게 만들고 있었다.

"응, 이게 좋겠군."

마지막으로 손가락에 남은 눈물모양 조각이 새겨져 있는 한 쌍의 작은 홍옥 귀걸이가, 안수는 마음에 들었다.

하얀 관 안에 잠들어 있는 수려의 귀에, 하나씩 정성껏 달고 나자, 안수는 기분이 좋아졌다.

"인질이 된 공주님은 예뻐야지."

안수는 관 안의 수려의 뺨을 사랑스럽다는 듯이 쓰다듬었다. 귀걸이뿐 아니라, 옅게 화장도 되어 있었고, 도톰한 입술에는 연지도 발려 있었다. 가는 목에는 가냘프고 우아한 보석 목걸이를 두르고, 팔과 발목에도 같은 세공의 팔찌와 발찌가 채워져 있다. 깍지를 낀 손가락에만 아무것도 없었다.

안수는 같은 색깔과 세공의 목걸이와, 팔찌, 발찌를 보며 만족스럽다는 듯이 미소를 지었다. 우아한 족쇄 같아서, 제일 마음에 들었다.

"썩은 강시가 가져오는 내내, 그 썩은 몸에서 툭툭 썩은 물을 흘리면서 운반을 해서 말이지, 기껏 예쁘게 단장한 옷하고 얼굴, 전부 더럽혀서 미안해. 그 썩은 강시는 이제 네게 나쁜 짓은 못 하니까 안심하라고. 저기 구석에 있는 관에 처박아 두었으니까 말이지―"

처음에는 썩은 살 때문에 더러워진 옷을 갈아입혔지만, 깨끗하게 세탁이 된 표가의 딸들의 의상을 본 안수는 역시 원래대로 다시 갈아입히기로 결정했다. 그렇다고는 해도, 안수의 취미에 따라 원래 입고 있었던 의상보다도 몇 배는 호화롭게 이것저것 장식을 하고 꾸며놓았기 때문에 상당히 화려해지기는 했지만.

"네 어머니가 표가의 인간이었다는 얘기는 들은 적이 있지만, 그 때문인가. 잘 어울리는데, 아주 잘 어울려."

보석함을 마구잡이로 뒤적이던 안수는 어쩌다가 회양목 빗을 찾아냈다.

수려의 흑발을 머리카락 끝까지 정성스럽게 빗어 내린다. 몇 번인가 빗어 내리니, 한층 더 반짝반짝 윤이 나서, 안수는 만족했다. 귀여운 인형이라도 되는 양, 수려의 머리카락과 턱 끝을 쓰다듬는다.

"…잠들어 있으면, 인형처럼 귀엽구나. 하지만 역시 깨어 있는 쪽이 단연코 내 취향이라고."

갈색 눈에, 장난기 어린 웃음을 머금는다. 마치 귀엽게 짖는 강아지를 바라보는 듯한 눈빛이다.

얼마 전까지 안수는 주인 잃은 개에게 먹이라도 주는 것처럼 수려에게 잘해줬다. 변덕스럽게, 바보취급을 하며, 언제나 본심이 아니라, 언제라도 인생에게 지워버릴 수 있다. 그러나 지금은 먹이를 주지 않아도 쫓아오는 작은 강아지에게 흥미를 가지고, 비뚤어진 애정을 품기 시작한 것처럼 보였다.

"영리하고, 귀엽고, 냄새를 잘 맡고, 쬐끄만 손과 발로 여기까지 나를 죽자사자 쫓아온 애는 청아 이래 처음이라고. 역시 쫓아오려면, 활발하고 귀여운 여자애가 좋아."

수려의 손이, 코끝을 배회하듯 맴돌고 있던 안수의 손가락을, 시끄럽다는 듯 탁, 쳐버렸다. 휙, 하고 돌아눕는다. 안수는 기분이 상하기보다는 한층 만족스럽다는 듯이 그 손을 잡아 올렸다. 안수가 수려가 가지고 있는 것 중 가장 마음에 들어한 것은 바로 이 손이었다. 열심히 일하는 자의 손. 가끔 안수가 수려의 손톱을 깎아주고 있었기에, 손톱은 짧았고, 청결하고, 희미하게 비누냄새가 났다. 향수는 어울리지 않는다.

"으一음, 아무래도 죽이는 건 아깝네에. 호접하고는 하룻밤 같이 있으면 벌써 질려버리는데. 역시 봄부터 청아와 황의에게 제대로 단련받은 덕분에, 완전히 내 취향이 되어버린 건가…"

실은, 안수가 오랫동안 함께 있을 수 있는 인간은 매우 귀중했다.

"어차피, 찾아내면 나, 기꺼이 전력을 다해 함정을 파서 죽여버리니까… 내 나쁜 버릇이지만… 그래서 좀처럼 소중한 사람들의 숫자가 늘지 않는다고 할까, 해가 갈수록 점점 줄어들어버린 건지. 어른이 되면 만날 기회가 줄어드니까, 귀중하지. 소중히 여기지 않으면 안 되겠지?"

얼핏 옳은 의견처럼 보이지만, 일반적인 의미와는 내용이 180도 다른 말을 중얼중얼 거린다.

안수는 관 가장자리에 기대는 것처럼, 물끄러미 수려의 닫힌 속눈썹을 바라보았다. 옆에서 보면 마치 대형견이 주인이 눈을 뜰 때를 한결같은 마음으로 기다리는 것처럼 보이기도 한다.

"왕계 님이 말이지— 신과 손능왕을 데리고 가버렸다고… 나, 따돌림 당했어."

불평을 늘어놓기 시작했다.

종소리가 멀리서 들려온다. 뎅그렁, 뎅그렁….

뎅그렁, 뎅그렁…. 안수는 그 소리가 싫었다. 너무나도 쓸쓸하고 서글퍼서 들을 때마다 마음이 먹먹해진다. 가장 긴, 이 자시를 알리는 한밤의 종소리가 가장 싫었다. 안수는 수려의 손을 꾹 잡고서 눈을 감았다. 마치 유령이 지나가는 것을 기다리는 어린아이처럼.

영원처럼 계속될 것 같던 여운도 사라졌을 무렵, 안수는 후우, 하고 한숨을 내쉬었다. 쓴웃음을 짓는다.

"…이렇게나 애쓰고 있는데… 나도 홀로 남겨졌어. 너도 홀로 남겨졌지. 우린 같은 처지구나."

서한에 적은 대로, 약속기한인 자정까지, 이제 두 각. 지직지직, 여름의 모기 같은 소리를 내며 타오르는 촛불의 심도, 그 시간에 맞춰 잘라 두었다.

왕이 홀로 귀양으로 떠났다는 정보는 들어오지 않았다.

안수는 눈 끝으로 촛불의 남은 길이를 확인하고는, 수려의 서늘한 하얀 뺨을 부드럽게 어루만졌다.

"나도, 너도, 아무리 애를 써봤자, 좋아하는 사람은 구해주러 오지 않는걸… 난 말이지, 이번만은 제대로, 임금님이 혼자서 온다면 덫 같은 건 놓지 않고, 너와 함께 돌려보내주려고 했었어. 정말이야. 서약문이야 받겠지만 말이지."

이 한 달 동안, 안수는 수려에게 이전과는 다른 기묘한 애정을 느끼게 되었다. 수려가 쌕쌕 잠들어 있는 탓이기도 하다. 지금의 안수에게는 수려는 마음에 드는 인형이나 다름없었다. 무엇이든 정직하게 말할 수 있었다. 물론 이는 조심성 많은 안수에게 있어서의 '무엇이든'과 '정직'이기는 했지만.

안수는 수려를 소중하게 대했고, 열심히 보살펴 보며, 귀여워해주었다. 당초에는 인생의 마지막 나날에 받는 덤 정도라고 생각하고 있었지만, 왕이 오지 않으리라는 것을 어렴풋이 짐작하게 된 후부터는 수려에 대한 연민과 애정이 한층 더 솟아나서 이전보다도 귀여워했다. 그것은 주인에게 버림받은 애완동물을 아끼는 것과도 같았다.

"임금님이 오지 않으면 널 어떻게 할까… 이렇게 매일, 예쁘게 입히고서 깨어나는 걸 기다리는 것도 좀 괜찮을지도, 그런 생각도 들기 시작하네… 성장하려나? 유순이 살아있었다면 키우는 방법? 물어볼 수 있었을 텐데. 그 밋밋한 관도 말이지… 복숭아 그림 같은 거 그려줄까?"

안수가 비뚤어져 있는 건 이런 부분이었다. 청아와 달리, 이용가치 여부로 판단을 하지는 않는다. 안수의 마음을 조금이라도 흔든다면 그는 움직이고, 상대에게 정을 느낀다. 이용가치가 없어졌더라도, 모처럼 좋아하는 것들 중 하나가 된 것을 소홀히 하지 않는 것이다.

"뭐, 대체로 내가 버리는 것보다 빨리, 상대가 죽어버리던가, 도망쳐버리지만 말이지…그 점에서 너는 도망치지 않으니까, 좋아. 아주 맘에 들었어."

지직지직, 하고 촛불의 심이 타오르는 소리가 난다. 촛농이 녹아 흘러내려서 키가 작아졌다.

안수는 가장 마음에 드는 수려의 손을 꼭 잡으면서 어린아이가 깜빡 조는 것처럼 눈을 감았다.

안수보다도 체온이 낮은 그 손을 잡고 있으면, 자신의 체온이 수려에게 흘러들어가는 것을 알 수 있었다. 자신에게도 아무튼 간에, 따뜻한 피가 흐르고 있다는 사실에, 안수는 목구멍 안쪽에서 큭큭 하고 웃었다.

지직, 지직, 하고 짧아져 가는 촛불 소리를 들으면서, 안수는 아무 것도 하지 않고 그저 졸음에 잠길 뿐인 시간을 무척이나 만족하며 보냈다. 식사를 막 마친 우아한 고양이처럼.

그리고, 딱 두 각 동안만 타도록 잘라놓았던 초가 이제 거의 밑바닥만 남았다.

그 조각이 다 녹아내리면 시각은 자정.

약속 기한이 끝나는 때.

안수는 귀찮다는 듯이, 눈썹을 위로 올려 떴다. 눈 끝에 마지막 조각이 날름거리는 불길 속으로 소리도 없이 녹아내리는 것이 보인다. 안수는 몸을 일으키더니, 수려의 양쪽 겨드랑이에 팔을 넣었다. 길게 물결치는 곱슬머리가, 수려의 몸 위로 하늘하늘 쏟아진다. 안수는 고개를 옆으로 살짝 꺾고서, 수려에게 입을 맞출 것처럼 다가갔다.

목에 딱 맞는 가늘고 우아한 목걸이를 애무하듯이 손가락 끝으로 농밀하게 쓰다듬는다.

입술을 겹쳤다. 그대로 미소를 지으며, 운명의 연인에게 사랑을 속삭이는 듯한 달콤한 목소리로 유혹했다.

"…저, 아가씨, 너를 내쳐버린 임금님이 아니라, 나와 같이 갈래?"

초의 마지막 한 조각이 완전히 녹아내리고, 불길이 흔들거리며 사라지기 직전, 한층 더 크게 빛났다.

그때.

수려를 만지고 있던 안수는, 뭔가가 손가락을 타고 올라오는 듯한 느낌에 눈을 부릅떴다.

불끈불끈, 손가락 끝까지 목덜미의 맥박이 평상시 속도가 될 때까지 급속하게 빨라진다. 이에 연동하듯이 안수의 등줄기를, 오싹거리는 쾌감과도 닮은 떨림이 타고 올라온다. 살아있는 것의 고동.

살아가려고 하는 자의 소리. 안수는 언제나 이 소리를 무엇보다도 사랑한다.

손가락 끝까지 생기가 순식간에 차올라, 흘러넘친다. 어둠도 불길도 날려버릴 듯한 기세로.

눈을 뜬다.

그때 안수의 귀에 들린 목소리가 환청의 종류였는지 어떤지는 알 수 없었다.

별의 광채와도 닮은 두 개의 둥근 빛이, 한 순간, 수려의 가슴께에서 어른거리다가 흩어진 것 같았다.

그리고 깊고 선명한 그 목소리가, 찌링, 하고 방울이 울리듯이 가득 울려 퍼졌다.

『수려── 잘 잤나. 자, 일어날 시간이다.』

왕의 목소리.

찰칵, 하고 세상에 단 하나뿐인 열쇠를 돌리는, 시간을 알리는 바늘과도 같은 소리가 들렸다.

수려의 입술이 움직이더니, 소리 없는 목소리로 대답한다.

──네, 잘 잤어요, 류휘. 이제, 시간이 되었군요.

안수가 보고 있는 눈앞에서.

굳게 닫혀 있던 수려의 두 눈이, 천천히 떠지기 시작했다.

칠석날 밤하늘과도 같은 두 눈에 강한 의지가 깃들어, 온몸을 피처럼 돌면서.

모든 것이 홍수려가 되어 간다.

잠들어 있었던 때와는 비교도 할 수 없을 정도로 매력적이고, 흘러넘칠 것 같은 강한 의지는 부드러워서, 어딘지 고혹적이기까지 해서, 안수의 마음을 한층 더 뒤흔들었다.

그리고 별빛 가득한 밤하늘과 같은 눈빛이, 안수를 똑바로 바라보았다.

"…안수 님."

조금 지쳐있는 것처럼, 나른하게, 하지만 그 이상으로 화사하게,

홍수려가 미소 짓는다.

"모처럼 말씀해주셨는데, 일이 있어서요. 함께는 갈 수 없습니다."

옅은 갈색을 띤 안수의 두 눈이 짙어진다. 그는 입술 끝을 끌어당기는 것처럼 웃었다.

더할 나위 없이 기쁜 듯이, 미소만으로 사람을 죽일 수 있을 정도의 요염함을 담은 그 입술로, 한 손에 잡고 있던 수려의 손가락 끝에 사랑스럽다는 듯이 입을 맞춘다. 마치 연인에게 고하는 작별의 인사와도 닮은.

지직, 하고 초가 마지막 비명을 질렀다. 작은 초 조각은 다 타버리고, 촛불이 녹아내리듯이 사라진다.

"그렇군."

목덜미에 닿아 있던 안수의 가늘고 우아한 손가락이 그대로 거미줄처럼 수려의 목을 옭아맨다.

"잘 잤나, 내 공주님. 역시 살아서 깨어 있는 쪽이 최고로 위험하고 귀엽다고. 그러니까. 조금 아깝지만, 역시 죽여야겠어."

조금의 망설임도 없이, 손가락에 힘이 들어간다. 수려의 눈썹이, 일그러진 그때.

──뒤쪽에서 가로막듯이 문이 열렸다.

"──이놈들, 꼼짝 마!! 아가씨는 내가 돌려받겠다."

우지끈, 하고 마지막 문을 멋지게 걷어찬 연청과 정란은 한 박자 뒤, 얼이 빠지고 말았다.

"…얼레? 어, 없어?"

텅 빈 실내에는 흉수는커녕 관도, 능안수도 없었다.

"거짓말!! 없을 리가 없는데! 여기가 마지막이라고. 분명히 비밀의 문이나 지하실로 내려가는 비밀통로가 열리더니 '훗훗훗, 늦었군' 하면서 나올 게 틀림없다고!"

두 사람은 여기저기를 찾아보았지만 비밀의 문이나 비밀 통로 같은 건 아무것도 없었다. 결국 아무리 기다려도, 악역 같아 보이는 누군가가 등장할 기척도 없었다. 결국 연청은 불쑥 중얼거렸다.

"…설마, 우리들, 장소를… 잘못 짚은 건가?"

"바, 바보! 그럴 리가 없잖아! 너는 그렇다 쳐도 이 내가!!"

그때 '히엑――', '우왁― 시꺼먼 애들이 잔뜩 쓰러져 있는데?!' 라며, 마치 귀신집 탐험대 같은 얼빠진 비명소리가 들려왔다.

두 사람이 뒤를 돌아보자, 주저주저하며 방안을 들여다보려던 두 사람의 남자와 눈이 마주쳤다. 우향우를 해서 그대로 내빼려던 상대보다, 연청이 포박하는 쪽이 더 빨랐다. 얼굴을 보고, 아, 하고 손뼉을 쳤다.

"너, 전직 용관 중 한 명이잖아."

"으악, 죽이지 말아주세요――! …가 아니라 연청이잖아!! 역시 여기 있었구나!! 아무리 기다려도 오질 않기에, 설마하고 생각했더니. 정말이지― 우리들, 우리보다 바보는 처음 봤다고!!"

이쯤 되자, 연청도 정란도 어렴풋이 불길한 예감이 들기 시작했다. 서, 설마――.

"…너희들, 아가씨가 어디 있는지 찾아낸 건가? 다른 곳인가?"

"뭐, 아마도 여기가 아닐까 싶은 곳은 찾았지. 아무리 그래도 안에 들어가서 확인해본 건 아니지만. 한 번 취한 척하고 들어가 보려고 했었는데, 뭐랄까, 맘에 안 드는 느낌의 남자에게 쫓겨났어. 교대로 평범한 일반 통행인 흉내를 내면서 감시를 했더니, 오늘 저녁에 능안수가 들어가서 말이지."

──그 이름에, 연청도 정란도 뛰어오를 듯이 놀랐다. 거짓말?!

"잠깐!! 뭐야, 그거, 어디야. 그보다 너희들 어떻게 안 거지?"

"…아니, 상식적으로, 자택이라는 건 너무 평범하잖아. 잔챙이 같은 느낌? 그 정도로 거물이면 나중에 꼬리를 밟힐 곳은 고르지 않지. 엄청 악독하잖아. 좀 더 머리를 쓰지 않겠어? 그런 생각이 들어서 모두 모여서 죽을 정도로 생각하고, 논의를 하고, 머리를 쥐어짰던 거지. 그렇지?"

"그래. 수려 님한테, 어려운 일이 있으면 모두 모여서 머리를 써!! 라고 호되게 야단을 맞았으니까. 소방도, 뭔가 어려워지면 지금까지의 수려 님의 안건을 다시 다 훑어보라고 했거든."

"자, 잠깐. 지금까지의 안건이라니… 아아아아아아, 설마아─!"

그 둔한 연청과 정란도 이제야 알아차렸다.

한 번 어사대의 수색을 받았고, 게다가 집주인이 변사한 경우라면, 저택은 조정에 압수되는 경우가 많다. 빈집이 된 이상, 운수를 따지느라 사람들도 가까이 오지 않는다. 연청은 소리를 지르며 달려 나갔다.

"──살해된 병부시랑의 빈 저택이었어어! 나 정말 바보─!!"

●　　●　　✦　　　✦　　　●　　●

문은 이상할 정도로 천천히 열렸기 때문에, 아귀가 잘 안 맞는 문짝이 끼이이익, 하고 비명과도 같은 소리를 내고, 문을 연 쪽이 비명을 지르며 꺅꺅 작은 소리로 울부짖는 것이 수려의 귀에도 들렸다. 아무리 안수라도 획, 하고 뒤를 돌아보았다. 그러자 주저주저하며 손에 든 촛불과, 누군가의 눈이 틈새에서 들여다본다.

"시, 실례합니다── 저희는 관청에서 파견된 청년 귀신집 탐험 협력대입니다… 귀양의 새로운 귀신집 관광명소로 지정하려고, 조사를 위해 나왔습니다…."

"에, 조사? 판정이 아니라? 그보다도 새로운 귀신집 관광명소 지정이라니 좀 어색하지 않아?"

"뭔가, 썩은 냄새 안 나?"

"아까 그거, 뭔가 주민회 청년협력대와 뒤죽박죽된 거 아니야?"

그냥 다 들리는데다가 그냥 되는 대로 말해본다는 게 심하게 뻔한 속닥거림에 그 안수도 일순, 독기가 빠져나가 맥이 쭉 빠졌다. 수려도 맥이 빠졌지만 그 빈틈을 놓치지 않았다.

살짝 관 밑에 깔린 푹신푹신한 솜깔개 밑으로 손을 집어넣었다.

──있다.

"안수 님~~! 자아, **장난**은 여기까지입니다!! 에에잇!"

그걸 손에 잡고 있는 대로 기합을 넣어서 한 방, 힘껏 안수의 이마에 휘둘렀다.

"엇?!"

배──앵, 하고 쥘부채의 얼빠진 소리가 안수의 머리에서 울려 퍼졌다. 지금껏 온갖 악행을 일삼아 온 안수지만, 이런 얼빠진 반격은 지금까지 한 번도 당해본 적이 없다. 목숨에 영향을 주는 건 아니지만, 쥘부채는 있는 힘껏 내려치면 죽을 정도로 아프다.

"아얏!! 뭐야, 이거, 그렇게 쓰는 거였어?! 절에서 쓰는 부적 같은 건 줄 알았다고!"

안수가 눈물 고인 눈으로 이마를 누르는 틈에 수려는 관의 가장자리를 잡고서 훌쩍 밖으로 뛰어내렸다.

"아, 쥘부채! 굉장한 위력인데, 지금. 저 무시무시한 위력!"

"그 문하성의 위험한 소문투성이 대관을 쥘부채로 갈겨버리다니.

뭐, 틀림없네."

"수려 님이다!"

"있었어! 진짜로 있었다고!! 오오, 해냈어. 맞았다고!"

"아, 뭔가 예쁘게 차려입기도 했고."

수려는 쥘부채로 탁탁, 손바닥을 치면서 안수를 위에서 내려다보며 버티고 섰다.

"고마워, 모두들. 무지무지 도움이 되었어. 자──⋯ 모두들 준비는 되었지?"

다음 순간, 수려는 크악, 하고 소리를 질렀다.

"임무완료. 수고하셨습니다. 완벽해── 모두 각자 제 몸 지키기 최우선으로 전속력 줄행랑 개시!!"

"오오──옷!"

두다다다, 하고 문 쪽에 서 있던 '협력대'는 도망가는 토끼처럼 일사불란한 움직임으로 도망치기 시작했다.

정예군의 퇴각도 이러기는 힘들 정도로 멋진 줄행랑이었다.

이를 아연실색하여 보고 있던 안수는 그만 포복절도하고 말았다.

"안수 님~~ 정말이지 당신은 대책 없는 사람이군요!!"

"아하하하. 자주 듣는 말이야. 특히 여인들이. 대체로 그 뒤에 날 좋아한다고 말하던데─ 대책 없는 사람이군요, 하지만 사랑하고 있어요, 라고. 자, 사양하지 말고 말해도 괜찮아."

불끈, 수려의 관자놀이에 파란 힘줄이 솟았다.

"우후후후. 웃기지 말라고요. 다시 말하죠. 구제불능인 남자군요, 안수 님! 정말이지 그 복숭아는 정말로 불행의 복숭아였던 거네요. 규 장관이 말씀하신 대로."

"내게는 사랑의 복숭아인데 말이지── 거의 못 받는다고."

"당연하지요!! 그런 위험한 복숭아를 여기저기에 뿌렸다가는 곧

란합니다!"

불행의 편지가 차라리 낫다.

"…그래서? 어쩔 셈이지?"

안수는 수려를 올려다보았다. 짙은 갈색의 두 눈에는 흘러넘칠 것 같은 위험한 달콤함과 요염함이 있어서, 수려는 온몸의 솜털이 오싹오싹 곤두서는 것을 느꼈다. 도망갈 구석도 없이, 주위를 맴도는 우아하고 위험한 짐승 앞에 선 토끼가 된 기분이었다. 잡아먹히기 직전. 느긋한 것처럼 보여도, 도망칠 수 없다.

무기는 류휘가 넣어준 쥘부채 하나. 사용 못 할 건 아니지만 믿음 직스럽진 못하다. 류휘처럼.

수려는 각오를 했다. 후우, 하고 숨을 들이키고는 정면을 응시했다.

"어찌할 셈이냐고요? ——지금부터 일을 하러 가겠습니다."

"또 일!! 밤에 사내를 내버려두고 일을 하러 가는 거냐. 너무하는 군— 나와 놀아주지는 않을 건가?"

"나중에!!"

"나중에?"

"살아있다면, 세상 끝까지 쫓아가드리겠습니다. 밧줄로 묶어서 감옥에 집어넣을 때까지!"

훗, 하고 안수는 웃었다. 현기증이 날 정도로 요염한 갈색 눈으로 수려를 올려다본다.

"나를 알면서도, 무서워하며 도망가지 않고 아직도 쫓아와주겠다니, 감격인걸. 역시, 일어났을 때가 단연 좋아. 정말로 좋은 여자로군. 청아조차도 아직 내게 말하지 못한 대사라고."

"고맙네요. 그럼, 그렇다고 하고. 보내주십시오."

"안 돼."

텅 빈 관 옆에 아이처럼 주저앉아 있던 안수가 소리도 없이 움직인다. 수려는 온몸에서 땀이 솟구쳤다. 도망가야 한다는 생각이 들었지만, 뱀 앞의 개구리처럼, 그 자리에 못 박힌 듯 움직일 수 없었다.

"넌 말이지, 단 하루라도 살려둬서 멋대로 행동하게 하면 곤란해. 내 감, 잘 맞거든."

"설마, 일개 감찰어사입니다. 제일 말단인."

"아니, 영리하고 용기가 있고, 단념할 줄을 모르는, 행운의 부적이야. 정말로 내 곁에 두고 싶어. 쥘부채 하나밖에 없는데도, 그 궁지를 벗어날 방법을 이리저리 궁리했지."

"……"

"조금 더 버티면 랑연청과 자정란 정도가 응원하러 올 거라고 생각하고 있지. 안 그래?"

"!!"

"아하하하. 그 두 사람의 문제점은, 강하고 영리하다고 자각하고 있는 점이라고. 그 결과, 생각하는 수고를 하지 않다가 묘혈을 파지. 젊은애들에게 많은 부류. 이에 비해 아까 전직 용관들은 칭찬해주고 싶은걸. 약하더라도, 아무것도 없더라도, 생각하고 또 생각해서 정답을 찾아가지. 바로 네 방식이야. 네가 없더라도 노력할 수 있는 방법을 그들은 네게서 배운 거지."

빈틈없는 동작으로 천천히 일어선다. 귀족적이기조차 한 우아한 몸짓이었다.

딱히 위협을 받고 있는 것도 아닌데도, 수려의 무릎은 조건반사적으로 부들부들 떨렸다. 한참 전, 규 장관이 말했었다. 그 녀석은 자신보다 한 수 위라고.

"두 사람이 내 저택에서 달려올 때까지, 조금 더 기다려야지. 널 죽일 시간이라면 충분히 남아있어. 정말은 말이지, 보통 때 나였다면 봐줬겠지만… 오늘도 조금 아깝다고 생각하지만."

안수는 나른한 듯이, 느슨하게 파도치는 긴 머리카락을 어깨 너머로 넘겼다. 깊게 한숨을 쉰다.

"하지만 넌… 왕계 님의 바람을 **이룰 수** 있을지도 모르니까, 보낼 수 없어."

이룰 수 있어? 방해하는 게 아니라?

그때 뭔가가 이어졌다. 수려는 생각하기 전에 입을 열고 있었다.

"──보내주십시오, 안수 님."

"그러니까…."

"왕계 님에게 당신이 필요하듯이 류휘에게도 제가 필요합니다. 마지막까지."

꿈틀, 하고 안수의 머리카락 끝이 흔들렸다. 그 얼굴에서 모든 미소가 사라졌다.

침범 받고 싶지 않은 장소가 엉망이 되었을 때의, 그의 진짜 얼굴.

수려는 기죽지 않고, 떨리는 무릎에 힘을 주고는 버텼다. 배에서 목소리를 쥐어짰다.

"그래서 저는 가겠습니다. 류휘에게. 무슨 일이 있어도. ──당신이 상대라 하더라도."

수려가 발길을 돌리는 것과, 안수가 다가온 것은 동시였다.

보통 때였다면 바로 잡혀버리고, 상황은 종료되었을 것이다.

하지만 그때, 방 한구석에 잊혀진 듯 놓여 있던 또 하나의 관이 열렸다.

끔찍한 썩는 냄새가 코를 찔렀다. 수려는 어린 시절, 그 냄새를 매일같이 맡았었다.

인간의 살이 썩어문드러질 때 나는 냄새.

안수가 놀란 듯이 일순, 그 냄새가 나는 쪽으로 눈길을 돌렸다.

수려는 돌아보지 않았다. 그 강시의 얼굴을 힐끗 보지도 않았다. 안수의 손을 빠져나가 나는 듯이, 지금이라는 시간을 달려 나갔다. 전직 용관들이 열어젖히고 달아난 문을 빠져 나갔다.

어디에 숨어 있었는지, 홍수들이 하나하나 나타나서 앞길을 막았다.

그때, 곤봉이 홍수와 수려 사이를 가르듯이 날아왔다. 그 직후, 단숨에 거리를 좁힌 연청과 정란이 몇 명의 홍수들을 순식간에 회랑에 때려눕혔다.

"아가씨!"

수려는 연청과 정란의 얼굴을 확인하더니.

다짜고짜 바닥을 차고 올라, 귀기어린 표정을 지은 채 쥘부채를 두 사람의 머리에 있는 힘껏 휘둘렀다.

처음 입에 담은 말은, '걱정 끼쳐서 미안해'도 '구해주러 와서 고마워'도 아니었다.

머리에서 열을 내뿜으며, 고래고래 호통을 쳤다.

"너무 늦게 왔잖아!! 모두 달려와 주지 않았다면 어쩔 뻔했냐고!!"

아무리 두 사람이지만, 여기에는 반박할 말도 없었기에, 부들부들 떨면서 얻어맞은 머리를 어루만지며 '미안…', '죄송합니다…' 하고 각자 순순히 사과를 하는 수밖에 없었다.

수려는 감동의 재회에 시간을 쓰지 않았다.

"——알겠어? 두 사람 모두. 나는 지금부터 말을 빌려서 귀양을 떠나겠지만, 연청과 정란은 다른 곳에 가주었으면 해. 지금 당장. 전속력으로."

"어어?! 여기에서, 이대로 헤어지는 겁니까, 아가씨?!"

"그래!! 같이 내 뒤를 졸졸 쫓아와봤자 뭘 할 수 있는 것도 없잖아!"

수려는 인정사정없이 바로 잘라버렸다. 감상도 뭣도 없다. 너무해!! 라는 정란의 마음속 외침이 연청에게는 들린 것 같았다. 자신들이 아무런 도움도 되지 않는 건 확실하다.

"두 사람 모두, 수하는 데리고 왔어?"

"아니, 정란과 둘이서 오느라, 우리 외에는 아무도 없어."

"으음, 그래… 아, 어쩌면 이제 슬슬 영월이 벽주에서 자주로 올 무렵?"

연청은 기겁을 했다. 물론, 잠들어 있을 때에 가끔 꿈을 통해 현실을 본다는 얘기는 들었지만——.

"어떻게 알고 있는 거야?! 나도 어제서야 알았다고. 꿈에서 본 거야?!"

"하? 뭐야, 꿈이라니. 영월이 어떤 사람이야. 분명히 벽주의 피해 지역에 의료단을 이끌고 달려가지 않았을까 싶었을 뿐이야. 그래서 만약 연청이 세세히 연락을 보내고 있었다면, 지금쯤 의료단을 대기시키려고 벽주에서 도착했을 때잖아… 만일의 사태에 대비해서."

전쟁. 많은 사상자가 나온다는 것을 영월이라면 생각하고 있었으리라는 것이다.

"아마 그 부근에 영월들이 어슬렁거리고 있을 테니까, 합류해서 가줘."

"아니, 그러니까 그 부근이라니?!"

"적어도 정오까지는 부탁해. 한 번밖에 말 안 할 테니까 잘 들어야해. 중요한 일이니까. 아주 중요한 일."

그리고 수려는 그 장소와 '해줬으면 하는 일'을 짧게 설명했다.

설명이 끝났을 때에는 연청도 정란도 진지한 얼굴이 되어 있었다.

"…이건 내 추측이야. 정말로 될지 어떨지는 몰라. 하지만 가줬으면 좋겠어."

연청은 수려의 머리를 마구마구 쓰다듬었다. 역시 수려가 제일 좋다. 연청이 선택한 운명.

"──알았어. 맡겨줘."

"아가씨는──."

정란은 물으려다가, 말을 끊었다.

그런 건 묻지 않아도 이미 알고 있는 일이다. 수려는 웃었다.

"정란, 내 행선지는 말하지 않아도 알고 있잖아?"

"…네."

"그럼, 갈게. 시간이 얼마 없으니까. 두 사람 모두, 가능하면 능안수의 발도 묶어놔줘. 하지만 무리는 하지 않아도 괜찮으니까. 그리고 와줘서 고마웠어."

그러고는 휙, 하고 몸을 돌려, 표가의 의상을 휘날리면서 한밤의 장막 속으로 달려 나갔다.

●　　●　　✸　　✸　　●　　●

회랑의 소란을 한쪽 귀로 들으면서 안수는 한숨을 쉬었다.

그 두 사람이 도착한 이상, 홍수려를 붙잡는 건 안수에게도 불가능해졌다.

눈앞의 관에서는 주륵, 주륵, 하고 이제는 거의 형체를 알아볼 수 없을 정도로 물컹물컹한 썩은 살덩어리가 기어 나와서, 안수 앞을 가로막고 섰다. 몸의 반 이상이 뼈가 드러나 있었다.

"…스스로 움직이다니. 혼백이 돌아온 건가. 어디론가 행방불명 되었다고 하던데, 사랑하는 아가씨를 구하기 위해서 마지막 힘이 라도 쥐어짜서, 기특하게 때를 기다리고 있었던 거냐? 삭순."

움직일 때마다, 살덩어리가 툭툭 떨어진다. 코가 떨어질 것 같은 썩은 냄새가 풍겨왔지만, 안수는 익숙하다는 듯이, 냉랭한 눈으로 '동생'을 보았다.

"…나는 말이지, 네가 죽을 정도로 싫었다. 나나 황의나 유순을 밑 바닥으로 처박아버린 채괄선의 피 따윈 필요없어. 왕계 님에게 알 려지는 것도 바라지 않아. 원하는 건 전부 내 힘으로 쟁취해 왔다. 필요 없는 건 버려왔지. 하지만 이 짜증스러운 피만큼은 다 뽑아버 릴 수도 없으니까, 결국은 나와 피가 이어져 있는 놈들은 모조리 해 치워버릴 생각이었어. 대신 유순이 해줬지만."

얼굴도 이젠 반 이상이 썩어 문드러져 있었지만, 그 문드러져서 움푹 파인 눈구멍에는 지금까지와는 다른 빛이 깃들어 있었다. 몸 의 주인의 넋과 의지. 뭔가를 말하려고 했던 것인지, 입을 열자, 너 덜너덜한 혀가 끊어져서 바닥에 떨어졌다. 더 이상 말을 할 수도 없 게 되었다.

"예전에 흑선과 만났을 때, 내 인생이 보고 싶다고 하더군. 참 별 나기도 하지. 좋을 대로 하라고 했더니, 계약을 하려면 뭔가를 내놓 으라고 하는 거야. 싫다고, 그런 건. 내 것은 내 것이니까. 그럼 계 약 따윈 하지 않겠다고 하고 헤어졌는데, 그 후에도 가끔씩 찾아오 더군. 그러다가, 십 년도 더 전이었나… 좀 이런 저런 일들이 있어 서 계약을 할 마음이 생겼어. 그래서 동생인 너를 주기로 한 거지. 네 성격은 이미 조사해놓았었고, 뭐랄까, 살아있는 게 지겨운 것 같 았으니까 마침 잘됐다 하고 생각했지. 아, 난 정말이지 동생을 위하 는 친절한 형인 것 같아. 그렇지? 수요와 공급이라는 거지."

한 발, 한 발, 썩은 시체가 안수에게 다가온다. 안수는 도망가지 않았다.

　"죽기 직전에 흑선이 널 찾아간 건 그 때문이야. 그런데 막판에 살고 싶네 어쩌네, 계약을 어떻게 하자, 뭐 이러니까. 내 동생이지만 정말 제멋대로라니까. 할 수 없지─ 조금만 더 살게 해주자, 뭐 이렇게 되어서. 계산은 나중에 내가 정산하겠다고 한 거지. 뭐, 아무리 나지만 아가씨의 목숨을 멋대로 끌어다 쓰리라고는 생각지도 못했지. 보통 인간에게서는 받을 수 없어서 말이지. 정말 운명이라고 해야 하나. 사랑하는 여인의 목숨으로 살아가다니!! 응응. 조금 질투했어. 하지만 아가씨를 위해서 자살한 게, 아가씨의 수명을 받아서 강시가 되다니, 좀 이해가 안 가긴 하지만."

　안수는 수려가 누워있던 관 저편에 놓여있던 것을, 휙, 집어 올렸다.

　"그래서 말이지, 계약 대신 할 수 있는 거라곤 네 몸을 자유자재로 조종하는 정도. 마침 류화를 어떻게 죽일까 생각하던 참이었거든. 덤이 조금은 있어도 괜찮잖아?! 뭐, 도움이 되었어, 고맙다. 아가씨도 유괴했겠다, 대단한 악한이라고, 넌!"

　문득, 텅 빈 관으로 눈길을 돌리더니, 안수는 기쁜 듯이 미소 지었다.

　"…아아, 아가씨가 네 덤이었는지도. 그렇다면 좋은 덤을 놓쳐버린 게 되지만."

　수려가 예전에 삭순과 조금 닮았지만, 내용물은 완전히 반대라고 생각했었던 그 마성의 미소를.

　"…정말로 지겨웠던 건 이 세상이 아니야. 너 자신이 시시한 사내였을 뿐이지. 중앙에 오면 얼마든지 우리들이 놀아줬을 텐데, 고향에서 물귀신처럼 사람들 발목만 잡아당겼지. 내 동생이지만 한심해서 눈물이 날 지경이었다. 그나마 형에게 도움이 돼서 다행이었지. 인생 경험도 했고. 인생이란 거, 즐겁잖아? 죽으면 인간은 과거가 되지. 아가씨가 너 따위는 뒤도 돌아보지 않고 지금을 달려가 버린 것처럼. 너처럼 추억 속의 인간이 된다니, 난 싫어. 죽어도 싫다고. 잔뜩 사랑하고, 잔뜩 살고, 잔뜩 설레면서, 지겨우면 내가 재미있게 만들 거야. 멋지게 죽는 것보다, 추하게 살아남는 쪽을 난 선택하겠어. 그게 나와 너의 차이인 거라고."

쓰윽, 안수는 주워든 검을 칼집에서 빼냈다.

"그렇게 보면, 지금의 넌 최악으로 추해. 그 추한 모습을 아가씨 눈앞에 드러내면서까지 도망치게 하려고 했어. …지금의 너라면, 조금은 내 동생이라고 인정해줘도 괜찮을 것 같네. 제대로 사랑했던 거잖아. 정말이지 구제불능인 동생이라니… 나하고 똑같아. 짜증난다."

짙은 갈색을 띤 두 눈에 그때 어떤 감정이 떠올랐는지는 알 수 없다.

"멋진 형이지? 한 수가 아니라 두 수나 위인 나를 네가 이길 턱이 없다고. 그렇잖아, 형인걸. 자아, 혼백도 돌아왔고, 나도 약속을 지켜야 하니까. 정산을 할 시간이다. 그리고 나도, 슬슬 널 잠들게 해줘야지. 다음에는 조금 더 열심히 살아보라고. 귀찮긴 하지만 그 귀찮음이 즐거움이라는 걸 알 때까지… 아가씨, 구출되어서 다행이다. 그렇지?"

중얼거린 말에 진심어린 자비와 배려가 손톱만큼은 섞여있는 것 같기도 했지만 그것조차도 삭순의 착각이었는지도 모른다. 뭐가 거짓이고, 뭐가 진실인지. 거짓말쟁이 형.

삭순도 결국 그 진위를 판별하지 못한 채.

정란과 연청이 안으로 뛰어들어 왔다. 썩은 강시를 보고, 흠칫 멈쳐 섰다.

두 사람이 보고 있는 앞에서, 안수는 검을 장난감이라도 되는 듯 가뿐히 휘두르다가, 일격을 가했다.

툭, 하고 가벼운 소리와, 썩은 살덩어리가 바닥에 부딪치는 기분 나쁜 철퍽거리는 소리가 났다.

썩어 문드러져서 작아진 삭순의 머리가 바닥에 구르고 있었다.

그리고 정란과 연청이 핫, 하고 얼굴을 들었을 때에는 이미 안수 는 거의 망가진 창문에서 뛰어 내려서 한밤의 어둠 속으로 사라져 가고 있었다.

순간의 잔상만을 남기고 사라진 안수를 향해, 정란은 혀를 찼다. 뒤를 쫓지는 않았다.

연청은 끔찍한 썩은 냄새에 코를 움켜쥐었다. 말 그대로 코가 떨 어질 것만 같은 냄새의 원인을 내려다보았다.

"뭐, 뭐야?! 이거… 방금 전까지 움직이면서 서 있었지?! 진짜로 강시?!"

"…이 녀석이, 능안수를 저지했던 건가?"

문득, 연청이 반 이상 뼈가 드러난 너덜너덜한 몸체에 가까이 가 더니, 무릎을 꿇고 손 언저리를 살펴보았다.

"…어째, 이 반지, 삭순 놈이 끼고 있었던 것과 비슷한데…."

"삭순…이라면 다삭순?! 이 녀석이?! 설마!!"

하지만 정란도 다가에서 삭순의 몸만 홀연히 사라졌던 것을 떠올 렸다. 사라진 시체.

그리고 정란과 연청은 다주의 돌림병 소동 때, 수려를 구했던 삭 순의 모습을, 순간적이기는 해도 얼핏 본 적이 있다. 수려 자신은 정신을 잃고 있었지만.

"삭순이라면, 나, 다시 봤는걸. 아무 말도 하지 않고, 반해버린 여인을 돕다니. 게다가 이런 꼴로. 이 모습, 죽어도 보여주고 싶지 않았을 텐데 말이지."

정란은 코를 움켜쥐고 있던 손을 떼고, 후——하고 한숨을 쉬며 끄덕였다.

"…묻어줄 시간 정도는 있겠지?"

한 박자 후, 연청은 기쁜 듯 웃었다.

"그래… 그건 그렇고 어떻게 모으지? 여러 가지로 난처하게 흩어져 있는데…."

"그보다도, 아무런 관계도 없는 전 병부시랑의 자택 구석에 맘대로 묻는 것도 좀 그렇지 않아?"

"으, 음… 마지막까지 번거롭게 만드는 우리 삭순이…."

정란과 연청은 묘한 문제로 고민하게 되었던 것이다.

●　　●　　✖　　　　✖　　　　●　　●

저택에서 나온 수려는 주정뱅이인 척 기다리고 있던 봉숙아와 맞닥뜨렸다.

"숙아! 도망치라고 했잖아."

"난 소방의 대리여서 말이지—— 도망치면 안 되는 때도 있는 거라고. 사나이에게는!"

"뭐야, 그거."

"마지막 동료가 무사히 나올 때까지 내가 정확하게 인원수를 세면서 기다리는 역할이었어."

"다 나왔어?"

숙아는 수려를 보고 씨익 웃었다.

"네가 마지막이야."

"…아니, 아직 연청과 정란이 있는데."

"그 녀석들은 내버려두래, 소방이. 같이 있으면 끝장으로 불행해진다면서——."

소방은 대체 얼마나 편향된 정보를 그들에게 남겨준 건지——.

"수려, 필요한 거 있어?"

"마, 말 같은 거, 있어?"

"좋아. 내가 타고 온 녀석을 줄게. 저 덤불에 묶어 두었어. 밥과 물도, 조금은 매달아 두었어. 내 아침밥으로 먹을 셈이었지만. 초롱도 하나 있고. 전부 다 줄게."

고맙다는 인사를 하려는데, 빠른 말투로, 쑥스러운 듯 숙아는 말을 이었다.

"…저기, 저기 말이지— 우리들, 조금은, 애쓴 거야? 도움이 되었어? 어때…."

그 겸연쩍은 듯한, 조금 자랑스러운 듯한 얼굴에, 수려는 왜 그런지 가슴이 메어왔다.

『남은 시간은 하루 남짓. 그 이상은 살지 못하느니라.』

수려의 얼굴이, 울면서 웃는 것처럼 일그러졌다.

——아마, 이것이 마지막.

수려는 숙아의 목을 끌어안고서 끄덕였다.

"응, 아주. 다시 봤어. 구해줘서 고마워. 모두에게 고맙다는 인사, 많이 많이 전해줘."

꼭 끌어안더니, 금방 팔을 풀고서 발길을 돌렸다. 작별의 말을 남긴 채.

고삐를 나무에서 풀면서 수려는 방향을 확인하기 위해 별빛 가득한 하늘을 올려다보았다.

하늘 끝에 요성이 붉게 불타며 걸려있었다. 수려는 문뜩 미간을 찌푸렸다.

'…요성의 모습이… 조금, 달라진 것 같아….'

가을 끝 무렵에 보았을 때보다, 한층 더 불타오르는 듯한 새빨간 색이 된 것 같다.

"…부탁이야, 힘내줘. 내 남은 시간의 반은 너에게 달려있어!"

말의 목덜미를 긁어주는 것처럼 부드럽게 어루만진 뒤, 수려는 입술을 굳게 다물었다.

고삐를 내리치더니, 한밤의 귀양을 질주한다.

홀로.

아름다운 주홍빛 아침노을이 산자락을 물들이며, 눈부신 황금색 광채를 발하기 시작했다. 류휘는 석영을 돌보면서, 그 눈부심에 눈을 가늘게 떴다. 발소리에 류휘는 뒤를 돌아보았다.

"잘 잤나, 추영?"

"…전혀… 우림군에서는 코고는 소리가 아무리 커도 잘만 자곤 했었는데."

추영은 이미 늠름한 전투 군장을 걸치고 있었지만, 그냥 보기에도 제대로 잠을 자지 못한 얼굴이었다.

"이것저것 신경이 쓰여서, 잠깐 졸았던 게 전부입니다… 하아, 저도 아직 멀었나 봅니다."

"…짐 앞에서 크게 하품을 할 수 있다니, 여유가 있다고 생각한다."

"윽, 죄송합니다. 주상은?"

"한숨도 못 잤다."

추영은 핫, 하고 놀란 듯 입을 굳게 다물었다. 류휘는 웃으며 석영에게 안장을 얹었다.

"짐도, 아직 멀었다."

류휘는 역시, 괴문서의 기한도, 수려의 일도, 무엇 하나 입에 담지 않았다.

"이제 슬슬 출발이다. 정오까지 도착하려면 바쁘다. 준비는 끝났는가."

"네. 언제라도."

류휘는 끄덕이고는 저녁햇살 같은 부드러운 미소를 입술에 담았다. 눈길을 사로잡는 아침해와 달리, 보는 사람의 마음을 이유도 없이 휘젓고, 눈물이 날 것 같은 서글픔으로 가득 채우는 미소.

——마지막 하루.

추영은 환한 미소로 답했다. 조금은 실패했는지도 모르겠다.

그래도 양손은 앞에 모으고 깊이 고개를 숙였다.

"남추영, 주군 곁에서 모시겠습니다. 마지막까지."

이는 입에 발린 허세도 아닌, 극히 자연스러우면서도 그 자리에 어울리는 말이기도 했다.

그러나 류휘는 순간적으로 침묵했다. **마지막까지.** 조용한 말의 뒷면에서 추영이 진실로 허락을 구하고 있는 것은, **오승원까지의 동행**이 아니라는 것을 알고 있었다. **마지막까지 왕과 함께.**

그때 입에 담았던 대답을 류휘는 먼 훗날까지 생각하게 된다.

추영의 무뚝뚝할 정도로 담담한 말 속에 숨겨진 각오가 진심이었기에 그런 대답이 나왔던 것일까.

류휘는 한 박자 후, 한숨을 쉬었다. 생각하는 것보다 먼저, 그 말이 흘러나왔다.

"윤허하겠다."

충성만이 아니라, 목숨을 바치겠다는 것까지도 자류휘가 허락한 것은 그 전에도, 후에도 이때뿐으로, 그 말을 왕에게서 끌어낸 것도 평생 동안 오로지 남추영 한 명이었다고 한다.

"아름다운 아침노을이군, 왕계."

아침 해를 바라보던 왕계 옆에 손능왕이 나란히 섰다. 숨결이 하얗게 물든다. 얼어붙을 것처럼 추운 아침이었다.

"…이런 아침을 보면, 전화왕과 맞붙었던 귀양 완전 포위전이 떠오르는군."

왕계는 연보랏빛 자색 군장을 걸쳤고, 손능왕도 실로 오랜만에 전투 군장을 입고 있었다. 온통 암흑빛인 흑색군장에, 금색과 은색으로 가장자리를 둘러쳤다. 흑가로부터 '검성'의 칭호를 받아낸 자만이 걸칠 수 있는 암흑빛 군장.

이렇게 각자가 전투 군장을 걸치고 서자, 점점 더 수십 년 전의 마지막 전투와 비슷해보였다.

"입장은 그때와는 정반대이지만 말이지."

"다를 것 없네."

리앵은 중립인 선동령군으로서 먼저 회담 준비를 끝내기 위해서 이미 회담장소로 떠나고 없다.

"신이 오늘은 그리 기온이 올라가지 않을지도 모른다고 했네. 눈이 올지도 모른다더군."

"올해 마지막 눈인가."

"좋은걸. 난 좋네. 죽는다면 꽃 아래서. 눈은 그 다음으로 좋아. 꽃보라와 비슷하니 말이지."

"재수 없는 소리 하지 말게. 조정의 움직임은?"

"육부상서는 조용해. 잠자코 오늘 회담의 결과를 기다리고 있지. 그 관비상마저도 말이지. 자네와 리앵이 떠나면, 총괄책임은 규황의에게 넘어가지. 소 영감과 규황의가 조정을 맡아 줄 걸세."

그러고 보니, 하고 손능왕은 기억을 떠올렸다. 지위가 낮은 어사대부를 상서보다도 위로 승격시킨 것이 젊은 날의 왕계였다. 줄곧 그렇게 하나하나 돌을 쌓아올려 왔다. 세월을 쌓아왔다.

모든 것은 이 날을 위해.

"그래. 황의라면 문제없네. 안수는 조금 걱정이지만… 나머지는 하늘에 맡겨야겠지."

이기면 다행이고, 지면 죽음. 하지만 그뿐인 일이다. 봄의 벚꽃, 여름의 달, 가을의 은행나무에 겨울의 눈.

쌓아온 세월. 상대는 결국 이기지 못했던 전화왕의 마지막 왕자. 부족함은 없다.

아니, 간신히 부족함이 없을 정도까지 올라왔다.

마지막 결단의 순간까지 기다렸던 보람이 있을지는 이제부터 판명난다.

"이쪽은 나와 자네와 신, 이렇게 세 사람. 상대는 꼬마와 남추영? 하지만 이강유는 없으니까."

"홍소가나 류지미가 타당하지만… 글쎄. 나라면 어느 쪽도 데리고 나오지 않을 텐데."

"어? 나는 홍소가 정도가 아닐까 생각하는데."

"뭐, 가보면 알겠지. 저 말이지, 능왕."

밝아가는 하늘에는 구름이 옅게 깔려서 후광처럼 빛나고 있었다. 아름다운 아침, 아름다운 색채의 구름.

새벽에 어울린다. 무언가가 끝나고, 무언가가 밝아오는 하루의 새벽. 그런 예감이 들었다.

어 느 쪽인지는 끝나봐야 알 것이다.

하지만── 왕계는 청년처럼 씨익, 웃었다.

"내가 이길 걸세. 마지막까지 함께하게."

능왕은 호쾌하게 웃었다.

"당연한 소리를. 이 내가 함께한다고."

능왕이 뭔가를 던졌다. 받아보니 흙으로 빚은 작은 술잔이었다. 보니, 술병을 들고 있다.

술 따위를, 하고 왕계는 화내지 않았다. 마지막 귀양 포위전 때에도 이렇게 둘이서 술잔을 기울였다.

두 개의 술잔에 넘실넘실 술을 따르고, 두 사람은 술잔을 눈 위까지 들어올렸다.

부디, 친구여. 그대와의 마지막 시간을 아쉬워하니.

──헤어질 그대에게, 바치네, 이 영원의 술잔을.

지난날 능왕이 읊조렸던 작별의 시. 죽어 헤어지리라 생각했었는데, 두 사람 모두 살아남았다.

──꽃피는 계절, 폭풍의 밤. 끝없는 전투의 정원, 새소리도 멎고, 그저 그대와 함께 천리를 가리.

목숨이 있는 한, 멀고 먼 여행을 했다. 많은 이별과 슬픔 속에서 그대만은 곁에 있어 주었다.

능왕은 기쁜 듯 눈을 가늘게 떴다. 살아있다는 것, 살고 싶어서 살아갈 수 있는 것들을 사랑하는 사내답게.

"좋군. 다시 한 번, 이런 날이 오는 걸 꿈꿔왔었네. 오랫동안, 아주 오랫동안."

──꽃피는 계절, 폭풍의 밤. 헤어질 그대에게, 무슨 말을 하리오.

끝이 온다. 함께 달려온 여행의 끝. 마지막 밤. 꽃이 폭풍에 지듯이. 끝이 온다.

어쩔 수 없다. 어쩔 수 없다… 어쩔 수 없다.

마지막 구절을 왕계는 입안에서 중얼거렸다. 가자, 친구여. 이 길을 따라. 갈 수 있는 곳까지.

"――마지막을 건너 그대를 기다리겠네. 그리고 또 술잔을 기울이며 꿈을 꾸어보세."

작별은 입에 담고 싶지 않으니, 그 대신 부디, 이 잔을 그대에게.

단숨에 들이켰다. 두 사람 모두 청년처럼 웃으며 술잔을 등 뒤로 던졌다. 먼 옛날, 죽으러 가는 것과도 같은 전투로 향했던 그 날처럼.

소리를 내며 부서진 토기 술잔은 언젠가 다시 흙으로 돌아간다. 함께 두 번 다시 돌아보는 일 없이.

각각 말을 향해 달려간다. 고삐를 당기니 말이 밝아오는 동녘하늘을 향해 소리 높여 울었다.

"자, 류휘 왕자. 시간이 되었다. 예전에 맡겨 두었던 내 검을 돌려받아볼까. ――가자."

리앵과 주취는 회담장소로, 잘 마른 흙냄새가 나는 장소를 골랐다.

두 사람은 묵묵히 비단깔개를 깔고, 전날 준비해두었던 간소하고 튼튼한 직사각형 탁자를 놓았다.

물병과 간단한 음식도 놓아두었다. 필기구도 갖추어 놓았다. 공문서에 사용되는 먹과 종이는 물론, 인주도 준비했다. **어떤 문서든, 도장이든 완성시킬 수 있도록.**

그리고 마지막으로, 양쪽 진영에서 보이도록, 대각선 위치에 두 개의 커다란 깃발을 꽂았다.

표가 직문(直紋)인 '월하채운(月下彩雲)' 깃발. 달의 문양은 대무녀를 나타내는 월식금환(月蝕金環).

이것이 왕가조차도 가리는 가문이라는 의미인지, 아니면 태양을 지킨다는 의미인지를 둘러싸고 오랫동안 논쟁이 끊이지 않았다. 일설에 의하면, 월식은 사람들이 하늘을 올려다보고, 전쟁조차도 멈추게 한다는 의미에서, 창요회가 골랐다고 한다.

——중립과 비무장, 구제와 완충지대를 나타내는 표가의 문양.

이 깃발이 쓰러지면 전투의 시작을 알리는 신호가 된다.

저 멀리, 귀양의 성벽이 선을 그은 것처럼 보인다. 왕도의 성벽이 유별나게 장대하기 때문이기도 하지만, 이곳은 그 정도로 귀양에서 멀지 않은 장소였다. 손능왕과 사마신이 말했던 대로다.

'게다가 왕계 님의 영지도 바로 옆이다… 너무 불리해….'

리앵도 직접 와보고 의문을 품었었다. 어째서 왕은 이곳을 지정한 것일까.

"주취, 그 근처에 표가계 사원은?"

"근처의 마을이나 산에 열 곳 정도…. 거기까지 도망친다면 보호할 수 있도록 준비는 해 놓았지만…."

동녘하늘에서 떠오른 태양은 시시각각 정점을 향해 올라간다.

…이윽고 오시(午時)를 알리는 북소리가 귀양 쪽에서 희미하게 들려왔다.

절의 종소리가 아니라, 전투 진영의 북소리. 둥, 하고 울려 퍼지는 그 소리가 점점 가까워진다.

두근, 하고 리앵의 긴장한 가슴이 고동쳤다.

귀양 쪽에서 가까워지는 흙먼지와 군마의 말발굽 소리가 땅울림처럼 발바닥에 전해져 온다.

나부끼는 깃발은 조정의 자운기(紫雲旗). 지금은 조정을 총괄하는 왕계만이 사용할 수 있는 금지된 군기(軍旗).

그 한가운데에 두 사람, 정예군마저도 따돌리고 멋지게 선두를 달리고 있는 것은 두 마리의 말. 멀리서 봐도 눈을 사로잡는 아름다운 연보랏빛 자색 군장의 장군을 태운 백마와, 번쩍이는 흑탄과 같은 암흑빛 군장의 장군을 태운 흑마.

왕계와 손능왕.

그 뒤에 바짝 붙어 따라오고 있는 것은 갈색 말. 외눈에 검은 안대를 한 사마신.

가장 눈이 좋은 손능왕이 리앵과 '월하채운' 기를 알아보고, 등 뒤로 손짓했다.

그 신호를 보고, 일제히 깃발이 나부긴다. 일사불란한 움직임으로 군병들이 부채를 펴듯이 진영을 확대하면서 차례차례 나란히 줄을 맞추어 말발굽을 멈춘다. 넘치는 기백이 땅울림과 함께 울려 퍼지는 모습에, 리앵은 숨을 들이켰다. 마치 한 폭의 그림을 보는 듯했다. 절도 있게 통솔된 군병들이 한몸처럼 움직이는 모습이 눈길을 사로잡는다.

그 인원 수, 약 오 만.

눈으로 어림짐작해본 리앵은 눈이 휘둥그레졌다. 그 숫자는.

귀양에는 오십 만의 병력이 있다. 왕에게서 병마권을 위임받은 상태인 왕계로서는 그 모든 군을 움직일 정당한 통수권자이기도 하다. 그러나 그중 오 만 명만을 따로 선별했다는 것은——.

'…혹시, 동파군에 주둔하고 있는 병력수와 비슷한 숫자로 맞춰

온 것인가?!'

　공평하다고 하기보다 그것으로 충분하다고 하는 것만 같은 위용
으로, 마지막 한 마리가 발을 멈췄다.

　저벅, 하고 왕계가 한가운데로 나오자, 그 약간 뒤쪽, 양옆으로 손
능왕과 사마신이 나란히 섰다.

　정오까지 딱 두 각.

　——먼저, 왕계군이 도착했다.

"꼬마는 아직 그림자도 보이지 않는데—."

　말 한 마리도 보이지 않는다. 능왕은 앞쪽에 리앵이 준비한 단상
에 눈길을 주었다가, 주취의 모습을 보고 기뻐했다.

　"헤에— 저게 신임 대무녀인가! 역시, 여든 넘은 할머니보다 훨씬
좋은걸! 그렇지, 신."

　"류화도 엄청난 미소녀이지 않았습니까. 이혼(離魂)했을 때에
는."

　"바보. 그런 심술쟁이 할망구, 아무리 예쁘고 젊게 꾸며 봤자라
고!! 여자는 얼굴하고 성격이다!!"

　이 세상의 여인을 전부 적으로 돌릴 만한 발언을, 능왕은 당당하
게 가슴을 펴고 외쳤다.

　"…그 모양이니까 그토록 많은 여인들이 도끼를 들고 쫓아오지,
능왕…."

　왕계가 불쑥 중얼거렸다. 추영이 더 나을지도 모르겠다고 신도 마
음속으로 생각했다. 그 녀석은 아무튼 여인의 얼굴이나 성격은 신
경 쓰지 않고, 여인이라는 것 하나만으로 평등하게 두루두루 잘도
맞춰준다. 왕계는 팔짱을 꼈다.

　"자아, 언제쯤 온다…?"

하지만 나머지 한 각이 지났는데도 군마 소리도 흙먼지 그림자도, 무엇 하나 보이지 않았다.

아무리 능왕과 신이지만, 불안한 생각이 들었다. 멀리서 봐도, 준비해 놓은 단상에서 리앵이 초조한 듯 힐끗힐끗 홍주 방면을 신경 쓰고 있는 것을 알 수 있었다. 능왕이 한쪽 눈을 찡긋거리며 수염을 쓰다듬었다.

"…설——마, 이제 와서 늦잠이라던가, 줄행랑은 아니겠지? 그 꼬마. 어이, 신. 주변은 잘 감시하고 있나? 뭔가 이상한 움직임 같은 게 있는 건 아니겠지?"

"아닙니다. 오늘 아침에 일개 부대가 따로 떨어져 나와 산기슭 쪽으로 향하기는 했지만, 그 외에는 아무것도…"

왕계만은 말 위에서 팔짱을 긴 채, 아무 말 없이 앞을 바라보고 있었다.

꼼짝 않던 왕계가, 별안간 고삐를 가볍게 쳤다. 백마가 또각또각 걸어 나간다.

반쯤 졸고 있던 능왕은 제정신을 차렸다. 앞을 보다가—— 뚫어져라 응시한다.

"…으응? 으으응?! 어이, 신. 저거 뭐냐. 내가 잘못 본 건가?"

"…아닙니다… 제 눈에도 병력이 아니라, 말 그림자가 딱 두 개만 보입니다——."

확실히 흙먼지가 일고 있었지만, 강해진 바람에 모두 날려가 버릴 정도의 것으로, 다가오는 말 그림자는 굳이 잘 살펴볼 필요도 없이, 바로 두 마리뿐이라는 걸 알 수 있었다.

왕계는 고삐를 당기면서, 두 마리뿐인 말 그림자를 바라보면서 입술 끝으로 씨익, 미소를 지었다.

"흠, 저 애송이가…"

리앵은 어안이 벙벙했다. 그 주취마저도 눈이 휘둥그레졌다.

마침내 홍주 쪽에서 달려온 것은 딱 말 두 마리.

빛을 받아 반짝이는 '막야'를 허리에 차고, 왕계와 같은 약식 전투 군장, 멋진 청색 말에 타고 있는 자류휘와, 보석과도 같은 청공검을 차고, 우림군의 장군군장을 걸친 적토마 위의 남추영.

추영은 앞쪽의 단상을 보고, 태양의 위치를 확인한 후 안도의 한숨을 내쉬었다.

"다행입니다. 간신히 늦지 않은 모양입니다, 주상."

"그래… 역시 추영은 우림군의 갑옷이 잘 어울린다. 황 장군이 빌려주길 잘했구나."

"정말은 말입니다, 쪽빛 군장을 입고 왔어야 했습니다. 쪽빛으로 물들인 군장에 진주 장식. 제일 멋졌을 텐데."

"…언제나 멋져 보이는 걸 최우선으로 생각하는군, 추영은… 그럼 소가가 빌려준다고 했던 진홍빛 군장을 입고 오지 그랬나. 잘 어울렸을 텐데."

"그건 소가 님이 절 괴롭히려고 하신 말입니다! 아아, 의절당하기 전에 한 벌쯤 빼돌려두는 건데 그랬어…."

추영은 한탄을 하면서 앞쪽의 왕계들을 보고는 흠칫― 놀랐다가, 절망했다.

"저건 꿈에서까지 봤던 자색 군장과 '검성' 흑색 군장!! 안 돼, 하나부터 열까지 완패다…."

"아직 이르다! 사람은 외모가 아니다, 추영!! 그리고 말에서는 이겼다. 석영과 적토마라고."

"…하지만 석영은 원래는 저 망할 신의 말이고… 아, 신 자식, 달려라 쌩쌩을 타고 있잖아!"

"불평만 늘어놓을 거면 돌아가랏!"

그 온화한 류휘마저도 울컥 폭발했다.

귀가 좋은 리앵과 주취는 그 대화를 띄엄띄엄 듣다가 추욱, 맥이 풀리고 말았다.

"지금 당장 내 손으로 죽여버릴까봐, 저 장구벌레 사내…!!"

리앵도 그 기분을 조금은 알 것 같았기에, 충고는 하지 않고 가만히 있었다.

류휘는 마련된 단상과 리앵과 주취, 그리고 그 건너편에서 말을 몰고 오는 왕계를 확인하고는 석영의 고삐를 가볍게 당겼다. 왕계와 비슷할 정도로 속도를 낮췄다.

제각각이던 말발굽 소리가, 점차로 가까워지더니, 이윽고 하나로 겹쳐진다.

기억의 수면 밑에서 아름다운 거문고 소리와 함께 목소리가 들려왔다.

——……다시, 만날 수 있는 거죠?

——네. 당신이 자기 자신에게서 도망치지 않는다면….

——그건 저와 당신에게 나쁜 일일지도 모릅니다.

——하지만 피할 수 없다면, 정면으로. 만나기로 하지요.

언젠가 다시, 당신과.

눈이 쏟아지던 밤. 거문고 소리. 좀먹은 구멍투성이의 기억.

『——류휘 왕자. 언젠가 저는 '막야'를 가지러 올 겁니다.』

잘 갈아놓은 '막야' 같은 그 남자는 류휘에게 그런 말을 남겼다.

『그때 저는 당신에게 다시 한 번 물을 것입니다. 정말로 그 검을 제게 넘겨줄 생각이 있는지를.』

저벅, 하고 마지막 말발굽 소리가 울려 퍼졌다. 말을 멈춘 것도 동시였다.

류휘는 정면으로, 그 리앵과 많이 닮은, 한밤의 검은 눈동자를 바라보았다.

—— '푸른색의 군주'.

왕계는 웃었다. 그때와 똑같은 두 눈으로. 단단하고 강하고, 선명한 '막야'와 닮은 미소로.

●　　●　　✦　　✦　　●　　●

왕계는 류휘와 추영 두 사람을 훑어본 뒤, 먼저 입을 열었다.

"…그런데, 답장에는 양쪽 모두 세 사람이라도 쓰여 있었던 것 같은데?"

존경어가 빠진 왕계의 말에, 등 뒤의 추영이 움찔, 반응하는 것이 느껴졌다.

"정오까지는 아직 시간이 있다. 조금만 더 기다려주게. 마지막 한 사람이 올 것이다."

능왕이 고개를 갸웃했다. 아무리 뚫어져라 쳐다봐도 눈에 보이는 범위 내에는 말 그림자는커녕 개미 새끼 한 마리 안 보인다.

정오까지 이제 사분의 일 각도 남지 않았다. 이쪽으로 오고 있다고 해도 시간 내에 올 수 있을 턱이——.

그때, 뒤쪽—— 왕계가 끌고 온 군병들이 당황한 듯 웅성거리기 시작했다.

능왕과 신이 놀라 뒤를 돌아보니, 질서정연하게 늘어서 있던 진영의 한 모퉁이가 일그러지면서 흩어지는 것이 보였다. 마치 한 줄기 길이 열리는 것처럼 군마들이 비켜난다.

"…어이어이, 저거 설마…."

갑옷은커녕, 걸치고 있는 것은 규수 복장. 칠흑과 같은 긴 머리카락을 부채처럼 휘날리면서.

군마에는 눈길도 주지 않고, 점점 속도를 높이며 똑바로 달려온다. 마치 그녀의 인생과도 같이.

리앵과 주취는 말도 없이 그저 그 달려오는 말을 바라보고 있었다. 설마——.

신은 질렸다는 듯이 이마를 짚었다. 웃을 수밖에 없었다.

"…거짓말. 아가씨, 어디서 저런 기마술을 익힌 거지?"

능왕은 눈을 가늘게 뜨고 그 질주하는 말을 보았다. 그런 얼굴을 한 무인들을 능왕은 몇 명이나 떠나보냈다. 죽음의 여행길로. 막을 수 없다. 이전에 병부상서실에 잠입하려던 홍수려에게 '죽을 장소는 이곳이 아닐 터'라고 말했던 것이 떠올랐다.

"그때가 온 건가, 아가씨."

싸우는 자의 눈. 지키는 자의 눈. 흔들림 없는 의지로 앞만 보고 달려간다. 그녀의 왕 곁으로.

추영이 등 뒤에서 뭔가를 말한 것 같았지만 류휘의 귀에는 들리지 않았다.

그저, 그 말 위의 소녀만을 바라보고 있었다.

수려는 능왕과 신에게는 눈길도 주지 않았지만, 왕계 옆을 달려나갈 때만은 힐끗 보았다.

왕계도, 수려를 똑바로 본 것 같았다. 유일하게 그 눈에는 놀란 기색조차 없었다.

일순 눈빛을 교환한 뒤, 수려는 마련된 단상을 멋지게 뛰어넘었다.

류휘의 곁으로.

탁, 하고 착지했다. 그때 정오를 알리는 북소리가 둥, 하고 울려 퍼졌다.

수려는 태양을 올려다보고, 땀에 젖은 이마를 닦더니 류휘를 보고 화사하게 웃어보였다.

"──늦어서 죄송합니다, **주군**. 홍수려, 지금 도착했습니다."

류휘는 웃었다. 그래, 하고 중얼거렸다.

수려의 마지막 하루. 그녀를 깨운다면. 그 시간을 쓴다면.

선택해야 한다면, 이 날 외에, 다른 어떤 날을 고른단 말인가.

능안수에게서 벗어나, 밤새 이 오승원까지 달려오기 위해 남은 시간의 반을 망설임 없이 썼다. 약속 기한인 정오까지. 류휘의 바람대로. 류휘가 아직 그녀의 왕일 수 있는 동안에.

그래, 언제나 수려가 류휘의 기대에 부응하지 못한 적은 없다. 단 한 번도.

류휘가 왕이 된 후, 오직 한 사람, 처음부터 끝까지 그를 위해 존재해주었던 '왕의 관리'.

비워두었던 마지막 세 번째 동석자. 그녀 외에는 없었다.

"기다렸다."

──홍수려.

얼어붙을 것 같은 강풍이 오승원을 휩쓸더니, 상공을 구름이 나는 듯한 속도로 빠져나갔다.

류휘와 왕계는 각각 말에서 내려 마주 섰다.

왕계는 검을 칼집째 풀더니, 땅에 직각으로 꽂고는 손잡이에 양손을 깍지를 끼듯 올려놓았다.

침착하고, 무표정에 가까운, 조용하고 냉정한, 투명한 호수와도 같은, 평상시의 그의 얼굴로.

"오랜만에 뵙소이다. 류휘 폐하."

류휘도 왕계를 따라, '막야'를 풀러 똑같이 양손을 손잡이 위에 올려놓았다.

 류휘가 '막야'만을 허리에 차고, 한 쌍인 '간장'은 없는 이유를 왕계는 딱히 묻지 않았다.

 묻지 않은 것에, 류휘는 조금 안도했다. 왕좌를 고집하느라 '간장'을 숨겨둔 것이 아니냐는 의심은 받고 싶지 않았다. 특히, 다른 누구보다도 왕계에게는.

 류휘는 왕계를 바라보았다. 기온은 정오가 되었는데도 오르기는 커녕, 점점 떨어지고 있었다.

 상공에서는 바람이 비명을 지르며, 구름이 하늘을 덮었다. 얼마 안 가, 눈발이 날리기 시작했다.

 땅위에 닿기도 전에 바람에 날려 덧없이 사라질 뿐인 때늦은 눈.

 이는 오래 전 펑펑 세차게 쏟아지던 눈과는 전혀 달랐지만.

 『전 오늘 부로 이 성을 떠납니다. 한동안 만나 뵐 수 없을 겁니다.』

 기억 속에서 쏟아지는 눈과 함께 거문고 소리가 들려온다.

 『한동안? 날짜를 백하고 조금 더 세면 될 정도?』

 『아닙니다. 그보다 훨씬, 훨씬 더 많이.』

 십 년이나 되는 이별이었다. 재회한 후에도 류휘가 알아채지 못했을 정도로 길고 긴 이별.

 "그래. **오래 기다리게 했다, 왕계.**"

 이는 다른 사람들에게는 별 뜻 없는 대화였지만, 두 사람에게는 많은 의미를 담은 말이었다.

 왕계의 눈썹이 꿈틀, 치켜 올라갔다. 놀랐다는 듯이. 어쩌면 조금 남아있는 의심 때문이었을까.

 왕계는 한 박자 후, 중얼거렸다.

 "기다리는 건 진즉에 그만두었소이다. 벌써 몇 년도 전에 말입니다."

——정면으로. 만나기로 하지요. 언젠가 다시, 당신과.

맺었던 약속. 류휘는 가슴이 메어왔다. 달랠 길 없는 아픔이 씁쓸하게 가슴에 퍼져갔다.

"…미안하다."

그 말에 왕계는 정말로 류휘가 **기억해냈다**는 것을 눈치 챈 듯했다.

"그럴 것 없소이다."

새삼스럽게, 라며 경멸하는 것인지 무시하는 것인지, 화를 내고 있는 것인지. 아니면 또 다른 감정에서인지.

전혀 동요하지 않는 담담한 말투에서는 읽어낼 수 없었다. 어쩌면 이제는 아무런 감정도 없이, 그저 과거라고 정리해버린 것 같기도 했다. 언제나 지금과 미래를 살아가는 왕계에서, 과거는 스쳐지나간 상자 중 하나에 불과하다. 의미가 없는 것은 아니지만, 더 이상 돌아보고, 뚜껑을 여는 일은 없다.

"동파군의 모습이 보이지 않는데. 그 홍가인 만큼, 진홍색 군장을 걸치고 참전하리라 생각했소만."

"짐이 거절했다. 소가와 황 장군에게는 전군을 이끌고, 홍주 경계까지 물러나라고 부탁했다."

왕계와 만날 때에는 자신의 명령이 어떤 것이든 간에, 반드시 따라주기 바란다고 말했다.

류휘는 전날, 전군을 이끌고 홍주까지 물러난 뒤, 어떤 식으로든 나서서는 안 된다는 명령을 내렸던 것이다.

왕계는 눈을 가늘게 떴다. 이유는 묻지 않았다. 이유는 이미 알고 있었다.

자신을 받아들여준 홍가와 홍주를 아무런 상처 없이 지키기 위해서, 단 둘이서 여기까지 온 것이다. 홍가 당주인 소가와 주목인 류지미를 데리고 오면, 그 자체가 왕계에 대한 반역으로 비친다.

한 가지 가능성으로서 왕계도 예상은 하고 있었지만, 정말로 실행하리라고는 생각지 못했다.

이미 승패가 보이는 전쟁에, 무의미한 희생자를 내는 것은 왕계도 꺼리는 일이었다. 하지만.

"…최소한, 귀양에서부터 당신과 행동을 같이 한 황 장군이나 우림군 병사들은 데리고 와야 했소. 당신만이 그들의 왕이오. 나도, 다른 어떤 누구도 아닌. 마지막까지 모시고 싶다고 생각했을 터인데."

류휘는 눈을 내리깔고, 조용히 미소를 지었다. 왕계는 조금 놀랐다. 어른의 얼굴, 어른의 미소였다.

"그래. 그렇게 말해주었다. 그들은 마지막까지 짐의 방패가 되고, 검이 되어주었겠지. 하지만 짐은 그런 그들이 소중하다. 한 명의 병사라도 잃고 싶지 않아. 그들을 지키기 위해서라면 짐의 소중한 방패도 검도 모조리 놓아버리고, 두고 가겠다. 짐의 유일한 상서령인 정유순에게 그랬듯이."

그 자리의 거의 모든 사람이 정유순이 왕계 측이라는 것을 알고 있었고, 그가 왕을 배신했다는 것도 알고 있었다. 왕 자신도. 그러나 그것을 알고 있으면서도 그 손을 놓은 것은 자신이 먼저였다고, 말하고 있는 것이었다.

리앵은 반사적으로 조부의 얼굴을 살폈다. 지금 왕의 이 말에 리앵은 정유순 문제가 아닌, 그보다도 더 중요한 뭔가가 있는 것 같은 생각이 들었다. 그 뭔가가 리앵의 마음을 크게 흔들었다.

조부라면 그것이 무엇인지 알고 있을 것 같아서, 그 답을 찾으려고 왕계를 보았다.

왕계는 신중하게, 눈을 가늘게 뜨고 왕을 바라보고 있었다. 다른 어느 누구와도 달리, 놀란 기색조차 없었다. 아니.

리앵은 수려에게 눈길을 옮겼다. 수려도 놀라지 않고, 조용히 귀를 기울이고 있었다. **알고 있다.**

리앵은 깨달았다. 리앵이 아직 말로 표현하지 못하는 왕의 무언가를, 수려와 조부는 알고 있었다.

"**당신을 지켜줄 것을 전부 스스로 놓아버리고**, 여기에 오는 길을 선택했단 것이오?"

류휘에게 남겨져 있던 검도 방패도, 모조리 스스로 놓아두고 왔다. 그 손에서.

자신을 지키는 것이 아닌, 그들을 지키는 길을 선택했다.

"그렇다. 그것이 짐의 방식이다."

왕계는 눈을 가늘게 뜨고, 귀족적인 미소를 띠었다. 자신감에 넘쳐서, 깔보지는 않지만 도전적이고, 그러면서 어딘가 재미있어하는 듯한 느낌이 있었다. 자신이 정한 길을 흔들림 없이 걸어가는 자만이 가질 수 있는 패자(覇者)의 기풍.

"그래서? 내게 이길 수 있으리라 생각하고 있을 리는 없을 텐데. **류휘 왕자**."

"……."

"한 명의 병사도 거느리지 않고, 홀로 여기까지 온 것은 인정하겠소이다. 전쟁을 할 생각은 없는 것 같군. 좋소. 그러면 이번에는 내가 묻겠소. 이는 당연히 패배를 인정하고 내게 왕위를 이양할 생각이라고 받아들여도 되겠소? 그렇지, 예전에 내가 눈 속에 남겨두고 갔던 그 약속대로 말이오."

날리는 눈송이 너머. 과거에서. 먼 저편에서, 목소리가 들려온다.

『――류휘 왕자님. 언젠가 저는 '막야'를 가지러 올 겁니다.』

반짝반짝 빛나는 '막야' 같은 옆얼굴을 한, 푸른색의 군주. 류휘도, 청원도 아니고, 자신이야말로 진정한 왕. 반드시 다시 돌아오겠다. 언젠가 반드시. 빼앗긴 그 검을, 옥좌를── 이 나라를.

사랑하고 있기에, 아직 못 본 척할 수 없기에, 언젠가 반드시 가지러 오겠다. 그때까지.

『그때까지 **당신이** 가지고 계십시오.』

류휘 왕자. 왕계는 그때보다도 훨씬 크고 늠름해진 과거의 왕자와 대면하고 있었다.

그 날, 그 눈 쏟아지던 밤, 조정에서 단 한 명, 왕계의 목숨을 아껴 주었던 막내 왕자.

왕계를 붙잡고, 뒤돌아보게 만들고, 왕도에서 도망치는 길을 선택하게 한 것은 이 왕자였다.

『언젠가, 제가 당신을 '파멸' 시키더라도?』

의미 따윈 몰랐을 것이다. 하지만 왕계는 그때 류휘의 '네'라는 대답 때문에 사는 길을 선택했다. 그렇더라도 당신은 살아주었으면 좋겠다고, 왕계의 귀에는 그렇게 들렸던 것이다.

살아서, 계속 걸어간다. 그리고 반드시 돌아온다. 아무리 험난한 여정이라 할지라도.

자신의 일부를 버린 채 어디론가 갈 수는 없다. 아직은, 버릴 수 없다. 소중한 것들이 있다.

보고 싶은 꿈이 있다. 철나비처럼, 아직 보지 못한 이 앞의 세상을 향해.

그렇게 왕계는 그 날, 그 날 밤, 홀로 왕도를 빠져나갔다.

하지만 막내 왕자는 왕도로 귀환한 왕계를 싫어하며, 무서워하며, 계속 피해 다녔다.

이제 이런 날은 오지 않으리라고 생각하고 있었다. 그렇더라도 별 상관없었지만.

왕계는 단단하고, 아름답게 빛나는 '막야'와 같은 미소를 띠었다. 막판이 되어서야.

──때는 왔다.

"그때, 당신은 '막야'를 스스로 내게 내밀었소. 이번에는 어쩔 셈이오?"

류휘는 조금 웃고서 답했다.

"그때, 그대는 짐을 나무라며 타일러 주었지. 담겨진 소중한 것들, 누군가의 마음까지 쉽게 내어줄 생각인가? 좋지 않다고."

"쓸데없는 걸 알려준 것 같군, 젊은 날의 나도. 좋게 '막야'를 받아 두었어야 하는 것을."

"이젠 늦었다. 이번에는 짐의 대답을 들려주겠다. ──싫다. 짐이 왕이다. 그대에게는 주지 않겠다."

리앵과 주취가 눈을 부릅떴다. 리앵은 심장이 마구 쿵쾅거리는 것을 느꼈다.

능왕과 신의 눈이 바늘처럼 가늘어진다.

수려와 추영만은 조각처럼 미동도 하지 않고, 조용히 그 말을 들었다.

"왕계, 짐이 여기에 온 것은 옥좌를 양도하기 때문이 아니라, 옥좌로 돌아가기 위해서다. 그러나 전쟁은 하지 않겠다. 무슨 일이 있어도. 왕계, 다시 짐을 따라주지 않겠는가?"

"바보 같은 소리군. 무엇 때문에? 이쪽은 오 만 명, 그쪽은 병사 한 명도 없지. 나는 옥좌까지 한 걸음 남았소. 이런 상황에게 양보할 얼간이는 어디에도 없을게요. 당신에게 무릎을 꿇을 어떤 이유도 없소."

"그렇다면, 짐에게서 완력으로 뺏을 건가? '막야'를, 이 나라를, 그대가 보고 싶은 세상을?"

움찔, 하고 왕계의 뺨이 반응했다. 처음으로 왕계의 마음이 류휘의 말에 의해서 희미하게나마 움직였다.

마지막으로 헤어졌던 밤, 왕계의 저택에서 그 스스로 류휘에게 말했었다.

싫은 것을 줄이기 위해서 여기까지 왔다고. 그 싫어하는 것에는 전쟁도, 전화왕도 있었다. 그걸 이 애송이는 알고서 묻고 있는 것이다. 이 마지막 순간에, 그토록 싫어하던 전화왕과 똑같은 방식, 똑같은 길을 선택할 것이냐고. 그 이상과 꿈꾸던 세상이, 눈앞의 현실에 의해 간단히 바뀔 수 있을 정도의 것인지를.

부왕인 전화와, 대업연간의 방식과 어디가 어떻게 다른지, 그걸 제시해 보라──고.

왕계의 입술이 움직였다. 이 애송이가, 하고 중얼거린 것 같았지만, 바람에 날려 지워져버렸다.

"…그렇기에, 이렇게 자진해서 왕위를 이양하도록 손을 써왔던 것이오만."

"하지 않는다. 설령 짐 혼자라 할지라도. 자, 어떻게 하겠나, 왕계. 완력으로라면 간단하다. 짐과 추영, 수려, 이 세 명만으로는 오 만 대군에는 이길 수 없다. 싱겁게 끝내버리겠지. 짐의 목을 치면, 모든 것은 끝난다."

병사 한 명 거느리지 않고, 모든 검도 방패도 두고서, 자신 이외에는 아무것도 없이 왔다. 비웃으며 일축해버리면 되는 일이었다. 입으로 아무리 그럴싸한 말을 되풀이 해봤자, 이 불리한 상황을 뒤집는 것은, 자류휘에게는 불가능했다. 많은 병력을 거느리고 있는 왕계가, 모든 면에서 우세했다. 하지만.

'허울 좋은 소리 하지 말라, 인가.'

왕계는 자신도 모르게 웃고 말았다. 젊은 시절부터 왕계 자신이 수도 없이 들어온 말이었다. 바보 같은 놈, 더 더러운 수를 써야 한다, 그런 건 현실에서는 통용되지 않는다, 이 난세에 출세하고 싶으면 머리를 써라, 전화 왕자처럼 교활하게 압도적인 공포와 힘으로 지배하는 것이야말로 왕이라는 징표다, 약한 자는 짓밟혀 죽으면 된다, 네 바보 같은 이상이 현실이 되는 날은 영원히 오지 않을 거다──.

전쟁. 전쟁. 전쟁. 능왕과 함께 수많은 전쟁을 치르며, 시체와 절망을 산더미처럼 보아왔다.

귀양 완전 포위전에서 총대장을 맡았을 때, 여기서 죽는 것도 나쁘지 않겠다고 생각했다.

더 이상 이런 세상을 보지 않아도 된다. 몇 번이나 절망하고, 절망하고, 절망했던가. 더 이상 살지 않아도 된다. 더 이상 울면서 걷지 않아도 된다. 여기에서 끝낼 수 있다. 자신다움이 남아있는 동안에.

하지만 자전화는 왕계를 살려두었다. 모든 것을 짓밟고, 절대적인 힘으로 모든 주를 차례차례 점령하면서 귀양을 향해 진군해서는, 여자, 아이, 할 것 없이 왕위계승자면 모조리 살육했던 피의 제왕. 그런 그가.

왕계만은 살려두었다. 조각처럼 아름답고, 위험하고, 모든 자의 눈길을 빼앗는 얼음의 미소로.

『너와 내가 어떻게 다른지, 정말로 다른지 보고 싶어졌다. 살아서, 한번 보여봐라.』

같은 것을, 다른 말로, 다른 방식으로 왕계에게 들이민다.

모습을 바꾸어, 눈앞을 가로막고 선다. 왕계의 인생에는 처음부터 끝까지, 그 왕이 따라다니고 있다.

──패왕 전화의 피를 이어받은 마지막 왕자. 왕계는 양손으로 짚고 섰던 검을 들어올렸다.

"…눈 내리던 밤, 내가 말했었소. 그 검을 정말로 건네줄지, 다시 묻겠다고."

류휘 역시, 손바닥 아래의 '막야'의 손잡이를 잡았다.

"…짐도 생각이 났다. 지금, 이제야. 만약 짐이 싫다고 하면? 하고 물었을 때, 그대는 이렇게 대답했었지. '그때에는――'."

"'일대일로 승부를 가립시다'."

두근, 하고 땅 전체가 고동치는 듯했다.

――일대일 대결.

"수려 님, '월하채운' 기의 밖으로 나가십시오. 리앵과 주취 님이, 그 '월식금환' 기를 반까지 내릴 겁니다. 그것이 일대일 대결의 신호가 됩니다. 깃발 안으로는 절대로 들어가시면 안 됩니다. 아시겠습니까."

"…남 장군님… 일대일 대결이라니…."

"글쎄요. 주상은 젊고 체력도 있고, 세긴 하지만, 실전경험이 부족하지요. 게다가 '막야'로 결투 연습을 한 적은 거의 없지 않을까 싶습니다. 이에 비해 왕계 님의 검――."

추영은 계속 신경이 쓰였다. 왕계가 가지고 있는, 저 이름 없는 검.

잘 길이 들어 있고, 완전히 왕계의 손에 익은 검이다. 마치 세 번째 팔처럼.

이름난 명공의 작품은 아니겠지만, 칼집 안에 들어 있을 때조차, 푸른 칼날이 어른거리며 보일 것만 같은 존재감이 있다.

'저 검, 아무리 봐도 막칼이라고는 생각할 수가 없는데…?'

반대쪽에서도 마찬가지로 신이 능왕에게 묻고 있었다.

"능왕 님, 저 검, 정말로 막칼입니까? 물론 칼집은 아무 장식도 없이 수수하지만…."

능왕은 씨익 웃었다.

"저거? 저건 천하의 일품이지. 너라도 평생 잡아보지 못할 최고의 막칼이라고."

"…하? 아니, 최고의 막칼――이라니, 설마 '무명의 대 도공' 작품?!"

"그래. 이름을 넣는 걸 싫어해서, 찾는 데 한 고생하는 명검 제1위. 당대 최고 명인의 작품이다. 지금 현존하는 도공 중 유일하게 명검을 만들어낼 수 있는 명인이다. 말도 안 되게 웃기는 영감인데, 대장간의 식칼 같은 것도 아무렇지 않게 만든다고. 식칼 옆 바구니에 엄청난 명검들이 꽂혀있고 그래― 한때는 대장간에서 식칼이 사라지기까지 했었지."

"…하지만 소문에 따르면, 벌써 몇 십 년 전에 갑자기 담금질을 그만 두었다고…"

"그래. 왕계의 검은 유일한 예외. 왕계를 위해서만, 굽히고서 다시 단련(鍛鍊)해준 거다. 모든 것이 끝나면, 칼을 꺾어서 두 번 다시 어느 누구도 쓸 수 없게 한다는 조건이었다고 들었다. 어떤 의미로는 영감의 마지막 작품인 거지. 나한테도 달라고!! 하고 몇 번이나 찾아갔지만 바보 같은 놈 돌아가라, 망할 놈, 이러면서 내쫓겨났다고…."

"하지만 능왕 님, 무명의 대 도공은 진즉에 죽었다고 소문으로 들었습니다만…."

능왕은 잠깐 침묵한 후, 귀를 새끼손가락으로 파면서, 관심 없다는 듯이 무뚝뚝하게 말했다.

"그래, 죽었지. 이젠 없어. 어디에도."

신은 그 이상은 묻지 않았다. 묻지 않아주길 능왕이 바라고 있다는 것을 느꼈기 때문이었다.

"왕계는 내가 놀아주며 단련시켰으니, 그럭저럭 강하다고. 나이는 먹었지만… 뭐, 막상막하려나."

"어? 그렇습니까? 전 왕 쪽이 유리하게 보입니다만."

"음──… 젊음과 체력은 그렇지. 하지만 자정란도 왕계는 죽이지 못했지 않나. 아주 드물게 있다고. 내가 더 강한데도 왜 못 이기지?! 이런 놈들이. 그릇의 크기라는 건 일대일로 싸울 때 영향을 주는 법. 젊음이 기량을 보완할 때가 있듯이, 반대도 있는 거다. 나도 자류휘를 놓쳤고 말이지."

신이 놀랐다는 듯이 능왕을 보았다.

"막상막하라는 건, 그런 의미. 강하고 약하고의 문제가 아니야. 어느 쪽의 존재를, 어느 쪽이 인정할 것인가, 그 승부인 거다. **난 이녀석은 못 죽여, 라고 생각한 쪽이 지는 거지**… 하지만 말이다, 신, 왕계는 그런 의미에서는 이 세상 최강의 사내라고. 그 전화왕조차, 그렇게 생각하게 만든 사내니까. 내가 진심으로 반해버린 사내라고. 꼬마가 그 후로 어느 정도까지 성장했는지는 모르겠지만── 왕계는 절대로 넘어서지 못한다."

게다가, 하고 능왕이 뒤쪽에 늘어 선 오 만 병력을 눈만 돌려 보았다.

"…만에 하나, 왕계가 졌을 경우, 저 녀석들이 가만있지 않을 거다."

"…네."

신이 작게 중얼거렸다. 그래, 그렇게 되도록 여기까지 일을 끌고 왔다.

"──오늘, 여기에서 왕계에게 양위하지 않는 한, 왕의 패배라는 거지."

하지만, 어째서일까. 모든 것은 예상대로 진행되고 있는데.

병사 하나 거느리지 않고, 여기까지 온 자류휘에 대해.

열등감과도 닮은, 교활하고 비겁한 소인배가 된 듯한 씁쓸한 낙인을 능왕은 혀 안쪽에서 느끼고 있었다.

수려가 힐끗, 왼쪽의 산줄기를 보는 것 같았다. 한 번이 아니라, 몇 번인가.

수려가 신경을 쓰고 있는 것이 무엇인지, 바로 알 수 있었다. 결국 입구를 찾지 못했던, 하루 종일 연기가 피어오르던 그 신비로운 산이다. 며칠 전부터 연기가 뚝, 멈춰버린 채로 오늘도 계속 연기는 없고, 쥐죽은 듯 고요했다.

"괜찮습니다, 수려 님. 일개 부대를 보내서 저 산을 감시하고 있으니까요. 뭔가 있으면 보고가 올 겁니다."

수려는 그 말을 들은 순간, 튀어 오르듯이, 추영을 보았다.

"…남 장군님… 그건, 누가? 류휘나 남 장군님의 지시였나요?"

"네. 그 전에 부대 쪽에서 지원해오긴 했습니다만."

"…그렇…군요."

수려는 살짝 중얼거리더니 그 말을 끝으로 입을 닫았다.

눈은 오다가 그치다가를 거듭하고 있었다. 그래도 정오가 지나자 기온이 조금씩이나마 올라가는 것 같은 느낌이 들었다. 이제 곧 이 눈도 그칠 것이다.

표가의 완충지대를 나타내는 깃발을 내려다는 것을 보았는지, 왕계군이 잔물결처럼 술렁대는 소리가 들려왔다. 일대일 대결, 이라는 누군가의 목소리가 바람을 타고 수려의 귓가에 실려 왔다.

왕계와 류휘가, 저마다 거리를 가늠하며 간격을 잡아간다.

리앵과 주취가 내리던 깃발이 깃대의 반에 이르렀을 때.

——동시에 칼집에서 검을 빼들었다.

검을 맞부딪치길 사십 합이 넘었을 때부터, 주위의 소리도, 경치
도, 완전히 사라져버렸다. 눈앞의 왕계뿐. 다른 사람들의 이목이건
무엇이건 상관없게 느껴졌다. 흘러내린 땀 때문에 몸에서 김이 피
어올랐다.

왕계는 죽을 정도로 강했다. 류휘가 익숙하지 않은 '막야'를 감당
하지 못한 탓도 있었지만, 이를 차치하더라도 막상막하였다. 류휘
에게는 없는 경험과 기량으로 검을 휘둘러 온다. 가끔 류휘가 체력
과 힘으로 찔러 들어가도, 이를 재빠른 발놀림으로 피하면서, 때로
는 되찔러오기도 한다.

'…적당히 봐줄 여유도 없다고!!'

일대일 대결이 되겠다고 알아차렸을 때에는 사실, 조금 속으로 웃
었고, 솔직히 우습게 봤다. 상대는 아무리 왕계지만 오십도 넘은 중
년 아저씨고, 문관이고, 게다가 이쪽은 '막야'인데 저쪽은 막칼.

하지만—— 검이 맞부딪친 그 순간, 표변했다. 마치 실전을 떠올
린 듯, 순식간에 폭발적으로 강해졌다. 검사의 순수한 기량만으로
따진다면 아마도——.

'윽, 거짓말. 형님보다, 강해…!!'

송 태부와 검술 연습을 했던 때의 감각과 상당히 비슷하다는 것을
깨달았다. 전투에서 실전을 쌓아온 자만이 키울 수 있는 감과 경험
으로, 순식간에 실력을 끌어올린다. 모든 신경을, 왕계에게만 집중
시키게 된다. 그것이—— 눈앞이 캄캄해질 정도로, 견딜 수 없이 분
했다.

──인정해달라고, 지난날 왕계의 저택에서 울먹거리며 부탁을 했었다. 짐으로는 안 되겠냐면서.

하지만 지금은 화가 나고 분해서, 이를 갈고 싶을 정도였다. 지고 싶지 않다. 실격이 아니라고, 인정하라고, 따르라고, 큰 소리로 울부짖으며 다그치고 싶을 정도였다. 자류휘라는 존재를 보라고.

류휘가 왕계를 무시했던 몇 년 동안, 왕계가 계속 그렇게 생각했듯이.

사십 몇 합째인가, 다시 검이 맞부딪쳤을 때, 서로 밀어대기 시작했다. 왕계가 씨익 미소를 지었다.

"오십도 넘은 아저씨라고 우습게 봤던 것 같더군!! 그러니까 무르다고 하는 거요!! 내가! 질 법한 대결을 일부러 신청할 리가 없지 않나!!"

"시이이끄럽다! 이제 좋게!! 포기해라! 짐을, 따르라!! 부탁이다!"

"웃기는군!! 당신이야말로 패배를, 인정하고, 무릎을 꿇고, 순순히── 내게 양보하라, 애송이!!"

"싫다!!"

챙, 하고 칼날을 밀면서 두 사람 모두 뒤로 물러나더니, 다시 간격을 좁히며 다가선다.

검을 내리치러 가는 것인지, 대화를 하러 가는 것인지, 점점 알 수 없어진다.

"이 아저씨가! 그렇게 옥좌가 탐이 났으면! 짐이 싫다고 했을 때, 못 이기는 척 받았으면 좋았잖아!! 그런 걸! 짐이 양도하지 않겠다는 게 계산 밖이라고?! 꼴좋다!! 젊은이는 그렇게 입맛대로 움직여주지 않는다고!! 뭣보다도 소 태사처럼 성질 나쁜 망할 영감탱이와 손을 잡았다는 게 제일 마음에 안 들어. 실망했어! 인간으로서 문제가 있다고 생각한다고!"

"윽, 시끄럽소!! 소 태사처럼 음흉한 인간에게 조종당한 자신의 미숙함은 제쳐두는 건가, 애송이?! 그런 뱃속 검은 너구리를 잘 다루는 게 위정자인 게요. 비난받을 이유는 없다고 보는데! 우선! 내가 움직일 때까지, 전혀 쓸모없는 왕이었던 주제에!! 새삼스럽게 갑자기 역시 왕이고 싶다니, 부아가 치미는군! 항상 울먹거리면서 싫은 일이 생기면 그때마다 도망치기만 했던 애송이가. 다음은 없다고 했소!! 여기까지 와서—— 양보할 수 있을 리가 없지!"

현기증이 날 정도로 전광석화의 속도로, 검이 맞부딪친다. 불꽃이 튀는 것마저 눈에 보일 것 같았다.

능왕은 어안이 벙벙했다. 예상외다.

"…꽤 하는데…"

그 말이 어느 쪽에게 한 것인지, 능왕 자신도 알지 못했다. 두 사람 모두에게였는지도 모른다.

"…어떻게 하시겠습니까, 능왕 님. 북을 쳐서 잠시 휴식을 취하도록 할까요?"

일대일 대결의 경우, 양쪽이 위험하다고 생각되면 한쪽 진영이, 또는 양쪽 진영에서 북을 쳐서 결투를 멈추게 한 후, 조금 쉬게 하고 다시 재개하는 것이 관례였다.

"그렇지… 아니다."

처음에는 서로 실력을 가늠하며 검을 부딪치고 있었지만 이제는 서로의 기량을 구석구석까지 이해하고, 마치 두 사람이 검무라도 추는 듯한 격렬하면서도 아름다운 검술을 펼치고 있었다.

"…계속하게 두자. 한 번밖에 없다. 이런 식으로 대결할 수 있는 건 이제 두 번 다시 없어. 두 사람 모두."

신은 한 박자 후, 잠자코 끄덕였다. 그래. 대등하게, 오직 한 마음으로. 그런 기회는 두 번 다시 오지 않는다.

오십 합을 넘었을 즈음, 드디어 왕계는 깨달았다. 아마도 자류휘도 마찬가지일 것이다.

——두 사람 모두, 조금도 양보할 생각이 없다는 것을.

왕계는 남추영 한 사람을 데리고, 병력을 거느리지 않고 온 시점에서, 아무리 장황하게 일장연설을 하더라도 결국은 양위할 생각일 거라고, 쉽게 생각하고 있었다. 뭔가 그럴싸한 말을 해서, 왕계를 다그치더라도, 결국은 열세라는 것을 충분하다 못해 넘칠 지경으로 알고 있으니, 홍주와 홍가를 지키고, 전쟁을 피하기 위해서, 희생자를 내지 않기 위해서 오늘 이곳에서 왕위 이양을 선택할 것이라고. 그랬는데.

'——진심으로, 양위할 마음이 없다는 건가?!'

오십 합이나 진심으로 맞부딪친다면, 아무리 바보라도 상대의 마음이 보인다.

자류휘에게 조금이라도 양도할 마음이 있었다면, 진즉에 그 빈틈을 파고들어, 칼을 내려쳤을 것이다.

그러나 자류휘는 끈질겼다. 젊음과 미숙함 때문에 몇 번이나 위태로운 빈틈을 보이기는 했지만, 그러면서도 왕계가 파고들기 전에 재빨리 다시 자신을 추스른다. ——진심으로, 전력을 다해 왕계와 싸우고 있었다.

'진심이라고?'

그렇다면, 진심으로 양위할 생각은 없는 것이라고 생각하면서.

그런데도 병사 한 명 거느리지 않고, 이 자리까지 온 것인가?

'말도 안 되는 소리.'

그런 바보 같은 일이 있을 수 있나. 자류휘 따위가 그런 걸 할 수 있을 턱이 없다.

『그들을 지키기 위해서라면 짐의 소중한 방패도 검도 모조리 놓아 버리고, 두고 가겠다.』

진심으로—말도 행동도 모두—하나도 남김없이 진심으로, 그 말대로 했다는 것인가?

눈앞의 왕은 필사적이었다. 지금까지 본 적이 없을 정도로 필사적인 얼굴로, 한 발도 물러서지 않고, 포기할 줄 모른다. 지금까지 이 왕이, 이런 얼굴을 한 적은 한 번도 없었다. 나라와 백성을 위해서 온 힘을 바친 적도, 목숨을 건 적도, 한 번도 없었다. 그에게 지켜야 하는 것들이 있을지언정, 그것은 극히 개인적인 것에 머무르며, 정사의 모든 부분에 영향을 미치고 있었다.

그런데. 지금 이 순간의 왕의 말이, 행동이, 하나도 남김없이 진심이라면.

왕도에서 탈출했던 때에도, 탄압 명령을 내리지 않고, 도망치는 길을 택했다. 그때 왕도, 우림군도 어느 누구 하나 해치지 않았다고 한다. 피 한 방울 묻지 않은 검을 든 채 도망쳤다.

오늘도 오 만 병력을 이끌고 온 왕계와는 반대로, 단 한 명의 병사도 거느리지 않고, 홀로, 왕계를 상대하는 길을 택했다. 자신의 몸을 지킬 검도, 방패도 모조리 놓아버림으로써, 자신 이외의 모든 것을 지키면서 동시에 진심으로 왕계에게는 굴하지 않겠다고 하는 것이라면.

이 나라와, 백성을, 어느 누구 하나 다치게 하지 않은 채로. 전쟁에서——왕계의 군대에게서.

'——아니다!!'

그건 자신의 역할이었다. 자류휘가 아니라.

전쟁이 없는 세상. 무의미하게 누군가가 죽지 않아도 되는 세상. 그건 자신이——.

그때, 추영이 눈을 가늘게 뜨고 중얼거렸다.

"…왕계 님이, 밀리기 시작했는데…."

류휘가 빈틈을 놓치지 않고 왕계를 향해 검을 휘둘렀다. 용서 없이, 봐주지 않고. 눈에 들어가는 땀도 닦지 않은 채. 온몸에서 김이 피어오르고 있었지만, 그러면서도 바늘 끝처럼 날카롭게 집중하고 있었다. 홀로, 오 만 대군에게도 한 발도 물러서지 않고, 양보하지 않으면서.

왕계는 방어했다. 번득이는 눈으로, 자류휘를──전화왕의 아들을 노려보았다.

『그렇다면, 짐에게서 완력으로 뺏을 건가? '막야'를, 이 나라를, 그대가 보고 싶은 세상을?』

오 만의 병력으로. 전화왕이 했던 것처럼.

막기에 급급했다. 반격은 거의 할 수 없었다. ──밀린다.

힘이 아니라. 자류휘의 의지에. 그것이 분했다. 눈앞이 새빨갛게 물들 정도로.

'웃기지 말라고.'

여기까지 걸어왔다. 하나하나 돌을 주워 쌓아올리면서. 의지로라면 질 리가 없다.

말 한 마디면, 군대가 움직인다. 그걸로 끝난다. 왕계의 바람은 이루어진다. 앞으로 나갈 수 있다.

여기에서 끝날 수는 없다. 이런 애송이에게.

자류휘에게 지기 위해서, 이곳에 온 것이 아니다──!

왕계가 입을 열려고 한 그때.

『너와 내가 어떻게 다른지, 정말로 다른지 보고 싶어졌다. 살아서, 한번 보여봐라.』

전화왕의 차가운 목소리가, 미소가, 몸을 관통하는 것처럼 울려 퍼졌다.

왕계의 검이 두 동강 나면서 튀어 올랐다.

턱, 하고 다리 후리기에 걸려, 세상이 뒤집어지는 것이 묘하게 천천히 느껴졌다.

낙법으로 땅에 떨어진 뒤, 얼굴을 들자, 목덜미에 '막야'의 하얀 칼날이 다가왔다.

——지난날, 왕계의 것이었던 그 검으로. 반짝반짝 빛나며 단단하고, 부드러운 의지로.

바람이, 세상의 모든 소리가 멎은 것 같았다.

빛나는 태양을 등지고, 자류휘가 작게 웃은 것처럼 보였다.

● ● ✦ ✦ ● ●

그때.

——왼쪽 산에서 엄청난 폭발음이 들려왔다. 산 정상에서 불길이 솟았다.

"뭐, 뭐지?!"

능왕은 잇달아 불을 뿜기 시작한 산을 보고 기겁했다. 이어서 그 산을 보고는 낯빛이 달라졌다.

"…잠깐. 저 불 뿜고 있는 장소, 비밀의 마을 아닌가!! 왜 불이 난 거지?! 마을사람들에게 무슨 일이 있었던 거야?! 그보다도 저기는 분지라 도망갈 곳도 없지 않은가!"

그때 한 마리 말이 능왕에게 달려왔다. 능왕은 그 얼굴을 보고 입을 쩍 벌렸다.

"엑, 안수!! 너 이놈, 왜 이런 곳에!!"

"엑이 뭡니까. 어차피 이럴 것 같아서 와 준 겁니다. 하여간 전쟁만 잘하지 아무 짝에도 쓸모없는 사람들이라니까!!"

보통 때는 우아한 고양이처럼 신비롭고, 여유 있는 미소를 띠고 있는 안수의 얼굴에서 지금은 모든 미소가 사라져있었다. 초조함. 잘 보니, 온몸이 땀에 젖어 머리카락이 이마에 들러붙어 있고, 말도 거의 쓰러지기 일보 직전이었다. ——귀양에서 반나절 동안 여기까지 쉴 새 없이 달려온 모양이다.

류휘가 왕계의 목에 검을 겨누고 있는 모습에, 짙은 갈색 눈이 분노로 물들었다.

'이 녀석이 이렇게 필사적인 건 두 번째 보는군.'

능왕은 십 년 전을 떠올렸다. 왕계가 눈 내리던 밤에 행방불명이 되었을 때에도 이랬다.

신이 이제 살기를 띠기 시작한 군대를 신경 쓰면서 빠르게 물었다.

"…안수 님, 어째서 여기에?"

"저 숨겨진 마을. 속여서 불을 지른 게 임금님의 병사들이라는 걸 군대에게 알려주려고 왔다."

안수의 목소리에 류휘가 흠칫, 얼굴을 드는 것이 보였다. 그 너머에서 추영이 격노했다.

"그럴 리가 없다!!"

추영의 고함소리에 안수는 담담하게 어깨를 움츠렸다.

"정말이야. 신, 오늘 아침에 임금님의 병사들이 저 산으로 향했다는 척후병의 보고, 없었어?"

"…있, 었습니다. 만…."

"그놈들이 했다고. 저 공격. 피도 눈물도 없어."

추영은 산을 보고, 수려를 보았다.

"수려 님, 아닙니다…! 그리고 산에 들어가는 입구조차도 아직 전혀 찾질 못했는데——."

"네, 알고 있어요."

수려도 뚫어지듯이 불타는 산을 올려다보고 있었지만, 그 목소리는 조용했다.

"…남 장군님, 제 관이 사라진 것과, 류휘가 지정한 날짜, 뭔가 이상하지 않았나요?"

추영은 혼란스러운 머리로 필사적으로 수려의 말을 생각해보려 했다. 이상하다고? 왕의 답장과 사라진 수려의 관, 남겨진 괴문서의 기한. 이상한 점?

"이상한 점은, 아무것도— 다만, 왕이 어느 한쪽밖에는 갈 수 없는 시간이라는 점 외에는."

"시간 지정이 너무나 절묘했다는 거죠. 회담에 참석할지, 저를 구출할지, 어느 한쪽밖에는 선택할 수가 없어요. 하지만 답장과 제 관이 사라진 건 거의 며칠 사이밖에 되지 않아서, 답장의 내용이 새어나갔다고 보는 건 무리가 있어요. 그 시점에서 날짜를 알아내서, 괴문서를 남기려면, 홍주에 있는 왕 측의 인간… 남 장군님, 저 산에 보낸 척후병들, 스스로 자원했다고 했죠?"

추영은 새파랗게 질렸다. 수려가 말하려는 걸 이제야 알아챘다.

"—그래요. 자원해서, 저 산에 갔다는 그 부대는 아마도—."

능왕은 눈을 가늘게 뜨고 안수를 노려보았다.

"…잠깐, 안수, 너 어떻게 그런 걸 알고 있는 거지? 넌 귀양에 있었을 텐데."

"그야, 내가 말이죠, 열심히 겨울 내내, 홍주에 내 간첩을 심어놓았다가, 여차하면 일개 부대를 만들어서 왕 쪽 군대인 척을 하고 저 비밀마을을 불태워버리라고 지시를 해놓았으니까."

다른 때였으면 이쯤에서 안수는 씨익 웃었겠지만, 지금은 퉁명스러웠다. 모든 것이.

"그러니까, 확실히 임금님 짓이라고요. 만일의 사태에 대비해서 술책은 세워놓아야 하는 거니까."

뒤쪽에 늘어선 오 만 명의 병사들 사이로 걷잡을 수 없이 살기가 퍼져나가는 것이 느껴졌다.

신은 침을 꿀꺽 삼켰다. 그런 술수마저도 개의치 않는다. 무시무시한 마성의 두뇌.

능왕은 머리를 긁었다. 오래 전, 소요선도 비슷한 수를 썼었다. 비겁하다거나 그런 것이 아니라, 복병과 간계(奸計), 두뇌싸움 또한 전쟁의 중요한 요소라는 건 알고 있다. 하지만.

"…안수, 저곳은 왕계의 영지다. 저 숨겨진 마을에 있던 건 왕계가 거둬서, 왕계에게 협력하고 충성을 맹세한, 왕계에게 보호받아 온 백성들이라고. 적이 아니야. ──우리 편이다."

"그래서? 합금으로 다시 담금질 하는 작업은 전부 끝났잖아? 이제 쓸모도 없다고. 원래 거기는 왕계 님이 비합법적인 방법으로 숨겨둔 마을이니까, 만에 하나 왕이나 어사가 냄새라도 맡으면 곤란하다고. 증거인멸을 위해서라도, 지금 왕계 님을 구하기 위해서라도, 희생이 되어 줘야지. 아무도 왕계 님은 구하지 않아. 왕계 님 자신마저도 말이지. 모든 수단을 쓴다고 하지만 다들 말뿐이지. 하지만 난 다르다고."

안수의 눈은 더없이 맑았고, 얼음처럼 냉철했다.

"어떤 수를 써서라도 왕계 님이 이기게 해줄 거야. 그게 내 방식, 내가 약속을 지키는 방법이야. 나라는 인간을 알면서, 그러면서도 죽이지 않고 곁에 두었던 왕계 님이 치러야 할 대가."

능왕이 덤벼들려고 한 것과, 등 뒤의 병사들이 움직이기 시작한 것은 동시였다.

"—회답에 맞춰서 왕계 장군님 영지 내의 마을을 불태웠다고…?!"

"끝까지 비겁한 놈이다. 병사 하나 거느리지 않고 온 것도 방심시키려는 술책이었어."

"큰일이다, 왕계 님을 구해야 돼. 살해되고 말 거야. 돌아가시면 안 돼! 구해내야 한다! 왕을 죽여라!!"

"——죽여라!!"

으르렁대는 소리가 밀려든다. 말발굽소리와 엄청난 분노, 무기가 부딪치는 소리가 땅을 울렸다.

오 만의 병력이 둑이 터진 것처럼 땅을 박차고 달려나가려고 한다.

"——안 돼!! 막아라, 신!"

"막지—— 못할지도 몰라요, 능왕 님!"

"막아라!! 저 녀석들을 죽여서라도 막아라! 왕은 혼자다. 그 왕이 오 만 대군에게 농락당하다가 죽는다면, 어떤 변명도 할 수 없게 된다. 그게 왕계의 계획이었다고 생각되는 것이 무엇보다도 참을 수 없어!!"

능왕은 안수를 내던지고는 암흑빛 말에 뛰어올랐다.

"막아라. 막지 못하면 이 내가 모조리 베어서라도 막겠다!!"

그 자신이 이끌고 온 군대를 향해 돌아서면서 일갈했다. 신도 뒤따라 말머리를 나란히 하고 막아섰다.

"리앵!! 깃발을 올려요!! ——어서 올리라니까!!"

주취의 외침에, 병사들에게 거의 휩쓸려가던 리앵은 뺨을 얻어맞은 것처럼 제정신을 차렸다.

손에 든 '월하채운' 기를 전속력으로 올리기 시작했다. 중립과 비

전투 지역임을 나타내는 표가의 깃발.

──그러나.

이미 한 번 무너져 내린 둑은, 그것으로도 막을 수 없었다.

밀려드는 격류와도 같은 무시무시한 물결을, 살의를, 고동을, 류
휘는 느꼈다.

왕계를 위해서 분노하고, 안달하면서 구해내려고 밀려드는 오 만
명의 병력. 그리고 능안수.

어떤 수를 쓰더라도, 살리고 싶다, 이기게 해주고 싶다는 의지. 폭
풍처럼 대지가 흔들린다.

죽게 둘 수는 없다고.

…류휘에게는 없다. 적어도, 저 정도의 대군은. 오로지 왕계를 위
해서만 달려온다.

류휘와 왕계의 차이. 지난날 류화가 말했던 것처럼, 사람을 키워
온 왕계만이 가진, 힘.

검을 뽑았다. 하늘을 올려다보니, 구름 덮인 하늘이 펼쳐져 있었
다. 엄청난 기세로 구름이 소용돌이치고 있었다.

"──왕계."

구름 덮인 하늘을 향해, 포기한 듯이 미소를 짓더니, 체념과 희미
한 원통함을 내비쳤다.

"저것이 그대의 진정한 힘이다."

땅울림과도 같은 군마들의 물결. 무엇이든 깔아뭉개버리려는 그
한가운데에.

손능왕과 신이, 리앵과 주취가, 제각각 류휘를 지키려는 듯이 버
티고 서 있었다.

왕계만이 홀로, 그 광경을 멍하니 바라보고 있었다. 한순간, 머릿

속에 그렸던 일이 현실이 되어 있었다. 질 수는 없다. 왕계가 한 마디만 하면 오 만 대군이 움직인다.

그걸로 끝난다. 그 소망을 듣기라도 한 듯 지옥 밑바닥에서 요동치는 것 같은 소리가 다가온다.

아주 잠깐만. 잠자코 기다리기만 하면, 이쪽으로 승리가 굴러올 것이다. 어떤 형태로든 간에.

어떤 형태로든 간에.

불현듯 류휘의 시선을 느꼈다. 움직이지 않는 왕계의 옆얼굴을 조용히 응시하는 것이 느껴졌다. 태어나서 처음이었다. 사람의 눈을 제대로 볼 수 없는 것은. 현기증과 함께 온몸에서 진땀이 흘렀다. 이 왕이 지금 왕계를 보면서 무슨 생각을 하고 있는지 알고 싶지도 않았다.

더 이상 누구도 막을 수 없는 선을, 말발굽 소리가, 지금 이 순간, 넘으려는 찰나.

왕의 목소리가 조용한 한숨과 함께 울렸다.

"…끝이다. 왕계. 짐의 목을 쳐라."

왕계가 어색한 몸짓으로 왕에게 시선을 돌렸다. 그 목소리의 실에 이끌린 인형처럼.

"…뭐라 했소?"

"알고 있을 텐데. 짐은 저 대군을 멈출 수 없다. ——하지만 짐의 목이라면 가능하다."

다가오고 있다. 그립고, 끔찍하고, 한 번 시작되면 되돌릴 수 없는, 사신의 발소리와 같은.

——전쟁이 시작되는 소리가.

자류휘가 이끌고 온 군대가 아닌, 왕계가 이끌고 군대에 의해서.

"정말은 말이지, 왕계. 그대가 저 병사들을 막으려고 했다면, 양위해도 괜찮겠다고 생각했었다."

왕계의 눈이 크게 떠졌다. 눈앞이 분노와 닮은 수치심으로 새빨갛게 물들었다. 그래—— 이 자리에서 오직 한 사람, 막을 수 있는 것은 왕계뿐이다. 바로 말에 올라타고 오 만 대군을 향해 돌아섰더라면, 선을 넘기 전에 막을 수 있었을지도 모른다. 아니, 할 수 있고 없고를 떠나서, 능왕과 신은 즉시 말머리를 돌려 대치했다. 그런데도 왕계는 아직도 이곳에 있었다.

"…역시, 그대에게 왕위는 줄 수 없다, 왕계."

왕계가 움직였다면 왕위를 이양하려 했다. 모든 패배를 인정하고서. 그러나.

"한 번 더 말하겠다. 왕좌는 줄 수 없다. 그러나 저들을 죽게 내버려둘 수는 없다. 짐은 싸우기 위해서가 아니라, 누군가를 한 사람이라도 더 많이 지키면서 끝내기 위해서 여기에 왔다. 그것이 그대의 군대라 할지라도 말이다. 짐은 이 나라의 왕이다. 저들 또한 짐이 지켜야 할 백성임에는 아무런 차이도 없지 않은가. 그대에게 왕좌는 줄 수 없다. 이 목도 줄 수 없다. 그러나 저들을 지키기 위해서라면, 이야기는 달라지지. 짐의 목을 내어 주겠다. 쳐라."

"——."

그것이 그대의 군대라 할지라도.

지켜야 할 자신의 백성이라는 사실은 변하지 않는다고.

양위는 하지 않지만, 저들을 지키기 위해서라면, 이 목을 내어 주겠다고 자류휘는 선언했다.

류휘는 깊고 깊게 숨을 들이키면서 씁쓸하게 웃었다. 정말은, 또 한 가지 있다.

——자신은, 역시 왕계를 죽일 수 없다.

죽일 수 있을 턱이 없다. 반짝반짝 빛나는 '막야'의 눈을 가진 사내. 다정한 거문고 소리.

류휘와 달리, 하나하나 돌을 주워, 쌓아올리며 도망치지 않고 걸어온 사내.

그 손에 많은 것들을 움켜쥔 채. 류휘의 뺨을 휘갈기듯이 눈을 뜨게 해줬던 사내.

아름다운 왕의 별을 이고 있는 자.

"짐의 목을, 쳐라… 그대의 승리다. 왕계."

'막야'가 쩽그랑, 하고 왕계의 발밑에 떨어졌다.

왕계는 '막야'를 보았다. 왕계의 승리가 그 언저리에 떨어져 있었다. 손이 닿는 곳에.

이는 왕계가 자신의 힘으로 움켜쥔 것이 아니었다. 전혀 아니었다. 왕계가 가장 피하고 싶었던 도화선에 불을 붙인 것은 그 자신이었고, 이를 막기 위해서 자류휘가 내밀어준 결과에 지나지 않았다. 그것밖에는 이제 막을 방법은 남아있지 않았고, 다른 길을 전부 뭉개버린 것도 왕계였다.

그곳에 뒹굴고 있는 것은, 왕계의 패배였다.

해일이 밀려온다. 남은 시간은 이제 없었다. 시작되면 이젠 막을 수 없다. 서로가 그 사실을 누구보다도 잘 알고 있었다. 시작되기 전에 끝내기 위해서는, 최소한의 피해를 감수함으로써 막을 수밖에 없다는 것도. 류휘가 내민 것은 패배가 아니라, 한 사람이라도 많은 백성을 지키기 위한 최후의 방법이었다. **왕으로서.**

왕계는 눈앞에 떨어져있는 '막야'를, 패배로서 이루어진 승리를 손가락 끝으로 조용히 집어 들었다.

일어서니, 보석과도 같은 검이 두 사람 사이를 가르듯이 날아와, 땅에 깊숙이 박혔다.

"──죽이려면, 나부터 죽여주십시오."

질풍처럼 남추영이 미끄러져 들어와 왕계와 대치했다. 왕계는 그 얼굴을 내려다보았다.

　예전에는 안이함이 남아 있고, 충성의 의미조차도 모르던 경박한 청년이었지만, 지금은 달랐다.

　젊은 날의 능왕과 똑같은 눈. 똑같은 강인함. 똑같은 의지. 마지막까지 함께.

　"나중에 죽을 수는 없습니다. 하려면 먼저 내 목을 친 후에 하십시오."

　돌연히 또 한 사람. 긴 검은 머리카락이 바람에 흩날린다.

　찰나, 그 옆얼굴이 죽은 딸과 너무 닮아보여서, 왕계는 핫, 하고 놀랐다.

　남추영과 나란히, 등 뒤의 자류휘를 보호하려는 듯이, 더럽고 너덜너덜한 규수 복장으로 돌아선다.

　홍수려. 몇 번이나 이렇게 왕의 앞에 지켜 서서 보호해온 것처럼, 이번에도 역시.

　"——잠깐."

　수려는 그렇게 말했다. 포기를 모르는, 칠흑과 같은 두 눈으로.

　"잠깐만 기다려 주십시오. 잠깐이면 됩니다."

　왕계의 눈썹이 꿈틀했다. 이는 탄원도, 미련도 아닌, **정말로 뭔가를 기다리는** 관리의 목소리,

　수려는 왕계의 눈을 들여다보며 버티고 서서 잘라 말했다.

　"이제 곧—— 옵니다!!"

　류휘와 추영도, 수려의 목소리에서 뭔가를 느낀, 바로 그때였다.

　"이봐아아아!! 너희들, 조금 기다려어어어어——!!"

　병사들과 류휘들의 바로 옆에서—— 그야말로 불타는 산 쪽에서, 산허리를 뚫고 나오는 것처럼.

전혀 다른 부대 하나가 말발굽 소리 요란하게 끼어들었다.

수없이 휘날리고 있는 것은 중립을 나타내는 표가의 깃발인 '월하채운'과, 백기.

이 정도로 공격적으로 휘두르는 대량의 백기는 본 적도, 들은 적도 없었고, 앞으로 진격하던 오 만 대군조차도 발걸음을 멈췄다. 마치 홍주 때의 홍수려를 떠올리게 하는 광경이다. 아니──.

왕계는 그 광경을 보고 수려를 보았다.

"랑연청과 표가는, 자네 흉내를 낸 모양이군."

이제 수려 자신이 그곳에 없더라도.

이 소녀가 걸어온 길이 확실히 거기에 있다. 그리고 이는 누구라도 걸을 수 있는 길이었다.

수려는 크게 숨을 내쉬더니 어색하게 웃었다.

　●　　●　　✦　　✦　　●　　●

"산은 불타고 있지만 마을사람들은 모두 무사했어, 보라고!! 증거를 가져왔으니까!!"

"백기에 속옷까지 휘두르는 건 좀 아니지 않냐!! 굴욕이라고…!!"

"정란 님, 자기 속옷까지 빼앗겼다고 해서 그러는 건 어른스럽지 못하죠. 전 다주 주목 대리인 두영월입니다. 여기에는 다주에서 온 의료단과 표가 사람들과 마을사람들밖에 없습니다!! 이 자리에는 몇 명의 어사도 있습니다. 이 이상 전진하면, 왕계 장군에게도 여파가 미칠 거라는 걸 명심하십시오. ──진정하라고!"

수려는 그리운 영월의 떨리는 듯한 호통을 듣고서야, 처음으로 안도한 듯 웃었다.

왕계가 눈을 가늘게 뜨고 살펴보니, 확실히 말 한 마리마다 숨겨진 마을에서 생활하고 있던 사람들이 오도카니 앉아있었다.

연청이 얼굴을 돌려 수려를 찾아내더니, 흐늘흐늘 안도로 얼굴이 일그러지면서 말을 몰고 가까이 왔다.

"…아가씨, 대박. 임금님 군대 갑옷 입고 불을 붙이려고 해서, 모조리 때려눕혀서 막았어. 영월이 이끌고 온 의료진과 합류하길 잘 했지. 나와 정란밖에 없었다면 손이 부족했을 거야."

산에 들어가는 입구를 모르더라도 지장은 없을 거라고 수려는 말했었다. 불을 붙이려고 산에 들어가는 부대가 있을 테니, 뒤를 밟아서 막으라고. 그 말은 완전히 적중해서, 연청과 정란이 도착했을 때에는 숨겨진 길과 비밀 장치를 척척 풀면서 들어가는 부대가 있었다. 동파군의 군장을 하고 있었기에 기겁을 하긴 했지만.

"연청, 피해는?"

"마을사람들은 전원 구출했어. 이쪽으로 데리고 오지 못한 녀석들은 근처의 표가계 사원에 보호를 부탁했어. 그곳에서 표가의 깃발도 빼앗아 왔지. 근데… 무슨 일인지, 같이 스님들하고 무녀들도 따라와서 말이지― 대무녀님과 리앵 님의 위기다. 나가자──! 뭐 이러면서."

"왜 마을사람들은 데리고 온 거야? 그리고 마을이 불 탄 이유는?"

수려의 엄격한 표정에 연청은 머리를 긁었다. 그러자 그 뒤에서 몸집이 작은 노인이 말에서 뛰어내렸다.

"화내지 마시게, 아가씨. 두 가지 모두 우리들이 부탁한 일이오. 이 형씨를 나무라지 말아 주시게."

류휘는 그 노인을 보고, 죽을 만큼 놀랐다. 수려도 앗, 하고 숨을 들이켰다.

"그대는── 그 신비로운 외딴 집의 선인!!"

"선인? 바보 같은 소릴. 난 평범한 산골 늙은이네. 훗훗. 뭐, 오랜만이군, 젊은이, 아가씨도."

뭉개진 한쪽 눈, 한쪽 팔도 도중에 잃었지만, 그래도 두 발로 고목처럼 버티고 서있다.

손바닥에 올려놓을 수 있을 정도로 몸집이 작은데도, 그 입가에 번지는 미소에, 추영은 자신도 모르게 침을 삼키고 있었다. ──짓누르는 듯한 위용.

"…우리 마을이 타버린 탓에 전쟁이 일어나는 건 싫어서 말이지. 도움이 되려나, 하고 말에 탈 수 있는 만큼 태워달라고 한 거네. 어차피 우린, 이 나라에서 누구보다도 전쟁을 싫어하거든. **죽어도 싫어서 말이지.**"

노인은 힐끗 안수를 보고, 수려를 보았다. 마을 창고에 산더미처럼 쌓여있던 기름단지. 움푹 파여서, 한 번 불에 휩싸이면 도망칠 수 없는 지형. 불붙기 쉬운 장작이나 화약도 잔뜩 쌓여 있었다. 부하 몇 명과 불씨만 있으면, 순식간에 불길은 번져간다. 이는 안수가 마지막 처리를 위해 마련해두었던 계략이었고, 노인은 이를 눈치 챘으면서도 아무 말도 하지 않았다… 홍수려와는 달리.

『류휘라면 그런 일은 하지 않습니다. 시키지도 않습니다. 절대로.』

"…정말은 말이지, 순순히 불에 타 죽는 것도 괜찮겠다고 생각했었네. 우리는 대부분이 이 세상에 있을 곳이 없지. 거치적거릴 뿐인 존재라고 여겨지거든. 뭔 일만 있으면 누명을 쓰고 감옥행. 그런 걸 법을 어기면서까지 구해준 왕계가 왕이 된다니, 죽어서 도움을 줄 수 있다면 괜찮다고 생각했네."

"──바보 같은 소리 하지 말라!!"

왕계가 분노로 떨었지만, 노인은 표표하게 말을 이었다.

"홋홋. 왕계, 들어보시게. 하지만 말이지, 난 이 아가씨를 만났고,

그 다음에 예전의 자네처럼 산속 외딴 집에 흘러들어온 이 젊은이를 줍고 나서 조금 생각이 바뀌었네."

노인은 애꾸눈을 상냥하게 가늘게 뜨고는 우두커니 서 있는 류휘를 올려다보았다.

『할아버지! 같이 가요. ──**저하고!**』

선택해달라고, 홍수려는 노인에게 손을 내밀었다. 노인은 그 손을 잡지 않았다. **그때에는.**

"왕계, 자네를 봤을 때, 멋진 사내라고 생각했네. 기다릴 가치가 있는 사내라고 생각했어. 하지만 난 이 젊은이 쪽이 더 마음에 들었다네. 이유는 말이지, 이 녀석, 자네보다 더 바보야. 이걸 대번에 내게 주고 갔지 뭔가. 숙박료라면서 말이지. 핫핫핫."

뒤로 숨기고 있던 한 손으로, 노인은 한 자루의 검을 꺼내보였다.

── '간장'.

왕계는 눈을 부릅떴다.

"왕계, 자네는 그때 내게 사례라면서 모든 걸 두고 갔지. 갖고 있던 건 남김없이. 하지만 검과 자색 갑주만은 예외였어. 그걸 입고서 돌아갔지. 아직 필요하니 두고 갈 수 없다면서."

"⋯⋯!"

"이 젊은이는 반대였네. 필요하지 않으니까 두고 간다고 했네. 자신에게는 필요하지 않다면서."

──검을, 방패를, 지켜줄 병사도 두고서, 혼자서 여기에 왔다. 그 말대로.

노인은 하나밖에 없는 눈을, 기쁘다는 듯이 가늘게 뜨고는 류휘를 올려다보았다.

"자네는 오 만 대군을 이끌고 왔네. 이 녀석은 혼자. 겨울 내내, 이 젊은이는 변하지 않았어. 이 젊은이가 군대를 이끌고 자네와 대치했다면, 우리는 왕계 자네 편을 들었을 게야. 하지만 이 녀석은 혼자서 왔네… 그래서 나는 이 녀석으로 결정했네. 자네를 위해 죽는 것이 아니라, 나 자신과 자네와, 이 젊은이, 이 모두를 위해 살기로 한 거지. 조금만 더."

전쟁은 하지 않는다. 죽이지 않고 사람을 지킨다. 지혜로, 머리로, 길 없는 길을 헤치며 빠져 나간다.

왕 혼자서는 모든 것을 완벽하게 지켜낼 수 없을지라도, 홍수려와, 그 외의 사람들이 보완할 수 있다. 왕의 의지를 따라서.

반드시 구할 수 있다고 홍수려는 말했다. 그 말대로. 하나도 빠뜨리지 않고, 전부 구해내기 위해 왔다.

"그래도 나는 자네가 변함없이 제일 좋다네, 왕계. 우리가 필요하다고 해준 사람은 자네밖에 없었어. 이 젊은이조차도 무리다. 그래서 자네의 증거인멸을 위해서, 마을은 남김없이 다 타버리게 두었네. 이제 곧 진화될 걸세. 미안했네, 아가씨, 군대가 움직여버려서…"

노인은 한손만으로, 중량급인 '간장'을 가뿐히 들어올려, 땅에 내리꽂았다.

"난 말이지, 언젠가 검도 방패도 힘도 남김없이 내려놓을 수 있는 왕이 나오리라고 믿고 싶었네. 진짜 용기를 가진 왕. 그 녀석을 이 남은 눈으로 보고 싶었네. 참 좋군. 이런 광경을 볼 수 있으리라고는 생각지 못했네. 왕계—— 내가 자네에게 만들어준 그 검도, 꺾이고 말았더군."

왕에게 거의 두 동강 난 푸른 칼날문양의 검. 신은 화들짝, 능왕을 돌아보았다. 설마.

"…그래, 저 영감이 역사상 최고의 명장. '무명의 대 도공' 본인이다."

노인은 과거에 마지막으로 왕계를 위해서만 고집을 꺾고, 다시 벼려준 검을, 눈을 가늘게 뜨고 내려다보았다.

모든 것이 끝나면, 꺾어서 두 번 다시 사용하지 않는 것을 조건으로.

"…자네 검도, 이젠 은퇴할 때라고 말하는 것 같군. 훗훗. 내가 단련한 검이다. 좋은 검이지. 검이 두 동강 나면 전쟁은 끝이네. 자네를 죽이지 않아도 되는 거지. 주인을 생각하는 좋은 검이야. 자네가 잘 길들이고, 항상 곁에 두고 사랑해주었기에, 검도 자네를 위해서만 살았고, 죽은 것이네."

강한 바람이 불어온다. 노인은 사랑스럽다는 듯이 왕계를 보며 눈을 가늘게 떴다. 오래 전, 눈 내리던 밤.

"…왕계, 자네는 멋진 사내네. 그릇도 크지. 하지만 마지막엔 전쟁도 어쩔 수 없다고 생각하며 준비를 했어. 힘을 내려놓지 못했지── 이젠 알고 있지 않은가? 대업연간보다는 낫네. 하지만 그뿐이다."

왕계는 대답하지 않았다.

"저 젊은이는 아직 한참 미숙하지. 하지만 자네보다 훨씬 앞까지 갈 수 있어. 대업연간을 지나 더 멀리까지. 나는, 우리는 그 미래를 보고 싶네. 저 녀석이 만들어 갈 그 미래를. 그래서 말일세, 젊은이, 이건 돌려주겠네."

대지에 꽂혀있던 '간장'을 노인은 류휘를 향해 집어던졌다.

──**왕의 검을.**

"자네 검이네. 돌아가고 싶다고 어찌나 시끄럽던지 견딜 수가 없다고. **우리 집 도우미 할멈이 돌려주고 오라더군.**"

류휘의 손에, 그 말과 함께 '간장'이 깨끗한 곡선을 그리며 떨어져 내렸다.

"왕계 님!!"

안수가 왕계의 어깨를 휙 잡아 당겼다.

"설마, 저런 늙다리 도공의 헛소리에 현혹된 건 아니시겠죠?! 이쪽이 우세한 상황은 변함없습니다. 왕의 목을 치면, 왕위를 손에 넣을 수 있습니다. 이제 눈앞이라고요, 눈앞——."

"늙다리 도공이라 미안하군. 네놈은 정말이지 구제불능인 사내다, 안수."

노인은 귀를 마구 후비면서 소리를 질렀다.

"이해를 못 하는군. 아니, 이해하고 있기 때문인가? 때가 왔다고. 십 년 전, 왕계 혼자로는 불가능했지. 혼자서는 아무것도 하지 못하는 법. 아무것도 변하지 않아. 젊은 왕도 상대가 왕계가 아니었다면 혼자서 승부를 내러 올 생각은 하지 않았을 게야. 목을 내밀고, 항복을 했겠지. ——하지만 자신도 상대도, 같을 정도까지 바뀌었다면 얘기는 또 달라지는 법이지. 하나부터 열까지 모든 것이 바뀌는 때라는 건 그런 때라네."

"시끄러워!!"

"때는 왔어. ——그 유순 꼬마가 이 기회를 놓칠 턱이 없지 않나?"

유순, 그 이름에, 그 자리에 있던 모든 사람들이 눈을 휘둥그레 떴다.

류휘가 다시 한 번 그 이름을 되물으려고 입을 벌린 때였다.

땅울림처럼 천지를 울리며 멀리서부터 점차로 가까워지는 또 다른 말발굽 소리가 들려오기 시작했다.

"…이, 소리의, 규모——."

추영은 눈을 부릅떴다. 신과 능왕도 두 눈을 크게 뜨고, 모든 방향을 둘러보았다.

홍주의 간선도로 방향에서 깃발이 나부끼는 것이 보인다. ──홍가직문인 '동죽봉린(桐竹鳳麟)'.

선두를 달려오는 건 세 명. 보기에도 선명한 진홍색 갑주를 걸치고, 적토마를 몰고 있는 홍소가와 삼남 홍구랑. 그리고 홍주 주목인 류지미의 얼굴도 보였다.

이어서 추영은 남주 간선도로 방면을 보았다.

남주에서 달려오는 것은 아름다운 백마의 대군. 나부끼는 깃발은 **남가직문**인 '쌍룡연천(雙龍蓮泉)'.

선두에 서서 달려오는 것은, 유폐되어 있어야 할 남주 주목인 강문중. 그리고 옆에서 달리고 있는 것은──.

"어, 아가씨, 고한승과 탕탕이잖아. 다행이다, 다행이다. 무사했구나."

"…그건, 좋지만… 저기, 연청. 뭐랄까, 탕탕 얼굴이 파리한데. 완전 인상 험악한 사람들을 끌고─라기보다는, 솔직히 말해서 엄청난 흉악집단을 끌고 오는 거 같지 않아…?"

한눈에 봐도 여러 인종의 사람들이 남주 군단에 섞여 대폭주 중이었다.

"아, 뭐라더라, 강문중이 말이지, 옛날에 백주에서 말썽쟁이였던 공부상서 관비상을 수도 없이 구해줬다더라고. 그래서 탕탕이 관상서에게 협력의뢰를 해보겠다고 했었어."

"그, 그래… 옛날에 베푼 은혜 덕분에… 구출된 강 주목도, 엄청 놀랐겠네…."

수려는 관비상의 출신을 기억해냈다. 분명, 흑주와 백주에서 세를 떨치고 있는 천하공인의 폭력배 집안이었던 거 같은데…? 폭력배 군단을 이끌고 있는 탕탕은 어째서 이런 일이!! 라고 부르짖는 듯한 파리한 얼굴을 하고 있었다. 내 팔자 이렇게 나쁜 거야?! 하고 생각하고 있는 것이 손에 잡힐 듯 보였다.

사마신과 추영은 다른 얼굴들을 보고, 조건반사적으로 펄쩍 뛰어 올랐다.

"꽥!! 룽 할아버지!! 큰일이다, 들키면 나 완전 얻어터질 텐데— 가 아니라, 저게 말이 돼?!"

"그보다도 룽연이 있잖아!! 움직인 건가, 저 녀석. 남가 문중인 사마가를 끌어낸 거야?!"

말을 몰고 달려오는 것은 다가 당주인 다극순. 그 옆에는 다주 주목인 도유가 여든도 넘은 최고령임에도, 평상시에는 그 단정한 얼굴에 귀신 형상 같은 표정을 담고서 선두에 서서 달리고 있었다. 영월은 하늘을 올려다보았다.

"아아아, 혈압 올라가니까 절대로 오지 말라고, 그렇게 못 박았건만!! 미치겠군——."

——이어서.

귀양 방면, 오 만 병력의 그 뒤쪽에서, 군마의 흙먼지가 피어오르는 것이 보였다.

북방 세 개 주의 간선도로 전체에서 말발굽 소리가 진동하며 밀려온다. 류휘는 입술을 깨물었다. 마음이 차갑게 굳어간다. 역시, 역부족이었던가——.

강유와 여 관리가 설득에 성공했다면, 올 리 없는 깃발들이 잇달아 도착하고 있다.

"——왔, 다."

흙먼지 사이로 나부끼고 있는 것은 각각, 흑가, 백가, 황가의 직문기(直紋旗).

군사(軍事)에서 최강이라고 이름난 북방 세 가문이 달려온다.

류휘는 눈길을 돌렸다. 나머지 병사들은 오 만 대군 뒤쪽에서 대기하는 듯, 차례차례 말을 멈추었지만, 그 중 두 마리만은 멈추지 않고, 말 그대로 나는 듯이 달려와서 오 만 대군을 뒤에서부터 헤치고 다가온다.

귀를 기울이니, 뭔가 외치고 있는 것이 들렸다.

"으아아아, 방해된다, 비켜비켜──! 바보 왕!! 살아있지 않으면 죽을 때까지 가만두지 않을 테다아아아!!"

류휘는 어안이 벙벙했다. 추영은 그 목소리에 조건반사적으로 휘청거렸다.

그 좁은 길을 다짜고짜 창을 한손으로 휘두르며, 돌진해 오는 것은.

"백 대장군!! 흑 대장군까지!!"

나란히 달리던 흑 대장군이 속닥속닥 무슨 말을 하는지, 백 대장군이 '시끄럽다, 멍청한 놈!', '그런 문제가 아니라니까, 이 냉혈한!!', '냉큼 나간 주제에 아는 척하지 마!!' 뭐, 이런 소리를 지르는 것이 들려온다… 어떤 대화를 나누고 있는지, 어째 알 것도 같았다.

"응? 그럼, 저 흑가와 백가의 군대…라는 게, 설마──."

결국 그 두 마리는 오 만 대군의 한복판을 마지막까지 아무 상처없이 돌파했다.

다 빠져나오자, 이번에는 표가와 의료진, 마을사람들이 뒤섞인 무리와 부딪쳤다.

백뇌염은 당황한 듯, 어쩔 줄 몰라 하다가, 그 건너편에 류휘가 서 있는 걸 발견하고는 소리쳤다. 진심을 담아.

"폐하!! 다행이다!"

"무사하셔서, 정말이지…."

흑요세가 불쑥 중얼거리며 미소를 지었다.

──그리고 **또 한 사람**.

"…이런이런, 늦지는 않은 모양이군요."

백뇌염의 뒤에서, 그 목소리가 울렸다.

부드럽고, 다정한, 봄비 같은 목소리, 쿡, 하고 뭔가 재미있다는 것처럼 미소를 짓는다.

백뇌염의 부축을 받으며 말에서 내린다. 지팡이가, 지면을 소리도 없이 짚었다.

그 손에는 새하얀 깃털 부채가 하나. 손에는 최고의 재상을 의미하는 여덟 빛깔의 아름다운 실.

지팡이를 짚고서, 천천히 걷는다. 소리도 바람도, 모든 것이 사라진 것 같았다.

"늦어서 죄송합니다── 정유순, 삼가 찾아뵈었나이다. 주군이시여."

똑바로, 류휘의 얼굴을 보면서 유순은 언제나처럼 다정한 미소를 띠고 우아하게 무릎을 꿇었다.

"북방 세 가문, 모두 주군 자류휘에게 충성을 맹세한다는 서약문을 들고 이 자리에 나왔나이다."

●　　●　　✳　　✳　　●　　●

"──유순!!"

안수의 노여움에 찬 목소리에, 유순은 지팡이를 짚고 일어섰다.

"안됐군요. 내 승리입니다, 안수. 역시 그때, 날 죽이는 건데 그랬지요? 백뇌염과, 어떻게 알았는지는 모르겠지만, 여심까지 어슬렁거리며 찾아와서. 마지막에 보는 얼굴이 이 두 사람이라니 너무 비참한 인생이라는 생각에, 살기로 했습니다. 죽고 싶어도 죽지 못합

471

니다."

"생명의 은인에게 그건 아니지, 재상!!"

백뇌염이 화를 냈다. 왕에게서 유순의 뒤를 밟아서, 무사히 어딘 가로 도망칠 때까지 몰래 지켜봐달라는 부탁을 받고서, 그대로 하 려다가 가당치도 않은 전개가 되어서, 결국 북방 세 개 주까지 겨울 내내 도는 꼴이 되고 말았다.

"그보다도, 홍가의 전 이부상서가 왜 거기에 갑자기 나타났는지 는 나도 알 수 없네만. 따라와서는 진짜 시끄럽더군. 밥이 되네, 맛 이 다르네, 춥네, 산도 눈도 이젠 지겹네──."

"에? 하, 하지만 여심 님, 오진 않으셨죠?"

추영이 아무리 뚫어져라 바라보아도, 흑 대장군의 안장은 비어 있 다. 끄덕, 하고 흑 대장군이 끄덕였다.

"…너무 시끄러워서… 북쪽에 두고 왔네… 재상이 방해가 된다 고…."

──너무해.

류휘와 추영은 유순의 얼음보다도 차가운 처사에, 입에서 혼백이 빠져나갈 것만 같았다.

안수는 번득, 하고 유순을 노려보았다.

"유순, 어찌 된 거지. 이강유와 여 관리만으로는 불가능했을 텐 데."

"네. 하지만 재상직과, 나와, 내 머리와, 이것이 있었으니까요."

유순은 지팡이를 휘둘러보였다. 스윽, 지팡이를 만지는가 싶었더 니, 손잡이 부분이 빠졌다. 그 안에서 보라색 비단에 싸인, 금색 돌 이 굴러나왔다.

무시무시한 침묵이 감돌았다. 수려는 눈이 튀어나올 것만 같았다. 저, 저, 저건──.

"——옥새!!"

틀림없는 옥새였다. 류휘와 왕계는 천지가 뒤집힐 정도로 동요했다.

"짐이 성에 잊고 온 옥새를, 어째서 그대가 가지고 있는가——?!"

"잠금 상자 안에 없다 했더니!! 네가 가지고 간 거냐, 유순!!"

"에?! 짐, 짐은 그대가 가지고 있다고 믿고 있었다, 왕계!!"

"나, 나는 당신이 검과 함께 가지고 간 줄 알았소!! 잊고 가는 바보가 있다니!"

"죄송합니다!"

"제 주군이지만, 완전히 잊고 있을 거 같아서 말이죠. 제가 보관해 두기로 했습니다. 이 옥새, 어떻게 할까 생각했었죠. 누구를 위해서 쓸까 하고."

안수의 짙은 갈색 눈이 반응하며, 분노로 물들었다. 유순의 손바닥 위에서, 옥새가 주사위처럼 굴렀다.

"…주군, 그 마지막 밤, 당신이 성에 남는 일이나, 그곳에서의 양위나, 탄압 명령을 선택했다면, 전 당신이 아니라, 왕계 님을 선택하려고 했습니다. 다른 왕과 별 차이 없는 왕이라면, 서 있는 장소가 같다면, 왕은 왕계 님이어야 합니다. 누구에게도 말이죠. 하지만."

유순은 웃으며, 넋이 나간 듯 입을 벌리고 있는 왕을 올려보았다.

"…당신은, 바보였습니다. 절 마지막까지 믿었지요. 의심하면서도 그래도 끝까지. 절 멀리하기 위해서가 아니라, 절 지키기 위해서 도망치라고 말했습니다… 전 말이죠, 성격이 이렇다 보니 누군가에게 마지막까지 신뢰받는 일이 거의 없답니다. 그래서 그런 바보를 만난다면, '나'를 사용해서, 진짜로 좋은 걸 이루어주겠다고 생각하고 있었지요. 처음에 약속드렸지요, 주군. 당신의 바람을 모두 이루어드리겠다고."

둘러싸듯 늘어서 있는 것은 채팔가의 직문. 모두 류휘를 위해서.

"약속은 지키겠습니다. 당신이 절 마지막까지 믿어주었기에… 어쩔 수 없이 말이죠. 뭐, 재상인 저 자신과, 옥새가 있으면 북방 세 가문을 마음대로 조종하는 건 간단한 일입니다."

새하얀 깃털 부채를 기울이며 미소를 짓는다. 그 옆에서 백뇌염과 흑요세가 무슨 이유인지 파랗게 질려서 눈길을 피했다.

"…정말 나쁜 놈입니다, 폐하. 재상 말입니다… 폐하에게 제 청공검을 건네주면 어떠냐고 했지 않습니까?"

"아, 아아. 충성의 증표로…."

"──전 몰랐습니다!! 청공검을 왕에게 건네주면 백가가 충성을 맹세했다는 증표가 된다는 건!!"

"…하? ──에?! 그럼, 그때?!"

그때 이미 백뇌염은 유순의 농간에 넘어가 백가를 통째로 팔아넘긴 것이었다.

"무문의 명예를 걸고, 아무리 우리 아버지라도 돌려달라고는 못 하지 않습니까?! 그런 창피한 짓은 못 합니다! 그래서… 울며 겨자 먹기로, 서약문을 쓴 겁니다… 한 방에 넘어간 거지요."

"…자네… 아버지가… 우는 걸 본 건… 나도 처음이었네…."

흑요세가 조용히 중얼거렸다.

"게다가… 흑가는 더 심하게 당해서… 나와 요세와 여심에게… 강해지는 약이라고 거짓말을 치고는 대량의 설사약을 섞었다고!! 치료약을 받고 싶으면 서약문을 쓰고 혈판을 찍으라고 밀어붙이면서 협박했어… 완전 비겁한 놈 아니냐고?! 그런… 그렇게 잔변감에 시달리면서 뒷간이 안방인 양 틀어박혀 있는 흑가 당주… 난 보고 싶지 않았다고…!!"

"…나도… 그건… 너무했다고 생각한다… 내가… 좋게 설득하려고… 했었건만…."

흑요세가 흑, 하고 눈시울을 붉혔다. 유순은 냉랭하게 말을 잘랐다.

"시간이 없었습니다. 수단을 고를 수 없었지요. 백가와 흑가는 서약문을 받으면 무문의 명예 어쩌구 때문에 절대로 배신할 수 없으니까요. 강해진다고만 하면 수상한 약이라도 그냥 들이키는 게 문제라고요. 사람은 역시 공부를 해야 한다니까요."

"─최소한, 먼저 말로 설득을 해보게는 했어야지!! 이 귀신!! 짐승보다 못한 재상!!"

홍가 문중인 희가(姬家)는 희대의 악당이고 성격이 나쁘고, 아무리 더러운 수라도 필요하면 쓴다는 얘기는 들었지만─.

신과 추영은 두려움에 떨었다. 말 그대로 더럽다. 너무 더럽다. 군량미에 설사약을 섞다니!!

"…정직한 자가 손해를 본다는 희가의 격언을 진짜로 실행에 옮기면 이렇게 되는 건가… 무서워!!"

"너무 비열한걸, 희가! 신… 남가 문중 필두가 너희 사마가여서 다행이다, 정말로…."

추영은 천천히 손을 뒤로 돌려 청공검을 빼서는 류휘를 찔렀다. 류휘도 당황해서 얼굴은 앞을 향한 채 받아들었다. 백가의 충성의 증표였던 모양인 청공검이 바로 왕에게서 추영으로 넘어갔던 것을 안다면, 백가는 분에 못 이겨 죽던가, 반역을 일으킬지도 모른다─.

"재상인 절 적으로 돌리면 무섭다는 걸 아셨으면 됐습니다. 네. 주군께서는 여러 가지로 얼빠진 짓을 해서, 북방 지역에 대한 실책도 이것저것 저질러 놓았기 때문에. 폐하의 이름만으로는 어지간해서는 움직여주지 않을 것 같아서 말이지요. 뭐, 그걸 보완하는 게 재상의 임무니까요."

연청은 벅벅 턱을 긁으며 눈을 이리저리 굴리고 있었다. 다주에서 십 년 동안 유순과 함께 있었던 연청은 딱히 놀라지 않는다. 실은, 그 정도면 약하다고 생각하고 있었다.

"그렇게 흑주와 백주를 공략한 후, 황가를 찾아갔더니, 강유 님과 여 관리가 황가를 상대로 애쓰고 있더군요. 지원사격을 조금. 훗훗… 최고 강적인 황가를 제일 먼저 공략하려 하다니, 강유 님은 꽤 싹수가 보입니다. 역시 여심이 없는 쪽이 강유 님에게는 득이 됩니다."

강유들은 동쪽부터, 황주, 백주, 흑주 순서로 북방 세 개 주를 돌 예정이었지만, 유순은 딱 반대로, 서쪽부터 돌고 있었던 모양이다. 강유의 이름에 류휘가 제일 먼저 반응했다.

"가, 강유는…?"

"황가 당주를 공략했습니다. 제가 아니라, 그가 말입니다. 저와 여 관리가 조금 지원사격은 했지만… 강유 님의 수훈입니다. 주군을 위해서 정면으로 공략했습니다. 북쪽에서 귀양까지 제대로 따라오고 있다고… 생각했는데, 도중에서 어딘가로 사라졌지요?"

길을 잃었다…라는 생각에 수려는 식은땀을 흘렸다. 아니, 그 자리의 모두가 그렇게 생각했다.

여심도 그렇고, 그 부자는 정말로 끝까지 칠칠맞다니까.

"…정말은 주군, 오늘까지로 생각하고 있었습니다. 오늘, 당신이 부대를 이끌고 온다면, 역시 다른 왕과 다를 바 없다. 이끌고 온 북방 세 개 주의 군대도, 이 옥새도, 서약문도, 왕계 님에게 넘겨주고, 전 다시 산으로 들어가려고 했습니다. 그런데."

유순은 수려와, 추영밖에 데리고 오지 않은 '아군'에게 쓴웃음을 지었다.

좁디좁은, 오직 하나뿐인 **완벽한 정답**. 가장 힘든 이 길을, 헤매면서도, 끝까지 걸어냈다.

"…언젠가 당신에게 말했었지요. 저 혼자서는 볼 수 없는 세상이 보고 싶다고. 제가 모르는 세상, 모르는 저 앞날의 꿈을 보고 싶습니다. 그것을 해줄 수 있는 바보가 전 좋습니다. 하지만 왕계 님보다 당신 쪽이 훨씬 바보이니까. 역시 당신으로 정했습니다."

유순은 그때 처음으로 왕계를 똑바로 바라보며 고개를 숙였다.

"왕계 님, 전 당신이 소중합니다. 지금도 앞으로도. 하지만 배신하겠습니다. 황의는 당신이 그걸 바라고 있으니 조정에 남았지만 저는 저의 의지로. …당신을 배신하겠습니다."

그때만큼은 유순의 얼굴이 마구 일그러졌고, 두 눈이 크게 동요하고 있었다. 너무나도 인간답게.

왕계는 그런가, 하고 말했다. 주워온 후로 지금껏, 작은 초막에 틀어박혀서 자신의 인생을 강 건너 불 보듯 바라보고 있었다. 자신이라는 존재를, 살아가는 것을 잊고 있었다.

"자신의 인생을 살라 한 것은 나다… 괜찮다."

유순의 얼굴이 한층 더 일그러졌다. 마음속에서 뭔가가 소용돌이친다. 이 정도로 마음이 흐트러지는 일은 이제 두 번 다시 없을 것이다. 하다못해 울면서 배신하라고, 비상이 말했었지. 한 줄기 눈물이 흘러내렸다. 인간이 된 것 같았다. 그래, 왕계는 언제라도 유순을 인간으로 되돌려주었다.

왕계가 사랑하고 키워서 남겨준 세 가지 길. 황의와 유순과 안수.

어느 쪽이 열매를 맺어도 괜찮도록, 왕계는—— 아니, 자신들은 이를 눈치 채고 스스로 갈라섰다.

황의는 무슨 일이 있어도 조정에. 안수는 무슨 일이 있어도 왕계를 위해서.

세 번째. 만약 왕계 외에, 그 이상의 미래를 그려낼 가능성을 찾아
낸다면.

왕계를 배신함으로써 그 가능성을 돕고, 지킨다. 세 번째 후계자.

보다 좋은 미래. 왕계는 그걸 위해 달려왔다. 지든 이기든, 왕계의
바람을 이루어준다.

황의도, 안수도 아니다. 마지막 세 번째 길은 유순이 아니면 열 수
없다.

누구보다도 왕계를 경애하고, 누구보다도 명석하고, 누구보다도
냉철하고, 한 번 정하면 뒤돌아보지 않는 강철의 의지.

몇 번이나 왕을 부추기고, 평범한 왕이라고 확인하고 싶어했다.
왕계를 배신하지 않아도 되기에.

하지만 달랐다. 류휘는 처음부터 끝까지, 변치 않고 좁은 한 줄기
길을 끝까지 걸어냈다.

아니. 유순은 수려를 보았다. 그래, 누구나 최선을 다해서 여기에
도달했다.

유순의 차가운 마음조차도 부드러운 빗방울 소리에 흔들릴 정도
로.

"왕계 님, 승부는 났습니다."

채칠가의 깃발이 나부끼는 가운데.
유순은 조용히, 그렇게 고했다.

| 제11장 | 바람이 돌아갈 장소

"——아직이다, 아직 지지 않았어!!"

왕계는 안수를 보았다. 평소에는 신비로운 미소만을 띠고 있던 그가 진심으로 화를 내고 있었다.

오직 한 사람, 왕계를 위해서.

"왕계 님, 지금 영지로 도망치면 원군을 기다릴 수 있습니다. 전주에 퍼져 있는 남은 귀족파가 군대를 일으켜, 반격할 수 있게 됩니다. 하루만 지나면 준비에 착수하도록 계획해 놓았습니다."

유순이 눈을 가늘게 떴다. 마지막 순간까지 안수는 안수였다. 빈틈이 없다.

"…어떻게 도망칠 생각입니까. 이 오 만 대군을 버림 돌로 삼을 생각입니까?"

"그런 아까운 짓은 하지 않아. 한참 더 이용당해줘야지."

지금까지 침묵을 지키던 능왕은 머리를 긁으며 사방을 둘러보았다.

모든 방위에서 포위당해 있었다. 유일하게 벽주만은 길이 비어 있었지만——지진 피해 지역에 이 병력을 이끌고 들이닥칠 수는 없었다. 여기에 능왕의 '감'이 작동하고 있었다.

'…한쪽 방면만 비어있다는 건… 혜가, 애, 정말로 살아 돌아온 건가?'

노골적으로 수상쩍다. 죽은 줄 알았던 벽주 주목 혜가가 오래 전부터 자주 사용하던 수법이다.

유인해서 일망타진. 어쩌면 정말로 혜가가 귀환했는지도 모른다. 흉운의 혜가라면 불가능한 일도 아니다. 능왕은 자신도 모르게 히죽히죽 웃고 말았다. 그건 기분 좋은 상상이었다.

끈질기다는 건 좋은 것이다. 그 덕택에 능왕도 왕계도 살아남았다.

'그렇다고는 해도, 병력차는 10배 이상인가….'

능왕의 입술에 쓴웃음이 떠올랐다. 출전 직전에 술잔을 나눈 것이 문제였을까.

그 최후의 전쟁, 귀양 완전 포위전이 재현되기라도 한 것처럼. 그때의 상대는 전화와 소요선. 이번에는 그 아들과, 현재의 재상. 마치 이것이 운명이라는 생각이 들 정도로 닮았다.

'이번에는 절대로 이기리라고 생각했었는데….'

그래도 능왕의 마음은 언제나처럼 고요했다. 승패는 그때의 운.

모든 수는 다 썼다. 그렇다면 그걸로 좋다. 나머지는.

──왕계를, 어떤 수를 써서라도 살아서 도망치게 한다. 내 생명과 맞바꾸더라도.

그것이 오래 전부터의 능왕의 역할.

"귀양 완전 포위전 때처럼, 귀양으로 돌아가 농성할 생각입니까, 안수."

"설마, 귀양 포위전에서 진 이유는 말이지, 지원군을 보내줄 우방도 없는데, 바보 같은 왕이 농성전을 선택한데다가 마지막까지 귀양을 버리지 못했기 때문이라고. 이번에는 원군을 보내줄 곳은 있지만 귀양 내부에 있는 황의를 믿을 수가 없어. 육부상서도 전부 남아 있지. 움직여보려 했지만… 역시 여심과 달리 귀찮은 녀석들이라니까. 덫을 놓을 시간이 조금만 더 있었다면 반드시 어떻게든 했을 텐데."

"그야, 내가 관비상과 기인들에게 못을 박아두었으니까요. 절대로 움직이지 말라고."

"…정말이지, 바로 죽였어야 했다. 이 악당!"

"자주 듣는 말입니다."

"귀양은 농성에는 쓸 수 없어. 하지만 전혀 쓸 수 없는 건 아니지. 털끝하나 건들지 말고 놓아주셔야겠는걸."

유순의 눈이 가늘어졌다.

수려는 수상쩍다는 듯이 눈썹을 찡그렸다. 안수는 대체 무슨 말을 하려는 거지?

귀양은 농성에는 쓸 수 없지만 전혀 쓸 수 없는 건 아니다. 귀양을 버리지 못했던 것이 패인.

수려보다 훨씬 뒤에 이 자리에 도착했던, 안수.

그동안 무엇을──아니, 어떤 지시를 남기고 온 것인가. **귀양에.** 그 순간, 알아차렸다.

"…서… 설마, 안수 님──."

"너무 늦는데, 아가씨. 유순과 달리 귀여운 구석이 있어서 맘에 들었어. ─그래. 귀양은 쓸모가 없지만은 않아. 방패 정도는 될 수 있지. 저 말이지, 임금님, 아무도 죽이고 싶지 않지? 버리고 싶지 않잖아? 옥새도 있고, 쌍검도 있고, 선동령군도 있고, 붓과 종이도 있어. 지금, 여기에서 왕계 님에게 양위를 해주실까? 안 그러면 귀양이 이제 곧 불타오르게 될 거야. 왕도가 전부 불타서 무너져 내릴 거라고. 문은 전부 닫고 왔어."

류휘도 수려도, 말을 잃었다. 불길한 바람이 여인의 비명 같은 소리를 내며 오승원을 스쳐 지나가며 소용돌이친다.

"모든 수단을 쓴다고 했잖아. 어떻게 할래, 임금님? 시간은 이제 없어. 도와주러 돌아갈 시간도, 연락할 시간도 없다고. 신시(申時)에는 불길이 타오를 거야."

수려의 심장이 오그라들었다. 손바닥에 흥건히 땀이 배었다. 신시까지, 이제 거의 시간은 남아있지 않았다.

안수는 어두운 미소를 띠었다.

"내가 봉화를 올리면 중지. 하지만 이는 내가 조합한 특수한 색깔의 봉화만 해당되지. 어떻게 하겠어? 양위한다면 멈춰줄게. 싫다고 하면 귀양이 불타는 그 틈에 오 만 병력과 함께 왕계 님의 영지로 도망쳐서, 각주에서 도착할 원군을 기다리며 개전 준비에 들어가게 될 거야. 철탄이나 금, 소금에 물, 식량까지도 넘칠 만큼 있으니까 문제 없고."

류휘가 한 발 다가서려고 하는 것을 유순의 깃털 부채가 막았다.

"…유순, 비켜라."

"서두르지 마십시오. 안수의 말이 거짓이면 어쩌시려고 그러십니까?"

수려는 흠칫 놀랐다. 심장이 얼어붙을 것 같았다. 땀이 흥건하게 배어나온다.

확실히, 지금까지의 안수의 수법이라면 그럴 가능성도 충분히 있었다. 유순의 말을 듣고서야 깨달았다는 사실에, 더욱 식은땀이 흘렀다. 안수의 거짓 농간에 어지간히 동요하고, 혼란스러워했던 모양이다.

'하, 하지만, 하지만, 만약에—— 정말이라면?!'

하나의 안건에, 몇 개나 되는 실을 빈틈없이 둘러쳐 놓았다.

마지막 것만, 거짓 농간일 수 있을까. 왕계의 목숨이 달려 있는데?

수려는 머릿속이 새하얘지는 것이 느껴졌다. 무릎이 부들부들 떨렸다.

아무것도 생각할 수가 없었다. 귀양. 수려가 오랫동안 살아왔고, 소중한 사람들이 많이 있는 곳. 이웃사람들도, 호접도, 십삼희도, 백합 님도 남아있다. 육부상서도, 숙아를 비롯한 전직 용관 동료들도 있다.

눈 끝에, 류휘의 손이 유순의 깃털 부채를 막부가내로 밀어내려는 것이 보였다.

"귀양은 짐이 태어나고 자란 곳이다!! 요행 따윌 바랄 수는 없다! 능안수!! 그 조건——."

능안수가, 흘낏, 시선만 돌려 쳐다본다.

"…안타깝군요. 조금 늦은 것 같네요."

한 박자 후, 귀양에서 한 줄기 연기가 피어오르기 시작했다. 작게 보였다. 몇 개나 된다.

"——앗!!"

수려는 달렸다. 귀양 쪽으로.

류휘가 양위를 외치려는 것을, 유순이 손목을 돌려 부채로 탁, 하고 쳤다.

"기다리라고 하는 걸 모르시겠습니까?"

"유순!! 그대——."

"주군이시여, 당신은 모든 것을 제대로 해내셨습니다. 오늘 이 날, 이 시각을, 제대로 고르셨습니다… 아시겠습니까. 저는 당신의 재상이고, 안수보다도 악당입니다. 수려 님보다도."

바람이 불었다.

안수의 표정이 그 낌새를 알아차리고 돌변했다. 번득이는 눈으로 하늘을 노려보았다.

오전부터 강해졌던 바람이, 상공에서 거세게 소용돌이치기 시작했다. 멀리서 천둥소리가 들려왔다.

류휘는 그 소리를 그제야 듣고서, 시꺼먼 구름을 올려다보았다. 유순을 본다── 설마.

"…유순… 그 주사위… 정말로 회담 날짜를 지정한 것이었나?!"

시선을 내리자, 유순의 입술이 쿡, 하고 미소 진 모양을 띠는 것이 얼핏 보였다.

"주상, 마지막까지 잘해주셨습니다. 이 날, 이 시각, 이 장소. 저를 확실하게 믿어주셨습니다. 그렇기에 좋은 일이 있는 겁니다. 엄청나게. …매년 말이죠. 이 부근은 미시(未時)를 지났을 무렵, 거센 폭우가 쏟아집니다. 귀양에도 말이죠. 올해는 좀 늦어졌지만, 산불의 상승기류가 드디어 비구름의 엉덩이를 두들겨준 모양입니다. 연청도 뭐, 때로는 도움이 되는군요."

"상승기류라니 무슨 소리냐?! 비하고 무슨 관계지?! 유순은 선인인가?! 산에서 수행한 선인이었어!"

"평범한 재상입니다. 뭐, 안수가 얼마나 악당인지 알고 있으니까요. 화계(火計) 정도 쓰지 않을까 하고. 하지만 전 안수보다도 용의주도하고, 더 악당이니까요… 자, 이제 옵니다. 끝내기 위한 폭풍이."

바람이 분다. 쏴아아, 하고 평원을 휩쓸면서 소용돌이친다.

수려는 한두 방울 떨어지기 시작한 빗방울을 알아차리지 못하고 있었다.

으르렁대는 구름도.

그저 가는 연기가 뱀처럼 피어오르는 귀양만을 바라본 채, 온 마음으로 외쳤다. 안 돼. 안 돼.

"그만둬——!!"

그 외침이 신호라도 되는 듯, 억수 같은 장대비가, 쏴아아 쏟아지기 시작했다.

"…헤?"

쫄딱 젖은 수려는, 멍청한 얼굴로 서 있었다. ——비?!

"비?! 비!! 연청, 비!!"

외치지 않으면 아무것도 들리지 않을 정도의 폭우였다. 모여 있던 병사들도 황급히 흩어진다. 말발굽 소리와 갑옷이 부딪치는 소리가 빗소리에 파묻힐 정도였다. 연청이 장대비속에서 얼굴을 내밀었다.

"혹시, 이 비, 귀양에도 내리고 있어?!"

"이 구름이라면, 괜찮을 거야. 휙휙 귀양으로 구름이 흘러가고 있으니까. 귀양 쪽이 더 심할지도."

"됐다!! 이걸로 불씨도 전멸인 거지!! 작은 불로 끝났어! 비, 만세!!"

"그런데 이거… 아가씨가 '그만둬——' 하고 외쳤더니 비가 쏟아진 거 같지 않았어? 폭풍을 부르는 요괴녀라고 불린다든가. 흐흐흐흐. 표가로 사라졌을 때는 신선에게 홀려서 길 잃은 거라는 소문도 돌았었고 말이지—."

연청은 히죽히죽 웃더니 진지한 얼굴이 되었다.

"뭔가 이상한 거 쓴 건 아니지?"

수려는 빗물을 뚝뚝 흘리면서 자신의 몸을 보았다. 그냥 있는 힘
껏 외쳤을 뿐이었다.

"응, 아무것도. 전혀 아무것도 하지 않았어. 머릿속이 그냥 새하얘
졌었는걸."

"날씨가 나쁘긴 했지. 나도 목덜미가 찌릿찌릿 했었고⋯그냥 폭
풍인가. 그럼 됐어."

수려는 그때서야 흠칫 놀란 듯이 쏟아지는 빗속을 둘러보았다.

"⋯안수 님은?!"

"⋯도망쳤어. 왕계를 질질 끌고서 말에 태우는 게 보였는데. 신도,
능왕도, 비와 함께 사라졌어."

수려는 비를 올려다보았다. 멀리서 번개가 번쩍이며 천둥이 울린
다.

"아가씨, 천둥 싫어했잖아."

"⋯응. 하지만 오늘은 무섭지 않아. 어째서일까⋯ 어머니 목소리
처럼 들려."

어둠에 덮인 숲. 고대의 벚나무. 오도카니 화톳불이 흔들리는 문.
끼익, 하고 우아한 손놀림으로 문을 밀어 열고는 그 사람은 살짝 뒤
를 돌아보았다. 언뜻 보이는 진홍색 장미 같은 입술에 미소를 담고
서. 수려에게 말했다.

『이제 얼마 남지 않았느니, 수려. 조금만 더 애써보고 오는 게 좋
겠다.』

그때와 같은 말을 들은 것 같아. 수려는 하늘을 올려다본 채 비를
맞으며 눈을 감았다.

"하지만 이거, 강유가 받은 건 가을이었다고 했다고?! 어떻게 가
을에 알 수가 있는가!!"

쫄딱 젖은 채로 유순을 등에 업고서 가까운 표가계 사원으로 뛰어든 류휘는 이렇게 외쳤다.

"만든 건, 봄이 끝날 무렵이었습니다… 리앵에게 건네준 지혜의 반지와 함께, 름과 가리 님에게 부탁해서 구웠지요… 그저, 화공을 퍼부어도 편하게 대처할 수 있도록 했던 것뿐입니다."

"뭐야, 그게!!"

여기저기의 사원으로 정신없이 뛰어든 탓에, 정신을 차리고 보니 같이 있던 사람들 중 보이지 않는 얼굴도 있었다. 추영과 정란은 함께 있었지만 수려와 연청은 없었다. 리앵과 주취도 없다.

류휘는 넣어두었던 연보랏빛 주머니를 꺼내서 거꾸로 들고 흔들었다. 안에서는 얇은 종이가 떨어졌다.

"게다가 이거, 완전히 의미 불명이었다고!! 이해하는 데 하룻밤 꼬박 걸렸다!!"

"…예? 있는 그대로 썼을 텐데요."

류휘가 꺼낸 얇은 종잇조각을 정란과 추영이 흥미진진한 얼굴로 들여다보다가── 침묵했다.

『五三二馬無山川牛』

…어안이 벙벙했다. 뭐야, 이거?

정란은 이해를 못 했다는 걸 들키고 싶지 않아서 아무 말 없었지만, 추영은 참지 않고 물었다.

"뭐, 전혀 모르겠습니다. 주상, 이거 무슨 의미입니까?"

"화, 확실히, 있는 그대로…이기는… 했다. 상치(上治) 오년, **삼월, 이일, 우시**──정오!!"

"……에엣? 그럼, 無山川이란 건… 그 장소?!"

"그래, 그 이름 없는 산이다. 우(牛)는 방향의 축(丑). 그 산에서 축의 방향이고, 강은 어느 강?! 이러면서 지도에서 수없이 살핀 끝에… 유순이 선택할 법한 장소를 골라서, 오승원의 그 장소를 지정했다…"

그것도 유령의 모습으로 수려가 나타나서, '손바닥 위에 모든 걸 가지고 있다'고 일러준 덕분이었다.

자신의 손을 보니, 그 종잇조각을 움켜쥔 채였던 것이다. 그래서 혹시, 하는 생각에서 하룻밤 내내 머리를 쥐어짰다. 거의 도박에 가까운 심정이었고, 사실 류휘도 지금까지도 반신반의하고 있었다.

"주상께서 정하기 어려운 게 있다면 뭐, 회담 날짜와 장소 정도밖에 없을 것 같아서."

"무슨 말을 하는가!! 그것밖에 없다고?! 그 외에도 짐은 산더미처럼 정하기 어려운 일들이 있었다. 다른 날로 정했으면 어쩔 뻔했나!!"

"…예? 무슨 다른 날, 어떻게?"

정말로 유순은 도무지 무슨 말인지 알 수 없는 듯 멍한 얼굴을 하고 있었다. ——이래서 천재는 안 된다고!!

"짐은 원래 고민이 많다! 애당초 주사위 따위에 숨겨두어서, 괜히 더 의미가 헷갈렸다!!"

"하지만 말이죠, 그 주사위, 태연하게 깨뜨릴 수 있는 건 주상 정도밖에 없을 것 같아서. 아마 안수나 왕계 님이 손에 넣었더라도, 절대로 깨뜨리지 못했을 겁니다. 그래서 주상 외에는 어느 누구도 볼 수 없을 거라고…."

"평범한 청색 주사위가 아니었나!! 청자!"

"네. 통칭 '천청(天靑)'이라 불리는 청자 주사위이지요."

"그런 건 누구라도 깨뜨릴 수—— 뭐, 뭐냐, 추영, 정란. 그, 그런 얼굴을 하고."

'천청'이란 말을 들은 순간, 정란과 추영의 표정이 획 돌변했다.

"…자, 잠깐 그 주머니 좀 보여주십시오, 류휘."

정란이 주머니를 낚아채서는 뒤집어 흔들자 주사위 조각들이 후두둑 떨어졌다.

비 개인 하늘과 같은, 신비한 아름다움을 띤 청자 주사위의 조각들.

정란과 추영은 그것을 응시하다가—— 동시에 비틀, 하고 거의 기절할 뻔했다.

"주상… '천청' 청자는 말입니다… 환상의 청자라고 불린다고요!! 수백 년 전 '벽옥(碧玉)'으로 지정되었던 명인이, 제조법을 전수하기 전에 죽어서, 그 후로는 아무도 같은 색을 낼 수가 없단 말입니다. 아시겠습니까?! 그 파편 하나로 귀양의 성을 열 개는 살 수 있죠. 당신을 만 번 팔아넘겨도 거스름돈이 나옵니다. 게다가 벽유곡(碧幽谷) 작품 중 완전한 형태를 갖춘 청자 주사위…!! 그게 산산조각… 아아."

유순은 머리를 빗어 내리다가 어깨를 으쓱했다.

"만에 하나, 능안수에게 뺏기면 곤란했기에. 안수는 국보 같은 것에는 흥미가 없지만, 예쁜 건 무엇이나 쓰다듬으면서 귀여워하고, 부서지지 않도록 소중히 다루니까요. 왕계 님이 손에 넣더라도, 신위를 모셔놓은 선반에 장식해두었다가 살림이 궁색해지면 전당포에 팔거나 했겠죠… 어차피 자색 군장 중 정식 갑주 한 벌을, 제 국시 수험비용을 마련하겠다고 금 백 냥에 전당포에 팔아넘긴 사람이니까요."

정란과 추영은 역시 류휘와 왕계는 어딘가 성격적으로 비슷한 점이 있는 것 같다며 수상쩍게 생각했다.

"그래서, '천청'의 조합 분석을 해서 름과 가리 님에게 시험 삼아 종잇조각을 넣어서 구워 달라고 했습니다. '천청'의 제조법과 맞바꾸자고 하니, 벽가도 바로 항복하는 바람에 일석이조였기도 했고."

수백 년 동안 누구도 재현해내지 못했던 환상의 조합법을 봄철 몇 달간의 연구로 일도 아니라는 듯이 재현해냈다.

이젠 싫어지려고 한다, 이 인간!! 정란은 부들부들 떨었다. 어린 시절에도 몇 번을 두어도 바둑에서 이기질 못했지만, 어른이 되자 점점 더 유순이라는 인간이 하나부터 열까지 얄밉다──.

"…그래서, 유순… 그… 저 말이다."

류휘는 스르르 유순의 손을 잡았다. 그러더니 여기저기 마구 더듬는다. 마치 투명인간도, 유령도 아니라는 것을 이제야 확인해볼 마음이 생긴 것처럼. 과감하게 묻는다.

"모, 몸은… 어떤가… 상태는…"

유순은 어리둥절한 듯 멍하니 있다가, 미소를 지었다.

"건강합니다."

"거짓말이다!! 그렇게나 지쳐서 기진맥진한 파리한 얼굴로, 죽을 것만 같았는데, 한겨울에 북방지역을 돌았지 않나?!"

"거짓말이었으니까요."

"뭐가! 응? …뭐? 거짓말이라니?"

"그러니까, 그거 꾀병이었습니다. 다주에서 살이 빠졌기에, 마침 잘됐다 하고. 죄송합니다. 엄청난 거짓말쟁이여서."

"………엣?"

"음식을 조절하면 낯빛이 나빠지고 앙상해집니다. 거짓말과 연기는 주특기입니다. 여인에게는 못 당하지만."

"……엣?"

"선지피도 늘 가지고 다닙니다. 꾀병과 죽은 척하기는 우리 가문의 장기입니다. 간첩들이 날뛰고 있는지라 무대 뒤에서도 병자를 사칭하지요. 저희 일족은 태어나면서부터 '죽을 상'이라서. 선조의 말씀에 따르자면, 저승사자도 속인다는 징표랍니다."

"에?"

"뭐, 정말로 기진맥진해서 거의 죽을 뻔한 시기도 있기는 했지만, 귀양에서 탈출한 후 충분히 쉬고, 먹고, 움직였으니까요. 이래봬도 삼십대 중반의 청년이라서 회복은 빠릅니다."

"…그러니까?"

"그러니까, 건강합니다. 아마도 앞으로 삼십 년은 더 살 수 있을 겁니다. 이런 말도 있지 않습니까… 바보와 가위는 쓰기 나름… 아니, 아니네요. 적을 속이려면 우선 바보부터…가 아니라… 아군부터입니다."

지금 뭐라고 했나——!! 정란과 추영은 그렇게 따지고 들고 싶었다. 게다가 두 번이나 말했다고!

"죄송합니다… 거짓말쟁이여서."

"괜찮다."

류휘는 우는 듯 웃는 듯, 얼굴을 엉망으로 찡그렸다.

"몸이 안 좋은 걸 숨겼다면 의기소침했겠지만, 사실은 건강했던 거라면 괜찮다. 짐은 백 배 더 기쁘다."

유순은 희미하게 눈을 크게 떴다가 한 박자 후, 눈을 내리깔았다.

…사실 유순에게 뭐가 보였던지는 상관없이, 상대가 믿어주지 않으면 의미는 없다. 그 종잇조각을, 유순의 말을, 믿을지 안 믿을지는 왕의 마음에 달려있었다. 그 상황에서 믿을 바보는 상식적으로 거의 없다.

'…설마, 름과 왕계 님 외에 있을 줄이야….'

유순에게 있어서, 속는 사람은 다들 평범한 선량한 사람이거나 그저 바보, 둘 중 하나였다. 그러나 절대로 속지 않는 자가 있다. 유순의 예측마저도 쉽사리 뒤집으면서. 그런 식으로 모르는 감정을 주었다. 진심어린 미소를 주었다. 얼음의 마음이 녹는 것 같은, 알지 못했던 따스함을.

그때 배어나온 유순의 미소에, 류휘의 심장이 왜 그런지 두근, 하고 고동쳤다. 두근거렸다.

"뭐, 그래도 안수는 의심했었지만요… 정말은 지팡이 없이 걸을 수 있지 않냐는 것까지."

류휘와 정란과 추영은 침묵했다. 물끄러미 유순의 지팡이와 다리를 번갈아 바라본다.

"글쎄요, 거짓말이라고, 생각하십니까? 참고로, 이건 비밀입니다."

빙긋 웃는다. 정말로 세 사람은 알 수 없었던 것이다.

유순은 빗줄기의 세기를 가늠하려는 듯 눈을 감았다. 거센 뇌우는 이제 개일 것이다. 그러면.

마치 유순의 마음의 소리를 들은 것처럼, 류휘는 유순의 손을 잡고서 꾹 힘을 주었다.

"제대로 말해라."

"… …주군이시여, 왕계 님은 마지막 대귀족입니다. 여기까지 온 그 책임이 얼마나 크고, 어떻게 처신해야 할지는 누구보다도 잘 알고 있습니다. 그러니 말입니다, 그러니… 비가 그치면 이미——."

유순의 차갑고 무기질적인 뺨을 타고 빗방울이 흘러내려간다. 마치 인형의 눈물처럼.

배신의 대가. 알고는 있었지만. 유순은 일그러진 얼굴로 웃었다.

"이 세상엔 없을 겁니다, 분명히…."

억수같이 쏟아지는 빗속을 안수는 정신없이 말을 달렸다. 천둥소리와 폭우 속.

어디로 가고 있는지도, 안수는 생각하고 있지 않았다. 오로지 멀리로. 멀리로.

한층 더 무시무시한 번개가 번쩍이자, 말이 겁을 먹은 듯 울면서, 뒷발로 일어섰다.

"——윽!!"

안수는 안장에서 떨어졌다. 체력이 그리 없는 안수는 낙법을 구사하지 못하고 지면에 그대로 부딪쳤다. 그래도 바로 일어나, 빗속에서 땅에 떨어진 **또 한 사람**을 찾았다.

발견하고, 왕계의 팔을 세게 잡았다.

"——왕계 님, 일어나세요."

왕계는 아무 말 없이, 반짝이는 보검과 같은 눈으로, 안수를 올려다보았다. 각오를 한 듯한 그 조용한 눈이 안수는 아주 싫었다. 너무나 싫어서 노려보았다.

"일어서십시오. 도망가는 겁니다. 어디까지든. 갈 수 있는 데까지."

갈 수 있는 데까지.

하지만, 어디로? 무얼 위해서? …그런 건 안수는 신경 쓰지 않았다.

말이 없어도, 진흙투성이라도, 빈손이라도, 걸어서라도, 살고, 살고, 살 것이다.

철나비처럼, 아직 보지 못한 세상을 찾아, 언제나 멀리 가고 싶어 한다. 그 마음이 이끄는 대로.

몇 번이나 몇 번이나 왕계 곁을 박차고 나갔지만, 그래도 그때마다 다시 돌아왔다.

"…안수."

"아무 말도 듣고 싶지 않습니다. 난 말이죠, 이런 건 하고 싶지 않다고요. 난, 나를 위해서만 살아 왔습니다. 다른 누구를 위해서 살고 싶지 않아요. 그런 건 내가 아니야. 하지만 말이죠, 왕계 님. 아무도 당신을 지키지 않아요. 황의도, 유순도, 당신의 바람이라면서 당신을 배신했죠. 당신 자신도 똑같아요. 전혀 자신을 지키려 하질 않아. 웃기는 거지. 그럼 내가 혼자서 애쓰며 지킬 수밖에 없지 않습니까. 어떤 수를 써서라도. 내가 이길 수밖에 없어. 그것밖에 없었던 건데."

봄의 벚꽃, 여름의 등나무, 쏟아지는 황금색 은행잎을 보고는 엄지동자의 부채 같다고 중얼거렸다.

겨울, 눈 속을 피로 물든 검을 들고서, 목련 꽃을 찾아내는 사람.

이름을 불리면, 대나무잎이 바람에 스치듯이, 안수의 마음은 고요하게 흔들렸다.

그때와 변함없는 조용한 눈으로, 빗속에서 왕계는 웃었다.

"…그래, 그렇지. 알고 있다. 나 자신으로부터도, 나를 지키려 해준 것은, 예전부터, 언제나, 너뿐이었구나, 안수."

안수의 얼굴이 무시무시하게 일그러졌다. 쭉 숨겨왔던 보물을 들켜버린 아이처럼.

화를 내고 있는 것 같기도 하고, 성질을 부리는 것 같기도 한, 울고 싶은 듯, 울부짖고 싶은 듯한, 참을 수 없을 정도로 미워하는 것처럼 보이기까지 했다.

"──어째서, 화를 내지 않는 겁니까. 아무 말도 하지 않는 겁니까. 내가 한 일을, 신물이 난다고 하면 됩니다. 미워하고, 소리 지르고, 나무라면 됩니다. 난 그럴 만한 일을 했어요. 말해두겠지만, 숨겨진 마을과 마을사람들까지 다 불태워버리려고 한 것도, 귀양에 불을 지른 것도, 전혀 후회하고 있지 않아요."

눈보라처럼 벚꽃이 쏟아지는 가운데. 후손을 남기지 못하는 벚꽃 이야기를 했다. 더 좋은 꽃을 피우기 위해 만들어진, 번식을 할 수 없는 벚꽃 이야기. 광기어린 아름다움의 대가로 **덧없고, 미련 없이 죽어가는 것이 숙명.**

누군가가 소중하게 지켜주지 않으면, 살아남을 수 없다.

마치 당신과 같다. 당신 같은 벚꽃.

소중한 벚꽃을 보러 돌아오는 것처럼, 몇 번이나 뛰쳐나갔어도, 결국 돌아오고 말았다. 그리고 왕계도, 안수가 어디에서 무엇을 하고 있는지 알고 있으면서도, 아무 말 없이 곁에 두었다. 몇 번이나. 몇 번이나.

"——어째서, 당신은 날 거부하지 않는 거지!!"

왕계는 아무 말 없이 안수의 투정을 듣고 있었다. 마치 어리석은 아이로 돌아간 것만 같았다.

"왕계 님, 알고 있지 않습니까. 당신의 약점은 나죠. 자류휘의 약점이 홍수려였던 것처럼. 내가 없으면 됩니다. 그러면 모든 일이 잘 풀릴 거예요. 당신의 생각대로. 날 죽이든가, 버리면 되는 거였어요. 거치적거리는 약한 자들도, 숨겨진 마을도, 방해가 되면 내쳐버리고, 앞으로 나가야 했어요. 그걸 못 했기에 진 겁니다. ——그게 당신의 유약함이라고요!"

"아니다."

버리고는 갈 수 없다. 두고는 갈 수 없다. 자신의 일부를 잘라내버리고 앞으로 나갈 수는 없다.

"약점이 아니다. 소중한 것이기에 두고서는 앞으로 나갈 수 없을 뿐이다. 그런 건 의미가 없어."

두고는 갈 수 없다. 그런 인생은 의미가 없다. 그 말에 안수는 눈을 부릅떴다.

몇 번이나 뛰쳐나가서는, 다시는 왕계 곁으로 돌아왔다. 이유도 모르는 채 몇 번이나. 하지만.

——소중하기 때문에.

왕계는 안수의 표정의 변화는 알아차리지 못한 채, 어깨를 으쓱했다.

"…난 딱히 네가 날 위해서 한 일이라고 해서 말하는 건 아니다. 네 생각은 언제나 내 생각과 비슷했다. 알겠느냐. 너도 알고 있었을 터다. 그걸 알고 있었기에 난 널 막지 않았다. 한 번도. 그 방식으로 옥좌를 손에 넣을 수 있다면 상관없다고, 진심으로 생각했었다."

왕계의 마음 밑바닥에는, 언제나 전화왕이 달라붙어 있었다. 그 방식, 승리를 쟁취하는 방식.

남을 압도하고, 모든 수단을 써서 바라는 것을 남김없이, 확실하게 그 손으로 움켜잡는다. 반발을 했지만, 그러면서도 왕계는 부정할 수 없었다. 밉고, 분하고, 비참해질 정도로.

안수는 그런 왕계의 그림자였다. 균형을 잡고 있는 흑과 백의 저울에서, 안수가 흑의 부분을 대신했을 뿐이지, 이는 왕계의 생각과 같았다. 교활하고, 빈틈이 없고, 책략을 몇 겹으로 짜서 궁지로 밀어 넣는다.

흑과 백의 저울. 왕계는 자류휘와 달리, 자신의 저울을 알고 있다. 오 만 대군을 이끌고 온 것처럼, 마지막까지 흑색이 담긴 저울그릇을 내릴 생각이 없다. 안수나 전화왕과 똑같은 부분을 가지고 있다.

"알겠느냐, 안수. 내가 널 이용했다. 그게 실패했다고 해서, 네 탓으로 돌릴 것 같으냐. 우습게 보지 마라. 너 하나 따라 붙어오건 말건 별 차이 없다."

"몇 번이나 죽이려고 했는데도? 바보예요?"

"호랑이는 말이지, 좋아하는 것만 잡아먹는다. 싫어하는 건 눈길 한 번도 주지 않지. 멋대로 쫓아온다면 어쩔 수 없는 일. 내가 살아 있는 동안이라도, 어울려 주겠다."

——내가 살아있는 동안만이라도, 어울려 주겠다.

흩날리는 벚꽃이건, 안수이건 완전히 똑같은 것이다. 이 사람에게 는. 전혀 특별한 존재는 될 수 없었다.

"…하지만 끝이다. 직성이 풀렸느냐, 안수? 이제 시간이 되었구 나. 책임은 져야겠지."

안수의 눈빛이 날카로워진다.

"…직성이 풀렸냐고요? 난 언제나 진심입니다. 직성이 풀리고 말 고로 도망치거나 하지 않는다고요. 말해두겠지만, 난, 죽을 생각, 전혀 없으니까요. 세상이 끝나더라도 말이죠——."

왕계는 한숨을 쉬었다. 그 한숨에 어두운 그늘은 없었다.

어린아이의 철없는 투정에, 그래그래, 하면서 손을 뻗어주는 듯 한.

"안수, 너를 혼자 두고 갈 생각은 없구나. 같이 데리고 가겠다."

무슨 말인지, 안수는 이해가 되질 않았다… 뭐?

입 안이 바짝 말랐다. 몇 번이나 침을 삼키면서 쉰 목소리를 냈다. 어차피.

"…저, 를 두고 가면, 뒷일이, 걱정돼서 그러는 거죠?"

"무슨 소리를 하느냐."

왕계는 변함없이 무뚝뚝한 얼굴로, 단숨에 말했다. 백 년 전부터 항상 그랬던 사실이라는 듯이.

"네가 걱정되어서다."

안수는, 눈을 깜빡였다. 머릿속의 모든 것들이 모조리 흘러나가 텅 비어서, 새하얗게 되었다.

"하…."

그걸 끝으로, 길고 긴 침묵이 이어졌다.

쏴아아아, 하고 대나무잎이 스치는 것 같은 소리가 들린다. 언제나 왕계로부터 자유로워지고 싶었다. 영원히. 자신을 위해서 사는 것이 안수가 정한 규칙. 그런데도 왕계와 함께 있으면 모조리 무너지고 만다. 어느 새인가 자신을 뒷전으로 미루게 된다. 그런 건 자신답지 않다. 조금도. 조바심이 났다.

조바심이 나서 뛰쳐나갔다가는 몇 번이나 몇 번이나 되돌아왔다. 자유로워지고 싶은데도, 자신을 속박하고 있는 것이 무엇인지도 알 수가 없었다. 귀찮으니 죽여버리고, 휴지통에 버려버리려고 생각하다가도 결국 관두고 만다.

마지막 순간까지, 왕계를 질질 끌면서, 이렇게 진흙투성이가 되어가면서도 필사적으로 도망치고 있다.

바보 같다. 이런 건 조금도 자신답지 않다. 하지만 전부 자신을 위해서였다.

자신을 위해서, 왕계를 살려두고 싶었다. 죽게 하고 싶지 않았다. 왕위 따윈 아무래도 상관없었다. 사람들의 눈이나 책임이 무슨 상관인가. 왕계가 왕계가 아니게 되더라도, 안수는 신경 쓰지 않았다. 상관없다. 이걸로 된 거다.

전부, 모든 걸 다 갖고 싶다고 하지 않을 테니까. 그 목숨만은 버리지 말아줘.

"…왕계 님, 당신이 없으면 난 더 자유롭게, 마음대로 살아갈 수 있어. 하지만 당신이 없어지면 어디에도 갈 수가 없다고. 돌아갈 곳이 있기에 앞으로 나갈 수 있는 거야."

마음이 떨렸다. 대나무잎이 스치는 소리처럼, 가슴 저 깊숙한 곳에서. 무언가를 찾고 있었다. 여기가 아닌 장소.

하지만 그곳에 혼자 가봤자 아무것도 할 수 없다는 것을, 무의식 중에 알고 있었는지도 모른다.

왕계의 무뚝뚝한 목소리가, 잦아든 빗줄기 저편에서 들려온다.

"알고 있다."

죽지 말아달라는 안수의 바람에, 왕계는 아무 말 없이 응해주었다. 여기까지.

언제나 자신 이외의 타인의 일만을 신경 써왔으면서도. 이 마지막 순간에.

오로지 안수를 위해서만, 지금 가지고 있는 모든 것을 준 것이다. 무엇 하나 남김없이.

시간도, 말도, 그 마음도. 떼를 쓰는 어린아이를 달래듯이. 그리고.

"하지만 너와 함께 갈 수는 없다. ——그러니 네가 나와 함께 가자꾸나."

그것이 왕계의 대답이었다. 안수는 웃었다. 어색한 아이와 같은 웃음. 진짜 안수의 미소를 띠고.

왕계의 손에서 '막야'의 날밑이 진동하는 소리가 들렸다.

●　　●　　✦　　✦　　●　　●

류휘는 유순의 호위로 정란을 남겨두고, 추영만을 데리고 사원을 나서더니, 사방팔방으로 말을 몰며 찾기 시작했다.

천둥이 멀어지며, 빗줄기도 꽤 잦아들었다.

"주상, 말발굽 자국입니다!! 혼자 탄 것치고는 발자국이 깊습니다. 이것인지도!!"

"쫓는다!!"

빗줄기 속을 뚫고서 오승원을 달려 나간다.

"——주상!! 전방에 말 그림자가 두 기!! 손능왕 님과 신입니다!!"

"그럼, 왕계는 그 앞이다!!"

손능왕은 말발굽 소리에 뒤돌아보았다가, 왕과 추영을 확인하자, 멋진 손놀림으로 고삐를 다뤘다.

"신!! 네 방천극(方天戟)을 줘!! 대신 이걸 주겠다. 저 녀석들은 내가 막을 테니 넌 왕계에게 가라!! ——지켜라!!"

신은 손능왕이 방천극 대신 던져준 암흑빛의 '흑귀절'을 움켜쥐었다. 말 옆구리를 차서 맹렬한 속도로 달려 나가는 것을 눈 끝으로 보면서, 능왕은 말머리를 돌려 정면으로 대치했다.

능왕은 신의 방천극을 가볍게 휘두르면서 옛일을 떠올렸다.

그러고 보면, 언제나 이런 식이었다. 언제나 불리한 상황을 떠안게 되는 왕계는 늘 도주하기만 하고, 그런 왕계를 지키고 도와주는 것이 능왕은 좋았다. 너무 잘나서 바람 잘 날이 없다고 해야 할까. 아름답게 흩날리는 꽃잎 속에 있는 것처럼, 왕계 곁에 있으면 언제나 세상이 더할 나위 없이 멋지게 보였다. 최고의 인생. 마지막까지.

'하지만, 그러고 보니 나보다 연하인 애송이를 상대로 지켜주는 건, 이게 처음인지도.'

능왕이라는 걸 알면서도 여전히 속도를 줄이지 않고, 맹렬하게 달려오는 바보 두 명을 보면서.

능왕은 웃었다. 나이를 먹었다. 하지만 그런 건 패배의 이유로 삼지 않는다. 양보도 하지 않는다.

"——자, 와라. 오늘은 봐주지 않을 테니까. 죽을힘을 다해 덤벼봐라, 애송이들!!"

찌르르, 하고 때려눕힐 듯한 기백이 폭풍처럼 휘몰아친다. 추영은 고삐를 움켜쥐었다.

"…주상, 사실을 말씀드리겠습니다만."

"둘이 덤벼도 못 이긴다는 말을 하려는 것이겠지. 그 정도는 짐도 알고 있다. 자, 어떻게 한다."

추영의 고동이 쿵쾅쿵쾅 귀에서 크게 울렸다. 이길 수 없다는 걸 알고 있는데도―― 흥분된다. 자신도 모르게 추영은 웃고 있었다. 뛰어넘고 싶다. 시험해보고 싶다. 전력으로. 자신의 힘으로.

그때, 다른 방향에서 말 두 마리, 흑마와 백마가 번개와 같은 속도로 달려왔다.

"바보 같은 놈, 추영!! 네놈으로는 잠깐 동안 발도 못 묶어놓는다!! 물러서라, 초짜!!"

"…드물게도, 그 말대로다… 여기는… 상관에게… 맡겨라… 추영."

류휘는 눈이 휘둥그레졌다.

"백뇌염!! 흑요세!! 와준 것인가! 고맙――."

"이야압! 꿈에서까지 봤던 암흑 갑주와 '검성' 칭호! 결국 여기서 내가 빼앗아주겠다!!"

"…나다. 그리고… 능왕 님은… 무슨 일이 있어도… 흑가 문중인 손가로… 돌아가시주길…."

두 사람 모두 전혀 류휘를 위해서가 아니라, 각자의 사정 때문에 앞 다퉈 능왕을 막아선 것이었다.

"죄, 죄송합니다. 주상… 전 상관이 저 모양이라…."

"…아니… 괜찮다… 뭐… 응."

능왕은 난입한 새로운 상대를 보고는 윽, 하고 눈썹을 치켜 올렸다.

"네놈들이냐. 네놈들은 상대하기 진짜 귀찮단 말이다!! 돌아가, 돌아가라고!! 상사이자 일반 서민인 내게 근위대장군이 검을 겨눠도 된다고 생각하는가! 그보다, 손가에는 안 돌아간다!!"

"검성 군장을 한 일반서민이 말이 되냐, 바보 상관!! 이야얍! 그 갑옷은 내가 벗겨주마!! 각오하라!"

"…이하동문. ──자, 갑니다."

두 사람은 능왕을 향해 말을 몰았다.

──중량급인 방천극을 가볍게 다루면서 두 명의 대장군의 공격을 피하며 검을 쳐낸다.

류휘과 추영은, 그 일격에서, 허리가 두 동강나는 것만 같은 어마어마한 패기를 느꼈다.

아랫배에 힘을 주고 버티면서 고삐를 다시 쥐었다. 석영이 두 다리를 쭉 펴더니 도약했다.

능왕이 검을 휘둘러 길을 막으려고 했다. 백뇌염과 흑요세가 즉시 막아서며 찔러온다.

만들어준 한 박자의 틈을 놓치지 않고.

능왕과 대장군들의 양옆을 류휘와 추영이 각각 바람처럼 빠져나가, 제쳤다.

후방에. 과거에. 자신들이 걸어온 길의 뒤쪽에 남겨놓고. 그리고 앞으로.

류휘는 능왕과 딱 한 번 눈이 맞추진 것 같았다. ──앞으로, 간다. 이 앞으로.

눈빛만으로 고하고, 류휘는 앞으로 달려 나갔다.

추영은 참고 있던 숨을, 잔뜩 내쉬었다. 긴장해서 식은땀이 줄줄 흘러내렸다.

대장군이 말려주지 않았다면, 그 순간, 목이 달아났을 것 같았다.

뒤쪽에서 검이 부딪치는 무시무시한 소리가 났다. 2대 1. 그런데도 막상막하.

"…믿을 수 없어!! 저 두 사람이 동시에 덤벼들어야만 간신히 막상막하라니."

대장군들이 와주지 않았다면, 손능왕 한 사람에게 발이 묶인 채 해가 저물었으리라.

'젠장, 아직 상대도 되지 않는 건가.'

추영은 땀을 닦고는 앞을 바라보며—— 깊게 한숨을 쉬었다.

"…그럼 주상, 저 녀석은 제가 상대하겠습니다."

추격당한 것을 알아차렸는지 전방의 말이 돌아섰다. 외눈. 검은 안대.

칼날까지 암흑빛인 '흑귀절'을 뽑아들고 기다린다. 추영을 보고, 씩 웃은 것 같았다.

"주상의 실력으로는 저 녀석은 못 이깁니다. 제가 막겠습니다.—— 가십시오."

신은 왕계를 지키기 위해서. 추영은 류휘를 보내기 위해서. 류휘의 대답은 단 하나.

"—— 알았다. 부탁한다."

대답과 함께 청공검을 추영에게 내던졌다. 추영이 휙 받아서 검을 빼는 것이 보였다.

사마신의 모습이 점점 다가온다. 상대로 부족함은 없었다. 두 사람 모두. 무엇 하나.

"추영!! 사마가가 찾아 헤매던 청공검을 들고 나타나다니, 신경 많이 썼는데."

"줄 수는 없지. 주군의 검이다. 일대일로 네놈이 빼앗아 보려면 해보든가. 탐나면 전력으로 덤벼봐라. —— 검술로 내게 이길 수 있으리라곤 생각하지 않는 게 좋을 거다."

"그렇게 말했겠다. 후회나 하지 마라!"

뱃속까지 울릴 듯한 소리와 함께, 암흑검과 보석검이 격렬한 불꽃을 튀기며 부딪쳤다.

연이어 검이 부딪치는 그 옆을, 류휘는 상반신을 낮추고서 단숨에 빠져나갔다.

그때, 허리의 '간장'이 차랑, 하고 울렸다.

방울을 흔드는 것 같은, 아름다운 소리가 공명한다. 왕의 쌍검. 따로 가지고 있으면 서로 부른다고 한다.

나머지 한 짝인 '막야'는 왕계의 손에.

두 개의 검이 공명하며, 파문처럼 소리가 몇 겹으로 울려 퍼진다. 저 앞에 있다. ──알 수 있다.

고삐를 내리쳤다. 똑바로 한 방향을 향해, 비오는 오승원을 질주했다.

…이윽고. 오도카니, 사람 그림자가 보였다. 두 사람.

비의 선녀가 떨어뜨린 마지막 눈물이 흩어지듯이, 눈앞이 밝아진다. 구름이 갈라지면서 비가 그친다.

'막야'의 칼날이 검집에서 뽑히는 것이, 멀리서도 보였다.

'막을 수 있을 시간이 될 것인가?!'

고삐를 치려고 했을 때, 천천히 석영의 속도가 늦어졌다.

류휘는 흠칫 놀랐다. 계속 정신없이 달리고 달리는, 말도 안 되는 행군이었다. 이 이상──.

석영을 보고, 왕계의 모습을 보았다. 막을 수 있을 시간 내에 가지 못한다.

거문고 소리가, 들려온다. 류휘의 자장가. 공백의 일 년을 그 소리에만 의지해서 밤을 보냈다.

──뭘 할까요. 또 공놀이나, 주사위 놀이를 할까요. 그림을 그리는 건 어떠십니까? 백보다 더 많은 수를 세는 법을 가르쳐드릴까요…?

류휘는 늘 그가 껄끄러웠다. 싫었다. 그 말과 같이, 언제나 뭔가를 가르쳐주고 있었는데도, 얼굴을 외면해왔다. 계속 도망치기만 했다. 그런 류휘의 말 따위, 이제 와서 들을 리가 없다.

누군가의 부탁도, 바람도, 아무것도 듣지 않는다. 양보하지 않는다. 자신의 의지로 살고, 살고, 또 살고서, 죽는다.

기다려. 류휘는 혼란스러웠다. 기다려줘. 그 외에는 아무 말도 떠오르지 않았다. 눈앞이 떨렸다.

'막야'의 칼날이 목에, 떨어진다.

누군가.

그때, 류휘의 뒤쪽에서 누군가가 바람처럼 달려와 앞질렀다. 붉은색 적토마.

"맡겨줘요. ──연청, 부탁해."

소녀의 목소리와 함께, 휘날리는 칠흑의 머리카락과 표가의 규수 복장이 스쳐지나간다.

연청이 곤봉을 휘둘렀다.

'막야'가 금속음을 내며 튕겨나갔다.

왕계는 눈을 크게 떴다. 눈길을 떨어뜨리자, 손에 들고 있던 '막야'가 사라지고 없었다.

"무슨…"

안수와 몸싸움을 하다가 땅에 메다꽂고, '막야'를 빼앗았던 건 기억하고 있다.

목에 대려고 했을 때, '막야'에서 방울소리 같은 소리가 났다.

흠칫 놀랐던 그 순간, 누군가가 왕계의 가슴에 단숨에 파고들었다. '막야'를 손날로 쳐서 떨어뜨리고는, 그걸 곤봉이 휘감아 올리듯 멀리로 내던져버렸다. 모든 것이 순간적이었다.

근처에서 누군가가 헐떡이고 있었다. 깊은 밤의 숲과 같은 검은 눈동자.

단숨에 파고들어서 손날로 검을 쳐 떨어뜨린, 자그마한 소년.

──눈의 느낌은 조금, 아버님을 닮은 것 같아요. 이름은 아직 정하지 않았습니다.

딸 비연이 보낸 마지막 편지에 적혀있던 말이, 바보처럼 머릿속에 떠올랐다.

리앵의 검은 눈동자가 일그러졌다. 마구마구 일그러졌다. 많은 감정이 뒤죽박죽이 된 눈으로.

퍽, 하고 왕계의 연보랏빛 갑주를 아직 작은 주먹으로 때렸다. 몇 번이나, 몇 번이나.

"난… 내가 여기 온 건, 당신도, 왕도, 둘 다 구하려고 해서야!! 양쪽 모두라고! 그렇지 않으면 난 분명 후회할 거니까. 누가 죽으라고 했어. 그렇게 하지 않기 위해서, 왕도, 홍수려도, 정유순도, 주취도, 나도─ 당신 자신도 죽을 정도로 애를 써왔던 거잖아. 그런데 마지막 순간에 당신 혼자서, 멋대로 모조리 허사로 만들지 말라고!"

"──입 닫아라."

"못 닫아!! 옳다고 생각하는 것도 말하지 못하겠다면 방해만 되니 돌아가라고 한 건 당신이야!! 잘 들어!! 사람 말도 듣지 않고서 멋대로 전부 정하지 말라고. 손자 앞에서 자살하지 말라고!! 당신을 따라온 녀석들까지 멋대로 버림받은 개처럼 만들지 말라고!! 마지막까지 책임을 져. 어때, 뭔가 잘못한 건 없어?! 내 할아버지잖아! 난 당신에게 아직 아무것도, 아무 말도 하지 않았어. 한 번도 할아버지라고 부르지도 않았어. 아무것도 하지 않았는데, 멋대로——죽지 말라고!!"

리앵이 이렇게까지 흥분해서, 지리멸렬하게 말하는 것은 처음이었다.

그때, 홍수려가 스르륵, 적토마에서 내렸다. 너무나도 **말 타기에 익숙한 듯한 우아한 동작**으로.

"…리앵 말이 맞습니다, 아버님."

수려 입에서 수려가 아닌 목소리가 흘러나왔다.

왕계는 경악했다. 능안수도, 흠칫 놀라 눈을 크게 떴다. 그 목소리는, 설마.

"…비연…?!"

그 이름에 리앵은 눈을 부릅떴다. 천천히 수려의 모습을 한 소녀를 돌아본다.

검은 머리카락이 흘러내린다. 수려의 얼굴을 한 누군가— 왕비연은 난처하다는 듯이 부친을 보았다.

"아들의 말에 하나부터 열까지 동의해요, 아버님. 여전히 완고하고, 사람 말을 전혀 듣지 않으시네요. 그러니까 안수도 안달복달하다가 바보처럼 폭주하는 거라고요. 남자라면, 결연히 패배를 인정하면 어떨까요? 죽어서 도망가다니, 비겁하잖아요. 실망했어요. 도망치는 건 제일 싫다고 했었잖아요."

——아들. 리앵은 수려의 얼굴이지만, 수려보다도 어른스러운 그 옆얼굴에 꼼짝도 할 수 없었다.

"**살아다오**. 아버님은 표가로 시집가는 제게 말하셨지요. 그러니

저도 같은 말을 돌려드리겠어요. 아버님도, 약속이라고. 전 약속대로, 표가에서 죽을 정도로 살았답니다. 류화 아가씨와 매일매일 싸움을 하고, 일흔도 넘은 남편에게 설교를 하고, 밤을 세워가며 황해정보를 매일 써서 보내고, 뱃속의 소중한 아기도 열 달 열흘, 지켜냈어요. 전 약속을 지켰어요. 아버님께서는 깨뜨리실 건가요?"

왕계는 혼란스러웠다. 정말로, 비연이었다.

"손자가 보고 있다고요. 제대로 해주세요. 아무리 때려도 다시 튀어나오는 정처럼, 죽을 정도로 끈질기게, 도망치지 않고 살아가는 아버님이 전 정말 좋았어요… 힘내보세요. 제대로 책임을 지고, 앞을 보세요. 아버님 마음에 드는 세상인지 어떤지를. 폐하와 함께."

비연의 시선이 닿아있는 곳을 따라가 보니, 자류휘가 서 있었다.

"…보세요, 역시 맞았네요. 아버님을 꼭 닮은 눈."

그리고는 주저주저, 살짝 손을 뻗어서 리앵의 뺨을 만졌다. 활짝 미소를 짓는다.

그 자신은 죽은 후라도 미래를 남겨주고 싶어서, 밤을 새워가며 황해관련 정보를 써 보내면서도 하나도 힘들지 않았다. 괴롭고, 슬프고, 그리고 죽을 정도로 살아서 행복했던, 열 달 열흘.

"내 행복의 수호신. 널 만날 수 있으리라고는 생각도 못 했단다. 미안하다. 미안하구나. 안아주고 싶었단다. 곁에서 널 보고 있고 싶었어. 많이 사랑해주고 싶었다. 아무것도 할 수 없는 어미라서 미안하구나. 잘 지내라. 건강에는 늘 신경 쓰고… 늘, 사랑하고 있단다."

리앵은 아무 말도 할 수 없었다. 목소리조차 나오지 않았다. 마지막까지.

아름다운 푸른빛을 띤 혼백이 둥실, 수려의 가슴에서 빠져나와, 혜성처럼 하늘을 가로질렀다.

반짝 눈을 뜬 수려가 하늘을 올려다보며 숨을 내쉬었다. 비가 그치고, 갈라진 구름 틈새로 빛이 비쳤다.

저벅, 하고 누군가의 구둣발소리가 울려 퍼졌다.

왕계가 천천히 얼굴을 돌리자, 왕이 '막야'를 주위 눈앞에 서 있었다.

류휘는 그 검을 왕계 앞에 내밀었다. 쉰 목소리로 말했다.

"…왕계, 짐은 정식으로 '막야'를 양도하노라. 받으라. '막야'는 그대의 검이다."

왕계는 눈앞의 단단하게 빛나는 '막야'를 보고, 그 뒤에 서 있는 류휘를 보았다.

──자신을 지킬 검과 방패가 될 근위병도 군대도, 병사 한 명 거느리지 않고서 왔다. 도망치도록 함으로써 유순을 지키고, 싸우는 길보다 홀로 도망치는 길을 선택했다. '간장'도 산속 외딴집의 도공에게 주고 떠났다.

싸우지 않음으로써 뭔가를 지키고, 가지고 있는 힘을 쓰지 않고, 하나하나 모두 놓아버렸다.

이제 자류휘의 손에는 그 모든 것이 돌아와 있었다. 놓아버린 모든 것들이 줄줄이 자류휘에게 다시 돌아왔다. 모두 아무 상처도 없이. 그리고 예전보다 더 강한 힘이 되었다.

내밀어진 '막야'. 왕의 쌍검. ──자신에게는 필요하지 않다.

예전에 왕계는 이렇게 '막야'를 건네주려던 왕자에게 아양 떨지 말라고 화를 냈다.

그러나 지금은 달랐다. 내밀어진 그 검은 왕계의 환심을 사기 위한 것이 아니었다.

이번에는 왕계를 지키기 위해서. '막야'가 그곳에 있었다. '막야'는 필요없다, 당신이 좋다고.

반짝반짝 빛나는 보검, '막야'. 지난날 창가의 소유였던 쌍검 중 한 짝. 이를 되찾았을 때, 왕계는 옥좌를 손에 넣고, 승리할 것이라고 믿어 의심치 않았다. ──이 얄궂은 운명.

여기서 받으면, 왕계는 자류휘의 신하임을, 스스로가 인정하고, 받아들인다는 것이 된다.

왕계는 움직이지 않았다. 조각처럼. 류휘도 움직이지 않았다.

어떤 말도 늘어놓지 않았다. 죽지 말라고도, 항복하라고도. 왕의 설득 따위, 새삼스럽게 왕계가 들을 리가 없다는 것을 그는 알고 있었다. 그렇기에 왕계의 의지로 선택하라고, 요구하고 있었다. 이 길을, 선택하라고.

『혼자서 애써봤자 아무것도 할 수 없지. 아무것도 변하지 않아.』

그때, 난 뭐라고 했었지? ──지금은 그렇더라도, 십 년 후에는 분명 다를 것이라고.

때는 올 것이다. 씨를 뿌리고, 경작을 한다면 분명히 뭔가가 자라난다. 설령 그곳이 조정의 시궁창 속이라 할지라도.

왕계는 딱히 자류휘를 염두에 두고 한 말은 아니었다. 머리 한구석에는 있었을지 모르지만, 그건 충분히 힘을 비축하여, 싸우지 않고 상처 없이, 양위할 수 있는 마지막 상대로서의 가정일 뿐이었다.

'너무 많이 자랐다.'

말 울음소리가 들렸다. 유순이 왕계를 부르는 소리가 들린다. 부탁입니다, 왕계 님.

그리고 귀에, 익숙한 옛 친구의 외침이 들려온다. 헉헉거리며, 아마 필사적인 얼굴로.

"괜찮지 않은가, 왕계, 우리, 지는 건 주특기 아닌가. 전화에게 졌을 때보다 백 배는 낫네!! 그리고 나보다 먼저는 죽지 않겠다고 했잖은가! 쫓아오지 말라고, 흑하고 백!! 그리고 말이지, 난 봄에 꽃 아래에서 죽는 게 좋네! 이런 물에 빠진 쥐 꼴로 죽는 건, 볼썽사나워서 결단코 반대!"

부탁이네── 이런 비통한 애원이 들려오는 듯했다.

눈앞의 '막야'를 보았다. 그래도 왕계는 움직이지 않았다. 류휘는 마침내 고개를 숙이고 말했다.

"…왕계, 짐에게도 보고 싶은 세상이 생겼다. 그 세상에는 그대도 있다… 부탁이다."

부탁이라고? 헛소리 마라. 왕계는 어금니를 으드득 악물었다.

손에서 놓아 보냄으로써 모든 것을 얻었다. 마지막 순간에 '막야'까지도 버림으로써, 왕계를 완전히 격파하려 했다. 강철과 같은 그 마음까지 분하다. 분하다. 눈이 뒤집힐 것처럼 분하다.

전화조차도 마지막까지 정복할 수 없었던 그 장소까지. 비워달라고 하는 것인가. 웃기지 마라. 이걸 생각한 게 아니었다. 바로 손만 뻗으면 되는 곳까지 왔었는데. 내가 더 우세였는데. 울부짖으며 목 놓아 울고 싶을 정도였다. 이젠 내버려두게. 마지막 정도는 마음대로 하게 해주게.

어느 새.

『…힘내보세요. 제대로 책임을 지고, 앞을 보세요. 아버님 마음에 드는 세상인지를.』

폐하와 함께. 이 앞을. 손자가 보고 있어요, 아버님. **도망치지 마세요.**

꾸욱, 리앵이 팔뚝을 잡았다. 깊은 밤의 숲과 같은 깊은 눈동자.

당신은 잘못 되었어, 인정해. ──인정해. 자신과 많이 닮은 눈동자로. 마치 자신의 목소리와도 같았다.

…마침내, 조각과도 같던 왕계의 손가락이 움직였다.

패배를 인정했다. 왕에게, 자기 자신에게.

내밀어진 '막야'를 왕계는 스스로 받아들였다. 획, 하고 무뚝뚝하게 낚아챘다.

"……감사."

될 대로 되라는 듯이 불쑥, 그렇게 중얼거렸다.

…구름이 갈라지면서, 눈물이 날 것 같은 저녁노을빛 하늘이, 틈새로 얼굴을 내보였다.

●　　　●　　　✦　　　　✦　　　　●　　　●

──그때.

어떻게 수려 혼자 알아차렸는지는 알 수 없었다. 그 자리에는 연청도 있었다. 왕계도 류휘도 있었다. 리앵도 있었다. 그런데도 수려 혼자 알아차렸다. 일직선으로 뺨에서 목까지 흉터가 있는 사내. 활을 들고 있었다.

몸이 먼저 움직였다.

류휘 곁으로 달려간다. 그 등을 막아서려는 듯이 발길을 돌려 버티고 섰다. 그 순간. 곡선을 그리며 날아온 한 촉의 화살이 수려의 부드러운 몸을 관통하며 둔탁한 소리를 냈다.

뒤쪽으로 날려갈 것 같은 충격에 조금 발이 땅에서 떨어졌다. 숨이 멎을 것처럼 몸이 뜨겁고, 저려서 비틀거렸다. 류휘의 몸에 부딪치는 것이 느껴졌다.

한 박자 후, 류휘가 돌아보았다. 바로 눈앞에서 수려의 머리카락이 부채처럼 퍼졌다가 내려앉았다.

"────수려!!"

뒤늦게 온몸이 마비되는 것만 같은 극심한 통증이 엄습했다. 눈 끝에 활촉이 보였다. 어깨. 아니, 가슴?

류휘가 부축해 안는 것이 느껴졌다. 뭔가를 외치는 듯한 얼굴이 눈에 들어왔다.

그 얼굴을 보고, 안도했다. 백 년이나 만나지 못했던 것 같은 느낌이었다. 다행이야, 라고 수려는 중얼거렸다. 지킬 수 있어서 다행이야. 언제나 류휘가 지켜주기만 했었으니까.

삼 년 전 봄을 떠올렸다. 깜깜한 곳을 무서워하면서도, 잡힌 수려를 구하기 위해서 혼자서 선동궁에 와주었다. 이번에는 내 차례다. 신기하게도 수려는 당연하다는 듯이 그런 생각이 들었다.

시간의 원을 도는 것처럼.

받은 것을, 누군가에게 돌려준다. 수려가 어머니에게 목숨을 받았듯이. 이번에는 내가.

"…어차피… 남은 시간은 이제 조금밖에 없으니까…"

류휘의 눈이 움찔하며, 크게 물결쳤다.

수려는 크게 숨을 뱉었다. 이때서야 자신이 숨을 멈추고 있었다는 걸 깨달았다.

안도하자, 온몸에서 힘이 빠져나갔다. 아니——.

힘만이 아니었다. 목숨이 콸콸 손끝에서 흘러나가는 것을 알 수 있었다.

눈을 뜬 후, 만 하루는 버티지 못하리라고 류화는 말했다. 그렇더라도 일 몇 가지는 끝낼 수 있으리라고. 콸콸, 온몸에서 피가 소리를 내면서 역류하고 있는 것처럼 뜨겁다. 수려는 어색하게 웃었다. 류화가 준 마지막 시간. 남은 하루. 분명히 자랑할 수 있다. 일 몇 가지 정도가 아니라고요, 류화 아가씨.

전부, 완수했다. 무엇 하나 남김없이.

너무나 무거운 눈꺼풀을 깜빡이면서, 류휘의 모습을 보았다. 그래, **마지막까지 제대로.**

"화살이 박혔을 뿐이다!!"

"네, 알고 있어요…."

저녁노을이 번져간다. 만 하루는 버티지 못했다. 모든 것이 완벽할 수는 없다. 콸콸, 흐르는 피와 함께 남은 시간이 흘러나가는 것을 알 수 있었다. 때가 온다. 작별의 때가. 어쩔 수 없는 일. 그래도 충분했다.

달리고, 달리고 달려왔다. 더 이상 달릴 수 없을 때까지. ──달릴 수 없을 때까지.

눈앞이 순간적으로 흐려졌다. 수려는 크게 한숨을 뱉었다. 자신이 지금, 어디에 있는지 혼란스러웠다.

정란이 자신을 부르는 목소리가 들린 것 같아서, 수려는 후후, 하고 웃었다.

"…내가 그랬지… 분명히 좋은 임금님이 될 거라고, 정란…."

지금 어디지? 언제였더라? 흩날리는 벚꽃이 보인다. 처음 왕과 만났던 때. 정란에게 말했다.

새하얀 왕. 분명히 바뀔 거야. 좋은 임금님이 될 거라고. 나, 그걸 도울 거야. 그렇게 약속했다.

당신 곁에서. 바람은 이루어졌다.

깜깜한 눈앞에서 어린 누군가의 울음소리가 들린다. 아버님, 아버님.

『저, 아버님, 어째서 여자는 국시를 볼 수 없나요──…?』

우왕, 하고 울었다. 관리가 되고 싶었다. 언제나. 언제나. 관리가 되어서 누군가를 지켜주고 싶었다. 노력하면, 소중한 것들을 전부 온전히 지켜낼 수 있는 힘. 보고 싶은 세상은, 직접 보러 간다. 그 힘으로.

──나만은 네 모든 걸 긍정할 거란다.

아버지의 다정한 목소리가 들려온다. 이 세상에 단 한 명, 아버지뿐. 혜성과 같은 자유를 주었다.

'…아버님. 저, 아버님. 너무 많이 걱정 끼쳐드려서 죄송해요. 죄송해요….'

정말 좋아해요.

누가 몸을 흔든다. 그걸 말리는 누군가의 고함소리가 들렸다. 어두워져가던 시야가, 잠깐 동안 밝아졌다.

눈앞에 류휘의 일그러진 얼굴이 비쳤다…. 그런 얼굴 하지 말아요.

구채강 때, 추영이 물었었다. 왕을 어떻게 생각하냐고.

"…류휘…."

"듣고 싶지 않다."

"들어줘요. 누가 왕이건 난 변하지 않겠지만… 하지만, 말했었죠. 나의 임금님은 역시, 당신인 게 제일 좋아요. 당신의 관리인 게 제일 좋아…."

관 속에 잠들어 있었을 때, 많은 광경을 보았다. 마치 한 장의 그림이 깜빡거리듯 연달아서. 황 상서가 매일 황가에 보낼 서한을 쓰고 있던 것도, 유순의 북방일주도, 강유가 황가 당주와 만나는 것도, 탕탕이 청아에게 강 주목의 구출에 협력해달라고 부탁하는 것도, 옥화가 남설나에게 검을 겨누고, 사마가를 끌어내라고 말하는 것도 보았다. 순간적인 환영처럼, 수많은 광경들이 꼬리를 물고 스쳐 지나가서는 모래처럼 사그라졌다. 단편적인 광경뿐, 거의 머리에는 남지 않았다.

그렇지만 류휘만은 신기하게도 기억하고 있었다. 소 태사와 무슨 이야기를 하던 것도, 왕도를 빠져나갔을 때도, 산속 외딴집의 노인과 만나던 것도, 홍주에 도착한 후의 일들도, 전부. 보았다.

너무나 걱정이 되어서. 견딜 수가 없었다.

울고, 망설이고, 고민해봤자, 수려로서는 아무것도 할 수 없었다. 하지만 류휘는 **이곳에** 이르렀다. 혼자서도. 수려가 없더라도. 전부 류휘 자신이 생각해내고, 결심을 하고, 길을 선택해서, 뚜껑을 연 상자를 모조리 끌어안고서, 이곳에 왔다. 그리고 이 앞으로도 분명히.

마음 깊숙한 곳에서 소리가 들린다. 단단한 껍질에 마침내 금이 가면서, 뭔가 따뜻한 것이 흘러나와서, 수려의 호흡을, 가슴을, 어지러울 정도로 메어온다. 지금까지 쭉 닫아놓았던 단단한 껍질.

수려가 없더라도, 류휘는 이제 걸어갈 수 있다… 하지만.

——그렇더라도 난 당신 곁에 있고 싶어.

당신과 함께 살아가고 싶어. 당신 곁에서.

철나비처럼, 아직 보지 못한 앞의 세상을, 앞으로도 쭉 함께.

"수려, 수려, 부탁이다. 부탁이니 죽지 말라. 짐은 싫다. 싫다…!!"

"응…"

하지만 수려의 날개는 너덜너덜해서, 더 이상 날 수 없었다. 너무나 무거운 눈꺼풀을 천천히 깜빡였다.

다정하고, 참을성 많고, 지금까지 몇 번이나 거절했는데도 계속 기다려 주었다. 바보처럼 다정하다.

정말로 이런 사람이 날 좋아한다고 말해줄까? 지금도? 때때로 믿을 수 없었다.

남겨두고 갈 것을 생각하면, 가슴이 찢어질 것만 같다. 날개가 삐 걱거리는 소리가 들린다.

"나도, 싫어요… 하지만."

양 팔다리가 묵직하게, 납이라도 달린 듯 무거워진다. 어깨의 상처에서 뭔가가 흘러나와 사라져간다.

류휘를 만지고 싶었다. 하지만 이젠 손가락 하나도 움직일 수 없었다. 숨을 쉬는 것도 벅찼다.

수려는 웃으려고 했다. 실패했는지도 모른다. 목소리가 잠겼다.

"미안해요… 조금, 지쳐, 버렸어요…."

수려의 뺨에 뭔가가 흘러내렸다. 류휘의 눈물인지, 수려의 눈물인지, 이제는 알 수 없었다.

혜성처럼 달려왔다. 더 이상 달릴 수 없을 때까지. 아마도 자신의 최선까지. **죽을 정도로.**

후회는 없었다. 하지만 후회스러웠다. 남겨두고 가는 것. 하지만, 어쩔 수 없다. 어쩔 수 없다… 어쩔 수 없다.

"조금만, 조금만 더 기다려 달라."

귀 바로 옆에서 눈물에 잠긴 목소리가 들려온다. 조금만 더라니, 언제? 수려는 훗, 하고 웃고 말았다.

고작 삼 년도 되지 않는다. 하지만 짙게, 선명하게, 모든 것이 담겨 있었다.

──당신이 있었으니까.

『소가, 나의 마음은 영원의 그 영원까지도 그대 것이다.』

목소리가, 들린다. 마음속 저 깊은 곳에서. 마치 수려의 마음을 나타내는 것처럼. 누구의 목소리?

『당신이 준 모든 것이 사랑스럽고 행복했었다.』

그래, 나도, 그래. 잔뜩 살았고, 잔뜩 웃었고, 잔뜩 울었다. 하지만 모든 것이.

모든 것이 행복했다. 이 삼 년 동안. 다른 어느 때보다도 훨씬 더. 모든 것은 류휘가 준 것.

당신을 위해서. 하지만 전부 나를 위해서. 어느 쪽도 진실이었다. 둘이서 하나의 보물을 가지고 걸었다.

누군가의 목소리와 수려의 마음이 겹쳐졌다. 그 다음 말을, 수려는 신기하게도 알고 있었다. 속삭인다.

"…울지 말아요. 부디 웃어줘요. 행복해져요. 내게 많은 행복을 줬던 당신."

류휘가 뭔가를 말하는 것 같았다. 하지만 이제 아무것도 들리지 않았다.

괜찮아, 괜찮아요.

난 더 앞으로는 갈 수 없지만, 대신 당신이 가줘요. 모두와 함께.

또 만날 거예요. 시간의 원을 돌아서. 언젠가. 만날 수 있겠죠. 소중한 사람. 분명히 언젠가 다시.

당신은 내 일부를 가지고 있는걸요. 내 마음의 일부를 가지고 있는걸요. 그러니까.

당신이 사는 건 내가 사는 것과 마찬가지예요.

눈꺼풀이 스르르 닫히려 한다. 너무나 무거워서, 눈을 감으면 아마 두 번 다시 뜰 수 없을 것 같다. 아아, 조금만 더 기다려줘. 조금만 더.

"저, 류휘, 나, 나 말이죠, 저기, 저기… 정말로, 당신이——."

입술만으로 뭔가를 속삭이고는. 안심했다는 듯이, 후우, 하고 수려는 마지막 숨을 내뱉었다.

속눈썹이 천천히 내려앉는다. 팔이 축 쳐졌다. 뭔가가 흘러 떨어진다. 마지막 한 방울까지.

류휘는 몸부림쳤다. 눈물 젖은 얼굴로. 지리멸렬하고 불명확한 자신의 헛소리가, 어딘가 먼 곳에서 들려온다. 자신도 무슨 말을 하고 있는지 알 수 없었다. 길을 잃은 아이처럼.

"―…"

그저, 수려를 끌어안았다.

　　　　●　　　●　　　✦　　　✦　　　●　　　●

　…쏴아아, 쏴아아, 하고 파도소리와 닮은, 혼백까지도 뒤흔들 것만 같은 소리가 들린다.

　눈을 뜨자, 그 고대의 벚나무가 눈앞에 서 있었다. 비처럼 꽃잎이 흩날린다.

　고대의 밤하늘. 고대의 달. 고대의 화톳불. 그 불빛에 비쳐서 언젠가 봤던 문이 하얗게 보이고 있었다.

　언젠가, 수려의 눈앞에서 닫혔던 그 문은, 지금은 맞아들이려는 듯이 열려 있었다.

　옆에는 신령할 정도로 무시무시한 기척을 내뿜는 검은 존재와― 그리고 지금은 또 하나, 흰 존재도, 수려의―아니, 수려의 손을 이끄는 그 사람 곁에 대기하듯이, 머리를 숙이고 있었다.

　손을 잡아끈다. 벚나무 저편, 열린 문 안쪽으로.

　수려는 순순히 그 손이 이끄는 대로, 화톳불 옆을 지나, 그리고 마침내 그 굳게 닫혀있던 문 안쪽으로, 들어갔다. 그 광경에 수려는 눈을 크게 떴다.

　칠석 밤, 하늘 가득한 별들이 반짝이는 것 같은 어둠 속에서 은하수와 같은 한 줄기 길이 뻗어 있었다.

　그 사람은 역시 이번에도 돌아보지 않고, 그저 수려를 길을 따라 이끌고 간다. 안으로 안으로.

　나뭇잎 스치는 소리가 점점 더 커진다. 깊고 깊게, 장송곡처럼, 눈물이 날 것처럼 서글픈 소리.

전에도, 들었다. 나뭇잎이 스치는 서글픈 소리. 무슨 나무? 그런 생각을 했을 때, 누군가가 대답했다.

"홰나무입니다."

길 앞쪽에 한 명의 여성이 나타났다. 수려는 멈춰 섰다. 나이는 삼십대 중반. 우아한 얼굴과, 깊고 검은 눈동자. 달콤하고 향기로운 꽃향기. 아름다운 푸른빛을 걸치고, 온실 속의 화초처럼 큰 귀한 집 규수처럼, 그곳에 서 있었다. 언젠가, 수려를 벚나무 문 앞에서 만류해주었던 여인. 그래——.

수려는 딱 한 번, 살아있는 그 사람의 얼굴을 본 적이 있었다. 풍겨오는 저 꽃향기.

——푸른 달빛, 흰 관의 장례행렬. 빈 관이 늘어선 가운데, 단 한 사람, 관 속에 남아 있었던 여인.

마지막 순간까지, 류화가 사용하지 않았던 관. 쓸 수 없었던 특별한 여인. 마지막 소녀.

"…비연 아가씨, 였지요."

왕비연은 미소를 지었다. 왕계의 눈, 리앵과 많이 닮은 눈빛이었다.

"왜 그랬을까요, 시집을 간 뒤로, 나와 류화 아가씨는 정말로 자주 크게 부딪치곤 했어요. 매일, 매일. 완전히 미움받고 있다고 생각했거든요. 그래서 말이죠… 눈을 떴을 때, 놀랐어요. 왜 그랬을까, 하고. 왜 나를 '관'에 집어넣었을까, 하고… 지금도 조금은, 신기해요."

산욕열로 죽어가던 비연을 류화는 관에 넣어서 희미한 목숨을 붙잡아두었다. 재도, 뼈도, 부친에게 넘겨줄 수 있을 턱이 없다. 비연은 쭉, 관 속에서 쌕쌕 잠들어 있었을 테니까.

언젠가——하고, 류화는 생각했던 것일까. 언젠가 비연을 구할 수 있는 방법을 찾을 수 있을지도 모른다고.

지금으로서는 알 수 없었다. 류화가 말을 할 리도 없다. 비연의 목숨을 구한 진짜 이유도.

하지만 류화의 죽음과 함께, 관에 걸려있던 류화의 주술도 풀려서, 멈춰져 있던 시간은 흐르기 시작했다.

눈을 뜨더라도, 남은 것은 죽음뿐. 그걸 알았을 때, 비연은 결정했다. 끝나기 전에, 다시 한 번만 살자고. 주취에게 수려를 도와주겠다고 자청했던 이유는 많았다. 다 셀 수 없을 정도로.

비연이 조사해서 서한에 적어 보냈던, 방대한 황해 관련 자료.

눈을 떴을 때, 그 자료들을 아들과 한 명의 소녀가 이어받아, 완성시켜서 황해를 진압했다는 것을 알고서.

…얼마나 기뻤는지 모른다.

류화가 비연을 살렸던 것처럼, 이번에는 자기 차례라고 생각했다. 수려의 남은 하루를 지켜주자고.

"아버님도, 리앵도 만났어요. 꿈만 같아요. 저승에 가지고 갈 선물도, 폐하께 받았고 말이죠."

비연은 품속에서 한 통의 서한을 꺼내 기쁜 듯 펼쳐보였다. 왕계가 보낸 친서.

"앞쪽은 아버님의 친필, 뒤쪽은 아들의 친필. '안녕하세요. 저, 리앵입니다' 라네요."

──안녕하세요. 저, 리앵입니다.

헛되지 않았다. 비연이 걸어온 길. 이제는 분명히 아들이 걸어갈 것이다.

"…안녕하세요, 엄마입니다, 라고 말하는 걸 깜빡했어요."

비연은 활짝 웃으면서 수려에게 다가와 끌어안았다.

"후후, 황의 밑에 있었으니, 잔소리도 많이 듣고, 매일 힘들었죠?

고생했어요. 애써줘서 고마워요. 아들을 도와줘서, 아버님을 도와 줘서, 고마워요. 류화 아가씨도. 줄곧 당신에게 고맙다는 인사를 하고 싶었어요. 안녕. 안녕… 먼저, 갈게요."

달콤한 꽃향기를 남기고서. 비연은 푸른빛과 함께, 수려가 걷고 있는 하늘의 길을 앞질러 사라졌다.

수려는 다시 누군가에게 이끌려서 걷기 시작했다.

쏴아아, 쏴아아, 하고 홰나무를 스치는 바람이 마음 속 깊은 곳의 나뭇가지를 흔들었다.

커다란, 황혼빛 문이 보였다. 눈물이 날 것 같은, 가을의 저녁노을 빛.

수려가 발을 멈추자, 손을 끌던 사람도 같이 발을 멈추었다.

수려는 가슴이 먹먹해졌다. 이유도 없이 눈물이 흘러넘쳤다. 쥐고 있던 손에서 뭔가가 흘러들어온다.

봄의 벚꽃, 여름의 달, 가을에는 감을 떨어뜨려서 수려가 주웠다. 겨울에 열이 나면 계속 손을 잡아 주었다. 계속 손을 잡고 이끌어 주었다. 살아있을 때에도, 사라진 후에도. 줄곧 이렇게.

마지막까지 곁에서 걸으며 함께 있어주었다.

"…어머님, 이지요?"

앞에 선 누군가가 천천히 뒤를 돌아본다. 폭포수 같은, 비단결 같은 검은 머리카락을 부채처럼 휘날리며.

수려는 이제 기억 속의 얼굴이 잘 생각나지 않았다. 아버지는 활짝 핀 장미 같은 사람이라고 했었다.

번개처럼 반짝이는 눈빛, 젖은 듯한 입술. 모든 이의 시선을 사로잡을 뛰어난 미모. 난처한 듯이 웃는다.

하지만 방울방울 흘러내리는 눈물로 흐려진 수려의 시야에는 모든 것이 일그러지고, 희미하게 보였다.

언제 자신이 어머니의 품속으로 뛰어들었는지, 알 수 없었다. 정신을 차려보니, 어린아이처럼 흐느끼며 울고 있었다. 엉엉, 소리를 내며 울었다. 그 이유도 모르는 채로.

"…그래, 그래. 애썼다, 수려. 많이 많이 애썼느니. 참 잘했다…."

흐느끼는 수려를 어머니는 끌어안고서, 귓가에서 몇 번이나 달래듯이 속삭였다.

수려는 아이가 된 듯, 투정을 부리며 발을 동동 굴렀다.

"정말, 혹, 흐윽, 지, 지쳤다고요…!"

"그래."

"잔뜩 잔뜩 애썼다고요."

"그래. 알고 있다."

"이제 끝이라고, 다들 말한다고요. 그러니까 괜찮잖아요? 어머님. 이젠 같이 가도. 데리고 가주세요. 데리고 가주세요. 애썼으니까. 내가 온 길을 다시 되돌아가고 싶어지기 전에. 문까지."

"수려…."

"이젠, 어머님과 계속 같이 있고 싶어요."

"…힘든 삶을 살게 했느니, 수려… 미안하다…."

수려는 흠칫, 얼굴을 들었다. 어머니가 조금 풀죽은 얼굴을 하고 있었다.

"나는… 그대를 살려두고 싶었느니. 무슨 일이 있어도. 그대와도, 소가와도, 정란과도 두 번 다시 만날 수 없다는 것을 알면서도, 그래도 무슨 일이 있어도 그대가 살기를 원했구나."

삶과 죽음은 세상의 섭리. 마땅히 원을 돌아가는 것. 참견해서는 안 된다. 그런데도 그녀는 딸을 구하기 위해서 참을 수가 없었다. 오랫동안, 조금이라도 오랫동안. 마치, 인간처럼 미련을 버릴 수 없었다.

혜성처럼 자유롭게, 인생을 달려가길, 그런 방자한 소망을 품고서, 세상의 섭리를 비틀었다.

고작 몇 십 년. 의미가 있겠냐고, 자소는 물었다. 알 수 없었다. 선녀인 그녀조차도.

수려가 꽈악, 끌어안는다.

"미안해요. 아니에요. 아니에요. 살고 싶지 않았던 게 아니에요."

"알고 있다… 보아라, 수려. 별의 종말이 오는구나."

"네…?"

어머니가 가리키는 손가락 끝, 별빛 가득한 하늘 저편에, 불타는 붉은 요성이 빛나고 있었다.

그 이상 빛날 수 없을 정도로 작열하면서. 반짝이면서, 마지막 숨을 내뱉는다.

이윽고 금이 가더니 떨어져 내린다. 눈 깜짝할 사이에, 무수한 혜성이 되어서.

마치 누군가의 눈물처럼.

"왕의 별이 움직인다. 수려. 그대의 왕 위에, 새로운 왕의 별이 빛난다. 새로운 시대가 시작되는구나."

요성은 깨지고, 왕의 별이 동녘하늘에 빛난다.

수려는 웃었다. 새로운 왕의 별. ──류휘.

"…수려, 이제 기적은 없느니. 류화가 말한 대로다. 내게도, 그 누구에게도. 이건 정말이다. 아무것도 해줄 수 있는 것이 없구나. 그대의 천명은 끝난다. 정말 열심히 살았느니."

수려는 눈물을 닦고서, 숨을 들이마셨다. 그리고 웃으며 '네' 하고 대답했다.

딱 한 번, 걸어온 한 줄기 하늘의 길을 돌아보았다.

길고 긴 길. 순식간처럼 느껴졌지만, 그렇지 않았을지도 모른다.

…눈을 감고서, 그렇게 어머니의 손에 이끌려, 천천히, 황천길을 내려가기 시작했다.

●　　●　　✦　　　✦　　　●　　●

붉은 요성이 산산조각나면서 수천 개의 유성우가 밤하늘에 쏟아져 내린다. 몇 개나, 몇 개나.

황금빛 눈을 가진 커다란 까마귀가 하늘을 날다가, 선동궁 꼭대기에 서서 유성우를 바라보고 있던 암흑빛 사내의 팔에, 황공하다는 듯 내려앉았다. 흑선은 머리를 쓰다듬으며 부하의 노고를 치하했다.

선동궁을 둘러싸듯이, 금빛 바람이 불었다. 그 순간, 금빛 바람 속 태고의 물결치는 호수에 눈물이 날 것 같은 저녁노을이 비치고, 빙글 돌아가는 붉은 우산 아래서, 여인의 입술이 미소 짓는 모습이 보인 듯했다.

『…당신과는 갈 수 없어요. 갈 수 없어. 난 많은 것을 그르쳤어요. 하지만 옳은 답을 계속 찾아가고 싶어요. 싸우지 않고 지키는 것, 죽이지 않고 모두를 지키는 방법. 오라버니와는 다른 방법, 다른 길을… 난 당신을 지키고 싶었어요. 하지만 오라버니도 지키고 싶었죠. 결과는 이거예요. 하지만 '난 이것밖에는 하지 못했어' 라며 살아가고 싶진 않아요. 그러니까, 당신과는 함께 **가지 않아요.**』

먼 과거. 사라지지 않는 사랑스러운 소녀의 목소리가 되살아난다. 그에게 굴복하지 않고, 그의 앞에서 사라진 창요희.

…안개 속, 깊은 산을 오르는 작은 발소리도 들려왔다. 동생의 손을 끌고서.

『…어쩔 수 없다. '암살인형' 을 풀겠느니라. 양측의 수뇌를 죽이고 오거라… 알고 있다. 해결책은 아니다. 어차피 또다시 벌레가 끼 듯 몰려들겠지. 우우, 그건 무리구나. 이렇게 되었으니. 하다못해, 오십 년, 오십 년만 먼저 내가 태어났더라면…! 그랬더라면──.』

그랬더라면, 전쟁이 시작되기 전에 막을 수 있었을 것을── 이라고.

시작되지 않게 하는 것. 부전(不戰)과 중립, 중재와 조정, 지혜를 통해 류화는 하나의 답을 찾아내었지만, 태어난 시기가 너무 늦었 다. …그리고 언제부터인가 류화 자신이 잊고 말았다.

그 매몰된 길을, 또 다른 소녀들이 찾아내서 쓸고 닦아, 걸어간다.

몇 번이나, 몇 번이나. 되풀이한다. 창요희의 마음을 이어받은 것 처럼. 시궁창 속에서도 세상이 걸어가는 소리가 들린다.

흑선은 눈을 감고 그 소리를 들었다. 유성우가 쏟아지는 아름답고 어두운 세상의 소리를. 자신이 기뻐하고 있는 것인지, 실망하고 있 는 것인지, 잘 알 수가 없었다. 마지막까지 인간이기를 선택한 창요 희.

그녀가 지키려 했던 인간이, 정말로 그럴 가치가 있는지. 그렇지 않았으면 좋겠다고 얄궂은 생각을 하면서도, 그래도 이렇게 몇 번 이나 안도했었다. 아름다운 유성우가 쏟아지는 밤의 장막 속에서.

발소리가 들렸다. 뒤를 돌아보니, 수많은 세월을 지나, 자소가 흑 선 앞에 서 있었다. 얄궂은 미소를 띤 채.

"선동궁은 열리지 않고, 신기가 부서져도 창요희는 좀처럼 모습 을 드러내지 않은 채라니, 만족하나? 흑선."

빙글, 돌아가는 붉은 우산. 아무리 흑선이 원해도 그녀는 나타나 지 않는다. 인간을 사랑한 창요희. 이 세상 어딘가에 있을 그녀를 끌어낼 수 있는 때라고는, 선동궁이 열릴 정도로 급박한 상황이 닥 쳤을 때뿐. 그러나 이렇게 주사위를 던질 때마다, 흑선은 알 수 없었다. 선동궁이 열리지 않았음에 안도하고 있는지, 낙담하고 있는지. 창요의를 사랑하고 있는 것인지, 미워하고 있는 것인지, 이젠 알 수 없어져버린 것과 마찬가지로.

알 수 없었다. 이건 마치, 인간과 같았다.

"…그 말을 그대로 돌려주겠다, 자소. 나와 같은 얼굴을 하고 있는 자네에게."

자소의 눈이 못마땅하다는 듯이 **외면한다**. 그의 바람은 멸망을 보는 것. 하지만── 그래, 그 또한 흑선과 같은 얼굴을 하고 있었다. 몇 번이나 주사위를 던져도, 마지막 순간에는 예상을 뒤엎는 눈이 나온다. 전쟁을 선택하지 않은 자류휘. 어제와 마찬가지로 계속되는 내일. 만족하나? 대답하고 싶지 않은 자신이 싫어진다.

"싸우지 말라고. 이것만은 확실하지. 이번에도 자네 둘, 사이좋게 비긴 게 되는군."

또 시작이냐, 하는 목소리와 함께, 황선이 젊은 몸으로 변신하여, 삼각형을 이루듯이 내려앉았다.

"모처럼 아가씨가 지켜낸 세상이 망가지니까, 싸움은 말라고. 나도 죽은 이가 늘어나면 곤란해. 안 그래도 벽주에서 정신없이 일하고 있으니까 말이지… 얼레, 다선, 은랑은 어쨌나?"

다선이 붉은 머리카락이 한 줄기 섞인, 갈기 같은 은발을 휘날리며, 황선에 이어 내려앉았다.

"…연청의 형에게 빌려줬다. 제자가 애썼는데 바로 부수지 말라고. 참아. 백 년이면 되니까."

"정말이지, 하나같이 인간 편이나 들고 앉았군. 한심하다는 생각 안 드나, 자네들."

영월의 모습을 한 백선──양월이 어이없다는 듯 황선과 다선을 노려보며 그 옆에 내려섰다.

"백선, 자네가 무슨 낯짝으로 그런 소릴 하는 건가. 아주 제대로 인간 편으로 넘어간 주제에. 그렇긴 해도, 룡연 자식… 날 밀어내고 남주로 돌아가 버리다니. 이렇게 놀란 건 천 년 만이었지."

룡연의 모습을 한 남선이 투덜거렸지만, 어딘가 재미있어하는 기미가 보여서, 그가 일부러 몸을 빌려준 것인지 어쩐지는 아무도 알 수 없었다. 구양순의 모습을 한 벽선이 옅은 미소를 지은 채 마지막으로 내려앉았다.

"봄밤의 잠은 달콤해서, 새벽이 온 줄도 모른다고 하지. 하지만 말이네, 너무 많이 잤어, 남선. 졸다가 당한 거지. 난 이번에는 처자가 있다네! 조금 재미있더군. 나도 손자가 태어나 자랄 백 년 정도는 이대로가 좋네."

휑하니, 그 자리에 없는 한 사람의 자리가 썰렁하게, 눈길을 끌었다. 모두가 그 자리를 바라보았다. 화려한 진홍색 빛을 내뿜으며, 긍지 높고 고귀한, 진홍빛의 아름다운 선녀. 인간을 싫어했던 홍선.

그랬던 그녀가 인간을 위해 남겨둔 좁은 길이, 지금 눈앞에 펼쳐지고 있었다.

황선은 머리를 긁으며 발밑에 있는, 우아한 열리지 않는 선동궁을 내려다보았다.

"'섬길 만한 왕이 나타났을 때, 채팔선은 선동궁에 모인다'. 창주가 남긴 거짓말을 믿은 바보 왕은 차고 넘치게 많았지만, 정말로 몇백 년 만에 전체 신선이 강림했는데, 다들 무시하는 건가. 아하하. 좋군."

사실은 다르다. 그들이 도움을 줘도 되겠다고 생각한 왕이, 결과적으로 명군이라고 불렸던 것에 불과하다. 지금까지는. 하지만 이번에는 그것조차 없었다. 채팔선을 찾으려고도 하지 않았던 왕계와 류휘.

채팔선이 몸을 빌려줬던 자들이, 저마다의 왕에게 힘이 되어주었다. 우연이었는지, 아니었는지는 아무도 모른다. 이것만은 확실하다. 전쟁을 회피한 것은 그들이 아니었다.

모든 것은 인간의 의지로. 시대가 바뀐다. 설령 이 시대에만 국한된 것일지라도.

남선은 홍수려를 생각했다. 홍선에게 이끌려, 황천길을 내려가는 발소리가 들리는 것 같았다. 전부 그 소녀인 채로, 끝까지 걸었다. 기적은 일어나지 않았고, 앞으로도 일어나지 않을 것이다. 무엇 하나. 그런데도 남선은 그것이야말로 최고의 미래라는 생각이 들었다. 저마다 걸어간 길이 이르렀을 뿐인 미래.

기적이 일어나지 않았기에 가치가 있다. 인간의 손으로 지켜낸 고요한 밤. 내일로 이어지는 오늘.

힐끗, 흑선과 자소를 보자, 두 사람 모두 같은 얼굴을 하고 있었다. 기쁜 것인지, 낙심한 것인지, 그 자신도 알지 못하는 듯한 얼굴. 누구보다도 인간을 사랑하고, 동시에 미워하고 있는 두 사람이기에.

"…훗. 그럼, 대업연간의 대가는 이걸로 드디어 청산되었나."

남선은 술잔을 모두에게 던졌다. 공중에서 퐁퐁. 술잔 밑바닥에서 맛좋은 술이 솟아난다.

"이 세상은 우리에게는 눈 깜짝할 동안의 꿈. 언젠가는 끝난다. 인간의 손에 의해서일지, 우리 중 누군가의 손에 의해서일지는 모르지만… 하지만 조금만 더 유예를 주도록 하지. 그 정도의 꿈은 보여주었으니. 홍선의 딸을 위해서. 왕의 별을 움직인, 창주와 조금쯤은 닮은, 그 왕을 위해서."

황선과 다선과 벽선이 술잔을 치켜 올렸다. 백선은 외면한 채로. 자선과 흑선은 망연자실한 얼굴이었지만, 그래도 마지막에는——

자소는 마지못해, 흑선은 끝까지 침묵을 지킨 채──술잔을 받아
들었다.

유성우 쏟아지는 밤, 일곱 개의 술잔이 부딪쳤다.

선동성 옆에 선 고대의 벚나무가 축하라도 하는 듯, 일제히 밤바
람 속에서 꽃잎을 흩날렸다.

──봄.

조정의 벚꽃은 어디나 만개하여, 벚꽃 잎이 비 오듯 쉴 새 없이 흩날리고 있었다.

"…꽃은, 필요 없었구나."

분홍색과 흰색의 벚꽃 잎이 쏟아져서, 새로 세워진 비석은 반쯤 꽃에 파묻혀 있었다.

류휘는 언제나처럼 청소를 하고, 잡초를 뽑고, 물을 새로 갈았다. 몇 번이나 왔던 터라 완전히 익숙한 손놀림이다. 리앵 외에는 아무도 없다. 리앵은 불쑥 중얼거렸다.

"쓸쓸해지겠어…."

리앵밖에 없는 것은, 다른 사람들은 모두 새 부임지로의 이동과 인수인계 때문에 매일 바빴기 때문이다.

왕도로 귀환한 후, 유순은 바로 봄철의 관직임명에 맞춰 지방과 중앙 모두, 대폭적인 인사이동에 착수했다. 선왕인 전화가 소 재상과 함께 관직임명을 한 이래, 거의 그대로 몇 년이나 주요대관의 이동이 없었다. 공석이 된 관직도 늘어나있었기 때문에 봄을 맞아 문관과 무관 모두 전면적인 쇄신이 이루어졌다.

지방 대관이었던 류지미와 강문중, 혜가 등의 실력파를 조정으로 불러들이고, 그 대신 중앙의 신진관리들을 한꺼번에 지방으로 방출했다. 그 중에는 구양옥과 양수, 이강유, 남추영, 자정란의 이름도 들어있었다.

벚꽃이 질 무렵이면, 모두 각자의 부임지로 뿔뿔이 흩어지게 된다. 그러나 류휘는 미소를 지었다.

"그렇지. 하지만 어차피 또다시 돌아온다. 그 세 명은 위의 대관들을 넘어서야만 하는 인물들. 짐의 곁에 있기만 해서는, 짐이야 쓸쓸하지 않지만, 그뿐이니…"

그걸 깨달은 삼 년간이기도 했다. 언젠가 돌아오기 위해서 헤어지는 것이다.

쏴아아, 하고 불어온 바람이, 쌓여있던 꽃잎을 흩날린다.

비석의 이름을 보고, 류휘는 순간적으로 아픔을 견디는 듯한 옆얼굴로 웃었다.

때때로 먼 옛날 일 같기도, 바로 어제 일 같기도 했다. 류휘에게도 알 수 없었다.

…시간만이 흘러서. 이렇게 몇 번이나 몇 번이나, 같은 봄이 돌아오겠지.

저물어가는 주황빛 하늘에 커다란 까마귀가 한 마리, 푸드득 하고 허공으로 날아올랐던 것을 기억하고 있다.

움직이지 않는 수려와, 떨어지지 않는 류휘를, 연청과 정란이 막대기처럼 우두커니 선 채로 바라보고 있었다.

누군가가 류휘의 어깨에 손을 얹었지만, 뿌리쳤다. 엉망진창으로 몸부림치며 울부짖었다. 자신이 생각해도 지리멸렬하고, 무슨 소리를 하는지 알지 못하면서. 사람들이 그를 수려에게서 떼어냈다. 결국은 누군가에게 얻어맞고 정신을 잃은 후… 다시 눈을 떴을 때는 어딘가의 사원이었다. 쏴아아, 쏴아아, 하고 나뭇잎이 바람에 스치는 깊은 소리에 오싹, 등줄기가 서늘해져서 벌떡 일어나자, 리앵과 주취, 소가가 흰 관을 둘러싸고 있었다.

류휘는 비틀거리며 걸어가서, 그 관에 다가갔다. 모두가 잠자코 류휘에게 길을 내주었다.

──수려는 표가의 의상이 아니라, 흰 옷을 입고 있었다. 깨끗하게 얼굴과 손발은 닦여있었고, 양손은 가슴에 포갠 채, 조용히, 조용히 누워있었다. 예전에 이 관 속에 잠들어 있을 때 두 뺨에 감돌던 홍조는 어디에도 없고, 그 뺨은 그저 파리했다. 창백할 정도로 하얀 얼굴.

류휘는 무릎을 꿇었다. 하염없이 눈물이 흘러내렸다.

…깊은 밤, 자시를 알리는 종이, 어디에선가 영원처럼 들려왔다.

그래도 계절은 돌고 돌아, 봄은 온다. 때때로 숨쉬기가 힘들어지더라도. 그때 느꼈던 깊은 상실의 아픔이 지금도 생생하게 느껴지더라도. 지금이라는 시간이 아직 멍한 꿈처럼, 환영처럼 먼 것처럼 생각되는 날이 있더라도. 계절만은 흘러가고, 벚꽃이 피고, 이렇게 몇 번이나 몇 번이나 반복된다.

류휘는 비석을 내려다보았다. 마음 깊은 곳에서 우러나는 감사를 담아, 천천히 중얼거렸다.

"…고맙다."

리앵이 따로, 사철 피는 장미꽃을 바쳤다. 그리고는 불쑥 중얼거렸다.

"…그래서, 홍수려는 어떻게 할 거지? 왕."

"…음."

비석에 새겨진 이름은—— 왕비연. 어머니의 이름을 보면서, 리앵은 거침없이 말했다.

"그 정도 했으면 이제 그만 포기하면 어떨까. 일 년 전부터 내가 말해주고 있잖아."

"…시, 시끄럽다. 아들. 반항기로군."

"누가!! 너, 조정에서 엄청난 반대를 받고 있다고. 진소방을 비롯해, 하급귀족은 파벌을 만들어서 결혼반대 탄원서를 선동성에 매일매일 던져넣지, 중앙대관에 유순까지, 관리로 두는 편이 나라를 위한 길이라고 퍼부어대고 있잖아. 상사인 규황의도, 쓸 만해졌더니 사표라니, 하고 바로 반려될걸. 주취도 일단 한 번 표가로 도망친 적이 있으니, 상대가 왕이라도 억지결혼은 무효라잖아! ——그보다도 본인도 역시 후궁에는 들어가지 않겠다고 해서 완전 차여놓고는!! 조의 중에 백관의 면전에서 제대로!"

"흐, 흐흠. 다들 짐의 사랑의 방해만 하고 있군. 하지만 짐에게는 익숙한 일. 짐의 심장은 강철로 만들어졌다."

"내가 곤란하다고! 그럼 짐은 기다리겠다, 결혼 안 하는 독신이다. 하지만 후손은 두겠다면서 날 양자로 삼을 테니 괜찮네 어쩌네 해서, 나한테 불똥까지 튀긴 주제에!! 헛소리 말라고!"

"아, 사랑을 관철하기 위해서는 희생이 필요하다."

"그게 왜 나냐고!"

"하지만 리앵, 그건 심했다고 짐은 생각한다."

류휘는 또 생각난 듯이 노발대발 화를 냈다.

"짐과 수려가 눈물의 작별을 하려고 하는 때에, 뒤에서 머리를 때려서 떼어내다니!!"

"내가 아니야."

"그렇다! 왕계도 손능왕도, 주취까지 짐을 때렸다. 임금인 나를 두들겨 팼다!!"

"…뭐, 상식적으로 어깨에 화살이 박혔다고 바로 죽지는 않으니까 그렇지. 반나절 동안 귀양에서 쉴 새 없이 말을 달려왔으면, 피로와 배고픔과 빈혈로 축 늘어지는 게 당연하니까. 빨리 응급처치를 하는 게 우선이잖아."

뭘 울고 있는 거야, 바보 왕 같으니! 빨리 상처 치료를 하지 못할까! 하고 모두가 덤벼들어 떼어냈다.

"하지만 하루도 못 버틴다고 했다!!"

얻어맞고 다시 정신을 차리고는, 관 속에 잠들어 있는 파리한 수려를 보고 눈물을 흘리며 무릎을 꿇었을 때.

뒤척, 하고 수려가 돌아 누웠다. 심장이 멎는 줄 알았다. 사실은 강시가 된 줄 알았다. 강시라도 신부로 맞을 수 있을까, 하는 절실한 생각이 일순 머리를 스쳤던 것은 비밀이다.

"…그렇긴 하지. 그건 거짓말은 아니었고, 딱히 기적이 일어난 것도 아니었으니까. 잘될 수도 있었다고. 하지만 당신과 홍수려에게만은 말하지 말라고 했어, 주취가."

살아있는 걸 알았을 때에도 류휘는 주취와 리앵을 다그쳤지만, 아직도 알려주지 않는다.

"뭔 말인지 모르겠다! 덕분에 짐은 어깨에 화살이 박히면 바로 죽는다고 믿고서 치료도 하지 않고 엉엉 운 바보 왕이라고, 능안수가 엄청 소문을 퍼트리지 않았느냐! 괴담 피해다!"

"…윽, 그, 그건… 사과하겠다… 하지만! 당신도 다를 거 없어! 내… 어머니 앞으로 보낼 편지라는 걸 알았으면 '안녕하세요. 저, 리앵입니다' 이거 외에 다른 말도 썼을 거라고!!"

──아무것도 할 수 없는 어미라서 미안하다. 불현듯 비연의 목소

리가 떠올랐다. 아니라고, 리앵은 활짝 핀 벚꽃을 올려다보았다. 지금 여기에 살아있게 해 주었다. 리앵은 처음으로 감사했다.

그렇게 또 으르렁대고 싸우면서 두 사람은 천천히 돌아갔다.

●　　●　　✦　　✦　　●　　●

『…수려, 이제 기적은 없느니. 류화가 말한 대로다. 내게도, 그 누구에게도. 이건 정말이다. 아무것도 해줄 수 있는 것이 없구나. 그대의 천명은 끝난다. 정말 열심히 살았느니.』

네, 하고 웃으며 함께 걷기 시작한 뒤. 한참 후, 어머니는 발을 멈추고 쓴웃음을 지었다.

"그런데 말이다… 정말이지 인간이란 건 끈질겨서, 당해낼 수가 없도다."

"예?"

"수려, 그대 자신이 류화에게 부탁했던 걸 잊었느냐? 맨 처음 만났을 때다. 가장 처음에 했던 부탁이다."

암흑과도 같은 머리카락, 눈과도 같은 피부, 피와 같은 입술. 푸르게 빛나던 달빛 속에서 처음 만났다.

"표가에는 홰나무의 서약이 있다. 절대적인 불문율. 대무녀라고 해도, 깰 수는 없다. 그 중 한 가지가, '표가의 대무녀와 만나 입에 담은 최초의 부탁만큼은 반드시 들어준다'."

물을 원하면 물을, 휴식을 바라면 휴식을, 도움을 청하는 자에게는 손을 내밀어준다.

수려가 바랐던 것은──.

『…조금만 더, 살게 해주세요. 주세요. 목숨을. 부디, 제게 주십시오….』

자신의 소망을 떠올리고, 수려는 입을 열었다… 그랬다.

"류화는 분명, 희대의 대무녀였느니. 결점도 있었지만, 무시무시하게 머리가 잘 돌아가고, 긍지가 높고, 약속은 어기지 않아. 그건 양날의 칼이기도 했다. 류화 자신의 정신을 좀먹어 갈 정도로…."

외톨이었던 고고한 여제. 하지만 되찾은 긍지는 진짜였다.

"류화는 한 번 맺은 약속은 깨지 않는다. 계속 그 방도를 생각했느니라. 그리고 딱 하나, 가능성을 찾아내서, 백목 의자에 유언으로 남겨놓았다. 이를 주취와 비연이 이어받았다. 기적이 아니다. 모두가 끈질기게 그대를 조금이라도 더 살아있게 하려 한 결과였느니… 정말이지 인간이란 건…."

어머니는 미소를 지으며, 수려의 심장에 흰 손가락을 대었다.

"누군가의 목숨이 아니다, 수려. 그대 자신의 목숨이 아직 조금 남아있다. 여기에."

두근, 하고 고동쳤다. 두근.

홰나무에 커다란 검은 까마귀가 앉아 있는 것이 보였다. 눈은 태양의 황금빛.

"저녁노을 노래에 나오는 까마귀도 깍깍거리며 찾아왔구나. 자, 돌아갈 시간이다. 정말은 조금 더, 이렇게 손을 잡고서 같이 걸으며 지켜주고 싶었느니라…."

손이 멀어진다. 수려는 울음이 터질 것 같아서, 그 손을 잡았다.

수려는 혼란스러웠다. 잔뜩, 말하고 싶은 일들이 있었다. 잔뜩, 아주 잔뜩.

싫다, 가지 말라, 같이 있고 싶다. 하지만 무엇 하나 말로 나오지 않았다. 무엇 하나.

몸이 투명해져 간다. 선명한 진홍빛. 수려의 혼백의 색깔. 기다려, 잠깐만.

필사적으로 어머니의 손을 잡으면서, 마지막으로 활짝 웃었다. 있는 힘을 다해서.

"저기, 낳아주셔서 감사합니다. 목숨을 주셔서, 지켜 주셔서. 어머님, 정말 좋아해요."

어머니는 한 박자 후, 놀랐다는 듯이, 안도했다는 듯이, 우는 것처럼 웃었다. 진심으로.

"…그러하냐."

쏴아아아, 홰나무의 나뭇잎 소리가 멀어져간다.

모습이 손끝부터 사라진다. 별빛 가득한 밤하늘도, 은하수 너머의 황천길도 사라진다.

어딘가로, 뭔가가 몸을 끌어당긴다. 엄청난 힘으로. 커다란 홰나무 옆, 황혼의 문 저편에 서 있는, 누군가의 얼굴이 보인다. 주마등처럼 잇달아 스쳐지나간다. 그건 류화였다가, 우우였다가 했다. 비연과 영희의 얼굴도 보였다. 그리고 또 한 사람. 문뜩, 뒤를 돌아본 누군가. 물결치는 긴 머리카락.

마지막으로 어머니의 의연한 목소리가 들려왔다.

"현명(玄冥), 비염(飛廉). 딸아이를 잘 지켜주었다. 하지만 아직 끝나지 않았느니. 자, 수려의 여정을 함께 하여라."

현명, 비염? 어딘가에서 들어본 것 같기도 했다. 옛날 옛적 이야기 속에서. 그래.

시야 끝에, 희고 검은 몽실몽실한 작은 공 두 개가, 뒹굴뒹굴 구르고 있었다.

'비의 신과 바람의 신 이름이었던 것 같은데….'

하양이와 까망이가 순식간에 모습을 바꾼다. 뭔가 다른, 신성할 정도로, 섬뜩하고 아름다운 모습으로.

하지만 그 모든 것을 수려는, 보지 못했다.

"…뭐야, 그럼. 그랬다는 건가?"

"그런 모양이야. 주취와 리앵에게 들은 내용으로 짐작하면."

연청은 벅벅 머리를 긁었다. 순식간에 정란의 기분이 최악으로 가라앉는 걸 알 수 있었다.

물론 들었을 때에는 연청도 너무 충격적이라, 입을 쩍 벌리고 말았다.

"…잠깐. 그럼 다주 때, 다삭순이 아가씨의 목숨을 멋대로 끌어간 탓에 수명이 줄어든 건가? 그걸로 삭순은 강시가 되어서 아가씨에게 산더미처럼 민폐를 끼치다 못해."

"아니, 그건, 혼은 없는 빈껍데기였고, 혼은 어딘가에서 헤매고 있었다나봐."

"시끄러. 그래서 비연 아가씨하고 같이── 아가씨 안에 삭순의 혼백이 들어있었다고?!"

어쩐지, 그때 주취가 '뎜에 대해서는 정란에게는 말 못 한다'고 한 게 이해가 된다.

"…아니, 류화가 말이지, 어떻게 해야 아가씨가 납득할 수 있는 방법으로 목숨을 이어줄 수 있을지 계속 고민했던 모양이다. 아가씬 다른 사람의 목숨을 준다고 해도 절대로 쓰지 않을 테니까. 하지만 자신의 목숨이라면 별 문제 없지. 삭순이 멋대로 빼냈던 목숨만큼, 삭순의 혼백에 그대로 보존되어 있었다더라고."

"운도 좋지!! 가 아니라, 원래 아가씨의 목숨이잖아!!"

"그건 그렇지만, 삭순이 보존해놓지 않으면 그냥 몽땅 다 써버렸을걸. 아가씨 성격 상."

정란은 노발대발하면서도 그 말에는 반론하지 않았다. 그래, 아가씨의 장점이자 단점이기도 하다. 무슨 일이든 전력투구. 목숨이라도 호쾌하게, 남김없이 모조리 써버린다.

"그걸 아가씨에게 다시 옮겨 부으면 어떻게든 될 거라고, 생각했던 모양이야. 하지만 삭순은 평범한 인간이고, 제멋대로 여기저기로 헤매고 다니는데다가, 아무 때나 잤다가, 일어났다가 해서 계획대로 진행하기가 어려웠다나봐. 누군가가 붙잡아서 아가씨 안에 묶어두고서, 아가씨에게서 빼앗은 목숨을 모조리 토해낼 때까지 붙잡아 둘 '무녀'가 필요했고, 그걸 비연 아가씨가 나서서 해주었다… 그렇게 된 것 같아."

수려가 표가를 떠날 때, 류화는 이틀 동안 재워두었다고 한다. 그때 비연과 수려를 묶는 길을 만들어 놓고, 나아가, 마지막으로 하늘을 날아오르면서, 배회하고 있던 삭순의 혼백을 포박해서 연청 앞에 나타났다. 그때 수려에게 옮겨간 검은 것이 삭순의 넋이었던 것이다. 그리고 류화가 죽은 후, 비연은 그 역할을 이어서 맡아주었다.

감복할 뿐이었다. 황해 퇴치도 그렇고, 아무리 자주 성묘를 가더라도, 이 고마운 마음을 다 전할 수 없으리라.

류화가 생각해낸 '유언'을 주취가 백목 의자를 통해 계승하고, 비연이 이를 받아들였다. 기적은 아니다. 하지만 누구 하나라도 빠졌다면, 결코 있을 수 없었던 결과.

"…하지만 삭순의 혼백이 안에 들어 있어서 말이지― … 강시 삭순과 혼백 삭순이 서로 불러대는 바람에, 표가의 결계도 그냥 다 깨버리고 아가씨를 납치할 수 있었던 모양이야. 계산밖이라고 했어…."

"저언부, 그 사회부적응자 때문이었어!! 나쁜 놈! 화장해서, 재는 정성들여 매장하고, 유골은 극순에게 보낸 내가 바보 같군. 바다에

다 그냥 뿌려버리는 건데 그랬어!"

"흥분하지 마! 알았어? 넌, 왕과 아가씨에게는 말하지 마."

정란은 저벅저벅 왔다 갔다 하면서도, 그때만큼은 상심한 얼굴로 '알고 있어'라며 끄덕였다.

"믿을 수 없어!! 신과의 결투에 정신이 팔려서, 임금님과 수련 님은 완전 내팽개치고 해가 다 저물 때까지 싸움을 했다고요?! 이 얼간이 오라버니!! 정말 최악이야!!"

십삼희는 분기탱천해서 추영에게 설교를 퍼부었다. 아무리 추영이지만, 대답할 말도 없었다.

"…아니, 하지만, 십삼희. 신이 나쁘다고는 생각 안 하냐?! 그런데 나타나서는——."

"변명하지 말아요, 얼간이 오라버니. 신 따위를 한 칼에 못 죽인 한심한 꼴을 반성하는 게 어때요?"

"…잘못했습니다…."

십삼희는 무시무시한 눈빛으로 오라버니인 추영을 두들겨 패고 있었다. 누이는 군 지휘관이 잘 맞을지도 모른다——. 그때, 검은 안대를 한 신이 얼굴을 쏙 내밀었다.

"신 따위라니, 너무한걸, 반디. …하지만 나도 꽤 충격. 가볍—게 해치울 수 있을 줄 알았는데."

"하? 네놈 뭔 헛소릴 하는 거야, 신. 그때 내지 못한 승부를 지금 내볼까? 여기서?!"

십삼희는 단도의 손잡이로 오라버니와 신의 배를 한 방 찔렀다.

"두 사람 모두 잠꼬대는 잘 때나 하라고요. 특히 신, 내 앞에 그 면상 들이밀지 말라고 했었죠? 뭐야, 어사라니. 헛소리도 작작 하라고. 돌아가! 전 약혼자!! 당신 따위 부른 적 없다고."

십삼희는 차가운 말투로 확, 내뱉었다. 신은 움찔, 하면서도 버텼다. 맥없이 물러나진 않았다. 추영이 얻어맞은 배를 움켜쥐면서 실실 웃는 것이 보였지만.

"…자, 그럼, 어떻게 해야 얼굴을 보여도 쫓아내지 않을 건데?"

"사마가가 꿈에도 그리는 청공검을, 백 대장군과 일대일 대결에서 이겨서 쟁취해오면 한번 생각해보지."

"윽."

신과 추영의 얼굴이 경련을 일으켰다… 실은 그 점에 있어서는 두 사람은 공동작전을 펼치자고 맹세했던 것이다. 특히 오승원에서 청공검을 보고 만 사마룡은 추영을 말 그대로 거꾸로 매달아놓고 다그쳤고, 추영은 전부 다 불 수밖에 없었다. 현재의 주인이 백뇌염이란 사실을 알게 된 사마가는 불타올랐다. 그러나 지금 사마가에서 백뇌염에게 이길 가능성이 있는 건 신 아니면 추영뿐. 그래서 문중 회의에서, 둘 중 누군가가 청공검을 일대일 대결에서 쟁취해오면 신을 사마가가 다시 받아들인다는 결론이, 만장일치로 채택되었던 것이다.

그 후로 신도 추영도, 틈만 있으면 백 대장군에게 결투를 신청해서는, 유순 흉내를 내서 비겁한 술수도 이것저것 끼워넣기도 했지만, 일대일 대결은 모조리 패배로 끝났다. 일대일에서 이기라는 건, 지금 상황으로서는 평생 그 면상은 보이지 말라는 것이나 같은 의미였다.

부드러운 바람에 실려 온 벚꽃잎에, 십삼희는 문득 우울한 표정이 되었다.

──비처럼 쏟아지는 벚꽃. 수려가 살아 돌아온 것을 십삼희는 진심으로 기뻐했다. 동시에 마음속에 싹트고 있던 감정에 마지막 뚜껑을 덮고 열쇠를 잠갔다. 십삼희가 할 수 있는 건 그 정도밖에 없

었으니까.

별안간 신의 손이 뻗어 와서 십삼희의 두 뺨을 끌어당겼다. 신은 드물게 언짢은 얼굴을 하고 있었다.

"…알았어. 일대일 대결에서 이기고 나서 오도록 하지. 잘 들어, 반디. 각오해두라고. 그리고 추영, 한 번 왕을 두들겨 팰 테니 눈 감아줘."

"…으──음… 반쯤 죽이는 걸로 끝난다면… 귀여운 누이 일이니까."

"하아?! 무슨 헛소리를 하는 거예요, 오라버니!! 신! 임금님을 반죽여놓으면 내가 용서 안 할 거야!"

회랑에서 들려오는 십삼희의 위세 당당한 목소리를 들으며, 백합은 하아, 하고 한숨을 쉬었다.

그 한숨에, 의자에서 내려와 무릎을 꿇고 있던 강유가 펄쩍, 놀랐다.

"…백, 백합 님… 저…."

"괜찮다, 강유. 데리러 와달라고 부탁을 했는데도, 그 바보 여심은 유순 님을 쫓아 북방일주를 하다못해 북쪽에 혼자 남겨졌지. 미아가 되어 헤매던 아들과 나란히 내가 보낸 홍가 수색대에 발견되었다고 해도, 전혀 예상 밖의 일은 아니니까."

강유는 식은땀을 줄줄 흘리고 있었다. 귀양에서 연금 상태였던 백합을 백마에 태우고 멋지게 구출해내지는 못할망정 부자가 나란히 구조를 받다니, 이게 웬 망신. 게다가 이야기를 듣자하니, 각 지구별 귀양련(貴陽連)과 전직 용관들과 함께, 그 날, 십삼희와 백합은 귀양의 홍남 양가를 움직여서, 귀양을 구석구석까지 순찰하도록 했던 모양이다. 비가 오지 않았더라도, 불을 지르려던 계획은 미연에 막을 수 있는 체제가 정비되어 있었던 것이다.

호접이 안수의 계략을 눈치 채고, 혹시나 하는 마음에서 백합에게 연락을 해왔다고 한다.

하지만 이 모든 것보다도 더 무시무시한 것은——.

"…저, 저기… 백합 님… 여심 님, 제대로 여기 오신 거지요?"

"……"

백합은 후, 하고 우울한 듯 한숨을 쉬고, 벚꽃 쪽을 바라보았다. 강유는 온몸에 소름이 돋았다.

"강유. 바보 여심은 또 귀양에서 유순 님과 아주버님 옆에서 알짱 거리고 있는 것 같구나."

"… …다시 관직으로… 돌아갈까나… 하고, 연락을 취하고 있는, 것일 뿐인 게…"

"아, 그래. 뭐, 그 바보 여심은 내버려두고, 이제 난 후궁을 떠나 홍가로 돌아가겠다."

"배, 배배배백합 님! 부탁이니 이혼만은 하지 말아주세요——!"

"난 모른다, 강유. 자, 맡은 일 제대로 하고, 가끔은 고향에 내려오 렴. 기다리고 있을 테니."

백합은 방긋, 어떤 반론도 용납하지 않겠다는 미소를 띠었다.

강유가 풀이 죽어 고개를 숙이고 방에서 나간 뒤.

백합은 쿡, 하고 장난스럽게 눈을 가늘게 뜨며 미소를 지었다. 재 미있어서 말은 안 했지만 여심은 후궁에 있는 백합에게 돌아왔다. 제일 먼저.

' '…늦어서 미안했다' 라니. 설마 여심이 사과를 할 수 있을 줄이 야!!'

정말이지 감개무량하다. 인생이란 터벅터벅 걸어다가보면 생각 지도 못했던 일들을 만나는 법이다.

'…그래. 돌아가야 해─ 할 일도 잔뜩 쌓여있고. 그리고──.'

백합은 자신의 배를 살짝 쓰다듬었다. 어쩌면 혹시, 하는 느낌뿐이었다. 하지만──.

"…열 달 후면 강유, 형아가 되어있을지도 모른단다."

벚나무 밑에서 유순은 붓을 술술 놀리면서 미소 띤 얼굴로 옛 친구에게 한 소리 하고 있었다.

"…하아, 정말이지 당신이란 사람은 질릴 정도로 쓸모가 없었습니다, 안수."

"정말이다. 죽을힘을 다해 왕계 님을 구하지는 못할 망정, 그대로 메다꽂혔다니?!"

조정에서 줄곧 안절부절못하고 있던 황의는 아직도 노발대발하고 있었다.

"너라면 무슨 일이 있더라도 끈질기게 버텨서, 돌아가시는 일은 없도록 할 거라고 믿고 있었다, 나와 유순은!"

"미안하다고! 하지만 마지막까지 애썼어. 뭐, 한 순간, 왕계 님과 동반자살도 괜찮으려나, 하고 생각한 틈에 당했어. 이, 사는 게 너무 좋은 내가 말이지!! 왕계 님 무서워. 아── 하지만 아까웠어─…."

유순과 황의의 관자놀이에 불끈불끈 파란 힘줄이 돋았다.

"농담이 아닙니다. 옛날부터 그냥 모든지 좋아하는 것만 해대다가, 전부 손에 쥐고서 저세상으로 줄행랑이라니, 인생 우습게 보지 말라고요. 그렇게 하고 싶은 것만 하고 사는 인생, 당신 따위한테 누가 준답니까!"

"정말이다. 바보 같은 어린애처럼 이러쿵저러쿵 하는 놈이다. 알 겠냐! 나와 유순은 옛날에 정했단 말이다. 네놈이라는 바보에게 평생이 걸리더라도 '견디고 참고 양보하기'란 말을 철저하게 학습시켜 주겠다고 말이다!!"

"말해두겠는데, 전혀 열매를 맺지 못했네요, 그거."

수북이 담긴 딸기를 먹으려다가 황의에게 접시째 뺏겼다.

"배 째라냐!! 정말이지, 이번에도 또 증거도 뭣도 없는 거냔 말이다! 이 악당 자식. 이번에야말로 왕계 님에게서 떼어내서 시골구석에 처박아두려 했건만, 너란 놈은 정말."

"그런 바보는 아니지. 아, 좌천은 싫지만 잘리는 건 괜찮아. 인생이 더 재미있어지잖아."

"바보냐!! 네놈을 재야에 풀어두는 게 더 무섭다!! 무슨 짓을 할지 모르니. 조정에서 키워두는 게 낫지. 조정이라면 네놈도 이유는 모르겠지만 뭐, 쓸모는 있고, 무엇보다도 인력 부족이다. 일을 하라고! 제대로 일해서 제대로 벌어!"

그 말 그대로였다. 안수의 고삐도 몇 사람인가 쥐고 있고, 유순도 돌아왔다. 안수는 일반 사회에서는 그저 위험인물일 뿐이지만, 조정에서 잘만 쓰면 크게 도움이 되는 인재로 변신하니 신기할 노릇이었다.

"네네… 아, 맞다맞다. 우리 집 불법침입과 기물파손죄로, 랑연청과 자정란을 고소할 거야──."

"무슨 낯짝으로 하는 소리냐, 이 자식!!"

하지만 착실한 황의는 일단은 고소장을 작성했다. 아무리 그래도 이번에는 불기소처리로 해주자고 마음속에서 중얼거렸다. 황의에게도 죄책감은 있는 것이다. 일단은. 특히, 죽마고우인 안수에 대해서는.

"유순한테도 한 마디 해주라고!! 다주에서 조금은 둥글어졌나 했더니!! 이 거짓말쟁이."

"무슨 말을 하는 거냐. 유순은 잘해줬다. 병든 몸을 이끌고서 바보 왕의 엉덩이를 걷어차고. 거의 죽을 뻔했다고."

안수는 쩍, 입을 벌리고 말았다… 황의는 전혀 유순의 꾀병을 알아채지 못하고 있었다. 얼굴은 악독하면서 때때로 허당이다. 이런 점이 세 사람 중 가장 왕계와 닮았다는 소리를 듣는 이유였다.

"뭐, 나는 완벽한 이상주의자이니까요. 8할 정도면 됐다는 소리는 입이 찢어져도 안 합니다. 하려면 하나도 남김없이, 모조리 손에 넣어야지요. 왕계 님의 목숨도 당연히 살릴 겁니다."

"안 되면 포기하라고 냉정한 소릴 한 주제에!"

유순의 소망. 인생에서 오직 한 번뿐인 기회. 안수는 딸기를 입에 넣으며 눈썹을 찡그렸다.

"아―아. 절대로 안 될 거라고 생각하는데 말이지. 있을 수 없는 일이잖아. 그치, 황의?"

"……아니. 아무리 유순이라도, 하면 될 거라고 생각하는데."

"거짓말!! '마음속까지 좋은 사람이 되고 싶다' 는 꿈, 유순은 백 년 걸려도 무리라고!! 한도 끝도 없는 바보 곁에 있으면, 나쁜 계략을 생각하지 않을 수 있다는 생각 자체가 너무 안이해! 착한 사람 수행 때도, 항상 상냥하고 웃는 얼굴이었지만 괜히 더 의심만 받았었잖아. 무리라고, 무리. 절대로 무리야."

"잘 들어, 안수! 이룰 수 없으니까 꿈인 거다. 나이도 어리지 않냐. 노력만이라도 가상하게 생각해줘라."

후우, 하고 유순은 부채 뒤에서 슬픈 듯한 한숨을 쉬었다.

"…이래서, 당신들 곁에 있으면 싫어진다고요. 모처럼 평온한 마음이 거칠어진다고 할까요. 정말이지 슬픈 마음이 되어버리지요. 역시 바보와 같이 있는 쪽이 편하네요. 아―무 생각 안 해도 되니까 말이죠. 좋은 말만 해주고, 감사인사까지 받고, 좋더군요."

유순은 가슴이 뭉클한 듯한 표정을 짓고 있었다. 그것이 거짓인지 진심인지 두 사람은 읽어내기 어려웠지만, 유순이 자기 자신의 능력을 누구보다도 두려워하고 있었던 것만은 확실했다. 왕계 곁에 있으면, 자신도 제대로 된 인간이 될 수 있다고 생각하고 있었던 것도. 어떤 주군을 모시느냐에 따라, 시체를 산더미처럼 양산할 수 있는 책략마저도, 눈썹 하나 깜짝하지 않고 바칠 수 있다.

　그렇기에 좀처럼 주군을 고르지 않는다.

　안수조차도 이길 수 없었다. 선한 인간이 되고 싶어하는 한없는 악당. 황의는 어깨를 으쓱했다.

　"뭐, 름 부인이 임신한 것도 전혀 눈치 못 채고, 그냥 내팽개친 채 북방일주라니, 좀 그랬어."

　"헤에?! 아아, 그래서 그렇게 얻어맞았구나, 유순. 아하하하. 맞을 만하네."

　유순은 조정에 돌아온 뒤, 한참 동안 머리가 이상한 모양으로 변형되어 있었다. 재상의 말에 따르면, '아내의 최신 실패작의 여파로 인한' 것이라지만, 아무리 봐도 얻어맞아 생긴 혹이었다. 최신 실패작이 대체 뭐란 말인가.

　유순은 여기에는 반론할 말도 없었다. 이 내가 꿰뚫어보지 못할 비밀을 가지다니, 여인은 무섭다.

　여기에 당연히 이혼장까지 날아와서, 유순은 그걸 철회시키기 위해 온갖 지혜와 계략을 구사했지만 전혀 쓸모가 없었다. 자립한 여성인 름에게는 딱히 유순은 필요하지 않았고, 어떤 설득도 무의미해서, 유순은 태어나서 처음으로 아무런 대책 없는 배수의 진이라는 것의 공포를 맛보았다.

　그런 그녀의 분노를 멎게 한 것은 '사랑하고 있으니 돌아와주세요!' 라는 실로, 어이없는 한 마디였다. 유순은 두뇌파라고 자칭하고 있었던 자신이 실은 바보였다는 것을 뼈저리게 통감했다.

"그런데, 유순… 왕의 그 제안, 네가 보탠 지혜인가?"

"네. 이걸로 왕계 님의 목도 떨어질 염려 없습니다. 리앵은 아닌 밤중에 홍두깨였겠지만."

쿡쿡, 웃으면서 쓰고 있던 서한의 마지막 빈 칸을 보고, 유순은 으음, 하고 신음소리를 냈다.

"자, 여기는 어떻게 할까요…."

그때, 부스럭거리면서 덤불에서 소리가 났다 싶었더니 여심의 얼굴이 불쑥 솟아났다.

"아, 유순 옆에서 떨어져!! 이상한 트집 잡아서 몰매 때리고 삥 뜯으려고 했었지, 이놈들!"

"여심, 유순은 있나── 앗, 또 유순을 둘러싸고 협박인가! 비겁하단 생각 안 드느냐!"

순식간에 끼어들어서 유순을 감싸는 여심과 기인. 유순은 상냥한 미소를 띠고는 그들을 달래고 있다.

황의와 안수는 모든 게 싫어졌다… 속고 있다. 언제나 그들은 그렇게 생각해왔던 거다.

안수는 고양이 같은 눈을 가늘게 뜨고, 히죽 웃으며 유순을 끌어안듯 밀어 넘어뜨렸다.

"안타깝군요. 우리는 유순과는 당신들보다 훨얼씬 오랫동안 친교가 있다고요. 그렇죠, 황의?"

"그럼. 정말이지, 하나도 모르는군. 유순의 이런 점이나 저런 점도 모르는 애송이들이 친구랍시고 설치다니."

"뭐, 뭐냐, 유순의 이런 점이나 저런 점이라는 게!! 알려줘!"

바람이 불어와 유순의 손 밑에 있던 종이를 날려버렸다.

"아──."

올려다보니, 빨려들 것처럼 아름다운, 봄의 하늘이 활짝 핀 벚나무 가지 사이로 보였다.

"안수 놈, 매번 나를 죽이려고 했으면서 마지막 순간에 막을 건 또 뭐냐고, 배신자 놈."

"네— 네— 그 정도 했으면 자네도 이젠 좀 포기하지 그러나."

노발대발하는 왕계를 응대하며, 능왕은 벚나무 밑에서 맛 좋은 술을 즐기고 있었다. 마지막 순간에 자네를 거역하고, 끈질기게 살아남게 할 가능성이 있는 게 안수였으니, 유순도 황의도 나도, 안수를 내버려뒀던 게 아닌가… 하고 능왕은 마음속으로 중얼거렸다.

'하여간 그 녀석, 왕계보다 자신을 우선시하니 말이지——….'

능왕이나 신이었다면, 막지 못했을지도 모른다.

"거 참—— 그건 그렇고, 놀랐지 뭔가. 처벌이 없었던 건 그렇다 치고."

"괘씸한 것들! 법으로 처벌하란 말이다! 날!!"

"시끄럽다! 자넨 그저 병사들을 이끌고, 홍주에서 돌아오지 않는 바보 왕을 모시러 갔던 것뿐인 걸로 처리되었다고! 그걸로 됐지 않나!! '막야'를 받았으니, 이젠 따르라고!"

"그렇다고 해서, 손자인 리앵을 자류휘의 양자로 삼을 건 없지 않나!! 내 손자라고, 내 손자!!"

왕계는 화를 내면서 벌컥, 술을 들이켰다. 능왕도 여기에는 미묘한 표정을 지었다.

"…뭐, 리앵은 혈통도, 왕위계승권도 흠잡을 데 없는 건 확실하니까… 확실히 좋은 수야. 이걸로 자네도 외조부가 되고. 그러니까 숨은 은사(恩赦)라는 거지."

"절대로 유순이 귀띔해준 거다!! 누구 하나 내 말은 듣지도 않는

다. 리앵이 불쌍하단 생각은 안 드나? 전에는 팔십 넘은 치매 노인
네가 아비더니, 이번에는 자류휘라고. 아비 운이 너무 없지 않나."

아비 운이라니. 그게 뭐야. 바람이 불어, 능왕의 술잔에 하늘거리
는 벚꽃잎이 내려앉았다.

"다른 여인과 결혼하고 싶지 않다는 거지. 자네 누이가 죽은 뒤,
여섯 명의 비빈과 아이를 두었던 선왕 전화보다 난 훨씬 마음에 드
는걸. 그 정도로 확고하다면 뭐, 양자건 독신이건 다 인정해주겠네.
그리고 리앵에게도 나쁜 얘기는 아니지… 리앵은 입에서 혼백이 날
아오를 지경이긴 했지만."

왕계의 누이이자, 지난날 재앙의 왕자라 불리던 전화의 목숨을 구
하고, 귀양에서 탈출시켰던 선대 흑랑.

가문의 이름도, 집도 가족도, 모든 걸 버리고서. 그 후 누이와 만
났을 때에는 조정의 적이 되어 있었다.

왕계가 조정 측에, 누이가 전화 측에 붙었기에, 마지막까지 적으
로서 싸웠다.

누이도, 딸인 비연도 이젠 없다. 그런데도 자신이 아직 살아있는
것이 이상했다.

하지만 비연은 리앵을 남겨주었다. 리앵을 보고 있으면 왕계는 신
기한 기분이 된다. 자신과는 다르다. 하지만 확실히 자신의 일부를
가지고 있다. 왕계가 죽은 후에도, 리앵은 왕계의 일부를 가지고 더
앞의 세상을 보러 갈 수 있다. 그런 생각이 드는 것이다. 그리고 비
연의 일부도. 당연한 일을, 이제야, 이 나이가 되어서야 깨닫게 되
었다. 철나비처럼. 그렇게 이어져가는 것.

왕계는 끝없이 쏟아져 내리는 옅은 분홍빛 벚꽃을 올려다보았다.

한 세대로 끝나는 벚꽃. 광기어린 아름다움의 대가로, 덧없고, 미
련 없이 죽어가는 것이 숙명.

──아무리 때려도 다시 튀어나오는 정처럼, 죽을 정도로 끈질기게, 도망치지 않고 살아가는 아버님이 전 정말 좋았어요.

왕계는 미소를 지었다… 그 정도로 미련이 없지도, 덧없지도 않다. 끝까지 끈질기게 살아간다.

사실은 그 벚나무도, 그런 것인지 모른다.

●　　●　　✦　　✦　　●　　●

…반짝, 눈을 뜨니 꽃 이불에 파묻힌 것처럼 눈송이 같은 벚꽃잎이 끝없이 쏟아지고 있었다.

벚꽃잎을 보고, 그 후 한 달 이상 지났구나, 하고 생각이 났다.

눈을 뜬 자신을 보고, 아버지는 눈이 퉁퉁 붓도록 울었다. 어머니와 함께 가고 싶다고 떼를 썼지만, 아버지의 그 얼굴을 보니 돌아오길 잘했다고, 진심으로 생각했다.

그늘이 졌다. 소방이 불쑥, 위에서 내려다본다.

"고소장을 읽고 있는 여자가 요양휴가라니, 꾀병 아니야? 그러니까 규 장관이 이런 서한을 보내지."

"으… 서, 설마. 잘렸다던가, 감봉조치 되었다던가, 그런 연락이면 필요없으니까 불쏘시개로 써줄래?"

"새로운 임무 발령장인데, 그럼 청아한테 돌리던가 하지, 뭐─."

"으아아악!! 받을게, 저 주세요!"

수려는 즉시 벚꽃 이불에서 벌떡 일어나, 연못의 개구리라도 된 양, 펄쩍 뛰어서 임명장을 낚아챘다.

서한을 뜯어 내용을 읽고 있자니, 소방도 뒤에서 같이 들여다본다. 그러더니 헤에, 하고 중얼거렸다.

"…너한테 잘 어울리는 일이네. 갈 거야?"

수려의 눈이 흥분으로 반짝였다. 말 그대로 입만큼이나 모든 걸 말하는 그 눈빛이 대답이었다.

"―갈 거야. 그리고 이거, 아마 청아도 했던 걸 거야. 남주에서 강주목님에게 들었는걸. 훗, 그 음험한 나방 사내에게 질 수 없다고요."

"먼저 청아가 시어사로 승격되었다고 해서 그럴 것 없잖아. 경력 자체가 다른걸."

"무슨 소릴 하는 거야!! 시어사의 임기는 대충 일 년. 그러고 나면 단숨에 중앙관리로 직행이야. 단숨에 출셋길이 열리는 어사대의 꽃이라고!! 멍하니 있을 때가 아니잖아!"

"사마신이 병부시랑으로 발탁된 것처럼?"

"그래!! 얼마나 살기 힘든 세상이 될지 생각해보라고. 싫잖아?!"

소방은 풋, 하고 웃었다. 처음에는 이런 여자, 짜증나서 싫다고 생각했었는데.

지금은 안도하고 있는 자신을 느낀다. 언제나 이런 수려에게. 익숙해졌는지도 모른다.

아직 어깨에는 붕대가 감겨있었지만, 언제부터인지 그림자처럼 맴돌고 있던 새까만 그늘은 이제는 흔적도 없었다. 무엇보다도 온전히, 수려로 돌아와 있었다.

"네가 있으면 걱정 없다고. 아가씨. 자, 그럼 또 어디선가 만나자."

수려는 자신도 모르게 소방의 소매를 잡아당겨 붙잡았다. 소방과 숙아 등 하급귀족이 처음으로 힘을 합쳐서 상평창(常平倉) 비슷한 의창(義倉)을 조직해서, 지주(地主)인 본가에 요청해서 식량과 물자를 모아 백주와 흑주로 이송해주었다는 건 나중에 알았다. 다주부와 다가도 마찬가지. 백주와 흑주의 주목들이 지금까지 꾸준히

토지를 개척하고 식량을 아껴왔던 것도 큰 도움이 되었지만, 흑가와 백가가 무장봉기하지 않았던 것은, 이러한 다른 주로부터의 지원도 큰 영향을 미쳤다고 한다.

수려는 눈물어린 눈으로 소방을 바라보았다. 그리고——.

"대신 내준 아버님의 보석금, 제대로 다 갚아야 돼. 그 몇 개나 되는 너구리 허리띠 장식 같은 건 전당포에——."

"——너구리는 내 행운의 부적이란 말이야아아아!"

소방은 수려의 손을 뿌리치고는 소가 저택의 정원을 꽁지에 불붙은 토끼처럼 전력을 다해 달려 나갔다.

'…너구리 장식을 달기 시작하면서 탕탕의 불행이 시작된 것 같은데….'

소방은 그렇게 생각하지 않는 모양이다. 정어리 대가리라도 믿기 나름이라니까. 언젠가 행운이 찾아들지도 모른다.

수려는 손에 든 서한을 살짝 흔들다가, 문득 이제는 완전히 익숙해진 누군가의 기척을 알아차렸다.

수려는 뒤를 돌아 미소 지었다.

류휘는 소가 저택에 도착하자 정원을 공연히 거닐었다. 왕위 다툼 이래, 꽃을 피우지 않게 되었다고 했던 벚꽃이 올해는 모두 흐드러지게 피어 있었다. 류휘의 벚꽃은 아직 작고, 아직 만개하지는 않았다.

뒤뜰의 쏟아지는 벚꽃잎 속을 어슬렁어슬렁 거닌다.

누군가 있는 걸 느끼고, 류휘는 뒤를 돌아보았다. 그리고, 조금 웃는다. 수려는 아마 눈치 채지 못했을 거다.

언제나 류휘가 쫓아다니고, 수려는 도망 다녔다. 하지만 요즘 들어 수려 쪽에서 다가오게 되었다. 마치 새침하던 고양이가 드디어 따르게 된 것 같은 기분.

'…본인에게 말하면, 다가오지 않으니까…'

요즘 추영과는 의기투합해서, 함께 논의를 해서 대책도 세우고 있다. 남의 사랑을 방해만 해대는 대관들 사이에서 추영만은 류휘의 진실한 아군이었다.

류휘가 움직이지 않고 있자, 역시 수려가 다가왔다. 입술이 올라가는 걸 참는다.

"──이 얘기 알아요? 류휘?"

살랑, 하고 한 통의 서한을 흔들면서, 그대로 류휘의 손에 건네준다.

"응? 뭐지? 안은── 임명장. 윽, 들은 적 없다!!"

"역시."

"유순～～～."

짐이 원하는 건 전부 이루어주겠다고 했으면서! 그러나 유순의 머리가 이상한 형태로 변형된 날, 유순은 무언가를 깨달은 듯이 단호하게 류휘에게 선언했던 것이다.

『여인에게 거짓말을 하면 상당히 무섭다는 걸 알았습니다. 저는 이 건에서 손을 떼겠습니다.』

이 건이라니!! 약속을 어길 생각이냐고 다그쳐도, 유순은 수려 문제와 관련해서는 미련 없이 반기를 들어버렸다. 유순과 관련해서는 이 외에도 엄청 신경이 쓰이는 것이 있다.

'…귀양을 탈출할 때 보였던 그 얼음처럼 오싹한 아름다운 미소는 역시 짐이 잘못 본 건가?'

몇 번인가 웃어보라고 해도, 한 번도 그 비슷한 조각도 찾아볼 수 없었다. 언제나 그렇듯이 생글생글, 상냥한 미소.

하지만 유순의 그 미소를 보고, 망설이고 혼란스러워하는 일은 그 후로 신기하게도 한 번도 없었다.

　서한을 다시 한 번 읽어보고 류휘는 눈을 가늘게 떴다. 벚꽃잎이 날아와, 하늘하늘 서한을 물들인다. 잠시 후, 류휘는 코끝에 붙은 벚꽃잎을 떼어내면서 한숨을 쉬었다.

　"…알겠다."

　"에?! 자, 잠깐, 뭐, 정말 괜찮아요?"

　수려가 느닷없이 소리를 질렀다. 너무나 예상 밖이라는 얼굴로 어쩔 줄 모르고 있다.

　"왜 그러나. 헤헤거리고 있기에, 기꺼이 수락할 거라고 생각했는데."

　"그, 그야 그렇지만. 저기, 다른 말은 없어요? 뭔가."

　"뭔가라니 무슨 말. 이삼 년 못 만나는 것뿐이지 않은가."

　──모든 주를 몇 년 동안에 걸쳐 도는 순찰어사.

　어사대 임무 중에서도 장기 임무로, 체력과 기력 모두 확실한 젊은이가 아니면 완수하기 어렵다. 장거리 여행도 포함되는 굉장한 격무라고 하지만, 전국 구석구석까지 감찰을 하기 때문에, 조정으로 돌아오면, 모든 주정(州政)에 정통하게 되고, 그 경험과 실력은 폭발적으로 뛰어오른다. 유순과 규황의가 결정한 일인 듯했다.

　왕의 오른팔로 키워진 인재는 대부분 지나가는 과정이라고 한다.

　수려는 이상한 얼굴을 하고 있었다. 뭔가 불만이 있지만 딱히 불만을 말할 상황은 아니고, 게다가 류휘의 반응은 전혀 마음에 들지 않지만, 절대로 내색하지 않겠다는, 그런 표정이었다.

　'완전히 다 보이는데.'

　"뭔가, 지방파견은 관두고, 짐의 아내가 되고 싶다는 거라면, 기꺼이 받아주겠다. 101번째 구혼을 지금 당장 하도록 하겠다. 독신선언을 가장선언으로 바꾸면 되지 않느냐."

"안 돼요."

"그런 건 즉답인가!!"

갑자기, 수려는 벚꽃 속에 뒤덮인 채, 묘하게 연기하는 것 같은 동작을 하며 말했다.

"류휘, 나 알았어요. 사랑만으로는 어쩌지 못 하는 일이라는 게, 인생에는 있죠."

"항상 끈질기면서 그 문제만 어쩌지 못 하네 하고, 그렇게 순순히 포기하지 말라고!"

때마침 지나가던 소가가 이 두 사람의 대화를 얼핏 듣고서 얼어붙었다. 이, 이 대화는——.

옛날에, 매일매일매일, 아내에게 걷어차이면서 들었던 말이었다. 소가는 자신도 모르게 지난날을 떠올리면서, 줄줄 눈물을 흘렸다. 류휘 님… 당신, 큰일이라고요. 이제, 결혼하는 건.

그렇지만 그때보다는 훨씬 더 가볍고, 다정하고 따뜻한 말처럼 들리는 것이 신비롭다.

소가는 가슴이 먹먹해져서 고개를 숙이고, 그리고 작게 미소를 지으며 조용히 그 자리를 떠나갔다.

"알겠나. 미련을 못 버리고 미적거리기로는 짐이 천하일품이라고 한 건 그대다. 이제 각오는 되었다. 기다리겠다. 죽을 정도로 일을 해서, '류휘, 나… 이젠 지쳤어요' 라고 할 때를 노리는 작전으로 전환했다!"

"본인이 다 불어버리면 작전 세워봤자 허사예요."

"앗, 이런."

하지만 류휘는 이젠 굴하지 않는다. 이제 점점 불리해지는 건 수려 쪽이었다.

기다리면 반드시 이쪽으로 오게 되어 있다.

"흐흠, 뭐 좋다. 힘껏 짐을 위해서 온 힘을 다해 일을 하고 오는 게 좋겠지. 짐은 말리지 않는다."

그러자 수려가 열 받은 얼굴을 했다. 류휘가 '싫다, 그런 건. 짐이 외로우니까 가지 말라'고 매달리는 걸 멋지게 뿌리치고 떠나가는 그림을 머릿속에 그리고 있었는지, 다 틀려졌다는 얼굴이다.

열이 받았지만, 그래도 조금 풀이 죽은 그 얼굴을 보고 류휘의 결심도 흔들렸다.

류휘는 언제나 수려에게서 뭔가를 받고 싶어했다. 하나부터 열까지. 하지만 빼앗을 필요는 이제 어디에도 없었던 것이다. 이미 류휘는 모든 것을 그 손에 쥐고 있었다. 그리고 지금 류휘는 갖고 싶어하는 게 아니라, 수려에게 모든 것을 주고 싶었다. 류휘가 가지고 있는 모든 것을. 그리고 신기하게도 그렇게 하면 분명히 나중에 저쪽에서 굴러올 것이라는 생각이 들었다. 왕계가 그랬던 것처럼. 그리 멋진 방법은 아니지만, 그 방법밖에는 류휘로서는 불가능했다.

"수려."

"…뭐예요."

"그렇게 뾰루퉁하지 말라… 먼저 말해두겠지만, 도망쳐도 된다."

수려는 수상쩍다는 듯이 얼굴을 들다가, 어느 새인가 눈앞에 다가와 있는 류휘를 보고 흠칫 놀랐다.

"도망쳐도 된다. 도망칠지 말지는 그대에게 달렸다."

류휘가 씨익 웃으면서 숨결이 닿을 정도로 가까이까지 다가와서는 수려를 보며 멈췄다.

도망칠 수 있는 여지도, 시간도, 충분히 남겨두고서.

수려는 어쩔 줄 몰랐다. 순식간에 얼굴이 새빨개지는 것이 느껴졌다. 분명히 이상한 얼굴일 거다. 뭔가 말을 하고 싶었지만, 아무 말도 할 수 없었다. 그 자리에서 도망치고 싶은데도 발끝에서부터 전율을 닮은, 달콤한 떨림과도 비슷한 느낌이 허리에서 등줄기까지 타고 올라오면서 솜털이 곤두서서 발을 움직일 수 없었다.

눈물이 고여서 시야가 크게 흔들렸다. 뭐야, 뭐야.

——얕았어.

수려는 류휘를 노려보았다. 류휘는 웃었다. 딱히 뭔가 얕은 짓은 하지 않았다. 정정당당하게, 퇴로도 남겨두었다. 도망치지 않은 것은 수려의 의지였다.

그래, 그럴 상황이 오면, 미련 없이 패배를 인정하고 도망치지 않는 것도 수려의 장점.

"…짐은 정말 쓸쓸하다. 하지만 전에도 말했었지. 이제 곧 그대는 돌아올 거다."

그렇게 속삭이면서 부드럽게 입술을 겹쳤다. 그래, 벚꽃이 몇 번쯤 더 피었을 무렵에는.

보라. 이제 곧 그대는 돌아온다. 반드시, 다시.

●　　●　　✦　　　　✦　　　●　　●

정유순을 비롯해, 기라성 같은 명재상과 명 대관들이 많이 배출되었던 상치(上治)연간.

그 상치 5년부터, 훗날 '최상치(最上治)'라는 영예를 안게 되는 류휘의 치세가 본격적으로 막을 열었다.

그 평생, 단 한 번도 전쟁을 일으키는 일 없이 대업연간의 상흔을 씻어내고, 나라 전역을 재건하여 각지의 많은 문화 발전의 토대를 만들었다. 그 치세는 태평성대를 열었고, 아버지 전화가 창현왕의 재래라고 일컬어졌던 것에 비해, 류휘는 그 아들이자 전쟁을 끝냈던 창주왕과 비견되곤 했다.

평생, 단 한 명의 아내밖에 두지 않았다는 점에서도 류휘는 훗날 시인들의 칭송을 받았다.

──그가 마침내 아내를 맞을 수 있었던 것은 상치 15년, 32세.

상대는 채운국 최초의 여성 관리로서 수많은 전설을 남기고, 명관리로서 이름을 떨쳤던 홍수려.

당시에 이미 이강유와 나란히 왕의 양 날개라 불리던 인물이었고, 수많은 공적을 세워오고 있었지만, 관직에서 물러나 자류휘의 구혼을 받아들였다.

때마침, 여전히 단발성 제도로 치러지고 있었던 여성 과거등용에서, 훗날 사상 최초의 여 재상까지 오르게 되는 다주 출신의 주란이 급제한 것이 간접적인 영향을 미쳤다는 후문도 남아있다.

홍수려 외에, 류휘의 치세는 많은 여성들이 한층 더 빛났던 시대이기도 했다. 표주취는 언제나 중립을 지키며 중재에 힘쓰며 왕의 부전(不戰)방침을 보좌했고, 닫혀있던 학문을 개방했다. 이것이 상치연간에 폭발적으로 학문연구가 발전하게 되는 초석이 되었다. 홍가의 백합은 경제 및 무상(無償) 사업을 모든 주에서 펼침으로써, 나라 전체의 수준을 대업연간 이전과는 비교할 수 없을 정도로 끌어올리는 데 공헌했다. 정치 분야에서는 주란을 비롯하여 상서령 부인이자 공부상서를 역임한 시름, 군사 분야에서는 남가의 십삼희가 이름을 떨쳤고, 예술에서는 벽가리가 천 년 후까지 칭송될 그 재능을 다채롭게 꽃피웠다. 그런 가운데 홍수려만이 때로는 가공의 전설이라며 논쟁의 표적이 되는 것은, 그녀의 생애가 그리 길지 않았기 때문이기도 했다.

결혼 다음 해, 딸을 출산한 홍수려는 딸과 맞바꾸듯이 얼마 후 숨을 거뒀다. 일설에 따르면 아이보다 몸을 소중히 하라는 주위의 반대를 뿌리치고 감행한 출산이었다고 한다.

향년 30세.

자류휘와의 결혼생활은 불과 일 년 만에 끝을 고하게 되었다. 임종 때, 짧은 시간이 끝나버렸네요, 라고 수수께끼 같은 말을 남겼다고 한다.

생애의 거의 반을 관리로서 살았다. 각지를 구석구석까지 돌았고, 많은 관직을 역임하고, 육청아와 나란히 칭송될 정도의 실력을 떨쳤다. 왕의 오른쪽 눈이라 불리던 관리이자 홍가의 장녀였음에도, 무슨 이유에서인지 자료 중 많은 부분이 소실되어, 그 생애의 대부분은 수수께끼에 싸여있다.

자류휘는 무슨 이유에서인지 일찍이 표가의 공자인 표리앵을 양자로 맞았지만, 그가 왕위에 오르는 일은 없었고 계승권은 홍수려의 딸에게 넘어갔다. 표리앵은 정유순과 경유리, 두 재상을 스승으로 모셨고, 훗날 이강유의 뒤를 이어 재상이 되었다. 이로서 약 몇백 년 만에 표가의 아들이 중앙관리가 되었다. 이는 오늘날까지 명관리들을 연달아 배출하게 된 초석이 되었고, 주취와 함께 표가 중흥의 시조라 불리는 이유이기도 하다.

홍수려가 낳은 외동딸은 고대의 여왕들을 제외하면, 역사상 거의 유례를 찾아볼 수 없었던 여왕으로 즉위하여 명군 자류휘의 뒤를 이었다. 그녀는 아버지 자류휘의 위업을 완성시켰고, 훗날 '삼대 시조'라고 칭송받게 될 정도로 빛나는 치세를 열었다. 마치 어머니의 몫까지 살기라도 한 듯 그녀는 일흔 살까지 장수했다.

전해오는 이야기에 따르면, 정치 수완, 강한 의지와 삶의 방식은 어머니인 홍수려를 많이 닮았다고 한다.

··· '군에는 남(藍)과 자(紫), 문에는 이(李)와 홍(紅)이라' 고 칭송받는 네 명 중, 요절하여 가공의 인물이라고 여겨지면서도 여전히 사람들의 마음을 매료시키며, 수많은 전설과 영향을 후세에 남긴 것은 홍수려라고 전해진다.

완결

채운국이야기 |22|
- 자암의 옥좌 하

2012년 2월 28일 제1판 제1쇄 인쇄
2017년 4월 30일 제1판 제4쇄 발행

글 | Sai Yukino
일러스트 | Kairi Yura
번역 | 이나경

발행인 | 이정식
편집인 | 최원영
편집팀장 | 김충영
편집담당 | 장혜경, 전송이
표지디자인 | 김주성
라이츠사업팀 | 이은선, 박선희, 아오키 마리나
출판영업팀 | 안영배, 한성봉
제작담당 | 박석주

발행처 | 서울문화사
출판등록 | 1988년 2월 16일
등록번호 | 2—484
주소 | 서울특별시 용산구 새창로 221—19
전화 | (02)799—9317(편집), (02)791—0757(영업)
팩스 | (02)799—9334(편집)
인쇄처 | 코리아 피앤피

SAIUNKOKUMONOGATARI Shian no Gyokuza
ⓒSai Yukino 2011
First published in Japan in 2011 by KADOKAWA CORPORATION, Tokyo.
Korean translation rights arranged with KADOKAWA CORPORATION, Tokyo.

Korean edition, for distribution and sale in Republic of Korea only.
한국 내에서만 배본과 판매가 가능한 한국어판

WINK NOVEL